CW01637824

Strasbourg doğumlu **Elif Şafak,** çocukluğunu ve gençliğini Ankara, Madrid, Amman, Köln, İstanbul, Boston, Michigan ve Arizona'da geçirdi. ODTÜ Uluslararası İlişkiler Bölümü'nü bitirdi, yüksek lisansını aynı üniversitede Kadın Çalışmaları Bölümü'nde, doktorasını ise siyaset bilimi alanında tamamladı. İlk romanı *Pinhan*'la 1998 Mevlana Büyük Ödülü'nü aldı. Bunu *Şehrin Aynaları* ve Türkiye Yazarlar Birliği Ödülü'nü kazandığı *Mahrem* izledi (2000). Ardından her ikisi de çok satan ve geniş bir okur kesimine ulaşan *Bit Palas* (2002) ve İngilizce kaleme aldığı *Araf* (2004) yayımlandı. *Med-Cezir*'de (2005) kadınlık, kimlik, kültürel bölünme, dil ve edebiyat konulu yazılarını topladı. 2006'da senenin en çok okunan kitabı olan *Baba ve Piç* yayımlandı. Ardından aylarca satış listelerinden inmeyen ilk otobiyografik kitabı *Siyah Süt*'ü yazdı. Son romanı *Aşk* Doğan Kitapçılık tarafından 2009 martında yayınlandı.

Eserleri yirmiden fazla dile çevrilen Elif Şafak'ın romanları dünyanın en önemli yayınevlerinden Farrar, Straus and Giroux, Viking ve Penguin tarafından yayımlanmaktadır.

BİT PALAS

Yazan: Elif Şafak

Yayın hakları: © Doğan Egmont Yayıncılık ve Yapımcılık Tic. A.Ş.
Bu eserin bütün hakları saklıdır. Yayınevinden yazılı izin alınmadan kısmen veya tamamen alıntı yapılamaz, hiçbir şekilde kopya edilemez, çoğaltılamaz ve yayımlanamaz.

Doğan Kitap'ta 1. baskı / Mart 2009
22. baskı / Ağustos 2013 / ISBN 978-605-111-122-3
Sertifika no: 11940

Kapak tasarımı: Uğurcan Ataoğlu
Grafik tasarımı: Zeynep Oray
Kapak fotoğrafı: Ercan Aydeniz / Fotografevi
Kapak içi fotoğrafı: Gökhan Çelem
Baskı: Ayhan Matbaa Basım Sanayi ve Tic. Ltd. Şti.
Mahmutbey Mah. Deve Kaldırım Cad. Gelincik Sok.
No: 6 Kat: 3-4 / Bağcılar - İSTANBUL
Tel. (212) 445 32 38
Sertifika no: 22728

Doğan Egmont Yayıncılık ve Yapımcılık Tic. A.Ş.
19 Mayıs Cad. Golden Plaza No. 1 Kat 10, 34360 Şişli - İSTANBUL
Tel. (212) 373 77 00 / Faks (212) 355 83 16
www.dogankitap.com.tr / editor@dogankitap.com.tr / satis@dogankitap.com.tr

Bit Palas

Elif Şafak

DK DOĞAN KİTAP

Tabii ki, illa ki Şafak'a,
anneme

Getto da rahat ve güven verici bir yer olabilir, ama ne de olsa orayı getto kılan şey, orada yaşamaya mecbur olmanızdır. Şimdi duvarlar çökmeye başladığına göre, sanırım molozları atlayıp dışarıdaki şehirle yüzleşmemizde fayda var.

Ursula K. Le Guin
Kadınlar, Rüyalar, Ejderhalar

HAYAL GÜCÜMÜN geniş olduğunu söylerler. "Saçmalıyorsun!" demenin şimdiye kadar icat edilmiş en ince yoludur bu. Haklı olabilirler. Endişelenmeye başladığımda, nerede ne zaman ne söylemem gerektiğini karıştırdığımda, insanların bakışlarından korktuğumda, insanların bakışlarından korktuğumu belli etmemeye çalıştığımda, tanımak istediğim birine kendimi tanıtmak istediğimde, aslında kendimi ne kadar az tanıdığımı bilmezden geldiğimde, geçmiş canımı yaktığında, geleceğin de daha âlâ olmayacağını kabullenemediğimde; ne bulunduğum yerde ne de göründüğüm insan olmayı içime sindirebildiğimde... saçmalarım. Hakikatten ne kadar uzaksa, yalandan da o kadar uzaktır saçmalık. Yalan, hakikati tersyüz eder. Saçmalık ise, yalanla hakikati ayırt edilemeyecek biçimde birbirine lehimler. Karışık gibi görünüyor ama aslında çok basit. Tek bir çizgiyle ifade edilebilecek kadar basit.

Diyelim ki hakikat yatay bir çizgidir. Yani şöyle bir şey:

O zaman yalan dediğimiz şey de dikey bir çizgi olur. Yani şöyle bir şey:

Saçmalığa gelince, o da şöyle bir şeydir:

Ne yatay vardır çemberde, ne de dikey. Ne bir son, ne de başlangıç. Başlangıcı bulma sevdasına düşmedikçe, herhangi bir yerinden dalabilirsiniz çembere. Ama başlangıç adını veremezsiniz daldığınız yere. Ne bir milad, ne bir eşik, ne bir son durak... Nereden yola çıkarsam çıkayım, hep bir öncesi var. Ben hiç tesadüf etmedim ama bilen birinden dinledim. Eskiden, sokaklardaki çöp kutularının yuvarlak, grimtırak, teneke kapaklarının olduğu günlerde, kızlı oğlanlı duvarın üzerine dizilen gençlerin oynadıkları bir oyun varmış. Belli sayıda insanın bir araya gelmesi gerekirmiş oyunun oynanabilmesi için; kalabalığa yol açmayacak kadar az, tenhalık yaratmayacak kadar çok, tam kararınca ve illa ki çift sayıda.

Yuvarlak, grimtırak, teneke çöp kapağının üzerine, dört ayrı yön işaretlenirmiş önce ve *"ne zaman?"* sorusunu yanıtlayabilmek üzere, her biri ayrı bir yöne tekabül edecek biçimde dört ayrı kelime yazılırmış beyaz tebeşirle: "Hemen-Yarın-Yakında-Asla". Ortadaki kulpundan hızlıca çevrilirmiş kapak ve o daha yavaşlamaya fırsat bulamadan, sırası gelen kişi, parmağını rasgele bir noktaya basarak, çemberin dönüşünü durdururmuş pattadak. Oyuna katılan herkes bu işlemi bir kez tekrarlar ve bu suretle, tarihler içinde hangisine yakın olduğunu bulurmuş peyderpey. İkinci turda, *"kime?"* sorusu için, dört ayrı yanıt yazılırmış, bu sefer dört ara yöne denk düşecek şekilde: "Bana-Sevdiğime-En Yakın Arkadaşıma-Hepimize". Gene son sürat çevrilirmiş yuvarlak, grimtırak, teneke kapak. Gene birer birer uzanırmış parmaklar, dururmuş çember olur olmadık yerlerde. Üçüncü turda, sıra *"ne olacak?"* sorusunun yanıtını bulmaya gelirmiş. Kalan sekiz boşluğa, adil olma maksadıyla, dördü iyi, dördü kötü, sekiz pâre kelime sıralanırmış: "Aşk, Evlilik, Mutluluk, Zenginlik, Hastalık, Ayrılık, Kaza, Ölüm". Tekrar dönermiş kapak ve *"ne zaman, kime, ne olacak?"* sorusunun bunca merak edilen yanıtları birer birer dökülürmüş oyuncuların avuçlarına: "Bana-Zenginlik-Yakında", "Sevdiğime-Mutluluk-Yarın", "En Yakın Arkadaşıma-Evlilik-Hemen" ya da "Hepimize-Ayrılık-Asla"...

Başlamak zor değil. Ufak tefek değişiklikler yaparak oyunun biçiminde, aynı mantığı kullanabilirim ben de. Önce zamanlarını bulmalı hikâyenin: "Dün-Bugün-Yarın-Sonsuz Zaman". Ardından, ilgili mekânları sıralamalı birer birer: "Geldiğim Yer-Bulunduğum Yer-Gittiğim Yer-Hiçbir Yer". Derken, oyunculara gelmeli sıra: "Ben-Birimiz-Hepimiz-Hiçbirimiz". Son olarak da, dörde dört dengeyi bozmadan, olası akıbetleri dizmeli aradaki boşluklara. Bu şekilde eğer dört kez üst üste çevirirsem yuvarlak, grimtırak, teneke çöp kapağını, eli yüzü düzgün bir cümle kurmayı başarabilirim. Ve bir cümle yeter de artar başlamaya: "2002 baharında, İstanbul'da, birimiz, vaktinin tamama, çemberin yuvarlağa ermesini beklemeden öldü."

* * *

1 Mayıs 2002 Çarşamba günü saat 12:20'de, bir tarafında sivri dişli devasa bir fare, öbür tarafında kocaman, simsiyah, serapa kıllı bir örümcek resmi bulunan, önü arkası sağı solu her tarafı irili ufaklı yazılarla dolu, kirli beyaz bir kamyonet, İstanbul'un çokça kabuk, bir o kadar da isim değiştirmiş ana caddelerinden birine açılan daracık bir ara sokağın köşesine sabahın erken saatlerinde yerleştirildiği halde öğlene doğru nasıl olduysa devrilmiş bariyerleri fark edemeyip yoluna devam etmeye kalkınca, birdenbire yaklaşık iki bin iki yüz kişilik bir kalabalığın ortasında buluverdi kendini. Bunlardan beş yüz kadarını İşçi Bayramı'nda yürüyüş yapmak isteyen göstericiler, bin üç yüzünü onları yürütmemek üzere konuşlandırılmış polisler, geriye kalanlarını da bir başka uçta Atatürk heykelinin etrafına çelenk koyup Bahar Bayramı kutlamaları yapan devlet erkânı ile ellerine bayraklar tutuşturulup, boşluklara doluşturulmuş ilkokul öğrencileri oluşturuyordu. Öğrencilerin çoğu okuma yazmayı yeni öğrenmişti ve okuma yazmayı yeni öğrenen her çocuk gibi onlar da, gördükleri bütün yazıları bağıra çağıra hecelemeyi huy edinmişlerdi. Fareli örümcekli kamyonet aralarına daldığında, saatlerdir güneşin altında suspus vaziyette dikilip hamasi nutuklar dinlemekten kurdeşen olmuş bu çocuklar koro halinde haykırdılar: "GÖK-KU-ŞA-ĞI-BÖ-CEK-İ-LAÇ-LA-MA-SER-Vİ-

Sİ:Ça-ğı-rın-Si-zin-Na-mı-nı-za-Biz-Te-miz-le-ye-lim”

Bu beklenmedik saldırı karşısında eli ayağına dolaşan turuncu saçlı, yelken kulaklı, komik suratlı, yaşını hiç göstermeyen sürücü, çocukların gazabından kurtulayım derken direksiyonu öbür tarafa kırınca, bir tarafında göstericilerin, diğer tarafında polislerin öbekleştiği, her an infilak etmeye hazır bir gerilim çemberini tam ortasından biçiverdi. Ne tarafa yöneleceğini bilemeden öylece kalakaldığı birkaç dakika boyunca, aynı ideolojinin farklı köşelerinde mevzilenmiş gösterici gruplar tarafından neşeyle yuhalanıp, öfkeyle taşlandı. Can havliyle kamyonetini çemberin diğer yarısına doğru sürdüğünde, bu sefer de polisler tarafından durduruldu. Fakat tam o esnada, karşı tarafın en ön sıralarından küçük bir kümenin yürüyüşe geçme kararı alması üzerine tüm polisler oraya seğirtince, kamyonet sürücüsü de tutuklanmaktan son anda kurtulmuş oldu. Meydandan çıkmayı başardığında, tepeden tırnağa ter içinde kalmıştı. İsmi Haksızlık Öztürk'tü. Yaklaşık otuz üç senedir böcek ilaçlıyordu ve bu zaman zarfında hiç bugünkü kadar nefret etmemişti işinden.

Başını tekrar derde sokmamak için yolu uzatma pahasına, kestirme ana caddelerden mümkün mertebe uzak durarak, yılankavi ara sokaklardan geçe geçe, en nihayetinde aradığı apartmana ulaşmayı başardığında, tam tamına bir saat kırk beş dakika gecikmişti randevusuna. Kaldırıma yanaşıp, az biraz kendine gelebildiğinde, apartmanın girişinde dikilen on beş-yirmi kişilik topluluğu şüpheyle süzdü. Niçin toplandıklarını anlayamasa da, zararsız olduklarına kanaat getirdiğinde, her zaman gereğinden fazla konuşan sekreterinin sabah eline tutuşturduğu adresi kontrol etti: *“Jurnal Sokak, 88 numara (Bonbon Palas)”*. Geveze sekreter bir de küçük not düşmüştü kâğıdın altına: *“Bahçesinde gülibrişim ağacı olan apartman”*. Haksızlık Öztürk alnında boncuk boncuk biriken terleri silerken, dikkatlice baktı önünde durduğu apartmanın bahçesindeki bazı dalları morumsu, bazı dalları pembemsi çiçekli ağaca. Herhalde gülibrişim dedikleri buydu.

Gene de, tez zamanda yerine yenisini almayı düşündüğü sekreterine zerre kadar güvenmediğinden, apartmanın tabelasını ileri derece miyop gözleriyle bizzat görmek istedi. Kamyoneti iğreti bir şekilde bırakıp aşağı atladı. Daha bir adım atmıştı ki, az ötedeki topluluğun içinde yan yana dikilen üç küçük çocuktan kız olanı ciyak ciyak bağırdı: "Aa, şuna bakın! Cin gelmiş! Dedeee, dede bak cin gelmiş!" Çocuğun pantolonundan çekiştirdiği kırçıl sakallı, geniş alınlı, kafası takkeli, yaşlıca bir adam arkasını dönüp, hoşnutsuz bir nazarla önce sokağın ortasındaki kamyoneti, sonra da kamyonet sürücüsünü inceledi. Gördüklerinden memnun kalmamış olacak ki, suratını daha da beter ekşiterek, üç torununun üçünü birden kendine doğru çekti.

Haksızlık Öztürk'e haksızlık ediliyordu. Cin filan değildi. Sadece orantısız yüz hatlarına, aşırı büyük kulaklara ve talihsiz bir saç rengine sahip, kısa boylu bir adamdı, o kadar; yani çok kısa. Bir metre kırk buçuk santimdi. Daha önce cüce zannedildiği olmuştu ama ilk defa cin olmakla itham ediliyordu. Aldırmamaya çalışarak, insanları yara yara, külrengi apartmana doğru yürüdü kararlı adımlarla. Doktoru devamlı kullanmasını tembihlediği halde, burnunun üzerinde değil de saçlarından daha turuncu iş tulumunun cebinde taşımayı yeğlediği kalın camlı, ince çerçeveli gözlüklerini taktı. Buna rağmen, apartmanın ön cephesindeki bulanık çıkıntının ne olduğunu, iyice yaklaşıp, binanın dibine sokuluncaya kadar seçemedi. Tüyleri kirden kararmış bir tavuskuşu kabartmasıydı bu. Temizlense, güzel görünebilirdi göze. Onun hemen altında, çift kanatlı kapının üzerine süslü püslü harflerle yazılmış yazıya baktı: *Bonbon Palas No: 88.* Doğru yere gelmişti. Kapının kenarında, üst üste dizili zillerin arasına sıkıştırılmış bir kartvizit dikkatini çekti. İki ay önce, aynı bölgede işe başlayan rakip firmaya aitti. Etraftaki insanların kendisiyle ilgilenmeyişini fırsat bilerek kartviziti sıkıştırıldığı yerden çıkardı, yerine kendininkilerden bir tane koydu.

Bu kartvizitleri bastırdıktan sonra, civardaki tüm sokaklardaki tüm apartmanlara tek tek dağıtması için tuttuğu üniversite öğrencisini, işini yarım yamalak yapıp, kendisine kazık atmaya kalktığı için parasını ödemeden kovmuştu. Haksızlık Öztürk'ün tabiatı böyleydi: kimseye itimadı yoktu. Cebinden bir kartvizit daha çıkarıp bunu da diğerinin üzerine sıkıştırdıktan sonra çevik hareketlerle geri dönerek kamyonetine atladı. Ama daha kapıyı kapatmaya fırsat bulamadan, boynundan aşağısına leopar desenli muşamba bir önlük bağlamış sarışın bir kadın, yarıya kadar açık pencereden kafasını uzatarak şaşı şaşı baktı:

"Bir tek bununla mı geldiniz? Yetmez ki," dedi kadın incecik alınmış kaşlarını çatarak. "İki kamyon göndereceklerdi hani? İki kamyon bile zor alır bunca çöpü."

Haksızlık Öztürk daha neden bahsedildiğini anlayamadan, iki kırmızı kamyon, çağrıldıklarını duymuşçasına iki ayrı uçtan daldı Jurnal Sokak'a. Her ikisi de süratle yaklaşıp, kamyoneti aralarına sıkıştıracak vaziyette durdular Bonbon Palas'ın önünde. Kamyonların arkasından, özel bir televizyon kanalının aracının yaklaştığını görünce şöyle bir dalgalandı kalabalık. Haksızlık Öztürk park etmeye çalışıyordu o esnada. Ne var ki tam da bu aşamada, sabahtan beri habire nümayiş ortasına düşmekten gerim gerim gerilmiş bulunan sinirleri alnının sağ köşesindeki damarı çılgın bir tempoyla tıp tıp attırmaya başlayınca, damarı bastırmak için kaldırdığı elleri direksiyon hâkimiyetini yitirdi. Geri geri manevra yapayım derken apartmanı sokaktan ayıran bahçe duvarının yanında öbek öbek birikmiş çöp torbalarının içine daldı. Torbaların içindeki çöpler kaldırıma saçıldı.

* * *

GÖKKUŞAĞI BÖCEK İLAÇLAMA SERVİSİ

Kendinize Haksızlık Etmeyin.

Çağırın, Sizin Namınıza Biz Temizleyelim

Bit – Hamam Böceği – Pire – Tahta Kurusu – Karınca – Örümcek – Akrep – Sinek – Fare ve Tüm Haşerelere Karşı Tecrübeli ve Uzman Elemanlarla Elektrikli ve Mekanik Pompalarla

Açık ve kapalı alanlarda ortama uygun ilaçlama tekniğine göre motorlu motorsuz ve elektrikli pulverizatör otomizer ve sisleme cihazları ile kokulu ve kokusuz ilaçlama yapılır.

Tel: (0212) 258 242 40

Bonbon Palas uzun zamandır şikâyetçiydi çöplerden; içindekilerden ziyade dışındakilerden. Şubat başından nisan ortalarına kadar, bölgenin çöp toplama işini üstlenen özel şirketin batması ve yeni bir şirketin ihaleyi alması arasında geçen süre boyunca çöp tepesi ve onunla birlikte palazlanan ekşimsi koku dayanılmaz bir hal almıştı. Ancak yeni şirket işe başladıktan sonra da durum pek fazla değişmemişti. Günboyu, hem sokak sakinlerinin, hem de gelen geçenin bahçe duvarının kenarına attığı çöpler, akşamları düzenli olarak toplansalar bile, her gün sil baştan yükselmeyi başarıyorlardı.

Bugün, eğer merak edip giderseniz, apartmanın bahçesini sokaktan ayıran duvar boyunca, günün sonunda dümdüz edilip, ertesi gün yeniden yükselen ama belki de son tahlilde yekûnundan hiçbir şey kaybetmeyen bir çöp tepeciği olduğunu görebilirsiniz. Çöp torbaları atılır, çöp torbaları kaldırılır ama teneke, mukavva, yemek artıkları ve daha bilumum nesne toplamak için ziyaretine gelen Arayıcı ehlinden, kedilerden-kargalardan-martılardan mürekkep neferleri ile uzun tüylü, nemrut suratlı, kendi katran karası, sakalı beyaz kralıyla o çöp tepeciği büyük bir istikrarla muhafaza eder yerini. Bir de böcekler vardır tabii. Çünkü çöpün olduğu her yerde, böcekler de olur. Bitler de cirit atar Bonbon Palas'ta. Ve inanın bana, bit en beteridir.

Tabii tüm bunları gözlemleyebilmeniz için orada bir miktar vakit geçirmeniz gerekir. Eğer vaktiniz yoksa, hikâyeyi benim ağzımdan dinlemekle yetinmelisiniz. Yalnız, ben de kendi sesimden konuşurum: olup bitenlere kendimi fazladan katarak değil; yani tam olarak böyle değil. Daha ziyade, hakikatin yatay çizgisini, yalanın dikey çizgisine lehimleyip, bulunduğum yerin bezdirici durağanlığından mümkün mertebe uzaklaşmaya çalışarak. Çünkü sıkılıyorum. Yarın bir gün hayatımın daha az sıkıcı olacağını bir muştulayan olsa bana, daha az sıkıntı duyardım belki. Oysa yarın, tıpkı bugün gibi olacak ve aynen daha ertesi günler gibi. Ama sadece benim hayatım değil ısrarla kendini tekrar eden. Alabildiğine farklı görünmekle birlikte, aslında dikey de, en az yatay kadar sadıktır sürekliliklerine. Sanılanın aksine, çemberlere değil, çizgilere mahsustur ebedi tekerrür denilen.

Çizgilerin yeknesaklığından sapan tek bir patika biliyorum: çemberler içre çemberler. Bir nevi oyunbozanlık da sayabilirsiniz bunu. Yuvarlak, grimtırak, teneke kapağı çevirdiğinizde, çevirip de işinize gelmeyen bir söz dizimiyle karşılaştığınızda mızıtmak bir anlamda. Mızıtıp, yeniden ve yeniden çevirmeye kalkmak. Öznelerle, zamirlerle, fiillerle ve tesadüflerle oynamak; oynayarak avunmaya çalışmak: "2002 baharında, İstanbul'da, birimizin ölümüne kendisi/ben/hepimiz/hiçbirimiz sebep oldu."

Haksızlık Öztürk o gün, önce birini, sonra da tek tek tüm dairelerini ilaçladı Bonbon Palas'ın. On beş gün sonra, ölü annelerinin ardından yumurtalarından çıkan yavru hamamböcekleri için döndüğünde, ilaçladığı ilk dairenin kapısını kapalı buldu. Ama henüz bunlardan söz etmek için erken. Öncesi var çünkü ve tabii, daha da öncesi.

Öncesi...

ÖNCELERİ bu bölgede, biri küçük, dikdörtgenimsi ve bakımlı, diğeri büyük, yarı dairemsi ve bakımsız, her ikisi de hem hıncahınç kalabalık, hem de alabildiğine ıssız; sarmaşıklı çitler, gölgeli yokuşlarla çevrilmiş, aynı harap duvara sırtlarını yaslamış ve elbirliğiyle alabildiğine geniş bir araziye yayılmış iki kadim mezarlık vardı. Büyük olan Müslümanlara, küçük olan ortodoks Ermenilere aitti. Mezarlıkları birbirlerinden ayıran yaklaşık bir buçuk metre yüksekliğindeki duvarın üzerine, bir taraftan ötekine zıplamak mümkün olmasın diye, paslı çiviler, cam parçaları ve getirebilecekleri uğursuzluktan çekinmeden kırık aynalar yerleştirilmişti dikine. Mezarlıkların iki kanatlı, demir parmaklıklı, devasa giriş kapıları ortak duvarlarına yüz seksen derece ters düşecek biçimde yapıldığından ve böylelikle biri kuzeye, biri de güneye baktığından, ziyaretçiler arasında olur da bir taraftan diğerine geçmeye niyet eden biri çıkarsa, bulunduğu mezarlıktan çıkıp, dışarıdan duvar boyunca yürüye yürüye her iki mezarlığın toplam boyunu, duruma göre ya yokuş aşağı ya da yokuş yukarı katederek öteki kapıya varabilirdi ancak. Ne var ki, mezarlıklardan birinde yakını defnedilmiş bir ziyaretçinin, gelmişken bir de öteki mezarlığı ziyaret etmek istediği görülmediğinden, kimsenin böyle bir zahmete katlanmasına gerek kalmazdı. Buna rağmen, ister gündüz olsun, ister gece, canları diledikçe, bir mezarlıktan ötekine hoplaya zıplaya geçenler de vardı: rüzgâr ve hırsızlar, kertenkeleler ve kediler, aradaki duvarın üstünden, içinden, altından geçmenin türlü türlü yollarına vakıftı.

Çok sürmedi. Ardı arkası kesilmeyen göçlerle birlikte şehir, bir beton ordusunun neferleri gibi yan yana dizilip, uygunadım ilerleyen ve uzaktan bakıldığında hepsi de birbirine benzeyen yapılarla dolup taştıkça, mezarlıklar da, dört tarafı keşmekeş deryasıyla çevrili iki asude adacık gibi kalakaldı ortada. Bir yandan mütemadiyen yeni apartmanlar, sıra evler yapılıyor; bir yandan da, binaların konumuna göre eğilip bükülen ve yukarıdan bakıldığında beyin damarları gibi küçük küçük, kesik kesik, iç içe geçen sokaklar doğuyordu. Böyle böyle, evler sokakların, sokaklar evlerin önünü kese kese, çoktan doyduğu halde doyduğunu bilmeyen gafil bir balık gibi büyüdü, semirdi, şişti tüm bu bölge. Ve nihayet çatlayacak raddeye geldiğinde, içindekilerle birlikte soluk alabilsin diye, neşter vurup, incecik bir yarık açmak gerekti gergin, şişkin, bitkin karnının üzerinde. Bu yarık, yeni bir yol, bir ana cadde demekti.

Öngörülemeyen ve önüne geçilemeyen büyüme yüzünden, bölgenin tüm sokak ve çıkmaz sokakları, hiçbir yere açılamayan atık sular gibi kıyılarda köşelerde sıkışıp kaldığından, onları tek bir kanala bağlayarak akmalarını sağlayacak bir ana caddenin yapılması farz olmuştu şimdi. Ne var ki, sıra söz konusu yolun nereden ve nasıl geçeceğinin kuşbakışı belirlenmesine geldiğinde, tatsız bir saptama bekliyordu yetkilileri: ana caddenin geçebileceği tüm noktalarda, adeta kasten ayarlanmışçasına, ya bir devlet binası, ya hatırı sayılır birilerinin mülkü ya da dar gelirlilerin tek tek fazla bir ehemmiyeti olmayan ama topluca yıkımları bir hayli sorun çıkartabilecek, tıkış tıkış evleri diziliydi. Yolun yapılabilmesi için öncelikle yola yol açmak gerekecekti.

Evlerin yollara göre değil, yolların evlere göre yapılageldiği bir şehir olduğuna göre İstanbul, yeni yolun yapımı da mümkün olduğunca az sayıda evin yıkımı anlamına gelmeliydi. Böylelikle, geriye tek bir güzergâh kalıyordu: mezarlıkların bulunduğu yokuşlu arazi.

Bu doğrultuda hazırlanan raporlar kabul görünce, iki buçuk ay içinde, her iki mezarlık arazisinin de buradan kaldırılıp, üzerlerinden yol geçecek surette dümdüz edilmesine karar verildi. Söz konusu mezarlıklarda ölüleri olanların endişelenmesine lüzum yoktu. İstisnasız tüm mezarlar, şehrin başka başka noktalarına taşınabilirdi pekâlâ. Müslüman mezarları Haliç'e bakan yamaçlara aktarılabilirdi mesela, gayrimüslimlerinkiler ise muhtelif semtlerde mevcut mezarlıklarına.

Oysa mezarların çoğu o kadar eskiydi ki, tüm olası sahipleri de onlarla beraber dünya değiştirmişti. Geriye kalanların bazıları da sahipli sahipsizlerdi. Buna rağmen, mezarların akıbetleriyle yakından ilgilenmeye kalkıp da ayak bağı olanların sayısı, yetkililerin tahminlerinin epeyce üzerine çıktı. Bunların içinde, ölülerinin rahat bırakılmasını isteyen ya da kendilerine gösterilen adreslerdeki tüm mezarlıkların zaten hıncahınç dolu olduğunu keşfeden kimileri, kararı iptal ettirmenin yollarını arayadursun; her ne yapılması gerekiyorsa bir an önce olsun bitsin isteyen çoğunluk, söylene söylene başladı taşıma işlemlerinde kendilerine düşeni üstlenmeye. Takip eden günler boyunca Müslüman mezarlığı, günün farklı farklı saatlerinde her biri başka başka tellerden çalan envai çeşit misafir ağırladı. Gün ağarırken, etrafı dikkatle kolaçan eden ve geceden deşilmiş mezarları kapatıp, saçılmış kemikleri toplayarak gececillerin izlerini gündüzcülerden saklayan emektar mezarlık bekçileri; öğlene doğru, bekçileri denetlemeye gelen yetkililer; öğleden sonra da, ölülerinin başkalarınınkilerle karışmasından endişe duyan ve mezar taşlarıyla konuşup ikide bir onlara dert yanan aileler, kalabalık güruhlar halinde damlıyorlardı.

Ailelerin bazı yaşlı ve orta yaşlı kadınları, ziyaretçilerin gelmeleri resmen yasaklanıncaya kadar, neredeyse Allah'ın her günü oradaydılar. Ayakta durmaktan yorulduklarında, yakınlarının mezarlarının etrafına kilim serip, yan yana diziliyorlardı oracıkta. Yere oturur oturmaz bazen ayrı ayrı, bazen hep birlikte ağlayıp dualar okuyor; beraberlerinde getirdikleri küçük çocukları sıkı sıkı kucaklarına bastırıp, onları da sessiz ve saygılı olmaya zorluyorlardı. Derken vakit ilerliyor, hava ağırlaşıyor, çocukların kimi uykuya, kimi de kaçıp oyuna dalıyor; bir rehavet bulutu nazlı nazlı süzülüp, yerdeki kadınların üzerlerine çöküveriyordu. Maneviyatın yeryüzüne inmesi de diyebiliriz buna. Ne de olsa, en uhrevi hâleler bile kayıtsız değildir yerçekimine. Böylelikle, kimbilir ne vakit alınmış, çoktan paralanmış, kahverengiden başka renge bürünmemiş çantalarından çıkardıkları anasonlu krik-kraklar ile termoslarındaki çayları birbirlerine ikram ederek, elden ele dolaştırdıkları limon kolonyalarını terlemiş yüzlerine ve bacaklarını sıkan kalın lastikli naylon çorapların dizkapaklarında bıraktığı çiğ kırmızı halkalara sürerek, akşamı ediyorlardı. Bu arada, eski defterlerin silme dolmuş, kenarlarına notlar düşülmüş sayfalarını birer birer açıp, rahmetliye günyüzü göstermeyenlerin isimlerini teker teker zikretmeye başlıyor; bu isimlerden hayatta olanların şu anda nerede ne yapmakta olduklarını konuşurken de, ölüyü yadetmekten hızla uzaklaşıp yaşayanların dedikodusuna geçiveriyorlardı. Sonra çaylar bitiyor, krik-kraklardan geriye bir avuç anason kalıyor; içlerinden biri, bunca cefa çekmiş olan rahmetlinin şimdi toprağın altında bile huzur bulamadığını hatırlatıyor; bulunulan mekânın kasveti, rehavet bulutunu kışkışlıyordu. Maddiyatın gökyüzüne ağması da diyebiliriz buna. Ne de olsa, en dünyevi meseleler bile kayıtsız değildir gökkubbenin cezbesine. Böylelikle, ailelerin bazı yaşlı ve orta yaşlı kadınları, dualardan beddualara, beddualardan dedikoduya doğru adım adım geldikleri yolu, gerisin geri katederek başa dönüyorlardı.

Başa döner dönmez, çocuklarını arıyordu gözleri. Mezar taşlarının arasına pervasızca dağılmış, tüm mezarlığı şimdiye değin defalarca hoplaya zıplaya dolaşmış çocuklar tek tek aranıp bulunuyor ve son bir niyaz için mezarın başına getiriliyorlardı. Bu arada, bütün gün bürokrasinin sağır kulaklarına meramını anlatmaya çalışmaktan usanmış, günün sonunda topu topu birkaç evrak kâğıdı ile yeni mezarlığın haritasını edinebilmiş ama ölülerinin bu haritanın neresine gömüleceğini bir türlü öğrenememiş olan erkekler de dönmüş oluyorlardı. Erkekler, annelerinin, kız kardeşlerinin, karılarının, kaynanalarının, ablalarının, halalarının, yengelerinin, teyzelerinin, baldızlarının ve kızlarının aksi sorularını ve karakuşi yorumlarını soğukkanlılıkla karşılıyor; sanki her şey kontrolleri altında, bilgileri dahilinde gelişmekteymişçesine malumat sıralıyorlardı. Kilimler toplanıp, mezar taşına veda edilirken, kadınlardan bazıları erkeklerin verdiği bilgilerin içindeki çelişkilerin farkına varıp, yeni yeni sorular ya da aynı soruları ısrarla tekrar tekrar soruyordu. Bu da erkeklerin, bütün gün bürokrasinin dişlilerince bir o tarafa, bir bu tarafa çekile çekile yay teli kıvamında gerilmiş bulunan sinirlerini hepten kopartıyor; onlar karılarına, karıları onlara bağırırken, tam bir hay huy içinde ve hiçbir şeyi halledememiş vaziyette ayrılıyordu aileler mezarlıktan. Sonra hava kararıyor, iki kanatlı demir parmaklıklı devasa kapı kapanıyor ve mezar hırsızlarıyla, sokak köpeklerinin sessiz saatleri başlıyordu.

Ortodoks Ermeni mezarlığına gelince, aynı günlerde orada da benzer bir ziyaretçi bolluğu vardı. Tek bir farkla: bunların büyük çoğunluğu, taşımak için değil, vedalaşmak için geliyorlardı mezarlarına. Taşıma işlemleri için gerekli izni almayı başarsalar bile, şehrin diğer semtlerinde bulunan ve eksile eksile azalmış, darala darala ufalmış ortodoks mezarlıklarından hangi birinin hangi köşesine defnedebilirlerdi ki ölülerini? Kimi nüfuzlu aileler ve kimi kiliseler, mezar taşlarından bazılarını aktarmayı başardılar. Ama hepsi o kadar. Geride kalanlar arasında sahipsiz, kimsesiz mezarlar da vardı, köklü ailelerin kıymetli büyükleri de; çocukları torunları dünyanın dört bir yanına dağılmış olanlar da vardı, hâlâ İstanbul'da yaşayanlar da; ömrü hayatı boyunca devletine körü körüne saygılı, dinine sıkı sıkıya bağlı kalanlar da vardı, ne devlet, ne Tanrı tanıyanlar da...

Böyledir çünkü. Azınlık olmanın tekinsizliğine sebep, çoğunluk karşısındaki niceliksel azlık değil, niteliksel aynılıktır. Bir azınlık mensubu olarak karınca gibi çalışıp didinebilir, hatta voliyi vurup hatırı sayılır servetler bile edinebilir ama günün birinde, sırf aynı cemaatin üyeleri olduğunuz ve öyle kalacağınız için, ömrünü aylaklıkla geçirmiş yahut ebe teknesinden beri su yüzü görmemişlerle aynı kefeye konulup, aynı muameleye maruz kalabilirsiniz. Azınlığın zenginleri hiçbir zaman yeterince zengin değildir bu yüzden; ne de muktedirleri, kâfi derece muktedir. Bilhassa 1950'lerin Türkiye'sinde, zengin bir Müslüman, fakir bir Müslüman'a baktığında "benzemediği insan"ı görürken, zengin bir azınlık mensubu, fakir bir azınlık mensubuna baktığında, "benzemediği halde, bir tutulabileceği insan"ı görürdü karşısında. Aynı sefalet, acıma hissini uyandırırken birinde, haksızlığa uğrama endişesini tetikleyebilirdi ötekinde. Oysa insan haksızlığa uğramaktan korkmayagörsün, kolaylıkla şaşırıp asıl hedefini; birbirine karıştırabilir sebeplerle neticeleri. Bu yüzden işte, çoğunluğun kaymak tabakası, bön bir merhamet gösterebilirken en geniş açıdan sefillere ve en soyut anlamda sefalete, azınlıkların kaymak tabakası sinik bir soğuklukla yaklaşır kendi cemaatinin maddi manevi tüm düşkünlerine.

Fakat işte, tüm bu ayırımlar bir yere kadar. İki buçuk aylık sürenin sonuna gelindiğinde, Ortodoks Ermeni mezarlığından çok az sayıda mezar taşınabilmişti: azınlığın çoğunluğu kalmıştı geride. Müslüman mezarlığındansa çok daha fazla sayıda mezar taşınmıştı: çoğunluğun azınlığı kalmıştı geride. Ve işte bu iki kesim, isimleri, kökenleri ya da hikâyeleri birbirlerininkine zerre kadar benzemediği halde, İstanbul'daki varlıklarının en son safhasını aynı şekilde noktaladılar. Ortak bir mertebe verebiliriz onlara: *Gidemeyenler.* Gidemeyenler'den olmanın en kötü yanı *gidememek* değil, *kalamamaktır* aslında; seni kışkışlayan toprakta penah aramaktır hâlâ.

Ne var ki tam da bu aşamada, buldozerlerden evvel tesadüfler girdi devreye. Gidemeyenler'in bir kısmının mezar taşları hırsızlarca, kemikleri köpeklerce yağmalandı; bir kısmının yan yana gömüldükleri eşleri bir tarafta, kendileri bir tarafta kaldı; bir kısmı isim benzerlikleri ya da eski yazı okuyamayan görevlilerin gafleti yüzünden, başka başka mezarlarla karıştırıldı; büyük büyük bir kısmı da sessiz sedasız yok edildi. Ama Gidemeyenler'den hangisinin başına ne geleceğini tamamen tesadüfler belirledi.

Bütün bu işlemler sona erdiğinde, koca arazi yüzlerce köstebeğin saldırısına uğramışçasına delik deşikti. Ne var ki, sıra ortalığın tamamen dümdüz edilmesine geldiğinde, etrafları ok gibi sivri, çiğ yaprak yeşili parmaklıklarla çevrilmiş, kaidelerinden baş şahidelerine kadar yükseklikleri yaklaşık 146 cm, sarıkları neredeyse tekerlek büyüklüğünde, üzerleri çintemaniler ve üç kollu çark-ı felek oluşturan bitkisel motiflerle bezenmiş, şarabi damarlı ak mermerden yapma iki taş sandukanın aynen durmakta olduğu ortaya çıktı. Birbirlerine tıpatıp benzeyen bu mezarların her ikisi de Müslüman mezarlığının hudutları içinde olmakla birlikte, biri güney yamacında, diğeri ise ortodoks Ermeni mezarlığını ayıran duvarın dibine denk düşecek biçimde kuzeydeydi. Bu ayrıntı dışında, her şeyleriyle aynıydılar. İkisinin de ayak taşlarının dış yüzeylerinde bir vazodan çıkan sümbül ve lale motifleri yer alıyordu. İkisinin de başında tıpatıp aynı sarık, oturtmalıklarının çevresinde aynı dilimli sivri kemer, kitabelerinde aynı celî sülüs *"Allah bes bâkıy heves"* serlevhası vardı. Ve tuhaf bir biçimde, her ikisinin de yanına, belli ki aynı zamanda aynı kişiler tarafından paslı bir tabela çakılmıştı. *"Burada Ebû Hafs-i Haddad ordusunda çarpışarak İslam fütühatı için büyük kahramanlıklar yapan, lâkin İstanbul'un alındığını göremeden Hakkın rahmetine kavuşan Kalktıgöçeyledi Dede yatmaktadır. Ruhuna Fatiha."*

Buldozeri kullanan işçi, sıra bu iki taş sandukayı ortadan kaldırmaya geldiğinde dehşetengiz bir kasık ağrısıyla işi erken bıraktı. Ertesi gün kasık ağrısı dinmişti dinmesine de, buldozerin başına geçmeyi reddetti bu sefer de. Üçüncü gün işçinin yerine, ağzında dişi, dizinde dermanı kalmamış ama çenesinin kuvvetinden zerre kaybetmişe benzemeyen dedesi damladı araziye ve evliya mezarlarını yağmalamaya kalkanların başlarına neler geldiğine dair tüyler ürpertici ibret hikâyeleri nakletti önüne çıkan herkese. Dördüncü günün sabahında, işçilerden hiçbiri buldozeri kullanmaya yanaşmıyordu artık. Gerçi onlardan başka kimsenin Kalktıgöçeyledi Dedelerin akıbetini sorup soruşturduğu yoktu ama birileri çıkıp da, durumun din büyüklerine saygısızlık olarak anlaşılabileceğini ve siyasi rakipleri tarafından aleyhlerine kullanılabileceğini kulaklarına fısıldadığından beri yetkililer de konuyla yakından ilgilenir olmuştu. Yıl 1949 idi, siyasi dengeler alabildiğine hassas. Muhalefetin turfanda ithamlarında, iktidarın ağdalanmış savunmalarında, karşı tarafın dine saygısızlığından dem vuruluyordu mütemadiyen. İşte Üç Ahbap Danışmanlar tam da bu noktada girdi devreye.

Üç Ahbap Danışmanlar'dan birincisi, evliyaların mezarlarına dokunulmaması için ana caddenin, her iki noktada da iki ayrı büklüm çizmesi fikrini ortaya attı. Ancak kira parasını bir gecede pavyonda bitirdiğini öğrenen karısından gündüz vakti işyerinde, hem de herkesin önünde okkalı bir zılgıt işitip, üstüne bir de tokat yediği o meşum günden beri kimsenin ciddiye almadığı bu adamcağızın teklifi havada öylece asılı kaldı. Üç Ahbap Danışmanlar'dan ikincisi, ana caddenin yoluna dümdüz devam etmesini ancak her iki mezarın bulunduğu noktalara gelince tıpkı dil peyniri gibi tutam tutam ayrılıp sonra yeniden birleşmesini önerdi. Onun zar zor da olsa karısına söz geçirebildiği, hatta evde sesini yükseltip, beğenmediği yemekleri duvara fırlattığı herkesin malumuydu ama ileride meydana gelecek kazaların mesuliyetini kimse üstlenmek istemediği için, bu fikir de kabul görmedi. İşte o zaman, Üç Ahbap Danışmanlar'dan üçüncüsü, aceleci davranıp hemen sonuca ulaşmaya çalışmakla hata ettiklerini, zira en doğru çözümü bulabilmek için önce durumun ne olduğunun tam manasıyla aydınlatılması gerektiğini, dikkatli bakıldığı takdirde ortada birden fazla tuhaflık olduğunun görüleceğini uzun uzun dile getirdi ve kendinden gayet emin, ekledi: "önce teşhis, sonra tedavi!"

Üç Ahbap Danışmanlar'dan üçüncüsü'nün aydınlatılmasını istediği noktalar şunlardı:

1. Ebû Hafs-i Haddad ordusu neydi? İstanbul'da ne işi vardı?
2. Eğer bu ordu gerçekten İslam fütuhatı için İstanbul'a kadar gelenlerden biri ise, ismi hiç de Araba benzemeyen Kalktıgöçeyledi Dede diye biri aralarında ne arıyordu?
3. Kalktıgöçeyledi Dede gerçekten Araplarla birlikte İstanbul'un fethi için savaşırken şehit düşmüşse, niçin iki tane mezarı vardı?
4. Mezarlardan hangisi gerçekti?

Üç Ahbap Danışmanlar'dan üçüncüsü, bunları bir bir ifade ettikten sonra vakit kazanmak amacıyla diğer maddelerin es geçilebileceğini ancak mezarlardan hangisinin sahte, hangisinin gerçek olduğunun anlaşılmasının elzem olduğunun altını çizdi. İyi bir hatipti. Üstelik bekârdı.

Bu teklif, takdir ve kabul görmüştü görmesine de, hangi mezarın hakiki olduğunu anlamanın tek yolu, her ikisini de kazmaktan geçiyordu. Oysa böyle bir dönemde evliya mezarlarını kazmaya kalkmak, göndereni de, içinde ne olduğu da belirsiz bir hediye paketini kabul etmeye benziyordu: muhtemelen kötü bir şey çıkmayacaktı açınca, ama ya çıkarsa? Aksi gibi bu arada, kahvaltısını rakıya ekmek doğrayarak yaptığı söylenen kulağı delik, ağzı bozuk bir gazeteci kokuyu alıp, muhalefetin önde gelen gazetesinde *"Hükümetin Takım Elbiseli Mezar Kazıcıları"* başlıklı bir yazı döşenmişti bile. Gerçi yazının içeriği, başlığı kadar ithamkâr değildi ve ne dediği pek anlaşılmıyordu ama bu, gazetecinin ağzını tutmak istemesinden ziyade, yazıyı tamamlayamadan sızıp kalmasından kaynaklanabileceğinden, ayıldığında daha saldırgan bir başka makale kaleme alıp almayacağının garantisi yoktu.

Gene de açıldı mezarlar; hem de apar topar. Bu nahoş görevin kimse görmeden ivedilikle halledilebilmesi için iki memur, üç bekçi, beş de işçi, evrak çantaları, fenerleri ve kazma kürekleriyle, şafak sökerken bir araya geldi. Mezarlık boşaldığından beri, artık geceleri uğramayan hırsızlarla sokak köpeklerinden kalan boşluğa bir süredir postlarını sermiş bulunan birkaç berduşun şaşkın bakışları altında, evliyaların mezarları kazıldı. İlk mezardan hiçbir şey çıkmadı; ne bir tabut, ne bir kefen, ne kemik ya da kafatası, ne de evliyanın şahsi eşyaları. Ama hiç olmazsa ağaç kökleri, kaya parçaları ve solucanlar vardı burada. İkinci mezarda bunlar bile yoktu. İşte bu noktada yetkililerin hatası, meselenin böylece hallolduğu zannıyla, her iki mezarın da taş sandukalarını kaldırıp, parmaklıklarını yıkmak oldu. Ertesi gün, muhalefetin önde gelen gazetesinde *"Hükümetin Takım Elbiseli Evliya Katilleri"* başlıklı imzasız, ama bu kez, sonu başına bağlanmış bir yazı yayımladı. Yazıda, Osmanlı'nın kültürel mirasına zerre kadar saygısı olmadığını her fırsatta ortaya koyan hükümetin şimdi de teker teker İstanbul'daki evliya mezarlarını dümdüz etmeyi kendine iş edindiği; zahiren örf ve ananelere bağlı geçinen bir takım siyasetçilerin batinen halka dair her şeyi küçümsedikleri; soyut bir Batılı model uğruna milletin içinden gelen, bağrından kopan akidelere mani olunduğu; İslamiyeti batıl inançlardan temizlemek adına alenen din karşıtlığı yapıldığı ifade ediliyor ve tüm Müslümanlar evliyalarına sahip çıkmaya davet ediliyordu.

Yazı beklendiği gibi galeyana yol açmasa da, bir işaret fişeği gibi aynı anda harekete geçirdi memleketin muhtelif noktalarından envai çeşit dernek ve kişiyi. Birdenbire tüm bu insanlar, boşaltılmış kabristanın içindeki iki evliya mezarının başlarına ne geldiğini öğrenip, sorumlulardan hesap sormayı varlıklarının yegâne gayesi bellemiş gibiydi. Mevzu alabildiğine kırılgan ve biteviye doğurgandı. Tartışmacılar gafil modernleşmeden girip, modernleşmenin gafletinden çıkıyor; su üstünde seken peygamberböcekleri misali, kenarlarında *"milli şuursuzluk"*, *"zamane Bihruzları"*, *"zoraki alafrangalık"*, *"netameli laiklik"*... yazılı nilüferlerin üzerinden hoplaya zıplaya, koca bir gölü hiç ıslanmadan geçiveriyorlardı. "Batılılaşma denilen hadise, Doğu ile Batı'nın izdivacından başka bir şey değildir," diyordu taşrada basılıp, İstanbul'da dağıtılmadığı halde İstanbul'un meseleleriyle yakından ilgili bir yerel gazete. "Doğu'nun erkek, Batı'nın ise kadın olduğu bu izdivacda, aile reisliğini kocanın yapması kadar tabii bir şey olamayacağını unutmamak lazım gelir. O halde, üç beş şıkıdım avrat kırıta kırıta fing atsın, mideleriyle beraber keselerini de şişirmenin türlü türlü yollarına vakıf kellifelli monşer zerzevat arabalarıyla fiyaka yapsın diye yapılan şu boyalı caddeler, evliyalara hürmet etmeye mecburdur; evliyalar caddelere hürmet etmeye değil."

Suçun teşhisi, suçlunun teşhirini gerektirdiğinden, şimdi sıra birilerinin başının yanmasındaydı. Kabak döndü dolaştı, sonunda mezarlık bekçilerinin başına patladı. Gececillerin izlerini gündüzcülerden gizlemeyi başaran emektar mezarlık bekçileri, bir kendilerini gizlemeyi başaramadıklarından amirlerinin gözlerinden, evliya mezarlarını çiğnemekten suçlu bulunup, açığa alındılar. Üç bekçiden ikisi, her musibette bir hayır olduğuna inanan yaşlı başlı adamlardı. Biri köyüne döndü, biri de evine kapanıp kalan ömrünü torunlarına hasretti. Ama üçüncü bekçi, onlara nazaran daha genç ve daha az kanaatkâr olan, yapılan haksızlığı sineye çekemedi. Uzunca bir süre, mezarlıklar amirine, belediye reisine, bakanlara, başbakana ve ordunun üst kademelerine sitem dolu mektuplar yazdı; tanıdık tanımadık demeden karşısına çıkan herkese dert yandı. Bu arada iktidardakiler düşmüş, muhalefettekiler iktidara gelmiş, devir değişmişti ama mektupları hep karşılıksız, konuştuğu insanlarsa duyarsız kaldı. Onlar sağırlaştıkça, bekçi de dilsizleşti, içine kapandı. Ancak, tam da artık olanları unuttuğu, unutup da durulduğu sanılırken bir gün aniden dellenip, yıllardır elini sürmediği, geceleri sabaha kadar fil gibi horladığı için yatağını yatağından ayırdığı karısını, konu komşunun duyup da bu yaştan sonra bu neyin şehveti diye ayıplamasından çekinmeden, yaklaşık bir saat evin içinde feryat figan kovaladıktan sonra nihayet tutabildi ve karşı koymalarına, kınamalarına, yakarılarına, beddualarına aldırış etmeden, talihin de yardımıyla, ellisinden sonra hamile bıraktı. Bebek dünyaya gelir gelmez, hiç vakit kaybetmeden, soluğu nüfus dairesinde aldı. Kendisine yapılanları unutmamak ve unutturmamak için, bu yaştan sonra Allah'ın verdiği oğlunun ismini, karısının tüm itirazlarına rağmen ve nüfus dairesindeki memura avuç avuç rüşvet sayarak, HAKSIZLIK koydu.

* * *

Oysa Haksızlık annesinin rahmine düşmeden, tavsayıp unutulmaya yüz tutmuştu evliya hadisesi. Kalktıgöçeyledi Dedelerin mezarlarının sökülmesinin üzerinden daha iki hafta bile geçmeden gündem değişmiş, muhalefet de, iktidar da tüm dikkatini yaklaşan seçimlere vermişti. Böyle bir ortamda ana caddenin yapımına hız veren belediye yetkilileri, meseleyi kapanmış addedip, hiçbir engele toslamadan rahatlıkla geçirebilirdiler yolu. Nasıl olsa, mezarların kazımı esnasında taş sandukalar sökülmüş, olan olmuştu. Ne var ki, Üç Ahbap Danışmanlar'dan Üçüncüsü, ondan fazla insanı bir araya getirebilecek her hadisenin bir propaganda konuşmasıyla taçlandırıldığı o civcivli günlerde, evliya dosyasının da kapatılmayıp, bir tören vesilesi olarak kullanılabileceğine kolaylıkla ikna etti çalışma arkadaşlarını.

Seçimlere birkaç hafta kala, eski Müslüman mezarlığının güney yamacında, kalabalık bir izleyici topluluğunun önünde kısa bir tören yapıldı. Vaktiyle Ortodoks Ermeni mezarlığını ayıran duvarın yakınındaki engebeli arazi tören için o kadar uygun düşmediğinden, iki evliya mezarından hangisinin hakiki, hangisinin sahte muamelesi göreceği sorusu da kendiliğinden cevaplanmış sayılmıştı. Töreni izlemeye gelenlerin bir kısmı bu iş için tutulmuş insanlardı. Geriye kalanlarsa, tesadüfen o esnada yoldan geçmekte ve aslında konudan bihaber olan meraklılar ya da tam tersine, gazetelerden takip ettikleri hadisenin seyrini bizzat kendi gözleriyle görmek isteyen bilinçli yurttaşlardı.

Tören üç ana bölümden oluşuyordu. Birinci bölümde evvela, kendi genç sesi yaşlı, ardından kendi yaşlı sesi genç iki hafız Kuran okudu. İkinci bölümde, iki dirhem bir çekirdek bir yetkili şimdiye kadar yöneltilen suçlamaları cevaplandırmak üzere hayli ithamkâr ama tutkusuz bir konuşma yaptı. Üçüncü aşama en girift olanıydı. Evliyanın taş sandukasının parçaları ile meseleyi bilmeyenlerin aklını bulandırmamak için son anda getirilmiş boş bir tabut, omuzlar üzerinde taşınarak bir cenaze arabasına yüklendi. Ardından, otobüslere atlanıp, Galata Köprüsü yakınlarında, etrafı harap yapılarla dolu, pas rengi bir balçıkla kaplı boş arsaya gidildi. Orada, çamurlara bata çıka, dualar ve temenniler, konuşmalar ve alkışlar eşliğinde, önce Kalktıgöçeyledi Dede'nin boş tabutu defnedildi; ardından etrafı bir buçuk metre yüksekliğinde oymalı tahta parmaklıklarla çevrelenince eskisinden çok daha görkemli görünen taş sandukanın parçaları birleştirilip dikildi. Üç Ahbap Danışmanlar'dan üçüncüsü burada verilecek söylevin metnini günler evvelinden hazırlamış ve cebine koymuştu. Ne var ki o sabah, yıllardır gizliden gizliye sevdiği teyze kızına nihayet cesaretini toplayarak edebildiği evlenme teklifine kesinkes ret cevabı alıp da, ne yaptığını, nereye gittiğini bilmez bir halde sokaklarda boş boş dolaşmakla vakit kaybedince, ne kendini, ne de konuşma metnini törene yetiştirebildi.

Üç Ahbap Danışmanlar'dan Üçüncüsü neredeyse bir saatlik gecikmeyle tören yerine geldiğinde, kimseyi bulamadı. O taşkın kalabalıktan geriye sadece oraya buraya saçılmış sigara izmaritleri ve birbirine girmiş ayak izleri kalmıştı. Üzüntüyle mezarın yanına çöktü; alnından akan terleri silerken, hazırlamak için günlerce uğraştığı metni çıkartıp, kendi kendine okumaya koyuldu. Aslında kâğıda gerek yoktu çünkü bütün metni satır satır ezbere biliyordu. Sesi önce titrek çıkıyordu ama konuştukça açıldı. Mezarda yatan kişinin derviş ehlinden olduğunu; dünya nimetlerine aldanmamak için nefsini parmağındaki firuze mahfazalı yüzüğün içinde esir tuttuğunu; itikadı gereğince aynı dam altında bir geceden fazla yatmayıp, aynı kâseye iki kez kaşık sallamadığını; tuğlayı başına yastık yaparak uyuduğunu ve daimî ıstırap içinde bulunduğunu; hiçbir zaman evlenmediğini, çoluk çocuğa karışmadığını, ardında soy sop, mal mülk bırakmadığını; yaz kış diyar diyar dolaşıp, yeryüzünü evi, gökyüzünü çatısı bellediğini; velhasıl ahir ömrünü hiçbir yere kök salmadan geçirmesiyle nam saldığı için Kalktıgöçeyledi Dede ismini aldığını; dolayısıyla şimdi de mezarının bir yerden başka bir yere taşınmasının geleneğe aykırı olamayacağını; aksini iddia edenlerin ya niyetlerinden ya da dini bilgilerinin derinliğinden şüphe duyulması gerektiğini bir bir ifade etti. Konuşması sona erdiğinde, taş sandukanın kitabesindeki *"bâkıy heves"* kelimelerini dalgın dalgın okşayarak bir müddet düşüncelere daldı ve sonra aniden ayaklanarak, geldiği gibi koştura koştura oradan ayrıldı.

İşte o zaman, Kalktıgöçeyledi Dede'nin mezarı nicedir hasretini çektiği som dinginliğe tekrar kavuşabildi. Ara sıra başında sessizce dua edip, otobüs, tren, feribot ya da uçak biletlerini mezar taşına sürten ziyaretçilerini saymazsak, yaklaşık otuz altı sene boyunca da kıpırtısız huzurunu bozacak bir hadise olmadı. Kalktıgöçeyledi Dede isminin oradan oraya taşınmakla özdeşleşmesinden olsa gerek, uzun yola çıkacak yolcuların hayırlısıyla gidip, gittikleri yerde hayır bulabilmek için, yola çıkmadan bir gün evvel buraya uğrayıp, hayali bir gümrük görevlisinin onayını alır gibi, biletlerinin bir köşesini mezarın etrafındaki pas rengi balçığa batırdıkları parmaklarıyla damgalamaları âdet haline gelmişti. 1960'ların ikinci yarısından itibaren, yolcuların yerini gurbetçiler ve gurbetçi yakınları almaya başladı. O yıllarda, evliyanın en sadık ziyaretçileri, yurtdışına işçi olarak gidecek erkeklerin geride bıraktıkları kadınlarıydı. Onların biletleri olmadığı için, kuruyunca kınaya benzer bir görünüm alan pas rengi balçığı parmak uçlarına ya da avuçlarına sürüyorlardı. Ancak zamanla bu kadınların büyük bir kısmı kocalarının yanına gitti; ziyaretçiler üçer beşer, beşer onar eksildi. Otuz altı senenin sonunda, bu görkemli mezarın önce tahta parmaklıkları, sonra şarabî damarlı beyaz mermerleri, derken pas rengi balçığı, bir sürek avının giderek daralan çemberi gibi etrafını kuşatan dükkânlar, atölyeler, lokantalar tarafından çaktırmadan yutuldu. Böylece, Kalktıgöçeyledi Dedelerin önceleri iki iken bire inen mezarı, en nihayetinde sıfıra varmış oldu.

* * *

İki kadim mezarlığın bulunduğu yokuşlu araziye gelince, ana caddenin yapımının tamamlanmasıyla birlikte, en hızlı değişim orada yaşandı. Vaktiyle Ortodoks Ermeni mezarlığının kuzeybatısında kalan yamaç boyunca hoşendam apartmanlar inşa edildi. Apartmanlar, kuyruklarına rengârenk şeritler bağlanmış uçurtmalar gibi, vitrinleri ışıl ışıl mağazaları, faça düzüp piyasa yapılan kaldırımları, çalgılı çeganeli lokalleri getirdi peşleri sıra. Burada evi ya da arsası olanlar kısa zamanda büyük paralar edindi, anacadde üzerindeki binaların kıymeti hızla üçe beşe katlanınca. Caddeye bakan dairelerin büyük bir kısmı işyerlerine kiraya verildi; içlerinden çoğu muayenehaneler ve yazıhanelerdi. Bunların sayıları zamanla o kadar çoğaldı ki, bir müddet sonra semtin güzergâhında çalışan dolmuş başına en az bir doktor ve bir avukat düşüyordu. Artık, sağlığından yana şikâyetleri ya da hukukla dertleri gani gani olup da, parası kıt olanların, bu hat üzerinde çalışan dolmuşlara atlayıp, yanlarına düşen doktora ya da arkalarındaki avukata bedavaya akıl danıştıklarına sık sık rastlanıyordu. Sabahtan akşama kadar benzer muhabbetlere kulak kabartan minibüs şoförlerinden kimileri, hem hukuki, hem de tıbbi konularda hatırı sayılır malumat toplamışlardı. Hatta dönemin en dillerde, en harc-ı âlem doktorlarından bir asabiyeci, sürekli aynı hat üzerinde gide gele, bu acar şoförlerden biriyle ahbaplığı iyice koyulaştırmış ve muhatabı olmaktan sıkıldığı sorularla karşılaştığında, ustaca aradan sıyrılıp, beleşçi hastaları dosdoğru şoföre yönlendirmeyi huy edinmişti. Yaşlı başlı, muzip mizaclı doktor, ilk başlarda sırf bıkkınlıktan ve bir parça da eğlenme arzusundan başlattığı bu oyundan giderek büyük keyif almaya başlamıştı. Genç şoför, zekâsı zehir zemberek olup da, meşrebinin saatini kalenderane bir hoşgörüye ayarlayabilen nadir insanlardan biriydi. Üstelik hekimlik adabına uymak ya da lafını gramla tartarak koymak gibi dertleri olmadığından, her ne düşünüyorsa pattadak söyleyerek, en ince ve hassas mevzuları çıttadak kırarak küçük parçalara ayırıyor; bir yandan dolmuşu sürerken, bir yandan da vesveseli hanımların, kuruntulu beylerin takıntılarını abartıyla taklit edip, çoğu kez onların da kendi kendilerine gülebilmelerini sağlıyordu. Yaşlı doktor bu coşkun gösterilerden öylesine etkilenmişti ki, bir müddet sonra yanında çalışmasını teklif etti ona. Ancak bu ikilinin matrak ahbaplığı, muayenehanenin kuralcı saygınlığında barınamayınca, genç şoför kısa zamanda tekrar eski işinin başına döndü.

Çok değil, en fazla on beş sene içinde semtin çehresi büsbütün değişmişti. Şimdi artık ana cadde boyunca ak pak, pürnizam porselen dişler gibi yan yana gülümseyen şık apartmanların, yüksek kırat mağazaların, muteber muayenehanelerin altlarında bir zamanlar ve aslında hâlâ yüzlerce mezar olduğunu ne hatırlayan vardı, ne de hatırlatan. Apartmanların çoğunun, tabanları halı kaplı, iç içe iki kapılı, daracık asansörleri vardı. Eğer bu asansörler sadece binaların zemini ile üst katları arasında gidip gelmekle yetinmeyip, daha, daha da aşağılara inebilselerdi, devasa büyüklükte bir pastadan kesilmiş dilimler gibi, tüm kesitleriyle içi seyredilebilirdi sürdürülen hayatın. En altta katman katman yer kabuğu, üstünde pürtük pürtük toprak, derken bir kat unufak edilmiş mezar, incecik bir çizgi asfalt, üst üste birkaç daire, bir kat kırmızı çatı ve hepsinin tepesinde, süsleme amacıyla sıvanmış, her tarafa yayılmış mavimtırak gökyüzü... Zaman zaman birilerinin, "eskiden buralar hep mezarlıktı" dediği işitilirdi. Ama bahsi geçen eski, topu topu on beş-yirmi sene evveli olduğu halde, gerçekdışı bir tınısı vardı bu sözlerin. "Ay padişahının bin odalı billûr sarayında, periden güzel kızlar geceleri ışık banyosu yaparlardı," demek gibi bir şeydi. Hiç yaşanmamış bir geçmişe ya da zamanın dışında sırlanmış semavi bir deme aitti.

Haksızlık Öztürk'ün 1 Mayıs 2002 Çarşamba günü kamyonetiyle geri geri park ederken çöplerini devirdiği Bonbon Palas, vaktiyle ne denli mutantan olduğuna şimdi kimseleri inandıramayan bu semtte, 1966 senesinde inşa edildi. Apartmanı yaptıran karı kocaya gelince, her ne kadar İstanbul'un yabancısı olsalar da, bu şehirde bulunmuşlardı daha önce.

Daha öncesi...

AGRIPINA FYODOROVNA ANTIPOVA 1920 sonbaharında, bulunduğu yük gemisinin güvertesinden İstanbul'u ilk kez gördüğünde, karnında küçük, sırtında büyük bir şişkinlik vardı ve çok açtı. Kırım' dan yola çıktıklarından beri üç gündür birlikte ayakta seyahat ettiği insan kalabalığının içinde, kocasının da yardımıyla kendine zar zor yer açarak, korkuluklara yapıştı ve kendilerini bekleyen şehrin neye benzediğini görmeye çalıştı. Daha küçük bir kızken bile, renklerle oynamayı her şeyden çok severdi. Gittiği herhangi bir yerde kendini evinde hissedebilmesi için, öncelikle oranın rengini görebilmesi gerekirdi. Grosny'de dünyaya geldiği, çocukluğunu geçirdiği malikâne şarap kırmızısı, ailecek her pazar ayine gittikleri kilise de parşömen sarısıydı mesela. Yortu zamanlarında kalmaya doyamadığı Kislovtsk'taki villa, çiyle yıkanmış parlak yeşil; evlendikten sonra kocasıyla yaşadığı ev ise kış güneşi turuncusuydu zihninde. Sadece mekânların değil, insanların, hayvanların, hatta anların bile kendilerine has bir renkleri olduğuna ve gözlerini camlaştırarak pür dikkat baktığı takdirde bunu görebileceğine inanırdı. Gene öyle yaptı. Gözleri sulanıp, gördüğü görüntü bulanıklaşıncaya kadar, kirpiklerini bir kez olsun kırpmadan, gözbebeklerini hiç oynatmadan, önce derin bir merakla, derken bir sonuç alamamanın hırçınlığıyla, dakikalar boyunca baktı karşısındaki şehrin siluetine. Oysa o sabah yoğun bir sis vardı İstanbul'da. Ve tüm İstanbulluların gayet iyi bildiği üzere, şehrin renginin ne olduğunu kendisi bile unuturdu sisli günlerde. Fakat Agripina Fyodorovna Antipova, doğduğu günden beri el üstünde tutulmuş, kıymet görmeye alışmış ve ne zaman bir isteği yerine getirilmese, bunun karşısındakinden kaynaklanan bir kusur olduğuna inandırılmıştı. Bu yüzden İstanbul'un, perde perde sis ardına çekilmekteki ısrarını, kasıtlı bir husumet, kendisine yöneltilmiş bir hakaret gibi algıladı. Gene de bir şans vermek istedi ona, çünkü bağışlamanın yüceliğine inanırdı. Küçük, gümüş Meryemana ikonasını şehre doğru kaldırarak, gülümsedi: "Yaptığın hareket doğru değildi ama ben gene de seni hoşgörebilir, hatta bağışlayabilirim. Çünkü doğrusu budur."

"Karşılığında ekmek ve su veririm," diye bir ses işitti birden. Eğilip baktığında, aşağıda bir teknenin içinde gaga burunlu, kara kuru bir adamın, bir elinde ekmek, öteki elinde de bir şişe su tutarak kendisine işaret etmekte olduğunu gördü. Agripina Fyodorovna Antipova daha neler olup bittiğini anlayamadan, tam arkasında duran, pembe yanaklı, saçları kırpık kırpık, azman bir sarışın kadın onu itekleyerek, bir hamlede önüne geçti ve parmağından çıkardığı altın yüzüğü, kızının belinden çözdüğü kuşağa bağladığı gibi gemiden aşağı sarkıttı. Teknedeki esmer adam yüzüğü aldı, havaya kaldırıp hoşnutsuz bir nazarla şöyle bir inceledikten sonra, onun yerine toparlak, kara bir ekmek bağlayarak kuşağı geri yolladı. Gemide bit salgını çıkınca saçlarını kısacık kesmiş iriyarı sarışın ile çelimsiz kızı iştahla yumulurken ekmeğe, Agripina Fyodorovna Antipova şaşkınlıktan iri iri açılmış gözlerle baktı denizin üzerine ve işte o zaman, sade bulunduğu geminin değil, limanda demir atmış tüm gemilerin etraflarının benzer teknelerle çevrilmiş olduğunu gördü. Rum, Ermeni ve Türk açıkgözleri bu teknelerden başlarını uzatıp, ellerindeki yiyecek-içecekleri, günlerdir aç susuz kalmış Beyaz Ruslara göstererek pazarlık ediyorlardı. Durumu kavrayınca, elinden zorla almaya yeltenen varmışçasına kaygıyla geri çekti küçük, gümüş Meryemana ikonasını ve ne menem bir yere geldiğini anlayabilmek için, teknelerin-satıcıların-dalgaların üzerinden aşırıp bakışlarını, bir kez daha dikkatlice baktı İstanbul'a.

İstanbul o sırada kendi derdinde, üstelik işgal altındaydı. Yeni demir atmış geminin güvertesinden yarı şaşkın, yarı vakur kendisini süzen on dokuz yaşındaki genç kadına gözucuyla baktı. Böyle hodbin tıfıllarla uğraşmayı bırakalı çok olmuştu. Omuzlarını silkti, sırtını çevirip kendi hayhuyuna döndü. Agripina Fyodorovna Antipova taşlaşmış gülümsemesiyle donakaldı. İnsanların kaba saba davranabildiklerini görmüştü görmesine de, bir şehrin küstahlığına ilk kez tanık oluyordu. İlk şaşkınlığı üzerinden attıktan sonra, yüreğinin tüm perdelerini, pencerelerini, panjurlarını kapatıp, küstü. Gemiden küs indi. Hatta aradan iki ay geçip de, karnındaki şişkinlik büyüyüp, sırtındaki şişkinlik yok olduğunda dahi, o hâlâ İstanbul'a küs, İstanbul da hâlâ rengi meçhul ve bir o kadar umarsızdı.

General Pavel Pavloviç Antipov, karısının aksine, ne o gün, ne de daha sonra İstanbul'a özel bir ilgi gösterdi. Ömürleri boyunca hep kendilerini başkalarından sorumlu hissetmiş ve ancak böyle ayakta kalabilmiş insanlardan biriydi. Hani şu, ya zayıf kadınları seven, ya da sevdikleri kadınları zayıflaştıran erkeklerden. Bu yüzden, sımsıkı bir şefkatle sarıldı Agripina'ya gemiden inerken. Sadece karısını değil, doğacak bebeklerini ve Rusya'dan kaçırabildikleri tüm servetlerini de kavradı onu tutarken.

Ne var ki, Agripina'nın korsesinin içine doldurabildiği mücevherler, kısa zamanda, hem de ederlerinin çok çok altında satıldılar birer birer. Bolşevik Devrimi'nden sonra Rusya'dan kaçan binlerce Beyaz Rus doluşmuştu İstanbul'a ve söylenenlere göre, daha binlercesi yoldaydı. Mücevherler bile haraç mezat satılığa çıkarılırken, şeref madalyaları, aile yadigârları ve asalet nişanları zar zor alıcı bulabiliyordu. İki ayın sonunda, hiç olmazsa iki sene boyunca rahat etmelerini sağlayacağını umdukları servetlerinden geriye bir şey kalmamıştı. Bir sabah, Agripina Fyodorovna Antipova, Fransız Kızılhaç'ının temin ettiği ve elli beş kişiyle paylaştıkları, eski bir nezarethaneden bozma yatakhanenin yayvan, sarımtırak lekelerle dolu şiltelerinin üzerinde, kendisinden otuz yaş büyük kocasının yer yer gümüşlenmiş başını hınçla kendine doğru çekti ve giderek büyüyen karnına yapıştırdı. Pavel Pavloviç Antipov bunun anlamını biliyordu. Önünde iki seçenek vardı: bir an evvel bir iş bulmak ya da Fransa'da yaşayan yüz karası kardeşine mektup yazıp, yardım istemek. İkinci seçeneğin düşüncesi bile sinirlerini alt üst etmeye yettiğinden, çaresiz birinci yolu seçti.

Oysa askerlik bir meslek değildir; ne de generallik salt bir paye. Pavel Pavloviç Antipov da, ne yapacağını bilmediğini, bildiği şeyi de yapamayacağını idrak etti, sıra iş aramaya geldiğinde. Kendini bildi bileli görüp geçirdiği her şey ya önceden ayarlandığı gibi, ya da olması gerektiği gibi gelişmişken, devrim onu tam da generalliğe yükseldiği sırada yakalamış ve senebesene kazandığı itibarı, kurduğu hayatı bir anda alaşağı etmişti. Gene de o kıran günlerinde bile, şimdi olduğu gibi yüz yüze kalmamıştı belirsizlik denilen illetle. Belirsizliği yenebilmesi için önce onu nerede bulabileceğini bilmesi gerekiyordu. Ne var ki o hiçbir yerde mevzilenmiyor, hiçbir taktikte karar kılmıyordu. Her an, her yerden çıkıp saldırabilir; kafasına estiği gibi silah değiştirebilirdi. Ortada bir savaş sürüyorsa bile, ne meydanı vardı, ne kuralları, ne de ahlakı. Ama eğer ortada bir savaş yoksa, bu daha da beterdi çünkü Pavel Pavloviç Antipov başka türlü yaşamanın yollarına vakıf değildi. Şimdiye değin mallarını-itibarını-ayrıcalıklarını-saygınlığını-dostlarını-akrabalarını-emir erlerini-bağlı bulunduğu orduyu-geçmişinin geçtiği şehirleri-geleceğinin geçeceğini sandığı ülkeyi... pek çok şeyi kaybetmişti üst üste ama hâlâ neyse o olduğunu düşünüyordu: inançlı bir asker.

Oysa Çar'ın ordusunun, farklı farklı rütbelerden binlerce askeri, otellerde, konserlerde, kabarelerde, kumarhanelerde, lokantalarda, barlarda, kafeşantanlarda, sinemalarda, plajlarda, pavyonlarda ve sokaklarda en olmadık, hiç ummadık işlere dağılmışlardı çoktan. Salaş lokantalarda bulaşık yıkayıp tepsi taşıyor, yalan dolanın gayya kuyusu kumarhanelerde krupiyelik yapıyor, köşe başlarında oyuncak bebekler satıyor, curcunası gırla eğlence mekânlarında fıkırdak kantoculara piyanoyla eşlik ediyorlardı. Her yer tutulmuş, boşta kalan her işe birileri doluşmuştu. Kont General Pavel Pavloviç Antipov, yeni doğmuş bir tay gibi titrek bacaklarına abanarak sarsak adımlarla yolunu bulmaya çalıştı bu hercümercin içinde. Ve haftalarca orada burada dolandıktan sonra en nihayetinde bulabildiği tek iş, samur kürklü, vişne rujlu, nazikendam sevgilileriyle gezinen mağrur bakışlı Fransız ve İngiliz subayların, kadınların hep tombul ve akça, sokaklarınsa hep daracık ve gölgeli resmedildiği Doğu gravürleri çizen tannaz İtalyan ressamların, saraya borç verip, verdikleri borcu geri alabilmek için daha büyük borçlar veren bedbin Yahudi bankerlerin, mirasa doymuş, mirasyediliğe doymamış sefih Türk delikanlılarının, zilzurna oluncaya kadar içtiklerinde bile dilleri dolaşmayan casusların, bohemlerin, züppelerin, macera yahut şehvet-perestlerin uğrak yeri olan bir kafeşantanda vestiyercilik oldu.

Kafeşantanın sahibi olan, kel kafalı, sarkık yanaklı, kat kat gıdılı ve konuşurken durmadan elini kolunu sallayan Levanten, tipini başından beri beğenmediği vestiyer görevlisi bir kavgaya burnunu sokup, suratını haşat ettiğinden beri onun yerine bir başkasını aramaktaydı zaten. Heybetli kalıbı, haşmetli duruşuyla Pavel Pavloviç Antipov'u görünce, işi ona vermekte tereddüt etmedi. Ne var ki, yeni vestiyer görevlisi, omuzlarında püsküllü apoletlerin ışıldadığı, önü sıra çaprazlama sarı sarı sicimlerin sallandığı kırmızı ceketi giyip de karşısına geçince, ona duyduğu beğeninin yerini küçümseme aldı:

"Hayat ne tuhaf, değil mi Mösyö Antipov? İki büyük, anlı şanlı imparatorluğun yıkılışının birebir tanıklarıyız. Siz bizden en az bir asır önce başladınız Batılılaşmaya. Büyük Deli Petro! Oturmasını kalkmasını bilmeyenleri kırbaçlattığı rivayet ediliyor, doğru mu? Hanımların çamaşırlarını, beylerin sakallarını denetlermiş, öyle mi? Güzel olmalı Petro'nun şehri. Bataklıklardan yükselen saray. Bir de şu İstanbul'a bakın. Dört bir yanı açık, püfür püfür rüzgâr. Pusulası şaşmış, çivisi çıkmış şehir! Bilir misiniz, bundan on sene öncesine kadar sizin köklü imparatorluğunuzdan kaçan genç ve cüretkâr aydınlarla bizim köklü imparatorluğumuzdan kaçan genç ve cüretkâr aydınlar, aynı Paris kafelerinde, yan yana oturup hararetli hararetli münakaşa eder ve tanrı bilir ya, ne basiretsiz kararlar alırlardı. Onlara hizmet eden Fransız garsonlar, bir o masadaki konuşmalara kulak kabartırdı, bir öteki masadakilere. Sizden kaçanlar, ne pahasına olursa olsun devletlerini yıkmaktan söz ederdi. Bizden kaçanlar ise ne pahasına olursa olsun devletlerini yıkılmaktan kurtarmaktan. Bu on sene içinde sizinkiler başardılar, bizimkilerse başarısız oldular. Şimdi hangisine daha çok esef etmeli, bilmem ki? Hayat ne tuhaf, değil mi Mösyö Antipov? Çöken bir imparatorluktan kaçıp, çökmek üzere olan bir imparatorluğa sığındınız. Üniformalı Kızıllardan kaçıp da, kendinizi kızıl bir üniforma içinde buluvermeniz, şu bizim Fortuna'nın oyunlarından biri olmasın sakın?"

Pavel Pavloviç Antipov, o akşam, gelen giden müşterilerin mantolarını tutarken, patronunun söylediklerinden kulaklarında kalan uğultu tortusundan başka bir şey işitmedi. O korkunç, gülünç üniformanın içinde sadece üç gün dayanabildi, üç lanet gün. Sonra işi bırakıp, her şeyi bırakıp, bulunduğu yerde, olduğu vaziyette durdu. Arayacak bir iş, kotarılacak bir hayat, uğruna didinilecek bir gaye yokmuşçasına sadece ve öylece durdu. Bir hafta sonra Agripina Fyodorovna Antipova rengini görmek istercesine dikkatle baktı kocasına. Ve birden, onun değişemeyecek kadar sabitkadem olduğunu kabullenmek zorunda kaldı. Yaşından ötürü böyleydi (fazla yaşlıydı; hep yaşından birkaç adım önde gitmiş, şimdiyse bir köşede durmuş, yaşının kendisine yetişmesini bekliyordu); unvanından ötürü böyleydi (fazla yüksekteydi; hep daha fazla yükselmeye odaklanmış, derken daha fazla yükselebileceği bir yer kalmadığını fark ederek mıhlanmıştı); cüssesinden ötürü böyleydi (fazla heybetliydi; geçebilmesi için eğilmesi gereken kapılardan hiç geçmemeyi yeğleyecek kadar bükülmez, eğilmez, esnemez bir cüsseye sahipti). Pavel Pavloviç Antipov, özünde zayıf ve de bunun fazlasıyla farkında olan, başkaları gibi olmak için değil, kendi gibi olmamak için iktidarına dört elle sarılan, ne istediğini gayet iyi bilen ve tüm ömrü boyunca bunun için gıdım gıdım uğraşmış, adım adım tırmanmış, üstelik sonunda da bir hayli başarılı olmuş bir adamdı. Herhangi bir değişime ayak uydurabilecek en son tür!

Oysa Agripina Fyodorovna Antipova, gençliği ve toyluğuyla, kendi başına hiçbir şey yapmamışlığı ve de yapmaya kalkışmamışlığıyla, ilerleyen hamileliğiyle uyum içinde yusyuvarlak, tostoparlak bir sıfırdı. Bıraktığınız yerde durabilirdi rahatlıkla, hiç kıpırdamadan, ilanihaye durabilirdi. Ama güçlü bir esintide, yuvarlana yuvarlana oraya buraya savrulabilirdi aynı kolaylıkla. Cahillere özgü o arı cesarete ve kendi başına hiçbir şey elde etmediği, sahip olduğu her şey ona etrafındakiler tarafından bahşedildiği için, kaybettiklerinin de gene aynı kolaylıkla kendisine bir gün bir şekilde iade edileceğine dair bakir bir beklentiye sahipti. Hâlâ vaktinin çoğunu, Rusya'ya döndüğünde neler yapacağına dair uzun listeler hazırlamakla geçiriyordu. O gün gelene kadar, pekâlâ çalışabilirdi.

Böylece, daha önce hiç yapmadığı bir şeyi yapmaya, kocasından medet ummaktan vazgeçip, bizzat iş aramaya karar verdi.

Talih ondan yanaydı, çünkü talih böyle bir iddiayla karşısına çıkanları sınamaya bayılır. Böylece Beyoğlu'nun en muteber pastanelerinden birinde, garson olarak iş buldu. Artık gün boyu bu narin vitraylarla bezeli aynalı pastanede, cümlesi pürtuvalet müşterilerle tarçın ve krema kokulu mutfak arasında mekik dokuyordu. Hepsi de kulağına aynı raddede ahenksiz gelen farklı farklı dillerden, bölük pörçük kelimeler kapmıştı; ama sadece, müşterilerin üç aşağı beş yukarı aynı olan sipariş ve taleplerini anlamaya yetecek kadarını... Hiçbir zaman bundan daha fazlasını öğrenmeye çalışmadı. Zaten, gerekmedikçe açmıyordu ağzını. İşlerinin yoğunluğuna, aldığı paranın kıtlığına rağmen bir kez olsun yakındığını ya da yüzünü astığını gören olmamıştı. Gerçi patron, servis yaparken devamlı gülümsemelerini tembihlemişti ama öteki garson kızların yüzleri, müşterilerin ya da patronun görüş alanından çıktıkları anda büsbütün değişirken, Agripina'nın tebessümü dudaklarına raptedilmiş gibi günün her anında sabit kalıyordu. Üstelik diğer kızlar hemen her fırsatta işten kaytarmaya ya da kendilerini bu cendereden çekip çıkartacak bir kalantor bulmaya bakarken, o sadece ve habire çalışıyordu. Kendini paralayışında, bir an evvel bu cefa dolu günleri geride bırakma çabasından ziyade, cefaya adanmışlık vardı adeta; adanmışlığında ise, dindarca bir perhiz. Ama bu hal giderek, uysal ve itaatkâr bir tevekkülden çıkıp, inatla ve tutkuyla methiye yazmaya benziyordu kahıra. Adeta çektiği eziyetlerden ötürü gizliden gizliye kıvanç duyuyor; ağulandıkça arındığına, kullarına teslim oldukça Tanrı'ya yaklaştığına inanıyordu. Karşılaştığı zorluklar ne kadar çetin, atlatması gereken badireler ne kadar tahammülfersa ve hizmet ettiği insanlar ne kadar bayağı olursa, o kadar kabarıyordu Tanrı'nın ona olan borçları. Er ya da geç geri alacaktı hakkını. "Bu bir sınav," diyordu kendi kendine gülümseyerek. "Ne kadar kötü olursa, sonu o kadar güzel olacak".

"Niçin sırıtıyorsunuz! Ne demeye gülüyorsunuz suratımıza suratımıza?"

Agripina Fyodorovna Antipova boş boş baktı kendisine bağıran

Müslüman kadına. Ama onun şaşkınlığı, öfkeli hemcinsini daha da çileden çıkartmaktan başka bir işe yaramadı. Beriki, Müslüman erkeklerin akıllarını başlarından, paralarını ceplerinden söküp alan Beyaz Rus kadınların topunun birden sınırdışı edilmeleri gerektiğini savunan bir derneğe üyeydi: Asrî Kadınlar Cemiyeti. Cemiyetin öncelikli gündem maddeleri arasında, lepiska saçlı, ak gerdanlı, arsız bakışlı, aristokrat bozması Beyaz Rus kadınların ahlaka mugayir davranışlarını bir bir tespit edip zapta geçirmek/ bu raporlarla erkân-ı umumiyenin kapılarını aşındırıp davalarına destek toplamak/ İstanbul'un üzerine Sodom ve Gomora'nın lanetini çekecek pavyonların ve tekmil batakhanelerin kapatılmasını sağlamak/ Kiev ve Odessa genelevlerinden sökün edip, Galata sokaklarını mesken tutmuş fahişeleri kışkışlamak/ ağızları hâlâ süt kokan, gözleri daha açılmamış Müslüman delikanlıları, kendilerini bekleyen tehlikeye karşı bıkıp usanmadan uyarmak/ ve yetkililer bu konuda gerekli önlemleri alıncaya kadar, bizzat kendi imkânlarıyla yıldırma politikası izleyip, gördükleri tüm Beyaz Rus kadınlara kötü davranmak vardı.

Agripina Fyodorovna Antipova, ilk şaşkınlığı üzerinden attıktan sonra, elini boynuna götürüp Aziz Serafim'in resmini taşıyan gümüş kolye ucunu avucunun içinde sıktı. Ve ondan aldığı kuvvetle, nicedir geçmekte olduğu eza dolu ilahi sınavın yeni bir sureti olarak algıladığı kadına gülümsedi. "Yaptığın hareket doğru değildi ama ben gene de seni hoşgörebilir, hatta bağışlayabilirim. Çünkü doğrusu budur."

Akşam eve döndüğünde, bu hadiseden üstünkörü bahsetti kocasına. Zaten onun da bir şey sorduğu yoktu. Dışarısı hakkında hiçbir şey bilmek istemiyor; kendisini hoyratça silkeleyip kenara fırlatan o cinnetaver hayatın içinde varolabilmeyi başardığı için karısına hem gıpta ediyor, hem de içten içe güceniyordu. Fransız Kızılhaçı'nın tesis ettiği yatakhaneden ayrılmak zorunda kaldıklarından beri ev belledikleri izbeden nadiren dışarı çıkıyor; günlerini pencerenin önünde, Fransa'daki erkek kardeşine asla yollamayacağı mektuplar yazıp, düşüncelere dalarak ya da sokaktan geçen Müslümanları seyredip, beklediği biri varmışçasına yolları gözleyerek geçiriyordu. Bu yeknesak bekleyişe bir an evvel son vermek istemişçesine, yedi aylık doğdu bebekleri.

Oysa Agripina Fyodorovna Antipova, kocası gibi sevinçle karşılayamadı kızını. Yaptığı erken ve zor doğum şu dünyaya bir can daha kazandırmış olabilirdi ama o can kendisinden çalınmıştı. Hamileyken şu anda olduğu insandan çok daha farklıydı ve çok daha fazlası. Bütün bu zaman zarfında, Tanrı'nın bunca insan içinde onu seçtiğini kendi kendine telkin etmiş ve başına gelen her felaketi, zorlu sınavının zorunlu bir aşaması addetmişti. Tanrı'ya ve kendine olan itimadı hiç sarsılmamış; etrafındaki insanların anlayamayacağı, asla bütünüyle kavrayamayacağı bir ibret ve lanet hikâyesinin başkahramanı olduğuna yürekten inanmıştı. Hem kendisini, hem de kocasını bu atıl dünyanın pençelerinden kurtarabilmek için, ikisi adına ama tek başına didinmiş, çamura yuvarlanmış bir inci tanesi gibi yeniden temizlenip ışıldayacağı günü beklemişti. Oysa şimdi, bunca zaman boyunca yanıldığını, Tanrı'nın ta başından beri onu değil de, karnındaki bebeği kolladığını ve bu yüzden de, doğum gerçekleşir gerçekleşmez onu kendi kaderiyle baş başa bıraktığını vehmediyordu. Ne yaparsa yapsın bu eksilmişlik ve terk edilmişlik hissinden kurtulamıyordu. Yüzündeki o mağrur ışıktan geriye tek bir parıltı bile kalmamış; tüm vücudu, içinden kova kova su boşaltılmışçasına pörsüyüp küçülmüştü. Bir tek göğüsleri, bir tek onlar, hâlâ dolgun ve kocamandı; ince ince kanayan bir dudak gibi, ara ara süt sızdırıyorlardı. Öğleden sonraları bebeği emzirmek için bir koşu eve gidiyor ve hep o zalimce dokunaklı sahneyle karşılaşıyordu. Kocasını ve bebeği, pencerenin önündeki kanapede, güneşten değil de, semanın yedinci katından geliyormuşçasına altın renkli yaldızlar saçan günışığının altında, sonsuz bir saadet ve eşsiz bir masumiyetle birbirlerine sarılmış uyurken ya da oynarken buluyordu. Ve her seferinde, bir zamanlar içinde taşıyıp bir parçası olduğuna inandığı maneviyatın şimdi büsbütün dışına itilmiş olmaktan ötürü içi burkuluyordu.

Demek boz bulanık, delişmen bir nehirdi İstanbul. Demek bunca zamandır bu nehrin ortasında, sulara bata çıka debelenmesinin sebebi, bir kıyıda duran bebeğini, öteki kıyıda bekleyen kocasına sağsalim taşımakla görevlendirilmiş olmasıydı. Hamilelik, tıpkı bir kayık gibi karşı kıyıya gidip, meleklerin refakat ettiği bebeği oradan almak ve nehir boyunca içinde taşımak demekti. Doğumu gerçekleştirip bebeği karşı kıyıya ulaştırır ulaştırmaz birden değersizleşmiş; gerisin geri sulara itilip, akıntıya terk edilmişti. Ne kadar çırpınsa boşunaydı. Kapıldığı akıntı, ait olduğu sular, onu kıyıdan uzak tutuyordu. Sanki bebek bile farkındaydı bu durumun. Babasının kollarından alındığı an öfke nöbetine tutulmuşçasına kıpkırmızı kesiliyor; sütünü emerken de, bunu istediği için değil, mecburiyetten yaptığını göstermek istercesine suratını buruşturuyor ve karnını doyurur doyurmaz, ağzını memeden çekip ağlamaya başlıyordu. İşte o zaman general, bebeği kollarına alıp, şefkatle susturuyor ve Agripina Fyodorovna Antipova, giderek daha çok acı veren bu sahneye daha fazla tanık olmamak için kaçarcasına evden ayrılıyordu. Tekrar işinin başına döndüğünde, içindeki boşlukla birlikte, korkunç bir haksızlığa uğradığı hissinin de büyüdüğünü fark ediyordu. Ve gün geçtikçe vücudundan daha çok nefret ediyordu. Vücudu tek bir hedefe odaklanmış; aldığı her lokmayı, içtiği her damlayı, gördüğü her güneş ışığını, soluduğu her hava zerresini yoğurup karıştırıp süte çeviriyordu. Oysa süt sadece bebeğe yarıyordu. O gürbüzleştikçe, Agripina Fyodorovna Antipova takatten düşüyor, hayattan siliniyordu.

Her kadının doğası gereği anaç, anneliğin ise cennetteki ırmaklar kadar duru ve kutsal olduğuna hararetle inananlar buna ihtimal bile vermek istemeseler de, Agripina Fyodorovna Antipova doğurduğu "şey"i sevmemişti. Kaç zamandır içinde taşıdığı, kendinden bir parça saydığı ama neye benzediğini, neler getireceğini kestiremediği yavrusuyla yüz yüze geldiğinde, bu ufacık ama sonsuz bağımlılık abidesinden, zamanın geri alınamazlığından, sevmeye mecbur oluşundan, kendi kendinden kaçamayışından, aslında hiçbir yere kaçamayışından korktu ve ondan bir an evvel ve kati surette kurtulmak istedi. Her kadının doğası gereği anaç, anneliğin ise cennetteki ırmaklar kadar duru ve kutsal olduğuna hararetle inananlar buna ihtimal bile vermek istemeseler de, Agripina Fyodorovna Antipova bir istisna değildi. Yoksa tıpkı ulusların olduğu gibi, anneliğin de bir resmi tarihi olmazdı. Bugünden geriye doğru özenli bir elyazısıyla yazılan bir tarihçe; yabani otlarını ayıklayıp, taşlarını döşeye döşeye. Çünkü hazırlop gelmez her zaman, bazen de sonradan yeşerir sevgi; tedricen serpilir, zamanın refakatinde, damla damla. Etraftakilerin ilgisi, dokunaklı bir an, anlık bir sıcaklık ve onlarca şefkat tortusu birbirine eklemlenip, çalışkan bir yelpaze gibi şekerriz bir esintiyle zihinden kovalar tüm yakışıksız fikirleri ve meymenetsiz hisleri. Yelpaze çalıştıkça, bebeğin kendisinden önce, onunla birlikte adım adım gelişen anaç hâleyi sevmeye başlayabilir anne. Ve o hâleyi o kadar derinden benimser ki, bebeği benimser sonunda ve bebeği o kadar çok sever ki, onu hep sevdiğine, hep aynı ölçüde sevdiğine inanmak ister. Vaktiyle hissettiği sev-gi-siz-lik öylesine fena, ağıza alınmayacak, söze dökülmeyecek kadar fenadır ki, hiçbir koşulda itiraf edilemez kimselere. Kocaya itiraf edilemez mesela: "Bebeğini doğurduğuma pişman olmuştum önceleri ama sonra geçti." Ne de çocuğa: "İlk başlarda seni pek sevmemiştim ama zamanla ısındım." Ne de kendine: "Kötü biriyim ben, kendi çocuğunu sevmeyecek kadar taş kalpli." Anneliğin resmi tarihi titiz bir temizlik gerektirir hafızanın kuytularında. Agripina Fyodorovna Antipova'nın talihsizliği, bebeğini sevmeye, yani senebesene, kademe kademe sevmeye ve aslında hep aynı yoğunlukta sevdiğine kendini inandıracak kadar çok ve içten sevmeye fırsat bulamadan, onu kaybetmesi oldu.

O öğleden sonra emzirmek için eve döndüğünde, pencerenin önündeki kanapede, güneşten değil de semanın yedinci katından geliyormuşçasına altın renkli yaldızlar saçan günışığının altında, kocası ve bebek birbirlerine sımsıkı sarılmış bir halde uyuyorlardı. Her yer sarının tonlarına bürünmüştü. Perdelerin arasından kıvrılan huzmeler kehribar, generalin yüzü limonî, kanapenin kumaşı kayısı kurusu, bebeğin kundağı safransı, hemen üzerindeki küçücük top ise mora çalan bir sarıydı. Agripina Fyodorovna Antipova, güneşten kamaşan gözlerini kırpıştırarak, huzursuz bir merakla bu tuhaf topa yaklaştı. Birkaç adımdan sonra durdu ve birden, deminden beri neye bakmakta olduğunu anladı. Renkler konusunda haklıydı. İnsanlar gibi, anların ve durumların da kendilerine has renkleri vardı; bir de ölümlerin. Her canlının ölümünün rengi farklıydı. Yeni doğmuş bir bebekte bu, mora çalan sarıydı.

Biraz sonra Pavel Pavloviç Antipov uyandı. Karısının odada olduğunun farkına varmadan, kucağındaki bebeği sarsmamaya özen göstererek doğruldu, hafifçe gerinip miskin miskin esneyerek pencereden dışarı baktı. Aşağıda sokakta, kadidi çıkmış atının üzerine ciğerlerle dolu teldolaplar yüklemiş hırpani bir sokak ciğercisi, birbirinden cazgır iki ihtiyar Müslüman kadınla kavga dövüş pazarlık ediyordu. Ciğerci bir taraftan kadınlara laf yetiştirirken, bir taraftan da, teldolapların etrafında iç içe geçmiş çemberler çizen yapışkan sinekleri kovalıyor; yaşamaktan her an vazgeçecekmiş gibi görünen at da kuyruğunu ağır ağır sallayarak ona eşlik ediyordu. Sabahın erken saatlerinden beri durmadan sıcak hava üfleyen rüzgârın saçtığı bıkkınlık herkese ve her şeye öylesine derinden sirayet etmişti ki, ciğerciyle müşterilerinin çıkardıkları patırtı bile, sokakta hüküm süren uyuşuk sessizliği bozamıyordu. Pavel Pavloviç Antipov, dalgın dalgın pencereleri kapattı, arkasına yaslanıp bebeğe baktı. Baktı ve önce hiçbir şey anlamadı. Bebeğin ağzı hafifçe aralık, gözleri açık, kaşları ise hoşnutsuz bir rüyanın içinde hapis kalmışçasına çatıktı. Tüm yüzünü çizgi çizgi, kıl kadar incecik, morumtırak damarlar kaplamıştı. Yere sertçe düşüp nasıl olduysa kırılmamayı başarmış ama boylamasına enlemesine onlarca yerinden çatlamış porselen bir kâseye benziyordu. Pavel Pavloviç Antipov, bu yuvarlak ve soğuk ve morumsu sarı kafayı, içinde geleceğini görmeyi umduğu cam bir küre gibi avuçlarının arasına aldı. Ve yıllar yılı ağlamaya ağlamaya, nasıl ağlanıldığını hepten unutmuş tüm insanlar gibi o da, gözyaşlarından evvel sesini koyverebildi. Ağlayabilmesi için, önce uluması gerekti.

Huysuz ihtiyarlara satmayı başaramadığı ciğerleri tekrar teldolaplara dizmekte olan ciğerci, ortalığı aniden kaplayıveren feryadın ardındaki uğursuzluğu sezip, sıcaktan iyice mayışmış atının yularından çekiştire çekiştire ve tümen tümen sineği, bölük bölük kediyi peşi sıra sürükleye sürükleye oradan uzaklaştı.

* * *

Cenaze dönüşü Pavel Pavloviç Antipov, devrimden çok önce Avrupa'ya gidip yerleştiği için uzun yıllardır görmediği, baba mesleği askerliği sürdürmek yerine tüccarlığı seçerek Çar'a değil, paraya hizmet ettiği için alttan alta hep küçümsediği ve yanına sığınmayı gururuna yediremediği için şimdiye değin yaptığı tüm yardım tekliflerini geri çevirdiği en küçük erkek kardeşine, kendilerini Fransa'ya aldırmasını isteyen bir mektup daha yazdı ve öncekilerin aksine, bunu yolladı.

Fransa'da geçirdikleri uzun seneler boyunca general ve karısı bir daha o meşum İstanbul sabahını anmadılar ve her geçen gün, hem birbirlerinden, hem de ortak ruh iklimlerinden bir adım daha uzaklaştılar. Doğrusu bu ülkeye gelmek, ummadıkları kadar çabuk ve kolay olmuştu ama zorluklar çıksaydı bile, sırf İstanbul'un şerrinden kurtulabilmek için her şeyi göze almaya hazırlardı. Bebeğin ölümünden hemen sonra Pavel Pavloviç Antipov bir şeyi kesinkes anlamıştı: bir an önce bu yas şehrinden gitmek zorundalardı. İstanbul onlara yaramamış ya da onlar İstanbul'a yaranamamışlardı. Zorlamak anlamsızdı, çünkü çoktan kapanmış ya da muhtemelen hiç açılmamıştı şehrin baht kapıları. Soyağaçları burada kök salıp, dal budak vermediği halde, ömürlerinin bir safhasında yolu bu şehre düşenler için epi topu iki seçenek vardı: İstanbul'a ya bir şeylerden kaçarak varılır, ya da gün gelir, ondan kaçılırdı.

* * *

Agripina Fyodorovna Antipova 1922 baharında Paris'e vardığında, gebe bir sıkıntı taşıyordu ruhunda. Hâlâ savaş yorgunu şehre umarsız gözlerle bakarken, rengini keşfetmeye çalışmadı. İstanbul'daki son gününde, tuhaf bir göz hastalığına yakalanmış ve aniden yitirivermişti renkler âlemini. Artık gördüğü tüm sokaklar ve binalar, insanlar ve aynalar... her şey, siyah beyaz fotoğraf kareleriydi. Sanki tüm dünya perdelerini, pencerelerini, panjurlarını kapatıp, ona küsmüştü. Aldırmıyordu. Aldırmadığı gibi, dünyanın bu hareketini çocukça ve gülünç buluyordu. Zaten onunla ve tüm o bitmez tükenmez gaileleriyle uğraşmak istemiyordu. Tek isteği Tanrı'yı görmekti. Bebeğini sevmediği, sevmeyi bilmediği için elinden alan, onu seçip sınayan, sınayıp ortada bırakan Tanrı'nın rengini, rengiyle beraber niyetini dosdoğru görene kadar, zaten bir yanılsamalar ve yansımalar küresi olan dünyanın renklerini görüp görmemek umurunda bile değildi. Kocasının, ikinci bir bebek yapıp, yepyeni bir hayata başlamak üzere bıkıp usanmadan yinelediği telkinleri ve zamanın tüm yaraları saracağına dair tesellilerini tiksintiyle karşılıyordu. Agripina Fyodorovna Antipova, büyüyemeden ölen bebekler ile yerleşilemeden terk edilen şehirlerin birbirine benzediğini fark etmişti. Hiçbir bebek, kaybedilen kardeşin yokluğundan ismini arındıramaz ve hiçbir şehir, bir öncekinin sürgüne gönderdiğine kucak açmazdı.

Pavel Pavloviç Antipov ne o gün, ne de daha sonra Paris'le ilgilendi. Yüz karası küçük kardeşinin, bastırmaya gerek duymadığı bir hoşnutlukla uzattığı yardım elini, hoşnutsuzluğunu bastırmaya gerek duyarak tuttu ve ondan öğrenebileceği her şeyi öğrendiğinden, alabileceği her şeyi aldığından emin oluncaya dek bırakmadı. Zaman geçtikçe ticaretin de askerliğe benzediğine inanmaya başladı ve kendini tamamen bu işe adadı. Hayatının belli bir aşamasında, dönüp dolaşıp, vaktiyle burun kıvırdığı yola son sürat dalanların ilkesiz azmi onda da vardı. Arada kaybettiği zamanı telafi etmek istercesine atak ve sabırsızdı. Ama şansının tam anlamıyla açılması, çok daha sonra, yeni bir dünya savaşının çıkmasıyla mümkün olacaktı. Savaş boyunca karaborsacılıktan hatırı sayılır bir servet ve apseli bir itibar edindi. Zaman zaman el altından Almanlarla da iş yapa yapa, lastik bir top gibi yuvarlana yuvarlana geçmeyi başardı savaşın yıkıntıları arasından. Nasıl olsa fark etmiyordu. Süregiden savaş onun savaşı değildi. Artık devletlerin ya da davaların değil, sadece bireylerin zaferine inanıyordu. Ve nasıl elde edilmiş olursa olsunlar, zaferlerin yüzleri geleceğe değil, geçmişe dönüktü. Hayatta muzaffer olmak, hiç yaşanmamış, hayali bile çiğnenmemiş bir geleceğe adım adım ulaşmak değil; yaşanmadan hurdaya çıkmış bir geçmişi, atıldığı köşeden kurtarıp onararak, eski taravetine kavuşturmak demekti.

O da öyle yaptı. Artık kendisine karılık etmeyen eşinin yerine yeni bir kadın, kaybettiğinin yerine yeni bir bebek, elinden alınanın yerine yeni bir kudret edindi. Hepsi yeniydi ve hiçbiri yeni değildi. Birlikte yaşadığı genç Fransız'dan doğma bebeğini kollarına aldığında, tam tamına elli dokuz yaşındaydı. İlk bebeği gibi bu da, gözleri kül rengi bir kızdı. Yıllarca bunu Agripina'dan sakladı. Hoş saklamasa da, onun bu durumu değil kıskanmak, umursayacağı bile şüpheliydi. Kaldığı kliniğin başhekiminden gelen mektuplarda yazılanlara bakılırsa, etrafında olup bitenlere karşı alabildiğine kayıtsızdı. Hiçbir iyileşme belirtisi göstermiyor, tüm zamanını kliniğin kuzey yamacında göz alabildiğine uzanan üzüm bağlarında çalışan köylüleri seyredip, siyah-beyaz suluboya resimlerini yaparak geçiriyordu. Pavel Pavloviç Antipov bu mektupları büyük bir dikkatle, endişeyle, yeisle okuyor ve sonra da, kaldırdığı çekmecede unutuyordu. Yeni ilişkisinden son derece hoşnut ve ilk bebeğine veremediği tüm sevgiyi ikincisine vermekte kararlıydı. Buna rağmen hiçbir zaman karısından boşanmaya teşebbüs etmedi. Ziyaretine gitmekten çoktan vazgeçmiş olsa da, Agripina'nın hep ulaşabileceği yakınlıkta kalmasına özen gösterdi. Karısı, ilk başlarda onun küçük âşığı, en sebatkâr hayranı; derken zaaflarının, zayıflıklarının kurbanı ve zamanla nereden nereye geldiğinin, yolda neler yitirdiğinin biricik aynası, kişisel tarihinin en yakın tanığı olmuştu. Eş değil, arkadaş da değil; bir seyir defteriydi belki... Ve bir seyir defteri, nasıl içinde yazılanları bilmezse, Agripina'nın da tam olarak neye tanıklık ettiğinin farkında olup olmamasının bir önemi yoktu. Pavel Pavloviç Antipov, bu kıymetli defteri, zamanı gelince gidip almak üzere emin bir yerde tutuyordu.

Oysa o zaman geldiğinde Pavel Pavloviç Antipov öyle çok yaşamış, o kadar yaşlanmıştı ki, hani şu yıllar, yıllar içinde kullana kullana lime lime ettiğimiz halde ve aslında tam da böyle olması sebebiyle, kendi kendimizle baş başayken mutlu mesut tepe tepe giydiğimiz ama başkalarına yakalanınca utanıp çıkarmak istediğimiz eski püskü bir kıyafet gibi taşımaya başlamıştı yaşını. Tüm hedeflerini bir bir gerçekleştirmiş, yitirdiklerini telafi etmiş, yaşayacağı kadar yaşamıştı ama işte ondan alacağını çoktan aldığı halde, bir türlü sonlanmıyordu hayat. Etrafında onun kadar uzun yaşayan kimse yoktu. Sevdiği, gözettiği, cebelleştiği, diş bilediği ve ondan çok, çok daha genç olan insanlar birer birer çekip gittikçe, her birinin ölümünden duyduğu azap, göğüs kafesinde tortu tortu birikiyor, geceleri kalbinin üzerinde keskin, ince bir sızıya dönüşüp zonkluyordu. Ölenlerin yakınlarının, hatta kadınının ve kızının, içten içe onu suçladıklarını; sadece hayatın değil, ölümün bile büyüsünü yitirdiği böylesine cenabet bir çağda bu kadar uzun yaşadığı için herkesin ondan nefret ettiğini vehmediyordu. Doksan dört yaşındaydı ama değil kocamak, hele hele bunamak, ihtiyarlamamıştı bile. Elinden bir şey gelmiyordu. Ancak ölmekle telafi edebilirdi kusurunu ama istemekle ölünmediği gibi, ölmeyi istediği de yoktu.

Zaman zaman, topu topu üç günlüğüne patronu olan ama iğdiş sesi bunca zaman sonra bile aklından çıkmayan sarkık gıdılı Levanten'in ağzından suçluyordu kendini: "Kaç yaşındasınız Mösyö Antipov? Demek neredeyse bir asır! Bu bir asır içinde devletler iskambil kâğıtlarından kuleler gibi yıkıldı, insanlar sinekler gibi döküldü, İsrafil'in suru bir değil, belki on defa kulaklarımızı tırmaladı. Peki ya siz, kazara zamanın dışına açılan kapıdan mı geçtiniz, yoksa bile isteye iblisle pazarlığa mı oturdunuz? Daha ne kadar yaşamayı düşünüyorsunuz Mösyö Antipov? Sizi almaya gelen ölümden kaçabilmek için kendi ülkenizi terk edip, şimdi başkalarının ülkesinde ölüm sizi alsın diye bekliyor olmanız da şu bizim Fortuna'nın marifetlerinden biri olmasın sakın?"

* * *

Pavel Pavloviç Antipov tam da onulmaz kusurunun ezikliğiyle her fırsatta kendini şehir dışına atarak insanlardan uzaklaşmaya başladığı günlerde, beklenmedik bir mektup aldı başhekimden. Agripina aniden fenalaşmıştı. Bir sabah durup dururken, hastaların, hemşirelerin, doktorların şaşkın bakışları altında bağıra çağıra dışarı fırlayıp, üzüm bağlarındaki köylülerle tek tek konuşmaya kalkmış ancak söylediklerinden kimsenin bir şey anlamadığını görünce korkunç bir sinir buhranı geçirmişti. Geri getirilip, teskin edici iğnelerin yardımıyla bir nebze olsun yatıştığında, bu sefer de kliniktekilere anlatmaya çalışmıştı anlaşılmaz sözlerini. Öteki hastaları ürküttüğünü gördükçe kendinden ürkmüş, yeniden ve büsbütün içine kapanmıştı. Başhekim, Pavel Pavloviç Antipov'dan bir an önce gelip, karısını görmesini istiyordu çünkü anladığı kadarıyla, klinikteki en sessiz, en sorunsuz hastasının bunca yıldan sonra, üstelik böyle bir dönüşümü tetikleyecek hiçbir şey olmadığı halde, ani bir feveranla konuşmaya başladığı o yabancı dil, Rusçaydı.

Agripina Fyodorovna Antipova, Pavel Pavloviç Antipov'u karşısında bulunca, bunca zamandır görmediği kocasını değil de, nihayet meramını anlatabileceği birini bulmanın sevinciyle sarıldı ona ve başladı anlatmaya. Söylediklerinde ne bir anlam vardı, ne de süreklilik. Üzüm bağlarında çalışan köylülerin günbatımlarında söyledikleri şarkılardan bahsetti. Klinikteki yaşlı başlı hastaların çocukça kıskançlıklarından yakındı sonra ve Tanrı'nın vurdumduymazlığından. Durmadı. O gün ziyaret saati sona erene kadar, bir şey anlatırken birdenbire konu değiştirerek ve ikide bir, tarçın ve krema kokulu bir mutfağın sözünü ederek; en ufak bir neşe ya da yeis belirtisi dahi göstermeden ve karşısındakinin tepkilerine zerrece önem vermeden; yükselmeden, alçalmadan, tekdüzeliğinde boğuklaşan bir sesle konuştu durdu. Akşama doğru, sabırküpü dinleyicisi yanından ayrılmadan evvel, kırgın bir tebessümle bir daha ne zaman geleceğini sordu ona ve cevabı bekleyemeden, usulca daldı mecburcu, yapışkan, ilaç uykusuna.

Sessiz ziyaretçi ertesi gün tekrar geldi; bu sefer elinde tek bir gül ve koltuğunun altında koca bir paketle. Agripina gülle ilgilenmedi bile; ama paketin süslü püslü ambalajını açtığında, taşkın bir mutlulukla karşıladı içinden çıkan bonbonları ve altlarındaki yuvarlak, vernikli, resimli tepsiyi. Pavel Pavloviç Antipov'un Paris'te açıkgöz bir antikacıdan satın aldığı bu latif tepsi, bir Vishniakov çalışmasıydı. Bir boyarın sevdiği kadını evinden kaçırdığı sahne resmedilmişti üzerine. İnsanüstü bir kudretle, tek eliyle kucağındaki sevdalısını, tek eliyle de tahta merdiveni kavrayan boyar, son basamakları inmeden evvel durmuş; az sonra içine karışacakları kâh filizî, kâh neftî ormana bakıyordu. Pavel Pavloviç Antipov bir kenara çekilmiş, tepsinin karısının üzerinde nasıl bir etki yaratacağını merakla izliyordu. Gelirken görüştüğü doktorlardan biri, zaman zaman hafızanın kindar oyunlar oynayabildiğini, vücut sona doğru yaklaşırken beynin başa sarabildiğini, ömürlerinin belli ve ekseriya son demlerine vardıklarında, çocukluklarına, çocukluk dillerine dönüş yapan pek çok hasta olduğunu anlatmıştı. Tek bir eşya ya da rüya bile yetebiliyordu böylesi bir dönüşümü alttan alta tetiklemeye. Şimdi onu seyrederken, Pavel Pavloviç Antipov, şu hayatta kendisinden evvel ölmesini kaldıramayacağı tek kişinin, karısı olduğunu sezinleyebiliyordu. Seyir defteri, satır satır geri dönerek silmekteydi içinde yazılanları.

Ne var ki Agripina Fyodorovna Antipova, Vishniakov tepsisinden ziyade bonbonlarla ilgilenmişe benziyordu. Kocasının endişelerinden habersiz, rasgele seçip, müteşekkir bir gülümsemeyle uzattığı bonbonun neli olduğunu sordu. "Pembe olduğuna göre herhalde çilcklidir," cevabını aldı. Pembe! Pembeyi görmeyeli ne çok olmuştu. Jelatini açtı, şekeri ağzına attı. Pembe, hoş kokulu ve hayli tatlıydı.

Şeker ağzında erirken, tuhaf, çok tuhaf bir şey oldu. Önce boyarın kucağındaki güzel sevgilinin tedirgin bir suskunluğa raptolmuş dudakları, derken etrafta pembe olan ne varsa, birer ikişer kendini göstermeye başladı. Agripina derhal öteki bonbonlara uzandı. Her seferinde muhakkak, neli olduğunu soruyordu kocasına. Sarılar limonluydu, kırmızılar tarçınlı; yeşiller naneliydi, turuncular mandalinalı; kahverengiler karamelliydi, bej olanlarsa vanilyalı. Sonra da tadıyordu. Sarı ekşi bir renkti, kırmızıysa keskin; yeşil yakıcıydı, turuncu ise mayhoş; kahverengi kekremsiydi, bej ise buruk. Böylece her yeni bonbonla birlikte, Agripina Fyodorovna Antipova'nın İstanbul'da bıraktığı renkler teker teker geri döndüler. Duvara dayalı yatağının, camın önünde duran yazı masasıyla sandalyenin, üzerinde çeşit çeşit ilacın durduğu kiraz ağacından komodinin, Meryemana ikonasının ve boynundaki kolyeden sallanan Aziz Serafim'in sert çehresinin birer birer canlanışını izledi. Şaşkınlıktan eli ayağına dolaşarak pencerelere koştu ve orada gördüğü manzara karşısında donakaldı. Renkler her yerdeydi. Kliniğin bulunduğu tepenin yamacından başlayarak ufuk çizgisine kadar uzanan bağlar yakıcı, kalın kabuklu iri üzüm salkımlarını sepetlere doldururken şarkılar mırıldanan köylü kadınların elbiseleri mayhoş, dallarında tiz sesli gökardıç kuşları barındıran ağaçlar keskin, gökteki güneş ise ekşiydi. Renkler her yerdeydi ama içeride, dışarısı kadar çok renk yoktu. O anda aklına bir fikir geldi. Geri dönüp, yediği bonbonların jelatinlerini topladı. Bir de jelatinden gözlüklerle baktı yıllarını geçirdiği kliniğe. Bu soğuk, taş binanın koridorlarında, odaların duvarlarında, doktorların önlüklerinde, hemşirelerin sabırlı bir tebessümle taçlanmış solgun yüzlerinde, sabah akşam ikişer tane yutmak zorunda olduğu hapların içinde, hizmetçilerin günaşırı değiştirdiği çarşaflarda, her yemekte önüne konan tatsız tuzsuz bulamaçlarda hüküm süren tekdüze beyazlığı bir çırpıda silip kendi renklerine boyayan jelatinlerin birini bırakıp birini aldıkça, sadece etraf değil, karşısında durmuş gözlerini ondan ayırmayan yaşlı adam da renkten renge bürünüyordu. Değişmeyen tek şey, adamın yüzündeki kaygı dolu ifadeydi.

Durmadı Agripina. Durmadığı gibi, jelatinleri ikişer üçer üst üste koyarak yeni renkler elde etmeye koyuldu. Birkaç farklı denemeden sonra kırmızı ile maviyi üst üste getirip gözüne tuttu ve tüm dünyanın tepeden tırnağa mora kestiği ana tanıklık etti. Hırıltılı bir çığlık çıktı dudaklarından: İs-tan-bul! Bulmuştu. 19 yaşında, karnında küçük, sırtında büyük bir şişkinlikle, o pis kokulu geminin güvertesinden baktığında, sisin ardına saklandığı için göremediği rengin ne olduğunu bulmuştu. Renkler ve mekânlar koleksiyonunda, İstanbul'un rengi mordu; kurşun kaplanmış kubbelerden yansıyan göz kamaştırıcı güneşin damla damla lekeleyip, pençe pençe kavurduğu menevişli bir mor. Bu melun rengi hatırlıyordu. Döne döne, tekrar tekrar, kesik kesik sayıklamaya başladı. İstanbul! Sanki aynı ismi yüzlerce kez tekrar etmiyor da, yüzlerce tekrardan oluşan tek bir ismi başından sonuna kadar sabırla heceliyordu. Pavel Pavloviç Antipov dayanamadı; karısının ellerini avuçlarının arasına alarak, "Agripina," dedi "İstanbul'u mu hatırladın?"

Takip eden günlerde Agripina Fyodorovna Antipova kendini genç, bulunduğu yeri de İstanbul zannetmeye başladı. Ara sıra Türkçe kelimeler dökülüyordu ağzından. Avuç içleri terliyor; aklı bir gidip, bir geliyordu. Gittiğinde, yıllar sonra İstanbul'a dönüyor, geri geldiğinde ise bir parçasını orada bırakmış oluyordu. Durumunda hiçbir düzelme kaydedilmiyor; geçen her gün, hem sebatla bir öncekini tekrarlarken, hem de başka bir tekrarının olamayacağını, yakında sona varılacağını fısıldıyordu.

Bu şekilde ölmemeliydi; böyle erken ve geride taşınmaz yükler bırakarak ayrılmamalıydı bu dünyadan. Buralarda yapacak işi kalmamış ve artık gereğinden fazla yaşamış olan Pavel Pavloviç Antipov, uykusuz bir gecenin sabahında, gün ağarmadan geldi kliniğe. "Agripina," dedi "tekrar İstanbul'a gidelim ister misin?" Ve onun adeta müstehcen bir şey işitmişçesine kızararak gülümsediğini gördüğünde, bunun saklı bir "evet" olduğuna hükmetti. Öyle bir şey yapmalıydı ki, karısının ölümü, vaktinden ve kendinindinkinden çok daha evvel olsa bile, en azından şimdiye değin sürdürdüğü hayattan daha güzel olmalıydı. İşte bunun için, onun gencecikken horlanıp ezildiği, küçük ve yenik düştüğü şehre yıllar sonra geri dönüp, bunca gecikmişliğe rağmen o günlerin acısını çıkarabilmesine imkân tanımalıydı. Vaktiyle orada mahrum kaldığı zevkleri, tadamadığı lüksleri, ulaşamadığı sevinçleri bir bir önüne sererek, bu eksik güdük hikâyeyi huzur içinde tamamlayabilmesini sağlamalıydı. Kararını vermişti. Agripina, kalan ömrünü bu klinikte değil, İstanbul'da geçirmeliydi. Üstelik, ne mülteci ya da sürgün, ne sığıntı ya da yaban, ne de misafir ya da kiracı vasfıyla. Başkalarının İstanbul'unda değil, kendi İstanbul'unda olmalıydı; bizzat evsahibesi konumunda.

* * *

Geldiler. Geldiler ama ne şehir onları, ne de onlar şehri ilk görüşte tanıyabildiler. Otellerde fazladan bir gün bile kalmak istemeyen Pavel Pavloviç Antipov hiç vakit kaybetmeden, uygun bir ev aramaya başladı. Buradaki yasaların yabancıların ev satın almalarına mani olup olmadığını bilmiyordu henüz. Bilmese de, bir menfaat ya da avanta uğruna tıynetinin ibresiyle her an oynamaya hazır bunca insan varken bu dünyada, yolunun tıkanmayacağından, şöyle ya da böyle akacak bir mecra bulabileceğinden şüphesi yoktu. Ama on gün içinde karşısına çıkan fırsat, beklediğinden de öte oldu. Kaldıkları otelin sahibinin davetlisi oldukları bir akşam yemeğinde, masada yan yana düştükleri bir tefeci, şehrin en mutena semtlerinden birinde yapımına başlanmış ama yakın zamanda sahibinin beklenmedik iflası nedeniyle inşaatı yarım kalmış bir apartmandan söz ettiğinde, ayağına kadar gelen bu fırsatı kaçırmaması gerektiğini hemen anladı. Ertesi gün ilk iş, bahsi geçen inşaata gitti. Tefecinin anlattığı gibi yarım filan değildi inşaat; ortada temel atma çukurundan başka bir şey yoktu. Ama böylesi daha iyiydi, çok daha iyi. Ardından, 1920'lerin başında kendileriyle aynı kaderi paylaşan ama burada kalıp Türk vatandaşlığına geçen Beyaz Rusların izini sürmeye başladı. Hukuki işlemlerin kolaylıkla sürdürülebilmesi için, bir Türk vatandaşının isminin kâğıt üzerinde belirmesinde fayda görüyor ama kendisiyle aynı kökten gelmeyen kimseye güvenmiyordu. Sonunda, yaptıkları narin abajurları Asmalımescit'te açtıkları ufak dükkânda satarak geçimlerini sağlayan ve yaklaşık yirmi sene önce Türk vatandaşlığına geçmiş, sessiz sedasız bir karı-kocayla anlaştı. Onların sıfır hisseye sahip olduğu paravan bir şirketin üzerine yapıldı apartman. Pavel Pavloviç Antipov'un çürük tahtaya basmaya niyeti yoktu; ince ince hesapladı, gani gani ödedi. Başka koşullar altında, çokça zaman ve bolca zahmet gerektiren işlemleri, kesenin ağzını açarak hızlandırdı. Gönlünü alabilmek ve söylediği yalanlara daha kolay kanmasını sağlamak için, yüklüce bir miktar parayı da Fransa'da kalan kadınına bırakmıştı. Şikâyetçi değildi. Yıllardır ilk defa, hesap kitap yapmadan etrafına para saçıyordu. Fransa'dayken ailesiyle ortak iş yaptığı bir İstanbul Ermenisi mimarla anlaştı. Masraftan kaçınmadı. Kullanılacak tüm malzemeleri denetleyip, her gelişmeden anında haberdar edilmek istiyordu. Zaman zaman apartmanın giriş kapısının, bahçe duvarlarının, balkon demirlerinin, cephe süslemelerinin, merdiven kıvrımlarının ya da girişteki mermerlerinin nasıl olması gerektiğini karısına danıştığı olsa da, kendi bildiğini okudu daima.

Zaten Agripina da, pek hevesli görünmüyordu böylesi ayrıntılarla uğraşmaya. Istanbul'a geldiğinden beri, vaktinin çoğunu, bir an bile yanından ayrılmayan Arap hizmetçisiyle, Alsace'lı bakıcısının didişmelerini dinleyerek ya da otel odasının penceresinden denizi seyrederek geçiriyordu. Boğaz'ın sularını seyrederken yüzüne yerleşen ifade, Fransa'daki kliniğin penceresinden üzüm bağlarını seyrederken takındığı ifadeden farklı değildi. Bebeklerini defnettikleri toprağa döndüklerine sevinmişe benzemediği gibi, zaman zaman hangi şehirde olduğunu dahi karıştırıyordu. Ama mutsuz görünmüyordu. Titrek, ürkek bir yağmur bulutu gibi hem ağlamaklı, hem de hiçbir şeye değmeden, hiçbir şeyden etkilenmeden seyrediyordu İstanbul'un üzerinde.

Oysa Pavel Pavloviç Antipov'a göre, karısının dünyadan yalıtılmışlığı, hastalığının değil, masumiyetinin deliliydi. Gördüğü geçirdiği savaşlarda, farklı farklı uluslardan askerlerin cepheye sürüldükleri zaman, içlerinde tek bir masum dahi olduğu takdirde başlarına kötü bir şey gelmeyeceğine, onun hatırına hepsinin canlarının bağışlanacağına inandıklarına tanık olmuştu defalarca. Şimdi koca bir ömrün muhasebesini tutan vicdanını rahat ettirmek için çıktığı bu tuhaf yolculukta, kendi de benzer bir inançla sığınıyordu karısının ardına.

Dış duvarlar baştan aşağı külrengine, pencere çerçeveleri ve balkon demirleri de, ondan daha koyu ve daha açık olmak üzere grinin iki ayrı tonuna boyanıp, yabani bir sarmaşık gibi çift kanatlı giriş kapısını çevreleyen ince süslemeler de tamamlandığında, apartman gözkamaştırıcı güzelliği ve el değmemişliğiyle çıkıverdi ortaya. Pavel Pavloviç Antipov'un ısrarı üzerine, modası çoktan geçtiği halde Art Nouveau tarzında yapılan binanın en çarpıcı özelliği, katlardan hiçbirinin bir diğerine benzememesiydi. Giriş katındaki daireler, balkonsuzlukları telafi edilmek istenmişçesine, diğerlerinden çok daha büyük pencerelere sahiplerdi. Balkonlara gelince, bunlar da kattan kata değişiyordu. İkinci katın balkonları, yarım daire halinde dışarı doğru uzanmışken; üçüncü katın balkonları içe gömüldüğünden, dışarıdan görülme kaygısı olmadan rahatlıkla oturulabilirdi burada. Dördüncü katın balkonlarının kenarları, ikinci kattakilerinki gibi demir parmaklıklar yerine, üzerleri çiçek biçiminde kabartmalarla bezenmiş ve her iki ucuna da gerçek çiçeklerin yetiştirilebilmesi için iki büyük mermer saksı iliştirilmiş bir taş duvarla çevrelenmişti. Aradaki farklılıklar öylesine çarpıcıydı ki, insan bunlara bakarken, apartman sakinlerinin hem aynı mekânı paylaştıklarını, hem de aynı yerde yaşamadıklarını düşünmeden edemiyordu.

Ön cephede, birinci ve ikinci katların pencereleri arasına denk düşen kabartma bilhassa dikkat çekiciydi. Burada bir çember içine oturtulmuş ufacık kafalı, koca gövdeli bir tavuskuşu bulunuyordu. Tavuskuşunun ikisi sol, ikisi sağ tarafına denk düşen, biri de tam kafasının üzerinden çıkan beş tüyü, beş ayrı yöne işaret ediyordu. Tüylerin uçlarına irice gözler çizilmiş; gözlerin etrafı da kirpiği andıran incecik, çelimsiz çizgilerle bezenmişti. Biri göğe yönelen, dördü dünyanın dört ayrı yönüne bakan tüylerinin aksine, tavuskuşunun kafası öne eğik, aşağıya dönüktü. Baktığı yerde, ayaklarının dibinde, aşağıdan geçenlerin kolay kolay seçemeyeceği beyzi bir çerçevenin içinde karı kocanın isimlerinin baş harfleri işlenmişti.

"Ona ne isim vereceksin?" dedi karısına apartmanı gururla gösterdiğinde. Yasemin kokulu bir meltem tatlı tatlı eserek aralarına girdi ve Pavel Pavloviç Antipov'un ağzından, onun söyleyemediklerini dillendirdi: "Agripina, işte senin gözleri külrengi bebeğin. Seni hep çok sevecek ama verebileceğinden fazla sevgi beklemeyecek karşılığında. Tamamen ve sadece sana ait olacak ama kendini ona adamanı istemeyecek. Asla mızmızlanmayacak, ağlamayacak, hastalanmayacak ve ölmeyecek. Hiç büyümeyecek. Sen onu terk etmedikçe, o seni terk etmeyecek. Sen ne dersen öyle anılacak. Ona ne isim vereceksin?"

Agripina Fyodorovna Antipova, meltemin söylediklerini heyecanla dinledi. Birkaç dakika suskun kalıp iyice düşündükten sonra, gözleri ışıl ışıl cevap verdi: "Bonbon!"

Pavel Pavloviç Antipov, bir uzun an boyunca şaşkın bakakaldı karısına. Sonra onun neden bahsettiklerini anlamadığına hükmedip, sorusunu tekrarladı. Ama bu sefer birkaç isim önerisinde bulunmayı da ihmal etmedi. Anavatanlarına atıfta bulunan isimler seçebilirlerdi; veya şöyle 1920'lerin İstanbul'unu hatırlatacak bir kelime, o günlerin anısına. Ya da daha iyisi, buraya ikinci gelişlerinin bir öncekinden ne denli farklı olduğunu gösteren isimler seçmekti. "Zafer" isabetli olurdu mesela; ya da "Onur", "Bahtiyar", "Şahika", "Hatıra" veya "Sergüzeşt", "Serencam", "Serdengeçti". Keza "Unutma Beni Apartmanı" olabilirdi bu. Ya da "Kavuşturan", "Barıştıran", "Sevindiren". Yüzlerce manidar isimle taçlandırabilirlerdi başarılarını; taçlandırmalıydılar da, bunca emek ve cefa ve para vardı ardında. Agripina Fyodorovna Antipova, uysal bir tebessümle dinledi kocasının döktüğü dilleri. Ama cevabı hiç değişmedi.

* * *

Pavel Pavloviç Antipov ve Agripina Fyodorovna Antipova, 1 Eylül 1966'da Bonbon Palas'ın 10 numaralı dairesine taşındıklarında, tüm gökyüzü dolgun, hantal, kurşuni bulutlarla kaplanmıştı. Tanrı'nın hiç parlak jelatinli bonbonu kalmamış gibi, tüm dünya aynı yavan renge bürünmüştü. Agripina, peşinde Arap hizmetçisi ve asık suratlı Alsace'lı bakıcısıyla evi şöyle bir yarım yamalak dolaştıktan sonra doğruca balkona gitti. Çift kanatlı kapıyı açtı, balkona çıktı. Şehir tam karşısındaydı. Değişmişti, hem de çok. Güzelliğini hep içten içe kıskandığı hemcinsini yıllar sonra karşılaştıklarında solmuş, çökmüş, pörsümüş bir halde bulan bir kadının kem memnuniyetiyle baktı İstanbul'a. Sonra, güçlü bir poyraz esti; kendi sureti gözlerinin önünden geçti; zihni bulandı; gözleri buğulandı. Ama tüm bunlara rağmen hâlâ aynı şekilde mutlu mesut gülümsemeye devam ettiğini fark etti. O sırada Pavel Pavloviç Antipov da balkona çıkmış, kıvançla karısının yüzüne yerleşen tebessümü seyrediyordu. Ne kadar da mutlu görünüyordu! Değmişti işte, değmişti bunca zaman sonra bu şehre geri dönmeye. Erkekler, bilhassa Pavel Pavloviç Antipov gibi hayatın muğlaklıklarından kendi doğrularını mutlak surette teyit etmesini bekleyenler, yanlarındaki kadının tatminkâr mutluluğunu da başarılarının delili olarak görmeyi severler. Birkaç gün evvelinin yasemin kokulu melteminin yerini güçlü bir poyrazın aldığı o İstanbul akşamında karısına bakarken, Pavel Pavloviç Antipov da kendisiyle gurur duyuyordu.

* * *

Zaman Pavel Pavloviç Antipov'un korkularını haklı çıkardı. Karısı ondan önce öldü. Alsace'lı bakıcı ile Arap hizmetçi de hemen ardından Fransa'ya geri döndüler. Ama Pavel Pavloviç Antipov bir yere ayrılmadı. Agripina'yı yitirdikten sonra iki sene Bonbon Palas'ın 10 numaralı dairesinde tek başına oturdu. Öldüğünde ne bir eksik, ne bir fazla, tam tamına 100 yaşındaydı.

Böylece 1972 senesinde Bonbon Palas, Pavel Pavloviç Antipov'un gayri meşru kızına kaldı. Paris yakınlarındaki büyük kır evinde, eşi ve sonuncusunu 40 yaşında dünyaya getirdiği 4 çocuğuyla yaşayan Valerie Germain, varlığı yankısız bir boşluktan ibaret olan babasının cenazesine gelmeyip, onun Agripina ile yan yana yattığı mezarlığa ayak basmadığı gibi, bu beklenmedik mirasa karşı hep aynı ölçüde kayıtsız kaldı. Ne o zaman, ne daha sonra merak edip apartmanı görmeye geldi. Hayli tamahkâr ama bir o kadar da işinin ehli bir Türk emlakçının yardımıyla tüm daireleri kiraya verdi ve banka hesabına her ay düzenli olarak para yatırıldığı müddetçe hiçbir şeye karışmayıp, işleri uzaktan yürütmeyi tercih etti. Ne var ki, 10 numaralı daireyi kiraya vermesinin üzerinden üç hafta geçmeden, özenli bir elyazısı ve muntazam bir Fransızcayla yazılmış kısa bir mektup aldı kiracısından. Daireyi tutan kadın, Pavel Pavloviç Antipov'un ve karısının kişisel eşyalarının halen orada durmakta olduğunu haber veriyordu. Eşyalar sayıca fazla ve pahaca kıymetli olduğu için, ev sahibesinin bizzat gelip durumu görmesinde fayda olduğunu belirtiyor; ama eğer bu mümkün değilse, bir nakliye şirketiyle anlaşıp, noksansız hepsinin Fransa'ya yollanabileceğini, kendisinin de bu işlemlere yardımcı olabileceğini ekliyordu.

Valerie Germain gösterilen ilgi için teşekkür edip, istemeden de olsa böyle bir sıkıntıya yol açtığı için üzgün olduğunu belirttikten sonra, bahsi geçen eşyaların hiçbirini almayı düşünmediğini kesin bir dille ifade etti cevap mektubunda. Kiracısı, bunların arasından istediklerini dilediği gibi kullanabilir ya da başkalarına verebilir, istemediklerini de kaldırıp çöpe atabilirdi. Kararı tamamen ona bırakıyordu. Tabii eğer eşyaları evden çıkartmak için herhangi bir masraf yapmak durumunda kalırsa, bunu da kiradan düşmeye hazırdı.

Çok geçmeden bir mektup daha geldi. 10 numaralı dairedeki kadın, eşyaları çöpe atmaya kıyamayacağını, hepsinin muhakkak muhafaza edilmesi gerektiğine ve ev sahibesinin onları gördüğünde kendisine hak vereceğine inandığını belirtiyordu. O gün gelene kadar hepsine emaneten bakmaya hazırdı. Mektubunun sonuna, sözünü ettiği eşyaların neler olduğunu tek tek ayrıntılarıyla sıralayan yüz seksen bir maddelik bir liste eklemiş; bir de siyah-beyaz fotoğraf iliştirmişti. Bonbon Palas'ın fotoğrafıydı bu; tamamlanmasının hemen ardından, henüz kimse taşınmamışken ve muhtemelen Pavel Pavloviç Antipov tarafından çekilmişti.

Fotoğrafta renksiz ve suretsizdi apartman. Hiç insan yoktu içinde; ne pencerelerinde ya da balkonlarında, ne de kaldırımlarda ya da sokakta. Bir savaş çocuğu gibiydi. Tüm yakınlarını yitirmiş; büyüdüğünü görecek gözlerden yoksun kalmıştı. Ve mekânsızdı adeta. Etrafının nasıl olduğu, bulunduğu şehrin neye benzediği hakkında tek bir ipucu bile sunmuyordu. Dünya üzerinde herhangi bir yer olabilirdi burası. Şimdiki zaman dışında herhangi bir zaman...

Valerie Germain bu fotoğraftan hoşlanmıştı. Uzun bir müddet onu, alışveriş listeleri, ödenmesi gereken faturalar, kalori cetvelleri, yemek tarifleri, tatil kartpostalları ve çocuklarının çizdiği resimlerle beraber buzdolabının kapağında asılı tuttu. Sonra çocukları büyüdü, yaşı ilerledi ve Bonbon Palas'ın fotoğrafını bir zaman, bir yerlerde, kaybetti.

Şimdi...

3 NUMARA: KUAFÖR CEMAL & CELAL

"Allahım ne günah işledik de bu kokuyu verdin başımıza. Resmen çöpün içinde yaşıyoruz. Yakında evrim geçirip, horozlar gibi eşinmeye başlayacağız."

Bunları söyleyen Cemal'di ve Cemal ne zaman bir şeyler anlatıyor olsa, kimi içten, kimi lütfen, kadın gülüşleri ona eşlik ederdi. Ama bu sefer öyle olmadı. Aksine, o sözlerini bitirir bitirmez, gülle gibi bir sessizlik çöktü kuaför salonuna.

Böyle som sessizlikler nadiren yaşanırdı burada. Bunun için, her biri başlı başına imkânsız sayılabilecek pek çok hadisenin, mucizevi biçimde aynı ana tesadüf etmesi gerekirdi. Anacaddenin trafiğine takılmamak için, kestirme olsun diye peş peşe Jurnal Sokak'a saparak burayı da Arap saçına çeviren arabaların kulaklara ziyan kornalarının; köşe başında sergi açmış karpuzcunun ve onun, külüstür kamyonetiyle yaklaşık yirmi dakikada bir aynı noktadan geçecek surette durmadan semti turlayan hoparlörlü rakibinin; tabii bir de on metre ilerideki, apartmanlar arasına sıkışmış, iki salıncak, bir tahterevalli, bir de demirleri güneşte çok çabuk ısındığı için yazları sac gibi alev alev yanarak, kayanların poposunu yakan kıytırık bir kaydıraktan müteşekkil oyun parkını dolduran çocukların, aralarında anlaşmışçasına aniden ve hep birden seslerini kesmeleri gerekirdi mesela. Ama kuaför salonunun içindeki gürültü kaynakları, dış dünyanınkileri aratmayacak kadar bol olduğundan, hakiki bir sessizliğin kısa süreliğine de olsa hüküm sürebilmesi için burada, esas fevkaladelikler içerde gerçekleşmeliydi. Köşede sürekli açık duran ve hep aynı müzik kanalını gösteren televizyon bir anlığına da olsa susmalıydı mesela – bu da ancak elektrikler kesildiğinde jenaratörün çalışmasına kadar geçen o birkaç dakika boyunca ya da yanlışlıkla müşterilerden birinin kumanda aletinin üzerine oturmasıyla söz konusu olabilirdi. Küçük fön makinelerinin bağırtkan rüzgârı, saydam sadrazam kavukları gibi müşterilerin tepelerine oturtulan büyük kurutma makinelerinin tekdüze uğultusu, içerideki mutfakta hiç durmadan kaynayan semaverin fokurtusu, tavanda dönüp duran vantilatörün mekanik homurtusu, röfleli boyalı tutamlara tek tek sarılan alüminyum folyoların çıtırtısı, sıra saç yıkamaya gelince açılan muslukların şırıltısı, aniden kafasına tutulan bu suyu ya fazla sıcak ya da fazla soğuk bulan bir müşterinin dırdırı, manikür törpüsünün tırnaklara sürtünürken çıkardığı uyuz vızıltı, dipteki ağda odasından yükselen cızırtılar, yerdeki saç kırpıklarını süpürmek için ikide bir çıkarılan faraş ile süpürgenin hışırtısı ve gün boyu kâh yeni yeni katılımlarla canlanan, kâh durgunlaşıp tavsayan ama hiçbir zaman bir sonuca bağlanmayan, tamamına ermeyen sohbetler, aynı anda kesilip, bir es vermeliydi ki, kuaför salonunda mutlak ve halis bir sessizlik sağlanabilsin. Tabii bütün bunlar olsa, olabilse bile, bir de Cemal'in dilini kesmiş olması gerekirdi her şeyin üstüne.

Ama dünya mucizelerle dolu bir yerdir. En azından Bonbon Palas öyledir. Ve işte birdenbire nereden geldiği meçhul, topak topak sessizlik bulutları, ardına kadar açık pencerelerden içeri doluşup, ses geçirmez bir örtü gibi yumuşacık örtülmüştü tüm gürültü kaynaklarının üzerine. O duru sessizlikte usulca, huzurla içini çekti Celal. Sevmiyordu hengameyi kargaşayı, sabah akşam car car konuşulmasını. Elinden bir şey gelmiyordu ama. Ne de olsa, özbeöz kardeşi, tek yumurta ikiziydi günboyu maruz kaldığı ömür törpüsü tarrakanın tetikleyicisi. Çok konuşuyordu Cemal. Her zaman konuşmaya hevesi ve anlatacak şeyleri oluyordu. Hâlâ bir türlü düzeltemediği ve bundan sonra da kolay kolay düzeltebileceğe benzemediği kırık dökük aksanına aldırmadan, gün boyu müşterilerle çene çalıyor, gözü devamlı televizyonda, çıkan tüm müzik kliplerine çamur atıyor, durmadan çırakları paylıyor, başkalarının konuşmalarına kulak kabartıp, ona buna laf yetiştiriyor ve tüm bunları belli bir sıraya koyarak değil, aynı anda yapıyordu.

Gene de pek fazla kızamıyordu ona. Küçük kardeşlerinin çocukluklarının kendilerininkinden daha zor geçtiğine hükmetmiş pek çok insan gibi, Celal de müşfikane bir sevgi besliyordu üç buçuk dakika farkla peşisıra dünyaya gelen ikizine. Çocuk yaşta ayrı düşmüşlerdi birbirlerinden. Celal köyde annesiyle kalmıştı – boğucu ama sevgi dolu, sınırlı ama korunaklı bir rahmin içinde, hep ait olduğu yerde, kendi kökleriyle; Cemal ise babasıyla birlikte Avustralya'ya gitmişti – özgür ama savunmasız, sonsuz ama yapayalnız bir evrende, yabancıladığı bir dilde, hep yarı yerleşik, yarı göçebe yaşamak üzere. Hoyratça ayrılan yolları, birbirlerinden tamamen bihaber katettikleri gençlik dönemlerinin ardından, Cemal'in beklenmedik dönüşüyle yeniden kesişivermişti. Tüm akrabalar, onun memleket hasretinden döndüğüne hükmetmiş; bu suretle, yıllar evvel annesinin cenazesine gelmemekle gösterdiği vefasızlığı bir nebze de olsa bağışlamışlardı. Çünkü ülkelerin ahvali, vatandaşlarının algılarıyla oynar durmadan. Azgelişmiş ülkelerin insanları, gelişmiş ülkelerde yaşadıktan sonra, hele hele oraya ait oldukları halde, kendi aralarına katılanları sevmeyi sever. Cemal de İstanbul'a döner dönmez, din değiştirip Müslüman olmuş Hıristiyanlara, Türkiye'ye yerleşen yabancılara, her sene sektirmeden tatillerini burada geçiren turistlere ve bilhassa, Türklerle evlenip, çocuklarına Türkçe isimler koymayı kabullenmiş Batılı gelinlere vakfedilmiş ayrıcalıklı sevgiden bol bol nasiplenmişti.

Oysa işin aslı, o, yurdunu Avustralya olarak gördüğü gibi, Türkiye'den de, Türklerden de pek hoşlanmıyordu. Hele Türk kadınları! Daracık omuzları, geniş kalçaları, yukarıdan aşağıya fütursuzca genişleyen kalıplarıyla her biri küçük, bakımsız birer armuttu. Üstelik saç konusunda da oldukça muhafazakâr sayılırlardı. Hep aynı kesimler, aynı renkler. Saçlarını şöyle kısacık, erkek gibi kestirene rastlamamıştı daha. Vücutlarında tek bir kıl bile barındırmaya tahammül edemeyenlerin, saçlarını kısaltmaya gelememeleri amma da tuhaftı. Yo, hayır, burada olmaktan hoşnut değildi Cemal. Gene de bir yere gitmeyişinin yegâne sebebi, ikizinin Türkiye'ye çakılmış olmasıydı. Geride kalan yarısının, tek bir harfle ayrı düştüğü ismin, benliğindeki kapanmayan gediğin hatırına dönmüştü. Onu bu topraklardan koparabilse, alıp Avustralya'ya götürürdü şüphesiz. Ama Celal'in kendisiyle beraber gelmeyeceğini, memleketinden başka bir yerde yaşayamayacağını içten içe sezdiğinden, bunca sene sonra pılısını pırtısını ve biriktirdiği tüm parayı toplayıp, İstanbul'a yerleşmekten başka çare bulamamıştı.

Celal'e gelince, bunu ona hiçbir zaman itiraf edemeyecek olsa da, ikiziyle karşılaştığı an derin bir sıkıntı duymuştu içinde. Havaalanının dış hatlar terminalinin yolcu bekleme bölümünde dikilirken, önce şaşkınlıkla, sonra utançla bakakalmıştı kollarını açmış, sevinç nidalarıyla kendisine doğru koşturan kıvırcık saçlı, koca burunlu, iri göbekli adama. Ne kadar acayip giyinmişti: üzerinde boy boy kanguru resimleri olan gayriciddi bir tişört, altında cırtlak yeşil bir şort ve en korkuncu da o kıllı, pembe, çirkin ayaklarını insanın gözüne gözüne sokan deri sandaletler. Ne kadar hareketliydi: bir kelime anlatmak için on tane el kol hareketi yapıyor, pata küte birilerine çarpıyor, bir şeyleri deviriyordu. Ne kadar çok konuşuyordu: gözyaşları içinde bir daha ayrılmayacaklarına dair okkalı yeminler ediyor; ipe sapa gelmez planlardan söz ediyor ve lanet olsun, hiç susmuyordu. Durmadan anlattıklarına bakılırsa, yanında getirdiği parayı sermaye edip, ortak bir işe girişmeye niyetliydi. Bavullarını taşıyan kardeşine sarılıp, yanaklarına vantuz gibi öpücükler yapıştırdıktan sonra, ipten düşmemek için dengesini sağlamaya çalışan acemi bir cambaz gibi kollarını sağa sola sallayarak, "işte muhteşem ikizler!" diye bağırmıştı havaalanının ortasında. "İşin ne olduğu o kadar önemli değil. Yeter ki ayrılmayalım artık. Çıkarsak beraber çıkarız, batarsak da beraber batarız!" Yerin dibine geçen Celal ise, daha şimdiden batmış gibiydi. Kesif bir endişeyle bakakalmıştı hiç mi hiç tanımadığı, yabancıdan daha yabancı olan yansımasına.

Böyle belirsizliklere gözünü karartıp girecek biri değildi Celal ama ikizinin coşkusu karşısında yüreği yufkalaştığından pek fazla ayak direyememişti. Ve sıra her birinin elinden ne iş geldiğini anlamaya geldiğinde, ummadıkları bir tesadüfle sarsılmıştı her ikisi de: birbirlerinden ayrı ve bihaber geçirdikleri zaman zarfında, farklı farklı sebeplerden ve yollardan da olsa, aynı mesleği icra etmişlerdi. Celal kadın kuaförüydü; Cemal ise kadın-erkek ayırımının yapılmadığı bir kuaförde yıllarını geçirmişti. Bu keşif, Cemal'in taşkın coşkusunu ikiye katlamıştı anında. "İkiz kuaförler!" diye haykırmıştı kıvançla; sonra da farklı bir şey söylüyormuşçasına, daha da büyük bir heyecanla yankılamıştı kendini: "Kuaför ikizler!" Yüzündeki sonsuz memnuniyeti gören de Tanrı'ya yazdığı uzunca dilek listesinin tek tek tüm maddelerinin bir anda gerçekleştiğini sanırdı. Ağırkanlı kardeşi bir kuaför salonu açmanın artılarını eksilerini hesaplayadursun, o büyük bir şevkle kolları sıvayıp, yer aramaya başlamıştı bile. Hoşuna giden bir fikir bulunca deli fişekleşen, her ne yapılacaksa bir an önce yapmak için yanıp tutuşan Cemal'in adımlarını dikkatlice atması bugün bile pek düşük bir ihtimalken, İstanbul'un ne menem bir şehir olduğunu bilmediği, bilmeye de gerek duymadığı o günlerde, imkânsızdan da öteydi. Bir hafta bile geçmeden, kuaför salonu için ihtiyaç duydukları yeri kiralamıştı bile; hem de bir senelik kirayı peşin ödeyerek. Burası, yüksekçe bir arazide, kaçak yapılmış bir apartmanın önden bakınca ikinci katında, arkadan bakıldığında zemininde kalan, boğaz manzaralı bir daireydi. Celal daireyi görür görmez, ikizinin burayı tutmasının esas sebebi olduğunu anladığı manzaranın, kadın müşteriler hiçbir önem taşımayacağını anlatabilmek için boş yere çırpındı. Taşındılar ve aylar boyunca sinek avladılar. Derken sağanak yağmurlar başladı; salonu dört kere su, bir keresinde de, geride bıraktıkları izlerden sokak kedileri olduklarını tahmin ettikleri birtakım mahlûklar bastı. Beşinci ayın sonunda nihayet, suya ve tüye bulanmış eşyalarından kurtarabildiklerini ve Cemal'in aceleye gelmiş yatırımından artakalan paralarını toplayıp, bir kez daha denemeye karar verdiler. Bu sefer yeri Celal seçecekti. O da uzun uzun aradıktan, mevcut şartlardaki tüm seçeneklerini ince ince tarttıktan sonra, oldukça canlı bir semtte, işlek bir caddeye açılan ayakaltı bir sokak üzerinde, bir hayli eski ve bakımsız ama vaktiyle pek heybetli olduğu aşikâr, kül rengi bir apartmanın bahçe katındaki kiralık dairenin kendileri için en uygun yer olduğuna karar verdi.

"Ne tuhaf, değil mi?" dedi buradaki ilk iş günlerinde Cemal. "Ben gevezenin tekiyim ama gittim ıssız bir mahallede yer buldum. Sense hep suskunsun ama gidip gürültülü bir yer seçtin. Demek sadece birbirimize değil, kendimize de zıtmışız!"

Oysa bu zıtlık, bundan üç sene önce birlikte katıldıkları Marmara Bölgesi 19. Geleneksel Kuaförler Yarışması'nda çekilmiş; sonra da Cemal'in ısrarı üzerine büyütülüp çerçevelenerek girişte tam karşıya asılmış 50x60 cm fotoğraflarına yansımıyordu bütünüyle. Gerçi o gün Cemal üzerinde turuncu papağanlar olan bir tişört, Celal ise mat haki bir gömlek giymişti ama işte sonuçta, her ikisi de aynı saç modelini yaparak yarışmış ve finale kalamadan elenmişlerdi. En sevdikleri modeldi oysa: ensesinden bir tutam saç kıvrılan bakır kızılı, kalın örgülü, gevşekçe tutturulmuş topuz. İkisinin farklı farklı zamanlarda, başka başka mankenlere bu topuzu yaparken çekilmiş fotoğrafları arasındaki benzerlik şaşırtıcıydı. Müşteriler, fotoğraflara bakıp bakıp, aralarındaki farklılıkları tek tek ve tekrar tekrar bulmaya bayılırdı. Hem zaten kadın kuaförlerinde her şey ve herkes sürekli kendini tekrarlar. Dışarıda telaşla kendi kuyruğunu kovalayan zaman, kapıdan içeri girer girmez hantallaşıp yavaşlar ve yaz sıcağında asfalttan ayakkabınızın altına yapışmış pis bir sakız gibi çektikçe uzar, çektikçe uzar, çektikçe... Tekrarların en güzel yanı, tanıdık olmalarıdır; onların ortasındayken, kendini bildik bir mekânda, kırk yıllık dostlarının arasındaymışçasına güvende hisseder insan. Kadın kuaförleri başka hiçbir işyerine kolay kolay nasip olmayacak rehavetlerini, tekrarlarının çarkının sürekli dönüyor olmasına borçludur. Müşteriler buradayken yaptıkları her şeyi daha evvel pek çok kez yapmış olabilecekleri gibi, daha sonsuz kez de tekrarlayabilirler. Tüm kuaför katalogları aynıdır, ama olsun, gene de hepsine tek tek bakılır. Elden ele dolaşan kadın dergileri asla sonuna kadar okunmaz, gelişigüzel karıştırılır. Aynı kısımlara tekrar tekrar dönmekte beis yoktur. Aynanın önündeki kadınlar durup durup birbirlerini süzer. İki süzüş arasında, çok büyük bir değişiklik olmaz süzülen kişilerde ama olsun, gene de dönüp dönüp bakılır. Gazeteler sayfa sayfa okunmaz, baştan sona sondan başa taranır da taranır; çaylar hep yarım kalır, soğur, tazelenir, yeniden yarım kalır, yeniden soğur; süregiden sohbetler orasından burasından kesilir, konudan konuya atlanır, aynı şeyler silbaştan konuşulur, aynı klipler çıkar televizyonda, bölük pörçük izlenir; aynı şarkılar ve şarkıcılar hakkında döne döne aynı yorumlar yapılır... Hiçbir şey başından sonuna kadar tek sefer ya da tastamam yapılmak zorunda değildir. Nasıl olsa bir tekrarlar silsilesidir yaşam; başı ve sonu yoktur. Bermutad devam edecektir. Dünyanın bir dibi, kıyametin geleceği varsa bile, siz kadın kuaföründeyken çalmayacaktır İsrafil sûrunu. İstanbul'da her an her saniye bir deprem bekleyebilirsiniz. Ama kadın kuaföründeyken değil. Orada değil.

Duvardaki fotoğrafların arasındaki farklılıklar da, durup durup tespit edilirdi müşteriler tarafından. Ne de olsa kadın gözü, benzerliklerden evvel ayrıklıklara meyleder çoğu zaman. Havuzun kenarında yan yana dizilmiş, at kuyruklu, mavi mayolu beş güzel genç manken fotoğrafını üç saniyeliğine gösterin bir erkeğe. Gördüğü resim muhtemelen şu olacaktır: (havuzun kenarında durmuş, at kuyruklu, mavi mayolu genç güzel bir manken) x (5). Aynı fotoğrafı, gene üç saniyeliğine, bir kadına gösterin bu sefer: Gördüğü resim muhtemelen şu olacaktır: havuzun kenarında kimi daha dik, kimi daha kambur, at kuyruğu kimine gitmiş kimine gitmemiş, mavi mayo kimini zayıf kimini butlu göstermiş, kimi güzel ama kimi daha güzel beş adet manken.

Ne var ki, Cemal ile Celal'in Marmara Bölgesi 19. Geleneksel Kuaförlük Yarışması'nda çekilmiş fotoğrafları söz konusu olduğunda, kadın gözü bile zorlanıyordu aradaki farklılıkları bulmakta. Üzerlerine geçirdikleri giysiler ve Cemal'in gümüş takıları bir kenara bırakılırsa, yüzlerindeki ifadeye kadar her şeyleriyle aynılardı. Kafalarını aynı biçimde yana doğru yatırmalarından, saçlarını yaptıkları mankenlerin üzerine eğilme açılarına, yaptıkları işi ne denli ciddiye aldıklarını göstermek istercesine kaşlarını çatıp alınlarını kırıştırmalarından, parmaklarını büküşlerine kadar... Gene de gözlerden kaçmayan küçük bir farklılık vardı: Cemal alt dudağını ısırıyordu hafifçe – belki kardeşi kadar iyi bir kuaför olmadığını bildiğinden, belki ensesinden bir tutam saç kıvrılan bakır kızılı, kalın örgülü topuzları onun kadar sevmediğinden, belki de o anda aklı fikri işini bir an önce bitirip, yiyecek bir şeyler bulmakta olduğundan. Türkiye'ye döndüğünden beri her türlü hamur işini hapur hupur götüren, boğazına hayli düşkün Cemal ile yemek denildiğinde hep çorba anlayan, neredeyse kuş kadar yiyen Celal'in cüsselerinin nasıl olup da aynı, hem de tıpatıp aynı kalabildiği, kuaför salonunun gediklilerinin bile çözebileceklerini sanmadıkları bir muammaydı.

Ama iş mesleklerini icra ediş biçimlerine gelince, ikizlerin arasındaki benzerlikler biter, farklılıklar öne çıkardı. Bu sebepten, Cemal'in müşterileri farklı, Celal'inkiler farklıydı. Tabii aynı müşterinin gününe göre, birini değil diğerini tercih ettiği de vakiydi. Her zaman Cemal'le çene yarıştırmaya bayılanlar bile, belli zamanlarda saçlarını illa ki Celal'e yaptırırlardı mesela. Bilhassa nişan, düğün, kutlama gibi özel günler, fevkalade randevular söz konusu olduğunda, tüm müşterilerin tercihi ondan yanaydı. Mühim hadiselerin yanı sıra, acil durumların da şaşmaz adresiydi Celal. Saçlarını, evde kendi başlarına kesmeye kalkıp da yamuk yumuk kırpanlar, ucuz permalarla yıldırım çarpmıştan beter edenler, dolaştıra dolaştıra kuş yuvasına çevirenler, kulaktan dolma kocakarı ilaçlarıyla çatur çutur kurutanlar, oksijenle açıp mısır püskülüne benzetenler, sabah boyattıkları rengi akşam beğenmeyenler, acemi kuaförlerin sallapati denemelerine kurban edenler, olmadık bir modelde kestirip ertesi gün bin pişman olanlar da yana yakıla Celal'in ellerine teslim ederlerdi kafalarını. Onun, kardeşininkine zerre kadar benzemeyen mizacı böyle zor durumlarda devreye girer ve dara düşen tüm müşterilerin içine su serperdi. Ağırbaşlı suskunluğu, işine saygısı ve tescilli maharetiyle, ne kadar feci durumda olursa olsun kurtaramayacağı saç, kotaramayacağı model olamayacağı hususunda herkes hemfikirdi.

Hangi müşterinin saçını ne zaman kime yaptırdığı, iki kardeş arasında hiçbir zaman mesele yaratmamıştı. Daha pek çok konuda olduğu gibi, bu konuda da aralarında sessiz bir anlaşma hüküm sürüyor; kendiliğinden oluşuveren rol dağılımı çiğnenmediği müddetçe kimse kimseye gocunmuyordu. Ekseriya, bir kadının kapıdan içeri girmesini takip eden ilk iki dakika içinde, derdinin ne olduğunu şıp diye anlar ve karşılamayı ona göre yaparlardı. Gelen müşteri yüzünde çaresiz bir ifadeyle içeri dalıp, çıngırakları paralayacak kadar sert açtıysa kapıyı, Celal yapmakta olduğu işi bırakıp, ağır adımlarla onu karşılar; bir yandan da, gözleri karşıdakinin saçında, kendisini bekleyen sorunun büyüklüğünü kestirmeye çalışırdı. Telaşa mahal olmayan sıradan durumlarda ise, karşılama faslını yapmak Cemal'e düşerdi. O da, muhtemelen o esnada yapmakta olduğu konuşmayı kesip, dozunu bir türlü tutturamadığı bir nezaketle eğilip bükülerek müşteriyi karşılar ve eğer karşısındaki tanıdıksa, son gelişinden bu yana arayı açtığı için sitem dolu birkaç laf sokuşturmayı da ihmal etmezdi. Cemal'e kalsa, her kadın her gün en az bir saatini kuaförde geçirmeliydi.

Ancak kuaför salonunun müdavimlerinden sayılabileceği halde, başından itibaren bir kez olsun sektirmeden saçlarını yalnızca Celal'e yaptıran bir kişi vardı. Az evvel aniden ortalığı kaplayan nadide sessizlikten en az onun kadar huzur duyan biri: Madam Teyze. Bonbon Palas'ın en üst katında, 10 numaralı dairede tek başına yaşayan bu ufak tefek yaşlı kadın, hiç aksatmadan on beş günde bir, seyrek cılız saçlarını uçlarından aldırtıp, düzgünce taratır ve ayda bir de platin sarısına boyatırdı. Kuaför salonunun gediklilerinin içlerine dert, dillerine pelesenk olmuştu bu mevzu. Platin sarısı için fazla yaşlıydı kadın ya da yaşına göre fazla platin sarısı. Yetmiş sekiz yaşındaydı. Sarışın olmak için uygunsuz bir yaş. Hadi oldu, bari bu kadar ciddi, böyle ağır durmasaydı. Vakar mostrası. Böyle olacağına, şöyle esprili, hiç olmazsa az biraz dalgacı, felekle hesabını bir türlü düremediğinden Tanrı'yla hesaplaşmaya hâlâ gelememiş, yaşadığı bohem hayatın parıltılı izleri gözlerinden okunan, ayıp yasak tanımayan, kimseyi de tınmayan, nüktedan, çaçaron, bahtiyar bir ihtiyarcık olsaydı mesela. O zaman, yakışık alabilirdi saçı. Ama o, hem namazında niyazında haminneler gibi laçkalıktan uzak, hem cetvelle çizilmiş gibi pürnizam ve külçe gibi ağır, hem de platin sarısıydı üstüne üstelik. Bu kadarı kuaför salonunun gediklileri için fazlaydı.

Fazlaydı çünkü renklerin ve boyaların kodlanmış dünyasında kurallar katî'dir. Herkes bunu bilir. Sarıya boyanmış saçlar saygınlıkla bağdaşmaz. Sarışın bir kadın ancak bir koşulla delebilir bu kuralı: eğer hakiki sarışınsa! Orijinalite, sarışınlara özgü bir derttir. Kızıllar, esmerler, kumrallar ve albinolar saçlarını diledikleri kadar sık ve olabildiğince farklı tonlarda boyatabilir ama asla günde elli kere bunun hakiki renkleri olup olmadığı sorusuyla karşılaşmazlar. Sarışınlık hevesi, yalana mecbur, hinliğe meyyal kılar kadınları. Oysa çok da çabuk ortaya çıkar foyaları. Onlar karşılarındakini ikna etmeye çalışadursun, saç diplerinden sinsice sırıtır hakikat. Heveslisini hilekâr, hakikisini asosyal yapar sarışınlık.

Ama işte, saçlarının rengi ya da bu yaşta makyaj yapıyor olması bile örseleyemiyordu Madam Teyze'nin etrafındakilerde uyandırdığı saygınlığı. Katmerli ağırbaşlılığı ve haşmetli suskunluğuyla onun Celal'in müşterisi olacağı ve hep öyle kalacağı daha ilk günden belli olmuştu. Birbirlerini gördüklerinde gözlerinin parlayışına bakılırsa gayet iyi anlaşıyorlardı da, her ikisi de nadiren ağızlarını açıp birkaç kelime ettikleri halde, nasıl kaynaştıklarını kestirmek zordu. Zaten onlara kalsa, her ay karneyle verilmeliydi insanlara kelimeler. Herkes, ağzından çıkan sözlerin, tıpkı içtiği su, işlediği toprak gibi kıt kaynaklardan olduğunu, konuştukça sınırlı payından tükettiğini bilmeliydi.

Fakat ne yazık ki bu öğleden sonra, en fazla dört dakika sürebildi birbirinden sükûtperest ikilinin dinginliği. Aniden hızla itildi kapı, şöyle bir sarsıldı çıngırak. Caddeden geçen hoparlörlü karpuzcunun sağa sola emirler yağdırıyormuşçasına çıkan mekanik sesiyle birlikte genç bir kadın, çabuk ama telaşsız adımlarla içeriye daldı. Boyunlarına, leopar desenli muşamba örtüler bağlanmış, bir duvarı boydan boya kaplayan aynanın önündeki döner koltuklara yan yana dizilmiş, hepsi de Cemal'in müşterisi üç miskin kadın, üzerlerindeki bigudiler, firketeler, boneler ve alüminyum folyolarla beraber kafalarını çevirerek, aralarına yeni katılanı şöyle bir baştan ayağa süzdüler. Onun kim olduğunu anlar anlamaz, daha derin bir merakla bir de ayaktan başa süzdüler. Bu önemli bir andı. Zira Mavi Metres şimdiye kadar bu kuaförden içeri adımını atmamıştı.

Celal gözucuyla kapıdan yana şöyle bir bakıp, işine döndü. Şu anda yaşlı dostunun platin sarısı tutamları dışında bir saçla ilgilenmeye niyeti yoktu; hem zaten, bu yeni müşteri, her kimse, onun müşterisi gibi durmuyordu. Ne var ki Cemal, ikizi kadar kayıtsız değildi, ne de onun kadar bilgisiz. Bilakis, kuaför salonunda yaz kış, sabahtan akşama sebil edilen dedikodulardan Mavi Metres hakkında bol bol bilgi damıtmış sayılırdı. Onun epi topu yirmi iki yaşında olduğunu biliyordu mesela. Bundan birkaç hafta önce sokağın başında, kendisine laf atıp sarkıntılık etmeye kalkan bir delikanlının üzerine yürüdüğünü, karşıdaki işi pişkinliğe vurunca da, o esnada bidona atmak için elinde taşıdığı çöp torbasını açıp, içindekileri tacizcisinin kafasından aşağı döktüğünü de duymuştu keza. Hacı yönetici, apartmana ortak gelen ve her hanenin içindeki kişi sayısına göre pay ödediği su masrafını hesaplarken, ona bir değil, iki kişilik makbuz hazırladığında kavga çıkardığını da biliyordu; ve tabii, 8 numaralı daireyi tek başına tuttuğu, tek başına oturacağını söylediği halde, babası yaşında bir zeytinyağı tüccarıyla metres hayatı sürdürdüğünü, adamın haftanın en az dört günü onun evinden çıkmadığını ve suratsızın teki olduğunu da. Tüm bunları biliyor ve doğrusu, daha fazlasını öğrenmeye can atıyordu.

Elindeki röfle fırçasını çıraklardan sivilceli olanına devrettiği gibi, kakavan bir gülümsemeyle kapıya yönelirken, şipşak bir boy fotoğrafını çıkarıverdi bu beklenmedik müşterinin. Öyle ahım şahım bir tarafı yoktu vücudunun. Armut olmasa bile, armudumsuydu işte. Askılı, uzun, tiril tiril bir elbise giymişti; bir metres için fazla kapalı. Ama altına jüpon giymediğinden, cam kapıdan sızan güneşin altında, olduğu gibi görünüyordu bacakları. Vücudunu aynı anda hem saklamak, hem sergilemek ister gibi bir hali vardı; belki de sadece kafası karışıktı. Ve suratı... ilginç olan suratıydı. Bazı insanların suratı, üzerine deri geçirilmiş bir mıknatıstır. Kişiliklerinin tüm girdisi çıktısı, inişi çıkışı, özü özeti orada toplanır. Onlar suratlarıyla düşünür; suratlarıyla konuşur, yürür, tartışır, acıkır, sevinir, sever ya da sevişir. Vücutları, suratlarını taşımak üzere konulmuş gerekli ama bir o kadar fuzuli bir kaideden ibarettir. Onlar yürüyen birer surattır aslında. Bu sebepten, hiçbir zaman saklayamazlar duygularını. Her ne hissediyorlarsa anında ve olduğu gibi yansır suratlarına. Mavi Metres'in minnacık, masmavi bir hızmayla süslediği solgun suratı da, şu anda canının oldukça sıkkın olduğunu belli etmemeye çalıştığını haykırıyordu bas bas. Cemal ona doğru bir adım daha attı ve hiç âdeti olmadığı halde, kadın kuaförlerinin müşteri karşılama geleneğini çiğneyerek, Mavi Metres'in elini sıktı. Cins-i latifle sohbet geliştirmekte asla zorluk çekmeyen ama onları alttan alta hep küçümseyen pek çok gizli eşcinsel gibi o da, hemcinsleri tarafından yarı gıpta, yarı nefretle dışlanan kadınlara özel bir ilgi duyuyordu.

Mavi Metres, kuaför salonunun çeşitli mevzilerinden kendisine yöneltilen meraklı, cevval, fesad bakışlardan sıyrılmaya çalışarak, sakıngan, sıkkın, çabuk adımlarla Cemal'in kendisine gösterdiği döner koltuğa doğru ilerledi. Diğer kadınlarla birlikte uzun, geniş aynanın önündeki yerini aldığında, bakışlar ve bakışmalar katlana katlana, yansıya yansıya çoğaldı. Haftada bir dip boyası için gelen ve bu işi bu kadar sık yaptırmasına gerek olmadığına bir türlü ikna edilemeyen şehla sarışın, perma ilacının tutmasını beklerken sigaraların birini söndürüp birini yakan ve parmak aralarına pamuklar sıkıştırılmış pedikürlü ayağını durmadan sallayan asabi kumral, saçlarıyla beraber kaşlarını da boyattığı için, gözlerinin üzerinde kurudukça turunculaşmış iki kalın çizgiyle oturan tıknaz kızıl ve en kenardaki ufak tefek yaşlı kadın, takdim edilmeyi beklercesine gözlerini dikmiş ona bakmaktaydılar.

Çıraklardan sivilceli olanı, mümkün olduğunca ona dokunmamaya çalışarak, üzeri boya lekeleriyle bezeli, leopar desenli bir muşambayı Mavi Metres'in boynuna bağlayıp, hızla oradan uzaklaştı. Sivilcelerinden ötürü nicedir işitmediği müstehcen alay kalmayan ve yüzünün ona düşman kesilip, geceleri tek elinin işlediği tüm günahları ertesi gün bağıra bağıra, kırmızı kırmızı önüne gelene ilan etmesinden dehşetli sıkıntı duyan çırak için, ömrünün bu hassas safhasında bir kadın kuaföründe çalışmak zorunda kalmak, büyük bir talihsizlikti. Oğlan sarsak adımlarla geri geri giderken, açık duran pencereden sessizce içeri süzülmüş kediyi fark edemedi. Kuyruğuna basılan hayvanın çıkardığı yırtıcı ses üzerine, tüm kadınların dikkati o yöne çevrildi.

Uzun tüylü, nemrut suratlı, irikıyım, katran karası bir kediydi. Hani şu gördükleri her insana, kediler ile insanlar arasında ta kalubelâdan beri devam eden kanlı bıçaklı bir kavga varmışçasına gözlerini kısarak, boka bakar gibi bakan kedilerden. Bununla beraber, burnunun kenarlarından başlayıp çenesinin altına kadar uzanan bembeyaz, değirmi bir kıl tutamı, daha az evvel yoğurt dolu bir kâseye sokup çıkarmışlar gibi bir görüntü verdiğinden yüzüne, her şeye rağmen sevimli bir yanı da vardı.

"Gel Çöplük! Gel başımızın belası!" diye seslendi Cemal, Mavi

Metres'in kediden hoşlandığını fark edince.

"Niye Çöplük diyorsunuz bu kediye?" diye sordu Mavi Metres. Ardından, kimden yüz bulabileceğini derhal çakmış ve çoktan ayaklarına sürtünmeye başlamış hayvanı iki eliyle kavradığı gibi havaya kaldırdı. Ve kadınların bebekleri severken kullandıkları cicili bicili ses tonuyla aynı soruyu bir de kediye yöneltti: "Niye Çöplük diyorlar sana? Ha güzelim? Hiç Çöplük denir mi böyle güzel kediye?"

"Burnu çöplükten çıkmıyor ki beyfendinin," dedi Cemal neşeyle. Mavi Metres ile yakınlaşmasına vesile olduğu için her zamankinden sevimli görünüyordu Çöplük gözüne. "Koskoca İstanbul'da bunun kadar şanslı kedi yoktur herhalde. Öyle aman aman bir güzelliği de yok, şu surata bakın Allah aşkına. Bu kadar pis bakan kedi gördünüz mü başka? Yılan olacakmış da üstüne uyan deri bulamamış, mecburen kedi gelmiş dünyaya. Ama gene de ne yapar, ne eder, kendini sevdirmenin bir yolunu bulur. Şeytan tüyü mü var nedir. Bu civarda kimin yanına gitse, muhakkak yiyecek bir şeyler koparır. Ama doymaz ki, katiyen doymaz. Tıkınır tıkınır, sonra da soluğu çöpte alır. Duvar dibindeki çöplük bunun krallığı zaten. Valla billa gözümle görmesem inanmazdım. Şu salonu yeni tutmuştuk. Boyasını badanasını tamamlamışız, artık böyle son hazırlıkları yapıyoruz, bütün gün çalışmaktan imanımız gevremiş, kurt gibi acıkmışız, ne yapalım ne edelim, en iyisi şu yandaki tavukçudan tavuk ısmarlayalım dedik. Biliyorsunuz değil mi nasıl da kocamandır porsiyonları? Yanında pilavı-salatası-kızarmış patatesi tepeleme geliyor. Neyse lafı uzatmayayım. İşte ne olduysa bir karışıklık olmuş, bir piliç fazla göndermişler. Biz de geri vermedik, açız ya gözümüz dönmüş, yeriz zannettik. Yiyemedik tabii. Herkes kendi önündekini zor bitirdi. Hele Celal, gene kuş kadar gagaladı. Biz yemeklerimizi yerken, seninki kokuyu almış çıktı geldi. O zamanlar bilmiyordum buna Çöplük dediklerini. Bu böyle gelip karşımızda yalanmaya başladı. Zannedersin ki günlerdir aç garibim. Acıdık haline, tuttuk önüne tavuk koyduk. Valla yalanım varsa ne olayım, kafayı bir daldırdı, şapur şupur telaştan boğulacak, arkasından dobermanlar kovalıyor sanki. Kemik bile bırakmadı geride. Gözümüzün önünde tepeleme dolu bir tabak tavuğu sildi süpürdü. O sıralarda Kedi

Peygamberi otururdu 2 numarada. O da başka bir çatlak! Siz deyin 20, ben diyim 30 tane kedisi vardı. Buram buram kedi çişi kokardı ortalık. Gene de o koku bile, şimdiki çöp kokusundan iyiydi ya neyse. Biz de siz gelmeden önce onu konuşuyorduk. Böyle çöplerin içinde yaşaya yaşaya, yakında horozlar gibi eşineceğiz diyordum Celal'e. Değil mi Celal?"

Celal başıyla onaylamakla yetindi.

"Bu Çöplük, o kadar yemeğin üstüne, gidip 2 numaranın kedi mamalarına dadandı katur kutur. Ama Kedi Peygamberi'nin aşireti bunu bir güzel pataklayınca, bizimki kös kös döndü yanımıza. Geldi bizim artıkları da güzelce temizledi. Celal'in artırdıklarını da yaladı yuttu. Kızarmış patates koyduk önüne, pek tutmadı ama onları da tırtıkladı. Artık hepimiz işi gücü bıraktık dehşetle hayvanı seyrediyoruz, ne zaman patlayacak diye iddiaya girdik."

Sadece aynanın önünde dizili kadınlar değil, bu hikâyeyi en az kırk kere dinlemiş olan manikürcü kız ile çıraklar bile, cankulağıyla takip ediyorlardı Cemal'i. Abisi kadar iyi bir kuaför olmayabilirdi ama lafazanlığa gelince, kimse onun eline su dökemezdi. Dil konusunda şaşılası bir maharete sahipti. Şimdi buradan alınıp, haritada yerini dahi bulamayacağı bir ülkeye bırakılsa, sırf etrafındakilerin ne konuştuğunu anlamak ve onlara laf yetiştirebilmek için tez zamanda sular seller gibi öğrenebilirdi oranın dilini. Keza, Avustralya'da geçirdiği uzun yıllar boyunca havı dökülen Türkçesini beş sene içinde tepeden tırnağa onarıp, gıcır gıcır parlatmayı başarmıştı. Tek mesele kendini ele veren aksanıydı. Ama Celal, üç buçuk dakika farkla küçük kardeşinin, bir türlü düzeltemediği için mi, yoksa müşterilerin böyle daha çok hoşuna gittiğini düşündüğü için mi, aksanlı konuşmaya devam ettiğinden emin değildi.

"Tıkındı tıkındı, en sonunda kalktı gerine gerine. Yürüyemiyor ki. Hayvan oldu safi göbek! Artık ağırlıktan adım atamıyor, göbeğini sürükleye sürükleye gitti. Biz de peşinden seğirttik. Bu çıktı dışarı, şu yan bahçenin duvarına atladı. Ama nasıl atlama? O kadar ağırlaşmış ki, göbeği takıldı, düşüyordu az kalsın. Eh artık kıvrılır uyur iki gün kendine gelemez zannettik. Ne gezer? Ne yaptı biliyor musunuz? Bahçe duvarının öbür tarafına atladı. Oraya bıraktıkları çöp torbaları var ya. Maalesef, çöplükte yaşar olduk. Bu böyle soktu kafasını, çöpleri karıştırmaya başladı. Baktık, balık kafası bulmuş bir sürü. Şapur şupur onları yiyor. Artık daha ne yedi onun da üstüne bilmem. Bize fenalık geldi. O yedikçe biz ağırlaştık. Dayanamadık içeri kaçtık. Valla o gün bugündür gözüm korkar bu kediden. Aç kalınca sahiplerini yiyen kedileri çok duyduk ama bu Çöplük, karnı tokken bile hepimizi yer yutar. Üstüne de çöplerden bulduklarıyla cila çeker bi güzel!"

"Vallahi anladı kendinden bahsedildiğini," dedi tıknaz kızıl. Gülerken alnını kırıştırmaktan korktuğu, gülmeden de duramadığı için, elleriyle sabit tutmaya çalışıyordu boyalı kaşlarını.

"Anlasın. Yalan mı sanki? Bununki mide değil, çöplük! Adı da Çöplük, midesi de çöplük!" diye homurdandı Cemal, deminden beri gözlerini kısmış dikkatle kendisini seyreden kediye dönüp, elindeki fön makinasını sallayarak.

Fön makinası! İçi su dolu bir kovaya düşmenin bile bu uğultulu canavarın soluğuna maruz kalmak kadar korkunç olmadığını tecrübeyle bilen kedi, göz açıp kapayıncaya kadar Mavi Metres'in kucağından sıyrıldığı gibi, açık duran cama sıçradı. Orada bir an durup, kuafördekileri hoşnutsuz bir nazarla son kez süzdükten sonra, içine sünger yerine caka doldurulmuş tüylü bir oyuncak gibi devriliverdi boşluğa. Fakat patileri bahçeye basamadan, tuhaf bir şey geldi başına. Yaklaşık beş saniyedir, kuru bir yaprak ya da kâğıt parçasıymış gibi adeta gerçekdışı bir yavaşlıkla Bonbon Palas'ın en üst katından süzüle süzüle inmekte olan kenarları fırfırlı, yakası kolalı, üzerinde minicik minicik onlarca denizkızı olan lacivert kadifeden bir çocuk elbisesi, toprağa varmasına ramak kala pat diye yoluna çıkan kedinin üzerine düştü. İkisi yere birlikte kondu.

"Ay bakın bakın! Elbise yağıyor yukarıdan," diye heyecanla bağırdı, o esnada 113 numara bordo ojeyi bulmak için pencerenin önündeki etajeri karıştırmakta olan manikürcü kız.

Cemal, tıknaz kızıl, şehla sarışın ve çıraklar anında bitiverdiler pencerelerin önünde. Az sonra onların ısrarına dayanamayan Mavi Metres isteksiz adımlarla, asabi kumral da pedikürlü ayağının üzerine basmamaya gayret ederek topallaya topallaya kalkıp geldiler. Gerçekten de kıyafet yağıyordu yukarıdan; renk renk, çeşit çeşit çocuk kıyafetleri. Kaldırımda biriken sekiz-on kişilik topluluğa bakılırsa, onlardan başka seyircileri de vardı bu beklenmedik gösterinin. Hepsi de başlarını yukarıya kaldırıp, gözlerini sabit bir noktaya kilitlemiş, elbiseleri atanı görmeye çalışıyordu. Ancak olayın faili bir türlü çıkmıyordu ortaya. Sadece çıplak, takısız, karbeyaz bir kadın kolu, seri aralıklarla Bonbon Palas'ın en üst katındaki dairenin, bahçeye bakan penceresinde bir görünüp bir kayboluyor ve dışarı her çıkışında, bir başka giysi parçasını bırakıyordu boşluğa.

Giysiler peş peşe yağarken, manikürcü kız pencereden dışarı sarkıp, senenin ilk karına dokunmaya çalışan birinin sevinciyle birini tutmaya çalıştı. Önlükler, elbiseler, çoraplar, kazaklar, gömlekler, süveterler arasından reçine sarısı bir kurdelayı yakalamayı başardı.

"Yapmayın, ayıp oluyor," dedi deminden beri istifini bozmayan Madam Teyze. Ölgün sesi pürtüklü bir duvar, tırtıklı bir kâğıt gibi belli belirsiz yükselip alçaldı.

Manikürcü kız, tam da bir başkasının cinnetine hınzırca tanıklık etmenin tadına vardığı anda, erdemli olmak zorunda bırakılmanın derin hoşnutsuzluğuyla homurdandı. Beş karış suratla, bahçedeki kıyafet yığınının üzerine fırlattı kurdelayı. Çok sürmedi. Biriki dakika sonra kendiliğinden sona erdi elbise yağmuru. Kapanışı, mavi kumaştan bir okul önlüğü yaptı. Utangaç bir paraşüt gibi açılıp sessiz sedasız iniverdi seleflerinin üzerine. En üst katta pencereler gürültüyle kapandı, karbeyaz kol içeri kaçtı. Kaldırımdaki seyirciler birer ikişer dağılırken, içeridekiler de yerlerine döndüler.

"Evladım, birer kahve yap hepimize," dedi Cemal çıraklardan sivilcesiz olana. "Sinirlerimiz ayağa kalktı valla." Kenardaki üçlü koltuğa çöküverdi. Birden yorulduğunu hissetmişti. "Bıktık usandık valla. Buraya taşındığımızdan beri başımıza yağmayan kalmadı. Manyak kadın evde sağlam bir şey bırakmadı, tepesi attıkça açıyor camları, hooop ne varsa aşağı. Bi gün kaldırıp televizyon filan atacak, artık hangimizin kafasına gelirse, bok yoluna gideceğiz."

Bir an daldı. Durup dururken canı sıkılmıştı. Ama derhal toparlandı; sebepsiz çöreklenen kederden korkardı oldum olası.

"Ne de yaratıcı! Bir attığını bir daha atmıyor. Celal hatırlıyor musun, bir keresinde kocasının kravatlarını atmıştı aşağı da, kravatlar gülibrişime takılı kalmıştı günlerce."

Kardeşinden cevap gelmesini ummadığından, ona değil, müşterilere dönerek devam etti konuşmaya: "Celal çıktı da indirdi kravatları. Çoluğu çocuğu çıkartmadı, gülibrişimin dallarını kırarlar diye. Kendi tırmandı. O olmasa daha günlerce sallanıp dururdu sümsük herifin kravatları."

Celal sıkıntıyla gülümsedi. "Birisi çıkıp da kıyafetleri toplasa bari. Hava kararıyor, yürütürler valla," diye mırıldandı konunun ekseni olmaktan kurtulmak için.

"Topluyor topluyor. Yeni gündelikçi aşağı inmiş, topluyor hepsini. Ay yazık kadıncağız utancından kıpkırmızı olmuş, sanki kendi atmış gibi," dedi manikürcü kız.

"Çok sürmez. Bu da işi bırakır yakında," diye mırıldandı asabi kumral, sigarasının dumanını savururken. Bir yandan da aynaya doğru eğilmiş, çıraklardan sivilceli olanın tek tek açmaya başladığı ince bigudilerin altından çıkan permalı tutamlarını inceliyordu.

"Oooh, Tijen'e gündelikçi mi dayanır? Gelen kaçıyor," dedi Cemal.

"Hijyen Tijen! Hijyen Tijen!" diye kıkırdadı şehla sarışın. "Kadın tam dört aydır evinden dışarı adımını atmamış. Düşünebiliyor musunuz? Mikrop kapıcam diye sokağa çıkmaz olmuş artık. Bu aralar hepten kaçırdı keçileri."

"Yok canım, ne bu araları Allahaşkına? Bilenler anlatıyor, oldum olası kaçıkmış. Madam Teyze bilir onların bu apartmana gelişlerini. Diil mi Madam Teyze?" diye bağırdı manikürcü kız. Pek çok yaşıtı gibi, yaşlı biriyle konuşurken sesini lüzumlu lüzumsuz yükseltme gereği duyuyordu o da.

Bütün başlar yaşlı kadına çevrildi. Aslında ona neden "Madam Teyze" dendiğini bilen yoktu. Kimse gayrimüslim olup olmadığını kurcalamamıştı şimdiye değin. Ama bir soran olsa, Türk ve Müslüman olduğunu söylerlerdi muhtemelen. Gene de ona "Madam" diye hitap etmekten kendilerini alamamalarının sebebi yaşlı kadının dininden ya da uyruğundan şüphe duymaları değil, onda bir başkalık olduğunu içten içe hissetmeleri ve bunu tam olarak nasıl açıklayacaklarını bilememeleriydi. Sadece yaşı ya da tavırları değildi onu ötekilerden ayıran; sanki çok daha derinlerde, özündeydi yabancılığı, yabansılığı. Farklıydı ya mayası, bu yüzden adı "Madam"dı. Öte yandan, yıllardır buradaydı; herkesten daha çok kök salmıştı bulunduğu yere. Aralarında bir tek o doğma büyüme İstanbulluydu. Komşuların tümü kona göçe bir yerlerden kalkıp geldiği halde buralara, onun ömrü bu semtte geçmişti. Ötekiler gibi pattadak bitivermemiş, bir türlü gelmeyen bir geleceğe yüzünü, bir türlü geçmeyen bir geçmişe sırtını dönmemiş, başkalarının peşi sıra sürüklenmediği gibi başkalarını da peşi sıra sürüklememiş, eksilmeden, eksiltmeden, demadem vücut bulmuştu yıllanmışlığında. Kimsenin yaşamadığı maziden bakiyeydi ya varlığı, bu yüzden adı "Teyze" idi.

Madam Teyze kavruk bir gülümsemeyle eğdi başını. Üzerlerine kahverengi lekeler çiselemiş, mavi-mor-bordo damarlı ellerine baktı. Bu lekelerin daha solgun ve minikleri, şakaklarından yanaklarına doğru gelişigüzel serpilmişlerdi. Eğer teninde taşıdığı en çığırtkan renkler bunlardan ibaret olsaydı, onun yaşındaki pek çok kadın gibi, artık daha fazla yaşlanamayacak kadar yaşlı görünecekti. Ancak, incecik dudaklarına sürülmekten çok çıkartma gibi yapıştırılmışa benzeyen rujun turuncusu, yaprak biçimindeki altın küpelerinin şemsi sarısı, yanaklarında iç içe geçmiş kırışıklıkları yol yol belirginleştiren allığı, gözkapaklarında tortu tortu toplanan farın eflatun tonları ve boncuk gözlerinin lacivert-gri ışıltısı, tabii bir de saçlarının platin sarısı, uçarı delikler, haşarı geçitler açmıştı görünüşünde. Yaşına başına aldırmadan bu kadar çok boyanması ona görkemli bir gülünçlük bahşetmişti. Tüm görkemli gülünçler gibi, aynı zamanda ürkütücü bir yanı vardı.

Bu haliyle, sohbetlerin önüne konmuş canlı bir takozdu. O varken birilerini çekiştirmek güçleşiyor; mübalağa ve iftira sanatının tadı tuzu kalmıyordu. Ama tersi de geçerliydi. Madam Teyze'nin batman batman ağırlığı, kuaför salonundaki kadınlara, en son lise sıralarındayken tadabildikleri bir zevki, doğruluk abidesi kesilen bir öğretmene ortaklaşa cephe almanın ama bunu yaparken, bir yandan da onun gözüne girmeye çalışmanın çapraşık keyfini anımsatıyordu. Onun dillendirdiği şiarların, savunduğu değerlerin etrafından dolaşıp, altından üstünden sızmak, ağdalanmış sohbetlerine çekidüzen veriyor, kıvam katıyordu. Üstelik zaman zaman onu da meramlarına dahil edebildiklerinde, aldıkları haz katbekat artıyordu. Müthiştir çünkü pak olanları, pasaklı gailelere çekebilmenin, çekip de onların da herkes gibi, herkes kadar olduklarını görmenin hazzı. Tıknaz kızıl da dayanamadı; manikürcü kıza arka çıkıp, yaşlı kadını ikna etmeye çalıştı: "Genç kızlığında da böyleymiş evlenince daha beter olmuş. Temizlik hastası."

"Canım fena mı işte, titiz kadın," diye geçiştirmeye çalıştı Madam Teyze.

"Teyzecim bu titizlik değil, hastalık," diye bağırdı manikürcü kız takviye kuvvetlerden aldığı cesaretle. "Belki hastalıktan bile beter. Hastaysan bilirsin hasta olduğunu. Gidersin doktora, tedavi olursun, di mi ya? Temizlik hastalığının ilacı yok ki! Olsa bile Tijen Hanım ağzına sokmaz, tiksinir pis diye."

"Yazık! Olan çocuğuna oluyor," dedi şehla sarışın.

"Öyle demeyin," diye müdahale etti Madam Teyze. "Tijen kızına çok düşkündür. Hem, bir anne evladının kötülüğünü ister mi hiç?"

"İyi de Madam Teyzecim, ne anladık böyle sevgiden. Baksana hep kızcağızın kıyafetlerini attı aşağı," diye bağırdı manikürcü kız.

"Öyle mi?" dedi Madam Teyze hayretle.

Manikürcü kız, nihayet yaşlı kadının itiraz edemeyeceği bir şeyler söyleyebilmiş olmanın heyecanıyla bağırdı: "Tabii ya deminden beri kafamıza yağanlar hep oncağızın kıyafetleri. Hani hiç atıyor mu kendi kıyafetlerini. Kadın kaçık maçık ama deli değil. İşine gelince aklı gayet yerinde maşallah."

Yaşlı kadın incecik dudaklarını şüpheyle büzdü. "Ya, demek çocuğun kıyafetlerini atmış. Neden acaba?"

"Neden olacak, kaçıklığından..."

Madam Teyze'nin yüzü gölgelendi. Manikürcü kız artık ileri gittiğini fark edip suspus oldu, ama gene de söyleyeceğini söylemiş olmaktan dolayı hoşnuttu.

"Aman bize ne. Kaçıksa kaçık!" diye gürledi Cemal. Dedikodulardan keyif alsa da, manikürcünün boşboğazlığının yaşlı kadını rahatsız etmesinden, dolayısıyla Celal'i kızdırmasından çekiniyordu. "Her kaçığın derdi bize mi düştü? Zaten İstanbul'da kaçıktan bol ne var? Al sana sürüyle kaçık, sürüyle bulgur. Her birini teker teker konuşmaya kalksak, ömrümüz tükenir valla. Oğlum ne oldu o kahveler? Getirsene dilimiz damağımız kurudu."

Celal bir kez daha konu değiştirme gayretiyle söz aldı: "Gene arttı bu çöp kokusu. Kaç kere şikâyet ettik belediyeye. Bir işe yaramadı."

"Neymiş efendim, çöp toplama işini özel bir şirkete devretmişlermiş," diye atıldı ikizinin yarım bıraktığı lafları tamamlamaya bayılan Cemal. "Şirketin numarasını bulduk, aradık, onlar da hödük. Akşamları tam milletin işten eve döndüğü saatte çıkarıyorlar kamyonu. İnadına yapar gibi."

"Yanlış saatte de olsa düzenli olarak gelip alıyorlar çöpleri. Ama gene de kurtulamadık bu kokudan," diye toparladı Celal.

"Kurtulamayız tabii. Ortalıkta bu kadar bulgur varken çöpten de kurtulamayız, geri kalmışlıktan da," dedi Cemal sinirlenerek. "Yani inanır mısın Madam Teyzecim. Şu duvarın dibine çöp bırakanları azarlamakla geçiyor günümüz. Bu civarda ne kadar cahil cüheyla kadın varsa, bizim bahçe duvarına bırakıyor çöplerini. Hep de aynı tipler. Laftan da anlamıyorlar. Dilimde tüy bitti! Hele bir tanesi var ki sormayın. Kadının evi ta sokağın sonunda. Üşenmiyor, her gün üç yüz metre yürüyüp, çöpünü dökmeye buraya geliyor. Ben çok kafa yordum, bir insan böyle bir şeyi niye yapar diye. Çıkamadım içinden. Sonunda şöyle bir açıklama buldum. Bu apartman yapılmadan önce burada herhalde arsa filan varmış. Bu kadının anneannesi o zamanlar hep buralara dökermiş çöpünü. Gel zaman git zaman bu kadının bir kızı olmuş, büyüyünce o da hep aynı yere dökmüş çöplerini. Derken onun da bir kızı olmuş. Benim Allah'ın her günü dalaştığım bulgur işte o. Bunların bu çöp merakı kalıtımsal, anneden kıza geçiyor. Bir nevi aile geleneği! Benimki de ne yapsın, ne gördüyse aynen sürdürüyor. Ama ecdadı gibi kovayla dökmüyor da, poşete koyup atıyor. Modern bulgur!"

Berikiler gülüşüp, Celal homurdanırken, Madam Teyze düşünceli düşünceli kafasını salladı. "Ama Cemal," dedi "vaktiyle buralar arsa filan değilmiş. Bu mahallenin altı olduğu gibi mezarlık..."

Böyle bir itiraza karşı en ufak bir hazırlığı olmayan Cemal, dilinin ucundan çıkmaya hazırlanan tüm sözleri gerisin geri yuttu. Yardım beklercesine sıkıntıyla bakınırken etrafına, aynanın önündeki uzunca tezgâhın dibinde kıpır kıpır eden mini minnacık bir karaltıya takıldı. Bir hamamböceğiydi bu. Firkete sepetinin üzerine çıkmış, antenlerini oynata oynata konuşmaları dinliyordu adeta. Neyse ki kimsenin dikkatini çekmemişti henüz. Ama sepetten çıkmaya kalkıp da, tezgâh boyunca yürümeye başlarsa şayet, tek tek tüm müşterilerin önünden geçit töreni yapacaktı. Cemal büyük boy kıl fırçasını kaptığı gibi, yanpiri yanpiri yürüyerek yanaştı. Bir yandan da, çaktırmamak için eskisinden daha da coşkulu bir sesle konuşmaya devam etti.

"'Yahu kadın!' diyorum, 'ben gelip senin halının üstüne çöpümü döküyor muyum? Sen ne hakla başkasının duvarına bırakırsın çöplerini? Bekle akşam gelsin çöp arabası, o zaman çıkarırsın kendi kapının önüne, çöpçüler alır.' Yok, katiyen anlamıyor. Bulgur yüzünden."

"Ne bulguru?" dedi çıraklardan sivilceli olanın bakışlarından rahatsız olduğu için deminden beri bir gazetenin arkasına saklanan Mavi Metres, üçüncü sayfa haberlerinin üzerinden kafasını uzatarak.

"Ah, siz bilmiyor musunuz benim bulgur teorimi? Hemen anlatayım," dedi Cemal gözlerini hamamböceğinden ayırmadan. "Çok basit aslında, efendim Türkiye'de nüfus planlaması var mı? Yok! Oh Allah verdi, doğur doğur sal sokağa. Hadi saldın diyelim, peki nasıl besleyeceksin onca çocuğu? Bir kişiyi etle beslersin, beş kişiyi etli bulgurla, on kişiyi sadece bulgurla. Peki bu bulgurun insan zekâsına bir katkısı var mı? Yok! Sonra istediğin kadar söyle dur kadına. 'Yahu kardeşim dökmesene çöpünü benim bahçeme!' diye bas bas bağırıyorum. Alık alık bakıyor suratıma. Ertesi gün, aynı saatte, kurulmuş gibi gene geliyor, gene döküyor. Anlamıyor ki, nasıl anlasın, bulgur zekâsı."

Celal beceriksizce öksürdü. Cemal mesajı almıştı almasına da, Mavi Metres'in ilgisini, ikizinin hakkaniyetine yeğlediğinden, üslubunu korudu.

"Daha geçen ay üzerine yürüdüm ben bu kadının. Böyle akşamüstü, geç vakit, gelin başı yapıyoruz. Gelin bir tarafta, akrabaları bir tarafta, birinin topuzu bitiyor öbürününki başlıyor. Sabahtan beri ayaktayız, haşat olmuşuz artık. Baktım bu kadın gene geliyor sallana sallana, elinde çöp torbaları. Pencereleri açtım, kafamı uzattım, bekliyorum. Belki beni görünce utanır, geri döner dedim. Nerdeee? Bu böyle gözümün içine baka baka geldi, fırlattı attı çöplerini. Ya, bir anlayabilsem! Bizim bahçe duvarımızı kim çöplük ilan etti? Kim dedi bu insanlara gelin çöplerinizi komşunuzun evinin önüne atın diye? Zor tuttu çıraklar. Paralayacaktım kadını. Nevrim döndü artık, avaz avaz bağırıyorum, hakaretler ediyorum. İnsan azıcık utanır, hiç olmazsa etraftan çekinir değil mi? Ne gezer? Bön bön bakıyor suratıma. Valla billa anlamadı bile niye sinirlendiğimi. Tımarhaneden kaçtığımı filan zannetti herhalde. Anlamasa bile herhalde artık korkar gelmeye dedim. Ertesi akşam gene aynı saatte elinde çöpleriyle çıkıp gelmez mi? Bir de açmış pörtlek gözlerini, ebleh ebleh bakıyor ne yapıcam diye. Katil edecek beni. Hey güzel Allahım, senin işine karışılmaz ama ne demeye yaratırsın böylelerini. Şimdi bu bulgurlara ne yapmak lazım bilemiyorum ki? Onların yüzünden çöp kokusundan geçilmiyor apartman. Bu gidişle kimse adımını atmayacak buraya. İşimizden ekmeğimizden olacağız. Evladım biraz fıs fıs yapsana!"

Üzerinde, palmiyelerle gölgelenmiş ıssız bir kumsal ile turkuaz bir deniz resmi olan spreyin baygın, şekerriz parfümü, salonun dört köşesine zerrecikler halinde yağarak, envai çeşit kokunun arasına karıştı. Cemal, oda spreyinden zehirlenebileceği ümidiyle kaçamak bir bakış attı hamamböceğine. Ama o, üzerine inen zerreciklerden hiç de etkilenmişe benzemediği gibi, tırmana tırmana firkete öbeğinin zirvesine varmayı başarmış, yandaki briyantin kutusuna geçmeye hazırlanıyordu.

"Valla haklısın, bütün müşterileriniz kaçar bu yüzden," diye atıldı asabi kumral, ayak tırnaklarında çoktan kuruyan 113 numaralı bordo ojenin şimdi de el tırnaklarına sürülüşünü izlerken. "Tabii siz bütün gün burada olduğunuz için artık kanıksamışsınız kokuyu. Bazen bu apartmana girdiğimde burnumun direği kırılıyor."

"Bütün gün pencereler ardına kadar açık, püfür püfür esiyor, gene de koku gitmiyor. Üst katlara çıktıkça daha da artıyormuş. Öyle mi Madam Teyze?" diye bağırdı manikürcü kız ojeyi taşırarak.

"Karşıdaki bulgurlar da tutturmuş bizim çöplerimizi sen alıyorsun. Ulan manyak mısınız? Ben ne yapayım sizin iğrenç çöplerinizi?" diye araya giren Cemal, ikide bir yaşlı kadına soru sormasından duyduğu rahatsızlığı anlasın diye dik dik baktı manikürcü kıza.

"Nasıl ya? Ne demekmiş o?" dedi Mavi Metres aynada beliren yeni görüntüsüne hayıflanmaya ara verip. Uzatmaya alıştığı saçlarının ucundan da olsa kesilişine tanık olan sayısız hemcinsi gibi o da, daha kuaför koltuğundan kalkmadan pişmanlık duymaya başlamıştı bile.

"Ay siz bilmiyor musunuz 4 numaradaki kaçıklarla kavgalı olduğumuzu. Ben de duymayan kalmadı sanıyordum," dedi Cemal. "Bir gün bunlar geldiler buyrun dedim, insan kuaföre niye gelir, sandım ki saç yaptırmaya gelmişler. Meğer niyetleri başkaymış. Önde bu deli karı, arkasında zırdeli kocası, yanlarında evde kalmış büyük kızları, en arkada da evde kalmış küçük kızları. Dördü birden karşıma dikilmiş. Ailecek sefere çıkmışlar. Önce bi bok anlamadım söylediklerinden. Meğer bunlar çöp poşetlerini bağlayıp kapının önüne koymuşlar da, beş dakika sonra bir de bakmışlar ki, çöpleri yok! 'Nerde bizim çöpümüz?' demezler mi? Meryem almıştır dedim. Yok efendim, kapıcılar o gün köye gitmişlermiş. Çöpçü almıştır dedim. Hangi çöpçü apartmanın içine girermiş. Ne bileyim nerde sizin çöpünüz. Tutturmuşlar siz aldınız, geri verin çöpümüzü diye. Bizde de ne şans varmış? Koskoca İstanbul'da başka yer yokmuş gibi geldik, çatlaklar apartmanında kuaför açtık."

Konuşmaya dalınca farkında olmadan uzaklaşarak, görüş alanından çıkarmıştı hamamböceğini. Dönüp baktı ama onu bıraktığı yerde bulamadı.

"Aman kim aldıysa almış canım. Niye bu kadar kıymetliymiş ki çöpleri?" diye mırıldandı asabi kumral yeni bir sigara yakıp.

"Ya, olay bildiğin gibi değil," dedi Cemal firkete sepetinin altına, içine, yanına yöresine bakarken. "Adam paranoyak. Karısı desen ondan da beter. Artık kimbilir neler kurdular kafalarında? Çöp poşetlerini CIA aldı, ya da teröristler kaçırdı filan sanıyorlar herhalde. Yani dilimin ucuna geldi de yuttum. Ulan sen kimsin de çöpünü çalsınlar? Ay ne hazin! Hem zavallı bir bulgur olacaksın, hem de kendini fasulye gibi nimetten sanacaksın."

Sivilceli çırak, tezgâhın üzerinde birikmiş, farklı farklı renklerden rujlarca lekelenmiş çay bardaklarını toplamaya girişti. Cemal kaldırılan her çay tabağına, altından hamamböceği çıkmasından endişe ederek sabit gözlerle bakarken, çırağı da en az onunki kadar sabit gözlerle bakmaktaydı Mavi Metres'in meme uçlarına.

Muşamba örtüden nihayet kurtulan Mavi Metres, yeni saç modelini denetlemekle meşgul olduğundan o esnada, ne çırağın bakışlarını, ne de Cemal'in durgunlaştığını fark edebilmişti. Aslında bir gün cesaretini toplayıp kıpkısa kestirmek istiyordu saçlarını. Ama zeytinyağı tüccarı böyle bir değişikliği kesinlikle tasvip etmezdi. Kadında uzun saç sevdiğini kırk kere söylemişti. Allah bilir bu kadarcık kestirdiği için bile bir araba dolusu laf edecekti. Saatine baktı. Geç kalmıştı, hem de çok. Daha yetiştirecek bir sürü işi vardı. Elinde kıl fırçasıyla tam arkasında duran Cemal'in yüzündeki tedirginliği, kestiği saçın beğenilmediğini zannetmesine yordu ve hem onun gönlünü almak istediğinden, hem de nasıl karşılandıysa öyle vedalaşması gerektiğine hükmettiğinden, kadın kuaförlerinin müşteri uğurlama geleneğini çiğneyerek, hararetle sıktı kuaförünün elini.

Mavi Metres'in eli Cemal'inkinden ayrılmadan, bir kez daha patırtıyla açıldı dış kapı. Zangır zangır sarsılırken çıngırak, hoparlörlü rakibini bastırmayı kafasına koyduğu anlaşılan köşedeki karpuzcunun avazıyla birlikte, her tarafından şıpır şıpır telaş damlayan bir kadın içeri daldı. Kuaför salonundaki tüm başlar, aralarına yeni katılanı görmek için kapıya doğru döndüler gene. Baktılar ve ani bir komutla dondurulmuşçasına, öylece kalakaldılar. Kapı kapandı; çıngırağın en arkada kalan yankısı da cılız bir sedayla ötekilere yetişip, kendiliğinden kesildi. Yeni müşteri, Hijyen Tijen'den başkası değildi.

1 NUMARA: MUSA, MERYEM, MUHAMMET

"Gitmiycem işte!" diye avazı çıktığı kadar bağırdı Muhammet sıkıştığı yerden. Ve bütün bu olup bitenlerin sorumlusu oymuşçasına, önce yumurta sarısı, sonra vişne çürüğü, ardından da camgöbeği olan, ancak üzerlerine çiçekli kumaştan kılıflar geçirildiği için renkleri artık dışarıdan anlaşılamayan kadife koltuklardan en yakındakine vargücüyle bir yumruk indirdi. Aslında yumruklarını değil, tekmelerini kullanmayı tercih ederdi. Zaten son zamanlarda önüne gelen her şeyi tekmelemeyi huy edinmişti. Fakat altı yaşının çelimsiz cüssesi, koltukla duvar arasına öyle beter kıstırılmıştı ki, bacaklarını doğru dürüst oynatamıyordu bile. Bildiği en uzun iki küfür konvoyunu oracıkta kuyruklarından bağlayarak, vargücüyle salladı. Bunu duyan Meryem, şişkin karnını elleriyle korumaya alarak, yan yana dizili üç koltuğun üçünü birden ayaklarıyla iteklemeyi başardı ve bu suretle, oğlunu duvara yapıştırdı. Tam anlamıyla köşeye sıkışan Muhammet, öfkeden kıpkırmızı kesilerek ağzını açtı. Ama tekrar küfretmeye cesaret edemeyeceğini anladığı, bir şey yapmadan teslim olmayı da gururuna yediremediği için, birkaç saniye ağzı öylece açık kalakaldıktan sonra, beline baskı yapmaya başlayan koltuğun kenarına hırsla dişlerini geçirdi. Çiçekli kumaştan kılıf, kadife koltuğu bu tür dış etkenlerden koruyordu gerçi ama yeterince sert ısırırsa, diş izlerini bırakabilirdi belki...

Artık hafta içi her sabah tekrarlanan bu itiş kakışın mazisi, bundan tam beş ay, bir hafta önce Muhammet'in, semtin tek ilkokulunun 1-G sınıfına yazılmasına kadar uzanıyordu. Okuldaki ilk günden aklında kalan tek şey, endişeli anne, sıkılgan çocuk, somurtkan öğretmen yüzleriydi. Zaman geçtikçe, annelerin endişesi, çocukların sıkılganlığı, hatta öğretmenlerin somurtkanlığı bile gıdım gıdım azalmış ancak tüm bu gıdımlar dağılıp yok olmak yerine, hep birlikte Muhammet'e transfer olmuşlardı. Böylece beş ay, bir hafta sonra bugün itibarıyla Muhammet okula gitmek istemeyen endişeli, sıkılgan, somurtkan bir çocuktu.

Onun ilkokula başlayışıyla, annesinin şu koltuk sevdası aynı tarihlere rastlıyordu. O günlerde Meryem, Ege'de bir sahil kasabasında yaşayan ve baba mesleği kayık tamirciliğiyle geçimini sağlayan amcaoğlunun durduk yerde birdenbire İstanbul'a yerleşip, mobilyacılığa soyunduğunu öğrenmişti bir yerlerden. Ve bu haberi duymasının üzerinden 36 saat geçmeden, soluğu amcaoğlunun imalathanesinde almış; rengini ve biçimini kimselere danışmadığı yeni koltuk takımının siparişini vermişti. Anlaşma şöyleydi: henüz siftah yapmamış amcaoğlu akraba indirimi uygulayacak, karşılığında Meryem de cüzi bir ücret ile birlikte eski koltuklarını teslim edecekti. O anda tarafların bilmediği şey, Meryem'in üç haftalık hamile olduğuydu. Bu bilgi pıhtısı, göründüğü kadar ilgisiz değildi konuyla. Çünkü daha önce Muhammet'i taşırken de görüldüğü üzere, hamilelik Meryem'i oldukça inatçı, çokça evhamlı ve biraz da "tuhaf" yapıyordu. Amcaoğlu koltuk takımını tamamladığında, Meryem'in hamileliği ikinci ayına varmış, tam gaz ilerlemekteydi.

İşin bitmiş halini görmek için imalathaneye gitti, koltukların rengine baktı ve oracığa kustu. Yumurta sarısı! Yumurtanın düşüncesi bile midesini ağzına getirmeye yeterken, salonuna koyacağı koltukların yumurta sarısı olması imkân dahilinde değildi. Amcaoğlu üste çıkmaya çalışıp, bu rengi seçenin kendisi olduğunu hatırlatınca, Meryem umutsuzca bir kez daha kustu. O öğleden önce o kadar çok kustu ki, sonunda onun dediği oldu. Yeni anlaşma şöyleydi: henüz siftah yapmamış amcaoğlu koltukların yüzünü değiştirecek, karşılığında Meryem de hem eski koltuklarını, hem de ilk konuşulandan daha fazla para verecekti.

Amcaoğlu vişne çürüğü koltuk takımının tamamlandığını haber verdiğinde, Meryem'in hamileliği üçüncü ayına varmak üzereydi. Bu arada bulantıları bir hayli azalmıştı. İşin bitmiş halini görmek için imalathaneye gitti, koltukların rengine baktı ve oracıkta ağlamaya başladı. Vişne çürüğü! Daldan düşmüş tek bir vişnenin görüntüsü bile ona vakitsiz ölümü çağrıştırmaya yeterken, salonuna koyacağı koltukların vişne çürüğü olması söz konusu bile edilemezdi. Amcaoğlu kendini savunmaya çalışıp, bu rengi seçenin kendisi olduğunu hatırlatınca, Meryem umutsuzca tekrar ağladı. O öğleden sonra o kadar çok ağladı ki, sonunda onun dediği oldu. Yeni anlaşma şöyleydi: henüz siftah yapmamış amcaoğlu koltukların yüzünü tekrar değiştirecek, karşılığında Meryem de hem eski koltuklarını, hem de ilk konuşulanın iki misli para verecekti. Yalnız bu sefer, işi garantiye almak için, olabilecek en zararsız, en uysal renk seçilecekti: camgöbeği!

İşe yaradı. Meryem, iki hafta sonra camgöbeği koltuklarını gördüğünde, ne kustu, ne de ağladı. O gece amcaoğlu, günler sonra ilk defa huzurla uyudu. Ertesi gün, camgöbeği koltuk takımını bir kamyonete atıp, irikıyım çırağı aniden hastalandığı için son anda tutmak zorunda kaldığı iki sıska hamalla beraber Bonbon Palas'ın 1 numaralı dairesine taşıdı. Meryem sabahtan beri kulağı kapıda, elleri henüz pek şişmemiş karnında, heyecanla bekliyordu onları.

Hamallar ile amcaoğlu, zaten mini minnacık olan, ancak yeni koltukların da gelmesiyle birlikte adım atmanın neredeyse imkânsızlaştığı tıkış tıkış salonda, sehpaların üzerinden atlayıp, bulabildikleri yerlere ilişerek birer yorgunluk kahvesi içtiler. Sonra gitme vakti geldi; anlaşılan ücreti cebine indiren amcaoğlu, eski püskü kavuniçi koltuk takımının büyük parçalarını hamalların, bir koltuğunu da kendi sırtına yükleyip, kapıya yöneldi. Fakat daha bir adım bile atamadan, pattadak durmak zorunda kaldılar. Karayollarında da yaşanır bazen böyle anlar. Önünüzdeki araçların zınk diye durduğunu, yolun tıkandığını görür fakat ileride neler olup bittiğini anlayamadığınız için meselenin ne olduğunu bilemeden, dolayısıyla ne zaman çözüleceğini tahmin edemeden, öylece kalıverirsiniz. Sırtlarındaki yüklerin altında ikibüklüm olmuş amcaoğlu ile hamallar, biraz daha şanslıydılar. Onlar, niyesini bilemeseler de, yollarını neyin tıkadığını görüyorlardı. Gözlerinde tekinsiz parıltılar yanıp sönen Meryem, okkalı kalıbı ve sanki birkaç dakika içinde daha da büyümüş karnıyla eşikte dikilmiş, geçmelerine müsaade etmiyordu.

Meryem'in derdinin ne olduğunu ilk kavrayan kocası Musa oldu. Sessiz bir tevekkülle kenara çekilip, olacakları izlemeye koyuldu. Musa'nın ülseri vardı. Ne zaman asabı bozulsa, midesi ekşi ekşi yanmaya başlardı. O da çözümü, karısını olduğu gibi kabul etmekte bulmuştu. Hele hamileliği boyunca, onunla dalaşmaya hiç niyeti yoktu. Fakat adamların haline de acıdığından, dönüp hiç olmazsa bir açıklama yapma gereği duydu: "Kıyamadı koltuklarına. Kıyamaz, bilirim."

Aslında bu "bilirim", gayet anlamlı bir uyarıydı anlayana. "Yol yakınken vazgeçin!" demek gibi bir şeydi. Fakat ne amcaoğlu, ne de hamallar bunu kavrayabildiler. Kavrayamadıkları için de, sırtlarındaki koltukları indirip, çatır çatır tartışmaya başladılar. Ne var ki, onların giderek kabaran kızgınlığı, Meryem'in davasına sıkı sıkı sarılmasından başka bir işe yaramadı. Kavuniçi koltuklar yıpranmıştı yıpranmasına da, onlarla müşterek bir mazileri vardı. Takım, kaynanası ve kaynatasıyla birlikte beş hazin sene geçirdikten sonra nihayet kendi evlerine çıktıklarında satın alınmıştı. Muhammet'in bebekliği onların üzerinde geçmişti. İkili koltuğun kenarındaki ufacık, simsiyah delik, bebeği görmeye gelen bir akrabanın sigarasının külünden hatıraydı. O akraba şimdi hayatta değildi. Geride bıraktığı sigara yanığından ara ara tütüyordu tarazlanmış sesi. Zaten böyle bir şeydi mazi. Kilimin üzerine dökülüvermiş kırıntılara benzemezdi. İnsan, canı istediği zaman pencereyi açıp, mazisini çırpamazdı.

"O zaman bunları geri götürürüz," dedi amcaoğlu yeni koltuklardan birini sırtlanarak. Onu örnek alan hamallar da camgöbeği takımın diğer parçalarına davrandılar. Günlerdir sevgiyle beslediği kuzunun kesime götürülüşüne tanık olan bir çocuk gibi safi hüzün kesilmiş gözlerle baktı Meryem. Cinleri tepesine çıkan amcaoğlu ve paralarını alamayacaklarını fark eden hamallar, takip eden bir saat boyunca boş yere dil döktüler. Uzadıkça uzayan tartışmalar boyunca, koltuklardan hangilerinin gidip hangilerinin kalacağına bir türlü karar verilemediğinden, herkes (Musa hariç) ayakta kaldı. Bu da hepsinin (Musa hariç) sinirlerinin daha da gerilmesine sebep oldu. Defalarca gözleri doldu Meryem'in, durup durup bulandı midesi. Ağlamalarını değilse bile, kusmalarını, karnındaki bebekten gönderilmiş bir mesaj addettiğinden, "gördünüz mü?" diyordu ellerini ikide bir göbeğinin üzerinde birleştirerek, "şu doğmamış yavrunun bile gönlü razı olmuyor koltukların gitmesine". O akşamüzeri o kadar çok ağlayıp, o kadar çok kustu ki, günün sonunda zafer kati surette Meryem'indi. Mobilyacı amcaoğlu, kadim ticaret tarihinin "akrabalarınla asla iş yapma!" kuralını çiğnediği için kendi kendine köpürerek; ücretleri düşen hamallar da ona veryansın ederek, âlâ ü vâlâ ile uğurlanırcasına patırtı çıkardılar Bonbon Palas'ın 1 numaralı dairesinden ayrılırken.

Zafer Meryem'indi Meryem'in olmasına da, önemli bir sorun vardı ortada. Zaten daracık ve basık olan kapıcı dairesine, sehpalarıyla birlikte, iki ayrı koltuk takımının birden nasıl yerleştirilebileceği sorusu akla ziyandı. Ama Meryem yılmadı. Salondaki her bir santimetrekareyi değerlendirerek, ikişer tane üçlü, ikişer tane ikili ve altı tane tekli koltuğu, sehpalarını da aralara koyarak vagon gibi dizmek suretiyle 20 metrekarelik salona sığdırmayı başardı. İşte bu sabah Muhammet'in yaptığı en büyük hata, okula gitmeme niyetini ilan ederken, söz konusu vagonlardan birinin arkasında mevzilenmeye kalkmasıydı.

"Tıpış tıpış gideceksin," dedi Meryem. Bir ayağıyla koltukları itmeyi sürdürürken, bir yandan da oğlunun beslenme çantasını hazırlıyordu.

Gene peynirli tost yapıyordu; iki kat ekmeğin arasına bir dilim beyaz peynir, bir dilim domates ve üç sap maydanoz yerleştirerek. Bir de gününe göre bir adet meyve ile ne biraz eksik, ne biraz fazla, tam tamına bir ayran parası koyuyordu yanına. Haliyle, bu parayla ayran alıyordu Muhammet okulun kantininden. Kantinde de tost yapıyorlardı, üstelik o tost daha güzel oluyordu, hem de sıcak, ama annesine belki bin kez tost yapmamasını söylediyse de, bir kez olsun dinletememişti lafını. Bari içine domates koymasaydı; hadi domatesi koydu, ya o maydanozun ne işi vardı. Ama Meryem bir şeyi kafasına koydu mu, katiyen bildiğinden şaşmaz; bu esnada olur da aksi yönde bir uyarıyla karşılaşırsa, saldırıya uğrayabileceğini anlar anlamaz, kovuğunun sağır sessizliğine sığınan bir deniz hayvanı gibi ulaşılmaz olur, karşısındaki pes edene kadar da oradan çıkmazdı. Ömrünün kimbilir hangi safhasında tostların bu şekilde yapılacağını bellemiş bulunduğundan, artık fikrini değiştirmenin imkânı yoktu. Tam beş ay bir haftadır her sabah, içine bir dilim domates ile üç sap maydanoz koyduğu tostlar hazırlıyordu. Ne var ki Muhammet'e göre, haftanın beş günü okula taşımak, üstüne üstlük bir de kırıntısı bile kalmayacak şekilde tüketmek zorunda olduğu bu tostların arasında, sadece domates ile maydanoz değil, annesinin gözü ile kulağı da vardı. Olur da tostunu yemez ya da çok daha beter bir suç işleyip okulu kırarsa, bu kırmızı göz ile yeşil kulağın anında annesine haber uçuracağını sanmaktan kendini alamıyordu.

Oysa okula başlayıncaya kadar korkuyla değil, sevgiyle alırdı eline ekmek dilimlerini. O zamanlar, sabahları kahvaltıya konan somunun her iki gıdığı da ona aitti. Meryem, gıdıkları oğluna uzatırken, birinden birinin üzerine yapışmış küçük kâğıt parçasını ayırmayı ihmal etmezdi. Kenarları tırtıklı bu kâğıt parçası, fırıncının kızından gelen mektuptu. Kahvaltı bitene kadar bir kenarda bekletilirdi mektup. Ancak önüne konulanları eksiksiz noksansız yediğinde, içinde yazılanları öğrenmeye hak kazanırdı Muhammet. Yerdi o da; nazlanmadan, mızmızlanmadan. Her sabah illa ki bir haşlanmış yumurta bitirmek zorunda olmasına rağmen, gıkını çıkarmadan tamamlardı kahvaltısını, sırf fırıncının kızının mektubunun hatırına. Ve vakit geldiğinde, Meryem işini mümkün olduğunca ağırdan alıp oğlunun merakını katlamaktan hınzırca bir haz duyarak masayı topladıktan sonra, kendine bir çay doldurup, kelimeleri kıtlama şekeri gibi ağzında usul usul eriterek mektubu okumaya koyulurdu.

Fırıncının kızı yalnız bir çocuktu; hiç arkadaşı yoktu, ne de kardeşi. Geceleri babası ekmek pişirirken o da un çuvallarının arasında tek başına oturup, gizli gizli mektup yazardı Muhammet'e. Annesi o daha kundaktayken ölmüş, babası yeniden evlenmişti. Üvey annesi kalp yerine taş taşıdığından, eziyet üstüne eziyet ederdi el kadar yetime. Nicedir her fırsatta evden kaçıp, vaktinin çoğunu fırında, babasının yanında geçiriyordu biçare kızcağız. Mis kokulu, yumuşacık ekmekler yapılırdı fırında; bir de susamlı, gevrek simitler. Meryem bunları okuyadursun, bunca bilginin 1x3 cm büyüklüğündeki o mini minnacık kâğıda nasıl sığdığı sorusu Muhammet'in aklının ucundan bile geçmezdi. 0-5 yaşının evreninde ekmek kutsal, yazılı her kâğıt parçası ise başlı başına bir esrardı ve her ikisinin erişilmez tılsımı, gıdığın üzerindeki mektupta buluştukça, füsunkâr bir hâleyle çevrelenip, ışıl ışıl parlıyordu fırıncının kızı.

Onun hakkında her şeyi bilmek isterdi Muhammet: fırının neye benzediğini, orada neler yaptığını, bütün yaşıtları erkenden yatmak zorundayken onun gündüzleri uyuyup, geceleri ayakta olmayı sevip sevmediğini, oynadığı oyunları, en çok da güzel olup olmadığını... "Suda açan nilüfer çiçeği gibi sarı ve nazlı" diye tarif ederdi Meryem kızı. Upuzundu saçları. İki yanından iki sarı örük sallanırdı beline kadar. Muhammet'in de upuzun saçları vardı o zamanlar. Yolda görenler kız çocuğu sanırdı.

Fırıncının kızı mektuplarında ekseriya, gün boyu fırına uğrayan insanlardan bahsederdi. Yaşlılar gelirdi bastonlarına abanarak; torbalarla aldıkları peksimetleri çaylarına batırıp, dişsiz ağızlarında eritirlerdi şapırdata şapırdata. Bir de kafalarının üzerinde tablalarıyla simitçi çocuklar damlardı her sabah erkenden. Fırıncının kızı onlarla arkadaşlık etmek isterdi ama içlerinden bazıları ona kaba davranır, terbiyesiz laflar ederlerdi. Gene de içlerinde altın gibi kalbi olanlar da vardı. Simitleri oyuncak halkalar gibi incecik çubuklara geçirip iki eliyle hızlı hızlı çevirirken, aynı anda tek ayağının üzerinde hoplayıp zıplayabilen çilli bir oğlan vardı mesela. Muhammet, fırıncının kızının bu çocuğun marifetlerinden bu kadar sık bahsetmesine içerler ama ses etmezdi. Sonra poğaçacılar uğrardı el arabalarıyla. Bir de, hazırladıkları pide içleriyle fırına pide yaptırmaya gelen kadınlar vardı. Onlar çok iyi davranırdı fırıncının kızına. Ağırlaşan tepsilerini alıp gitmeden evvel, muhakkak ona da verirlerdi pidelerinden. Fırıncının kızı uzun uzun yazardı bunları, Meryem tane tane okurdu, zaman ağır aksak akardı. Ne var ki bu sütliman masumiyet, sonbaharda, Muhammet'in semtin tek ilkokulunun 1-G sınıfına kaydolmasıyla, hoyratça parçalanmıştı. Önce saçları kesilmişti. Artık kimse onu kız çocuğuna benzetmiyordu. Sonra kahvaltılar kısalmıştı. Ve beş ay bir hafta sonra bugün artık kendi mektuplarını kendisi okuyabiliyordu. Okuyabiliyordu okumasına da, harflerin dilini çözüp de bunca zamandır fırıncının kızından geldiğini sandığı o ufacık kâğıtların, her ekmeğin çıkarıldığı fırının etiketi olduğunu anladığı günden beri ne okunacak bir mektup kalmıştı ortada, ne de hasretle beklenecek o peripeyker sevgili. Okumayı öğrenmek, ebediyen yitirmek demekti yazının gizemini.

"Gitmiycem işte!" diye cırladı Muhammet gözlerini beslenme çantasından alamadan. Üçüncü kez aynı cümleyi söylüyordu ama şimdi çok daha cılız çıkmıştı sesi. Nitekim, iki dakika bile geçmeden, yavru bir köpeğinkini andıran ezik bir inilti duyduğunda, oğlunun artık pes ettiğini anlayan Meryem, koltukları itelemeyi bıraktı. Süklüm püklüm çıkarken köşesinden, sirkeleşmiş bir nazarla baktı annesine Muhammet.

Annesinin koca cüssesinin yanında, Ö harfinin tek noktası gibi minnacık kalıyordu. Kardeşi doğduğunda, o da öteki nokta olacaktı. Gerçi Muhammet henüz altı yaşındaydı ve bu yaşta bütün çocukların annelerinden küçük olduğunu biliyordu ama o, öteki çocuklardan farklı olarak, ne kadar büyürse büyüsün, kaç yaşına gelirse gelsin, hangi ulaşılmaz geleceğe kavuşursa kavuşsun, hep annesinden küçük kalacağını çoktan idrak ve kabul etmiş bulunuyordu. Kızmayagörsün anında kırışıveren geniş alnı, kan toplamışçasına kızarık yanaklı yusyuvarlak suratı, inadı tuttuğunda kocaman açılan ela gözleri, balon gibi şiş şiş memeleri, etli butlu gamzeli kolları, baldırlarından taşan löp löp etleri, çocuk mezarı büyüklüğünde ayakları, bitmez tükenmez batıl inançları ve hayretengiz enerjisiyle, önüne çıkan her şeyi ezip unufak edebilecek kadar koskocamandı annesi ve hep böyle kalacaktı.

Maydanozlu tostunu beslenme çantasına koydu; camgöbeği ikili koltuğun kenarında daha bu sabah ezdiği hamamböceğinin yamyassı cesedinin üzerine bastı ve ayaklarını sürüye sürüye okulun yolunu tuttu.

4 NUMARA: ATEŞMİZACOĞULLARI

Bonbon Palas'a girerken sağda kalan daire, giriş katlarındaki tüm aile evleri gibi, göz önünde olmaktan şikâyetçidir. Gün boyunca girip çıkan apartman sakinleri ve onların cins cins misafirleri, bir de içeri girmelerinin kesinlikle yasak olduğunu belirten yazılı uyarıyı üzerlerine almayan seyyar satıcılar, binaya yaklaşırken, 4 numaralı dairenin salon pencerelerine şöyle bir göz atmadan edemezler. Tüm bu insanlara, karşıdaki kuaförün müşterilerinin de eklenmesiyle, salon pencerelerinden sızmaya çalışan bakışlar da, içeridekilerin tedirginliği de katlanarak çoğalır. Gene de, giriş katlarında yaşayan kimi aileler bir müddet sonra böylesi bir seyir trafiğini kanıksayabilir. Hatta aralarında, dışarıdakiler tarafından sürekli seyredilmelerine yol açan bu durumu, dışarıdakileri sürekli seyretmek için değerlendirenler de çıkabilir. Bu da bir nevi kısasa kısas sayılır: dişe diş olmasa bile, göze göz! Haliyle, apartmanların en malumatfuruş röntgencilerinin ekseriya giriş katlarından çıkması tesadüf sayılmayabilir. Ama Ateşmizacoğulları bu tiplerden değildir. Onlar ne apartmana girip çıkanlar tarafından görülmeye tahammül edebilir, ne de geleni geçeni gözetlemek niyetindedir. Evlerinin dışındaki dünya, bitmez tükenmez bir vehim kaynağıdır nazarlarında. Doğrusu, memlekette soyadı kanunu çıktığında, ailelerin isteklerinden ziyade taşıdıkları özellikler göz önünde tutulmuş olsaydı, bugün Bonbon Palas'ın 4 numaralı zilinin üzerinde Ateşmizacoğlu yerine Bitmeztükenmezevhamlaroğlu yazıyor olabilirdi.

Dairenin geniş pencereleri sabahları tülle, güneşin yükseldiği saatlerde ise beyaz patiskadan güneşlikle gün boyunca sıkı sıkıya örtülüdür. Vakit az biraz ilerleyip de hava kararmaya başlar başlamaz, apartmanın dış cephesiyle aynı renkteki külrengi, kalın, kenarları saçaklı kadife perdeler sonuna kadar çekilir. İşte o zaman, 4 numaralı dairenin salon pencereleri, düşmanları tarafından fark edilmemek için çevresindeki toprağın rengine bürünmüş ihtiyatlı bir hayvan gibi, dış dünyanın gözlerinden saklanır, sakınır. Gene de, tülün, güneşliğin ya da kadife perdelerin tamamen çekildiği anlarda dahi, sağ tarafta, en kenarda incecik bir aralık kalır. Tam o köşedeki koltukta, rüşvet yediği sabit görülünce Sular İdaresi'nden atılan Ziya Ateşmizacoğlu (56) oturur ve gazetesini okuyup televizyon seyrederken, kahvesini içip kabak tatlısını yerken, zaman zaman başını bu aralıktan dikkatlice uzatarak, neye ve niçin baktığını bilmeden, tedirgin, şüpheci gözlerle etrafı kolaçan eder. Ziya Ateşmizacoğlu'nun koltuğundan kalktığı ender zamanlarda buraya, emekli organik kimya öğretmeni Zeren Ateşmizacoğlu (55) geçer. O da ara sıra aralıktan bakar ama bunu, dışarıdan ziyade, gözü gönlü açılsın diye günün belli saatlerinde kafesiyle beraber pencerenin yanına koyduğu kanaryasını denetlemek maksadıyla yapar. Bir öncekinin aksine bu kanaryanın bir kez bile ötmemiş olması Zeren Ateşmizacoğlu'nun canını sıkar. Kuşun ötebilmesi için pencereyi açması gerektiğini söyler durur ama bir türlü bunu yapmaya cesaret edemez. İlk kanaryasını kafesinde kanlar içinde bulduğu o melun sabahın hatırası hâlâ çok tazedir. Gerçi Kedi Peygamberi denilen o sefil herifin pılısını pırtısını ve tekmil kedi aşiretini alıp, Bonbon Palas'tan ayrılmasıyla birlikte bu olayın failleri de uzaklaşmıştır ama hâlâ ortalıkta kuyruğunu sallaya sallaya dolaşan bunca sokak kedisi varken, yeni kanaryasının da her an selefinin akıbetine uğramasından endişe duyar. Bilhassa şu, sabahtan akşama apartmanın etrafında sinsi sinsi dolanan, en az dört kedinin derisini yüzüp sırtına geçirmişçesine kabarık tüylü, katran karası, nemrut suratlı, kedi azmanından şüphelenir.

Aslında Zekeriya Ateşmizacoğlu (33) dördüncü kez burnunu kırıncaya kadar, Zeren Ateşmizacoğlu'nun ne kanaryalara, ne de başka bir kuş türüne en ufak bir merakı vardı. Çok eskiden, daha henüz şeklini bulmamış yumuşacık bir kıkırdak üzerinde hoş bir çıkıntıdan ibaret olduğu günlerde, ne de latif, ne kadar da sorunsuzdu oğlunun burnu. Ama sonra, nasıl olduysa, yeniyetmeliğe adım attığında, çocuk yüzünün yumuşak kıvrımları büsbütün silinirken, burnu da beklenmedik bir değişim geçirerek, önce küstahça uzamış, ardından sert, keskin bir virajla aşağı kıvrılıp çengelimsi bir görüntü almıştı. Zeren Ateşmizacoğlu tehditkâr bir yabancının adım adım yaklaşmasını izler gibi, bir kenara sinip endişeyle seyretmişti bu umulmadık değişimi. Kendisi son derece biçimli olan burnundan gayet hoşnuttu; kocasına gelince, onun burnunun da güzel sayılamasa bile, en azından düzgün olduğunu düşünürdü. Bu durumda, soyağaçlarının daha üst dallarına tırmanma gereği duymuştu; çünkü Zeren Ateşmizacoğlu, şu dünyadaki her türlü aksaklığın bozuk genlerden geldiğine inanırdı. Böylece, oğlunun burnunun değişimini tamamladığını, bundan böyle asla eskisi gibi olamayacağını acıyla idrak ettiğinde, hiç olmazsa sorumlu şahsı tespit edebilmek için eline bir gen haritası alıp, başlamıştı aramaya. Adım adım geriye giderek ve kendi soyundan ziyade kocasının soyu üzerine yoğunlaşarak, önce tanıdığı akrabaları birer birer gözden geçirmiş; onlardan bir şey çıkmayınca da eski albümleri tek tek taramaya koyulmuş, ancak gen haritasına yaptığı sayısız yolculuktan hep eli boş dönmüştü. Sonra zaman geçmiş, o da aramaktan vazgeçmişti.

Derken Zekeriya, on dört yaşına basmış ve buluğ çağının süratiyle kanatlanıp yokuştan aşağı bisikletiyle uçarken, burnunun direğini hurdahaş etmişti. Zeren Ateşmizacoğlu bu haberi aldığında, kimselere itiraf edemediği bir rahatlama duymuştu içten içe. Ne var ki o, bu talihsiz kazanın, oğlunun burnuyla beraber, hâl ve gidişatının da düzelmesi için bir dönüm noktası olmasını umadursun, her şey daha da kötüleşmişti bundan sonrasında. Ne denli yalapşap yapıldığı sonradan anlaşılan bir ameliyatla, zaten çirkince olan burun iflah olmaz bir eğriliğe kavuşmuş, öyle de kalmıştı. Ne tuhaftır ki Zekeriya'nın eğri büğrü yollara sapması da aynı günlere rastlıyordu. Takip eden seneler boyunca Zekeriya Ateşmizacoğlu, annesinin kendisini ite kaka soktuğu otobandan her fırsatta ayrılarak, bulduğu tüm sapaklara birer birer dalacak; yolunu kaybede kaybede, başlıbaşına bir utanç ve azap kaynağı olup çıkacaktı en nihayetinde. Burnunu kırdığı yıl anne babasının cüzdanlarından para aşırmaya, on beşinde tüm boş vakitlerini mastürbasyona adamaya, on altısında okulu kendinden güçsüzleri ezebileceği bir arena olarak görmeye, on yedisinde günde iki paket sigaraya, on sekizinde mümkün olan en kestirme yoldan köşeyi dönmeye merak salarak, annesinin giderek daha çok sinirine dokunan burnunu, kokusunu aldığı her batağa sokar olmuştu. Bu arada geçirdiği ikinci burun ameliyatı, birinciyi mumla aratadursun, Zeren Ateşmizacoğlu'nun oğluna dair evhamları ayyuka varmış, beklentileri ise suyunu çekmeye yüz tutmuş bulunuyordu.

Zekeriya Ateşmizacoğlu, nekahat döneminde topladığı güçle, yirmi ikisinde Anadolu yakasının muhtelif semtlerinin otopark mafyalarına bulaşmış, yirmi üçünde iki çocuk annesi dul bir banka memuresine abayı yakmış, yirmi dördünde eski sevgilisinin üzerine saldığı banka güvenlik görevlisini omzundan bıçaklayıp tutuklanmış, yirmi altısında tarihi bir konağın arka bahçesine otopark yapımını durdurmak için semt sakinlerini örgütlemeye girişen Kuzguncuk'u Güzelleştirme Derneği Başkanı'nın burnunu kırarak hayattan hınzırca intikam almış, yirmi yedisinde izini ailesine kaybettirmiş, yirmi sekizinde yeri tespit edilip, aile büyüklerinin münasip bulduğu bir akraba kızıyla apar topar evlendirilmiş ve aynı sene içinde hemen bir çocuk yapmıştı. Ne var ki, sık sık gözyaşları içinde dert yanmaya gelen dal gibi incecik karısının anlattıklarına bakılırsa, evlilik, huylarını bir nebze olsun düzeltmemişti. Belki artık eskisi gibi gece gündüz dışarılarda sürtmüyordu ama tam bir sinir küpü olup çıkmıştı. Bu sinir nöbetlerinden birinin sonunda, sarı ışıkta arabasına arkadan çarpan acemi bir bayan sürücüyü tartaklamış, ertesi gün de sürücünün izbandut kocasından feci bir dayak yiyip üçüncü kez burnunun şeklinden olmuştu.

Tüm bu zaman zarfında, gelininin doğuracağı bebeği dört gözle beklemişti Zeren Ateşmizacoğlu. Çünkü anneleriyle babalarının ilişkilerinin tam da tökezlendiği anda rahme düşüp, kapaklandığı yerden bir türlü doğrulamadığı safhada dehre gelen bebekler, çimento torbalarına benzer. Görünürdeki çatlakları sıvayıp, yuvaların kolonlarını ayakta tutacak; her büyük hüsranda zangır zangır sallanarak yıkılma tehlikesi atlatan evlilikleri yapıştırıp pekiştirecek küçümen çimento torbacıkları! Zekeriya Ateşmizacoğlu'nun bebeği dünyaya geldiğinde, her çimento torbası gibi, onun da bir misyonu vardı; hem de çift aşamalı: öncelikle babasının burnunun, ardından da ebeveynlerinin evliliklerinin dağılmasını önlemek.

Öyle de oldu; en azından bir müddet: tam olarak, bir yıl, beş buçuk ay vukuatsız geçti. Ama sonra o malum haber geldi. Zekeriya, evde bebek arabasını dolaştırırken merdiven boşluğuna yuvarlanmıştı. Zeren Ateşmizacoğlu, dördüncü kez aynı sahneyle karşılaşmaya kendini hazırlayarak ve bu sefer çok daha az esef ederek, telefonda ne dediği bir türlü anlaşılmayan gelininin hıçkırıklar arasında ismini verdiği hastaneye gitti. Bir hışımla odaya daldı ve sapasağlam karşısında duran oğluna hayretle baktı. Evdeki kazada bir burun kırılmıştı kırılmasına da, bu, Zekeriya'nın değil, merdiven boşluğuna yuvarladığı bebek arabasında uyumakta olan ufaklığın burnuydu. Zeren Ateşmizacoğlu yıllar boyunca oğlunun suratının tam ortasında görmeye alıştığı ve her görüşünde kendi nizamına karşı dalgalanan bir isyan bayrağı gibi algıladığı sargıları, şimdi ufacık torununun burnunda da görünce, bir yerlerde vahim bir gen transferi olduğuna ve bu hatanın asla düzeltilemeyeceğine kanaat getirdi. Oğlundan ve onun kanından büsbütün ümidi kesti.

O mutsuzlukla Bonbon Palas'a döner dönmez ilk işi, yatak odasına kapanıp, bir çekmecesinde oğlunun bebeklik eşyalarını sakladığı ceviz gardrobu yeniden düzenlemeye girişmek oldu. Çünkü ne zaman birini bundan böyle sevmemeye karar versek kendi kendimize, ondan bizde kalan eşyalarla hesaplaşırız öncelikle. Oysa Zeren Ateşmizacoğlu, ailesiyle ilgili hiçbir şeyi asla atmadığı ve zinhar atamayacağı için, oğluna ait eşyaları ortalığa boşaltıp, evire çevire inceledikten sonra tek tek yerlerine kaldırmak biçiminde tezahür edebildi en keskin hesaplaşması. Ceviz gardrobun altını üstüne getirdiğinde, en alt çekmecenin arkalarına sıkışmış eski püskü bir adab-ı muaşeret kitabının arasında pat diye karşısına çıktı yıllar, yıllar evvel aradığı gen zanlısı. Her sayfası resimli kitabın, "kompartımanda yabancı bir hanımla nasıl konuşulur?" bölümüne, kimbilir ne vakit, kim tarafından, bir fotoğraf sıkıştırılmıştı. Zeren Ateşmizacoğlu'nun bir zamanlar öğrenmek için yanıp tutuştuğu cevap, işte bu sararmış fotoğrafta saklıydı. Zira kocasının dedesinin dördüncü erkek kardeşinin, hani şu sürekli ondan ona laf taşıyıp durduğu ve bu suretle, aile içinde çıkan pek çok kavganın birinci dereceden sorumlusu sayıldığı için, herkesin "Hüdhüd" diye andığı o kadınsı, kırıtkan, kırtıpil adamın da aynen Zekeriya'nınki gibi bir burnu vardı. Hüdhüd Hamdi, yaşlılık yıllarında çekilmiş fotoğrafta, sanki burnunun çirkinliği iyice belli olsun diye yan durmuş, kafasında fötr şapka, elinde uzunca bir ağızlık, etrafındaki aile fertlerinin omuzları üzerinden hülyalı hülyalı uzaklara bakarak, sigara tüttürüyordu. Zeren Ateşmizacoğlu, sülale lugatının temel bir hata yaptığı, Hüdhüd denilen kuşun, Süleyman Peygamber'den Belkıs'a haber iletmek dışında kimseden kimseye laf taşımadığı gerçeğiyle ilgilenmedi. Onu tek ilgilendiren, bu lakabı taşıyan adamdı. Biricik oğlunun, ilk göz ağrısının, öz annesiyle babası dururken, gidip de hayatında bir kez olsun karşılaşmadığı, tüm sülalede en zelil genlere sahip, dızdığının dızdığı, dış kapının mandalı, bunak bir ihtiyarın burnunu yüzünün ortasına kondurması, korkunç bir haksızlıktı. Daha da korkunç olanı, bir buçuk yaşındaki torununun da aynı genetik zincirin halkası olmasıydı.

Ani bir dürtüyle, bu sevimsiz belgeyle birlikte adab-ı muaşeret kitabını da tuttuğu gibi kaldırıp çöpe attı. Çöplerini olur olmadık saatlerde çıkarıp apartman girişini çirkinleştirdiği için Hacı yöneticiden defalarca laf işitmiş olduğu halde, sarı poşeti çıkarıp kapının önüne koydu.

Beş, on, on üç... tam tamına on yedi dakika sonra derin bir pişmanlık duydu. Bugüne değin, sülalesiyle ilgili her şeyi özenle biriktirmişken, ne denli sevimsiz de olsa bu eski fotoğrafı da saklamalıydı. Ne var ki, kapıyı tekrar açtığında, çöp poşetinin yerinde yeller estiğini gördü. Vaktiyle kendi annesinden dinlediği bir hikâye geldi hatırına o anda. Annesiyle babası yıllardır evde besledikleri ama artık bakmak istemedikleri kedilerini bir çuvalın içine koyarak arabaya atmış; sonra da uzaklaşabildikleri kadar uzaklaşarak, çuvalı şehir dışında ıssız bir araziye bırakmışlardı. Akşam eve döndüklerinde, kediyi kapının önünde miskin miskin onları bekler vaziyette bulmuşlardı. Çöp torbasından geride kalan boşluğa bakarken Zeren Ateşmizacoğlu, vaktiyle kendi annesinin, o tekiri karşısında gördüğünde hissettiği soğuk ürpertiye yakalandı. Kurtulduğumuzu sandığımız bir şeyin bize nasıl raptolduğunu gördüğümüz an yaşadığımız düşkırıklığı ile, geri alabileceğimizi sandığımız bir şeyin ellerimizden nasıl kayıp gittiğini gördüğümüz an yaşadığımız düşkırıklığı, akran sayılır zira.

Daha önce de benzer şeyler olmuş, Meryem'in toplamasına fırsat kalmadan kapılarının önünden yürütülmüştü çöp poşetleri. Ama zaten kurtulmak istediğinden o çöplerden, zerrece umursamamıştı kimin, ne niyetle almış olabileceğini. Oysa durum başkaydı bu kez. Şimdi çöpünü geri istiyordu. Birden, sırlanmış bir mahfaza, ağzı mühürlü bir mektup gibi göründü gözüne kayıp çöp torbası. Deşilmeden, kurcalanmadan ivedilikle yok edilmesi, yabancılar tarafından asla görülmemesi gereken... kişiye özel ve son derece mahrem. Kapımızın önünde durduğu müddetçe mahremdir çöpümüz. Bize aittir, bizzat bize dair. Çöp varillerini boylar boylamaz, bizimle ilgisi alakası kalmaz; anonimleşir. Çöplerden geçinenler diledikleri gibi sokabilirler kirli parmaklarını sokak ortasındaki varillere, kıyıda köşede yükselmiş çöp öbeklerine ya da şehir kıyısındaki mezbelelere. Ama mahremiyetimize tecavüz etmiş sayılırlar, kapımızın önündeki çöp torbasını açmaya, hele hele aşırmaya kalktıkları takdirde.

Takip eden bir saat boyunca apartmanın içinde bir aşağı bir yukarı koşturarak aklına gelen her yere baktı, herkesten şüphelendi. Bir ara, tek tek kapı önlerindeki çöplerin, tıpkı aynı nehire açılan dereler gibi bir ana mecraya doğru yönelebilecekleri zannıyla dışarı çıkıp, bahçe duvarının yanında biriken çöp öbeğini karıştırdı. Ama işte yer yarılmış, ağzı fiyonklu sarı çöp poşeti o yarıktan içeri kayıp, sessiz sedasız kaybolmuştu. Kapıcılar da köyde olduğuna göre, geriye tek bir ihtimal kalıyordu: karşı daire! Ne var ki, kocasını ve kızlarını da yanına alarak daldığı kuaför salonundan eli boş, sinirleri harap döndü. Çöp torbasının, Hüdhüd Hamdi'nin fotoğrafıyla birlikte sır olması yetmezmiş gibi, üstüne bir de o şirret kuaför Cemal'den bir avuç hakaret işitmişti.

Zeren Ateşmizacoğlu'nun bıcırık bir kanarya satın alması o günlere rastlar. Oysa kanaryadan önce balıklar vardı. Renk renk, cins cins balıklar...

İşin doğrusu, büyük kızının sinir hastası olduğunu, nice yadsımalardan sonra nihayet kabul ettiği güne değin, Zeren Ateşmizacoğlu'nun balıklara en ufak bir merakı bile yoktu. Severdi büyük kızını, hele bir dönem belki her şeyden çok severdi. Oğlunun o eciş bücüş burnunun dikine gitmeye başladığı günlerde, tüm ilgisini ve sevgisini büyük kızına akıtmaya başlamıştı. Zeynep Ateşmizacoğlu (31) tıpkı bugün olduğu gibi o günlerde de, her iki kardeşinden çok daha hareketli ve girişkendi. On bir yaşına geldiğinde aynı anda hem annesinin çalıştığı okulda müdür olmak, hem itfaiyeci olup Sular İdaresi'nin tüm sularını şehirdeki tüm damların üzerine püskürtmek, hem abisi gibi serserilik etmek, hem kız kardeşi gibi danteller örmek, hem de okuldaki en yakın arkadaşının babası gibi tiyatrocu olmak istiyordu. Yirmi bir yaşına geldiğinde değişen bir şey yoktu. Hâlâ etrafındaki herkesin toplamından fazla olmaya çalışıyordu. Bir günü didik didik zaman dilimlerine ayırmış, her bir zaman dilimine ayrı bir meşgale sıkıştırmak suretiyle onlarca parçaya bölünmüş, kâh onu kâh bunu yapıyor; işin tuhaf yanı, bunların çoğunda da başarılı oluyordu. Zekâsı, annesinin gensel gururunu okşayacak kadar keskindi. Ne var ki, bir o kadar da mutsuzdu. Sahip olduğu hiçbir şey yeterli değildi, yeterince değil. Tamamına kavuşan tek bir şey bile yoktu hayatta; "bütünlük" denilen, kof bir kelimeden ibaretti lugatlarda. Deniz yoktu mesela; her biri ayrı ayrı yönlere akmaya çalışan sayısız sonsuz denizler vardı, tek bir denizin içinde bile. Gördüğümüz dalgalar, denizlerarası savaşların toplamdan eksilttiklerinden geriye kalabilen yükseklikte ve sıklıkta ulaşıyordu kıyıya. Ulaşıp parçalanıyorlardı köpük köpük, zerre zerre. İstanbul da yoktu keza. Her biri kendi güzergâhında seyreden onlarca, yüzlerce, binlerce, milyonlarca güruh, cemaat, cemiyet vardı. Artılar eksileri götürüyor, zıt rüzgârlar birbirinin cereyanını durduruyor, kimsenin gücü, kimseninkine baskın çıkamadığından, sonuçta şehir varlığını korumayı başarıyor ama bu arada, durmadan azalıyordu. Tıpkı dalgalar gibi, İstanbul da, toplamından eksilenlerden geriye kalandı aslında. Farelerin kemirdiklerinden, martıların didiklediklerinden, sakinlerinin bildiklerinden, arabaların aşındırdıklarından, vapurların taşıdıklarından, saat başı dünyaya gelen bilmem ne kadar bebeğin soluduğu ilk havadan... geriye kalan ve bu suretle mütemadiyen dağılıp parçalanan, eksilip tamamlanamayan şeydi. Zeynep Ateşmizacoğlu ilk krizini geçirdiğinde yirmi ikisindeydi.

Zeren Ateşmizacoğlu, doktorun söylediklerinden hiç etkilenmedi, çünkü doktoru da söylediklerini de ciddiye almadı. Soyağaçlarının hiçbir dalının hiçbir yaprağında öyle hastalıklara rastlanmamıştı. İşte en kara leke Hüdhüd Hamdi'nin bile aklı sapasağlam yerindeydi. Kaldı ki büyük kızı, üç çocuğunun içinde en akıllı, en parlak olanıydı. Atlattığı kriz, geç gelen bir buluğ çağı bunalımından başka bir şey değildi.

Zeynep Ateşmizacoğlu'nun kısa zamanda toparlanması, annesini kendi haklılığına daha da inandırdı. Ne var ki, tez zamanda anlaşılacağı üzere, bu düzelme kalıcı değil, geçiciydi. Ateşmizacoğulları'nın büyük kızları için bundan sonra hayat, iki ayrı mevsime bölünecekti: hastalandığı dönemler, bir daha hiç iyileşmeyecekmişçesine hasta; iyileştiği dönemlerse bir daha hiç hastalanmayacakmışçasına iyi oluyordu. Ortası yoktu. Ne zaman birinden ötekine geçeceğini kimse kestiremiyordu. Bu iki devre arasındaki en belirgin fark, kötü haberlere verdiği tepkiydi. Hasta olduğu zamanlar, yalnızca belli renkleri seçebilen bir renk körü gibi, bir tek kötü haberlerle ilgilenir ve gazeteleri sırf bu tür haberler için okurdu. Gasp olayları, namus davaları, intihar vakaları, fuhuşa zorlanan kızlar, tinerci çocuklar, canlı bombalar, doğar doğmaz hastaneden kaçırılan bebekler, uyuşturucudan ölen gençler... Gazetenin yanı sıra şehir eklerini de tarardı dikkatlice: kapanmayan kanalizasyon çukurları, patlayan su boruları, toplanmayan çöpler, tıkanan yollar, azılı kapkaççılar, pislikten mühürlenen pastaneler, at eti satan kasaplar, kaçak deterjan pazarlayan bakkallar, otopark çeteleri, meçhul bir biçimde yanıp kül olan ahşap evler, tüpgaz patlamaları, gaz sızıntıları, gasp olayları... Zeynep Ateşmizacoğlu, bu cinnetaver haberleri takip etmekle yetinmez, bir de gördüğü herkese, bilhassa da bütün günü beraber geçirdiği annesine, ballandıra ballandıra anlatırdı her birini. İyi olduğu zamanlarsa, bol fotoğraflı felaket haberlerini atlayarak okurdu gazeteleri. Her halükârda, Ateşmizacoğulları içinde sürekli gazete okuru olan bir tek oydu.

Büyük kızının felaketlerden dem vuran coşkulu sesi ne zaman kulaklarını tırmalasa, içini rengârenk balıklar, alacalı bulacalı taşlar ve fosforlu aksesuarlarla doldurduğu akvaryumunun huzurlu fokurtusunu dinlerdi Zeren Ateşmizacoğlu. Oysa balıklardan önce süs bitkileri vardı. Çeşit çeşit süs bitkileri...

Zeliş Ateşmizacoğlu (23), ne ağbisi gibi serseri, ne de ablası kadar zekiydi. Aslında küçüklüğünden beri, ne tipiyle ne de mizacıyla, ailenin diğer üyelerine benzediği söylenebilirdi ama bu farklılık daha da çarpıcı bir hal alıyordu ablasıyla kıyaslandığında. Nazar okşayan çiçekler açan yabani, hırçın bir bitkinin yanında nasıl olduysa boyverip tüm suyu ve güneşi onun emmesini kanıksamış hantal, tombul bir mantar gibi ablasına yapışmış, onun yaşamının kenarına ilişivermişti. Vasat ve tutuk, hımbıl ve kıttı. Sanki ablasının, kâh zeki ve alımlı, kâh fıttırık ve ağlamaklı olup, iki kutup arasında mekik dokuduğunu gördükçe aklı karışmış; o da arada bir yerde, güvenli bir eşikte durmayı seçmişti. Abisi "bir şey olmak", ablası "her şey olmak" isterken, o da yıllar boyu yalnızca "olmamak" istemişti.

Ateşmizacoğulları içinde evhama karşı en dayanıksız olan oydu. Evham, ailenin öteki fertleri için dışarıdan gelen bir tehditten ibaretti. Bu tehdidin sebepleri değişmekle birlikte, geldiği adres hep aynı kalırdı: kalın, külrengi, kadife perdelerin dışındaki dünya. Ziya Ateşmizacoğlu, rüşvet davasının yeniden açılmasından, tutuklanmaktan, hapse atılmaktan, gazetelere çıkmaktan ve elâlemin diline düşmekten kaygı duyardı en çok. Zeren Ateşmizacoğlu'nun başlıca kuruntusu, çocuklarıydı. Ardından, köktendincilerin palazlanması, yolda yürürken kapkaççıların saldırısına uğramak ve göçük altında kalmak gelirdi sırayla. Zekeriya Ateşmizacoğlu ise yatakta başarısız olmaktan, hayatta aciz kalmaktan, kumar borcu olanlardan ve korkmaktan korkardı ekseriya. Zeynep Ateşmizacoğlu'na gelince, o, korkulu-kaygılı-kuruntulu kuyular ile korkusuz-kaygısız-kuruntusuz okyanuslar arasında fütursuzca gidip gelen bir sarkaçtı zaten.

Oysa Zeliş Ateşmizacoğlu için her şeyden önce soyut bir şeydi evham. Tıpkı hava gibi hem her yerdeydi, hem de ele avuca gelmez. Rüşvet davasının yeniden açılması, kumar borcundan ötürü mıhlanmak ya da aşırı dincilerin iktidarı ele geçirmesi gibi ihtimallerden daha, çok daha tanımsız bir şeydi. Bir kere, evham insanın dışında değil, insan evhamın içinde barınırdı. Çünkü korku ve kaygı ve kuruntu, "her şeyin başka türlü olması ihtimalinin dehşeti"nden beslenir. (İşte evin, arkadaşların, vücudun, ailen... Bunlar senin ama maalesef, bir gün elinden alınabilir!) Evham'a gelince, o, "hiçbir şeyin başka türlü olmaması ihtimalinin dehşeti"nden beslenir. (İşte evin, arkadaşların, vücudun, ailen... Bunlar senin ve maalesef, hep böyle kalabilir!) Ortaokuldayken birkaç kez kız arkadaşlarının evlerine gitmişti. O zamana değin, anne dendiğinde kendi annesinin, baba dendiğinde kendi babasının ve aile dendiğinde de kendi ailesinin karbon kopyalarını anlayan Zeliş Ateşmizacoğlu için, kendininkilere zerre kadar benzemeyen anneleri, babaları, aileleri yakından görme fırsatı bulduğu bu ziyaretler bir dönüm noktasıydı. O tarihten itibaren, ailesinden duyduğu utanç, sinsice işleyen bir para cezasının faizi gibi, katlana katlana büyüyordu.

Dersanedeki pepeme fizikçinin tutuk heceleri kulağına küpeydi Zeliş Ateşmizacoğlu'nun: "Her ikisinnn-de de, aynı yoğunlukta, aynı seviyede sıvı bulunannn iki kabı birbirine bağlayalımmm. Birinden ötekine sıvı transfer olmasını bekleyelimmm." Aynen böyle derdi. Böyle der ve eklerdi: "isterseniz boş yere beklemeyelimmm. Unutmayınnn çocuklar, her zaman yüksektennn aşağıya ve çoktan aza... Aksi takdirde, transfer filannn yoktur aynılar arasınnn-da." Zeliş Ateşmizacoğlu'na göre evinin içi ile dışının evham yoğunlukları da, seviyeleri de birdi. Buna rağmen, bir türlü cesaret edip de, dönmemecesine ayrılamıyordu Bonbon Palas'ın 4 numaralı dairesinden. Defalarca plan yapmıştı şimdiye değin. Ancak kaçış planlarından ziyade çıkış planları olduğundan bunlar, evden çıktıktan sonra nereye gidip, ne yapacağı hakkında hâlâ bir fikri yoktu.

Ama Zeren Ateşmizacoğlu'nun, kan ya da kan rengi görür görmez pattadak bayılmak dışında bir özelliğini tespit edemediği küçük kızından fazla bir beklentisi yoktu zaten. Tek sorun salonun dört bir yanını dolduran birbirinden nazlı ve alımlı süs bitkilerinin fazla güneş istemeleriydi.

4 numaralı dairenin perdelerinden içeri, yabancıların bakışları gibi, güneş ışınları da kolay kolay sızamadığından, tüm bu süs bitkileri birer ikişer soldular. Akvaryumdaki balıklar da büyük zayiat verdiler zamanla. Kanaryayı da Kedi Peygamberi'nin aşireti parçaladı. Gerçi şimdi yeni bir kanarya vardı aynı kafeste, ama anlaşılamayan bir biçimde daha bir kez bile ötmemişti.

3 NUMARA: KUAFÖR CEMAL & CELAL

Deminden beri sündüre sündüre çekiştirdikleri kadının kapıdan içeri girdiğini görünce, suçüstü yakalanmışlara mahsus ikircikli bir suskunluğa bürünmüştü kuaför salonundakiler. Daha bir-iki dakika evvel hakkında ileri geri konuştuğu kişiyi, hiç hesapta yokken pat diye karşısında bulmak, bulup da gözlerine bakmak, yüzüne gülmek zorunda kalmak, etrafta birtakım mistik dolapların döndüğüne dair tuhaf bir his uyandırır insanın içinde. Hijyen Tijen de isminin anıldığını gaipten haber almış gibi göründü içeridekilerin gözüne. Ama onun karşısında duydukları tedirginliğin sebebi, dedikodu yaparken pervasızca gevşeyip esrimiş yüz ifadelerini birdenbire nasıl toparlayacaklarını bilememeleri değildi sadece. Aylardır evinden çıkmayan birini, şimdi burada, yani "bir gün dışarı adımını attığı takdirde uğraması muhtemel yerler listesi"nin dibinin dibindeki maddeyi ziyaret halinde görmenin şaşkınlığı da çökmüştü üzerlerine.

Bu donukluktan ilk sıyrılan Cemal oldu. Kendisini hiç tanımayan, ismini bile bilmeyen birine sanki tanışıymış gibi hitap etmesinin yaratacağı kopukluğun farkına bile varmadan, neredeyse şen şakrak bir sesle "hoşgeldiniz, buyrun Tijen Hanım!" diyerek kapıya yöneldi. Dedikodu bağımlılığının yan etkileri vardır böyle: birini ne kadar sık ve çok çekiştirirseniz, o kadar yakından bildiğinizi zanneder ve giderek, onunla öteden beri tanıştığınızı sanmaya başlarsınız. Oysa bu arada o, sizi hiç tanımıyor dahi olabilir. Eğer Cemal ufacık da olsa bir karşılık alabilseydi samimiyetine, belki de kendini kaptırıp bunca zamandır gelmediği için sitem bile edecekti Hijyen Tijen'e. Ama öyle olmadı. Karşısındaki kadın bu karşılamadan zerre kadar hazzetmediğini eleveren donyağı bakışlarla onu tepeden tırnağa şöyle bir süzdükten sonra, hiçbir şey demeden başını çevirip sağı solu incelemeye koyuldu. Yerde süpürülmeyi bekleyen saç kırpıklarına, yıkana yıkana rengi atmış havluların eprimişliğine, müşterilerin boyunlarına bağlı leopar desenli muşamba örtülerdeki lekelere, bir duvarı boydan boya kaplayan aynanın kenarındaki incecik çatlağa, aynaya paralel uzanan tezgâhın kıyısında köşesinde kalmış sivrisinek ölülerine, üzerine kutu kutu aynı marka jöle, saç köpüğü ve briyantin dizilmiş rafların tozuna, saç fırçalarına sıkışmış kıl yumaklarına, koltukların yırtıklarından görünen delik deşik süngerlere, eşyaların döküntülüğüne, tekerlekli üç katlı manikür sehpasında çalkalanan muhtevası şaibeli köpüklü sulara takıldı birer birer. Gördüklerinden duyduğu hoşnutsuzluk o kadar derin, burayı derhal terk etme arzusu öylesine belirgindi ki, ona baktıkça, çalıştığı mekânla beraber kendisini de aşağılanmış hisseden Cemal, dilinin ucunda biriken tekmil karşılama nidalarını gerisin geri yutup, suspus oldu.

Ancak Hijyen Tijen, Cemal'in beklediği gibi, arkasını dönüp gitmedi hışımla. Mıhlanmış kalmış gibi ne geri, ne ileri adım atabildiği kaskatı saniyelerden sonra, etrafını çevreleyen bu sakil ve pasaklı âlemin ayrıntılarına daha fazla tanık olmamak için teftişini yarıda kesip, açık duran pencereden dışarıya kaydırdı bakışlarını. Ve işte o zaman, elbiseleri toplamak için bahçeye inmiş olan gündelikçiyi gördü. Bütün gün temizlikte sıtkının sıyrılması yetmezmiş gibi, bir de durduk yerde aşağıya atılan kaç bavul dolusu kıyafeti toplamak zorunda kalmanın memnuniyetsizliği çipil gözlerinden okunan gündelikçi de onu görmüştü aynı anda. Kadıncağız o kadar yorgundu ki, Hijyen Tijen'in burada ne aradığına şaşırmaya harcayacak enerjisi bile yoktu. Kucağında sımsıkı tuttuğu, tepeleme kıyafet dolu çamaşır sepetini yere bıraktı; minyon gövdesi bahçede, limon küfü bir tülbentle örttüğü başı kuaför penceresinin içinde, bezgin bir sesle mırıldandı: "Ben gidiyorum Tijen Hanım, çoluğum çocuğum var benim." Fakat ağzından çıkan kelimeler ile durumu arasında kendi de anlamlı bir bağlantı kuramamış olacak ki, toparlayıcı bir açıklama yapma gereği duydu: "Bu sonuncu sepet, topladım hepsini. Şimdi yukarı çıkarır, eve bırakırım. Beş kez inip çıktım zaten. Perşembeye beklemeyin. Sapa bana bu semt."

Tijen Hanım, kaşlarını hafifçe çattıysa da, tek kelime etmeden söylenenleri başıyla onaylamakla yetindi. Gerçi yüz ifadesinin bulanıklığı, zihninden geçenleri ele vermiyordu ama burada, hiç tanımadığı insanların arasında olmaktan duyduğu sıkıntı fark edilmeyecek gibi değildi. Onu bu işkenceden kurtarmak isteyen Celal, ikizinin, kurayım derken unufak ettiği köprüyü tamir etmek üzere yanına yaklaşıp, güven telkin eden bir sesle saçlarına ne yapılmasını istediğini sorana dek, ayakta öylece dikilmeye devam etti. Nihayet, giden gündelikçiden bahçede kalan boşluğa sabitlediği bakışlarını ağır ağır Celal'e çevirip, "ben değil, kızım," diyebildi. Ve ne kastettiğinin anlaşılabilmesi için, usulca kenara çekildi. Kuaför salonundakiler ancak o zaman, abanoz saçları kıvır kıvır, teni saçlarıyla zıtlaşacak kadar ak, irice gözleri kahverengiye, griye ya da başka herhangi bir renge çalmadan büsbütün siyah olan ve hiçbir talî yola sapmadan dosdoğru insanın gözünün içine bakan, sıska, narin kız çocuğunu fark edebildiler. Kafası ıslaktı. Saçlarının zigzaglarından pıtır pıtır akıp, omuz hizasında yayvan lekeler bırakan damlalarla, yolda gelirken şu çisentili yaz yağmurlarından birine yakalanmış gibi bir hali vardı.

Celal küçük müşterisini aynanın önüne alırken, az evvel gördüğü kötü muameleyi sineye çeken Cemal de, kenardaki koltuklara buyur etti çocuğun annesini. Hemen oturmadı Hijyen Tijen. Önce beş-on saniye kadar huzursuz ve hoşnutsuz ayakta durmayı sürdürdü. Sonra pes edip, gösterilen koltuklardan en yakın olanına gönülsüzce ilişiverdi. Her müşteriye, salona adım atışının üzerinden otuz saniye geçmeden manikür isteyip istemediğini sormayı huy edinmiş manikürcü kız yanı başında bitiverdiğinde, o hâlâ gözleri yerde, aklı ise muhtemelen başka bir coğrafyada, boş boş bakmaktaydı ileride boylu boyunca yatan bir lekeye. Ne var ki kendisine yöneltilen soruyu duymasıyla, görünmez bir fareye dokunmuşçasına ellerini tiksintiyle geri çekip, arkasına saklaması bir oldu. Böyle ani ve bu kadar yabani bir tepki beklemeyen manikürcü kız, kös kös geri döndü. Ama daha yerine oturur oturmaz bir kurt düştü içine. Sakın dili sürçmüş olmasın! Acaba "Tijen Hanım" yerine, yanlışlıkla "Hijyen Hanım" mı çıkmıştı ağzından? Yoksa bu yüzden mi böyle durup dururken sirkeleşmişti kadının suratı? Aklını zorladıkça, çam devirmiş olabileceği kanısı kuvvetlendi. Çünkü esas itibarıyla bedbin mizaçlı bir organdır beyin. Ne zaman iki zıt ihtimal arasında tereddütte kalsa, olumsuz olana meyleder daima. Manikürcü kız da düşünüp taşındıkça, büyük bir pot kırdığından kesinkes emin oldu. Bir an, dönüp özür dilemeyi düşündü. Ama tek yaptığı, tekerlekli, üç katlı manikür sehpasının ardında tedirgin büzülerek ve çaktırmadan etrafı süzerek, yaptığı gafı duyan olup olmadığını anlamaya çalışmak oldu.

Bu arada Celal'in uzun aynanın önüne, yaşlı kadının hemen sağına oturttuğu Su, ilk defa bir kadın kuaförüne gelmenin merakıyla koltuğunu döndüre döndüre etrafı incelemekteydi. Ancak ne yöne baksa dikkatle kendisini süzen dişi gözbebekleri, nazikane gülümseyen rujlu dudaklarla karşılaştığından, incelemesini kısa tutmak zorunda kaldı. Bu yabancı yerde, yapışkan bakışlarını üzerinde hissetmediği tek kişi, yanındaki yaşlı kadındı. Onu tanıyordu; evine girip çıkarken ara sıra karşılaştığı, kendisine hep iyi davranan karşı komşularıydı bu. Vücudunun üst kısmını boynuna kadar tamamen örten muşamba örtüden çıkan minnacık, bol makyajlı suratı, iğreti bir biçimde kaidesine yerleştirilmiş, sonra da muzip birileri tarafından rengârenk boyanmış bir büste benziyordu.

Madam Teyze çocuğun kendisini seyrettiğini fark edince, dönüp gülümsedi. Bir şey söyleyecek gibi oldu ama Celal'in elinde genişçe, dikdörtgen bir tahtayla çıkagelmesiyle tekrar önüne döndü. İki büklüm çalışmaktan nefret eden ikizler, kuaför salonuna ne zaman bir ufaklık gelse, bu tahtayı koltuğun kolları üzerine yerleştirerek, küçük müşterinin boyunu uzatırlardı. Ne var ki, Celal'in niyetini anlar anlamaz, gözlerini yanındaki yaşlı kadından ayırmadan başını hararetle iki yana sallayıp, kendinden gayet emin bir sesle cırladı Su: "Ben ondan uzunum ama. O niye tahtanın üstünde oturmuyor?"

Hayatında bir kez bile hazırcevap olamamış, katiyen kimseye laf yetiştirmeyi becerememiş Celal, böyle bir itiraz karşısında allak bullak oldu. Madam Teyze'nin de bu laflara alınmadığını, alınmak şöyle dursun kıkır kıkır gülerek hak verdiğini görünce, tahtayı çıraklardan sivilcesiz olana verip geri yolladı. Fakat hemen ardından, çocuğun söylediklerinde gizli bir hikmet sezmiş gibi, dönüp dikkatlice baktı iki sıradışı müşterisinin aynadaki yansımasına. Geniş uzun aynanın önünde, boyunlarında leopar desenli önlükler bağlanmış vaziyette yan yana oturmuş, iki minnacık kafadan ibaret kalmışken nasıl da bir, ne kadar da aynıydılar. Gerçi zamanın iki ayrı ucundaydılar –biri on birindeydi, diğeri yetmiş sekizinde– ama her ikisi de, insan ömrünün sınır boylarındaydılar. Çocuk yanılmıştı; yaşlı kadından uzun değildi aslında. Tam tamına aynı boydaydılar ve belki de aynı kiloda. Çok yaşlı birinin çeke çeke geldiği cüsse ile bir çocuğun büyüye büyüye vardığı cüssenin eşitlenmesi ne kadar da garip bir şeydi. Biri aşağı inen, diğeri yukarı çıkan iki asansörün kendi yollarında seyrederken bir an için, ama sadece o an için, yan yana gelip aynı hizada durmaları gibi bir şeydi bu. Bir saniye, bir saat, bir ay... ama muhakkak belli bir zaman dilimi sonra, biri daha alçak, diğeri daha yüksekte kalacak ve hemen ardından büsbütün uzaklaşacaklardı birbirlerinden. Çok değil, sadece bir hamle sonra, yaşlı kadının kemikleri bir nebze daha eriyecek, küçük kızınkilerinse bir nebze daha gelişecekti. Garip olan, bu havai eşitlik anında birbirlerini bulmuş, burada buluşmuş olmalarıydı.

Celal küçük kızla yaşlı kadının arasındaki benzerliği hissettiği an, Madam Teyze'ye beslediği sevginin tıpatıp aynısından çocuğa da bir tane biçip dikiverdi hemen. Küçük müşterisinin saçlarını kesime hazırlama aşamasını da, kesme kısmını da bizzat üstlendi bu yüzden. Reçine sarısı bir kurdelayla gelişigüzel bağlanmış gür, kıvır kıvır, abanoz saçları açtı. Hâlâ uçlarından sular süzülen tutamları özenle taramaya başladı. Bu arada çocuğa ismini sormayı ihmal etmemişti çünkü yetişkinler ne zaman bir çocukla iletişim kurmaya kalksalar, lafa önce ismini sorarak başlar ve hemen ardından, bu ismi övme gereği duyarlar. "Ne güzel ismin var!" dedi Celal de. Ama Su o esnada, her sayfasında uçuk kaçık saç modellerinin sergilendiği pürreklam bir kadın dergisine balıklama daldığından, oralı olmadı. Başını dergiden kolay kolay kaldıracağı da yoktu, annesinin canhıraş çığlığı olmasaydı.

Köpekler nasıl kendilerinden korkanların yanında alırsa soluğu ya da saç kılları, sofrada onlardan en çok iğrenenlerin çorba kâselerinden çıkıverirse, Cemal'in lafa dalıp izini kaybettiği hamamböceği de, görüş alanına girmek için Hijyen Tijen'i bulmuştu bunca insan içinde. Çıraklardan sivilcesiz ve patronlarının gözüne girmeye azmetmiş olanı, anında müdahale etti duruma. Ayakkabısının altında yamyassı bir tiksinti tortusuna dönüşüverdi böcek.

"Bu böcekler de her yeri sardı," diye kekeledi Celal. Ama devamını nasıl getireceğini bilemedi birden. Son zamanlarda, adını sanını bilmediği tuhaf tuhaf böcekler görüyordu etrafta. Sayılarıyla beraber türleri de artıyordu sanki. Ölünce pis bir koku bırakıyordu bazıları. Sivilcesiz çırak, oda spreyini almak için koşturdu.

"İsterseniz siz beklemeyin Tijen Hanım," dedi berikinin yüzünde beliren dehşetin ayırdında olan Madam Teyze. "Kızınızı merak etmeyin. Biz birlikte çıkarız yukarı."

Hijyen Tijen öyle çaresizdi ki, teklifi ikiletmedi. Hamamböceğinin cesedinin üzerinden atlayıp kesimin parasını kasaya bıraktığı gibi, çıngıraklı kapıda aldı soluğu. Yalnız, çıkmadan önce bir an durup, yaşlı kadına minnetle, kızına sevgiyle el salladı.

O kapıdan çıkar çıkmaz, deminden beri baston yutmuş gibi oturan manikürcü kız ayağa fırladı. "Huylandı," dedi suratını ekşiterek. "Kahveyi bile içemedi pis diye. Bir de alıp burnuna götürmez mi? Çamaşır suyu kokmuyor diye beğenmedi."

Tıknaz kızıl ile saçlarının işi çoktan bittiği halde oturmaya devam eden şehla sarışın da karıştı söze. Televizyonun sesini açtırdı Cemal, günlerdir merakla beklediği bir klibin nihayet yayımlandığını görünce; çaylar tazelendi, sigaralar yakıldı ve şaşırtıcı bir hızla gömülüverdi kuaför salonu her zamanki rehavetine. Hakkında ileri geri konuştukları esnada pat diye karşılarına çıkan, çıkıp da şahdamarlarına belli belirsiz suçluluk duygusu zerk eden kişi görüş alanlarından ayrılır ayrılmaz, mistik dolapların sona erdiğine kanaat getirdiklerinden, laf dönüp dolaşıp Hijyen Tijen'e geliyordu şimdi. "Bastırılmış olanın tam gaz son sürat geri dönüşü" de diyebiliriz buna. Hilkat nasıl boşluktan nefret ederse, noksan bırakılan parçalarının derhal tamamlanmasını ister dedikodu garibesi de. Aralarında bir çocuğun bulunması, hatta bunun çekiştirdikleri kişinin çocuğu olması dahi engellemedi kuaför salonundakileri. Çünkü kadınlar, laf olsun diye değil de, hakikaten, canı gönülden, tammüden dedikodu yapmaya başladıklarında, ya seslerini kısık, ya da yanlarındaki çocukları sağır farz eder.

Su'ya gelince, o, annesi hakkında sarf edilen kinayelerin farkında değilmiş gibi, olanca dikkatiyle dergiyi karıştırmaktaydı hâlâ.

Kısacık saçlarını diken diken kaldırtıp, uçlarını farklı farklı fosforlu renklere boyatmış, belden yukarısı çıplak, melez bir kadının fotoğrafına takıldı.

"Beğendin mi?" dedi dedikodulardan sıkılan ve çocuğun üzülmesinden endişe eden Celal. "Senin saçını da öyle yapalım istersen. Pek fiyakalı olursun okulda."

"Olmaz!" dedi Su çatkın bir suratla. "Bundan kısa olacak saçım."

"Canım, ondan da kısa olmasın artık," diye itiraz edecek oldu Celal.

Su, dergiden başını kaldırıp, aynadan süzdü Celal'i. Gözlerinin kara kuyusunda toplu iğne başı kadar küçük, küçücük bir ışık sinsice yanıp söndü.

"Olmaz! Bitlerim dökülmez o zaman," dedi neredeyse bağırarak.

Perma bigudilerinin tamamı çözülmüş, aynada ıslak ve kıvırcık halini inceleyen asabi kumral derhal bir kaşgöz işareti yaptı şehla sarışına. Ama Su, daha da yükseltti sesini, dinleyicileri olduğunu anlayınca.

"Okulda öğretmen yanına çağırdı. Kâğıt yazmış. 'Al bunu annen okusun,' dedi. Eve gönderdiler. Annem kâğıdı okuyunca çok kızdı. Bit varmış kafamda. Banyoya girdik, ilaçla yıkadık. İki şampuan bitti. 'Sen çıkma kal,' dedi, ben oturdum küvette. Sonra elbiselerimi çıkardı dolaptan. Bit dolaşıyor üzerlerinde diye bütün elbiselerimi camdan attı. Çarşafları da attı. Sırt çantamı da attı."

"Sırt çantası görmedik," dedi manikürcü kız, sinemadan çıktığında filmin en önemli ayrıntısını atladığını öğrenen birinin şaşkınlığıyla.

"Okuldan bulaşmıştır. Olur böyle şeyler," diye geçiştirmeye çalıştı Celal.

"Okuldan bulaşmamış," dedi Su omuzlarını silkerek. "Bizim okulda benden başka bitli yok zaten."

Kadınlar manidar bir tebessümle birbirlerine baktılar. Hijyen Tijen'in, kızını bu civarda kimsenin çocuğunun gitmediği oldukça pahalı bir okulda okutmakta inat edip, ellerindeki tüm parayı bu uğurda harcayarak sadece kocasının sinirlerini değil, evliliğinin temellerini de hurdahaş etmekten çekinmediği, herkesçe bilinen bir şeydi.

“Sınıfta kimsede yok bit. Benden bulaşacak şimdi bütün okula,” diye kıkırdadı çocuk. Gülüşünde karanlık bir şımarıklık vardı. Şımarıktı; etrafındaki insanların tepkilerini kaale almayan, sadece kendinden yola çıkıp kendine akan, belki de sırf eğlenme açlığı çeken, nerede duracağını öngöremeyen bir gülüştü bu. Karanlıktı; kendi kendini kışkırttıkça doludizgin hızlanan, hızlandıkça kontrolü kaybeden, her an bir hendeğe yuvarlanıp acıya dönüşebilecek bir gülüştü bu. Tutarsız ve uyumsuzdu. Söylediklerinin içeriğinden alabildiğine kopuktu. Onun yaşındaki bir çocuk için fazla battal, fazla kantarlı, fazla bir gülüştü.

“Annem diyor ki, bit babamdan geçmiş. Babamın sürtüklerinden babama bulaşmış, sonra babam bana sarılınca da bana bulaşmış.”

Sanki kapı pencere aynı anda ardına kadar açılmış da, dizginlerinden boşalmış bir rüzgâra yakalanmışlar gibi tepeden tırnağa ürperdi geniş aynanın önünde yan yana dizilmiş tüm kadınlar. Müthiştir çünkü bir çocuğun ağzından ailesinin en hafi sırlarının bu şekilde döküldüğünü duymak. Hırsızlık yapmadan, başkasının bahçesinden meyve aşırmaya benzer. Suç vardır belki, ama suçlu yoktur ortada. Kenara çekilip, zaten akmakta olan çamurlu sulara yol vermek, ne zamandan beri suç sayılabilir ki? Kuaför salonundakiler de, sırf çocuk rahat rahat konuşsun, bol bol konuşsun diye köşelerine çekilip suspus olmuşlardı. Mümkün olduğunca fazla bilgi müsveddesini, mümkün mertebe bulaşmadan, karışmadan, üstlerini başlarını pisletmeden edinebilmek için sabırla kıvranarak bekliyorlardı konuşmanın devamının gelmesini. İki dakikadan fazla sakin kalamadığı gibi, etrafında dönen herhangi bir konuşmaya burnunu sokmadan duramayan, dursa sıkıntıdan patlayan Cemal'in bile ağzını bıçak açmıyordu. Bir tek Madam Teyze, bir tek o, bu nahoş konunun kapanması için harekete geçme gereği duydu. Ama o da ne söyleyeceğini bilemediğinden, tek yapabildiği, Celal'i bir an önce işini tamamlaması için uyardıktan sonra oturduğu koltukta kaskatı büzülmek oldu. Derken hafifçe silkindi. Bluzunun içinde kalan gümüş kolye ucunu çıkarıp, avucunun içinde dalgın dalgın sıktı Aziz Serafim'in çatkın çehresini.

Su, sözlerinin yarattığı tesiri yerinde tespit etmek istercesine, koltuğunu tam bir çember çizecek şekilde döndürerek herkesin yüzüne şöyle bir baktı. Çemberini tamamlayıp tekrar eski konumuna döndüğünde, kahverengiye, griye ya da başka herhangi bir renge çalmadan büsbütün siyah olan gözleri, yaşlı kadının aynada ışıldayan boncuk gibi, lacivert-gri gözleriyle buluştu. Madam Teyze efkârla içine çektiği havayı küçük, sivri burnundan ince ince salarken, içinde bir yerlerde özür barındıran bir mahcubiyetle gülümsedi. Çocuğun anlattıklarından ötürü onun namına birilerinden mi özür dilediğini, yoksa tam tersine, etrafını çevreleyen meraklı dinleyicilerin varlığından ötürü çocuktan mı özür dilediğini kestirmek zordu. Bu bulanık tebessümün anlamını çözememekle birlikte, elinde olmadan Su da ona gülümsedi.

Artık çarçabuk hareket etmesi gerektiğini kavrayan Celal, iki çırağını yardıma çağırdı. Birkaç dakika içinde üçü üç koldan çalışarak hem yaşlı kadına, hem de küçük kıza fön çektiler. Sonra çıraklar, enselerine iki oval ayna tutmak suretiyle her ikisinin de saçlarının arkadan nasıl göründüğünü görmelerini sağladı. Böyle hem önden hem arkadan aynalarla kuşatıldıklarında, katlanarak çoğaldı suretleri, çoğalarak iç içe geçti benzerlikleri.

* * *

Ne var ki, kendilerini kapıya kadar uğurlayan Celal'e veda edip, Bonbon Palas'ın merdivenlerini çıkmaya başladıklarında, aralarındaki yaş farkı kesinkes çıktı ortaya. Çocuk sık sık durup berikini bekliyor, bazen de çıktığı basamakları geri inip, onunla beraber tekrar çıkıyordu. Bu şekilde üçüncü kata geldiklerinde biraz soluklanmak için durdu Madam Teyze. Su da sırtını duvara yaslayarak, sanki cezalıymış gibi tek ayağını kaldırıp kendine doğru çektikten sonra, bu molayı, artık iyice ısındığı yaşlı arkadaşına yeni bir şeyler anlatmak için fırsat bildi.

"Sınıfta üç kız var, bana isim taktılar. Defterimin üstünde isim soyadı var ya etikette, oraya kocaman BİTLİSU yazmışlar. Aslında Bengisu benim ismim, kısaltıyorum."

"Biliyor musun, ben de bitlenmiştim küçükken," dedi Madam Teyze, çocuğun gülüşünden duyduğu rahatsızlığa rağmen.

"Sahi mi? Size de isim taktılar mı?" dedi Su, yaşlı kadının kolyesinden sallanan turuncu sakallı, çatık kaşlı dedenin kim olduğunu anlamaya çalışıyordu bir yandan.

"Yok, isim takmadılar. Bir çamaşırcımız vardı, çocuklarını sırayla dizlerine yatırıp çıt çıt bit kırardı. Benim bitlerimi de o ayıklamıştı. Annem yazık fenalıklar geçirmişti. Narin kadındı, gelemezdi böyle şeylere. Öyle yetiştirilmiş ne yapsın. Bahçedeki güllerden biri sararıp solsa, üzüntüsünden yataklara düşer, fare ölüsü görse günlerce kendine gelemezdi. Belli ki yanlış devirde gelmiş dünyaya..."

Yaşlı kadının lacivert-gri gözleri donuklaştı. Ama uzun sürmedi bu hali. Bazı olayları yad, belli isimleri zikr etmeyi kendine uzun zaman önce haram kılmış insanlara özgü bir içgüdüyle, hafızasının yasak bahçesine girmek üzere olduğunu fark edip derhal geri döndü. Saçları kesilince kafası daha da küçük görünen çocuğa, ortak bir sırrı paylaşıyorlarmış gibi muzipçe göz kırptı.

"Bakma sen Bitlisu filan dediklerine. Herkes bitlenir çocukken. Sade çocukken de değil. Büyüyünce de bitlenir insan. Kimin bitli olup olmadığını nerden bileceksin ki? Gözle görülür mü bit? Herkes sütten çıkmış ak kaşık geçinir ama vardır elbet onların da bir biti!"

Duyduğu sözlerin içeriğinden ziyade arkasında yatan niyetin iyiliğinden hoşlanan Su, dördüncü kata varır varmaz, uzun uzun zilini çaldı evinin. "Ben geldiiiim!" diye bağırdı açılan kapıdan içeri dalarken. Hijyen Tijen geciktikleri için meraklanmışa benzese de, öğleden sonraki huzursuzluğundan arınmış görünüyordu. Komşusuna teşekkür etti. "Bakın ne güzel oldu hem kısacık, hem de pek şık," diye karşılık verdi Madam Teyze. Sonra ne konuşacaklarını bilemeden ama illa ki bir şeyler söylemek zorunda hissetmenin sıkıntısıyla bakıştılar.

"İçeri buyrun derdim ama temizlik hâlâ bitmedi. Gündelikçi gidince her şeyim yarım kaldı," dedi Hijyen Tijen. Kuaför salonundaki asabi, gergin kadın gitmiş, yerini içine kapanık, mahcup birine bırakmıştı.

"Tabii tabii. Yapın temizliğinizi. Ama fazla yormayın kendinizi. Yatın dinlenin biraz, yoruldunuz bugün. Benim de zaten işim var."

Birbirlerinin evlerine hiç gidip gelmemişlerdi şimdiye değin. Bazen böyle kapıda karşılaşıp tek tük laf ederlerdi.

"Uyumak mümkün mü!" diye atıldı Hijyen Tijen. "Bu iğrenç koku yüzünden başıma ağrılar saplanıyor. Eşim diyor ki abartıyormuşum. Abartıyor muyum sizce? Siz de alıyorsunuz değil mi kokuyu? Ha Madam Hanım, alıyor musunuz çöp kokusunu?"

Madam Teyze'nin yüzünden belli belirsiz bir gölge geçti. Tekrar konuşmaya başladığında, tıpkı damarları fırlamış solgun elleri gibi pütür pütür engebeliydi sesi.

"Erkek kardeşim, Kahire'ye gitmişti seneler evvel. Dedi ki uçaktan iner inmez bir uğultu duyuyormuş insan. Kahire'nin uğultusu. Oysa havaalanı şehre epeyce uzakmış. Meğer fersah fersah ötesine uğultusunu yayarmış şehir. Düşünün bir. Bu nasıl şehir, orada yaşayan insanlar nasıl insanlar ki, sığamamışlar kaplarına, taşıvermişler böyle. Bizim İstanbul'umuz da öyle değil mi Tijen Hanım? Ama Kahire uğuldar, İstanbul kokar. Daha bu şehre yaklaşmadan, uzaktan bile kokusunu alabiliyor yabancılar. Biz alamıyoruz tabii. Yılan sütü çok severmiş, nerede süt var ise kokusunu takip ede ede bulurmuş. Ama süt kazanında yüzerken süt kokusu alır mı hiç? Kahireli de kendi uğultusunu duymaz herhalde, İstanbullu da kendi kokusunu almaz. Hem ne kadar eski şehirler bunlar. Ben gençken hiç bilmezdim İstanbul'un bu kadar yaşlı olduğunu. Yaş ilerledikçe, çöpler de artıyor haliyle. Kızmıyorum artık. Siz de kızmayın Tijen Hanım."

Hijyen Tijen kızına da aynısından armağan ettiği uzun kirpikli, ipiri, abanoz gözlerini boş boş kırpıştırıp ne diyeceğini bilemeyince, iki kadın bir kez daha susmuş oldular. Böyle aralara serpiştirilmiş yabani suskunluklar, aynı dili konuşmayanların sohbetlerinin nakaratlarıdır; belli aralıklarla tekrarlanır. Derken, biraz daha havadan sudan ve çöplerden söz edip, karşılıklı nazikçe iyi günler dilediler. Çarpmamaya özen gösterilerek usulca örtüldü kapılar. Ama kapıyı kapatır kapatmaz kendi hayhuylarına dönmedi kadınlar. Her ikisi de, yaklaşık bir on saniye kadar kulağı dışarıda sessizce dikilerek, berikinin tıkırtılarından ne yaptığını anlamaya çalıştı. Ve her ikisi de hiçbir şey duyamadı.

5 NUMARA: HACI HACI VE OĞLU, GELİNİ, TORUNLARI

"Evvel zaman içinde ulu bir evliya yaşarmış..."

"Hani gerçekti?" dedi 7,5-Yaşındaki. "Niye masal gibi başladın?"

Hacı Hacı sıkıntıyla baktı oğlana. Üç torunu içinde en çok ona kızar ve bir tek ona kızamazdı. İnsan evladı değildi bu çocuk, insan kisvesine bürünmüş bir cindi ya da daha da beteri, bir cinin dölüydü. Bu yüzden bu kadar acayip olmuştu ya; böyle damacana kafa... Ama bunları düşünmesiyle, kendinden utanması bir oldu. Derhal içinden tövbe edip, zihninden kışkışladı bu habis fikirleri. Tövbe etmek onda bir refleks halini almıştı. Ne zaman irkilse, ani bir kas seğirmesi gibi, neredeyse istem dışı bir itkiyle anında basardı tövbeyi. Bu sefer de öyle yaptı, hem de üç kere. Allah'ın kimi niçin yarattığını sınırlı aklıyla anlamaya çalışıp, bir de sorgulamaya kalkıştığı için etti ilk tövbeyi. Cinlerin dölünün izini süreyim derken, istemeden de olsa gelininin namusundan şüphe etmiş sayıldığı için zikretti ikincisini. Bir de hasta bir çocuğun hakkında kötü kötü şeyler düşündüğü için bastı üçüncü tövbeyi. Ancak bu sonuncusunu yüksek sesle, dışından söylemişti farkında olmadan. 7,5-Yaşındaki bunu duyunca, kendisini ilgilendiren bir şeyler olduğunu anlamışçasına, çizgi gibi çekilmiş yosun yeşili gözlerini daha da kısarak, dikkatlice baktı yaşlı adama. Hacı Hacı telaşla gözlerini kaçırdı. Cin olmasa bile, cin gibi bir şeydi bu çocuk. Allah ondan esirgediği güzelliği kardeşlerine dağıtmış, ama hak yerini bulsun diye, kardeşlerinin, hatta cümle sülalenin zekâlarının toplamından daha fazlasını ona bahşetmişti. Büyüdüğü zaman ne olacaktı acaba? Sadece vücudu değil, vücudu ile kafası arasındaki orantısızlık da büyüyordu gün geçtikçe. Şimdiden normal büyüklüğünün bir buçuk katına ulaşan kafası daha ne kadar büyüyebilecekti? Elleri arkaya bükülemiyor, maymun eli gibi içe kıvrılıyordu. Bu pençe eller ve ailede kimsenin doğru dürüst telaffuz edemediği Ma-ro-te-aux-la-my-sen-dro-mu ilc daha ne kadar yaşayabilecekti? İçi cız etti birden. Beceriksizce gülümsedi.

"Masal değil bu, hakikat," dedi munis bir ifadeyle. "Çok eskiden yaşamış evliya, onun için öyle masal anlatır gibi çıkıverdi ağzımdan. Gerçekten olmuş bunlar. Türbesi de var. Gider görürsün bana inanmazsan."

Birden yaptığı gafı anlayıp suspus oldu. 7,5-Yaşındaki büyük torunu evden dışarı çıkmıyordu artık. Çıkmamasında fayda vardı. Yaşıtlarının ve kardeşlerinin aksine, tüm dünyası işte şu 105 metrekarelik evden ibaretti. Hacı Hacı merhametten devşirme bir sevecenlikle pat pat vurdu çocuğun ensesine.

"Bu ulu evliya, evliya olmadan evvel bir derviş imiş. Fatih Sultan Mehmed hazretleri, İstanbul şehrini kuşattığında o da hemen koşup yardıma gelmiş. Toplarla gürül gürül dövmüşler surları. Günlerce cenk etmişler ama bir türlü teslim alamamışlar Bizans keferesini. İşte o zaman bizim bu derviş, padişahın huzuruna çıkmış. Demiş ki 'sultanım bana müsaade edin, şu surlarda kocaman bir gedik açayım, sonra askerlerimiz o boşluktan içeri girip tavuk budu koparır gibi kırıversinler keferenin boynunu.' Padişah bakmış: babayani, hırpani bir derviş. Ne gelir ki böylesinin elinden? İnanmamış ona, huzurundan kovmuş. Aradan haftalar geçmiş, bir türlü alamıyorlar İstanbul'u. Koskoca Osmanlı Ordusu yorgunluktan, susuzluktan bitap düşmüş artık. İşte o zaman padişah bu dervişi hatırlamış, yanına çağırtmış. Demiş 'işte sana müsaade, git bakalım'. Derviş çok sevinmiş, hemen elini eteğini öpmüş Fatih Sultan Mehmed hazretlerinin. Gitmiş öteki dervişlerle helalleşmiş. Ondan sonra surların etrafında şöyle bir yürümüş, nereyi seçeyim diye düşünmüş. Sonunda bir yerde karar kılmış. Orada surlar daha kalınmış, üstelik daha çok asker varmış. Çünkü Bizans kralının sarayı hemen duvarın arkasındaymış. Derviş demiş ki, 'haydi şimdi beni fırlatın o yandaki surların üzerine'. Şaşırmışlar tabii ama gene de dediğini yapmışlar. Topun içine koyup fırlatmışlar dervişi."

"Hadi ya. Öldürdüler adamı!" dedi 7,5-Yaşındaki dipsiz bir gülümsemeyle.

"Ölmemiş. Senin benim gibi değil ki o, boş yere evliya olmamış herhalde." Az evvel ettiği tövbelerin hatırına sesini yumuşattı yeniden. "Fırlatmışlar dervişi. O hızla gitmiş surların üstüne, yapışıvermiş. Düşmemiş yani. Ellerini ayaklarını iyice açmış, böyle örümcek gibi tutunuvermiş o kalın duvarlara. Surların üstü kum gibi Bizans askeri kaynıyormuş. Dervişi görünce zehirli oklar atmışlar. Bir tanesi bile isabet etmemiş. Ateşli oklar yağdırmışlar bu sefer. Oklar nereye düşse, orada yangın çıkmış. Otları tutuşturmuşlar, ağaçları yakmışlar, kıyamet gibi cayır cayır yanmış ortalık ama bir şeycik olmamış dervişe. Saçının teli bile tutuşmamış. Semender gibi durmuş alevlerin içinde. Uzaktan bakıp bakıp, Fatih'in askerlerine gülümsemiş. Akşama kadar dualar etmiş. Akşam güneş batarken, namazını da kılmış."

"Duvara yapışmışsa nasıl namaz kılıyor ki?" diye cırladı 7,5-Yaşındaki.

"Gözleriyle kılmış namazını," dedi Hacı Hacı dik dik bakarak. "Anneanneniz rahmetli de gözleriyle kılardı namazını. Eğilip kalkamayanlar öyle yapar. Sonra namaz bitince demiş ki 'Allahım al şu canımı, beni boşluğa çevir!' Allah duasını kabul etmiş, hemen bir şimşek çakmış gökyüzünde. Hani Bizans'ın yağmur gibi okları, o kadar yakın mesafeden üstüne üstüne fırlatılmıştı da, bir tanesi bile isabet etmemişti. Ama şimdi ta nerdeki şimşek, gökyüzünden gelmiş, tam isabet etmiş üstüne. Kül olmuş derviş. O zaman, onun durduğu yerde böyle kocaman bir oyuk oluşmuş duvarda. Fatih'in cengâverleri gözlerine inanamamışlar. Günlerdir açamadıkları delik, dervişin sayesinde böyle birdenbire açılıvermiş surların üzerinde. Hemen o boşluktan içeri dalmışlar; kâfirlerin kumandanını kılıçtan geçirip, şehri almışlar. Kadınlara, çocuklara, ak sakallı papazlara dokunmamışlar. Sonra Fatih Sultan Mehmet hazretleri İstanbul'a yerleştikten sonra işte bu dervişin fedakârlığını unutmamış. Ona bir türbe yaptırmak istemiş. Lakin dervişin cesedi yokmuş. 'Cesedi olmayınca mezarı nasıl olacak, neyi gömeceğiz?' diye homurdanmış askerler."

Evdeki tek kız ve en küçük çocuk olmanın kendisine sağladığı ayrıcalıkları en son damlasına kadar emmeyi huy edinmiş 5,5-Yaşındaki, korkudan camlaşmış gözlerle dedesine bakıyordu. Her gün öğrendiği yeni kelimeleri içine koyduğu cicili bicili dilbilgisi çantasında, diğerlerinden ayrı bir yerde, çıtçıtlı bir cüzdanda biriktirdiği birtakım kelimeler vardı. Mesela, "ruh", "kıyamet" veya "hayalet". Keza, "dabbet-ül arz", "iblis", "rahmetli", "gulyabani" ya da "zebani". Az evvel işittiği "Semender" kelimesini de küçümen parmakları arasında yuvarlayıp, aynı yere kaldırdı. Tüm bu kelimelerin onun için tek bir anlamı vardı: Cin! Cin'in ne olduğuna gelince, bunu tam olarak bilmiyor ve ne zaman bilme gereği duysa, elini gerisin geri cicili bicili akıl çantasının içindeki çıtçıtlı cüzdana daldırıp, rasgele bir kelime çıkarıyordu. Böylelikle, dimağının gerilerinde bir yerde, onlarca ayrı kelimede ifade bulsa da, asla bir vücut bulamayan, sinek kanadı gibi incecik tülden yapma saydamsı, hayal meyal bir cin figürü dört bir koldan beslenip sürekli semirerek, arsız bir sis perdesi gibi her geçen gün biraz daha geniş bir alanı kaplamaktaydı.

"Gıyabında cenaze namazını kılmışlar, sonra da boş tabutu omuzlarına almışlar," diye devam etti Hacı Hacı çayından bir yudum almak için ara verdiği sözlerine. "Yürümeye başlamışlar ama ne yana gidecekler? Bir türlü karar verememişler nereye gömeceklerine. Fakat birdenbire tabut kuş gibi kanatlanmasın mı! Önlerinden gitmeye başlamış kendi kendine. Tabut önde, cemaat arkada dereler tepeler aşmışlar. Böyle yürüye yürüye İstanbul'un yedi tepesinin altısını inip çıkmışlar. Yedinci tepeye geldiklerinde bir de bakmışlar ki ileride boş bir mezar var. Derince kazılmış, içi boş, ağzı açık bir mezar. Tabut o yöne seğirtmiş hemen, tam mezarın üstüne gelince, alçalmış alçalmış, bir karış yükseklikte asılı kalmış. O zaman mezarın içinden bir uğultu yükselmiş."

5,5-Yaşındaki gürültüyle yutkundu. Ama Hacı Hacı, dikkatinin büyük kısmını anlattıklarına, geri kalanını da en büyük torununun tepkilerine verdiğinden, bunu fark etmedi.

"O zaman tabutu bu boş mezarın içine indirivermişler. Üzerine bir de türbe yapmışlar. Boşluk Dede kalmış evliyanın ismi. Gelen geçen hayır duasını eksik etmemiş üzerinden."

"İyi de adam orda değil ki. Bilmiyorlar mı mezarın boş olduğunu. Kime dua ediyor bunlar?"

"Şimdi çocuğu olmayan kadınlar gider Boşluk Dede'ye," dedi duymazdan gelen Hacı Hacı. "Rahmi boş olan gelinler, Boşluk Dede'nin türbesine gider, dualarını eder, sonra da mezarının başında bir gece boyunca hiç uyumadan tek başlarına otururlarsa, şafak sökerken duaları kabul olunur. Senesine varmadan nurtopu gibi bir evlat doğururlar."

Üç çocuğun üçü de bambaşka bir tepki gösterdiler bu sözlere. 5,5-Yaşındaki, çıtçıtlı cüzdanını açıp, karşılığı "cin" olan kelimeler arasına "boşluk"u da yerleştirdi sessizce. 6,5-Yaşındaki şu veya bu biçimde cinsellikle ilişkilendirilebilecek her konuya hususi bir merak duyduğundan, işin evliya kısmından ziyade gelinler kısmıyla alakadardı. 7,5-Yaşındaki'ne gelince, onun soracak soruları, yapacak itirazları vardı. Ama gene de sesini çıkarmadı. Öğle uykusu vakti gelmiş, geçiyordu bile. Ve ona göre bu, dedesinin masallarındaki mantık hatalarını tespit etmekten çok daha mühimdi.

Öğleden sonra bu saatlerde, zaman adım adım yavaşlardı beş numaralı dairede. Her gün şaşmaz biçimde hep aynı şeyler, aynı sırayla tekrarlanırdı. Sabah erkenden anneleri işe, babaları iş aramaya gittiğinden, çocuklara bütün gün dedeleri bakıyordu. Baş başa kaldıklarında, istisnasız hafta içi her sabah aynı saatte televizyon yüzünden tartışma çıkardı aralarında. Hacı Hacı, çocukların televizyon seyretmelerinden pek hoşlanmaz ama illa da seyredeceklerse o saatte birkaç kanalda birden yayımlanan şu abuk sabuk çocuk programlarından ya da en iyisi, çizgi filmlerden birini izlemelerini yeğlerdi. Oysa ufaklıklar, gününe göre, ya göbeğindeki kızıl gonca dövmesini ya da göğüslerinin çatalını açıkta bırakan kıyafetler giyen, işvebaz ve çenebaz bir sunucunun sunduğu sabah programını seyretmekte ısrar eder, istekleri yerine getirilmediği takdirde kâh şirretleşip saldırıya geçer, kâh mızmızlanıp küserlerdi. Hacı Hacı'nın buna tepkisi de gününe göre değişirdi. Kimi zaman durumu sineye çekip, ufaklıklar programı seyrederken yıllardır sayısı sabit kalan dört kitabından birini okur; kimi zaman uzaktan kumanda aletini ele geçirip, etrafında vızıldayan tüm itirazlara rağmen bulduğu ilk çizgi filmde ekranı sabitler; kimi zaman da hayalgücünü paralayarak uydurduğu birbirinden zorlama oyunlarla torunlarının dikkatini başka yöne çekmeye çalışırdı. Ama ne yaparsa yapsın, sabahtan öğlene kadar iktidarı torunlarının, bilhassa da en büyük torununun ellerinden söküp alamazdı. Öğlene doğru işler daha da beter bir hal alırdı yaşlı adam için. Zira o zaman, iki aydır, hafta içi her gün olduğu gibi, evdeki tüm çarşaf, yastık ve örtüleri salonun ortasına yığarak, Osman'ı yapmaya başlarlardı.

Bundan iki ay önce Hacı Hacı, yıllardır sayısı sabit kalan dört kitabından biri olan, Güzide Bir İmparatorluk Nasıl Doğdu, Niçin Battı?'nın ilk üç bölümünü okumuştu torunlarına. Ara verdiğinde, her zamanki gibi, üç çocuğun üçünden de farklı tepkiler almıştı. Dedesinin okuduklarını, başından beri koca kafasını bir öne bir geriye sallayarak büyük bir ciddiyetle dinleyen 7,5-Yaşındaki'nin merak ettiği birkaç temel husus vardı mesela: "Acaba Türkler Anadolu'ya kaç adet çadırla gelmişlerdi?" "Bin!" diye kestirip atmıştı Hacı Hacı. Ne var ki bu baştansavma cevap, çocuğun merakını kamçılamaktan başka bir işe yaramamıştı. "Acaba bu bin çadırın içinde toplam kaç kişi vardı?" "On bin!" diye gürlemişti Hacı Hacı. Ama sesinden damlayan kızgınlık, en büyük torununu daha da kışkırtmıştı. "Acaba Türkler çadırlarıyla geldiklerinde, başka kimseler yok muydu Anadolu'da?" "Yokmuş, boşmuş, olanlar da kaçmış gitmiş," diye homurdanmıştı Hacı Hacı. "Peki kaçanların evlerine mi yerleşmişti Türkler? Yoksa çadırda yaşamaya devam etmişler miydi daha bir müddet? Acaba çadırlardan mı yapmışlardı ilk şehirlerini? Acaba durmadan yer değiştiren bir şehir haritada nasıl çizilebilirdi? Acaba...?" "Sus!" demişti Hacı Hacı. Susmuştu çocuk. Susmuştu ama dilinde biriken bütün sorular ağzının içinde deveran edip, burun kanallarına, oradan da yukarıya tırmanarak gözpınarlarına sızdığından, yosun yeşili gözbebeklerinde meraklı, ısrarlı, itham dolu soru parıltıları, yaz akşamları pır pır dolaşan ateşböcekleri gibi yanıp sönmeye devam etmişti.

Ona daha fazla bakmamak için, cılız bir beklentiyle 6,5-Yaşındaki'ne dönmüştü yaşlı adam. Ama suratındaki kayıtsız ifadeye bakılırsa, dinlediği hikâyeden bu oğlanın aklında kalan tek şey haremde bir sürü cariye bulunduğu ve padişah kardeşi olarak dünyaya gelmenin iyi bir şey olmadığıydı. Hacı Hacı son bir ümit kırıntısıyla gözlerini en küçük torununa, 5,5-Yaşındaki'ne çevirmişti. İşte o zaman, yüzü heyecandan ışıl ışıl parlayan ufak kız, dedesinin kucağına zıplayıp pembe-beyaz dirseklerini yaşlı adamın böğrüne bastırmış ve büyüklerden bir şey isteyeceği zaman bürünüverdiği şeker şerbet edayla şöyle demişti: "Hadi dedecim, biz de çadır yapalım!"

Erkek torunlarının ilgisizliğinden bu kadar bunalmış olmasaydı muhtemelen bu fikrin üzerine atlamadan önce tereddüt ederdi Hacı Hacı. Ama o, diğer iki çocuğu cezalandırabilmek için tüm sevgisini el çabukluğuyla en küçük torununa aktardığından, birkaç dakika içinde kendini salonun ortasında yastık ve çarşaf öbekleri arasında çadır yaparken bulmuştu. Tıpkı Osmanoğulları gibi onların da çadırı olacaktı.

Yaptıkları bu ilk çadır, sonrakilerle kıyaslandığında son derece ilkel kalıyordu. Dede ile en küçük torun, bir kare oluşturacak şekilde dizdikleri dört sandalyenin üzerinden birkaç çarşafı aşırmak suretiyle küçük, kapalı bir alan elde etmiş; sonra da bu alanın içini yastıklarla doldurmuşlardı. Ancak bu basit haliyle bile çadır, o ana kadar olan biteni kenardan şüpheyle seyredip oyuna katılmayan diğer iki çocuğun ilgisini çekmeyi başarmıştı. Bir müddet sonra onlar da dayanamayıp, salonun ortasında kurulan bu saklı, basık dünyayı görebilmek için kapı niyetine asılan çarşafı aralamışlar ve içeri girip, dedeleriyle beraber yastıkların üzerinde bağdaş kurmuşlardı. İşte o zaman Hacı Hacı, nicedir özlemini çektiği katışıksız kıvancın içinde kat kat kabardığını duyumsamış ve o gün bütün gün, sayesinde torunlarına söz geçirebildiği bu oyuna dört elle sarılmıştı. Ne var ki yaşlı adamın bu vesileyle evde kurduğu hâkimiyetin ne denli sallantılı temeller üzerine oturduğu, çok değil, bir gün sonra ortaya çıkacaktı.

Ertesi gün aynı saatlerde, 5,5-Yaşındaki gene aynı edayla kuruluvermişti dedesinin kucağına: "Hadi dedecim, Osman yapalım!" Daha bir önceki çadır jimnastiğinin yorgunluğunu hamlamış bacaklarından, tutulmuş belinden atamamış yaşlı adamın tüyleri diken diken olmuştu Osman ismini duyunca. Ancak ne tatlı tatlı ikaz etmesi, ne de kızıp köpürmesi bir işe yaramıştı. 5,5-Yaşındaki'nin huyu da böyleydi işte. Bir kez bir kelimeyi bir başka kelimeyle eşleştirmeyegörsün, hayatta hiçbir kuvvet zihnindeki bu dilsel bağı koparamıyordu. Hayaletler, ruhlar, boşluklar, zebaniler, rahmetliler, Semenderler... nasıl CİN ise, çadır da OSMAN idi.

O gün bugündür Osman yaşamlarının ayrılmaz bir parçası olmuştu. Artık her gün aynı saatlerde, kerahat vakti gelmiş harabat ehli gibi, kurtlanmaya başlıyordu çocuklar. Yarım saate varmadan evdeki bütün çarşaflar, pikeler, yorganlar, yastıklar salonun ortasına yığılmış oluyordu. Hacı Hacı beyhude bir umutla, şimdiye değin oynadıkları tüm oyunlardan en fazla üç-dört seferde sıkılan maymun iştahlı torunlarının, Osman'dan heveslerini almalarını bekleyedursun, onlar son derece sebatkâr ve de yaratıcıydılar. Giderek çadırın sınırlarını biraz daha genişletip, içine odalar, bölmeler, kovuklar eklediler. Artık büyüklüğü beş ila on metrekare arasında değişen bir alanda tam bir göçebe hayatı sürüyorlardı. Osman her öğlen yeniden kuruluyor, akşama kadar salonun ortasında duruyor, sonra hava karardığında, anne ve babanın işten dönmesine yarım saat kala çarçabuk sökülüyordu.

Osman'dan başka her gün istisnasız olarak tekrarlanan başka hadiseler de vardı. Mesela hep aynı saatlerde telefon çalardı; 11:45 civarında, ilk matinenin son dakika seyircileri de yerlerini aldıktan hemen sonra. Her seferinde, ufaklıklardan en büyüğü açardı telefonu. Hep aynı sorulara hep aynı cevapları vererek, sabahtan beri neler yaptıklarını rapor ederdi annesine: Evet, kahvaltılarını bitirmişlerdi. Hayır, yaramazlık yapmıyorlardı. Evet, televizyon seyrediyorlardı. Hayır, dede masal anlatmıyordu. Hayır, gazı açmıyorlardı. Hayır, evi dağıtmıyorlardı. Hayır, balkondan sarkmıyorlardı. Hayır, ateşle oynamıyorlardı. Hayır, yatak odasına girmiyorlardı. Vallahi, masal anlatmıyordu. Gelin, büyük oğlunun dürüstlüğünden içten içe şüphelenir ama hiçbir zaman kayınbabasını telefona çağırmaya yanaşmadığından, duyduklarıyla yetinirdi. Bu arada 7,5-Yaşındaki, elinde ahize, sesinde belli belirsiz bir hinlikle bermutad cevaplarını sıralarken, gözlerini bir an bile dedesinin üzerinden ayırmazdı. İki yetişkin arasında süregiden gerilimin fazlasıyla farkındaydı ve zamanı geldiğinde birini ötekine karşı koruyup kollayarak, kendi iktidarını perçinleyebileceğini çoktan keşfetmiş bulunuyordu.

Yemeklerini nasıl Osman'ın içinde yiyorlarsa, masallarını da orada dinliyorlardı. Her gün öğle yemeğinden sonra, şekerlemeden önce, yeni yeni şahsiyetler katılıyordu aralarına. Kalpsiz üvey anneler, bahtsız yetimler, cehennem kaçkını zebaniler, yol kesen haramiler, güzellikleriyle erkeklere tuzak kuran dişi cinler, eli kanlı cengâverler, fermanlı deliler, zehirli engerekler, etleri sarkmış acûzeler, kadidi çıkmış ifritler, pörtlek gözlü gulyabaniler... sıkış tıkış doluşurlardı çadıra. Geldiler mi, gitmek bilmezlerdi bir türlü. Masalın son cümleleri daha havada tüterken, bir ağırlık çökerdi üzerlerine. Herkes olduğu yerde kıvrılırdı. Her zaman, en kolay ve en çabuk Hacı Hacı dalardı uykuya. Ardından, sırayla 5,5-Yaşındaki ve 6,5-Yaşındaki. Dedesinin horultuları, kardeşlerinin fosurtuları çadırı kaplayınca, 7,5-Yaşındaki ayaklanırdı usulca. Önce muhakkak dedesinin yanına uğrar ve yaşlı adamı seyredalardı. Adeta bilmediği bir canlıyı, mesela tatmadığı bir tropikal meyveyi ya da içi sürprizlerle dolu bir istiridyeyi inceler gibi izlerdi Hacı Hacı'nın her nefes alışında inip çıkan değirmi, kırçıl sakalını, parmaklarının arasından kayan kehribar tesbihini, göğsünden boynuna doğru yürüyen kırçıllaşmış kılları, çatlamış dudaklarını, alnında çatal çatal yollar açmış derin kırışıklıkları... Dedesini incelemeye bundan iki buçuk sene önce başlamıştı ve pek yakında keşfini tamamlamak üzereydi.

Onunla tanıştığı o ılık, ıtırlı günün büyük önemi vardı çocuk için: dışarıda gezebildiği son gündü bu. Ondan sonra hastalığı öyle hızlı ilerlemiş ve o kadar görünür olmuştu ki, bir daha sokaklara çıkmamış, çıkamamıştı.

Hâlâ normal bir çocuk sayılabileceği ya da öyle göründüğü o uzak geçmişin son deminde, anne ve babası, dedesini karşılamak üzere havaalanına giderken, onu da götürmüşlerdi beraberlerinde. O güne kadar pek fazla şey duymuş değildi yaşlı adam hakkında. İsminin Hacı olduğunu, karısıyla beraber uzak bir şehirde yaşadıklarını, sadece fotoğraflarından bildikleri torunlarını görmek üzere İstanbul'a gelirken yolda bir trafik kazası geçirdiklerini, kazada babaannenin öldüğünü biliyordu. Hacı Dede, karısını kaybettikten sonra çok ağlamış, bir süre hastanede yatmış, taburcu olur olmaz da hacca gitmişti. Şimdi hac ziyaretini tamamlamış dönüyordu. İşte o zamanlar 5 yaşında olan 7,5-Yaşındaki'nin onun hakkında tüm bildikleri bundan ibaretti. Ancak havaalanı yolunda kaydadeğer bir bilgi daha edinmişti: Hacı Dede bundan sonra İstanbul'da, onlarla birlikte yaşayacaktı.

Havaalanının yolcu yakınlarına açık kısmı tıklım tıklımdı. Hacdan dönenleri taşıyan uçaktan inen yolcular işlemlerini tamamladıktan sonra iki yana açılan otomatik kapıdan geçerek, dışarıda onları bekleyen yakınlarına kavuşuyorlardı. Ufaklık, anne-babasının ellerinden sıkı sıkı tutarak o insan kalabalığının içinde beklerken, otomatik kapıdan her geçene dikkatle bakmıştı. Hacdan gelen tüm bu yaşlı adamlar şaşırtıcı biçimde birbirlerinin kopyasıydılar. Sadece aynı renklerde giyinmeleri, aynı boyda, aynı yaşlarda olmaları ve hepsinin de aynı değirmi, yer yer ağarmış sakala sahip olması değildi bu benzerliğe sebep. Hepsi de kapıdan geçer geçmez, şaşmaz bir biçimde aynı hareketleri aynı sırayla tekrar ediyorlardı. Otomatik kapı açılınca aniden bir ışık huzmesiyle karşılaşmış gibi kamaşan gözlerini kısarak kalabalığa bakıyor, bu vaziyette iki üç adım atıyor, derken birini ya da birilerini görüp o tarafa seğirtiyor ve ellerindeki bavulları bırakıp kendilerine doğru gelen tanıdıklarına coşkuyla sarılıyorlardı. İçeri giren yaşlılar birbirini kopyaladıkça, otomatik kapılardan bir uçak dolusu adam değil de, durup durup aynı adam geçiyordu adeta.

Derken, kapı bir kez daha açılmış ve içeriye, annesiyle babasının tepkilerinden, dedesi olduğunu tahmin ettiği kişi girmişti. Ne var ki bu adam, tıpkı öteki hacılar gibi giyinmiş olmasına rağmen, aralarına yanlışlıkla karışmış bir yabancıyı andırıyordu. Yaşlı bile değildi sanki; son anda soyunma odasına dalıp ötekilerin kıyafetlerinden birini üzerine geçirmiş başarılı bir taklit gibiydi. Başarılıydı; işte neredeyse onlara benzemişti. Ama taklitti; çünkü bir şey eksikti. Ufaklık, yosun yeşili gözlerini kırpıştırarak bir daha baktığında eksikliğin nereden kaynaklandığını anladı: bu yaşlı adamın sakalı yoktu. Sakalının olması gereken yerde, çiğ beyaz bir hilal yukarıya doğru kıvrılarak ışıldıyordu. Hilalin içinde kalan bölge ise güneşten nasibini bolca almış olduğundan, yüzünün kuzeyi zifiri geceyken, güneyi bulutsuz gündüze dönmüştü.

Noksan yüzlü adam, hasretle sarılmıştı ilk defa gördüğü torununa. Ardından sırayla, önce oğluna, gene torununa, sonra gelinine, gene torununa, tekrar oğluna, tekrar ve tekrar torununa sarılmıştı. O esnada sadece onlar değil, etraftaki tüm fertler birilerine sarılmakta olduğundan, havaalanının yolcu bekleme kısmı silme ağlaşan koklaşan kucaklaşan çarpışan insan kümeleriyle dolmuştu. Hacdan dönen yaşlılar yakınlarıyla bir nebze olsun hasret giderdiklerinde, birbirlerini aileleriyle tanıştırma derdine düştüklerinden, bu kez de kümeler arası çapraz tokalaşmalar kucaklaşmalar sarılmalar cereyan etmeye başlamıştı. O hengâmede, kucaktan kucağa dolaştırılan ufaklık, akıl defterine bir gözlem daha düşmüştü: hacdan dönen Mehmetler'e "Hacı Mehmet", Ahmetler'e de "Hacı Ahmet" deniyordu. Aklını kurcalayan soruyu, babasına sormuştu dönüş yolunda: "Eğer Hacı ismini almak için hacca gitmek gerekiyorsa nasıl olmuş da dedesinin ismi daha hacca filan gitmeden Hacı olmuştu? Ve madem ismi Hacı idi, ne diye hacca gitmişti?" Yüzü nasıl noksansa, ismi de fazlaydı adeta. "Seni gidi!" demişti babası. Senigidilenmişti çocuk da; ama bir cevap alamamak, dedesinin öteki dedelere benzemediğine dair kanısını kuvvetlendirmekten başka bir işe yaramamıştı sonuçta. O gün bugündür onun biraz "tuhaf" olduğunu düşünürdü. Hacdan dönmeden bir gün önce beter bir kaşıntıya yakalandığı için sakalını kesmek zorunda kalan yaşlı adamın, kısa zamanda sakalını tekrar uzatıp, havaalanındaki diğer dedelere en azından fiziken benzemesi bile çocuğun onun hakkındaki ilk izlenimini yerinden oynatamamıştı.

Bugün hâlâ dedesini inceliyordu incelemesine de, artık onu eskisi kadar ilginç bulmadığından, her geçen gün biraz daha kısa tutuyordu incelemesini. Ona bakmaktan sıkılınca, sessizce Osman'dan çıkar ve ayaklarının ucunda tüm evi dolaşmaya başlardı. Herkes uykudayken ayakta olmak, müthiş bir ayrıcalıktı. Uyuyan güzelin masalındaki gibi olurdu o zaman ev. Kardeşlerinin aksine 7,5-Yaşındaki, annelerinin, devasa bir alışveriş merkezinin sinema gişelerinde çalışmaya başlamadan önce gündüzleri anlattığı masalları da hatırlıyor ve bunlarla dedesinin masalları arasındaki derin farkı hissedebiliyordu.

Ötekiler uyurken mutfağa gidip ocağı yakar, kibritlerle oynar, dedesinin yıllardır sayısı sabit kalan dört kitabını karıştırır, abur cubur atıştırır, anne babasının yatak odasına girip dolapları karıştırır, annesine ait incik boncuğu yatağın üzerine boşaltır, babasının dolabın köşesine sakladığı paraları sayar... yasak olan her şeyi yapmanın tadını çıkarırdı. Sonra diğerlerinin kalkma vakti yaklaşınca, gene parmaklarının ucunda çadırın içine süzülüp, bir kenara kıvrılarak beklemeye başlardı. Fazla beklemesine lüzum kalmazdı. Her gün aşağı yukarı saat 17:30'da çöp kamyonu girerdi sokağa. Aşağıdan çöpçülerin sesleri, boşaltılan varillerin tangırtısı, motorun homurtusu yükselirdi. Yolun iki tarafına arabalar park ettiği için çöp kamyonu kolay manevra yapamaz ve muhakkak trafik kilitlenirdi. Korna sesleri Bonbon Palas'ın 5 numaralı dairesine ulaşır ulaşmaz Hacı Hacı çığlık çığlığa fırlardı uykusundan. Doğrusu, geçirdiği trafik kazasının izlerini alnındaki kırışıklarla beraber yüzünde ve yüreğinde taşıyan bu yaşlı adamın rahatça şekerleme yapabileceği en son yerlerden biriydi Bonbon Palas.

Hacı Hacı'nın çığlığına çocuklar da uyanırdı. Önce 5,5-Yaşındaki kalkardı; mızmız mızmız söylenerek. Ardından 6,5-Yaşındaki kalkardı; miskin miskin esneyerek. 7,5-Yaşındaki'ne gelince, o, daha birkaç dakika evvel kıvrıldığı yerden hemen kalkmayıp, ötekilerin tam anlamıyla uyanmalarına fırsat vermek için önce içinden yirmiye kadar sayar; sonra mahmur mahmur doğrulup, uzun uzun oğuşturduğu yosun yeşili gözlerinde keskin bir parıltıyla, açık duran pencereye yaklaşır ve boynunu uzatıp, dinlediği tüm masallardan daha dehşetengiz olabileceğini hissettiği dış dünyanın sırküpü kapılarına bakardı.

7 NUMARA: BEN

Bu sabah garip bir şey oldu. Çalar saatin yardımı olmadan uyandım. Bu da yeterince tuhaf sayılabilir benim için ama daha da tuhaf olanı, uyandığımda, kendimi uyanık buldum. Gözlerim açıktı. Gözlerim benden evvel ve habersiz uyanmış, uyanıp da tavanda dolaşmaya çıkmış gibiydi. Yukarıdan kendime baktığımı sandım bir an. Sevmedim gördüklerimi.

Bacaklarım her zaman taşar kanepeden ama bu sefer ayakkabılarım da ayağımdaydı. Başım yastıktan kaymış, boynum tutulmuş; kanepenin üzerinde, ağzımın kenarından sol kulağıma kadar uzanan çukurda ancak üç özgün durumda –köpeğin kudurması, bebeğin yediği tüm mamayı aynen iade etmesi ve saralının nöbet geçirmesi halinde– üretilebilecek kadar bol miktarda köpüklü beyazımtırak bir sıvı birikmiş, gömleğim üzerimde buruş buruş olmuş, yanpiri yatmanın ağrısı belime vurmuş, dilim damağım kurumuştu. Halının kenarına da kusmuştum. Neyse ki pantolonumu çıkarmayı akıl edebilmiştim. Ama Ethel kaltağının bir vecizesinde ifade ettiği gibi, çorapları, ayakkabıları ve gömleği üzerindeyken pantolonsuz olmak, ancak yarısı dişlenmiş, açığa çıkan kısmı kararmış bir elma şekeri kadar cazip gösterebilir bir erkeği ya da öyle bir şey. Bu açıdan bakıldığında, 66 sabahtır olduğu gibi bu sabah da tek başıma uyandığım için, belki de şanslı saymalıyım kendimi.

Hep bu ev yüzünden. Taşınalı iki ay, beş gün oldu. Zamanın dirhemle ölçülebilir bir şey olduğunu öğrendim burada. Geçen her günü sayıyorum. Bu zaman zarfında çoktan yerleşmiş, iyi kötü bir düzen kurmuş olmalıydım. Oysa bir türlü yerleşemediğim gibi, sanki her an yeniden ayaklanacakmış gibi yaşıyorum. Hâlâ taşındığım günkünden farklı görünmüyor ortalık. Üst üste yığılmış kutular, açılmamış koliler arasında üstünkörü bir yaşam, geçici ve idareten... her an yeniden söküp takılabilir bir lego yuvada, oda parfümleri kadar uçucu, geçici, gidici bir düzen... İnsan bekârken, bir-ev-içindeki-eşyalariçinde yaşıyor; mazisi, hikâyesi, kişisel önemi, sembolik değeri olan, kendine ait eşyalar içinde. Evlendiğinde, eşyalar-içindeki-bir-ev-içinde yaşamaya başlıyor; maziden ziyade gelecek, anılardan ziyade beklentiler üzerine kurulu, neyin ne kadarının kendine ait olduğu şaibeli bir ev içinde. Boşanmak ise, giden mi yoksa kalan mı olduğunuza bağlı olarak, ya eşyasız evler, ya da evsiz eşyalar içine konmak, silbaştan konaklamak demek.

Hem bu ev, hem de Ethel kaltağının yüzünden. Buraya taşındığım gün, ne yaptıysam Ethel'i bana yardımcı olmamaya ikna edemedim. Evliliğimin zevkle döşenmiş pürzarafet evinden ayıkladığım kitaplarım, giysilerim ve ufak tefek eşyalarım ile yeni satın aldığım ucuz, basit mobilyaları taşıtmak üzere kavga dövüş anlaştığım nakliye şirketine ait turuncu kamyonun ön kısmına kurulduğumda, hanfendi de yanıbaşımda alestaydı. Varlığı yeterince tedirgin edici değilmiş gibi, bir de yol boyunca ikram ettiği birinci kalite purolar, art arda sıraladığı abuk sabuk sorularla serseme çevirdiği hımbıl şoförle bir olup, İstanbul'da hangi semtlerden hangi semtlere ev taşımanın daha zor olduğu üzerine saçmasapan bir muhabbet tutturdu. Nihayet Bonbon Palas'a vardığımızda, kamyonun arkasında gelen hamalların arasına karışıp, koca, çirkin kıçını pervasızca sergileyen, dilenci mendili ebadında kısacık, kıytırık eteğiyle canla başla koşturup durdu. Hangi kutunun nereye konacağını, kitap kolilerinin nerede duracağını, hafta sonları ailelerin çoluk çocuk tavaf ettiği şu devasa marketlerden birinin, "kütüphanemi seviyorum çünkü marangozu benim!" reyonundan zorla aldırdığı özensiz, özelliksiz raf paketlerinin nereye yığılacağını bir bir o buyurdu. Böyle konularda son sözü her zaman her yerde kadınların söylediğini tecrübeyle bellemiş bulunan hamallar da, taşıdıkları eşyaların asıl sahibinin karşılarında durduğu, Ethel'inse sadece burnunu soktuğu gerçeğini görmezden gelerek, ücretlerinin düşüklüğünden şikâyet etme ve günün sonunda, önceden kararlaştırılandan daha fazla para isteme safhaları dışında kaale bile almadılar söylediklerimi. İçinde envai çeşit bardak, çanak ve kadehin bulunduğu karton kutuyu kazayla çarptıklarında bile, meseleyi mülayimane geçiştirmeye çalışan bendenizi değil de, vermiş olabilecekleri tahmini zayiat yüzünden fırça çeken Ethel'i muhatap alıp, gene ondan özür dilediler.

O gün bütün gün kenardan izlemekle yetindim benim için neyin uygun görüldüğünü. Eski evimden kopardığım iki gürbüz ganimetten biri olan 180x2 altın yay sistemli-ortopedik çift kişilik karyolanın kurulması esnasında dışlanmışlığım had safhadaydı. Hantal karyolanın, Ethel'in yatak odası olmasına karar verdiği biçimsiz arka odaya kolay kolay sığmayacağı beş-altı denemeden sonra kesinkes anlaşıldığında, bir tartışmadır koptu aralarında. Ethel yatağın yanlamasına sokulmasını istiyor, bunun için gerekirse, karyolanın fazla cafcaflı baş kısmının feda edilebileceğini savunuyordu. Hamallar ise karyolayı dikine sokmaktan yanalardı ama o zaman da odada hareket alanı kalmıyordu. Bu arada benim fikrimi soran yoktu, sorsalar bile zaten bir fikrim yoktu. Sonunda karyola yanlamasına konulup da, oda adım atılmaz bir hal aldığında bile, dert etmedim. Zaten benim için *fazla büyük* o karyola. Taşındığımdan beri de bir kez olsun yatmadım orada. Boyuma eza, belime cefa bu daracık kanapede uyuyorum ısrarla. Yıllar evvel, Mesnevi mevsimindeyken anlatmıştı Ethel, Mevlana'nın vücuduna hesap verişini. Böyle mutasavvıfane bir biçimde olmasa bile, herhalde şu son iki ay içinde ben de az nankörlük etmemişimdir kendi kalıbıma. Ama işte kendine zulmedene daha çok bağlanan ümitsiz bir âşık ya da horlanmayı kanıksamış zelil bir yamak gibi, ben de kopamıyorum bu gaddarca rahatsız kanepeden. Dönem sona ermeden *Gönüllü Kulluk Üzerine Söylev*'i de okutmalı Perşembe grubuna.

Tabii uyumak için burayı tercih etmemin esas sebebi kanepenin karşısında televizyonun olması. Bu aralar uykularım tekledikçe, televizyona sığınıyor ve ancak televizyon açıkken uyuyabiliyorum. Dün gece de, o kadar geç saatte ve öylesine sarhoş gelmeme rağmen, ilk iş televizyonu açmış olmalıyım. Şimdi ekranda, üzerinde alacalı bulacalı, kuşlu papağanlı, kıpkısa bir bluz olan ve açıkta kalan tombul göbeğine neredeyse yumru büyüklüğünde, kan renginde bir gül goncası dövmesi oturtmuş, saçlarını turuncuya boyayıp her bir tutamına fosforlu yeşil kurdelalar bağlamış deli zıpır bir genç kız, sabahın bu saatinde herkese nasip olmayacak bir neşeyle şakıyor. Etine dolgun sunucu olduğu yerde sabit durduğu ve durduğu noktadan sadece basit el kol hareketleriyle konuştuğu halde, memeleri, ancak son dakikada otobüse yetişebilmek için sokak ortasında koşan kadınlarınkilere özgü bir pervasızlıkla hopur hopur oynuyor. Bana göre değil pek. Her zaman tezatlardan yana olmuştur tercihim: iri cüsselilerde avuç içi küçüklüğünde, ufak tefeklerde ise kocaman olmasını severim.

Ethel on gün sonra evi teftişe geldiğinde, her şeyin bıraktığı gibi durduğunu görmüş, yorumlarını kendine saklamıştı. Üçüncü hafta itibarıyla değişen bir şey yoktu. Hâlâ bir tek koli bile açılmamış, tek bir raf bile kurulmamıştı. Bir ay beş gün sonra tekrar uğradığında, gene sussun isterdim. Ama o, suratında meymenetsiz bir tebessümle "bak şeker!" dedi, mühim şeyler söyleyeceğine inandığı zamanlar yaptığı gibi, uzun tırnaklı, parlak ojeli parmaklarını çıtlata çıtlata. "Bence bir mahsuru yok ama sen gene de yeni evine eski karına davrandığın gibi davranma istersen. Nasıl olsa benim evim, bir yere gitmez diye ihmal ediyorsun ama sonra maazallah bunu da alırlar elinden." Cevap vermedim. Ojeli, uzun tırnaklardan nefret ederim.

Ethel dilini, tıpkı sinek yakalayan bir kurbağa gibi kullanmaya bayılır. Ağzına geleni, beklenmedik bir anda, öyle pattadak söyler ki, kurban daha ne olup bittiğini anlayamadan, hepsi hepsi birkaç saniye içinde lafını yumurtlar ve karşısındakinin yüzünde oluşan anlık şaşkınlığı o çiğ pembe diliyle kaptığı gibi, hoop gerisin geri ağzına atıp büyük bir zevkle çiğnemeden yutar. Boşandıktan sonra, arkadaş çevremin her bir ferdiyle ahbaplığıma gözümü kırpmadan kıydığım halde, onu niçin hâlâ yanımda yöremde tuttuğumu bilmiyor ve galiba bilmek de istemiyorum. Onunla görüşmek için özel bir çaba sarfetmiyor ama görüşmeyi kesmeye yönelik herhangi bir adım atmaya da yanaşmıyorum. Mesele onu artık sevmemem değil çünkü zaten hiçbir zaman şimdikinden daha fazla sevmiş değildim. Eğer bunca zamandır bizi bir arada tutan herhangi bir bağ varsa, bunun sevgi olduğunu sanmam; ne de dostluk ya da güven. İki ayrı kelebeğin, diğer yarısını yitirmiş tekeş tükeş kanatları bir koleksiyoncunun büyüteci altında yan yana tutulduğunda ne kadar uyumlu olabilirse, Ethel ile ben de o kadar uyumluyuzdur işte. Biçimler ve yarımşarlıklar neredeyse tıpatıp aynı; ama desenler ve renkler tamamen farklı. Senelerdir rüzgâr müsait oldukça bir araya gelir ama bir araya gelmekle bir kez olsun birbirimizi tamamlamaz ya da ortaya anlamlı bir bütün çıkarmayız. Onu bir ay görmesem özlemem, yokluğunu bile hissetmem muhtemelen; ama bir ay sonra görüştüğümüzde, beraber vakit geçirmekten en ufak bir sıkıntı duymam, yanından erken ayrılmayı aklımın ucundan dahi geçirmem. *Bazı şeyler* nasıl *oldukları şeyden ibaret* iseler, Ethel de Ethel'dir işte. Buna rağmen, ya da tam da bu sebepten, hiç kimseyle görüşmediğim kadar sık görüşür, kimseyle paylaşmadığım kadar çok şey paylaşırım onunla. Senelerdir böyle. Bu kağşamış ilişki belki daha uzun seneler boyu böyle devam eder; belki de kan toplamış bir tırnak gibi, bir gün kendiliğinden düşüverir. Bazen merak ediyorum, böyle bir şey olduğu takdirde, tırnağın düştüğünü önce hangimiz fark edecek ve tabii ne kadar zaman sonra?

Kalkarken, telefon kablosuna takıldı ayağım. Başımı koyduğum yastığın altından çıktı ahize. Gece o kafayla telefonu boğmak istemiş gibiyim. Canım sıkıldı. Eldeki tüm veriler, sızmadan önce gene dayanamayıp onu aradığımı gösteriyor.

Sarhoşların araba sürmeleri sakıncalıdır. Bunu herkes teslim eder. Ne var ki, sarhoşların telefonu kullanmaları, araba kullanmalarından çok daha ölümcül sonuçlar doğurabildiği halde bu konuda hiçbir düzenleme mevcut değildir. Sarhoşken araba kullananlar rasgele hedeflere çarpar: aniden karşılarına çıkan talihsiz bir ağaç, kendi halinde seyreden ilgisiz bir araç... ne bir kasıt vardır bu kazalarda, ne de bir amaç. Sarhoşken telefonu kullananlar ise gidip mutlaka sevdiklerine çarpar.

Sarhoşken ona telefon etmiş olmak yeterince azap verici. Ama daha da beteri, ertesi gün uyanınca, bunu yapıp yapmadığını hatırlayamamak ve hatırlamak için uğraştıkça, yapmadığına kendini ikna etmeye çalışmak. Boşandığımdan beri neredeyse düzenli aralıklarla tekrar ediyordu bu sahne. Ama henüz yeni telefonundan aramamıştım Ayşin'i. Bu numarayı ele geçirdiğimi bile bilmiyor olmalı. Tabii eğer dün gece konuşmadıysak... Emin olmalıyım. Yeniden arama tuşuna bastım. Bir, iki, üç... altıncı çalışında açıldı. Ta kendisi! Sabahları sesi hep böyle yedi kat kuyuların dibinden çıkar. Uykuya düşkündür. Uyandığında gayet sevimsiz olur; şekersiz, sütsüz filtre kahvesini içmeden kendine gelemez. İkinci "aloo"su birinciden çok daha hiddetli çıktı. Kapadım.

Zihnimi toparlayıp, sakin kafayla düşünmeye çalıştım. Her şeye rağmen hâlâ bir umut vardı. Onu aramış olmam, konuştuğumuz anlamına gelmiyordu illa da. Belki de hiç açılmamıştı telefon. Eğer dün gece Ayşin telefonu açmış olsaydı, açıp da konuşmuş, iyi ya da kötü birkaç laf sarfetmiş olsaydı, ben de bu sabah uyandığımda hiç değilse bölük pörçük bir şeyler hatırlıyor olurdum söylenenlerden. Tek bir kelime bile hatırlamadığıma göre, hatırlayacak bir şey cereyan etmemişti muhtemelen. Ama bu kemter ihtimalin bağrında teselli aramak, yağmurdan kaçarken doluya şükretmek gibi bir şeydi. Ayşin'in dün gece telefonu açmamış olmasının akla en yatkın meali, o esnada evde bulunmamasıydı. O saatte, dışarılarda... Dışarılarda, o saatte...

Banyoda yerde, yarımşar metre arayla iki hamamböceği ölüsü yatıyor. Dün geceki marifetlerimden ikisi de bunlar olmalı; ama hafızamın şaibeli tutanaklarında bu konuda da bir açıklamaya rastlayamadım. Gömleğimi çıkardım. Keskin bir koku sinmiş üzerine. Yediğim kalkan tavanın ve onca çeşit mezenin, içtiğim rakıların ve birinci kalite puroların birbirine girmiş, üstüne bir de mide asidince delik deşik taranıp, tanınmaz hale getirilmiş kokularının elbirliğiyle oluşturduğu tahammülfersa bir esans... Çamaşır makinesi Ethel'in boşanma hediyesi. Pratik kadındır Ethel, pratik ve cömert. Lacivert keten pantolonumu da attım makineye. Artık öğrendim, 40 derece ısı, en kısa ikinci program yeterli ketenlere. Ama dün gecenin nahoş tortularından arınmayı başarsam bile, apartmanı saran şu iğrenç çöp kokusundan kurtulamayacağım besbelli. Boşanma işlemleri devam ederken, ev arama işini aceleye getirdiğime bin pişmanım. Bir an önce uzaklaşma gayesiyle doğru dürüst ölçüp biçmeden, bulabildiğim ilk ve yeterince uzak ve mümkün mertebe ucuz daireye kapağı atmaya kalkmasaydım o zaman, aynı paraya çok daha düzgün bir yerde yaşıyor olabilirdim şimdi. Eski evimdeki rahatı arıyorum. Sadece yitip giden konforun ya da kendi düşüşümü hazırladığım kayıp cennetin hasretini çekmekten ibaret değil mesele. Ev aslında Ayşin'e aitti; daha doğrusu, Ayşin'in ailesine. Ama üç buçuk senelik ikametin ardından donlarımı, kitaplarımı, ders notlarımı, traş bıçaklarımı topladıktan sonra bir şey unutup unutmadığımı kontrol etmek için geri dönüp etrafı kolaçan ettiğim o şom ana kadar, evin *bana da* ait olduğunu sanmıştım. Küçücük, mini mini bir takı: "da!" Kardeşinin elindekinin aynısından kendisine de alınacağını uman bir çocuk gibi hevesle: *"Bana da, bana da!"* Oysa anlaşılan, tıpkı kardeşlerarası ilişkilerde olduğu gibi, evliliklerde de, taraflardan birine daha fazla bahşediliyor o mini mini takılardan. Ve işte fasulyenin kılçığını çeker gibi rahatlıkla çıkarılabiliyor insanların izleri, yaşadıkları, hatta sahibi olduklarını sandıkları mekânlardan. Hazmetmekte güçlük çektiğim, karnıma ağrılar saplayan mesele, tam da bu kılçık kısmı. Vaktiyle *benim de* olan evde, şimdi, şu anda, Ayşin'in tek başına keyif çattığını düşünmek asabımı bozuyor. Tabii insan her zaman hamdetmeyi bilmeli. Beterin beteri var çünkü: o keyfi tek başına çatmıyor da olabilirdi...

Banyoda, ısınmasıyla buz gibi soğuması, soğumasıyla kaynarcasına ısınması bir olan ama asla ılınmayan duşun altında, kâh donup kâh haşlanırken, durum değerlendirmesi yaptım. Gece zil zurna evimin yolunu nasıl bulduğum bile meçhulken, o pelteleşmiş kafayla Ayşin'i aradığım kesinlik kazanmıştı. Peki ya sonra? Eğer konuşmuş olsaydık, bir anı, bir an kalmalıydı geriye hiç olmazsa. Bir cümle... Yüzümü sabunlarken, aradığım zanlının tarifine uyan bir cümlenin civarda dolaşırken görülüp, derdest edildiği haberi geldi beynimin karargâhından. *"Böyle aramaya devam edersen senden iyice soğuyacağımı görmüyor musun? Hâlâ birbirimize saygımız varken..."* Benim bir şey gördüğüm yoktu. Köpük içindeki gözlerimi bir ara açmaya çalıştıysam da, sabun yakınca tekrar yumdum. Hayır, ihbar asılsız çıktı. Aradığım cümle bu değil. Hatırladım. Bunu dün gece değil, daha önce işitmiştim. Ayşin telefon numarasını değiştirmeye kalkmadan önce.

Duşun manik depresifliği tahammül sınırlarımı zorlamaya başlayınca, banyodan çıktım. Midemdeki kıyıntı dayanılır gibi değil. Mutfak pek de küçük sayılmaz ama dar gelirli tatilcilerin sahil boylarına kondurup, çoluk çocuk doluştukları barakalarla aşağı yukarı aynı büyüklükteki izbandut buzdolabı olanca azametiyle tam orta yerine kurulduğundan beri, eni konu daraldı. Tüketim toplumunun kabile iştahlı çekirdek aileleri hangarımsı yuvalarını doyursun diye tasarlanmış bu Amerikan tosununu eski evimden çıkarmakta ısrar edeceğime, gidip otel odalarında ya da Tokyo'daki apartman dairelerinde kullanılan şu nohut oda-bakla sofa modeli dizboyu buzdolaplarından satın almalıydım kendine. Eğer Ayşin "senin için fazla büyük" diye itiraz etmemiş olsaydı, öyle yapardım büyük ihtimalle. Üst üste iki kez duymuştum ondan bu lafı: çift kişilik karyola için biiir, buzdolabı için ikiii. Hayatında bir başkasının olduğunu, yerimin çabuk doldurulacağını ancak o zaman sezebilmiştim. Benim için fazla büyük olanın, Ayşin için o kadar da büyük olmadığını kavradığımda. Başka hiçbir konuda zorluk çıkarmadığım, boşanma işlemlerinin çarçabuk bitmesi için haddinden fazla uyumlu ve uysal davrandığım halde, karyola ile buzdolabını almaktaki tavizsiz inadıma, Ethel de dahil olmak üzere, kimse anlam verememişti.

Ganimetim esaslı, esaslı olmasına da, içi tamtakır. Acıklı görünüyor bu boş haliyle. Büyük buzdolapları, yol boyunca hapur hupur kömür tıkınan şu külüstür lokomotiflerle akrabadır uzaktan; tıpkı onlar gibi, bir türlü doymak bilmez, dolduruldukça doldurulmak isterler durmadan. Benimki ise değil çuval çuval kömür, bir kürek dolusu kömür tozundan bile mahrum. En üst rafta, ağzı açık bırakılmış, üzeri incecik küf bağlamış bir kutu krem peynir, kapak kısmında beş teneke bira ve yarılanmış bir büyük rakı, sebzelikte üç domates ile pörsümüş marul yaprakları. Hepsi bu. Bir de geçenlerde şu yaşlı komşu kadının gönderdiği mantarlı pizza dilimi duruyor alt rafta. Aşure maşure dağıtanını çok gördüm de, böyle pizza yapıp dilim dilim dağıtanına ilk defa rastlıyorum. Atacaktım, unutmuşum. Fakat şimdi, geceden kalma alkol zerrecikleri, minicik minicik dişlerken mide çeperimi, minnetle uzandım pizza dilimine. Fırına atıp ısıtmak üç dakika, gövdeye indirmek ise yaklaşık otuz saniye sürdü. Biraz bayatlamış gibi ama olsun. Bu şartlarda bundan iyisi can sağlığı! Midemin gönlünü bir nebze de olsa alabildiğime göre, ilacımı hazırlayabilirim artık. Yarım yağlı süt doldurdum küçük tencereye. İçine iki tepeleme kaşık Türk kahvesi, bir kaşık çam balı, bolca tarçın, biraz da kanyak. Bu benim, akşamdan kalmaya birebir, başarısı tecrübeyle sabit mucizevi ilacımdır. Her bünyeye uymayabilir. Zaten her bünye kendi devasını kendi geliştirmeli, deneme yanılma yöntemiyle. Ben benimkini böyle buldum. Oranları her zamankinden bol tuttum. Bir an önce ayılmalıyım. Bugün perşembe ve dönemin başından beri her perşembe öğleden sonra en sevdiğim sınıfla, en sevdiğim dersi yaparım.

Süt kaynayıncaya kadar, gece Ethel'in elime tutuşturduğu broşürleri karıştırdım. Bir özel üniversite daha kuruluyor İstanbul'da. Hazırlıkların uzun zamandır devam ettiğinden, kimi ayrıntılardan öteden beri haberdardım. Bilmediğim, Ethel kaltağının da işin içinde, üstelik tam göbeğinde olduğuydu. Akşam yemekte öğrenmiş oldum, hem de fazlasıyla. Buluşmamızın daha ikinci dakikasında cumburlop konuyu açtı ve gecenin sonunda, uzun, siyah kirpiklerinin çengellerine mini mini kurşunlar asılıymışçasına gözkapaklarını zar zor açık tutabilen sıska Kürt garsonun bezgin bakışları altında, bizden başka müşterinin kalmadığı lokantayı yalpalaya yalpalaya terk edişimize kadar da neredeyse başka bir şey konuşmadı. Bu üniversitenin maddi değil manevi bir yatırım olduğunu, uzun zamandır ilk defa bir projeye bu kadar canı gönülden inandığını, kurucularını bizzat tanıdığını, aslında kendisinin de perde arkasındaki sekiz sermayedardan biri olduğunu, bu işe kalkıştığından beri hayattan daha çok zevk aldığını ve hatta yaşlanıp geriye baktığında ömrü boyunca en çok gurur duyduğu işin bu olduğunu göreceğini, çok değil, en fazla beş sene sonra kendi nesillerindekilerden katbekat bilinçli ve birikimli bir grup genç yetiştirmiş olacaklarını, bu gençlerin sayısının senebesene artacağını, elbirliğiyle ülkenin kaderini etkileyip, gidişatını düzelteceklerini anlattıkça anlattı. O konuştukça, ben de habire içtim. Eğer daha yavaş ya da az içseydim, muhtemelen şöyle olacaktı akşamın özeti: Ethel anlattı, ben güldüm; Ethel kızdı, ben patladım; Ethel bağırdı, birbirimize girdik. Dolayısıyla, hır çıkarmamak, durduk yerde durgun suları bulandırmamak, gecenin tadını kaçırmamak için: Ethel anlattı, ben içtim.

Duyduğum sözlerin içeriğinden ziyade, failiydi asabımı bozan. Tabii Ethel kahpesi gidip dilediği yerde, canının çektiğine okuyabilir bu martavalları ama dün, benim karşımda böyle davranmamalıydı. Buna rağmen, şahsıma yöneltilmiş bir hareket olarak almıyorum olan biteni. Mesele, kişisel olmaktan ziyade "dilsel". Zira dünkü yemekte ne hikmetse Ethel durup dururken dil değiştirmeye karar verdi ya da her daim konuştuğumuz dili unutuverdi.

Dildeki en ipe sapa gelmez kelimelerden biridir "dil". Tanımı gereği kelimeler toplamından öte bir şeydir ama epi topu o da bir kelimedir işte. İlla da bir başka kelimeyle akranlık kurmak gerekiyorsa, "yemek" gibidir "dil". Birbirinden böylesine farklı yiyecek karışımlarının, aralarındaki tad, besin değeri yahut kalori farklılıkları tümden gözardı edilerek topunun birden "yemek" diye adlandırılmaları gerçeğe ne kadar uygunsa, bu kadar farklı tellerden çalan, başka başka sözlerden dem vuran, ayrı üsluplarda vücut bulan ifade karışımlarının da külliyen "dil" olarak adlandırılmaları o kadar abestir. Tabii bu tespiti yaparken, Çin mutfağı, Türk mutfağı, İspanyol mutfağı... gibi "dilsel" ayırımlara kadar uzanmadığımı, salt aynı "milli mutfak" içindeki farklılıkları temel aldığımı, aksi takdirde tüm bu söylenenleri bir de küresel katsayısıyla çarpmak gerektiğini de eklemeliyim. Velhasıl, tek bir "dil" içinde bile yüzlerce "dil" hüküm sürer. Nasıl her lokantada aynı "yemek"i yemezsek, tanıdığımız tanımadığımız her insanla da aynı "dil"i konuşmaz ve konuşamayız. Ve nasıl yemeklerin posası varsa, dillerin de artığı vardır. Gün içinde kullanmadığımız, kullanmak bir yana telaffuz etmeye dahi çekindiğimiz kelimelerden, sessizce geçiştirdiklerimizden, yakışık almayacağı için kendimize sakladığımız herzelerden, aklımıza geldiği halde yapmaya cesaret edemediğimiz eleştirilerden, dilimizin ucunda ince ince dilip gerisin geri yuttuğumuz kinayelerden, pimini çekip fırlatmaya vakit bulamadan damağımızda patlayan sövgülerden, bulunduğumuz ortam itibarıyla ağır gelecek tabirlerden yahut hafif kaçacak esprilerden mürekkep bir adet çöplük dil. Başkalarıyla konuşurken ya da yazışırken sarfettiğimiz dikkatin, gösterdiğimiz nezaketin, verdiğimiz özenin posası. Bodrum katında, tavan arasında ya da yastık altında olmasa da, genizkatında, damakarasında ya da dil altında biriktirilen ve yeterince biriktiğinde, kokmaması, kokuşmaması için bir torbaya doldurulup ağzı bağlanarak, derhal atılması gereken, geri dönüşümlü bir *Katı Atık Dili.*

Bu dili katiyen ortalıkta bulundurmadığımı, sınıfta öğrencilerimin karşısında kullanmadığım gibi, onlardan duymaktan da hoşlanmadığımı peşinen söylemeliyim. Ne var ki, ebeveynlerine çaktırmadan kuytularda gizli gizli sigara tüttüren bir yeniyetme gibi, ben de zaman zaman kendi ahlaki ilkelerimden ve vicdani değerlerimden habersiz, izbe bir köşede zulamı açıp, bu dilde çemkirmeye bayılırım. Ethel'in varlığı işte tam da bu noktada önem kazanır. Çünkü çemkirmek, tıpkı sevişmek ya da didişmek gibi, sizinle birlikte birinin daha o anda, orada bulunmasını gerektirir. Suç unsuru sigaranızı tek başınıza tellendirebilir ama artıkdilde konuşabilmek için muhakkak bir refakatçiye ihtiyaç duyarsınız.

Ethel ile ben, senelerdir ne zaman baş başa kalsak, aramızda KADca konuşuruz, yani konuşurduk – düne kadar. Bir araya geldiğimizde, köseyle alay edenin top sakalı kara gerek demeden ve zaten, herhangi bir adalet ya da hakkaniyet derdi gütmeden, bayılırdık ona buna pata küte hakaretler yağdırıp, uluorta dangul dungul her şeyi küçümsemeye. Saldırmayı sıyırıp kavgaya atılmış bir kabadayı nasıl rasgele hasımlarının burunlarını, kulaklarını budarsa, biz de kesici dillerimizle cemiyet hayatına saldırıp, başlardık önümüze çıkanın falsosunu, marazını budamaya. Başkalarının özrüyle alay edilmeyeceğini kim söylemiş? Ellerimizde zıpkınlar, gözlerimizde su geçirmez gözlüklerle balıklama dalıp kusurlar-kabahatler-gafletler denizinin yedi kat dibine, avladığımız her özrü karaya çıkarıp uzun uzun inceler, didiklerdik lime lime. Bazen bununla da yetinmez, ahtapot yakalamış kalamar tutkunlarına has bir iştahla havaya kaldırdığımız avımızı, o kayadan bu kayaya çarpardık saatlerce. Gerçi eninde sonunda kimsenin kurtulduğu yoktu dilimizden ama kimileri daha çok alıyordu nasibini vızır vızır yağan genellemelerimizden. Köylüler ve lumpenler, reklamcılar ve akademisyenler, ev hanımları ve hukukçular... farklı farklı sebeplerden de olsa, topluca hedef tahtasındaydılar. Ama zaten bu tahtanın çapı oldukça genişti; envai çeşit insanı rahatlıkla içine alacak kadar geniş. Orada herkese yer vardı. Sarsaklığına tanık olduğumuz birini merhametsizce, akıllı geçinenleri hoyratça aşağılardık. Giyimine kuşamına özen gösterenlere gıcık kapar ama zevksizce giyinenleri bir kaşık suda batıra çıkara birkaç kez boğardık/ ezilenlerin eril kahramanlarından hazzetmez ama ezenlerin primadonnalarına ifrit olurduk/ ölümden korkanlara dudak büker ama ölümle derdi olmayanları da ezim ezim ezerdik/ kötü yazılmış bir makaleyi, öyküyü, romanı okumaya katlanamaz ama iyi yazılmış olanlara da şap şup çamur atardık/ geçirdikleri ilk ciddi ameliyat yahut travma ertesi dindar kesilenleri kale bile almaz ama ömürleri boyunca hep aynı raddede imanlı yahut imansız kalanları da kati surette ıskartaya çıkarırdık/ düzgünleri düzgünlüklerinden ötürü bağışlamaz ama yamukların yamukluklarını da allı pullu teflere koyup şıngır şıngır çalardık/ Hıristiyanlığın İslamiyet'ten daha az müdahaleci ya da Yahudiliğin daha az ataerkil olduğunu zanneden bön laikleri yerden yere çalar, İslamiyet içre çeşitlilikten bihaberleri kıtır kıtır kemirir ama dinlerin sınır kapılarından vizesiz geçen mistik hareketlere kapılanmakla kendilerini ayrıcalıklı sananları da pare pare top atışıyla bereler; hele hele ermek&olmak&varmak üçlemesi adına kendilerine Hintli, Çinli, Tibetli alternatif mesihler arayanları didik didik ederdik/ evlenip çoluk çocuğa karışanlara koç başlarıyla saldırır ama evlenmemeyi muhalefet sayanlara da kıçımızla güleridk/ heteroseksüelliklerini başlarına gelen bir mecburiyet gibi taşıdıklarından, herkese açık hezeyan çöllerinde hiç olmazsa bir günah elması dişleyebilmek için kıtı kıtına, hırlaşa homurdana debelenenleri de; eşcinselliklerini tamamen kendi seçimleri gibi görerek, başkalarına kapalı tecrit vahalarında pinekleyenleri de, aynı katrana bulayıp, çırılçıplak gezdirirdik sofralarımızda/ bizzat tanımadıklarımızdan hoşlanmaz ama yakinen tanıdıklarımızı da bozdurup bozdurup harcardık. Tüm bunları uzun uzun ifade etmeye de gerek duymaz, kodlarla yetinirdik. Arşivci titizliğiyle tek tek tasnif eder, bir bir dosyalardık herkesi, her şeyi. Haksızlık ederdik dolayısıyla, herkese her şeye. Ama zaten, resimli temel KADca sözlüğünün H harfini şöyle bir tararsanız, orada ne *hak,* ne de *hukuk* kelimesine rastlarsınız. Tıpkı K'de *kutsal*'ı ya da *kutsiyet*'i; *U*'da *ulvi*'yi ya da *ulviyet*'i bulamayacağınız gibi. *Haksızlık*'a gelince, onun karşısında da şöyle yazar aynı sözlükte:

1. Var olmaması gerekene, olmaması gereken biçimde davranmak (örnek: Çölde yaşayan birinin elinden kürkünü, sofunun önünden şarap kadehini almak).

2. Dolaylı gönderme (örnek: Birinin suratına fotoğrafı üzerinden tükürmek).

Ethel ile KADca konuşurken, kelimenin ikinci anlamında haksızlık ederdik ona buna. Elbette aramızda zikrettiğimiz fikirlerin bir kısmını, hatta büyükçe bir kısmını, başka başka insanlarla da paylaştığımız olurdu ama asla aynı üslupla değil. Usturupsuz üslubumuzu kendimize ve birbirimize saklardık. Ne var ki, dün akşamki yemekte Ethel kaltağı kurulacak üniversiteyle ilgili mutantan amaçlarından dem vururken, ortak dilimizi girişte vestiyerde bırakmışa benziyordu.

"Hâlâ farkında değil misin? Hep hayalini kurduğun şey gerçek oluyor," dedi yasemin ağızlığını dişlerinin arasında sıkarken. Politik kadrolaşmalar olmayacaktı burada; ne de devlet üniversitelerinin kısırlığı, hep-aynı'lığı, bütçe kısıtlamaları. Memleketin en yüksek kırat öğretim üyelerini toplayacak, yurt dışındaki üniversitelere kaptırılan parlak zekâları devşirecek ve dünyanın farklı köşelerinden bir sürü yabancı uzmanı İstanbul'a getireceklerdi. "Düşünsene, beyin göçüne tıpa takacağız. Hatta ve hatta ilk beş yıl içinde, akıntıyı tersine çevireceğiz; en azından kendi nehrimizde. Artık Batılı beyinler bizim emrimize amade olacak. Milletimizin aşağılık kompleksine merhem süreceğiz," diye ekledi müstehcen bir espri yapmışçasına kıkırdayarak.

Niye böyle kıkırdadığını biliyordum. Alışkın sayılırım Ethel'in "beyin" kelimesine erotik çağrışımlar atfetmesine. Üniversitedeyken de böyleydi. Hemcinslerine karşı katmerli bir nefret, kafası çalışan erkeklere karşı engin bir tutku... Şimdi düşünüyorum da, ileride asla icra etmeyeceği halde inşaat mühendisliği gibi zor bir bölümde okuyup, ağır ezgi fıstıkî makam da tuttursa sonunda mezun olmayı başarmasında, bölümündeki erkek öğrenci nüfusunun kız öğrencilerinkini kat kat aşmasının ve etrafında çok sayıda "beyin" bulunmasının büyük payı vardı. O dönemlerde Ethel'in evi, farklı farklı dallarda okuyan onlarca, yıllara vurulduğunda ise belki de yüzden fazla, kıvrak zekâlı erkek öğrencinin penahı gibiydi. Burasının, üyelerinin kitaplığından dilediğince faydalanabildikleri bir nevi kulüp ya da karınlarını doyurabildikleri bir tür aşevi gibi işlediği düşünülürse, kaltağın Türkiye'deki öğrenim hayatına hatırı sayılır bir katkıda bulunduğu bile söylenebilir. Bu sebilhanenin müdavimleri olan bizler, ilk bakışta birbirimizden oldukça farklı gibi görünsek de, aslında bir hususta pek benzeşirdik: zekâlarımızdan medet umma biçimlerimizde. O günlerde Boğaziçi Üniversitesi'nin hangi bölümünün hangi sınıfında olursa olsun, hayatın adaletsiz taksimlerinden ötürü kapıldığı komplekslerden kurtulabilmek için var gücüyle beynine abanan ve bunda da başarılı olan erkek öğrenci varsa, Ethel'in ismini işitmiş, cismini ellemiş olmalı. Gelenlerin içinde ezici çoğunluk, hayattan talep ettiklerini, "o büyük gün" gelinceye kadar çözülmemek üzere beklentilerinin derin dondurucusuna kaldırarak, kendilerini okumaya, çalışmaya, araştırmaya vermiş olanlardı. Ethel'in vecizeleri arasında bu mevzuya parmak basanı da vardı: "Ne yaparsa yapsın etrafını göremeyen bir körün, zaman içinde başka duyularının sivrilmesi gibi, ne yaparsa yapsın etrafındakiler tarafından görülmeyen çirkin erkek de beynini geliştirir."

Kadınlarla ilişki kuramamış ya da ilgilendiği tüm kadınlar tarafından reddedilip aşka meşke ve dahi sekse küsmüş olan tüm erkek öğrenciler, beyinlerini geliştirmeyi başarabildikleri ölçüde Ethel'in gözdeleri arasındaydılar. Çehre züğürtlerinin ardından, şu veya bu sebepten ötürü cins-i latifle arası limoni olagelmiş müzmin mahcuplar geliyordu. Ve diğerleri... her fırsatta temassız hayata senalar, methiyeler, kasideler düzen aseksüeller, turfanda marjinaller, aleni, gizli eşcinseller, pürvakar muhalifler, sınavlara girip çıkmaktan nefret etmekle birlikte o dönemde hayatlarının en büyük heyecanı sınavlara girip çıkmaktan ibaret olan asosyaller, taşradan gelip İstanbul'da yolunu şaşırmışlar, değil İstanbul'un, kabuklarının dahi dışına çıkmamışlar, yanlış ailelerine rağmen okuyan bölüm birincileri, aileleri yüzünden yanlış bölümlerde okuyan saklı yetenekler, fen bilimlerinin nadide dehaları, sosyal bilimlerin tutkulu çenebazları... envai çeşit fiziksel, parasal, ruhsal ya da anlaşılamayan sebeplerden ötürü cemiyet hayatına ayak uydurmakta zorluk çeken tüm mutsuz, umutsuz, uyumsuz, zekâ küpü nevcivanlar, Ethel'in ilgi alanındaydılar. Ona kalsa evine *dişi beyin* sokmazdı. Ama işte bazen, değer verdiği bir erkeğin bir adet kız arkadaşı olduğunu anladığında, bozuntuya vermez, ikisini birlikte davet ederdi. Buna rağmen, kolej yıllarından kalma iki üç kız arkadaşını, hemcinslerine duyduğu püsküllü nefretten az biraz muaf tutardı nedense. Bunlardan biri sık sık uğrardı mabed-eve. Ethel'in aksine ve onunla kıyaslanmayacak kadar alımlıydı. Uzun, düzgün bacaklar... Pürüzsüz, buğday ten... Muntazam, inci dişler... Diyalektiğin yasalarınca yoğrulmuş memeler: büyük bir vücutta, avuç içini dolduracak kadar ufacık ve diri... Yalnız bir kusuru vardı. Beğenildiğini anlar anlamaz doğallığını yitiren tüm kadınlar gibi o da zoraki bir sertlik takınıyor; karşısındaki erkeği, ne fazla uzak, ne lüzumsuzca yakın olacak surette arafta bir yerlerde bekletmekle, gördüğü göreceği ilgiyi daimi kılacağını sanıyordu. İsmini soranlara cevap verirken bile, lütufta bulunur gibiydi: "Ay-şin!"

Garip olan, evdeki diğer erkeklerin nasıl olup da bu mağrur periye değil de, Ethel gudubetine âşık olduklarıydı. Gerçi bariz biçimde, içlerinden çoğu Ayşin'den hoşlanıyordu, ama hoş-lan-mak ne kadar da eften püften bir fiildir. Dandirik yarışmalarda hobilerini sıralayan bir yarışmacı ağzıyla: "kitap okumaktan, müzik dinlemekten, kırlarda gezmekten, uzun bacaklı, sıkı kalçalı Ayşin'den hoşlanırım..." Oysa çirkinler çirkini Ethel söz konusu olduğunda, hoşlanma aşamasını tam gaz katedip, geçmişte elden kaçırdıkları nice fırsatların hırsıyla yana tutuşa, balıklama, bodosloma âşık oluyorlardı. Ona veya evine ya da her ikisine.

Mabed-ev Ethel'in anne babasına yahut ailesinin herhangi bir ferdine değil, bizzat kendisine aitti. Etraftaki tüm öğrenci taifesi, ya ana babalarının tatsız tutsuz bulamacımsı yuvalarında, ya kırık dökük bekâr evlerinde, ya da ancak dolapların içinde yalnız kalmanın mümkün olabileceği tıkış tıkış yatakhanelerde yatıp kalkarken, o kaltak, bir villanın sahibiydi tek başına. Bu bile başlıbaşına yeterken vaziyeti gerçekdışı kılmaya, evinin içi tam bir hayal âlemiydi. Ve hayalin her cinsi nasıl hayasızca fingirdeşirse mübalağa sanatıyla, Ethel de öyle yatkındı ifrada kaçmaya. Her karesinden keyif taşan, akşamları ılık rüzgârlarla baygın kokular estiren, tepeden tırnağa fulyalar ve yaseminlerle kaplı boğaza nazır bahçesi, hava kararınca içinde rengârenk fenerler yüzdürdüğü küçük ama şirin havuzu, kaliteli içkileri, lezzetli yiyecekleri, birbirinden ilginç eşyaları, engin plak koleksiyonu, zengin kütüphanesi ve sürekli ortalıkta dolaşan birinci kalite purolarıyla bu mekân, Lale Devri'nin sefahatına topuzlarla saldıran zamane tarihçilerinin ballandıra ballandıra karaladıkları dünyanın bir minyatürüydü adeta. Ama bana soracak olursanız, tam olarak servet değildi buraya gelen misafirlerin akıllarını başlarından alan; ne de gösteriş ya da lüks. Bunlardan ziyade, sonsuzluktu mesele. Eksilen sigara paketlerinin yerini derhal yenileri alıyor, plak koleksiyonu say say bitmiyor, ödünç alınan kitaplar zinhar geri getirilmediği halde kütüphane görkeminden bir şey kaybetmiyor, ordular halinde yemek yememize rağmen mutfaktaki dolaplar bir türlü boşalmıyor, şarküteri deposu asla dibini bulmuyordu. Villanın harcı karılırken, Hızır aleyhisselam da işçilerin arasında hazır bulunmuş, "artsın eksilmesin, taşsın dökülmesin," demişti aynen rivayet edildiği gibi. Küp küp altınları, mücevher dolu sandıkları, top top atlasları, fıçı fıçı yağları ve ballarıyla kırk haramilerin sihirli mağarası bile Ethel'in mabed-eviyle aşık atamazdı.

Ev ne kadar müreffeh ise, ev sahibemiz de o kadar cömertti. Ethel, kıymetli misafirlerinin nelerden hoşlandığını yakından takip ederdi. İkramları, karşısındakine verdiği değer ölçüsünde katbekat artardı. Aramızda viskiye düşkün biri mi var mesela? Ethel bunu öğrenir öğrenmez en kalitelisinden viskilerle doldururdu içki dolabını. Ya da bir başkası, yapboz seviyor. Ethel yurtdışına çıkan bir ahbabına birbirinden ilginç yapbozlar ısmarlardı. Ama doğrusu, bu tür oyunlara değil, konuşmaya, konuşarak kendimizi paralamaya hasrederdik vaktimizin çoğunu. Geniş salonun rahat koltuklarına gömülür, yiyip içip sigara tüttürür, ona buna ve en çok da birbirimize çemkirir; geldiğimiz geçmişten, olduğumuz kişilerden çarçabuk sıyrılarak gönlümüzde yatan aslanları ortaya çıkarır ve habire tartışırdık. Konuştuklarımızın içeriği evsahibemizin umurunda bile değildi. Hatta tek tek bizleri de pek umursadığını sanmam. O bize sağladığı ortamı seviyordu; bir de havai fişek gösterilerini. Çünkü gelen her misafir, gecenin karanlığında hızla yol alan bir havai fişek gibi dalardı bu mekâna. Önce titrek adımlarla yalpalayarak süzülür ve yeterince yükseldiğine kanaat getirip, ortama uyum sağladığında, görkemli bir patırtıyla patlayıp, o ana kadar gizlediği renkteki ışıklarını saçarak aydınlatırdı ortalığı. Biz böyle dillenip cesaretlenip patır patır açıldıkça, Ethel de her türlü konforu sağlar, sürekli hizmet ederdi. Lambadaki cin, cennetin hurileri ya da Peter Pan'ın perisi... hiçbiri onun kadar fedakârca hizmet etmemiştir efendilerine. Sonuçta, tüm bu misafir-efendiler, eve geliş gidişlerinin er geç bir aşamasında evsahibelerine âşık olup çıkıyorlardı. Ne var ki bu, onların sonu oluyordu. Böylesine engin bir denizde dilediğince kulaç atabilmenin özgürlüğüyle iyice açılanlar, durup geriye baktıklarında, karayı gözden yitirmiş olduklarını fark ediyorlardı şaşkınlıkla. Ethel yoktu artık yanlarında; istemiyordu onları, tam da ona fena halde kapıldıkları anda. Bu evde misafir olmanın tek sakıncası, insana, ya misafir, ya da misafirliğin geçici olduğunu kolaylıkla unutturabilmesiydi. Böylece, mabed-evin malzemeleri nasıl ilanihaye yenileniyorsa, giden her misafirin yerini de bir başkası alıyordu tez zamanda. Hızır'ın bereket duası Ethel'in "beyin"leri için de geçerliydi: Mütemadiyen artıyor, asla eksilmiyorlardı.

Bana gelince, ben istisnaydım. Başından sonuna kadar mabed-evin tek daimi misafiri oldum; bir nevi onur üyesi. Hırslıydım, kimine göre gereğinden fazla. Birkaç somut sebepten ötürü pekiyilerle doluydu karnem. Bir kere uzun boyluydum (üç yıldız), sonra geniş omuzluydum (üç yıldız), yakışıklı sayılırdım demeyeceğim, girip çıktığım tüm çevrelerde en yakışıklı ben oldum daima (dört yıldız) ve son derece tahammülsüz ve hırçındım (beş yıldız). Diğerlerinin aksine, benim seçeneklerim vardı. Burada olmak hoşuma gidiyordu gitmesine de, çıkıp gidebilirdim istediğim an. Gider ve dönmeyebilirdim. Ethel de farkındaydı bunun. Bu yüzden bu kadar kıymetliydim. Cennetin ortasındaki nifak tohumuydum. Varlığım, Ethel'i mest, misafirlerini tedirgin ederdi. Umursamıyordum. Şerbetli sayılırdım başka erkekler tarafından bir tehdit gibi algılanmak hususunda. Eğer bu tür bakışları umursayacak olsaydım bunu çok daha önce yapardım: on bir yaşımın sıkkın koridorunda, elimde bir tabak düğün pastası, çiroz bedenimin üzerinde don-fanila ile ilerlerken, gecenin halvetiyle gevşeyip acıkmış olan üveybabamla mutfak kapısında pat diye burun buruna geldiğimde umursardım. Adamcağız o ana kadar hep, evleneceği kadının, problemli ama özünde sevgiye aç, şefkate muhtaç büyük oğlu gözüyle bakmıştı bana. Hakkını yememeliyim, bana babalık etmeyi çok istedi: elli yaşına basmış, hiç çocuğu olmamış bir adama Tanrı'nın bahşettiği yetenekli oğulcuk. Oysa gerdek gecesinin sabahında, beklenmedik bir biçimde koridorda karşılaştığımızda, babamdan devraldığım yüz hatlarım, çocukluktan çıkmak üzere olduğumu eleveren yarı-çıplaklığım ve tabağımı tıka basa doldurmama bakılırsa çok çabuk irileşeceğimi muştulayan korkunç iştahımla, hiç de oğulcuk gibi görünmemiş olmalıyım gözüne. Tedirgin bir parıltı diken diken yanıp sönmüştü gözbebeklerinde. İşin kötü yanı annem de sezmişti bunu, hem de hiç vakit kaybetmeden. Ertesi gün yerleri süpürürken, o bakıştan artakalan kırıntıları bulmuştu sanki. Bu da pek hayra alamet sayılmazdı hiçbirimiz adına çünkü annem, ailesindeki erkekler arasında mekik dokuyan gerilimleri, budaklı ve oynak ittifaklar kurarak, her zaman ve son damlasına kadar kendi lehine çevirmeyi başaran kadınlardandır; Bismarck'ın adını duymadan ruhunu şad edenlerden... Büyük oğlunu küçük oğluna, küçük oğlunu merhum kocasına, merhum kocasını yeni kocasına, yeni kocasını her iki oğluna karşı...

Sonuçta, alışkın sayılırdım söze dökülmeyen kemliklere. Diğerlerinin bakışlarını umursadığım yoktu. Ethel'in gözdesi, Ayşin'in sevgilisiydim. Mabed-eve gidip gelmeyi severdim ama o kadar. Başka seçeneklerim vardı ve yapacak daha mühim işlerim. Söylemiştim, hırslıydım, hem de çok. Mezuniyetin ardından, boşa harcadığım bir anım olmadı. Burada tamamladım, İngiltere'de başladığım doktoramı. Benim için bir şey ifade etmeyen ailem için bir şey ifade etmeyen bir dal: siyaset felsefesi. İkinci girişinde sosyolojinin asistanlık sınavını kazandı Ayşin de. Birbirimize yakışıyorduk. Ethel arkamızdan geliyordu güç bela. Nihayet mezun olduğunda, bir daha üniversite kapısından içeri adım atmayacağına dair sunturlu yeminler edip, mabed-evde verdiği partide törenle yaktı diplomasını. Ve tam da Ayşin ile benim kendimize eli yüzü düzgün bir hayat kurduğumuz dönemeçte, Ethel şaşılacak bir hızla kendininkini yıktı. Önce klan halinde yaşamaya son verdi. Sonra o villadan çıkıp, son derece ferah, şirin ama selefine oranla pek sönük bir teras katına taşındı. Artık eskisi gibi herkesi evine toplamıyor, vaktinin çoğunu kalabalıklar arasında ilgi görerek değil, iki kişilik mahşerlerde sevgililerinin nazını çekerek geçiriyor ve tüm parasını, enerjisini, sevgisini onlara adayıp gene de bir türlü istediği gibi sevilmiyordu. Cemaatinin onun davranışlarından hiç hoşnut olmadığını duymuştuk. Ama Ethel de onlardan hoşnut değildi zaten. Kulaklarına gideceğini bile bile, ulu orta her yerde söylenirdi arkalarından.

"Madem benden daha fazla kitap okudunuz ve sosyal bilimci oldunuz, rica etsem şu küçük bilmeceyi benim için çözer miydiniz? Dünyanın yetmiş iki ülkesine bakın, en demokratik olanlardan, en baskıcı olanlara kadar, hemen hepsinde bir sürü Yahudi yazar çizer ressam messam bırt zırt ne ararsan bulursun. Sanki koşulları ne olursa olsun, bir yolunu buluyor ve beyinceğizlerini geliştiriyorlar. Bir tek yer hariç. Afrika, Ortadoğu, Amerika, Avrupa, Rusya... say babam say, bunca kıta, onca ülke içinde bir tek Türkiye'deki Yahudilere bir haller olmuş; ne hikmetse, beyinlerine abanmaya lüzum görmemişler."

"Yanılıyorsun," demişti Ayşin kaşlarını çatarak. "Pek çok Musevi arkadaşım var benim."

Ethel zalimce kıkırdamıştı. Hiç affetmezdi böyle hataları. Bense iki parçaya bölünmüştüm. Bir yanım, Yahudi arkadaşının karşısında Yahudileri savunmak için söze böyle başlayacak kadar naif bulmuştu Ayşin'i – bu, ona âşık olan yanım olmalı. Diğer yarım, soyağaçlarının yüklü dallarından, içine doğdukları müstesna aile yapılarından, gittikleri kalburüstü okullardan ve hayatın sorgusuz sualsiz bahşettiklerinden devşirdikleri özellikleri, kendi geliştirdikleri meziyetlermiş gibi taşımaya kalkanlara duyduğum hınçla bakmıştı Ayşin'e – bu, onu bana âşık eden yanım olmalı.

Ama Ayşin, ne Ethel'in yekpare, ne de benim ikibaşlı tepkimin farkına varmış olmalı ki, bodosloma dalmıştı kendi savına: "Hepsi de en iyi bölümlere girdiler. Gayet parlak burslar aldı bir çoğu. Şimdi de oldukça iyi yerlere yükseldiler."

"Ben de sana bunu söylüyorum," demişti Ethel parmaklarını çıtlata çıtlata. "Sen bana meslek diyorsun, ben de sana yetenek. Sen kariyerden bahsediyorsun, bense dehadan. İktisatçılar, akademisyenler, avukatlar, cerrahlar... rica ediyorum, geç bunları. Mevzu bu değil. Ben sana başka bir şeyden söz ediyorum. Niçin şöyle rindane, hatta alkolik şairler; hevaperest, hatta düpedüz sapık, hatta ve hatta cani ruhlu yönetmenler filan çıkmıyor? Niçin müzik yapmıyor benim insanlarım? Yaptıklarında da anneannelerimizin şeker şerbet geleneksel şarkılarını terennüm ediyorlar da, şöyle protest, sapına kadar bet bir şey çıkaramıyorlar?"

"Benim insanlarım" lafı son noktaydı. Ayşin'in naçizane savunmasına karşı, Ethel'in hüsrevane saldırısı. Bir grubu, o gruba mensup olan biri ile olmayan biri tartışmaya kalksa ne zaman, hep böyle çat diye gündeme gelir patent hakkı. Yolun sonu. Tartışmaların kör kuyusu. Evlinin evine, köylünün köyüne, herkesin ait olduğu yere çekildiği son perde. Bir sigara yakıp, her ikisini birden kendi kadrajıma alarak, arkama yaslanmıştım. Benim için fark etmiyordu. İkisi de aynı anda *benim kadınlarımdı.*

Zina halindeki erkekler niteliği önemser: eşlerinden gördükleri sevginin daha farklısını bir başka kadından görmek hoşlarına gider. Zina halindeki kadınlar ise niceliği önemser: eşlerinden gördükleri sevginin daha fazlasını bir başka erkekten görmek hoşlarına gider. Ayşin'i Ethel ile aldatmak gururumu okşardı. Farklılıklarını seyretmekten pek bir hoşnuttum o aralar. Ayşin'in beni aldatıp aldatmadığına gelince, bunu bilmeye çalışmadım hiçbir zaman.

"İyi de, bütün bunlar sebepsiz değil," diye atılmıştı pes etmeye niyetli görünmeyen Ayşin. Ardından kolları sıvayıp, bir sürü ayrıntılı açıklamaya girişmişti. Azınlık olmanın sallantılı psikolojisinden, aidiyet krizinin yarattığı daimi güvensizlikten ve somut tehditlerden ziyade soyut öğretilerden beslenen tahakkümlerden bahsetmişti olabildiğince nesnel ifadeler kullanmaya gayret ederek. Ukalalığından değil; ne de üst perdeden konuşma merakından. Böyle konuşuyordu çünkü bildiği yegâne tartışma dili buydu. Ne var ki, akademik dilde tartışmak, ağzına içkinin damlasını koymayan bir kadınla işrete gitmeye benzer. Gecenin sonuna kadar ayakta kalacağından, ölçüyü katiyen kaçırmayacağından, dağıtıp sizi utandırmayacağından emin olabilirsiniz. Ama işte onunla yakayı bağrı açamayacağınızı, naralar atamayacağınızı, dibe köşeye vuramayacağınızı, koyun koyuna sızamayacağınızı, velhasıl hiç eğlenemeyeceğinizi baştan kabullenmeniz gerekir.

"Bu söylediklerin pek bir hoş ama bir o kadar boş," demişti Ethel yeni bileylediği kılıçlarını kuşanarak. "Türkiye'deki Musevilerden kasvetli yazarlar, derbeder yönetmenler, cemiyet için sakıncalı ressamlar çıksaydı eğer, bizden sonraki kuşaklar, diyelim elli ya da yüz yıl sonra bu durumu neyle açıklayacaklardı biliyor musun? Aynen şimdi senin kullandığın gerekçelerle. Diyeceklerdi ki, 'evet filanca çok büyük bir Yahudi sanatçı ya da düşünürdü. Peki onu bu kadar büyük yapan, diğerlerinden ayıran neydi?' Ve başlayacaklardı senin saydıklarını saymaya: azınlık olmanın psikolojisi, dile yabancılaşma, güvensizlik, korunmasızlık falan fişmekan. O zaman, senin şimdi engel olarak gördüğün her şey, birer farklılık, hatta ayrıcalık sebebi olacaktı. Bu işler böyle. Topal bir adam dans edemiyorsa, tabii dans edemez çünkü topal deriz. Ama aynı adam mahir bir dansçıysa, o zaman da deriz ki, tabii ötekilerden daha iyi olacak, çünkü topal."

Ayşin, karşısında ona ısrarla bir şeyler satmak isteyen bir satıcı varmış gibi, ellerini ve kafasını aynı anda iki yana doğru sallayarak geri çekilmişti. Gayet iyi biliyordum bu hareketi. Meali şöyleydi: "Teşekkür ederim, ben bu saçmalıkları almıyım." Üç buçuk sene süren evliliğimiz boyunca, her tartışmamızı aynı hareketle sona erdirecekti.

8 NUMARA: MAVİ METRES

Mavi Metres merdivenleri nefes nefese çıkıp, telaşla 8 numaralı dairenin kapısını açtı. Geç kalmıştı. Kuaförde işinin umduğundan uzun sürmesi yetmezmiş gibi, bir de alışverişle vakit kaybetmişti. Aldıklarını mutfak tezgâhının üzerine boşalttı. Yiyecekler bekleyebilirdi, önce hazırlanmalıydı. Telaşla banyoya girdi. Çabuk çabuk dişlerini fırçalarken, bir yandan da bal rengi saçlarındaki fön dalgalarını inceledi. Kuaförde güzel görünmüştü saçları gözüne ama şimdi o kadar emin değildi. Zaman zaman kıvırcık, zaman zaman da dümdüz saçlara özenen ama her ikisini de hep başkalarına yakıştıran kadınlardan olduğu için, her an her iki tarafa da meyletmeye hazır iri dalgalar halinde salınır dururdu saçları. Ama aşağıdaki geveze kuaför bu narin dengeyi bozup, gereğinden fazla kıvırmıştı zaten gereğinden fazla kestiği tutamları. Eliyle ıslatarak biçim vermeye çalıştı. Baktı uğraştıkça bozuyor, kendini banyodan dışarı attı. Yatak odasında üzerindekileri çıkarırken, boy aynasına kaçamak bir bakış fırlattı. Gerçi son zamanlarda kalçalarını iyice büyütmüştü ama gene de gayet hoş göründüğünü düşündü. Bir de şu çizgiler bu kadar belirgin olmasa... Etajerin üzerindeki minik fondöten tüplerinden her iki bacağına da bolca sürdü. Kızıl çığırtkan çizgiler, ketum bir beje büründü anında.

Dolabı açıp iç çamaşırlarına baktı. Fazla düşünmedi neyi seçeceğini, nasıl olsa zeytinyağı tüccarı, içine ne giydiğini fark etmiyor gibiydi. İlk başlarda böyle değildi oysa. O zamanlar en oyuncul, en kötücül iç çamaşırlarını giymesini ister; hatta çoğu kez bunları kendisi seçip hediye ederdi. Getirdiklerinin hepsi de aynı renkti: aynı berrak, parlak, sonsuz gök mavisi. Mavi Metres bu rengi severdi. Severdi sevmesine de, hediye paketlerinden çıkan külotlarla sutyenlerin niyetlerindeki arsızlık ile renklerindeki uysallık arasındaki uyumsuzluktan rahatsız olurdu gene de. Bir jartiyer, kırmızı kadar hevaperest, siyah kadar tannaz ya da beyaz kadar şivebaz olabilirdi; hatta cilve gibi mor ya da riya gibi pembe... Ama berrak, parlak, sonsuz gök mavisi olamazdı. Süte su katmak gibi bir şeydi bu; daha da beteri hatta, rakıya süt katmak gibi. Bir erkeğin ikisini birden sevmesi mümkündü pekâlâ ama aynı anda ikisini birden içmeye kalkması değil. Kuzuların kurt kesilmesinde de şaşılacak bir şey yoktu, kurtların kuzulaşmasında da. Ama aynı anda ikisi birden olmaya çalışmak, ortaya ne kuzu ne de kurt olan, uslu uslu saldıran, saldırırken zararsız olduğunu sanan hilkat garibeleri çıkartıyordu.

Evlenme ihtimallerinin olmadığı tüm kadınları, evlenme ihtimalleri olanlardan hakir gören erkekler bile, bu yarı-kurt yarı-kuzular kadar zarar vermeyecekti ona. Böyleleri ayıpladıkları şeylere şehvet duyar ve şehvet duydukları şeyleri ayıplarlardı. İncecik bir çizgi, kırılgan bir zemindi üzerinde yürüdükleri. Sokakta, karton bir kutunun üzerine ters çevrilmiş üç bakır bardak koyarak sihirbazlık numaraları yapan, avurtları çökmüş gençten bir adamı izlemişti bir kez. Bakır bardaklardan sadece birinin içinde boncuk vardı, ötekiler boştu. Adam el çabukluğuyla bardakların yerini değiştirdikçe, boncuk da durmadan hareket ediyor, beklenmedik yerlerden çıkıveriyordu. Önce birinci bardağın içindeydi boncuk: "arzularından utanç duy!" Hooop, şimdi ikinci bardağın içine geçmişti boncuk: "arzuladığın kadından utanç duy!" Ve bir hamlede üçüncü bardaktan çıkıvermişti boncuk: "sana utanç duyuracak kadını arzula!" Bu da er ya da geç, yattıkları kadınları hor görmeye başlamaları demekti. Zeytinyağı tüccarı bu cendereden çıkabilmek için, utancın da arzunun da tadını bastırıp boğacak baharatlar katıp duruyordu ilişkilerinin aşına. "Birisi bizde sevmediğimiz arzular uyandırırsa, onu sevmeyiz. Ama gene de, illa ki onu arzulamaya devam ediyorsak, o zaman onda sevecek şeyler bulmaya çalışırız" yazmıştı Mavi Metres onunla tanıştığı günlerde günlüğüne. Yitirilmiş bir masumiyete inanmak mesela. Ya da şu dünyanın en zelil çöplüklerini merakla karıştırırken, kirle pislikle temas etmemek için ele giyilen eldiven, semavi kadifeden... berrak, parlak, sonsuz bir gök mavisinden.

Zeytinyağı tüccarının baharat sepetinde şehvetin esamesi bile okunmazdı. Gerçi envai çeşit şey vardı sepette, ama ne hikmetse adamın eline her seferinde hep aynı şey geliyordu: merhamet. Mavi

Metres'e merhamet besliyordu: *bu hallere düşecek kız değildi o.* Kendine de merhamet beslediği oluyordu: *bu hallere düşecek adam değildi o.* Kader'den bahsediyordu sık sık, çiğ süt emmiş bir şırfıntıdan bahseder gibi. Mavi Metres'e gelince, o, yere düşüp toprağa bulanmış bir dilim reçelli ekmeğe bakar gibi bakıyordu merhamete bulaşmış şehvete. İştahı kaçıyor, asabı bozuluyordu. Böyle zamanlarda kendi durumunu, saçlarına benzetiyordu. Bir tarafta zeytinyağı tüccarının karısı vardı, düz bir saç gibi pürüzsüz, engebesiz. Öbür tarafta Kader denilen aşüfte vardı, sıkı permalı bir saç gibi inişli çıkışlı, dengesiz. İkisinin ortasında bir yerde, her an her iki uca da meyledebilecek bir halde salınıp duruyordu işte. Yarı eş, yarı hafifmeşrep. Hem mavi, hem metres.

Evinden kesinkes ayrılmakla annesiyle babalığını ne kadar üzdüğünü biliyor ama alttan alta içlerini rahatlattığını düşünmekten de kendini alamıyordu. İyi insanlardı ikisi de. Oysa karşılığında yeterince iyilik çekmiyorlardı kızlarıyla ilişkilerinin denizine her sabah sabırla attıkları ağlardan. Onların sevgisini sevmiyor, ilgilerine katlanamıyor ama karşılığında sevgisiz ve ilgisiz olmanın nankörlüğüyle de başedemiyordu. Okuyabilirdi istese. Hiç olmazsa liseyi bitirebilirdi. Ama o hadiseden sonra liseye dönmek gelmedi içinden. Yüzündeki yara izi incecik bir hudut çizdi önce yaşıtları, sonra yaşıyla arasına. Çıkmak zorundaydı o evden. Çıktı da. Dönmek istediği yegâne yer dedesinin evreniydi şüphesiz. İstanbul'da birbirine girmiş sayısız ayak izine baka baka yürümeye çalıştı dedesinin izinden. Bulmak zorundaydı onları. Buldu da. Şehrin karşılıklı iki yakasına dağılmış, ışığa üşüşen pervaneler gibi ayrı ayrı cemaatler halinde kendi dedelerinin etrafında toplaşmışlardı. Aralarına katıldı. İki sene boyunca hiç sektirmeden her hafta sırayla üç ayrı tarikatın sohbetlerinde yer aldı. Sohbetlerde dedelerden duyduğu kelimelerle çocukluğunda kendi dedesinden duyduğu kelimeler arasındaki yakınlıkta avuntu aradı. Ama olmadı. Kelimeler benzerdi benzer olmasına da, aynı şeyleri söylemiyorlardı nedense. Giderek, sırf peşisıra gelecek olan zikirlerin hatırına katlandığını fark etti sohbetlere. Dede konuşurken öteki müridlerle yan yana oturuyor ancak onlar gibi kulak kabartmak yerine söylenenlere, som bir sağırlığın arkasına çekiliyordu. Kapılarını mühürlediği kulaklarını ancak zikir başladığında aralıyordu yeniden. Seviyordu o anı; o bitimsiz tekerrürde büsbütün kaybolmayı. Kelimelerin tabirlerinde değil, ezgilerin notalarında, bendirlerin vuruşlarındaydı aklı. Ne dillendirilen öğütlerde, ne de ilahilerin ilahiliğinde... dağılan parçalardaydı sadece ve o bir türlü silkinemediği eksiklik duygusunun yıpratıcı güdüklüğünde. Bir müddet sonra kendini ikiyüzlü bulmaya başladı. Ne demeye sürdürüyordu bir olamadıklarıyla birlikte olmayı? Katıldığı her zikirden, bir fersah daha uzaklaşmış olarak ayrılıyordu öteki müridlerden. Annesiyle babalığının sevgilerine sevgiyle karşılık vermeyi nasıl başaramadıysa, durmadan huzur telkin edenlerin yanında da huzuru bulamamıştı işte.

Gene bir zikir sonrası iğdiş bir boşluğa gözlerini açtığında, "bulduklarımla yetinmeyi bilmiyorum," dedi fısıltıyla, "çünkü nankörüm". Ve tuhaf şey, bu tespitten gocunmak şöyle dursun, ferahlık duyduğunu fark etti. Çocukluklarının ne kadar olağanüstü bir güzellikte geçtiğinin daha çocukken bile farkında olanların onulmaz hastalığına yakalanmıştı; hayata çıtası yüksekte başlayanların hastalığına... Şimdi yaşadığı tüm güzellikler hep o çıtanın altında, tanıştığı tüm insanlarsa dedesinin gölgesinde kalıyordu. Oysa onlar bu noksanlığın farkında bile değillerdi. Mesele de buydu zaten: iyiliğin tamlığı. İyi olduklarına yürekten inanan insanların durumu kötülerinkinden çok daha umutsuzdu çünkü onlar kendilerini tam, hem de tastamam görüyorlardı. Çatıları akmayan, sıvaları dökülmeyen evlerinde ne kapatacak bir delik vardı, ne de onaracak bir gedik. Bu tastamam halleriyle onları eksik bulup da, bu eksikliğin tam olarak neden kaynaklandığı bilemedikçe, iyilerden de, iyiliklerinden de soğuyordu günbegün. İçinde bir yerlerde kötücüllüğe meyyal bir ruh taşıdığına inanmaya işte o sıralar başlamıştı. Çok geçmeden her üç tarikatla da ilişkisini büsbütün kesti. İyilerin muntazam tamlığında bulamadığını, onlardan uzaklarda aramaya karar vermişti. Ne var ki, inançlılardan uzaklaşmakla bir kez olsun sarsılmadı inançları. İman, buyurgan bir Tanrı'nın değişmez kaidelerince yaşamak yahut vazifeşinas bir cemaatin arasına karışmak değil, şemsî bir çocukluk hatırasıydı ve madem ki çocukluk hatıraları ömrü hayatının en güzel anlarıydı, o günden bugüne, şaşmaz ve sarsılmaz biçimde, hep tutkulu bir mümin olarak kaldı. Çocukluğundaki kadar imanlı olamadığı zamanlarda dahi, imanında hep çocuksu bir yan vardı.

Ancak ne geri dönmeyi isteyeceği bir evi vardı, ne de yola devam edecek parası. Babası yaşındaki adamlardan ilgi görmeye alışıp, alıştığı ilgiye kayıtsız kalmamaya o günlerde başladı. Her şeyleri var gibi görünen bu erkekler, hayatlarındaki noksanlığın ayırdına vardıkça, ona daha çok bağlanıyorlardı. Her halükârda metreslik, iyilerin yeknesak tamlığından uzaklaşmak için iyi bir başlangıçtı. Önceleri mavi idi, sonra metres. İkisinin arasında savrulduğu dönemler de oldu. Ama bir mavi, bir metres olmaktan çıkıp, hem mavi, hem metres olmaya, zeytinyağı tüccarının Bonbon Palas'ın 8 numaralı dairesini kiralamasıyla başladı. Ona bir ev açtığı andan itibaren bariz bir şekilde değişip kabalaştı adamın tavırları. Çünkü türü böyleydi. O bir UZEŞ idi, hem de OHEB takımının EKBİ alttakımından. Haliyle, ona göre davranıyordu.

Yeryüzünde insanlar kadar kalabalık ve en az onlar kadar karmaşık bir başka canlı türü daha yaşar: böcekler. Her yere yayılmayı ve her şeye rağmen hayatta kalmayı başarmışlardır. Muhteşem bir çeşitlilik arzederler. Tek bir böceğin bile bazen on, bazen bini aşkın türü vardır. Halihazırdaki böcek türlerinin toplamının bir milyondan fazla olduğu varsayılmaktadır. Bu dehşetengiz karmaşaya rağmen bilim dünyası, böcekleri sınıflandırmaktan geri durmaz. Onları üstsınıflarına, sınıflarına, altsınıflarına, üsttakımlarına, takımlarına ve alttakımlarına ayırır. Mesela bir ağaç kurdu, böcek sınıfının, tam başkalaşmalılar alt sınıfının, kın kanatlılar üsttakımının, değişik mideliler takımının, bitki yiyiciler alttakımına mensuptur. Kadınların erkeklerle ilişkilerinde yaşadıkları hayal kırıklıklarının ezici çoğunluğu, insanların da tıpkı böcekler gibi türlere ayrıldığını, dolayısıyla birlikte oldukları erkeğin de bir türe ait olduğunu kabullenmek istemeyişlerinden kaynaklanır. Tek bir farkla: bir böcek, ait olduğu türden çıkıp bir başka türe geçiş yapamaz. Bir sığır sineği ömrünün hiçbir aşamasında peygamberdevesine dönüşemez. Neyse odur. Ama Ademoğulları, Havvakızları bunu yapabilir. İnsanın alamet-i farikası, kendi türünden sapabilme yetisidir. Haliyle, modern insanın türler tablosu ilkel böceğinkinden daha az karmaşık ama daha çok çapraşıktır. Gene de türler arası geçişlilik kolay değildir; hem de hiç kolay değildir. Ne de olsa istisnasız her bir tür, istikrarını muhafaza edip hayatını idame ettirebilmek için, mensuplarını sadece aynılaştırmakla kalmaz, bir de durağanlaştırır. Zeytinyağı tüccarı da, erkeklerin, **U**zun **Z**amandır **E**vliliğinden **Ş**ikâyetçi üsttakımının, **O**lduğu **H**alde **E**vliliğini **B**itirmeyen takımının, **E**lindekini **K**aybetmeden **B**aşkalaşmak **İ**steyen alttakımındandı. Nereden bakarsanız bakın, zararlı bir tür.

"Sen benim helalimsin," demişti bu evde birlikte geçirdikleri ilk akşam kurdukları rakı sofrasında usul usul demlenirken. Düşkündü içkiye. Akşamcıydı. Öyle yumruk mezesiyle, yarım kalıp peynir, iki dilim kavunla yetinenlerden filan değildi. Tepeleme çilingir sofraları isterdi illa ki. Hem de hazır meze filan olmaz; muhakkak ev yapımı olmalıydı her şey. Çerkes tavuğuna düşkündü bilhassa. O akşam Çerkes tavuğunun dibini ekmeğiyle sıyırırken, "dinimiz de müsaade ediyor. Adil olmak şartıyla dörde kadar yolu var," demişti. Gülmüştü Mavi Metres. Bozulmuştu adam. Masadan kalkmıştı Mavi Metres. Zeytinyağı tüccarının aksine, söz konusu ayetin tamamını biliyordu.

Dolaptan tiril tiril, filizî bir elbise seçerek, çarçabuk giyindi. Koştura koştura mutfağa dönüp, marketten aldığı paketleri açmaya başladı. Önce humusu çıkardı bir kâseye, nane yapraklarıyla süsledi. Ardından diğerlerini de dizdi çukur tabaklara: pilaki, patlıcan ezme, zeytinyağlı fasulye, Arnavut ciğeri... Sigara böreklerini dizdi bir kenara, o gelince kızartacaktı. Bir de bir gün evvel Madam Teyze'nin kapıcının oğluyla yolladığı Amerikan salatası vardı. Yadırgamıştı. Konu komşuya Amerikan salatası gönderildiğine ilk kez rastlıyordu. Ama zeytinyağı tüccarının hoşuna gidebilirdi rakı sofrasında. Kendi yapmış gibi koyabilirdi masaya. Tabaklarını son bir kez gözden geçirdikten sonra, paket kâğıtlarını dertop edip çöpe attı; ağzını bağladığı gibi dışarı çıkardı torbayı. Sabah kuaförde konuşulanlar geldi aklına birden. Bundan kimseye bahsetmemişti ama, onun da çöpleri kapı önünden çalınmıştı birkaç defa. Çöp torbasını kararsız gözlerle süzdü beş-on saniye; içi rahat etmeyince,

Meryem'in geliş saatinde çıkarmak üzere, eve aldı yeniden.

Hazırladıklarını salondaki yuvarlak, mavi örtülü masaya taşıdı. Masa örtüsüyle takım mavi peçeteleri, tabakları, bardakları dizdi. Dibine dövülmüş sakız koyduğu rakıyı buzdolabından çıkarıp, tirşe saplı billûr sürahiye geçirdi. Ardından, zeytinyağı tüccarının getirdiği ağır kokulu zeytinyağından toprak rengi bir kâseye biraz döküp, üzerine kekik, kırmızı biber ve reyhan serpti. Daha erken olduğunu biliyordu ama dayanamadı, içi su dolu yarı kürede yüzen nilüfer şeklindeki mumu da yaktı. Hoşnut bir tebessümle önce masaya, sonra da etrafına baktı. Evini seviyordu. Bir de şu korkunç koku olmasa...

Yeşil elma kokulu bir tütsüyü yakıp, salonun tam ortasına yerleştirdi. Duman havada usul usul, ince ince dağılırken önce kendi üstüne, sonra da evin dört bir köşesine camı buzlu, şık bir şişeden bol bol parfüm sıktı. Son zamanlarda parasının yarısından fazlasını parfüme harcar olmuştu. Apartmanı saran çöp kokusu arttıkça, onun da parfüm harcaması üçe beşe katlanmıştı. Ana caddenin sonundaki şıkıdım mağazaya uğruyordu sık sık. Oradan alışveriş yapan kadınlarla aynı standartlara sahip olmadığını bile bile, hep aynı yerden alıyordu parfümlerini. Meyve kokularını beğeniyordu en çok; şeftali, karpuz ve papaya karışımlarını. Papayanın ne menem bir şey olduğunu bilmiyor ama ismini şirin buluyordu.

Aldığı parfümlerin ömrü en fazla on gündü. Her yere boca ediyordu; üstüne başına, çarşaflara yastıklara, koltuklara perdelere, boy boy cins cins oyuncaklarına ve evin her tarafından sallandırdığı nazar boncuklarına. Biriktirebilirdi oysa bu parayı. Ya da kalıcı şeyler alabilirdi kendine. Zeytinyağı tüccarı da farkında olmalıydı ki küçük metresinin savrukluğunun, iyiden iyiye azaltmıştı verdiği harçlıkları. Gene de bildiğini okumaya devam ediyordu Mavi Metres. Niçin böyle davrandığını bilmiyor, bilmeye de çalışmıyordu. Tek bildiği eline geçen paranın miktarı şimdikinin beş katı da olsa, gidip beş misli parfüm alacağıydı.

Sofraya bir göz attı. Her şey tamam görünüyordu; hoş, zevkli, incelikli. Cep telefonundan mesaj gönderip, ne zaman geleceğini sordu. Cevabı beklerken, uzaktan kumandaya basıp rasgele bir kanalı açtı. Ekranda birbirlerini kinle süzen iki genç kadın belirdi. Kadınlardan biri, erguvan rengi şık bir tayyör giyip, boynuna da dört sıra inci kolye takmış olanı, ellerini göğsünde kavuşturup, "kabul et artık Loretta. O yalnız beni seviyor," dedi. Papatya tarlasını andıran bir elbise giymiş, bu papatyaların bir benzerini de saçına iliştirmiş, uzun saçlı kumral kadın, bir batman boyayla belirginleştirdiği yemyeşil gözlerini iri iri açarak "ama sen onu sevmiyorsun," diye tane tane heceledi. "Bu seni ilgilendirmez Loretta," dedi diğeri inci kolyesini koparacakmış gibi çekiştirerek. "Seni hiç ilgilendirmez."

"Hay Loretta kadar taş düşsün başınıza," diye homurdandı Mavi Metres. Loretta da papaya gibi bir isimdi işte ama hiç de şirin gelmiyordu kulağa.

Uzaktan kumandaya uzanırken, cep telefonu bipledi. "Akşam" yazıyordu sadece. Akşam ne kadar muğlak, nasıl da uzun bir zaman dilimiydi. Sıkıntıyla iç geçirip, kanalı değiştirdi. Dudağının üzerinde fışkırmış kılları almayı ya akıl edememiş ya da lüzumlu görmemiş, geniş alınlı, ablak suratlı, orta yaşlı bir kadın, ıspanaklı graten pişirmek için gerekli malzemeleri sıralıyordu.

7 NUMARA: BEN

Balkona çıkıp bir sigara yaktım. Bu evin tek sevdiğim yeri balkonu. İçeriyle ilgisi bile yok; hasbelkader ona yapışıp bir parçası haline gelmiş olsa da, eve ait değil sanki. Demirlerin üzerinde gezinen tuğla rengi böcek varlığımdan tedirgin oldu, ben de onunkinden. Her yerde böcek var. Mutfak dolaplarından, buzdolabının altından, fayanslardaki çatlaklardan yayılıyorlar etrafa. Nereden çoğaldıklarını kestiremiyorum. Tek bildiğim, onlarla aynı evde yaşadığım.

Bir ara Ethel'i arayıp, dün gece eve geldikten sonra Ayşin ile konuşup konuşmadığımı öğrenmesini istemek geçti içimden ama hemen vazgeçtim. Zaten Ayşin'in yeni numarasını öğrenebilmek için kaltağın tüm kaprislerine boyun eğmiş, onca nazını çekmişken, şimdi bir başka yardım talebinde daha bulunmak, yeterince şişkin olan egosunu eteklemekten başka bir işe yaramaz. "Senin yüzünden en yakın kız arkadaşımı kaybedeceğim" lafını bir kez daha duymak istemiyorum ağzından. Bana kalsa, Ayşin ile Ethel'in çoktan kangren olmuş arkadaşlıklarını kesmekle her ikisine de büyük iyilik etmiş olurdum ya, neyse.

Kolejdeyken aralarından su sızmadığı anlaşılan bu ikili, senelerdir hiç sektirmeden, kurulmuş gibi on beş günde bir buluşup, hep aynı tür lokantalarda yemek yer. Nişandan sonra Ayşin bu sakil rutine muhakkak katılmam gerektiğine önce kendini, sonra da beni inandırmıştı. Bu durumda, ikiye iki denge bozulmasın diye, Ethel de sevgililerini getirmeye başlamıştı yemeklere. Söz konusu sevgililer belli aralıklarla tombaladan çıkan numaralar gibi, aralarında en ufak bir tutarlılık ya da herhangi bir benzerlik olmaksızın peyderpey düşüyorlardı masamıza. Ekseriya, gelen numarayı tanımaya fırsat bulamadan, bir yenisi alıyordu yerini. O dönemde Ethel'in ilişkileri öylesine baştansavma ve o kadar kelebek ömürlüydü ki, üst üste üç buluşmaya gelmeyi başaran olduğunda, hayretimizi gizleme gereği duymuyor ve tüm yemek boyunca takdirle karışık bir hayretle incelemeye alıyorduk bu özel insanı. Üç buçuk sene süren bu sevgililer geçit töreninde boy boy, çeşit çeşit erkekle tanıştırdı Ethel bizleri. Bu insanların arasında tek bir ortak nokta varsa şayet, "başladığı işi bitirememek" olsa gerek. Tümünün de geleneksel olan her şeye alerjileri, daha önce hiç denenmemişi yapıp orijinal olma saplantıları ve iddialı projeleri vardı, şu veya bu sebepten ötürü yarı yolda bıraktıkları. Kabuklarına tutunmuş midyeler gibi başlangıç aşamalarına yapışmış kalmış bu tiplerin, yola devam edebilmek için birinin ellerinden tutmasına fena halde ihtiyaçları vardı.Tırnakları cırtlak ojeli küt ellerini daldırıp rasgele bir tanesini çıkarıyordu Ethel. Beğenmediğini tekrar suya atıyordu. Nasıl olsa İstanbul koskoca bir midye tarlası, o da maharetli bir midye toplayıcısıydı.

Asabi genç bir senarist vardı mesela, Ethel'den en az on yaş küçük olmalıydı. Türkiye'deki hiçbir yönetmenle çalışılamayacağına inandığı için illa da Avrupalı ama bilhassa İspanyol yönetmenlere göndereceğini söylediği bir senaryo üzerinde çalışıyordu. Senaryo tamamdı tamam olmasına da, filmin sonuna bir türlü karar veremiyordu. Bir kez yemek yemiştik onunla. Başlangıçlardan ara sıcaklara, ara sıcaklardan esas sıcaklara, oradan da tatlı ve kahve faslına geçene kadar devirdiğimiz buzlu rakılar arasında, Ayşin homurdanır, Ethel kıkırdarken, ikimiz kafa kafaya verip toplam dört ayrı son biçmiştik filmine. Dördü de gayet çarpıcı görünmüştü gözümüze. Ve diğerleri... Dışarıdan iş yaptığı tüm dergilerin, evvela yöneticilerine, sonra çalışanlarına ve dahi okurlarına kin kusan bir fotoğrafçı, evinde televizyon bulunduran herkesin ahmak olduğunu iddia etmekte beis görmeyen pürvakar bir reklamcı, memlekette oynanan hiçbir tiyatro oyununu başarılı bulmayan ve kendi tiyatrosunu kurmak için kapı kapı dolaşıp sponsor etekleyen amatör bir tiyatrocu, kıyısından köşesinden bulaştığı tüm dergilerin batış sürecini hızlandırmakla, başladığı tüm işleri yarım bırakmakla nam salmış küfürbaz bir mizah yazarı, içince dilini tutamayıp tanınmış hastalarının sırlarını masaya döktüğü herkesin malumu olduğu halde şehirdeki tüm yazar çizer tayfasının gittiği alkolik bir psikiyatrist... Zaman zaman Ethel'in sırf Ayşin'i ifrit edebilmek için bu herifleri yemeğe getirdiğini düşünmedim de değil. Eğer öyleyse amacına ulaştığı kesin. Ayşin hiçbir zaman bu yüzden onunla arkadaşlığını noktalamayı düşünmediyse de, daima hoşnutsuz bir nazarla baktı Ethel'in sürdürdüğü hayata. Benim de alttan alta tepki duyduğumu bilirdi ona. Bilmediği, bir kadına gıcık kapmanın onunla yatmaya engel olmadığıydı.

Ethel bu insanlar için başlı başına bir tehditti aslında. Onlara yardım ediyor, para akıtıyor ve kişiliklerinin ahşap konağının çatı katında alev alev yanan, "şartlarım başka olsaydı, ben böyle mi olurdum?" niyazına elinde körükle gidiyordu koştura koştura. Şimdiye değin şu veya bu sebepten ötürü yapmak istediklerini yapamamış, ancak hem kendilerini hem de kısmetlerini olduğu gibi kabullenmiş bu erkekler, ömürlerinin umulmadık bir virajında Ethel'e toslayıp paralanmaya, pohpohlanmaya başlar başlamaz, ilk iş, eski projelerini terk edip, çok daha iddialı yenilerinin peşinden koşmaya başlıyorlardı. O zaman da Ethel, tıpkı yıllar evvel evine gelen misafirlere yaptığı gibi habersiz, gerekçesiz terk ediyordu onları. Sevgililerini adım adım dönüştürerek, kendi elleriyle yarattığı erkeği sevmiyordu; tıpkı kendini sevmediği gibi. Ama içlerinde bir tanesi vardı ki, onu hepsinden ayrı ve âlâ bir yere koydu.

Neyzendi. İstanbul'un en meşhur Mevlevihane'sinin meftunlarının, "kadın ve erkek semazenlerin bir arada sema yapması caiz midir, değil midir?" tartışmasıyla ortadan ikiye bölündüğü günlerde, o her iki gruba birden tavır alarak kabuğuna çekilmiş; o andan itibaren de günlerinin yarısını uykuya sığınmaya, geri kalan yarısını da gördüğü rüyaların etkisinden sıyrılmaya ayırmıştı. Ethel'in onunla günün hangi yarısında, nasıl tanıştığını bilemiyorum. Tek bildiğim, bir kez daha elini suya daldırıp bir midye çıkarmış ve inatçı kabuğu aralayıp içine bakar bakmaz hiç ummadığı bir sürprizle karşılaşmıştı: mahcup bir inci tanesi! Bir müddet diğerlerine yaptıklarını ona da yaptı: maddi yardım, aşırı alaka, boğucu bir sevgi... Ama diğerlerinin aksine, dalgın bakışlı, iri burunlu, uykucu Mevlevi'nin huyunda suyunda değişen bir şey olmadı. Adamın zaman ayarındaki en uzun birim, bir "gün" idi. Ethel ne zaman bir plan yapmaya kalksa, diyelim bir hafta sonra geziye çıkmaktan ya da ilkbaharda evlenmekten söz edecek olsa, sevgilisinden aldığı tek cevap "o gün gelsin de bir, bakalım neymiş" oluyordu. Günlere gidilmez, dolayısıyla varılmaz; günler insana gelir ve gelirken de yanlarında muhakkak bir şeyler getirirlerdi. Tanıdığım en yarınsız, hesapsız, hırssız insan ve tek anti-tarikat tarikat ehliydi. Eğer aniden çekip gitmeseydi aramızdan, Ethel'in haremindeki tahtımı elimden alacağına şüphem yok.

"Denizin kıyısında durmuşuz. Ayaklarımızı suya salmışız Ethel. Sen diyorsun ki 'şu ilerideki elli beşinci dalgaya yüzelim birlikte. Bak o dalga ne kadar güzel!' Ben de 'hangisi?' diye soruyorum. Daha sorumu bitirmeden yer değiştirmiş oluyor senin işaret ettiğin dalga. Bak artık söylediğin yerde değil. Elli beşinci değil de otuz beşinci olmuş şimdi. Giderek yaklaşıyor. Yani zaten o bu tarafa geliyor. Gelirken de elbet bir şeyler getiriyor yanında. Şimdi önünde iki seçenek var. Ya atlayacaksın denize, dalgaları filan unutup, sen de bir katre olacaksın onun içinde. Ya da kıyıda durup, bekleyeceksin. Dalgaların kıyıya vurup, parçalanmasını seyreyleyeceksin. O zaman da onlar birer katre olacak gözlerinin önünde. İki türlü yaşanır hayat eğer bir şeye benzeyecekse. Ya kendini yok edeceksin hayatın içinde, ya da hayatı yok edeceksin kendinde."

Biçare Ethel, bunca zaman onca sevgilinin ahını almış kepaze Ethel, sersem sepelek dinlerken bu lafları, masanın altından bana tekmeler atıp acıklı bakışlar fırlatıyordu. Dünyevi dillerin her türlü girdisini çıktısını şıppadak çakozlayabilirdi de, şu semavi soyutlamalar karşısında bir çocuk kadar çaresizdi. Bir müddet sonra kendini suçlamaya başladı. *Bu dili biliyor olmalıydı.* Vaktiyle anneannesinin anlattıklarına burun kıvırıp, Yahudi mistisizmiyle ilgilenmediğine şimdi bin pişmandı. Sevgilisi bu eksikliğini anlamasın diye, deli gibi okumaya başladı: önce çocukken eline tutuşturulan kitapları, sonra da başkalarını. Kabala'ya duymaya başladığı ilgi, bir ucunun illa ki sevgili neyzeninin anlattıklarına çıkmasını beklediği bir köprü mahiyetindeydi. Çantasında en az birkaç kitap ve muhakkak Mesnevi'nin bir cildiyle dolaşıyor; sık sık Beyazıt'taki bunak bir sahafa uğrayıp, gizemli bir el yazmasının peşindeymişçesine dükkânın arkasında adamla fısır fısır bir şeyler konuşuyor ve her seferinde oradan torba torba kitapla çıkıyordu. Öyle beter kaptırmıştı ki gönlünü, tüm hayatını toptan değiştirmeye razı, sevgilisinin istediği her yere gitmeye, hatta yerleşmeye hazırdı. Çirkin karga Ethel, havada fütursuzca süzülürken, aniden yeryüzünde ışıl ışıl parlayan bir nesne görmüştü ya, şimdi onu kaptığı gibi götürmek, buradan uzağa taşıyıp tamamen kendine ait kılmak istiyordu. *Niçin şöyle birkaç sene dünyanın en mistik şehirlerini beraber gezip, Kudüs'te, Tibet'te, Delhi'de dolanmıyor ya da Şems'in kayıp mezarını aramaya çıkmıyorlardı?* Âşık olunca aklının ayarını bozanları çok gördüm ama Ethel benliğini yitirmişti düpedüz. Mütemadiyen saçmalıyordu. Ancak ne kadar dil dökerse döksün, biricik maşuğunu bu egzotik gezilere çıkmaya razı edemedi. Bir kedi "yıkanmak" fiiline ne kadar yatkınsa, bu mülayim Mevlevi de ancak o kadar yatkındı "gitmek" fikrine.

Oysa şuradan şuraya gitmekte böylesine isteksiz olan bu genç adam, dünya değiştirmekte çok aceleci çıktı. O sene yılbaşına bir hafta kala bir akşamüstü İstiklal Caddesi'nin çöp bidonlarından birinde patlayan ve hiçbir örgütün sorumluluğunu üstlenmediği bombanın dört kurbanından biri de oydu. Ethel'in şimdiye kadar kimsenin, kendi anne babasının ardından bile bu kadar çok ağladığını sanmam. Belki o on dördündeyken intihar eden abisinin ardından... Bir tek onu böyle derinden sevmiş olabilir.

İki ay iki hafta sonra Ayşin ile evlendim. Ethel düğüne tek başına geldi.

Düğünden bir gün önce, yatıyordu çırılçıplak. Şişman ve saldırgan, hantal ve battal vücudunu sere serpe gözümün içine sokarak. Vücudu böyle çiğ beyaz bir et yığınına dönüştüğünde daha da belirginleşirdi boynunun üç parmak altından başlayıp, neredeyse göğüslerinin üst kısmına kadar yayılan kırmızımsı, yayvan, tüylü leke. İstese aldırabilirdi bunu. Tıpkı yağlarından kurtulabileceği, burnunu yaptırabileceği ya da herkes nasıl yapıyorsa, orasına burasına çekidüzen verebileceği gibi. Ethel kadar çirkin ve bir o kadar zengin olan kadınlar, varlarını yoklarını estetik ameliyatlara, kozmetiklere, kliniklere harcıyorlardı güzelleşebilmek için. Ethel ise çirkinliğinin hizmetine koşmuştu tüm servetini. Çirkinliğini alt etmeye çalışmadığı gibi, saklayıp örtmeye, allayıp pullamaya da girişmiyordu. Yatak odasının iki duvarını boydan boya çevreleyen gömme dolapların kapakları aynalarla kaplıydı. Seviştikten sonra yatakta sereserpe uzanıp, aynada kendini seyredalardı. Bazen öyle bir iştahla bakardı ki yansımasına, ne gördüğünü merak ederdim. Arzulandığını görmek isteyen bir kadından ziyade, gördüğünü arzulayan bir erkek gibi davranıyordu vücudunu sergilerken: beğenilip beğenilmemek umurunda bile değildi sanki; teşhir etmekti niyeti, irkiltmek gayesiyle. Ne var ki teşhircinin kurbanları ciyak ciyak kaçarken, Ethel'inkiler kendi ayaklarıyla tekrar tekrar geliyorlardı yatak odasına. İstisnalar da vardı tabii; Mevlevi neyzen öyleydi işte, keza ben de.

"Ah şeker, büyük bir hata yapıyorsun. Pişman olacaksın. Ben bundan sonra hayatın karşıma senden iyisini çıkarmayacağını kavramış bulunuyorum. Senin sorunun tam da burda. Sen, benden iyisini bulamayacağını bilmiyorsun henüz. Eh n'apalım. Bekleriz. Dön dolaş, üç beş kıç daha avuçla, beş on kez daha yıkıl. Nasıl olsa geleceksin lafıma," demişti cerbezeli bir sesle. "Sonra kafanı duvarlara vurursun, vaktiyle Ethel'le niye evlenmedim diye. Ih bak şuraya çizdim," diye sırıtmıştı yaldızlı lacivert ojeye bulanmış uzun tırnağıyla konsolu ciyaklatırken. Sürekli kaybedip yerine yenisini aldığı yasemin ağızlığına bir sigara takıp, yakmamı beklemişti.

"Niye? Tanıdığım tanıyacağım en zengin kadın olduğun için mi?"

Mal varlığının dökümünü bilseydim bile yapamazdım herhalde. Çünkü zenginler bunu hiçbir zaman anlayamasalar da, paranın felç olup sabitlendiği bir eşik vardır gayrizenginlerin hayalhanesinde. O eşikten sonraki her meblağ, ne kadar olursa olsun, hep aynı miktardadır: çok! Nasıl 800 develik kervanı olan bir tüccarı da, 1400 develik bir kervanı olanı da, "bin" sayısının gerçekdışı çokluğunda sabit kılarsa masalları aktaran züğürtlerin çenesi, Ethel'in de *bin tane* malı mülkü vardı benim nezdimde.

"Hayır şeker! Zengin olduğum için değil, kötü olduğum için. Tabii senden daha kötü değilim ama kötülüğün azı çoğu olmaz değil mi? Un değil ki, bardakla ölçülsün. Şöyle izah edeyim istersen: seninle benim mayamız aynı. Ama biçare Ayşincik bizlerden değil. Tamam, o da iyi biri sayılmaz ama kötü de değil. Olsa olsa kaprisli bir genç hanım; kaymak ailesinin biricik kızı, fazla doğrucu Davut, itiraf etmeliyim ki bazen çok da sıkıcı filan ama kesinlikle kötücül değil. Sen onu hırpalarsın. Ve işin en acıklı yanı ne biliyor musun, sen onu hırpaladıkça o kendini savunmaya çalışacak. Önce seninle akıl yarıştıracak, sonra kuş gibi çırpına çırpına, kendini savunacak, gözyaşlarına boğulacak, haksızlığa uğradığını düşünecek. Sen onu üzdüğünde, onu didiklediğinde, meselenin tartıştığınız konu olmadığını, meselenin meseleyle ilgisi olmadığını göremeyecek. Sen de gayet iyi biliyorsun ki Ayşin de o malum taifeden. O da iblisi görmeden tanrıya iman edenlerden..."

Ethel bayılırdı bu lafa. Parlak erkeklerinden birinden yürüttüğünü düşünüyordum. Belki de neyzene aitti. Ama ağzına yakışıyordu doğrusu. İblisi görmeden tanrıya iman edenler, hasbelkader içine doğdukları bahçenin meyve yüklü dallarını kıran, çiçek tarhlarını tarumar eden yıkım rüzgârlarının nereden estiğini merak edip de, bir kez olsun burunlarını dışarı çıkarmadıkları halde, şu yeryüzünde en yaşanılası yerde yaşadıklarına inananlardı. Oturdukları evin kaç odası, kaç çıkış kapısı olduğunu merak etmeyen, gece gündüz duydukları tıkırtılara rağmen aşağı inip de kilerlerinin zeminindeki kilitli kapağı açmaya lüzum görmeyenlerdi. Bildikleri doğrulardan ötürü kendilerini doğru bilenler... Ethel haklıydı. Ayşin de onlardandı.

İşin nahoş yanı bu sözleri sık sık hatırlamıştım evliliğim boyunca, ama zaten doruklarda gezinen egosunu daha fazla okşamamak için Ethel'e itiraf etmemiştim bunları. Dün akşam karşılıklı içerken, çoktan bayatlamış itirafımı ağzımdan kaçırma gafletinde bulundum. Memnuniyetle dinledi. Sallana sallana kalkıp, tuvalete gitti sonra. Tuvalete giderken koca kıçını seyrettim. Tuvalete giderken koca kıçını seyredeceğimi bildiğini düşündüm. Gördüğüm en çirkin kıç ondadır. Hiçbir yerinden tutulmaz, hiçbir kalıba uymaz. Bıraksan pelte gibi akıp gidecek. Daha şişman kıçlar da gördüm, çok daha biçimsizlerini de. Selülitler, sivilceler, yaralar, gereğinden fazla ya da yanlış noktalarda uzamış kıllar... buna rağmen hepsinde de insanı tahrik eden bir yan vardı. Ethel'inkinde yoktur. Zinhar katiyen yoktur.

Döndüğünde, kaldığı yerden devam etti üniversite projesinden söz etmeye. Nihayet baklayı ağzından çıkarıverdi. Ayşin'e de teklif götürmüşlerdi. Ve kabul etmişti. Paraya çok ihtiyacım olsa da, Ayşin'in bulunduğu yerde çalışmayacağımı gayet iyi bildiği halde, gözümün içine baka baka ısrarı sürdürdü: "Hadi şeker, sen ömründe bir kez olsun benim lafımı dinle. Gel bu üniversiteye. İstediğin kadar felsefe yap, karışan yok. Beyninize amadeyiz."

"Beyin" lafının, kaltağın ağzında büründüğü müstehcen çağrışım içimi gıcıkladı. İşin tuhaf yanı Ayşin ile evliliğim boyunca Ethel ile düzenli aralıklarla birlikte olduğumuz halde, boşandığımdan beri bir kez yatmadık. Dün gece niçin ayrı ayrı döndüğümüzü hatırlamıyorum. Evime nasıl vardığım bile meçhul. Belki son anda çark ederek, oyun oynamıştır Ethel. Ama sanmam. Bu pek Ethelce değil. Olsa olsa benim bir halt yiyemeyecek kadar sarhoş olduğumu görüp, evime bırakmıştır. Bu daha Ethelce.

Balkon demirlerine ayaklarımı uzatıp, bir sigara daha yaktım. Tuğla rengi böcek sağ ayağımın altında kaldı. Kaçmak için fırsatı vardı oysa. Kaçmadı. Aşağıda kara kuru bir kadın elindeki çöp torbalarını bahçe duvarının önüne fırlattı. Alt katlardan birinin öfkeli sesi yükseldi avaz avaz. Kadın birkaç saniye öylece kıpırtısız durduktan sonra, hiç oralı olmadan arkasını dönüp gitti. Sevmiyorum burayı. Öyle ya da böyle buradan çıkmam gerek. Belki de biraz kendime benzetiyorum Bonbon Palas'ı. Vaktiyle alıştığı refahı şimdi mumla arayan hoşnutsuz bir apartman bu. Başka bir yere taşınmalıyım ama param yok. Evliliğim boyunca, saçmalığını ancak şimdi idrak edebildiğim bir işbölümü vardı Ayşin ile aramızda. Oturduğumuz ev onun anne babasına, dolayısıyla ona ait olduğu için, ben de diğer masrafları karşılıyordum. Ne salaklık. Kenarda köşede birikmiş param da yok. Birdenbire ummadığım masraflarla ve kira ödeme derdiyle karşı karşıya kalınca, gülünçleşti maaşım. İstesem, Ethel'den alabilirim elbette. Ama istemem. Böyle bir hamle, aramızdaki tüm dengeleri bozar. Kendime başka kaynaklar bulmalıyım. Acilen para kazanmalıyım.

6 NUMARA: METİN ÇETİN VE KARISI NADYA

"Bu seni ilgilendirmez Loretta. Seni hiç ilgilendirmez."

"Hayır," diye atıldı papatyalı kadın, gözlerini hınçla kısarak. "Onu ilgilendiren her şey beni de ilgilendirir."

"Onu ilgilendiren her şey beni de ilgilendirir," diye tekrarladı Karısı Nadya, kelimeleri aynen duyduğu gibi vurgulamaya gayret ederek. İzlediği pembe dizinin ismi *Tutku Zakkumu* idi ve yaklaşık iki buçuk aydır hafta içi her gün öğleden sonraları yayımlanıyordu. İlk başlarda bir ara akşam haberlerinden önce yayımlanmış ama tutmadığı ve tutma ihtimalinin de olmadığı anlaşılınca, apar topar değiştirilmişti yayın saati. Şimdi onun yerine, çok daha alengirli bir başka pembe dizi yayımlanıyordu. Selefinin akıbetine uğramamayı başaran bu ikinci dizi, daha ilk haftadan itibaren büyük ilgi görüp, hayli patırtı koparmıştı. Hatta öndegelen oyuncuları İstanbul'a gelerek, kalabalık bir basın toplantısının ardından hayranlarına resimlerini imzalamışlardı. Ama Karısı Nadya bununla ilgilenmiyordu; ne de öteki kanallarda yayımlanan pembe dizilerle. Onu tek ilgilendiren Tutku Zakkumu'ydu. Her öğleden sonra aynı saatte, kumaşını değiştirmeyi devamlı ertelediği eflatun zemin üzerine bordo desenli kanapeye oturur ve bir yandan diziyi izlerken, bir yandan da iş yapardı. Gününe göre, kucağına bir tepsi alıp pirinç veya fasulye ayıklar, fotoğraf albümlerini çıkartıp eski fotoğraflara bakar, kısıtlı Türkçesiyle bulmaca çözmeye çalışır, büyük halasından gelen mektupları yeniden okur ya da ona cevap yazardı. Ama işte bazen, tepsi elinde ağırlaşır, bulmaca tıkanır kalır, fotoğrafların hep aynı kalışı ya da mektupların yavanlığı sıkıntı verirdi. Böyle zamanlarda, Karısı Nadya bir koşu mutfağa gidip birkaç patates getirir ve bir yandan diziyi izlerken, bir yandan da, yeni bir patates lambası yapmaya girişirdi. Evin her tarafını bunlarla doldurmuştu ama gene de yenilerini yapmaktan geri duramıyordu. Hem zaten Bonbon Palas'ta sık sık elektrikler kesiliyordu.

Tutku Zakkumu'nu izlerken başka şeyler yapmadan duramamasının birkaç sebebi vardı. Birincisi, diziyi o kadar sıkıcı buluyordu ki, bir yandan başka bir işle oyalanmadan seyretmeye tahammül edemiyordu. İkincisi, böyle davrandığında, açık açık küçümsediği bir dizinin müdavimi haline gelmekten duyduğu gizli rahatsızlık azalıyordu. Ama hepsinden önemlisi, başka bir şeyle meşgul olmakla, sadece diziyi değil, dizinin başrolündeki Loretta'yı da zerrece önemsemediğini ispatlayabiliyordu kendine.

Diğer pembe diziler gibi, Tutku Zakkumu da sadece hafta içi yayımlanırdı. Fakat gazetelerin hafta sonları verdiği televizyon eklerinde öteki dizilerin ilerleyen bölümlerinde neler olacağına ve kahramanlarının gerçek yaşamlarına dair bol fotoğraflı yazılar sıklıkla belirdiği halde, şimdiye değin ne Tutku Zakkumu, ne de Loretta hakkında iyi kötü tek bir satır çıkmıştı. İş sadece gazetelerle de bitmiyordu. Karısı Nadya'nın, tanıdıkları arasında dizinin değil müdavimi, varlığından haberdar olan bir Allah'ın kulu bile yoktu. Sanki bütün memleket ağızbirliği etmiş, Tutku Zakkumu'nu görmezden gelmeye karar vermişti. Loretta'yı kimsenin ciddiye almadığını görmek, Karısı Nadya'nın hoşuna gitmiyordu. Ne de olsa, bir şeyi küçümsemenin anlamı olmasının önkoşulu, küçümsenen şeyin anlamlı olmasıdır. Bu da ancak onun başkaları tarafından önemsenmesiyle mümkün olabilir. Bu şartlarda Loretta'yı hor görmenin tadı da yoktu, anlamı da. Karısı Nadya da fikirlerini kendine saklıyordu. Diziye olan takıntısından kimsenin haberi yoktu. Kocasının bile. Ama onun zaten bilmemesi gerekiyordu.

Gene de televizyon eklerinin, Tutku Zakkumu'nun ilerleyen bölümlerinde neler olacağından bahsetmemelerinin o kadar da kötü bir şey olduğunu düşünmüyordu. Kurcalayacak bir şey yoktu çünkü izleyiciler en mühim sırları daha ilk bölümlerde öğrenmiş bulunuyordu. Belki de bu diziyi izlerken esas mesele, sonunda ne olacağını öğrenmek değil, zaten başından beri bilinen bir sona nasıl gelineceğini görmekti. Doğrusu, dizinin gerçeklerini henüz bilmeyen biri varsa, bu, ekran karşısındaki seyirci değil, bizzat Loretta'nın kendisiydi. Beşinci bölümde çıkan yangında sadece oturduğu köşkü ve hanımefendilik unvanını değil, hafızasını da yitirivermişti. Bir türlü kim olduğunu hatırlayamıyor, on birinci bölüme kadar tanımadığı bir kadını öz annesi zannediyor, fotoğraflarını gazetede gördüğü ünlü doktorla bir zamanlar ve aslında hâlâ evli olduğunu bile bilmiyordu. Durumu kötüye gittiğinden, yakında bir kliniğe yatırılacaktı. Bu da her şeyi daha da beter karıştıracaktı çünkü kocası olan doktor/doktor olan kocası da aynı klinikte çalışıyordu.

Öte yandan, Loretta'nın bilmediklerini biliyor olmak, Karısı Nadya'nın içten içe hoşuna gidiyordu. Binbir talihsizlik yüzünden Loretta, ne zaman kendi hakkındaki gerçekleri öğrenmenin kıyısından hızla dönse ya da kenarından usulca teğet geçse, Karısı Nadya'nın içini kezzap keskinliğinde bir sevinç kaplıyordu. Böyle durumlarda, kendi hayatıyla dizideki hayat birbirinin içine sızıyordu usuldan. Loretta, bu iki apayrı evrenin ortak paydası, birbirine açılan kapısıydı. Cismiyle, dizideki hayatın içindeydi; sesiyle de, Karısı Nadya'nınkinde. Sonuçta ortada iki ayrı kadın vardı. Bir yanda, Loretta'yı canlandıran Latin Amerikalı oyuncu; diğer yanda da, ona sesini veren Türk seslendirmeci. Hiçbirinin gerçek ismi Loretta değildi ama Karısı Nadya, kafasında her ikisini de Loretta ismiyle özdeşleştirmişti. Ekrandaki Latin Amerikalı oyuncu ile bir alıp veremediği yoktu. Asıl hedefi, esas muhatabı, seyrettiği Loretta değil, işittiği Loretta'ydı. Nicedir bir sesin peşindeydi, suretsiz bir sesin... kayısı rengi, pürtüklü bir dizkapağında vücut bulan yumuşacık, cerbezeli bir sesin... Ama Tutku Zakkumu'nu seyrederken, duyduğu ses ile gördüğü suret kolaylıkla örtüşebildiğinden, daha doğrusu her sese bir suret, her düşmana bir vücut gerektiğinden, farkında olmadan hedefi şaşırabiliyor; seslendirme yapan kadına duyduğu olanca hıncı, ekrandaki Latin Amerikalı oyuncuya yöneltebiliyordu. Böylesi anlarda, diziyi çarpık bir nazarla takip etmekten geri duramıyor; Loretta'nın başının derde girdiği sahnelerde keyiflenip, işlerinin yolunda gittiği sahnelerde hayıflanırken yakalayıveriyordu kendini.

Ekrandaki Loretta ince yapılı, uzun bacaklı, kumral, yeşil gözlüydü. Ağladığında bezelye taneleri kadar yuvarlak yaşlar süzülüyordu yanaklarından. Loretta'yı seslendiren kadına gelince, Karısı Nadya karşılaştıklarında yüzünü doğru dürüst göremediği, vücudunun görebildiği kadarını da daha sonra ancak hayal meyal hatırlayabildiği için, onun neye benzediğini kestiremiyordu. Ama olsa olsa şu geçici güzellerden olduğunu tahmin ediyordu; güzelliği saman alevi gibi çarçabuk söneceklerden. Belki şimdi gençliğin verdiği bir tazelikle ışıldıyordu ama çok değil, en fazla beş sene sonra bu ışıltıyı tamamen yitirecekti. O gün geldiğinde, o da kendine çekidüzen vermek zorunda kalacak, ellerini evli erkeklerin yakasından çekecekti. Ama beş sene oldukça uzun bir zamandı ve Karısı Nadya bu zaman zarfında neler olup bitebileceğini düşündükçe, eni konu endişeleniyordu.

Loretta'nın sesinin varlığından, bundan üç ay evvel haberdar olmuştu; tamamen bir tesadüf sonucu. O uğursuz günün sabahında, gene aşure pişirmek için mutfaktaydı. Türkiye'ye geldiğinden beri ahçılığını ilerletip, burada makbul sayılan yemekleri pişirmesini hızla öğrendiği halde aşureyi hâlâ istediği gibi yapamıyordu, daha doğrusu Metin Çetin'in istediği gibi. Sayısız aşure denemesi hep aynı sonucu vermişti. Ya şekerini ayarlayamıyor, ya malzemelerden birinin ölçüsünü kaçırıyor, ya da her şeyi tam kararınca koymuş olsa bile, pişirme aşamasında bir yanlışlık yapıp kıvamı tutturamıyordu. Yeterince piştiğine inandığı anda aşureyi ateşten alıp, buzlu camdan pembe kâselere taksim ediyor; soğuduğunda, nar taneleriyle ve bari bu sefer bu işi kotarabilmiş olma ümidiyle tek tek her kâsenin üzerini uzun uzun, ince ince süslüyordu. İlk başlarda bu süsleme faslını abarttıkça abartır; rendelenmiş hindistancevizi, kavrulmuş fındık, pudra şekeri gibi bilinen süslemelerle de yetinmeyip, kâselerin üzerine birkaç damla kanyak gezdirir ya da romda bekletilmiş vişneler yerleştirirdi. Zira o zamanlar aşurenin Türkler tarafından nasıl tüketildiğinden ziyade, efsanesiyle ilgiliydi.

Efsanedeki aşure, imkânsızın başarılmasıydı. Tanıklık ettikleri felaketten kaçabilmek için Nuh'un gemisine çifter çifter binen canlılar, dirençlerinin tükendiği anda, dört bir yanları suyla çevrili, kilerleri tamtakırken pişirmişlerdi aşureyi. Her bir canlı türü, elinde kalan erzak kırıntılarını vermiş ve yan yana gelmez zannedilen bütün bu öteberinin karman çorman kullanımından işte bu müthiş karışım çıkmıştı ortaya. Nasıl pişirileceği belli olmakla birlikte, belirgin bir tarifi yok gibiydi. Her an bir şeyler daha eklenebilirdi içine. Bu yüzden böylesine farklıydı ötcki tatlılardan; onlarınki gibi sınırlı değildi malzemeleri, ne de katıydı ölçüleri. Yabancıların sokaklarından dışlanmadığı, sonradan gelenlerin çarçabuk yerlilerine karıştığı, kozmopolit bir şehir gibiydi aşure. Kısıtlı imkânlarla yaratılan sınırsızlık, yokluktan çıkan varsıllık, türlerin tükendiği yerde boy veren ilanihaye çeşitlilikti.

Karısı Nadya, bacakları morumtırak varisler ve kızılımsı kıllarla kaplı büyük halasına yazdığı mektupta, Türkiye'ye geldiğinden beri ne kadar değiştiğini, artık yemek yapmaya bolca zaman ayırdığını uzun uzun anlattıktan sonra, onun yemekler ile kutsal kitaptaki ayetler arasında kurduğu bağlantıya da yavaş yavaş hak vermeye başladığını ifade etmişti. Halası, hayli dindar ve bir o kadar da iyi bir aşçıydı. Hem zaten *"Göklerin Egemenliği, bir kadının alıp tüm hamuru kabartmak için üç ölçek una karıştırdığı mayaya benzer"* (Mar 4:33) olduğundan, hep gurur duyduğu bu iki özelliğinin aynı kapıya çıktığına inanırdı. Ailesi için pişirdiği yemekleri Tanrı'nın sofrasına koyar ve çocukları önlerindekileri silip süpürdükçe, doyan O imişçesine mutlu olurdu. "Yediğimiz her yemekte, Tanrı'nın bir buyruğu saklıdır," derdi. "Tabii şu amirlerinin takdirini çocuklarının şükranına yeğleyen, yuvalarını ihmal etmekle özgürleştiklerini zanneden dandini kadınların zamansızlıktan icat ettiği sallapati yemekler hariç!"

Karısı Nadya mektubunda, eğer yeryüzündeki tüm yiyecekler arasında İncil'de anlatılan Babil Kulesi'ne benzeyen bir şey varsa, bunun aşure olması gerektiğini anlatmıştı. Tıpkı Babil Kulesi'nde olduğu gibi, aşure tenceresinde de, başka zaman bir araya gelmeyen farklı farklı türler buluşup, kaynaşmadan karışmayı başarıyorlardı. Kuledeki işçiler nasıl birbirlerinin dillerinden anlamıyorlarsa, tenceredeki her bir malzeme de hem diğerleriyle birlikte ortak bir lezzet oluşturuyor, hem de kendi ayrıklığını koruyordu. Pişmiş aşureden çıkan incir, onca işlemden geçip, bunca zaman kaynamış olmasına rağmen hâlâ kendi tadını muhafaza ediyordu. Ateşin üzerinde tüm malzemeler hep bir ağızdan fokurduyordu, ama her biri kendi dilinde.

Öyleyse sürekli yeni malzemeler eklenebilirdi tarifine. Madem nohut konuluyordu, mısır da katılabilirdi mesela; incirin olduğu yerde erik de olabilirdi, ya da kayısının yanı sıra şeftali veya pirinçle beraber makarna taneleri... Karısı Nadya, Bonbon Palas'taki ilk aylarında kendi kendine pek de açıklayamadığı bir şevkle bu tür denemeler yapıp durmuştu. Ne var ki, her defasında Metin Çetin'in şiddetli tepkisine toslaya toslaya kısa zamanda örselenmişti cesareti. Efsane ne derse desin, iş uygulamaya gelince, son derece tutucu bir yiyecekti aşure. Öyle kolay kolay kabul etmiyordu yenilikleri. Üstelik ömrü boyunca hiç aşure yapmamış olan büyük halası da aynı fikirde olmalıydı ki, cevap mektubunda, İncil'deki ayetleri nasıl kafasına göre değiştiremezse, onlardan türeyen yiyeceklerin tarifleriyle de canının çektiği gibi oynayamayacağı uyarısında bulunma gereği duymuştu. Karısı Nadya da sonunda pes edip, aşurelerini tarifine uygun yapmaya başlamıştı; ama belki de aklı hâlâ o sonsuz çeşitlilikte olduğundan, sonuç bir türlü istediği gibi olmuyordu.

Ancak o gün, bir tek o uğursuz gün, nasıl olduysa yaptığı aşureden memnun kalmıştı. Tencereyi soğuması için kenara almış, buzlu camdan pembe kâseleri hazırlamış ve sabırsızlıkla kocasını beklemeye koyulmuştu. Artık nihayet bu işi kotardığını, Metin Çetin'in takdirini kazanacağını umuyordu. Ne var ki beklerken, ağır kokulu, kehribar çantanın her zamanki yerinde olmadığını fark etmişti. Bunun bir tek anlamı olabilirdi: Metin Çetin o akşam birinci işinden sonra, ikinci işine gidecekti. İkinci işinden dönmesi ise en iyi ihtimalle geceyarısını bulurdu. Aşuredeki başarısı Karısı Nadya'yı o kadar heyecanlandırmıştı ki, kocasının fikrini öğrenmek için o kadar bekleyemeyeceğini hissetti. Hiç yapmadığı bir şeyi yapmaya, Metin Çetin'in işyerine gidip, ona aşure götürmeye karar verdi.

Bu şehre geleli dört sene olduğu halde, İstanbul hâlâ koskoca bir muammaydı. O kadar az yerini görmüştü ki şehrin, ne yön biliyordu ne yordam. Cehaletinden cesaret aldı. Köprüyü geçip, Anadolu yakasındaki stüdyoya varması iki saatine mal olsa da, adresi bulmak ummadığı kadar kolay oldu. Girişte kimliğini bıraktı, danışmadaki görevliden bilgi aldı, asansöre bindi, beşinci kata çıktı, 505 nolu odanın önünde durdu ve içeriye baktı. Metin Çetin genç bir kadınla yan yana, diz dize oturmuş; bir elini kadının, utangaç bir yara gibi büzülmüş kayısı rengi, pürtüklü dizkapağının üzerine koymuş, öteki elinde tuttuğu ufacık fincanı çevire çevire, gözlerini devire devire kahve falına bakıyordu. Kadının falı iyi çıkmış olmalıydı ki, yanaklarında gamzeli gülücükler açmıştı. Ne var ki Karısı Nadya şaşkınlıktan büyüyen gözlerini kocasının üzerinden ayıramadığı için, kadına dikkatlice bakamadı. Onu böylesine allak bullak eden, tanık olduğu samimiyetten, uğradığı ihanetten ziyade, Metin Çetin'in yüzündeki kuş tüyü yastık yumuşaklığındaki ifadeydi. Öteki kadının varlığı, hatta kocasının onun dizini okşuyor olması bile bu sevecen ifade kadar korkunç görünmedi gözüne.

Şimdiye değin Metin Çetin'in yaptığı tüm haksızlıkları mazur görmüş; kıskançlıklarını, kabalıklarını ve hatta tokatlarını sineye çekerken, tüm bunları düşünmeden, dolayısıyla istemeden yaptığına inanmıştı. Evet kocası ona zaman zaman, yani sık sık, yani devamlı kötü davranıyordu ama başka türlü nasıl davranılacağını bilemediği için yapıyordu bunu. *Elinde olsa yapmazdı! Yapıyordu çünkü elinde değildi!* Kötü giden bir evliliği yürütmek, sağır bir tanrıya yakarmayı sürdürmek gibi, inatçı bir inançtan ziyade, inançlı bir inat meselesidir özünde. Sevdiğimiz insanın bizi hırpalamasına, hem de her seferinde aynı şekilde hırpalamasına, ancak ve ancak, başka türlü davranmasının elinde olmadığına inanmakta inat ettiğimiz ölçüde ve müddetçe katlanabiliriz.

"Aşk nörokimyasal bir düzenektir," derdi profesör Kandinsky. "Ve en sadık âşıklar da kuş beyinlidir. Eğer seneler sonra hâlâ kocasına körkütük âşık bir kadın görürsen, bil ki belleği tıpkı bir baştankaranın belleği gibi çalışıyor."

Profesör Kandinsky'ye göre, aşkın ölümsüz olabilmesi için, hafızanın ölümlü olması şarttı; daha doğrusu, tıpkı gece ile gündüz, ya da ilkbaharla sonbahar veya şu küçük, şirin baştankaraların hipokampuslarındaki nöronlar gibi ölüp ölüp dirilmeyi başarabilmesi. Beyinleri son derece basit, gövdeleri gayet dayanıksız olan bu kuşlar, yumurtalarını sakladıkları kovukları, kışın soğuğunu nasıl atlatacaklarını, nerelerden yiyecek bulacaklarını ve daha onlarca elzem bilgiyi hatırda tutmak zorundaydılar. Oysa hafızaları bunca bilgi kırıntısını barındıracak kadar geniş olmadığından, bildiklerini üst üste istifleyerek depolamaya çalışmak yerine, her sonbaharda toptan temizlik yaparlardı beyinlerinin kovuğunda. Böylelikle, tek bir belleğe inatla tutunmaktan ziyade, mevcut belleklerini yok edip, yenisini yaratabilmelerine borçluydular böylesine çetrefil şartlarda hâlâ hayatta kalabilmelerini. Evliliğe gelince, tıpkı doğada olduğu gibi, orada da yıllar boyunca aynı şeyleri yapabilmenin yolu, yıllar boyunca aynı şeyleri yapmakta olduğunu unutabilmekten geçiyordu. Bu sebepten, bellekleri zayıf, ilişkilerinin geçmişine dair tutanakları dağınık olanlar, bugünün berelerini daha kolay sararken; sürekli eski güzel günleri yadedip, sevdiklerinin geçmişteki hallerinin özlemini çekenler, bugünün düne benzemeyişini içlerine sindirmekte daha çok zorlanırlardı. Aşkın sihirli formülü, oynak ve ölümlü bir hafızaya sahip olmaktı.

Fakat Karısı Nadya, elinde iki kâse aşureyle kapıda dikilirken, kaybolmayan belleğindeki bilgilerin birer birer suyüzüne çıkmasına mani olamamıştı. Hatırlamıştı. Orada öylece durmuş kocasının bir başka kadınla nasıl fingirdeştiğini seyrederken, onun bir zamanlar kendisine nasıl da sevecen davrandığını, yani vaktiyle ne denli farklı bir mizaca sahip olduğunu hatırlamıştı. Ama daha da kötüsü, bunun geçmişte kalmadığını görmek; onun şimdi, şu anda, başkalarına karşı da nazik davrandığına, bambaşka bir adam olabildiğine, bambaşka olmanın *elinde olduğuna* tanıklık etmekti. Profesör Kandinsky olsa, gülüp geçerdi muhtemelen. Eski nöronları ortadan kaldırarak bellek yenileyebilmek şu küçümen baştankaralara özgü bir maharetti, evli barklı kadınlara değil.

Karısı Nadya içeriye doğru bir adım attı ve hiçbir şeyin farkında olmadan kıkır kıkır fal bakmayı sürdüren âşıkların üzerinde birkaç dakika kararsızca gezdirdiği bakışlarını, önce ikisinin, sonra salt kadının üzerine mıhladı. Aynı anda, vaktiyle yakından ilgilendiği, bilimselliği şaibeli kuramlardan birinin içinde buluverdi kendini. *Sizi görmeyen, hatta varlığınızın bile farkında olmayan bir insana dikkatlice bakmaya başlarsanız, bir süre sonra huzursuzlandığına ve ani bir hareketle dönüp onun da size baktığına tanık olursunuz.*

Ancak tam da öteki kadın kahve fincanının dibinden çekip çıkardığı bakışlarını kapıya çevirmek üzereyken, Metin Çetin durumu fark edip, telaşla ayağa fırladı. Mutlu mesut mayışmış bedenine böyle aniden söz geçirmekte zorlandığından, sersem sepelek birkaç adım atabildi ancak ve odanın tam ortasında pat diye durdu. Bir perde gibi araya gerilip iki kadının birbirlerini görmesini engellemeye çalışırken, ne yöne bakacağını, hangi tarafa hamle edeceğini şaşırdı. Bocaladıkça, aklı gibi yüzü de ikiye bölündü. Yüzünün yarısı, her zaman son derece nazik davrandığı sevgilisine yönelmiş gülümseyerek durumu idare etmeye çalışırken; yüzünün diğer yarısı, yıllardır kabalık etmeye alıştığı karısına somurtuyordu. Bu durumu daha fazla idare edemeyeceğini anladığında, pis kokulu, kehribar çantasıyla beraber karısını kaptığı gibi dışarı fırladı. O akşamki kavgaları her zamankinden daha beter değildi ama daha uzun sürdü. Karısı Nadya, daha önce çeşitli zamanlarda kocasının kendisini öldürmesinden korkmuştu ama şimdi ilk defa, kendisinin de onu öldürebileceğini hissetti ve sandığının aksine, bu his ona o kadar da korkunç gelmedi.

Korkunç olan, o kadın hakkında hiçbir şey bilmemekti. Ancak Metin Çetin'in çalıştığı stüdyoda hemen hemen kimseyi tanımadığı, o kadının da ismini cismini bilmediği için bu kıymetli bilgiyi edinmek sandığından zor oldu. İşin tuhaf yanı kendini ne kadar zorlarsa zorlasın, kadının yüzünü gözünün önüne getiremediğinden, onu kimselere tarif edemiyordu. Gene de yılmayıp, birbirinden girift, birbirinden desiseli onlarca plan yaparak, her seferinde yeni yeni bahaneler, başka başka isimler kullanmak suretiyle telefonlar açıp durdu stüdyoya. Bu şekilde bir sonuç edinemeyince, her gün dört saatini yollarda harcayıp, stüdyonun etrafında dolaşmaya başladı. Kocasının kendisini buralarda dolanırken gördüğü takdirde bacaklarını kıracağını biliyordu bilmesine de, bu tatsız ihtimal bile, çabalarını tırpanlayamadı.

"Psikofarmakolojinin insanlığa verdiği en büyük zarar, beyni takıntılarından arındırmayı kafaya takmış olmasıdır."

Profesör Kandinsky'ye göre, titizliğiyle gurur duyan, mülkiyetperver bir ev hanımı gibi çalışırdı insan beyni. Evine giren her şeyi anında sahiplenir, kurduğu düzeni olduğu gibi korumak için azami gayret sarfederdi. Ne var ki bu hiç de kolay değildi çünkü titizliğiyle gurur duyan, mülkiyetperver pek çok ev hanımı gibi beyin de, her biri ayrı bir düşünce bozukluğunun ismini taşıyan birtakım haşarı, huysuz ve huzursuz veletlere sahipti. Bu çocuklardan herhangi biri, emekleme çağına gelip de, elindeki kurabiyenin kırıntılarını oraya buraya saça saça bir o yana bir bu yana pıtır pıtır gidip gelmeye başlayınca, beyin bundan müthiş bir rahatsızlık duyar ve önce ortalığın dağılmasından, derken giderek, dirliğinin aksamasından endişe etmeye başlardı. İşte bu noktada, sahne sırasının geldiğinden gayet emin bir şekilde psikofarmakoloji girerdi devreye. Emekleyen çocuğu durdurmaya çalışır; kimi zaman bunu başarır, başaramadığında da kulağından tuttuğu gibi kapının önüne koyardı. *Kontrolsüz hareketliliği kontrol edebilmek mi istiyorsun, hepten durdur hareketi! Düşüncelerinin verebileceği ziyanı önlemek için, düşünemez duruma getir hastanı.* Yüzlerce ilaç, onlarca yöntem hep bunu amaçlamıştı. Lobotomiyi keşfeden doktora Nobel'i layık gören tıp dünyası, kulak tırmalayan çığlıkları susturabilmek için mutlak sessizliği sağlamaya çalışmış; asabi ama son tahlilde sevecen bir anne olan beynin elinden çocuklarını alarak, yaşamın karşısında ölümü kutsamıştı. Profesör Kandinsky'ye göre, insanın takıntılarından asla büsbütün kurtulamayacağını, bunu yapmaya kalkarken verilen zararın, sağlanacak yarardan katbekat fazla olacağını baştan kabullenmekte sonsuz hayır vardı. Beynin evine girip, onun mekânında, onun kurallarıyla oynamak gerektiği doğruydu ama hareketliliği baltalamadan ve onun olanı, elinden almaya kalkmadan.

Düzeninin bozulmasına tahammülü yoktu beynin. Gene de, evinde birden fazla oda, içinde birden fazla bellek olduğu için, neyi nereye koyduğunu karıştırabilirdi pekâlâ. Beş çekmeceli komodinin en üst çekmecesinde iç çamaşırları dururdu mesela, bir alttaki çekmecede katlanmış havlular, onun da altında yıkanmış çarşaflar. Her takıntının yeri belliydi önceden. Bir şekilde edinmiş bulunduğu herhangi bir takıntıyı, sırf artık kullanmak istemediği için durup dururken yok etmeye kalkışmamalıydı insan, ama çekmecesinden çıkartıp, bir üste koyabilirdi bilinçli bir dalgınlıkla ve bilimin yardımıyla. Ne de olsa titizliğiyle gurur duyan mülkiyetperver bir ev hanımıydı beyin. Gelir ve muhakkak dördüncü çekmecede arardı havlusunu. Beşinci çekmeceye bakmak aklına gelmezdi çünkü oraya sadece iç çamaşırlarını koyduğunu bilirdi. *Frontal lobdan çıkardığın havluları özenle katla ve subkortikal merkezlere bırak. Takıntılarını ortadan kaldırmaya çalışma. Çünkü bu mümkün değildir. Sen sadece onları bulamayacağın yerlere koy yeter. Yanlış çekmeceye kaldır. Bırak orada kalsınlar. Unutacaksın. Bir gün başka bir şey ararken, tesadüfen yeniden buluncaya değin...*

Ne var ki Karısı Nadya, sevgili profesörünün mezarında kemiklerini sızlattığını bile bile, takıntısını ait olduğu çekmeceden çıkarıp başka bir yere kaldırmaya yanaşmadı. Takip eden günler boyunca defalarca arayıp, saatlerce göz hapsinde tuttu kocasının çalıştığı stüdyoyu. Ve en nihayetinde bir gün pat diye, peşine düştüğü kadın çıktı telefonlarından birine. Karısı Nadya, kadının yüzünü gördüğü halde hatırlayamazken, duymadığı halde tanımıştı sesini. "Buyrun, nasıl yardımcı olabilirim?" dedi beriki gayet nazikane. "Kimsiniz?" diye bağırdı Karısı Nadya öfkeden arınmış ama alabildiğine şirret bir sesle. Öyle ani ve haşin çıkmıştı ki bu soru, karşıdaki boş bulunup ismini söyledi. Çünkü kimlik de bir nevi refleks gibidir. İnsanların yüzde sekseni kim oldukları sorulduğunda, "esas sen kimsin?" diye cevap vermeden önce, boş bulunup kendilerini tanıtır. Kadın ismini söyler söylemez, çat diye telefonu suratına kapattı Karısı Nadya. Bir kez rakibesinin çalıştığı kurumla beraber ismini de bildikten sonra, daha fazlasını öğrenmek hiç de zor olmadı. Araştırmalarını ilerlettiğinde, "o kadın" hakkında iki mühim bilgi salkımı tutuyordu ellerinde. Bir: tıpkı Metin Çetin gibi seslendirme yapıyordu. İki: özel kanallardan birinde yeni gösterilmeye başlanan, Tutku Zakkumu isminde bir dizinin başrol oyuncusunu seslendiriyordu.

Karısı Nadya ertesi akşam haberlerden önce, kumaşını değiştirmeyi devamlı ertelediği eflatun zemin üzerine bordo çiçekli kanapeye oturdu ve Tutku Zakkumu'nun bir bölümünü başından sonuna kadar kıpırdamadan izledi. Bittiğinde, diziden nefret etmişti. Konu o kadar saçma, diyaloglar öylesine abuktu ki, sanki oyuncular bile acı çekiyordu rollerini yaparken. Ne var ki, ertesi gün aynı saatte, televizyonun karşısındaydı gene. O andan itibaren de, geçen her gün, biten her bölüm, diziye karşı ilgisi değilse bile bağlılığı kademe kademe arttı. Ev kadınlarının pembe dizi bağımlılıkları üzerine araştırma yapan akademisyenler bu noktayı sık sık gözden kaçırsalar da, pembe dizi seyretmek için birden fazla ve hiç hesapta olmayan sebepler vardır. Karısı Nadya da Tutku Zakkumu'nun müdavimi olmuştu. Zamanla bu berbat dizi hayatında öyle önemli bir yer kaplamaya başladı ki, cuma ile pazartesi arasında Tutku Zakkumu'nun yayımlanmadığı o iki günlük boşluğa tahammül edemez oldu. Diziye olan takıntısını sorgulamıyor, buradan başka yerlere varmaya çalışmıyor, sadece ve öylesine seyrediyordu. Ve aylar sonra şimdi seksen yedinci bölümü izlerken, Loretta'nın sesiyle suretinin birbirine karışmasına mani olamıyordu.

Hayatta tatminkâr başarısızlıklar diye bir şey yoktu ama işte tatminsiz başarılar vardı, hem de pek çok. Kendisinin hem tatminsiz, hem başarılı olduğunu söylerdi profesör Kandinsky. Hem başarılı, hem tatminkâr olanlara göre daha iyi bir konumda sayılabileceğini de eklerdi. Zira bu ancak aptallara ya da aşırı talihlilere özgü bir durumdu. Talihin aşırısı da insanı eninde sonunda aptallaştırdığından, sonuç aynı kapıya çıkardı. Ama ömrünün son deminde, profesör de başarısızlığı tatmak durumunda kalmıştı. Tatminsizliğinin de, başarısızlığının da sebebi birdi: dört senedir üzerinde çalıştığı "eşik atlayan türler" projesi. Kendilerini yok edecek bir felaketle karşılaştıklarında topyekûn telef olan böcekler, bu tehditlere karşı bağışıklık kazanmak hususunda şaşılası bir yetiye de sahiptiler. 1946'larda yalnızca iki tür insektisitlere karşı dirençlilik sahibi iken, yüzyıl sonunda yüzden fazla tür aynı insektisitlere karşı direnç kazanmış durumdaydı. Üzerlerinde denenen kimyasalların formülünü çözebilen kimi türler, atladıkları her eşikle, kendilerinden bir önceki kuşakları imha eden zehirlerden etkilenmemeyi başararak, yeni ırklar ortaya çıkarıyorlardı uzun vadede. Profesör Kandinsky'ye göre esas mesele böceklerin bu bilgiye nasıl eriştiklerini keşfetmekten ziyade, bilginin bir bütün olduğunu görebilmekti. Sosyal bilimlerle fen bilimlerini yekpare bir bütün addeden Aydınlanmacıların içinde ukde kalan düsturların birer birer gerçekleşeceği yüzyıl daha yeni geliyordu; felaketleriyle birlikte. İnsanlar da eşik atlayacaklardı. Ama dindarların düşündüğü gibi Tanrı'nın sevgili kulları ya da rasyonalistlerin inandığı kadar akli yetiye sahip oldukları için değil de, tanrıyla ve böceklerle aynı bilgi çemberine hüküm giydikleri için. Böceklerin yaşamlarının toplumsallığı ile insan uygarlıklarının içgüdüselliği aynı kavi kuşakla birbirine raptedilmişti: sosyobiyoloji. Bu sebepten, ne sanatçılar sanıldığı kadar yaratıcıydı, ne de doğa zenaattan uzak. Hamamböcekleri ile yazarlar, aynı bilgi ve sezgi havuzundan su çekerek hayatta kalıyorlardı, kalabildikleri zaman.

"İlk sayfasını dahi okuduklarından şüpheliyim," demişti profesör Kandinsky raporunun reddedildiğini öğrendiğinde. Ölümünden bir hafta önceydi. Birlikte çalıştıkları laboratuvarın genellikle kullanılmayan çıkış kapısının basamaklarında yan yana oturmuşlardı. Burası çeşitli yaş gruplarından, ülkenin öndegelen ya da gelecek vaat eden biyologlarının günde on üç saat düzenli olarak çalıştıkları devasa bir binaydı. Ancak üç katı yerin altına yapıldığı için, uzaktan bakıldığında ne denli büyük olduğu anlaşılamıyordu. Seçilmişlik duygusu insanları birbirine yakınlaştırdığından, içeride herkes birbirine karşı son derece nazikti. Bir tek profesör Kandinsky, bir tek o, havada uçuşan nezaket zerreciklerinden etkilenmez, kimseye güleryüz göstermediği gibi, mecbur kalmadıkça da ağzını açmazdı. Dokuz senedir asistanlığını yapan ve çalışkanlığıyla olduğu kadar itaatkârlığıyla da güvenini kazanan Nadya Onissimovna dışında kimseye tahammülü yoktu. Aksi ve ketumdu; bedbin ve sabırsız. Nadya Onissimovna onun aslında göründüğü kadar hırçın olmadığına, senelerdir gece gündüz elektrik yüklü deneyler yapa yapa sinir küpüne döndüğüne inanırdı içten içe. Daha o zamandan başlamıştı sevdiklerinin kabalıklarına onlar adına özürler bulmaya.

"Bana ne yaptıklarının farkında bile değiller! Başarısızlık benim bilmediğim bir virüs, buna karşı direncim yok."

İleride, laboratuvarın geniş sahasını çevreleyen gri duvarların dibinde iki güvenlik görevlisi sigara içiyorlardı. Rüzgâr öyle şiddetli esiyordu ki, sigaralarının dumanları bir saniye bile asılı kalamıyordu havada.

"Bazı geceler böceklerin bana güldüklerini duyuyorum. Ama onları göremiyorum. Rüyalarımda bomboş evlerin kilerlerinde geziniyorum. Şimşek düşmeden, silahlar patlamadan, zelzele olmadan önce, felaketlere ramak kala kaçmayı başarıyorlar. Ordular halinde göç ediyorlar. Şimdi, şu anda biz konuşurken bile onlar yakınlarda bir yerlerdeler. Hiç durmuyorlar."

Bir hafta sonra ölü bulunmuştu evinde; basit bir dalgınlık, sıradan bir elektrik kaçağı... Nadya Onissimovna onun hep en doğru zamanda öldüğünü düşünürdü. İyi ki görmemişti laboratuvarın başına gelenleri. Önce maddi kısıtlamalar yüzünden deneyler durdurulmuş, derken pek çok kişi işten çıkarılmıştı. Nadya Onissimovna da bu alt üst oluştan nasibini almıştı. Metin Çetin ile tanıştığında sekiz aydır işsizdi.

Metin Çetin tam bir baş belasıydı. Bir kadının âşık olmayı isteyeceği en son tiplerden biri. Ama Nadya Omissimovna erkekler konusunda o kadar tecrübesizdi ki, onunla saatlerce oturduktan sonra bile bir kadının âşık olmayı isteyeceği en son tiplerden biri ile karşı karşıya olduğunun farkına varamadı. Zaten o gece, ilk defa adımını attığı diskoteğin akla ziyan büyüklüğünden, cüretkâr kalabalığından ve dinmeyen gümbürtüsünden sersemlemiş, içtiği içkilerden içi dışına çıkmışken, pek bir şeyin farkına varabilecek durumda değildi. Tesadüfen oradaydı, bir kız arkadaşının zoruyla ve akşamın sonunda ondan borç alabileceği umuduyla buraya sürüklenmişti. Metin Çetin, İstanbul'dan gelen bir grup işadamının arasındaydı. Karşılaşmalarının onuncu dakikasında, Nadya Onissimovna neler olup bittiğini anlayamadan masalar birleşmiş, tanımadığı bu erkeklere tanımadığı kadınlar eklenmiş, gırla içki ısmarlanmıştı. Herkes eğlenirken ve olur olmadık her şeye gülerken, o bir kenarda endişeyle büzülmüş ve ömründe içmediği kadar içmişti. Biraz sonra, masadaki herkes ikişer ikişer dans pistine fırladığında, esmer bir erkeğin tıpkı kendisi gibi sıkıntıyla oturmaya devam ettiğini gördü. Ona gülümsedi. O da ona gülümsedi. İkisi de bu gülümsemelerden cesaret alarak birbirlerine bir şeyler söyledi. İkisinin de İngilizcesi felaketti. Ne var ki İngilizce, dünyada, konuşulamadığı zaman bile, az biraz gayretle konuşulabileceği kanısını uyandırmayı başaran tek dildir. Takip eden dört saat boyunca Nadya Onissimovna ile Metin Çetin, aradıkları kelimelerin bir yerlerden zuhur etmesini umarcasına gözlerini sık sık yanlarına yörelerine devirerek, ikide bir parmaklarını şıklatıp elleriyle havada hayali resimler canlandırarak, deste deste peçetenin üzerini anlaşılmaz karalamalarla doldurup birbirlerinin avuçlarına, kollarına semboller çizerek, tıkandıkça kıkırdayıp, kıkırdadıkça açılarak ve mütemadiyen kafalarını sallayıp, gözlerini iri iri açarak, uzun uzun sohbet ettiler.

* * *

"Bir Türk'le evleneceğime, her sabah aç karnına, tıka basa dolu bir kül tablası yalamayı tercih ederim."

"Yalayabilirsin," dedi Nadya Onissimovna hınzırca. *"İnsanı kirleten ağzına giren değildir. Ağzından çıkandır insanı kirleten."*

"İsa'nın öğretilerini, o meymenetsiz profesörünün vecizeleri gibi ulu orta saçma mutfağımda," dedi halası, deminden beri yeşilimtırak çorbanın içinde ağır ağır çevirdiği kepçeyi dudaklarına götürmeden önce üflerken.

"Onlar hakkında hiçbir şey bilmiyorsun," diye mırıldandı Nadya Onissimovna omuzlarını silkerek. "Sadece önyargılar..."

"Emin ol, bilmem gerekenleri biliyorum tatlım," dedi halası. Parmaklarının arasına aldığı tuzu, iç içe daireler çizerek serpti tencereye. "En güzel yıllarını, kimseye hayrı dokunmayan kaçıklarla bir olup karınca kovalamakla harcamasaydın, benim bildiklerimi sen de biliyor olurdun." Ocağın yanına bir tabure çekip, bileziklerini şıngırdata şıngırdata çorbayı karıştırmaya devam etti. Varis ağrıları yüzünden on dakikadan fazla ayakta duramıyordu. "Türklerin şarap içmediğini biliyorsundur en azından," dedi bunalmış bir ifadeyle. Ama bahsettiği konudan ötürü mü, yoksa çorba hâlâ fokurdamadığı için mi bunaldığını kestirmek zordu.

Nadya Onissimovna, müstakbel eşinin diskotekte viskiler, biralar ve votkalar devirdiğini şişire şişire anlatarak savunmaya geçti. Ama onun, tüm bunları üst üste içmek gibi bir basiretsizlik yaptığından söz etmedi.

"Viski başka. Şarap içiyorlar mı, ondan haber ver. İçmiyorlar! Zavegorod'u alır almaz ilk iş gidip Bilge Leon'un çeşmesini harap etmezlerdi yoksa. Tam üç yüzyıldır şırıl şırıl şarap akıtan çeşme, Türklerin eline geçer geçmez yerle bir oldu. Ne diye yıktılar canım çeşmeyi? Su yerine şarap akıtıyor diye. Baltalarla yıktılar duvarını. Gafiller! Sandılar ki fıçı fıçı şarap dolu bir mahzen var o duvarın arkasında. Ama çıka çıka ne çıktı biliyor musun? Bir salkım üzüm. İyi dinle Nadya, bir salkım üzüm diyorum sana. Hem de sadece üç üzüm tanesi ezilmiş içinden. Meğer tek bir üzüm tanesiyle tam yüzyıl boyunca şarap akıtırmış çeşme. Bunlar ne yaptılar? Duvarları yıktılar, çeşmeyi kırdılar, üzüm salkımını bile parçaladılar. Şaraba saygıları yok, kutsal olan şeylere saygıları yok, bilgelere saygıları yok." Kepçeyi yeğenine doğru salladı. "Kadınlara zaten saygıları yok."

* * *

Nadya Onissimovna İstanbul'a gelirken, kendisini bekleyen ortam hakkında hiç hayal kurmamıştı. Buna rağmen, Bonbon Palas'a vardığında ufak çapta bir hayalkırıklığı yaşadı. Bundan sonra yaşayacağı apartman, şimdiye değin oturduklarından daha eski ya da daha harap filan değildi. Tam tersine, üç aşağı beş yukarı aynıydı. Mesele de buydu zaten, bu aynılık. Çünkü yerleşmek üzere yeni, yepyeni bir yere gidip de, eski hayatının solgun çehresiyle karşılaşmak orada, hayalkırıklığı yaratır insanda. Üstelik ne düşlediği gibi bir kumsal vardı yakınlarda, ne de kollarını açıp, yabancı bir kadın böcekbilimciyi bekleyen bir iş. Ama sorunlar bununla bitmiyordu. Esas dert kaynağı, Metin Çetin'in kendisiydi. Bir kere feci şekilde yalan söylemişti. Doğru dürüst bir işi bile yoktu. Televizyon kanallarına, düzensiz aralıklarla ufak tefek seslendirmeler yaparak sağlıyordu geçimini. Zaman zaman da zenginlerin nişanlarına düğünlerine, sünnetlerine, yaşgünlerine gidip çoluğa çocuğa Karagöz oynatıyordu. Pis kokulu Karagöz kuklalarını kehribar çantasında saklıyordu. Ama zaten son zamanlarda Bonbon Palas o kadar rezil kokmaya başlamıştı ki, artık bu çantadan yayılan deri kokusu, apartmanı saran çöp kokusunun yanında devede kulak kalıyordu.

Tüm bunların üstüne, Karısı Nadya, halasının da fena halde yanıldığını görecekti kısa zamanda. Metin Çetin, Bilge Leon'un efsunlu üzüm tanelerinin bile yetişemeyeceği miktarlarda ucuz şarap tüketiyordu. İçkiliyken son derece asabi olduğu gibi, işlerini de aksatıyordu mütemadiyen. Seslendirme yaparken elindeki metni ya da kimi seslendirdiğini unutuyor; Karagöz oynatırken kuklalarını saçma sapan, küfürlü argolu konuşturup, ortalığı karıştırıyordu. Gittiği düğünlerde, bir yandan hayal perdesini kurup kuklalarını oynatırken, bir yandan da, bulduğu tüm içkileri lıkır lıkır götürdüğünden, günün sonunda muhakkak bir tatsızlık çıkarmış oluyordu. Bir seferinde, tüm davetlilerin önünde, aslen son derece utangaç tabiatlı olan damada Hacivat'ın ağzından müstehcen imalarda bulunduğu için yaka paça kovulmuştu. Rezaletlerine tanık olanlar ona bir daha iş vermeye yanaşmadığından, kendisine sürekli yeni iş bağlantıları bulmak zorunda kalıyordu.

Gene de geri dönmedi. Burada kaldı, Bonbon Palas'ta. Önceleri geçici olarak, uygun bir iş buluncaya kadar yapacağını sandığı ev hanımlığını nasıl olup da bu kadar kısa zamanda benimseyebildiğini kendi de bilmiyordu. Bir gün eve gelen bir düğün davetiyesinin üzerindeki yazıya takıldı. *Metin Çetin ve Karısı Nadya'nın bu mutlu günümüzde aramızda olmalarını dileriz.* Boş gözlerle baktı düğün davetiyesine. Nadya Onissimovna değil, Nadya Çetin de değil, Karısı Nadya olduğunu ilk o zaman fark etti. Bu küçük tespitten etkilendi ama gene de hayatında herhangi bir değişiklik yapmaya teşebbüs etmedi. Nicedir fotokopiyle çoğaltılmışçasına birbirine benziyordu günler. Yemek yapıyor, evi temizliyor, televizyon izliyor, eski fotoğraflara bakıyor ve sıkıldığında, diğer ev hanımlarının pek bilmediği bir şeyi yapıyordu: fişe takmadan yanan patates lambaları. Profesör Kandinsky de, "eşik atlayan türler" projesi de, bir başka yaşamda kalmışlardı.

"Niçin geçmişimi hatırlayamıyorum? Keşke kim olduğumu bilebilsem. Niçin hatırlayamıyorum, niçin?" diye inledi Loretta saçlarının arasına iliştirdiği papatyayı elinde evirip çevirirken.

"Yanlış çekmeceye bakıyorsun hayatım. Bir alttakine bak, bir alttakine!" diye bağırdı Karısı Nadya, ekranda gördüğü hareketi tekrarladığının farkında olmadan, yeni yaptığı patates lambasını elinde evirip çevirerek. Birden bir tıkırtı duydu kapıda. Geliyordu. Erkenciydi bugün. Muhtemelen bir şeyler yiyip biraz kestirecek, sonra akşama doğru pis kokulu koca çantasını alıp tekrar çıkacaktı. Ne zaman gelip, ne zaman gideceği belli olmazdı. Ama saat kaçta gelirse gelsin, asla zili çalmaz, pat diye kapıyı açıp içeri dalardı. Anahtar kapıda dönerken, Karısı Nadya çevik bir hareketle kumanda aletini kavrayıp, son anda kanalı değiştirdi. Kapı açılıp Metin Çetin eşikte belirdiğinde, Loretta'nın yerini bir yemek programı almıştı. Geniş alınlı, ablak suratlı, bıyıklı bir kadın, fırından çıkardığı ıspanaklı gratenin tadına bakıyordu.

I NUMARA: MUSA, MERYEM, MUHAMMET

Kulağı kapıda Muhammet'in dönmesini beklerken, gamzeli kollarıyla şişkin karnına sarılıp derin derin iç geçirdi Meryem. Bugün de oğlunu okula göndermeyi başarmıştı. Başarmıştı ya, kimbilir gene ne halde dönecekti. İlk başlarda eve gelir gelmez o gün okulda olan biten her şeyi uzun uzun anlatırdı Muhammet, iyisiyle kötüsüyle. Zamanla suskunlaşmış, bir şey anlatmaz olmuştu. Artık ürkmüş gözlerinden, dikişleri sökülmüş, düğmeleri kopmuş önlüğünden, oradan oraya zıplayan parlak morumtırak ışık halkaları gibi kâh kollarında, kâh çenesinde şakağında, kâh gözünün etrafında bitiveren çürüklerden dinliyordu Meryem, oğlunun dile getiremediklerini. Dinledikçe içi eriyordu. İster çocuk olsun, ister yetişkin, şu dünyada kimsenin oğluna el kaldırmasına dayanamazdı; hem, daha babası bile bir fiske vurmamıştı ona. Bir tek Meryem, bir tek o, zaman zaman sinirlerine hâkim olamadığında Yaradan'a sığınıp birkaç tokat aşkeder, ara sıra da etlerini çimdirirdi ama bu başka o başkaydı. Hem başkalarının onu hırpaladığını anladığından bu yana, Meryem'in de eli oğluna kalkmaz olmuştu. Elalemin çocuklarının tek evladını paraladıklarını düşündükçe aklı başından gidiyordu. Önceleri meselenin çocuklar arasında basit bir itiş kakış olduğunu sanmıştı ama aradan haftalar, hatta aylar geçtiği halde bir türlü gelmiyordu bu eziyetin ardı arkası. Oğlunun, yaşıtlarınca hırpalanıyor oluşundan ziyade, hırpalanmayı kanıksamaya başladığına tanıklık etmekti Meryem'i çileden çıkaran.

Muhammet'in niçin arkadaşları tarafından sürekli itilip kakıldığını anlamakta güçlük çekiyordu. Mesele kapıcı çocuğu olması olamazdı; civarda oturan ve aynı mesleği yapan hısım akrabanın ağzını yoklamış, onların çocuklarının başlarında böyle bir musibetin olmadığını, mutlu mesut okullarına gidip geldiklerini anlamıştı. Geriye ne kalıyordu ki? Diğer çocuklardan ne daha şişman, ne daha çirkin, ne daha aptaldı Muhammet. Neden bir türlü beceremiyordu kötülerle baş etmesini? Şişkin karnına baktı umutsuz gözlerle. Aradığı cevabın, burnunun dibinde durduğunu biliyordu bal gibi: Musa yüzünden. Kan çeker derler ya, çekmişti işte. Muhammet, babasının oğluydu; vur ensesine al lokmasını. Anasının görkemli iriliğinin gölgesi bile düşmemişti üzerine: ufak tefek, bastıbacak, kara kuruydu. Yıllardır çocuğa neredeyse günde beş öğün tıka basa, ite kaka zorla yemek ve tüm itirazlarına rağmen her sabah muhakkak bir adet rafadan yumurta yedirmesine rağmen, sonuç değişmemişti: doğru dürüst kilo almadığı gibi, boyu da o kadar az uzamıştı ki, en az iki yaş küçük gösteriyordu. Gerçi Muhammet hep böyle bidilikti bidilik olmasına da, kendi evinin sınırları içindeyken, olduğundan büyük görünen kalıbı, yaşıtlarının alaylı bakışlarından örülmüş bir duvara toslaya toslaya, fena halde ufalmış, ufalanmıştı ilkokula başladığından bu yana. Asla yetişemeyeceği bir hızla boy atacağı varsayılarak iki beden büyük diktirilmiş önlüğünü giyip, gövdesinin üst kısmından daha enli olan çantasını sırtladığında neredeyse yerle yeksan olacak kadar küçüldüğünden, onu her gören Meryem'e çatıyor, çocuğu okula başlatmakta niçin bu kadar acele ettiklerini soruyordu. Yaşıtlarıyla yan yana geldiğinde durum daha da vahimleşiyor, üzerine büyüteç tutulmuşçasına katbekat büyüyordu Muhammet'in minyonluğu. Sınıfındaki en küçük çocuk oydu ve tabii bütün okuldaki en küçük çocuk da. Sade bununla kalsa Meryem belki gene de meseleyi fazla büyütmez; çam yarması, goril kırması gibi güçlü kuvvetli, sultan kayığı gibi heybetli, taşı sıksa suyunu çıkaran-tuttuğunu koparan-baktığını titreten ama yüreğiciği bir o kadar yufka ve ileride yaşlandığında anasını koluna takıp gezdirecek denli hayırlı oğul özleminin üzerini sessizce yamardı. Ne var ki Muhammet, cüssesi itibariyle annesinin değil de babasının oğlu olduğunu ispatlamakla yetinmemiş, bir de yakın zamanlarda aynı Musa'nın huylarına benzer yeni yeni huylar edinmişti. Doğduğu günden okula başladığı güne kadar, annesinin yanından bir an bile ayrılmadığı, baba diye devamlı uyuyan ve gün geçtikçe giderek daha çok uyuyan bir adamdan başka bir şey görmediği halde, annesinin kanatlarının altından çıkıp da cemiyete karışır karışmaz, onca insan içinde huylarına özenecek başka birini bulamamış gibi, gidip babasına çekmişti. Meryem'in canının bu kadar sıkılmasının esas sebebi buydu. Zira Meryem'e göre, şayet Musa şu koca şehirde başını sokacak bir ev, karnını doyuracak bir iş bulabilmişse, onun sayesinde olmuştu bu. Yıllardan beri Musa kendini karısının ellerine teslim ettiği, daha doğrusu kendini karısının ellerine teslim etmekten başka çaresi olmadığı için, ayakta durabilmişti. Peki ya Muhammet bu kadar talihli olmazsa? Ya hayat, bir başka Meryem çıkarmazsa karşısına? O zaman, mümkünü yok tutunamazdı bu şehirde. Şimdi yaşıtlarından yediği sille tokadın âlâsını yedirtirdi ona İstanbul.

Dalgın dalgın dişlerini gıcırdattı. Artık nadiren yapıyordu bunu, sadece canı sıkıldığında ya da kafası adamakıllı karıştığında. Oysa geçmişte, henüz küçük bir kızken, geceleri dişlerini o kadar çok gıcırdatırdı ki, çıkardığı seslerle evdekileri uykularından ederdi. Anneannesinin annesi hayattaydı o zamanlar. O kadar yaşlıydı ki, merak denilen illetten, acelecilik derdinden büsbütün arınmıştı lağarlaşmış vücudu. Kadıncağız bir gün Meryem'i karşısına almış ve ona ancak sabretmeyi öğrendiğinde dişlerini rahat bırakacağını, aksi takdirde kimseye hayrı dokunmayacağını, bugün nasıl herkesin uykusunu kaçırıyorsa, yarın da herkesin huzurunu kaçıracağını söylemişti. Sabretmeyi öğrenmenin ilk adımı bir adet *Sabır Çuvalı*'nı doldurabilmekti. Bunun için öncelikle boş bir çuval edinmek, sonra da bunu bir direğin ya da sopanın ucuna bayrak gibi yanlamasına bağlayıp yüksekçe bir yere bırakmak gerekiyordu. O sıralarda en fazla Muhammet'in yaşında olan Meryem kendisine söylenenleri büyük bir dikkatle dinlemiş ve hiç vakit kaybetmeden, bahçelerindeki kömürlüğün damına çıkıp güçbela dikebildiği süpürgenin sapına boş bir çuval asmıştı. Rüzgâr estikçe çuvalın açık ağzından içeri bir şeyler bırakacaktı muhakkak; böyle böyle, usul usul dolacaktı çuval. Meryem'in yapması gereken tek şey, hiçbir şey yapmadan beklemek ve beklerken, neyi beklediğini aklından çıkarmamaktı. Buna "sabretmek," deniyordu.

Oysa Meryem tez canlı, delişmen kanlıydı çocukluğunda, tıpkı şimdi olduğu gibi. Herhangi bir mesele aklının çengeline takılmayagörsün, bir an evvel sonuca ulaşmak için ne yapar, ne eder ama muhakkak *bir şey* yapıp, *bir şey* ederdi. Sabır Çuvalı'nın dolması hadisesinde de farklı davranmamıştı. Artık her sabah ilk iş merdiveni dayayıp çuvalı kontrol ediyor, her seferinde hüsranla aşağı iniyordu. Gündüz yapamadıklarını rüyalarına sakladığından, uykularında sabahlara kadar kova kova, kürek kürek toprak taşıyarak çuval üstüne çuval dolduruyordu. Bu esnada dişlerini eskisinden daha da beter gıcırdattığından, gece denilen zaman dilimi bir tek ona mübah, onun dışındaki tüm ev ahalisine haram olmuştu. Anneannesinin annesi pişman, anneannesi şaşkın, annesi kızgındı. Üçü de Eyüp denen bir peygamberden bahsediyordu mütemadiyen.

Bir gün dayanamayıp, "iyi de ne zamana kadar?" diye ciyak ciyak bağırmıştı Meryem. "Dolana kadar," demişti anneannesinin annesi; "olana kadar," demişti anneannesi; "insanlar olana, çuvallar dolana kadar beklemeyi bilmek gerek," diye toparlamıştı annesi... Ne kadar bekleyeceğini bilmeden beklemek... Bu öğütten pek bir şey anlamayan, anladığı kadarından da hazzetmeyen Meryem, burnunun dikinden başka hiçbir şeyi rehber bellememeye karar vermişti içinden. Bu arada, bir türlü bir yere varamayan bu çuval muhabbeti yüzünden sinirleri tel tel tarazlanan ve evdeki dört kuşak dişiden de yaka silken babasının bir öfke nöbeti esnasında bağıra çağıra tahta merdiveni parçalaması bile büyüklerine itaat, hadiselere tevekkül göstermeye teşvik edememişti Meryem'i. Epi topu iki hafta dayanabilmişti kömürlüğün üzerine tırmanıp çuvala bakmadan ve aşağı inip çuvalın ne zaman dolacağını sormadan. İki hafta sonra, evde kimsenin olmadığı bir esnada, mutfak masasını bahçeye taşıyıp, üzerine bir sandalye koyarak, mucize eseri bir yerini kırmadan kömürlüğün üzerine zıplayıvermiş, koşa koşa kafasını sokmuştu çuvalın içine. Ve işte o zaman sabretmenin sonucunu görmüştü: kuru yapraklar, dikenli çalılar, kırık dal parçaları ve iki kelebek ölüsü... Buydu sabredenlerin mükâfatı. Ya bir avuç çer çöp ya da Eyüp'ün cılk yaraları...

Buraya kadar. O günden sonra çuvalı gözetlemeyi bırakmış ve zamanla tamamen aklından çıkarmıştı. Beklemek ona göre değildi; hem de ne kadar bekleyeceğini bilmeden beklemek mizacına tamamen tersti. Öyle olmasa Musa ile evlenmez, talipleri içinde en beğendiği İsa'nın İstanbul'dan dönmesini beklerdi. Ama İsa'nın İstanbul'dan dönmesini beklemek yerine, bizzat kendisi gelip İstanbul'u görmeye karar vermiş, bunun için Musa ile evlenmiş, onu da beraber İstanbul'a gitmeye ikna etmişti. Gelmesine gelmişlerdi de, işler hiç de umduğu gibi gitmemişti akabinde. Musa'nın bu şehirle baş edemeyeceğini anladığında, anneannesinin annesinin Sabır Çuvalı'nı hatırlamıştı Meryem, bunca yıldan sonra. Beklemeyecekti. Rüzgârın esmesini, çuvalın dolmasını, Musa'nın pişmesini, şansının yaver gidip de hayatın avuçlarına bir iki kelebek ölüsü, birkaç çer çöp bırakmasını beklemek yerine, kimseden medet ummadan her işini kendi görecekti. Böylece, İstanbul'a geldikten sonra Boğaz'ın suları gibi iki ters akıntıya dönüşmüştü Musa ile Meryem. Karısının çalışkanlığı, girişkenliği ve azmi Musa'nın üzerinde dondurucu bir etki bırakmış; onu giderek daha yılgın, daha tembel, daha kötümser kılmıştı. Üstelik ruh hallerindeki bu tezat, görünümlerine de birebir yansımıştı. Zaten uzun boylu, iri kemikli olan Meryem, her geçen gün biraz daha kilo alıp irileşirken, Musa yanlış programda yıkanmış el örgüsü kazak gibi çekivermişti.

Meryem'in kocasından bir şey beklediği yoktu. Kendi işini kendi görürdü ve zaten uzun zamandır Musa'nın işlerini de kendi vazifesi bellemiş bulunuyordu. Her akşam, çöp kamyonunun gelmesine yarım saat kala dairelerin çöplerini toplar, sabahları da ekmeğini gazetesini dağıtırdı. Sabahki faslı erkenden yapardı ki Muhammet'le didişmeye ve kahve falına vakit kalsın. Kahvesini içmeden katiyen çalışmaya başlamaz, başladığı zaman da kolay kolay durmazdı. Bonbon Palas'ta beş ayrı eve temizliğe gidiyordu. Hafta içi her gün birine. Hamileliğinin beşinci ayına girmesine rağmen, faaliyetler toplamından eksilen bir şey yoktu. Sadece artık biraz daha ağır inip çıkıyordu merdivenleri. Tıpkı kiloları gibiydi enerjisi. Ne kadar koştursa koştursun, asla eksilmiyordu. Ve tıpkı enerjisi gibiydi direnci. Bir devr-i daim makinesi misali, dışarıdan el beklemeksizin kendi çarkını kendisi çeviriyordu.

Musa olmadan daha iyi kotaracağını düşünüyordu bazen. Şimdi ona bir arabanın çarptığı, öldüğü haberini alsa, üzüntüden perişan olurdu elbette. Ama işte, darmaduman olmazdı hayatı; doğrusu, büyük bir değişiklik bile olmazdı. Oysa şimdi kendisine bir arabanın çarptığı, öldüğü haberi uçsa, sanki araba karısının vücuduna değil de, dosdoğru kendi hayatına, dirliğinin düzeninin zembereğine vurmuş gibi, toparlanamamacasına tuzla buz olurdu Musa. Böyle uğursuz şeyler düşünmemesi gerektiğini biliyordu Meryem, ama gene de düşünmeden edemiyordu. Hamileliği ilerledikçe artık neredeyse hiç kontrol edemez olmuştu zihninde rap rap geçit töreni yapan nahoş fikirleri. Nicedir olur olmaz şeylerden korkuya kapılıyor, geceleri kâbus üstüne kâbus görüyor, uykularından çarpıntıyla uyanıyor, her an kötü bir şey olmasından endişe ediyordu. Sabır Çuvalı'nın dolması için bile bekleyememişken, kötülüklerin çıkıp gelmesini sessiz sedasız bekleyecek değildi elbette. Bu yüzden önlemler alıyordu doğum öncesinde. Türkiye'deki doğumla ilgili âdet ve inanışların etnolojik incelemesini yapan araştırmacılar, bölge bölge, il il, köy köy dolaşmak yerine, Meryem'e tesadüf etmiş olsalardı, çok daha masrafsız ve zahmetsiz bir biçimde aynı raporları hazırlayıp, aynı kitapları çıkartırlardı.

Meryem'in doğumla ilgili önlemler paketi üç grupta toplanıyordu. Bir: yapılmaması gerekenleri katiyen yapmamak. İki: yaparken dikkatli olunması gerekenleri yaparken dikkatli olmak. Üç: yapmakta fayda olanları yapmak.

Yapılmaması gereken şeylerin lamı cimi, özrü kabahati yoktu. Gece vakti nasıl tırnak kesilmemeli ise, rüya da tabir edilmemeliydi mesela. İnsan gün ışığında bile uykularının esrarına akıl sır erdiremez, değil alamet, burnunun ucundan gayrısını göremezken, geceleri büsbütün körleşirdi. Meryem gündüz gözüyle kestiği tırnakları asla ortalıkta bırakmaz, kimsenin eline geçmeyeceklerinden emin olabilmek için muhakkak tuvalete atar, üzerlerine de defalarca sifonu çekerdi. Sık sık saç fırçasını kontrol eder, fırçada kalan kılları dikkatlice toplayıp bir kâğıda sardıktan sonra banyoda yakardı. Kazara saç tellerinden birinin kendi evinin dışında bir yerlere düştüğünü görecek olsa, hemen alır koynuna atardı. Saç ve tırnak hususunda bilhassa hassastı çünkü insan vücudunda bir tek bu ikisinin, ait oldukları vücut can verdiğinde dahi, kendi başlarına yaşamaya devam ettiklerine inanırdı. Kimsenin elinden bıçak almamak, makasın ağzını açık bırakmamak, mezarlık yakınından geçerken hayatta olan birinin ismini dilinin ucuna getirmemek, Kuran'ın bulunduğu odada, içinde hayvan isimleri geçen konuşmalar yapmamak, gece vakti tuvalete kalkınca şarkı, türkü mırıldanmamak ve aslında mümkün mertebe ağzını açmamak, örümcekleri kendi haline bırakmak... yapılmaması gerekenlerin listesi böylece uzayıp giderdi. Bu listenin içinde, özel bir öneme sahipti doğumlar. Kadınları, gebelikte ve lohusalıkta korumaya almalı; bebeğin eşini de muhakkak toprağa gömmeliydi. Meryem, Muhammet'i dünyaya getirdiği hastanede çalışan o gözlüklü, soğuk nevale genç doktoru buna bir türlü ikna edemese de, dalgacı bir hastabakıcının sayesinde eşini gömdürmeye muvaffak olabilmişti. En az doğumlar kadar hassastı ölümlerde de. Eceliyle cebelleşen birini ziyarete gittiğinde, Azrail'in kafasını karıştırabilmek için yüksek sesle peşpeşe başka başka isimlerle hitap ederdi hastaya. Gene de Azrail'i kandıramaz da hasta vefat ederse, ölünün tüm kıyafetlerinin onu hiç tanımayan bir eskiciye verilmesinde diretir; gelen eskici olur da merhum hakkında bir çift şey söylemeye kalkarsa, onu tanıyor olabileceğine hükmederek kıyafetleri zavallının elinden alır, başka bir eskiciye verirdi.

Eskicilik mesleğinde "tanımama" esastı. İnsan bir eskicinin elinde gördüğü bir eşyanın, hangi ölüden, kaç ölümden yadigâr kaldığını asla bilmemeli, hatta bir zamanlar birine ait olduğunu aklından dahi geçirmemeliydi. Eskiciye düşen sorumluluk, tanıdık eşyaları sırtlayıp, hiç tanımayanlara ulaştırmaktı. Sonuçta, eşyalarını ellerinden çıkartanların, onların mazisini unutabilmeye ihtiyaçları vardı, satın alanlarınsa o maziyi hiç öğrenmemeye. Bunun için aradaki köprüyü eskiciler kuruyor; özel bir eşyanın, serdengeçirdiği tekmil hatıralardan, tattığı tüm hazin sonlardan arınıp sıradanlaşmasını ve bu sayede sıfırlanıp, hayata yeniden başlamasını sağlıyorlardı. Böyle olmak zorundaydı. Böyle olmalıydı ki, eskilerden yeni, ölümlerden yaşam doğabilsin. Doğrusu biri çıkıp da Meryem'e en kutsal meslekleri soracak olsa, doktordan veya öğretmenden evvel, eskici diye cevap verirdi. Muhammet'in büyüyünce eskici olmasını istemezdi tabii. Ama dağılan bir yuvadan, şimdi yerinde yeller esen bir konaktan ya da göçmüş bir ahbaptan geriye kalanları el arabalarına atıp, uzaklara götüren, uzaklardan da başkalarının eşyalarını getiren ve böyle böyle hiç farkında olmadan İstanbul'un yedi tepesinin, yetmiş iki milletinin kalıntılarını birbirine karıştıran bu insanlara neredeyse şükranla karışık bir sevgi beslerdi.

Yaparken dikkat edilecekler, mümkün mertebe kaçınmak gereken ama kaçınılamadığı durumlarda da muhakkak tedbir isteyen şeylerdi. İnsan bir başkasının üzerinde dikiş dikmemeliydi mesela ama eğer buna mecbur kalırsa, hemen önlemini almalı; iğnenin delici uğursuzluğunu durdurabilecek bir cismi yardıma çağırmalıydı. Bu yüzden Meryem, ne zaman bir başkasının üzerinde bir şey dikse, ağzına tahta bir kaşık, o da olmadı bir bez parçası alırdı. Kazara ayna kırsa, gider hemen yeni bir ayna satın alır; çivi çiviyi söker misali, kırılanın belasını söksün alsın diye, tutup onu da kırardı. Ama zaten insanın kendi suretini sık sık görmesinin hayırlı bir şey olmadığına inandığından ve evdeki tek aynayı da arkası dönük tuttuğundan, bu sırlı kapılarla pek fazla temas etmezdi. Sırsız kapılara gelince, hayli özen gösterirdi onlardan geçerken. Mezarlıklardan korkmadığı kadar korkardı eşiklerden. Bir kapıdan geçerken eşiğine değil basmak, değmek bile istemez; bacaklarını kocaman açıp, atabildiği en geniş adımı atarak ve muhakkak sağ ayağını öne alarak girerdi içeri. Zaten sağ tarafını sol tarafına bulaştırmamak konusunda son derece titizdi. Sofraya oturduğunda, ekmeğinden bir parça kopartır, sağ yanına bırakırdı. Bu lokma, sofralarında gözü kalanların gözünü doyurmak içindi. En pis işleri sol eline yaptırır, yolda yürürken birisi arkasından seslense sağ tarafından dönüp bakar, çamaşırlarını eski yazı yazar gibi sağdan sola doğru asar ve uyandığında muhakkak sağ tarafından kalkardı. Gerçi bu taksime göre, sol taraftan kalkan Musa oluyordu olmasına da, yeter ki uykusu bölünmesin, böyle şeyleri umursadığı dahi yoktu onun da.

Gün boyu alamet toplardı Meryem; keza, emareler de. Sağ gözü seğirirse bu iyiye işaretti ama sol gözü seğirmeyegörsün, işkillenirdi hemen. Sağ kulağı çınlayınca müjdeli bir haber alacağına hükmeder; ama çınlayan sol kulağı olunca endişelenmeye başlardı akıbetinden. İnsanın ayaklarının altının kaşınması yola çıkacağına, ellerinin içinin kaşınması para geleceğine, boynunun kaşınması ise darboğaza gireceğine delaletken; durup dururken tüylerinin diken diken olması, iyi saatte olsunlar tarafından yoklandığını gösterirdi. Ve çay taneleri... Eğer içtiği çayın içinden, süzgeçten geçememesi gereken bir çay tanesi çıkarsa, aynı gün içinde beklenmedik bir misafir geleceğini düşünürdü Meryem. Çay tanesinin şeklinden, misafirin kim olduğunu, renginden de niyetinin ne olduğunu bulmaya çalışırdı. Geceyarısından sonra köpek ulumasını hayra yormaz, yakınlarda bir evden ölü çıkacağına hükmederdi. Ne var ki, şu çiroz, şaşkaloz tıp öğrencisi, zebella köpeğiyle beraber karşı daireye taşındığından beri, eskisi kadar sabitfikirli değildi bu hususta.

Havsalasında olmadığı halde, karşısına çıkabilecek musibetleri öğrenmek için fal bakardı. Sabah kahvesini falı için içerdi, akşam kahvesini de sermestlik için. Bir süredir âdet edinmişti. Akşamları kahve içerken yanında yüksük kadar likör bardağıyla üç kadeh muz likörünü peşpeşe dikiyordu kafaya. Onu bu likör işine, bundan aylar evvel 8 numaradaki metres alıştırmıştı. Kızın evinde, boy boy zeytinyağı şişeleriyle birlikte, çeşit çeşit likör diziliydi. Her birinden tattırmıştı Meryem'e. Ahududu likörü fena değildi, nane likörü de insanın ağzında hoş bir esinti bırakıyordu. Ama muz likörü gibisi olmadığına karar vermişti Meryem. Tedirgin olmuştu sonra; ömründe ilk defa alkol alıyordu. Bebeğe zarar verebilirdi. Onun günaha girmekten korktuğu için durakladığını zanneden metres, "likör içkiden mi sayılır?" demişti gülerek. Meryem'in hoşuna gitmişti bu açıklama: likör içkiden sayılmazdı. "Madem sevdin bu kadar, al götür muz likörlerini," demişti metres. Nasıl olsa yenilerini getiriyordu herifi. Meryem onu birkaç kez görmüştü. Babası yaşındaydı, hem de evli barklı. Karışmamıştı. Karışmazdı böyle şeylere.

Uzak durmak istediği halde, pençesinden kurtulamadığı şeyler de vardı oysa. Nazar gibi. Bir nevi yankıydı nazar. İnsan nasıl geniş bir vadide, işittiği yankının ardındaki sesin nereden geldiğini, kimden çıktığını anlayamazsa, nazarın kaynağını da takip edemezdi çoğu zaman. Bu yüzden saldırının dört ayrı yönden, kırk ayrı koldan gelebileceğini düşünerek evin her tarafını karşı-tedbirlerle donatmıştı. Duvarlara nazar boncukları, nazar duaları, at nalları, üzerlikler asar; yastıkaltlarına, kapı arkalarına ve bilhassa Muhammet'in ceplerine okunmuş çörekotları, zemzem suları, tuz topakları serper; ortalığa kurumuş kaplumbağa kabukları, yengeç bacakları, at kestaneleri bırakır; hem kendi üzerinde, hem de evin muhtelif yerlerinde, bademe, hurmaya, cins cins kâğıda, bakır levhaya, hayvan derisine yazılmış muskalar bulundururdu. Musa da Muhammet de, sürekli yeni katılımlarla genişleyen ve sık sık yer değiştiren bu nesneler sürüsüyle aynı evde yaşamaya alışmışlardı. Gene de tüm bu irili ufaklı tedbirler, bir nebze olsun dindiremezdi Meryem'in nazar korkusunu. Günün çeşitli saatlerinde yüreğinin üzerinde bir sıkıntının çöreklenir gibi olduğunu fark ettiğinde, hemen kalkıp lavabonun içinde bir tabak kırardı. Eğer çay doldururken bardak çatlarsa, üzerlerinde nazar olduğuna hükmeder, gidip bir koşu ateşte tuz çevirirdi. Gözlerini beğenmediği, bakışlarından tedirginlik duyduğu birileriyle karşılaştığında çaktırmadan, Muhammet'in yüzünü elleriyle bir-iki saniyeliğine örter; eğer o esnada Muhammet yanında değilse, onu düşünerek gözlerini yumardı. Oğluna nazar değecek diye ödü patlar; kaplumbağanın yumurtasına yaptığı gibi, bir an bile gözünü ayırmak istemezdi ondan. Bebekliğinden beri fanilalarında muskalar, ceplerinde okunmuş çörek otlarıyla dolaşıp; sabahları uyandığında yastığının altında, kargacık burgacık harflerle dolu kâğıtlar bularak ve on günde bir, dört kadının dört ucundan tuttuğu bir örtünün altına girip, kurşun döktürerek sürdürüyordu yaşamını Muhammet. Ama bunlara bile razıydı; yeter ki yumurta yemek zorunda kalmasın.

6 aylık-6 yaş arasındaki mesafeyi her sabah bir adet rafadan yumurta yiyerek kateden Muhammet için bundan daha da beteri, sonuna kadar kaşıklayıp sıyırmakla yükümlü olduğu yumurtaların, birer şikâyetname olarak kullanılmasıydı. İçi pırıl pırıl olunca, tepesinde dikilen annesine uzatırdı yumurtasını. O da eline bir kurşun kalem alıp, bir gün önceden içinde kalmış ne şikâyet varsa yazardı kabuğun üstüne: *"Dün Muhammet annesine yalan söyledi ama bir daha yapmayacak"*, *"Dün Muhammet yumurtasını yemek istemedi ama bir daha yapmayacak"*, *"Dün Muhammet kurşuncu teyzesine küfür etti ama bunu bir daha asla yapmayacak"*... gibi hep aynı şekilde başlayıp, aynı pişmanlık ifadeleriyle son bulan envai çeşit cümlenin yazılı olduğu bu boş yumurtalar, yeryüzünde işlenen tüm günahlarla sevapları semavi defterlerine kaydeden iki kâtip meleğin yanına götürsünler diye, kuşlara atılıyordu birer birer. İlkokula başlayıncaya kadar, her kahvaltı öncesi usulca pencerelere yaklaşıp, kanatlı jurnalcilerini bulmaya çalıştı Muhammet. Ne var ki civarda gördüğü tek kuş türü, ya bahçedeki gülibrişimin dallarına konan şu çığırtkan serçeler, ya da kaldırımlarda zıp zıp zıplayan, kimseden

korkuları olmayan çirkin kargalar oldu her seferinde. Bir de 4 numaranın penceresinin içinde kafeste duran sarı kanarya vardı ama o da değil uçmak, kanat bile çırpamıyordu.

Martılardan şüpheleniyordu Muhammet. Bahçe duvarının yanında biriken çöp torbalarını deşerken görüyordu onları. Lodosun ıslak nefesinin içinde çemberler çizerek çöplerin üzerine iniyor ve ne vakit, besili bir jurnal geçse çiğ pembe gagalarına, keyifle ciyaklayarak süzülüyorlardı semaya. Geceleri damlarda toplaşıp, apartmanların içinde işlenen günahları izliyorlardı. Ve babasının aksine, martılar hiç uyumuyorlardı.

2 NUMARA: SİDAR İLE GABA

Kapıyı açtığında, suratından düşen bin parçaydı. Şimdi artık anatomi sınavının kötü geçmesine değil, kötü geçeceğini bile bile sınava girdiğine yanıyordu. Sabah uyandığında, uyanıp da alarmın gene teklediğini anladığında, kafayı vurup kaldığı yerden uyumaya devam etmediğine, palas pandıras evden fırlayıp bir de üstüne o kadar taksi parası bayıldığına bin pişmandı. Sınavdan sonra, tek tek herkesin tek tek her soruyu nasıl cevapladığını öğrenmek üzere, buğdaya üşüşen güvercin sürüleri gibi öbek öbek toplaşarak hep bir ağızdan dersin hocasına ve cümle üniversite yapısına veryansın eden arkadaşlarına katıldığı için daha da pişmandı. Üstelik bir kez içlerine girdikten sonra aralarından sıyrılamamış; onlarla birlikte bütün gününü kafelerde pinekleyip, gırtlak paralayarak geçirmişti. Harcadığı enerjiye acıyordu şimdi. Çünkü Sidar için enerji, küçücük bir damlalıkta duran göz losyonu gibi sınırlı bir şeydi. Her gün iki damlasını harcıyordu sadece. Birini sabahları gözünü açabilmek, diğerini de uyuyabilmek için.

O dalgınlıkla, apartmanın ışığından faydalanmadan dış kapıyı ardından kapattığı için, aniden zifiri karanlıkta kaldı. Sabah telaşla fırlarken, perdeleri açmayı unutmuş olmalıydı. Hoş unutmamış olsa da pek bir şey fark etmeyecekti. Sonradan eklenmiş ufacık pencereler bahçe zeminiyle yeksan olduğundan, bu basık ve daracık bodrum katı gıdım ışık alabiliyordu ancak. Elektrik düğmesini girişe, kapının hemen yanına değil de, niyeyse iki metre öteye koyan meçhul ahmağa söylene söylene ilerlemeye başladı el yordamıyla. O esnada, irice bir karaltı belirdi tam arkasında. Karaltı giderek yaklaştı, hızla yükseldi ve homurtuyu andıran bir ses çıkararak olanca ağırlığıyla üzerine devrildi. Dengesini yitiren Sidar, sendeleyerek öne doğru yalpaladı ve salonun tam ortasından geçen kalın boruya kafasını gürültüyle çarptı. Sinirden eli ayağı titreye titreye elektrik düğmesini bulduğunda, arkasına dönüp öfkeyle baktı Gaba'ya. Ama o alacağını almış, cebindeki yarım simidi kapmış, mutlu mesut kemiriyordu.

Kafasını oğuştura oğuştura kanapeye uzandı. Aynı anda hem yatak, hem yemek, hem de çalışma odası vazifesi gören salonun tam ortasından geçerek kazan dairesine doğru yol alan ve üzerinden titrek örümcek ağları sallanan kirli sarı boru, kulaklarıyla aynı hizada olduğundan, ikide bir kafasını çarpıyordu aşağı yukarı aynı noktadan. Daha bu sabah alelacele evden çıkmaya çalışırken tekrarlanmıştı aynı hadise ve orada küçük bir yumru oluşacaktı bu gidişle. Ama kanapeye uzanır uzanmaz hırçınlığı dindi, gerginliği geçti. Evinde olmayı seviyordu. İstanbul'un her köşesini delik deşik eden keşmekeşten böylesine ırak durabildiği, kıskıvrak koşuşturmacanın ortasında som bir durgunluk kesilip, tıpkı Gaba'nın karnı tıkabasa doyduğunda yaptığı gibi, kendi dışındaki dünyaya karşı kayıtsız ve kıpırtısız kalabildiği için seviyordu evini.

Bilhassa akşam üzerleri, büsbütün açığa çıkardı 2 numaralı dairenin yalıtılmışlığı. Günün bu saatlerinde tahammülfersa bir dağdağa tek lokmada yutuverirdi Bonbon Palas'ı. Trafikte sıkışan arabaların hayasız kornaları, yayaların patırtısına, parkta oynayan çocukların yaygaraları, seyyar satıcıların bağrışlarına karışıp, bir panayır curnatasına bürünürken ortalık, zehirli bir gaz gibi pencerelerden, kapı altlarından, duvardaki çatlaklardan içeri sızarak tüm daireleri bir bir pençesine alan gürültü, bir tek buraya el sürmezdi. Üstelik sadece sesler değil, dışarıdan akın eden sıcaklar da uğramazdı 2 numaraya. Ev hemen hemen hiç güneş almadığından, Bonbon Palas'ın diğer daireleri yaz boyunca cayır cayır yanarken bile burası mahzen gibi serindi. Keza, kaç zamandır apartman sakinlerine illallah dedirten çöp kokusunun nispeten en az hissedildiği yer de gene burasıydı.

İşin aslı, Bonbon Palas inşa edilirken, 2 numaralı daire ev değil, depo olarak tasarlanmış ve yıllar boyunca da bu şekilde kullanılmıştı. Ancak 10 numarada oturan yaşlı adamın ölümünden sonra apartman, her işi uzaktan halletmeye kalkan kızının denetimine geçince, art arda patlak veren türlü türlü sorunlardan burası da nasibini almıştı. Yaşanan başıbozuklukta tüm komşular kullanmadıkları şahsi eşyalarını bu daracık yere yığmaya kalkınca öyle tumturaklı kavgalar çıkmıştı ki, uzun süre depoyu kullanmak kimseye kısmet olmamıştı. En nihayetinde, Fransa'dan gelen talimat üzerine, bu basık, daracık, tek göz bodrum katı, öteki dairelerin yarı fiyatına kiraya verilmişti ev niyetine. O tarihten sonra burada, hepsi de birbirinden farklı ama ortak noktaları parasızlık ve bekârlık olan bir sürü insan barınmıştı. Bunların arasında sırasıyla, yerel bir radyoda haber okuyan ve günde üç öğün tavuk dönerle beslenen bir sunucu, bankadaki tüm parasıyla birlikte sekiz senelik karısını da en yakın arkadaşına kaptıran, serapa hüsran bir muhasebeci, kandillerde ve ramazanlarda televizyonun sesini sonuna kadar açıp, bangır bangır ilahi ve vaaz dinleyen bir asker kaçağı, kimsenin ne iş yaptığını kestiremediği ve sormaya da cesaret edemediği bir adam müsveddesi ve burayı resim atölyesi olarak kullanıp, pencerelerden seyrettiği dizlerin, bacakların, ayakkabıların resimlerini yapan matrak bir ressam vardı. Ondan sonra taşınan Kedi Peygamberi, 2 numaralı dairenin şimdiye değin gördüğü tüm kiracılar içinde, hiç şüphesiz en çok iz ve koku bırakan olmuştu geride.

Kedi Peygamberi'nin ardından, Sidar çıkıp gelmişti, yanında St. Bernard cinsi köpeğiyle. Ancak önceki kiracıların aksine onun hemen hemen hiç eşyası olmadığından, hem depo olarak kullanıldığı günlerde, hem de akabinde tıka basa doldurulmaya alışmış olan 2 numaralı daire, en boş günlerini yaşıyordu şimdilerde.

Biraz tuhaf bir köpekti Gaba. Hani şu fersah fersah öteden aç susuz yürüyerek evlerinin yolunu bulmayı başaran; yaklaşan tehlikeleri önceden sezerek sahiplerini uyaran; kuytu köşelere saklanmış uyuşturucuların yerini tespit edip, enkaz altında kalanları tek başlarına kurtaran; çocukların, körlerin ve tüm yardıma muhtaçların sadık dostu türdeşleriyle arasındaki tezat görülmeyecek gibi değildi. Hayatta tahammül edemediği bir şey varsa, o da açlıktı. Hudutsuz bir mideye, arsız bir iştaha sahipti ve değil bir gün, bir saat bile aç susuz kalsa, fenalıklar geçirip ortalığı birbirine katıyor; anatomi kitabı, tahta sandalye, plastik kova... ne bulursa ayırdetmeden kemirmeye başlıyordu. Biraz daha yiyecek için atmayacağı takla, yapmayacağı numara yoktu. Ancak istediğini elde edip midesindeki dipsiz kuyuyu bir nebze de olsa doldurmayı başardığında, az evvelki gayretkeşliğinden eser kalmıyor; içi doldurulmuş oyuncak bir ayı gibi bir köşeye devrilip orada kalakalıyordu. Böyle zamanlarda onu yerinden oynatmanın imkânı yoktu. Yiyecek için gösterdiği hevesin, harcadığı çabanın onda birini bile hayatın başka alanlarından esirgediğinden olsa gerek, ne dışarıda dolaştırılmaktan hoşlanırdı, ne de köpekler için icat edilmiş şu renkli, bıcırık sesli oyuncaklarla oynamaktan. Ucunda yiyecek olmadığını anlayınca, burnunun dibinde dahi cereyan etse, ilgilenmiyordu hiçbir hadiseyle. Sidar bir ara onun yaşlandıkça sağırlaştığından şüphe etmiş ama kâseye dökülen kuru mamaların tıkırtısı, açılan bir konservenin metalik çatırtısı, sabahları ekmek getiren Meryem'in adımları gibi bellibaşlı sesleri duymakta hiç zorluk çekmediğini gördükçe, boşuna kaygılandığını anlamıştı.

Kızamıyordu ona. Kızamadığı gibi, içten içe suçluluk duyuyordu durumdan. Jura Dağları'nın bu heybetli köpeğini, İstanbul'un en sıkış pıkış semtlerinden birinde, eski püskü bir apartmanın bodrumuna tıkmışken, normal davranmasını beklemeye hakkı yoktu ondan. Üstelik ona, önceleri sırf muziplik olsun diye ara sıra tattırdığı, sonra da bu tada bağımlı olduğunu görerek sürekli yedirmek durumunda kaldığı haşhaşlı çörekler ile esrarlı keklerin, bir de istemeden de olsa teneffüs ettirdiği kesif dumanların, köpeğinin bu hale gelmesinde payı olduğundan şüpheleniyor ve ağırdan usuldan vicdan azabı çekiyordu.

Tekti Gaba, biricikti Sidar'ın gözünde. Aslında bu evde, her şeyden sadece bir tane vardı. Bir tane Gaba, bir tane Sidar, bir bilgisayar, bir kanepe, bir sandalye, bir koltuk, bir masa, bir lamba, bir tencere, bir bardak, bir tabak, bir çatal, bir kitap, bir CD, bir çakmak, bir çaydanlık, bir çarşaf, bir kalem... Eşyalardan biri eskidiğinde ya da nesnelerden biri miyadını doldurduğunda, kitap okunup bitirildiğinde veya CD gına getirdiğinde... yani aynı şeyden ikinci bir tane edinmek gerektiğinde, eskisi derhal elden çıkarılıyor ya da zaten Gaba tarafından kemirilmiş oluyordu.

Ne var ki bu rutubetli daireye hâkim olan sadelik, bıçakla kesilmişçesine son buluyordu evin tavanında. Sidar çeşitli dergilerden kestiği siyah-beyaz resimleri/ anne babasından gelen kimi mektupları/ Nazım'ın *Cenaze Merasimim*'ini/ ordan burdan topladığı fanzinleri/ bizzat kendi hazırladığı fanzinleri/ Art Spiegelman'ın Maus'undan kareleri/ devasa bir Dead Kennedys posterini/ İstanbul'a geldiği ilk günlerde birkaç kez yemek yediği ama Türkiye ile İsviçre arasındaki fiyat farklılığına alıştıktan sonra ne kadar pahalı olduğunu kavradığı için bir daha gitmediği bir restaurantın oldukça eski bir fotoğraftan bastırıp menü kapağı olarak kullandığı, siste ilerlemeye çalışan bir vapur resmini/ Batman-Dark Night dizisinden yırtılmış sayfaları/ önünde Bad Religion'ın Receipt for Hate turne duyurusunun basılı olduğu siyah bir tişörtü/ üzerinde haplardan oluşturulmuş harflerle "Ma Vie Peut Etre Differente"[1] yazan uyuşturucu karşıtı bir kampanya afişini/ Gaba'nın bebekken çekilmiş fotoğraflarını/ Goya'nın *Öcü Geliyor*'unun büyütülmüş fotokopisini/ kurumuş bir altın böceği/ Cioran'ın Meister Eckhart üzerine yazdığı denemesinden cımbızlanmış cümlelerle yaptığı kolajı/ yusyuvarlak göğüsleri, yumuşacık göbeği ve boynuna doladığı kocaman yılanıyla sağlık tanrıçası Hygieia'nın eskizini/ Allen Ginsberg'in *Kaddish*'inden dizeleri/ bir gece vakti kafası dumanlıyken uğraşa uğraşa yerinden söktüğü ve üzerinde "Medeni insan yerlere tükürmez. Sen de tükürme" yazan bir tabelayı/ Wittgenstein'ın ölümüne yakın çekilmiş bir fotoğrafını/ onun hemen karşısında Otto Weininger'ın soluk bir resmini/ Spiderman'in Dünya Ticaret Merkezi'nin kulelerinden birinin tepesinde çömelmiş şehri seyrettiği afişi/ hemen yanında 2001 Eylül'ünde kulelere dalan ikinci uçağın patlama anını görüntüleyen fotoğrafı/ This Mortal Coil'den şarkı sözlerini/ Neyzen Tevfik'in boynunda asılı HİÇ yaftasıyla çektirdiği fotoğrafı/ Robbie Fowler hakkında gazete küpürlerini/ anatomi hocasının üzerine kırmızı tükenmezle BENİ DERHAL GÖR yazdığı ara sınav kâğıdını/ Leonara Carrington'un *Büyücü Zerdüşt Bahçede Kendi Suretiyle Karşılaşıyor*'unun soluk bir bilgisayar çıktısını/ bilumum ilaç reçeteleri ve çeşitli tarihlerde alınmış Xanax kutularıyla yaptığı kolajları/ gündüz Fatih sokaklarında gezerken rastlayıp, duvardan yırtmadan sökmeyi başaramayınca gidip bizzat adresinden temin ettiği, üzerinde pos bıyıklı, çatık kaşlı, iri kıyım bir Fenni Sünnetçi'nin vesikalık fotoğrafı ile "Oğlunuzun istikbaliyle oynamayın. Sünnet hassasiyet ister. Hassas biziz. Tüm sünnet işlerinizi bize bırakın" yazısının yer aldığı ilanı/ vaktiyle doldurduğu KİNO kayıtlarının kaset kapaklarını/ Şubat 2002'de Mısır'da 400 kişiye toplu mezar olan kül-kemik-katran treninin fotoğrafını/ Walter Benjamin'in *Mos-*

1. "Hayatım Farklı Olabilirdi."

kova Günlüğü'nden notları/ William Blake'in *Masumiyet Şarkıları* çizimlerinden röprodüksiyonları/ Maniere de Voir'lardan kestiği Selçuk karikatürlerini/ Freud'un objektife bakmadığı yaşlılık fotoğraflarından birini/ Lizbon kartpostallarını/ İstanbul kartpostallarını/ bundan tam 13 sene önce Haydarpaşa tren garında çekilmiş aile fotoğrafını/ üzerlerinde önemli telefonların ya da notların yazılı olduğu kâğıt parçalarını/ ve sevgisinden olmasa da sevmekten bıktığı Nathanalie'nin hediye ettiği, ucunda siyah damarlı saydam bir taşın sallandığı gümüş kolyeyi, ya yapıştırmak, ya çakmak, ya da birbirlerinin üzerine iğnelemek suretiyle tutturmuştu tavanın yüzeyine.

Aslında buraya taşındığında, tüm şehirliler gibi, Sidar da duvara yapıştırmıştı sevdiği resim ve afişleri. Ne var ki, İsviçre'den Türkiye'ye varıncaya kadar, bağlı bulunduğu kompartımanda fenalıklar geçirip, etinden et koparılıyormuşçasına korkunç bir uluma tutturan ve yaklaşık her on dakikada bir önüne yiyecek bir şeyler konmasına rağmen bir türlü yatışmadığı gibi, İstanbul'un kalabalığı içine patilerini bastığı andan itibaren nereye bakıp, kime havlayacağını şaşırdığından sinirleri büsbütün gerilmiş bulunan Gaba'nın, bu küçücük daireye tıkılır tıkılmaz, ya açlığın ya da vatan hasretinin verdiği asabiyetten, duvarlara saldırıp bulduğu her cins kâğıdı çiğnemeye başlaması üzerine bu uygulamayı derhal durdurmak zorunda kalmıştı. Çaresiz, biraz daha yukarıya asmaya başlamıştı resimlerini, afişlerini. Ancak, "biraz daha yukarı" yetersiz kalıyordu, iki ayağı üzerine dikildiğinde boyu Türkiye ortalamasını geçen Gaba söz konusu olduğunda. Böyle böyle, Gaba'nın sivri dişlerinden kaçan tüm resimler ve afişler, ülkelerindeki savaştan ya da diktatörlerinin kullandığı kimyasal silahlardan kaçan mülteciler gibi pıllarını pırtılarını toplayıp, sürekli kuzeye doğru tırmana tırmana, en nihayetinde duvarın sınırını aşmış ve cümbür cemaat akın etmişlerdi tavan topraklarına. Sidar bu beklenmedik yenilikten öyle hoşnut kalmıştı ki, zamanla işi daha da büyütüp, ilgisini çeken her türlü görsel ve yazılı malzemeyle hıncahınç doldurmuştu tepesini. Günden güne çoğalan bu karmaşa, tıpkı yukarıdan yürüyen arsız bir sarmaşık gibi hızla yayılarak, bir koldan mutfağın, bir koldan da banyonun tavanına sızmaya başlamıştı son zamanlarda.

Sidar sigarasını sarıp, salondaki tek kanapeye sırtüstü uzandığında, gözleri tavana mıhlanmış vaziyette kalakalırdı saatlerce. Kanında deveran eden duman, önüne çıkan alyuvarları tekmeleyip, akyuvarları taciz ede ede son sürat ilerleyerek, en nihayetinde muzaffer bir kumandan edasıyla beyin damarlarına vardığında, muhteşem bir canlılık kazanmaya başlardı tavan. Böyle zamanlarda, Wittgen stein'ın siyah beyaz fotoğrafı renklenip, yüzü pancar kırmızısına boyanır; Selçuk'un karikatürlerindeki minik adamlar hoplaya zıplaya tavanda dolaşmaya başlar; Spiderman incecik bir iplik sarkıtarak bir aşağı bir yukarı tırmanır; Blake'in çizimlerindeki hâleler şifreli mesajlar verircesine yanıp yanıp söner; Carrington'un saçsız büyücüsü kendi suretinde eriyerek kaybolur; Goya'nın öcüsü aniden beyaz çarşafını sıyırıp yüzünü gösterir; fenni sünnetçinin dudaklarında zalimce bir tebessüm belirir; Hygieia'nın memeleri heyecanla inip kalkar; Haydarpaşa tren garında çekilmiş fotoğraftaki suretler silinirdi peyderpey. Çok geçmeden, kanının damarlarından, sahip olduğu iki damla enerjinin de vücudundan çekildiğini hisseder ve kendini yumuşacık, pofuduk, uyuşuk bir sermestlik deryasına bırakıverirdi Sidar. Gaba da gelip ayaklarının dibinde kıvrıldığında, 2 numaralı daire ile sakinleri kusursuz bir bütün oluşturarak, katıksız kıpırtısızlıklarına gömülürdü.

Böyle anlarda Sidar'ın düşündüğü, düşünmekten keyif aldığı tek bir şey vardı: ölüm. Bilinçli yapmıyordu bunu; bilinç filan söz konusu değildi burada, kendiliğinden üşüşüveriyordu düşünceler kafasına. Sonradan düşünerek edindiği ya da kendine yakıştırdığı için seçtiği bir huy da değildi bu; çocukluğundan beri böyleydi, kendini bildi bileli. Ne korkacak kadar üzücü buluyordu ölümü, ne de üzülecek kadar korkutucu. Anlamaya çalışıyordu sadece; ne olmadığını anlamaya çalışıyordu, ne olduğundan ziyade. Ne zaman biriyle tanışsa, onun ölüm karşısındaki tavrını merak ederdi her şeyden önce. Ölümden korkup korkmadığını, bir yakınını beklenmedik biçimde yitirip yitirmediğini, tanımadığı birinin ölümüne tanık olup olmadığını, birini öldürebileceği hissine kapılıp kapılmadığını, öte dünyaya inanıp inanmadığını... Soracak çok sorusu vardı. Soramazdı ama. Bu konularda dilini tutması gerektiğini anlayalı çok olmuştu, bunu her zaman başaramasa da. Oysa bir kadını sevip sevmemesi, birinin evinde rahat edip edememesi, okuduğu kitabın yazarını ne kadar kaale aldığı, izlediği filmdeki herhangi bir karakterden etkilenip etkilenmemesi, dinlediği şarkıcıları değerlendirişi... onların nasıl öldüklerine dair bilgilerine veya öleceklerine dair sezgilerine bağlıydı. Sırf güzel öldü diye, cibilliyetsiz birini takdir edebildiği gibi; salt sonunu vasat bulduğu için, sevilesi birine burun kıvırdığı da olabiliyordu pekâlâ. İlgisi bilgisini, bilgisi de ilgisini körükleyip durduğundan, muazzam bir dağarcığa sahipti bu konuda. Kitaplardan, olaylardan, insanlardan devşirdiği tüm bilgileri itinayla dosyalayıp, beyninin bir köşesinde inşa ettiği ölüm arşivine kaldırırdı. Roman karakterlerinin, film yıldızlarının, ulusal ve yerel kahramanların, filozofların, bilimadamlarının, şairlerin ve bilhassa katillerin nerede, nasıl öldüklerini unutmazdı. Lisedeyken tarih öğretmenlerinin nefretini kazanmasına yol açmıştı bu merakı: *"Büyük İskender mi, ah evet, sefil bir hastalıktan çekti cavlağı: onuruna verilen iki günlük ziyafetin ardından ya çatladı ya da ishal oldu."* Felsefe dersinde de farklı değildi çıkışları: *"Ama aynı Rousseau, Voltaire'e yazdığı mektuplarda yüzlerce insanın canını alan Lizbon depreminden hayırla bahsetti. Ara sıra bu tür temizliklerin gerekli olduğunu söylemeye getirdi, yani nüfusun niceliği ve niteliği bakımından."*

Sidar'ın oturduğu sıradan saçtığı bilgi taneleri, dersin akışını alt üst ediyordu. İshalden öldüğünü bildikten sonra büyüklüğüne zeval geliyordu İskender'in, namı örseleniyordu. Rousseau bir modern zamanlar teröristine dönüşüyordu öğrencilerin kafalarında; felsefesi güme gidiyordu bu arada. Tüm çömezlerine perhiz yapmayı öğütlediği halde patlayıncaya kadar yediği bir ziyafet-ibadet akşamının sabahına çıkamayan bir din adamı inandırıcılığını, altmışından sonra gencecik bir kadınla nikâh kıyıp gerdek gecesinin heyecanına kalbini yem yapan saygıdeğer bir politikacı saygınlığını, meyhaneleri basıp içki içenleri ağaçlarda sallandırdığı halde sirozdan giden bir Osmanlı padişahı iktidarını, yolda önüne bakmadan karşıdan karşıya geçmeye kalkınca böcek gibi ezilen bir bilimadamı kutsiyetini yitiriveriyordu ölüm karşısında. Doğu'nun ölümleri, en az Batı' nınkiler kadar gülünçtü. Zaten ölüm gülünçtü.

"Üçüncü uyarımı da dikkate almadığınıza göre, rica etsek sizi dışarı alabilir miyiz?"

Öğretmenleri onunla aynı fikirde değildi ama. Onlar ölümü gülünç bulmuyordu. Dersten kovuluyor ve dersten kovulan öteki erkek öğrencilerin aksine, kahraman olmuyordu sınıfındaki kız öğrencilerin gözünde. Çünkü, kızlar da ölümü gülünç bulmuyordu.

Türkiye'ye geldiğinde durumun değişeceğini ummuştu. Ne de olsa, ölmek daha kolay, ölümler daha kalabalık, hayat daha kısaydı burada. Düşkırıklığı! Ölümle ilgili lakırdıları umarsızca geçiştirildi her denemesinde. Önceleri bunun Türkçesinden kaynaklandığından kuşkulandı, meramını anlatamadığını sandı. Ama yurtdışına kaçmak zorunda kaldıkları güne değin Türkçe öğretmenliği yapan ve İsviçre'de oğlunun sadece Fransızca'ya değil, babasının beceriksizce öğretmeye çalıştığı Kürtçe'ye de kapılarak, ana diline yabancılaşmasından endişe duyan annesinin yoğun çabaları işe yaramış; Türkiye'den ayrı geçirdiği uzun yıllar Sidar'ın Türkçesini olsa olsa birkaç adım geriletebilmişti. Sorun, ifade ediş biçiminde değil, ifade ettiklerindeydi. Ama işte buraya kadardı benzerlikler. İsviçre ile Türkiye arasında kimi farklılıklar da saptamıştı ölüm konusunda. Saptamalarını ufacık kâğıtlara yazıp, Gaba'nın hışmından koruyabilmek için tavanına yapıştırmıştı.

1. Türkiye'de insanlar, ölümden bahsedilmesini sevmiyorlardı. (İsviçre ile aynı)

2. Türkiye'de insanlar ne zaman ölümden bahsedecek olsalar, soyut bir ölüm fikrinden ziyade, somut ölülerden konuşuyorlardı. (İsviçre'den kısmen farklı)

3. Türkiye'de insanlar, ölümü soyutlaştıramıyordu. (İsviçre'den epey farklı)

Oysa sakinlerinin aksine, zerre kadar rahatsız olmuyordu İstanbul ölüm bahsinden. Her an konuşmaya hazırdı bu konuda. Konuşması da gerekmiyordu aslında; zaten sürekli iç içeydi onunla. Atılmadığı derslerden birinde, eski çağlarda Batı'da delilerin gemilere bindirilip şehirlerden uzaklaştırıldıklarını dinlemişti Sidar ilgiyle. İsviçre'deki mezarlıkları, delilerin gemilerine benzetirdi: tek farkla, bu gemiler demirlemişti, bir yere gitmiyordu. Ama bir o kadar yalıtılmışlardı şehir hayatından. İnsan istediği zaman mezarlıkları ziyarete gidebiliyor ama mezarlar asla gemilerinden çıkıp, şehre karışmıyorlardı. Oysa İstanbul, ya gemilerini mezarlarına tahsis etmeyi unutmuş, ya da mezarlar gemilerinden kaçıp, başlarında kavukları, kollarında mermer taşlarıyla şehrin sokaklarına dağılmışlardı. Her yerdeydiler. Rüzgârla saçılan çiçek tohumları gibi, şehrin dört bir yanına dağılmışlardı. Haftanın belli günleri pazar kurulan meydanlarda, alışveriş merkezlerinin ortasında, işlek köşe başlarında, sapa sokaklarda, çocukların top oynadığı arsalarda, denize nazır yamaçlarda, çıkması bela yokuşlarda, tekke avlularında, duvar kenarlarında, merdiven diplerinde, olur olmadık yerlerde pat diye insanın karşısına çıkıveriyorlardı bir türbe, mezarlık ya da apartmanlar arasına sıkışmış beş-on kabir suretinde. İnsanlar, ellerinde alışveriş torbaları, pazar fileleri, okul çantaları, evrak dosyaları, bebek arabaları... ile koştura koştura, aheste revan, bağıra çağıra, düşe kalka geçiyorlardı yanlarından. Ölülerle canlılar birlikte ikamet ediyordu bu şehirde.

Böylece, on üç yıl aradan sonra İstanbul'daki ilk senesini durmadan mezar ve mezarlık gezerek geçirdi. Sırf bu niyetle saatlerce muhtelif semtlerde dolaştığı olduğu gibi, başka bir iş için koşuştururken beklenmedik biçimde karşısına çıkan bir mezarlığa daldığı ya da bir kabirin yanıbaşında soluklandığı da oluyordu. Hemen hemen hepsinin etrafı yüksek duvarlarla çevrili ve kapıları belli günler dışında kapalı olduğundan, gayrimüslim mezarlıklarını gezmek, Müslümanlarınkini gezmekten daha zordu. Bir gün, bir Rum kilisesinin bahçesinde bir mezar taşındaki saçılmış nar taneleri kabartmasının ne anlama geldiğini ve altında ne yazdığını sormaya kalktığında, kilisenin babayani bekçisi umutsuzca kafasını salladı iki yana. Tek kelime Rumca okuyamıyordu. Zaten Rum değil, Gregoryen Ermeniydi; senelerdir hafta içi bu kilisede görev yapıp, ayin günlerinde kendi kilisesine gidiyordu. O günden sonra Sidar, Rum mezarlıklarında gördüğü herkesi Rum, keza Yahudilerinkinde gördüğü herkesi Yahudi ya da Süryanilerinkinde gördüklerini hepten Süryani.... sanmaktan vazgeçti.

Duvarları alçak, kapıları daima açık olan Müslüman mezarlıklarını gezmek daha kolaydı. Bunların çoğu, hayli bakımsızdı. Sanılanın aksine, fani olan Müslümanların yaşamı değil, mezarlıklarıydı sanki. Bilhassa yakın dönemlere ait olanları, her an ayaklanıp başka bir yere göçecekmiş izlenimi veriyordu. Buralarda gezerken çeşit çeşit, cins cins insanla karşılaşmıştı şimdiye kadar. Kaba saba bekçiler, para karşılığı mezarların başında Kuran okuyan hocalar, ellerinde ibriklerle ziyaretçilerin peşine takılıp, mezarlarına su dökerek para koparmaya çalışan pasaklı çocuklar, piknik yapmaya gelir gibi dolu dolu sepetlerle çoluk çocuk gelenler, bir başlarına saatlerce tevekküle dalanlar, geceleri yakınlarda demlenen ayyaşlar, kalabalığın olduğu her yerde bitiveren yankesiciler, cinciler ve onları takip eden genç, yaşlı, kentli, köylü kadınlar... Zamanla bir ayırım yapmayı öğrenmişti. Müslüman mezarlıklarının daimi ziyaretçileri iki gruba ayrılıyordu: iz bırakmaya gelenler ve iz sürmeye gelenler. İz bırakmaya gidenler, yakınlarının mezarlarını belli aralıklarla ziyaret edip, dualarını, ibrik dolusu sularını, çiçeklerini ve gözyaşlarını bırakarak buradan ayrılanlardı. Bunlar, diğerlerine göre daha zararsız, kendi halinde insanlardı. İz sürmeye gelenler ise pek tekin olmuyordu. Çalınacak eşya, yolunacak kaz, yapılacak büyü, toplanacak alamet için, yani mezarlıklardan bir şeyler alabilmek için buralara geliyor, almadan da gitmiyorlardı. Mezarlıklardan bir meslek, para, itibar ya da geçmiş edinenler bu gruba dahildi. Tüm cinciler, meczuplar, hırsızlar... ve bir de Kanadalı jinekologlar.

Türk anneannesinin mezarını arayan Kanadalı jinekolog ve onun ne Türkler, ne de Türkiye hakkında ilaç için olsun bir gıdım bilgiye sahip görünen güleryüzlü eşiyle, Müslüman mezarlıklarından birinde tanışmıştı. Genç çift genişçe mezarlıkta, onlardan daha hevesli mezarlık bekçisiyle beraber saatlerce fır döndükten sonra şanslarını yakınlardaki bir başka mezarlıkta denemek üzere oradan ayrılırken, Sidar dayanamayıp niçin böyle bir işe kalkıştıklarını sormuştu. "Doğacak çocuklarıma verecek bir soyağacım olsun diye," demişti genç adam gözleri parlayarak. Karısı da soyağacı denilen şeyi ellerinde tutuyormuşçasına, parmaklarını göğsünün üzerinde yumuşacık kavuşturup, dal dal yukarıya uzatarak gülümsemişti.

Uzun yıllar boyunca evlerinde, salondaki camlı dolapta duran ve yurt dışına kaçarken yanlarına aldıkları birkaç parça eşyadan biri olan, ağaç şeklindeki pirinç fotoğraf çerçevesini anımsamıştı Sidar. Ağacın beş ayrı dalına, ikişerden toplam on adet fotoğraf asılıyordu; erik büyüklüğünde, yuvarlak çerçeveler içinde. Annesi buraya, kendi annesiyle babasından başlayarak aile fertlerinin fotoğraflarını asmanın hoş olacağına inanmıştı bir kere. Ancak bu şekilde toplam onu bulamadıklarından, kardeşlerinin ailelerine uzandığı takdirde de bu sayıyı kat kat aştıklarından, tüm çerçeveleri tamı tamına doldurmak bir mesele olmuş; en sonunda, eksik kalan iki çerçeveye kuzenler içinde çok sevilen iki tanesinin fotoğrafları eklenerek mesele hallolmuştu. Çerçeveler son derece küçük olduğundan, her bir fotoğrafı, geriye sadece ufacık bir kafa kalacak biçimde dikkatlice kesmek gerekmişti. Vakvak ağacının, koparılır koparılmaz çığlıklar atarak çürüyen meyvaları gibi, o pirinç çerçevelikte yıllarca sallanmıştı aile fertlerinin kafaları.

Sizinle aynı kandan gelmiyorum. Aranızda doğmuş olmam sadece bir tesadüf. İçinizdeki ölüm korkusunu pışpışlayabilmek için doğurduğunuz çocuklardan biriyim. Gene de ölümden kaçamadığınızı görünce, yenisini yapmak üzere kaderine terk ettiğiniz çocuklardan biri. Yerlere saçıyorum tohumlarımı. Kimseyi döllemek istemiyorum. Tesadüfen başlayan ömürleri tesadüfen sonlandırmamanın yegâne yolu olduğu için, sizi değil, intiharı kutsuyorum.

Ölüm merakı yüzünden işittiği azarlara yenileri eklenmişti İstanbul'da. Gördüğü mezarlar hakkında bilgi edinmek ya da dışarıdan ulaşılamayan türbelere nasıl girebileceğini öğrenmek için fikir danıştığı insanlar, sorularına cevap vermek yerine, Fatiha okumasını söylüyorlardı hemen her seferinde. Anlaşılmadığını zannedip soruyu tekrarlaması, aldığı cevabın şeddelenmesinden başka bir işe yaramıyordu. Okumuyordu o da Fatiha. Zaten nasıl okunacağını da bilmiyordu. İslamiyet ile ilgili pek fazla bir şey bilmediği gibi, öğrenmeye de niyeti yoktu. İntiharı yasaklamaya devam ettikleri müddetçe, hiçbir dinin ondan itaat beklemeye hakkı olduğunu sanmıyordu.

Gene de düşündüğü kadar cahil değildi İslamiyet konusunda. Bazen, bazı şeyleri bildiğini fark ediyordu; bildiğini bilmediği şeyleri. Çünkü rüzgâra karşı yokuş aşağı hızla giden bir bisikletli gibidir bellek. İstese de istemese de, üzerine tutunur, ağzından içeri girer, saçlarına karışır, tenine yapışır rüzgârın taşıdığı envai çeşit bilgi. Bölük pörçük dualar, İslamiyet'in şartları, peygamberin hayatından kesitler... tüm bunları yarım yamalak da olsa biliyordu işte. Çocukken unutulan dilin asla unutulmadığını söylerlerdi. Bundan emin değildi Sidar. Ama çocukken öğrenilen dinin asla unutulmadığını iddia edebilirdi rahatlıkla.

Mezarlık gezerken, Gaba'yı kapıda bırakmak zorunda kalıyordu. Döndüğünde ya horul horul uyurken ya da bekçilerin elinden simit yerken buluyordu onu. Hem parasızlıktan, hem de Gaba'yı almaya razı otobüs, minibüs ya da taksi şoförleri bulmak kabil olmadığından, yürüyerek dönüyorlardı evlerine. Başkalarının evine gitmedikleri gibi, başkaları da onlara gelmiyordu. Ama bir kere, sadece bir kere, bir ziyaretçi ağırlamışlardı evlerinde. Hem de bir dişi...

Sidar İstiklal Caddesi'ne açılan barlardan birinde tanışmıştı onunla. Yeni edindiği bir arkadaşının arkadaşının arkadaşıydı. Bakır rengi saçları dışında iki adet dikkat çekici özelliği vardı kızın: gözleri ve sünger gibi bira içmesi. Bar kapandığında, herkes birbirine veda ederken, o da Sidar'ın peşinden gelmişti kendiliğinden. Evi gördüğünde, anlık bir şaşkınlık geçmişti yüzünden. Yabancı birinin evine gidildiğinde, oradaki eşyalara bakarak, eşyalardan konuşarak, eşyaları araya sokarak misafir ile evsahibi arasında kurulan yakınlığı yakalamak için ortalığı hızla tarayan bakışları, eli boş dönmüşlerdi yuvalarına. Neyse ki Gaba vardı.

Kızın, çantasından çıkardığı fındıklı gofreti ona doğru uzatmasıyla, bir tüy çığı gibi yuvarlana yuvarlana aralarına girmesi bir olmuştu Gaba'nın. Kırıntıları uzun, pürtüklü, pembe diliyle son bir kez daha yaladıktan sonra, minnetini göstermek üzere sevinçle atlamıştı bonkör misafirinin üzerine. Tıpkı iriyarı insanlar gibi, sevgisini dışa vurmanın daha ince yöntemlerinden habersizdi o da. Takip eden bir saat boyunca, ikisi alt alta, üst üste yuvarlanıp durmuşlardı yerlerde. Sidar bütün bu zaman zarfında bir kenara çekilip, kızın itişip kakışırken sıyrılan tişörtünün altından çıkan göbeğini hoşnutlukla, Gaba'nın bu beklenmedik canlılığını ise hoşnutsuzlukla seyretmişti. Sonra birden, göz koydukları kadının kendilerine değil de bir hayvana alaka göstermesi karşısında öfkeden çılgına dönen Binbirgece Masalları erkekleri gibi yerinden fırlayarak aralarına dalmış ve kendine doğru çekmişti kızı. Tıpkı göbeği gibi, göğüsleri de sütbeyazdı. Ürpererek titreşiyorlardı öpülürken.

Daha az evvel, hoplaya zıplaya doruklarında dolaştığı mutluluktan, tepetaklak yuvarlanıvermişti Gaba banyoya kapatıldığında. Ne var ki banyo kapısının sürgüsü tutuk, kilidi de kırık olduğundan, kolu indirerek dışarı çıkmayı başarmıştı her seferinde. Sidar kan ter içinde kaçıncı kez sürükleye sürükleye, onu içeri tıktıktan sonra, bir ucunu salonun tam ortasından geçen kalın boruya bağladığı iple kapının kolunu sabitlemeyi akıl etmişti. Boş yere debelenip durmuştu Gaba içeride. Bir süre sonra şaşkın havlamaları, kızgın hırıltılara, en nihayetinde de bitmez tükenmez bir ulumaya dönüşmüştü. İsviçre'den bindiği trende bile bu kadar çok patırtı koparmamıştı. O banyoda bağırırken, kız da salondan üzüntüsüne iştirak ettiği için, Sidar hiçbir şey anlamamıştı sevişmelerinden. İğdiş bir esriklikle kalkmıştı kızın üzerinden.

İpi çözdüklerinde, deminden beri kapıyı tırmalayan kendisi değilmiş gibi, klozetin yanında kıpırtısız, kayıtsız yatmayı sürdürmüştü Gaba. Küsmüştü. O gün ve ertesi ve daha ertesi gün boyunca da hep küs kalmıştı. Sidar onu bir an bile yalnız bırakmamış, elektrik faturasını ödemek için bir kenara ayırdığı parayı gözden çıkarıp, en sevdiği yiyecekleri taşımıştı eve. Hiçbirini yememişti. Burun deliklerini isteksizce açıp kapayarak, önüne konan etlerin, peynirlerin, sucukların etrafında şöyle bir dolaşmış ve süzgün gözlerini devire devire gidip gene klozetin yanına uzanmıştı. Ancak üç gün sonra, su faturasının yarısını götüren kızarmış tavşan etinin kokusunu aldığında az biraz dönebilmişti eski haline. Sidar, mestiaver iltifatlar dinlercesine, sevinçle karşılamıştı köpeğinin şapırtılarını. Bu üç gün boyunca onu kaybetmekten öyle korkmuştu ki, bir daha bu eve kız mız sokmamaya karar vermişti.

Sokmamıştı da. Zaten sürdürdüğü hayata hiç uygun düşmüyordu aşk meşk ilişkilerine bulaşmak; üç başı mamur bir hayat gerekliydi bunun için, zaman ve enerji ve para gerekliydi. Parası yoktu. Enerjisi kısıtlıydı. Zamana gelince, o da giderek azalıyordu. Ölümle ilgili saplantılarından kurtulmak için, ikinin çokluğundan sıfırın hiçliğine ulaşarak çember tamamlayan 2002 senesi oldukça uygun bir zaman ve 18. yüzyıl Lizbon'u gibi buram buram ölüm kokan deprem şehri İstanbul da en uygun mekândı. Kafasının içinde, tam da salonun ortasından geçen kirli sarı boruya çarpıp durduğu yerde, günbegün semiren habis bir tümör gibi öfkesini taşıyan Sidar, yakında ölmeye hazırlanıyordu.

9 NUMARA: HİJYEN TİJEN İLE SU

Ev temizlikleri ikiye ayrılır: dünden gelip yarına gidenler ve ne dünü, ne yarını olanlar. Gerek sebepleri, gerek tesirleri itibariyle birbirlerinden öylesine ayrıdır ki bunlar, birinin olduğu yerde ötekinin esamesi bile okunmaz. Dolayısıyla, ev temizliği yapan kadınlar da ikiye ayrılır: dünden gelip yarına giden gelenekçiler ve ne dünü, ne yarını olan radikaller.

Dünden gelip yarına giden gelenekçiler, evlerini temizlerken, bunun ilk olmadığının da bilincindedirler, son olmayacağının da. Zira şimdi yapılan temizlik, düzenli aralıklarla aksaksız ilerleyen uzunca bir zincirin mühim ama bir o kadar sıradan bir halkasıdır. Daha bir hafta (ya da on beş gün) önce yapılmıştır en son temizlik ve bundan bir hafta (ya da on beş gün) sonra gene yapılacaktır. Böylelikle her temizlik günü, bir öncekinin aşağı yukarı aynısı ve düşmez kalkmaz bir rutinin parçasıdır. Hep aynı şekilde başlanır, aynı şekilde tamamlanır: önce camlar silinir, kilimler çırpılır/ derken hep aynı odadan başlanarak sırayla yerler süpürülür/ öncelikler değiştirilmeden alınır eşyaların tozları/ mutfağa muhakkak itina gösterilir/ aşağı yukarı hep aynı saatlerde çay ve yemek molaları verilir/ son aşamada, kovadaki suyu yinelemek, deterjanları değiştirmek, yıkanan çamaşırları asıp başkalarını makineye atmak gibi çeşitli vesilelerle sabahtan beri sürekli girilip çıkılan banyonun da elden geçirilmesiyle, temizlik tamamlanır. Hangi aşamadan sonra neyin geleceği önceden bilinir, çünkü her şey her zaman nasılsa gene öyledir. Gelenekçi kadınların geçmişle bağlantıları ne denli sıkıysa, geleceğe itimadları da bir o kadar kallavi olduğundan, kalan noksanları bir sonraki temizlik gününe bırakmakta beis yoktur. Diyelim ki avizelerin pulları parlatılamamış ya da çarşaflar kolalanamamış bu seferki temizlikte. Ziyanı yok, gelecek sefer telafi edilir.

Gelenekçi kadınların temizlikleri, evin düzenini korumak adına yapılan bir faaliyet değil, düzenin ta kendisidir.

Ne dünü, ne yarını olan radikallere gelince, sayıca çok daha az, kafaca çok daha savruk olan bu kadınların nazarında her temizlik, mutlak ve emsalsizdir. Bundan daha on beş gün, ya da bir hafta, hatta bir gün önce temizlik yapmış olsalar bile, bunun zerrece önemi yoktur. Hayatlarının haritasında iki ayrı temizlik gününü birbirine bağlayan tek bir asma köprü dahi bulunmadığından, geçmişin temizliği geçmişte kalmıştır. Bu sebepten, sanki daha önce hiç temizlenmemişçesine temizlerler evlerini. Yarım asırdır, içinde cinlerden başka kimseciklerin barınmadığı, kokuşmuş, çürümüş, kasavet kovuğuna dönüşmüş bir izbeyi, bunca zaman sonra ilk defa temizleyip yaşanılır hale getirmekle yükümlüymüşçesine koyulurlar işe. Temizlik yapmaya tam olarak ne zaman ve hangi noktadan kalkışacaklarını kestirmek güçtür çünkü her an, herhangi bir şey onları harekete geçirebilir: elektrik düğmesinin kenarına yapışmış bir kavun çekirdeği, perdelerin üzerindeki is, lavabonun etrafındaki kireç izleri, masa örtüsüne bulaşmış yemek yağı, bardağın dibinde unutulup küf bağlamış bir sıvı, yerde kurumuş bir çamur parçası... dızdığının dızdığı herhangi bir ayrıntı, radikalleri durduk yerde topyekûn temizlik yapmaya teşvik edebilir. Nereden başlayıp, nasıl ilerleyecekleri belli olmadığından, bunu kendileri bile bilmediğinden, tüm temizlik faaliyetleri birbirinden farklıdır. Aslında temizliğe kalkışmak gibi bir düşünce dahi olmayabilir ilk anda kafalarında. Bardağı yıkarken tüm mutfağı, lavaboyu ovarken tüm banyoyu, elektrik düğmesini silerken tüm evi temizlerken bulabilirler kendilerini. Öncesiz olduğu gibi, sonrasızdır temizlikleri. Hiçbir şey yarına havale edilmez, edilemez. Gelenekçiler için her ev temizliği bir, radikaller içinse biriciktir.

Radikal kadınların temizlikleri, bir düzen sağlamak şöyle dursun, evlerinde hüküm süren düzensizliğin başlıca sebebidir.

Hijyen Tijen radikallerdendi. Belki öteden beri böyleydi ama son üç senedir radikalliği etrafındakilere kaygı verecek boyutlara ulaşmıştı. Olur olmadık zamanlarda, tek başına ya da bir gündelikçi kadının yardımıyla, evin altını üstüne getirebildiği gibi, bazen de tam tersine, bir tek tavanın kulpuna sıkışıvermiş yağ tortularını kazımaya bütün gününü hasredebiliyordu. Leke ya da pas, toz ya da is, artık ya da kırıntı, küf ya da pislik... bunlardan hiçbirini görmeye tahammülü yoktu. Son zamanlarda, herhangi bir cismi yeterince pak bulmadığında ya da temizleyemeyeceği hissine kapıldığında, camı açıp aşağı atmak gibi bir huy edinmişti. Kirliliğin mikrobik bir istila olduğuna inandığından, böyle fevri anlarda esas kurtulmak istediği, attığı cisimler değil, onlardan yayılan mikroplardı aslında. Minnacık bir kir, olduğu yerde durmuyor, dakikada üçe beşe katlanarak çoğalan mikroplar üretiyordu. O da derhal atıyordu bu mikrop kovanını evinin dışına. Sadece Bonbon Palas sakinlerinin değil, civardan geçen ilgili ilgisiz pek çok insanın da Hijyen Tijen'in temizlik takıntısından haberdar olmasının sebebi, onun pencereden bir şeyler savurduğu anlardan birine denk gelmiş olmalarıydı. Dibi tutmuş bir tencereyi atmıştı ilk; bütün gün telle ovduğu halde, bembeyaz pilava ihanet eden zifiri yanık izlerini asla tam olarak çıkaramayacağı hissiyle başedemeyeceğini anladığında. Eski bir kilimi atmıştı daha sonra; saatlerce çırptığı halde saçaklarındaki tozlardan bir türlü kurtulamadığı endişesine kapıldığında. Çamaşır makinesinden çıkardığında yeterince temiz bulmadığı, defalarca yıkadıktan sonra hâlâ temizliğinden kuşku duyduğu giysileri attığı da çok olmuştu. Ne var ki, tıpkı temizlik yapışı gibi, bu hareketi de tutarlılıktan yoksundu. Bir cismi fırlattıktan sonra tamamen unutup, bahçede kaderine terk edebildiği gibi, derin bir pişmanlıkla geri istediği de oluyordu. Yaklaşık dört aydır 9 numaralı daireden dışarı hemen hemen hiç çıkmadığından, böyle durumlarda aşağı inmek kızına, kocasına veya o aralar gündeliğe kim geliyorsa, ona düşüyordu.

Dilinden anlayıp temposuna dayanabilecek tek kişi vardı: Meryem. Ancak bu ikisinin arasında gelgitli bir ilişki sürüyordu nicedir. Hijyen Tijen, ne yapar ne eder, önüne yığılan tepeleme işe bana mısın demediği halde, gördüğü muamele konusunda son derece hassas olan Meryem'i aksi laflar ya da olmadık kaprislerle küstürürdü. O gidince, peşpeşe başka gündelikçiler tutar ama her gelen bir öncekini mumla arattığından, bir müddet sonra yana yakıla Meryem'in peşine düşer; derken, hem rica minnetle, hem de ücretini yükseltmek suretiyle gönlünü kazanmayı başarır ve her şey silbaştan cereyan ederdi. Bu şaşmaz tekerrür yakınlarda bir kez daha yaşanmış, sonunda Meryem gene ateşkes imzalamıştı. Barışmışlardı barışmasına da, en güvendiği temizlik neferinin ilerleyen hamileliği kaygı veriyordu Hijyen Tijen'e. Çok değil en fazla birkaç hafta sonra işi bırakması gerekecekti besbelli.

Ama Bonbon Palas'ı saran ekşimtırak çöp kokusu, Meryem'siz kalmaktan daha çok kaygılandırıyordu Hijyen Tijen'i. Dayanamıyordu bu kokuya. Yıllar evvel anne babasını dinlemeyip şimdiki eşiyle evlendiği, bu yüzden hem hatırı sayılır bir mirastan, hem de o ana kadar alıştığı refahtan tamamen mahrum kaldığı için böylesine derin bir pişmanlık duyduğu olmamıştı şimdiye değin. Çöp kokusuyla beraber mutsuzluğu da artıyordu günbegün. Sabahları gözlerini açıp da kokuyu aldığında kusacak gibi oluyor, koşup pata küte tüm pencereleri açıyor, bu arada aşağıdan geçenlerde gene yukarıdan bir şeyler yağacağı zannını uyandırıyor, ama pencerelerin açık durmasının içerideki kokuyu azaltıp azaltmadığını bir türlü anlamayadığından, hepsini gene gürültüyle kapıyor ve bu hareketleri gün içinde en az on kez tekrarlıyordu.

Hijyen Tijen'in çöp kokusu yüzünden son zamanlarda alabildiğine gerilen sinirleri, okul yönetiminin gönderdiği mektubu okuduğu an tel tel kopmuştu. Mektubu kaleme alan öğretmen, öteki çocukların iyiliği için, Su'nun bitlerinden arındığından emin olununcaya değin okula gönderilmemesini rica ediyordu. O gün bugündür çamaşır makinesi durmaksızın çalışıyor, küçüğün kıyafetleri keskin kokulu çamaşır suyunda bekletiliyor, evde hummalı bir temizlik sürüyordu. Gözle görülemeyecek kadar ufak ve alabildiğine doğurgan bir düşmana karşı, onlarca cephede savaş veriyordu hijyenin neferleri. Onlar da yüzlerceydiler ve her yerdeydiler. Her biri ayrı bir noktada mevzilenmişti: camlar için ayrı, metaller için ayrı, tahtalar için ayrı, mermerler için ayrı, fayanslar için ayrı ve kimisi püskürtülen, kimisi damlatılan, kimisi kurumaya bırakılan temizleyiciler; tuvalet için ayrı, lavabo için ayrı, küvet için ayrı fırçalar; kireç sökücüler, pas sökücüler, leke sökücüler; parke cilası, gümüş parlatıcısı, lavabo açıcı, tuvalet pompası; hortumuna akarlar için ayrı, tozlar için ayrı, perdeler koltuklar halılar köşeler için ayrı başlıklar takılan elektrikli süpürge, hava filtresi, gırgır, paspas, faraş, kova, fırça, sert yüzeyler için başka, hassas yüzeyler için başka bulaşık süngerleri ve telleri; çam, limon, leylak ve okyanus adaları kokulu deterjanlar; genzi yakan dezenfektanlar; yer bezleri, duvar bezleri, toz bezleri; naftalin tabletleri, lavanta yastıkları, takım elbise torbaları, sabun parçacıkları... eczaneden alınma özel şampuanlarla omuz omuza teyakkuza geçmiş, dört bir koldan savunuyorlardı Bonbon Palas'ın 9 numaralı dairesini bitlere karşı.

5 NUMARA: HACI HACI VE OĞLU, GELİNİ, TORUNLARI

"Hadi dede, n'ooolur," diye tekrarladı 7,5-Yaşındaki, gözucuyla kardeşlerine bakarak.

Diğer iki çocuk, televizyonun dibine kadar sokulmuş; izledikleri program yaklaşık on dakika önce sona ermiş olmasına rağmen, göbeğine gül goncası dövmesi oturtmuş fıkırdak sunucunun geride bıraktığı boşluktan hâlâ kopamamışlardı. Fakat Hacı Hacı, büyük torununun talebini, çocukların ortak arzusu addederek, "e peki, balıkçı Süleyman'ı anlatayım o zaman," dedi sayısı yıllardır değişmeyen dört kitabından ikincisi olan *İzahlı Rüya Tabirleri*'ni kenara kaldırırken.

"Vaktiyle, Osmanlı devrinde, Zeytinburnu'nda bir kulübede, Süleyman isminde bir balıkçı yaşarmış. O kadar yoksulmuş ki, rüyasında bile eline para değmemiş. Ama altın gibi bir kalbi varmış. Etliye sütlüye karışmadan, karıncayı bile incitmeden kendi halinde yaşayıp gidermiş. O zamanlar Osmanlı'nın en meymenetsiz günleri. Kadınlar Saltanatı denen bir devirmiş ki bu, çivisi çıkmış memleketin. Haremdeki cariyeler, her gün bin türlü dolap çeviriyor, herkesin kuyusunu kazıyorlarmış. Bir sürü günahsız insan boğdurulmuş bu yüzden. Boğdurdukları masumları sarayın pencerelerinden denize atıyorlarmış. Cesetler günlerce suyun içinde şişer, bazen de balıkçıların ağlarına takılırmış."

6,5-Yaşındaki, az evvel izlediği cıvıl cıvıl sabah programının ardından, dedesinin anlattığı masalın halet-i ruhiyesine ayak uyduramamanın şaşkınlığıyla yutkundu. Onun hemen yanında duran küçük kız başını önüne eğmiş, alt dudağını sarkıtmış; kırmızı ojeli parmaklarını kucağında kavuşturup taş kesilmişti.

"Bizim balıkçı Süleyman da bir gece balığa çıkmış. Bir sürü balık takılmış ağına. Ama öyle yufka yürekliymiş ki, kıyamayıp hepsini suya bırakmış gene."

"Öyle balıkçı mı olur?" dedi 7,5-Yaşındaki.

"Süleyman eli boş kulübesine geri dönüyormuş," diye devam etti bu sabah onunla takışmaya hiç niyetli olmayan Hacı Hacı. "Fakat birdenbire suyun üstünde beyaz bir çıkıntı fark etmiş. Geceymiş, karanlıkmış ama ay ışığı varmış. Yaklaşmış yaklaşmış, bir de bakmış ki suyun üzerinde bir ceset yüzüyor. Başka balıkçılar olsa, kendi haline bırakırlarmış balıklara yem olsun diye ama Süleyman kıyamamış. Küreğiyle uğraşa uğraşa kayığa almış cesedi. Üstündeki örtüyü açmış. Bir de ne görsün. Güzeller güzeli, gencecik bir kadın. İki memesinin tam ortasında bir hançer saplıymış. Ama yüzüne bakınca sanırsın ki canlı. Öyle tatlı gülümsüyormuş ki, sanki hiç kızmamış, gocunmamış katillerine. Dudakları kiraz, kirpikleri ok, burnu hokka, saçlar desen böyle yılan gibi kıvır kıvır ta topuklarına kadar. Bizim balıkçı Süleyman doyamamış bu güzelliği seyretmeye."

Telefonun sesiyle bölündü sözleri. Gün geçtikçe biraz daha içe doğru bükülen elleriyle ahizeyi kavradı 7,5-Yaşındaki. *Evet, kahvaltılarını bitirmişlerdi. Hayır, yaramazlık yapmıyorlardı. Evet, televizyon seyrediyorlardı. Hayır, dede masal anlatmıyordu. Hayır, gazı açmıyorlardı. Hayır, evi dağıtmıyorlardı. Hayır, balkondan sarkmıyorlardı. Hayır, ateşle oynamıyorlardı. Hayır, yatak odasına girmiyorlardı. Vallahi, masal anlatmıyordu.*

Birden sustu. Bugün annesinin içine kurt düşmüş olmalıydı ki, üsteliyordu: "Deden masal anlatıyorsa, 'hava sıcak' de yeter. Ben anlarım." 7,5-Yaşındaki, dönüp dikkatle baktı, dikkatle kendisine bakmakta olan yaşlı adama. Ve gözlerini, onun gözlerinden ayırmadan tane tane cevap verdi: "Hayır anneciğim, hava sıcak değil."

Ahizeyi yerine koydu. Birkaç saniye bekleyip oynadığı oyunun tadını çıkardıktan sonra, büyümesi engellenemeyen koca kafasını belli belirsiz bir tebessümle arkaya atarak "hadi dede, devam et," dedi. Ama bu kez, bir ricada bulunmaktan ziyade, icazet verircesine üst perdeden çıkmıştı sesi.

"Balıkçı Süleyman bu füsunkâr dilberin cesedini tekrar denize bırakmaya razı olamamış," diye devam etti, büyük torununun merhametine sığınmanın sıkıntısını üzerinden atmaya çalışan Hacı Hacı. "Almış kulübesine götürmüş onu. Sabaha kadar seyretmiş.

Kahrolmuş üzüntüden. Şafak sökerken, derince bir mezar kazmış bahçesine. Hiç ayrılmak istemiyormuş ondan ama yapacak bir şey yokmuş. Ölüler yerin altında, diriler yerin üstünde. Rûz-ı mahşerde toplanana kadar bu böyle."

"Gömmese olmaz mı?" diye mırıldandı 5,5-Yaşındaki.

"Olmaz," diye atıldı 7,5-Yaşındaki. "Gömmezsen kokar. Öyle kötü kokar ki, duramazsın."

"Burası da kötü kokuyor ama," dedi beriki alt dudağını daha da sarkıtarak.

"Belki burada da bir ceset vardır. Dolabı açıp baktın mı hiç?"

"Ceset meset yok," diye gürledi Hacı Hacı büyük torununa kızgınlıkla bakarak. "Çöp kokuyor sadece. Bütün mahalle çöpünü bizim bahçeye atarsa, olacağı bu! Ama yönetici olarak elbet bir çözüm bulacağım buna. Sen meraklanma." Küçük kızı kucağına oturtup, saçlarını okşadı. "Hem bak dinle, zaten masaldaki güzel kadın da ölmemiş ki. Balıkçı Süleyman onu toprağa gömmeden önce, göğsündeki hançeri çıkarayım demiş. Ama hançeri çıkarmasıyla, ah etmiş kadın. Meğer ölmemişmiş. Hançer sadece kemiğe kadar gelmiş. Kalbine varmamış."

Bu beklenmedik açıklamada teselli bulmaya çalışarak, şaşkın şaşkın gülümsedi 5,5-Yaşındaki. Büzülüp, yapışıverdi dedesinin kucağına. Bir de büyük abisinin bakışlarını üzerinde hissetmese, daha rahat edecekti.

"Ne vakit öleceğimiz hepimizin alnında yazılı. Kaderinde yazılı değilse, göğsüne hançer de saplasalar ölmezsin. Kadıncağız canlanınca, bir yudum su istemiş balıkçı Süleyman'dan. Sonra da başlamış anlatmaya. Meğer saraydaki cariyelerden biriymiş. Padişah en çok onu beğenirmiş. Öteki cariyeler kıskançlıklarından çatır çatır çatlarmış. Yürekleri fesatla dolduğundan, bu masum günahsızı öldürmeyi kafalarına koymuşlar. Harem ağalarını da yanlarına alıp, kanlı hançeri kadıncağızın ak göğsüne saplayıvermişler. Biçare kadın iki gözü iki çeşme anlatmış bunları. Sonra da demiş ki: 'Beni tekrar saraya götürürsen, padişahımız efendimiz seni muhakkak çil çil altınla ödüllendirir.' Bunları işitince bizim balıkçı Süleyman'ı bir düşüncedir almış. Altın maltın istediği yokmuş. Sevdalanıvermiş meğer. O gece bu güzel cariye, kulübede, onun yatağında uyumuş. Ama balıkçı Süleyman dışarıda, kayığında uyumuş. Gecenin bir vaktinde şeytan gelmiş yoklamış. 'Götürme kadını,' demiş, 'böyle güzel kadın geri götürülür mü? Senin olsun. Burada kalır, çamaşırını yıkar, yemeğini yapar, karın olur.' Aynen böyle demiş şeytan."

Hacı Hacı, kendilerini kahramanın yerine koyup, vicdan muhasebesi yapmalarını beklercesine torunlarını inceledi sessizce. Ne var ki, suratındaki sırnaşık tebessüme bakılırsa 6,5-Yaşındaki'nin aklı, masalın ahlaki boyutundan ziyade, cinsellik vaat eden kısımlarına takılmıştı. 5,5-Yaşındaki'ne gelince, her gün öğrendiği yeni kelimeleri içine koyduğu cicili bicili dilbilgisi çantasında, diğerlerinden ayrı bir yerde, çıtçıtlı bir cüzdanda biriktirdiği ve hepsinin de meali cin olan kelimelerin arasına bir yenisi eklemekle meşguldü o esnada: cariye. Geriye 7,5-Yaşındaki kalıyordu gene. Dedesinin bakışları kendisine çevrilince, müstehzi bir ifadeyle fısıldadı: "Tabii ki geri götürmemiş."

"Tabii ki götürmüş," dedi Hacı Hacı. "Kendi elleriyle teslim etmiş saraya. Padişah çok sevinmiş. 'Dile benden ne dilersen' demiş. Ama hiçbir şey dilememiş balıkçı Süleyman. Giderken nasıl yoksulsa, gene öyle yoksul çıkmış sarayın kapısından."

Anlık bir sessizlik oldu. Masalın bittiğini anlayan 6,5-Yaşındaki, "acıktım," diye bağırarak ayağa fırladı. Çıtçıtlı cüzdanını kapatıp, dedesinin kucağından atladı 5,5-Yaşındaki: "Önce Osman, önce Osman!" Yemek kısık ateşte ısınırken, evdeki tüm çarşafları, yastıkları ve pikeleri birer birer salonun ortasına yığarak çadırlarını yapmaya giriştiler. Bir tek 7,5-Yaşındaki, bir tek o, istifini bozmadan oturmayı sürdürdü. Eline bir çizgi roman almış, ilgiyle okur gibiydi. Ama kafasındaki büyümeye ayak uyduramadıkça küçülüp kısılan yosun yeşili gözleri, sayfaların üzerinden kayarak, dedesiyle kardeşlerinin üzerine sabitlenmişti. Her geçen gün, onlardan biraz daha nefret ediyordu.

7 NUMARA: BEN

Bugün balkonumu karıncalar bastı. Ya da balkonumu karıncaların bastığını bugün fark ettim. Hiç durmuyorlar. Kendilerinden başka kimsenin duymadığı komutlara ayak uydurarak, muntazam kahverengi şeritler halinde, duvar dibindeki karanlık oyuk ile yarısını sehpanın üzerinde unuttuğum sucuklu tostun kırıntıları arasında gidip geliyorlar. Nereden çıktıklarını, üçüncü kata kadar nasıl ulaştıklarını anlayamıyorum. Cins cins böcek kaynıyor bu apartman. Akşamları balkonda içerken, bana eşlik ediyorlar.

Babamın ahı herhalde; ya ahı, ya da genleri. Onun gibi değil de, kendim gibi içtiğimi düşündüğüm günlerde, babamın hayattaki en büyük sorununun içmeyi bilmemek olduğuna inanırdım. Kendim gibi değil de, onun gibi içtiğimi fark ettiğimden beri, esas sorunun içmeyi değil, durmayı bilmemek olduğunu düşünüyorum. Duramıyordu, bu kadar basit. Her şeyden önce, nerede durması gerektiğini göremiyordu; gördüğünde ise, bunu umursamayacak kadar sapmış oluyordu güzergâhından. Gazı körükleyip son sürat gidiyordu kadehi eline alır almaz. Yol kenarında bir tabela arıyordu çok geçmeden kan çanağına dönen gözleri. Açık bir işaret, somut bir ikaz: "10 metre ilerisi mıcır, yavaşla!" ya da "kaygan zemin! keskin viraj! eğimli yol!" Birinin çıkıp onu uyarmasına, nasıl göründüğünü söylemesine ihtiyacı vardı. Bunu yapsak yapsak biz yapabilirdik. En yakınlarıydık. Tek yakınlarıydık. Ama hiç denemedik. Annem de, ben de, her akşam onunla birlikte masada yerimizi alır; tabağımıza mezeler doldurur, elma soyar, portakal doğrar, kabuklardan fenerler yapar ve olacakların olmasını beklerdik. Annem, içerken babama kesinlikle karışılmaması gerektiğine kendini de inandırmıştı, beni de. Çekiniyordu ondan ve haklıydı çekinmekte. Ama meselenin bu kadarla kalmadığının, daha o zamanlar bile farkındaydım. Babamın düşüşüne tanıklık etmekten acı çektiği kadar, haz da alıyordu inceden inceden. İğdiş bir keyif duyuyordu onun gündüzleri bir an bile yitirmediği heybeti, akşamları içki masasında kuruş kuruş bozdurup harcadığını görmekten... Bu yüzden kuruyordu o birbirinden leziz mezelerle, iştah açıcı yemeklerle donatılmış rakı masalarını. Üstelik her akşam... On iki sene boyunca hemen her akşam...

Fazlaydı çünkü babam. Fazla yakışıklı, fazla mahir, fazla bilgiç, fazla girift, fazla hodbin, fazla gafil, fazla delişmen... fazlaydı anneme ve bana; fazlaydı oturduğumuz lojmanlara, görev yaptığı orduya, tayin olduğu kasabalara, iyileştiremediği hayvanlara... yaşadığı hayata fazlaydı fazlasıyla. Onu sevdiğim herhangi bir dönem olup olmadığından emin değilim ama bir vakitler onunla gurur duyduğumu hatırlıyorum. Onunla gurur duyuyordum çünkü uzun boyluydu. Yakışıklıydı, hem de çok. O dönemlerde çingeneler tarafından kaçırılıp büyütülen çocuklar hakkında onlarca hikâye dolaşırdı dilden dile. Babamı da küçükken birilerinin kaçırıp, aramıza kattığını düşünürdüm hep. Kimseye benzemiyordu çünkü. Kumral, orta boylu, gülüşleri birbirlerininkini andıran, kızdıklarında gözlerini kaçıran, en çılgın anlarında bile üzerlerinden sınırlılık akan, sabırlı, sıradan ve sakıngan kadın ve erkek topluluklarının arasında, kapılara sığmayan boyu, güneşin altında yakıcı bir sarıya bürünen saçları, hüzünlendiğinde koyulaşan ve her zaman insanın yüzüne hesap sorarcasına dosdoğru bakan kahverengi, delici gözleri, bir uçtan bir uca yalpalayan mizacı, sürüsüne bereket hezeyanları, günah hânesinde günbegün kabaran hataları ve vartalarıyla bizim gibi değil, bizden değildi.

Eğer babam bu kadar yakışıklı olmasaydı, böylesine dinç ve kendinden emin, muhtemelen daha rahat ederdi annem. Nişan fotoğraflarında, yakasına kocaman, yapma bir manolya iliştirilmiş tirşe nişan elbisesi içinde, onun koluna girmiş gülümserken bile bakışlarını gölgeleyen, mutluluğunu örseleyen o kem tedirginlik, aradan geçen yıllar içinde bileylenmezdi böylesine. Zamanın iki yüzlülüğünden nefret etmiş olmalı. Önce ben, sonra kardeşim, derken peşpeşe iki düşük, ardından o çok istediği, şımarta şımarta büyüttüğü, en nihayetinde tıpatıp kendine benzettiği kız çocuğu... Vaktiyle çok güzel olan kadınların, vaktiyle çok güzel olduklarını yarı mahcup yarı mağrur dile getirişlerinde ve söylediklerini inandırıcı kılmak için açıp her seferinde aynı gençlik fotoğraflarını gösterişlerinde acıklı bir yan bulmuşumdur hep. Daha da acıklı olanı, aynı fotoğraftan çocuklarının her birinde, bilhassa oğullarında, birer adet bulunması ve onların da, tüm tanıdıklarına, bilhassa sevdikleri tüm kadınlara, hafif mahcup çokça mağrur bir edayla hiç olmazsa bir kere bu fotoğrafı göstermeleri. Bize gelince, babam yüzünden, yoksa onun sayesinde mi demeliyim, ne annem oynayabildi bu oyunu, ne de erkek kardeşimle ben.

Başka türlü olsa, olabilseydi babam, gençliğin faniliğini muhtemelen zorlanmadan içine sindirebilecekti annem; etrafındaki tüm o iki üç çocuklu, orta halli, içlerinde kalan ukdelerin zehiri ya bakışlarına ya dillerine vurmuş ev hanımları gibi. Onlar ve kocaları normaldi. Normal olmayan babamın haliydi. Evliydiler; yaşamları, çocukları, paraları, yuvaları, hüsranları, mazileri birdi ama yıllar anneme başka, babama başka türlü muamele etmişti. Annem hızla yıpranadursun, babam onca sene sonra bile, hâlâ nişan fotoğraflarındaki gibi genç ve bir o kadar dinçti. Yanıbaşında bir türlü solup gitmeyen bir güzellik varken, güzelliğinin solup gitmesini hazmedemediği için suçlayamıyorum annemi. Eli kolu bağlanmış, kendine baktığı tüm mercekler puslanmıştı. Vaktiyle ne denli güzel olduğunu göstermek için konu komşuya, eşe dosta sergileyebileceği fotoğraflar, ondaki değişimi değil, babamdaki değişmezliği açığa çıkarmaya yarayacağından, diğer iki üç çocuklu, orta halli, içlerinde kalan ukdelerin zehiri ya bakışlarına ya dillerine vurmuş ev hanımlarının misafir odalarının aksine, bir tek bizim misafir odamızın görünür bir yerinde durmazdı eski fotoğraf albümleri.

Bense o yaşlarda babamla gurur duyup ona öykünmekle meşgul olduğumdan, annemin kaygılarının farkına varamamış olmalıyım uzunca bir zaman. Dalına tünediğim her yeni yaştan, babamı izliyordum kıvançla. Tıpkı öteki askerler gibi kasıtlı bir sertliğe bürünüyordu çehresi üniformayı giydiğinde. Ne var ki, ötekilerin aksine, her an pelteleşebilir bir sertlik, çözülebilir bir kasıttı onunki. Gündüzden veriyordu bunun ipuçlarını. Gündüzleri, sevdiği için değil de, sırf işi bu olduğu için hayvanlarla uğraştığını ispatlayabilmek istercesine donuklaşan bakışları, bir tayı iyileştirip ayağa kaldırdığında, yuvarlandığı asit dolu çukurda çenesi erimiş bir kedinin acısını dindirdiğinde, köpeklerin saldırısına uğramış bir gelinciğin huzura ermesini sağladığında, bir an için de olsa eriyerek, duru, dokunaklı bir naifliğe bürünürdü. İşte o zaman, onun, her ikisi de çoktan solmuş, eprimekten tüy tüy olmuş iki zıt ruh halinden habire birini çıkarıp, birini giymekten duyduğu bıkkınlığı sezebilirdiniz. Bu zıtlığın nüveleri, iki başlı mesleğinde de mevcuttu: veterinerlik ve askerlik.

Günboyu, etrafındaki kadınlarda gıptayla karışık hayranlık, erkeklerde ise hayranlıkla karışık gıpta uyandıran hüsrevane heybetiyle oradan oraya koşuşturup, sağa sola emirler yağdırırken, bir türlü iyileştiremediği bir kirpi yavrusunu taşır gibi taşıdığı biri daha vardı üniformasının içinde: hüznün de neşenin de ölçüsünü tutturamayan, ölümden deli gibi korkan, acı çekmeye de çektirmeye de dayanamayan, haksızlık karşısında kolay kolay toparlanamayan, bir gün bir yerlerde fena halde çuvallayacağını sezen, sarsak ve sevecen, huzursuz ve güvenilmez, bedbin ve öfkeli, saldırgan ve alkolik biri... Güneş tepede, o da işinin başında olduğu müddetçe, oldukça başarılı sayılabilirdi kirpi yavrusunu gizlemekte. Öyle övünülesi, öyle imrenilesiydi ki gündüzleri, annem bile olur olmadık bahanelerle üçümüzden birini kaptığı gibi ona uğramayı severdi. Gündüzleri onun yakınında olmak kardeşlerimin de, benim de hoşumuza giderdi. Ne yazık ki bunlar onu en az gördüğümüz, onunla en az göründüğümüz saatlerdi. Sonra akşam olur ve hâlesi parlaklığını, çehresi cazibesini yitirirken, babam başlardı başkalaşmaya.

Annem, sebebini hiçbir zaman kestiremediğim bir işbölümü yapmıştı kafasında. Babam içerken, kız ve erkek kardeşim içeride sessizce televizyon izleyip, erkenden uyumakla, annem ile ben de masada kalıp tanıklık etmekle yükümlüydük. Gündüzleri bile yalnızlığa tahammül edemeyen babamın hayatta en nefret ettiği şey rakı sofrasında bir başına bırakılmak olduğundan, kendiliğinden oluşmuş bir nöbet sistemi vardı annemle aramızda. İlk nöbet benimdi. Akşam o masaya oturur oturmaz, ben de karşısında yerimi alırdım. Annem o sırada sigara böreklerini kızartmak, köftelerin sosunu karıştırmak, hazırlaması birbirinden külfetli meze ve yemekleri kayık tabaklara yerleştirip, sofraya taşımakla meşgul olurdu. Ben, masada kalır ve babamın sorularını cevaplardım. Hep aynı soruları sorardı, okula dair ve her seferinde benim cevaplarımı yarıda kesip kendininkileri anlatırdı, yaşama dair. Kızmazdım ama. Kızmazdım çünkü bu ilk aşama babamın sohbetinin en keyifli olduğu zamandı. Şerefime kaldırdığı ilk kadehi yarıladığında öyle güleç, öyle hoşsohbet olurdu ki, daha sonra olacakları harfiyen bilmeme rağmen, ben bile kıvanç duyardım o an orada bulunmaktan. Sonra annem gelir, ne düşündüğünü elevermeyen bir ifadeyle babamın yanına oturur; ikisi mırıltılı, tekdüze bir sesle günün hayhuyundan söz etmeye başlarken ben ödevlerimi yapmak üzere içeri geçer ve odamdan onları dinlerdim. Yaklaşık iki-iki buçuk saat sonra masaya döndüğümde vakit ilerlemiş, annemin gözünü uyku bürümüş, sohbet çoktan tükenmiş olurdu. Bu üçüncü ve son aşamaydı. Güzel olan her şeyin hızla çürüdüğü aşama... Masanın üzerinde fıldır fıldır gezinen kirpi yavrusunun dikenlerine dokunduğum, dikenlerinden gocunduğum aşama...

Ben dönünce annem gününe göre, ya söylenerek evin içinde dolanmaya başlar, ya ağlayarak kız kardeşimin yanına gider ve gece onunla yatar veya sanki ortada ters giden hiçbir şey yokmuş gibi, oynak bir şarkı mırıldanarak bulaşıkları yıkamaya koyulurdu. Ama ne yaparsa yapsın, bir daha masaya dönmez ve bu üçüncü aşamanın sonuna kadar babama refakat etmeyi bana devrederdi. Oysa içlerinde en uzunuydu bu aşama; en uzunu ve şüphesiz en zoru. Buz kovasındaki buzlar, içinde sigara küllerinin, ekmek kırıntılarının yüzdüğü ılık, bulanık bir suya dönüşmüş, tabakta kalan köfteler soğuyup kurumuş, salatanın ince ince kıyılmış soğanları kokmuş, kültablası ağzına kadar dolmuş; tabaklarda kalan mezeler nefasetini, dilimlenmiş kavunlar diriliğini, babam heybetini çoktan yitirmiş olurdu bu safhada.

Bunca sene sonra düşündüğümde, üç kardeş içinde babamızın en rezil hallerine bir tek benim tanıklık etmeme rağmen, kötü alışkanlıklarını devralanın da gene ben olmam tuhafıma gidiyor. Erkek kardeşim, ara sıra, o da sırf bulunduğu ortama ayak uydurabilmek amacıyla, içer içkiyi de, sigarayı da. Kız kardeşimse hani şu asla dumanaltı mekânlara adımını atmayan, yanında birileri sigara içmeye kalktığında yakınlık derecesine göre ya müdahale ya da surat eden; sarhoşa çekinerek, ayyaşa iğrenerek, berduşa yolunu değiştirerek bakan ve gördüğü her sarhoşu ayyaş, her ayyaşı da berduş zanneden kadınlardan biri oldu çıktı sonunda. Üstelik bu cerahatli huylarını olduğu gibi küçük kızına da aktardı. Ne zaman onların yanında sigara yakmaya kalksam, yeğenim, düğmesine basılmış minik bir robot gibi harekete geçerek, fare ölüsü görmüşçesine tiksintiyle kırıştırdığı burnunu havaya dikip, ezberden bir söylev vermeye başlıyor sigaranın zararları üzerine. Benimse nevrim dönüyor, insanların, bilhassa çocukların, kendilerine ait olmayan iddialara böylesine talimli bir hırsla sarıldıklarını gördükçe. Kullanabileceğim tek bir kültablası bile yok evlerinde. Salondaki şatafatlı ceviz dolabın içinde, envai çeşit kallavi içki ve her bir içki için ayrı kadeh çeşitlerinin yanısıra, ailecek gezdikleri tatil beldelerinin, yabancı şehirlerin amblemlerini taşıyan onlarca porselen, mermer, kristal, gümüş, altın kaplama, demir, tunç, tahta, boncuklu, minyatürlü, ebrulu, heykelimsi, oyuncağımsı, abuk sabuk ve çok özel kültablası var da, sigaramın külünü silkelemeye geldiğinde iş, tek bir kültablası bile yok kullanımda. Merak ediyorum. Üç kardeş içinde bir ben babama benzediğim için mi annem akşamları beni kardeşlerimden uzak, babama yakın tuttu; yoksa tam tersine, annem beni akşamları kardeşlerimden uzak, babama yakın tuttuğu için mi üç kardeş içinde bir ben babama benzedim? Bunu şöyle de sormak mümkün: Ahı mı tuttu babamın – nihayet gene bir içki sofrasının dibi görünmeyen üçüncü aşamasında ileri geri laflarına daha fazla dayanamayarak, onu yalnız ve yüzüstü bıraktığım, ondan sonra da bir daha ne zaman aynı sofraya otursak, hep bir maraza çıkardığım için; yoksa aynı genetik zincirin halkaları mıyız eninde sonunda – önceden belirlenmiş kodlar uyarınca, muntazam şeritler halinde hiç durmadan ilerleyen küçümen, çalışkan karınca genler yüzünden.

On iki-on üç yaşında olmalıydım. Erkek kardeşim kabakulak geçirdiğinde birlikte eve kapanıp, hiç durmadan iğde tıkınarak ve karşılıklı uzandığımız divanlardan sadece tuvalete gitmek için kalkarak, günlerce mıhlanmış vaziyette televizyon seyretmiştik. İzlediğimiz yerli filmlerden birinde başroldeki kadın, kenarları iğne oyalı karbeyaz mendillere kan kusuyor, yıllardır gizliden gizliye sevdiği adamı kız kardeşine kaptırmasına rağmen ikisine de bir şey belli etmiyor ve sonunda verem olup yatağa düşüyordu. Eve gelen doktor ona yakında öleceğini söylediğinde, sarımtırak iğde tozları saça saça gülmüştük. Sefilce gülünçtü film ve bir o kadar gerçekdışıydı; bayat bir zamana ait ve inandırıcılıktan fersah fersah uzaktı. Ekrandaki, saçları unla ağartılmış, gözlerinin altı kalemle morartılmış, solgun benizli oyuncunun veremden öleceğine inanmak ne kadar mümkünse, daha altı ay evvel babamızın sirozdan ölmüş olduğuna inanmak da ancak o kadar mümkündü. Filmin sonlarına doğru, yanında kız kardeşimle birlikte çarşıdan döndü annem. Her ikisi de şimdiye değin kabakulak geçirmemiş olduklarından, uzak durmaları gerekiyordu kardeşimden. Gene de dayanamadı annem. Geldi, yüzünde sevecen bir tebessümle aramıza oturdu. Önce benim, sonra kardeşimin elini avuçlarının arasına alıp, tutuk ama heyecansız bir sesle yakında yeniden evleneceğini söyledi. Veremli kadın trabzanlara tutunarak güç bela alt kata inmeyi başardığında, aşağıda bir sürü şıkıdım davetlinin ortasında, âşık olduğu adamla kız kardeşinin nikâhlarının kıyılmak üzere olduğunu gördü ve hırıltıyla öksürerek yere yığıldı. Kardeşimle ben birbirimizin suratına iğde tozları püskürterek güldük; annem de bizimle birlikte güldü. Kapının ağzında duran kız kardeşim, hayret dolu bakışlarını anneme çevirdikten sonra gözyaşlarına boğularak evden çıktı. Biz gene güldük. Annem gülmedi bu sefer. Kumral saçlarının çevrelediği çökkün yüzünü eğerek, elindeki iğne oyalı karbeyaz mendile uzun uzun sümkürdü. Belki de mendil filan yoktu ortada; sırf böyle hatırlamak istediğim için böyle kaldı hafızamda. Deminden beri etrafa saçtığımız tüm iğde tozları, ani bir esintiyle havalanıverdiler yerden ve kudurgan bir kar fırtınası gibi, giderek tırmanan bir öfkeyle odanın ortasında döne döne, göz gözü görmez oluncaya değin ince ince, sarı sarı yağdılar üzerimize. Her şey gibi, her şey gerçekdışıydı.

Aileden biri beklenmedik biçimde ölünce, ondan geriye kalan eşyalar, hem ölümü, hem o ölümü reva gören Tanrı'yı, hem de yaşanılan evi gerçekdışı kılar. Kardeşlerim, evde babamla kısıtlı vakit geçirip, onu kendi eşyaları ve yuvasıyla kuşatılmış vaziyette çok daha az görebildiklerinden, bu durumu annemle benim kadar hissetmemiş olmalılar. Ama akşam olup da sofra kurulduğunda, annem gayriihtiyari her zamanki mezelerinden yapmaya kalkıp, ben bayatlamış bir görev bilinciyle hep aynı saatlerde hep aynı yere geçtiğimde, karşımızdaki sandalyede oturan boşluğun ölüm, ölümünse gerçek olduğunu kabullenebilmemize mâniydi babamın eşyaları. Sadece, zümrüt yeşili çeşmibülbül rakı sürahisi, üzerine atbaşı işlenmiş deri cüzdanı, sık sık taşı değiştiği, gazı yinelendiği halde gene de hep sorun çıkaran savatlı çakmağı ya da içine ağrıkesicilerini koyduğu, kapağında yanlışlıkla gözleri bitişik yapıldığı için ne uğursuz ne de bilge, olsa olsa şaşkın görünen, gövdesi mor, kanatları güvez bir baykuş kabartması bulunan enfiye kutusu değil, bu masa ve sandalyeler, bu salon ve ev yerli yerinde durmayı sürdürdükçe ya da biz buradan gidemedikçe, hep gerçekdışı bir yan olacaktı babamın ölümünde. Sonunda, baktık ki ne bu evden çıkabiliyor, ne de bu zihin bulanıklığından kurtulabiliyoruz, kardeşlerime belli etmeden, sessiz ve gizli bir işbirliğiyle, annem de ben de birer kıyafet giydirip, kisve biçtik babamın akşamları bizimle masaya oturan hayaletine. Oysa başka şartlar altında, bizi birbirimize yakınlaştırması beklenen bu davranış benzerliği, sonunda yollarımızı kesinkes ayıracaktı.

Oyunbozanlıktı çünkü yaptığı. Babamın masadaki hayaletine hizmet ederken, onu olduğu gibi değil, görmek istediği gibi resmetti zihninde ve dilinde. Hamarattı hep. Çabuk çabuk süpürüverdi, ölen kocasının asla sevmediği, beğenmediği, istemediği tüm özelliklerini belleğinin dışına. Nihayet temizliğini bitirip, diktiği kıyafeti babamdan kalan boşluğa giydirdiğinde, sadece ailesinin selametini düşünüp durmadan bunun için çalışan, karşılığında tek lüksü akşamları karısıyla karşılıklı oturup bir-iki kadehcik içmek olan, bir zehiri varsa bile içine akıtan; asla söylenmeyen, şikâyet ya da küfür etmeyen, etten ve sinirden değil de eften püften; tekdüze bir ağıdı andırırcasına renksiz ve fersiz bir adam oturuyordu masada. Annem bu sahte rahmetliyi o kadar sevdi, ona o kadar yürekten inandı ki, altı ay sonra tekrar evlenmeye karar verdiğinde, kendisine koca olarak seçtiği adam, masadaki hayaletin tıpatıp aynısıydı.

Bu zaman zarfında onun belleğinin dışına süpürdüklerini ben topladım çuval çuval. Babama olan bağlılığımdan ziyade, anneme duyduğum kızgınlıktan yaptım bunu. Fakat sonuçta, ağzı sımsıkı bağlanıp kapının önüne konmuş çöp torbalarını birer birer açarak, içlerindeki tüm nahoş hatıralara inadına sahip çıkarak kendi ellerimle diktiğim hayalet, ötekinden daha yakın olmadı hakikate. Doğrusu, ne annemin sonradan kendini inandırdığı kadar güzideydi babam, ne de benim buna karşı iddia ettiğim kadar kepaze. Gene de her ikimiz de inatla sarıldık kendi aldatmacamıza. Aldatmaca da sayılmaz büsbütün; sadece yarı haksızlığımızın üzerini kapatıyorduk yarı haklılığımızla. Annem de, ben de, birbirlerinden köşe bucak kaçan, kaçtıkça asla bir bütüne tamamlanamayan iki yarım çemberi çevirmeye çalışıyorduk beyhude bir gayretle. Artık tek ölüye ait iki ayrı mezar vardı ortada: birinde gündüzleri defnedilmişti aynı adamın, ötekindeyse geceleri. Ne zaman babamı yadetmek istesek, annem birini ziyaret ediyordu, ben diğerini.

Yıllar sonra, İngiliz bir meslektaşıyla birlikte, popüler İslam'ın gündelik hayatı nasıl yönlendirdiğini araştırmak üzere İstanbul'da üç bölgede saha çalışması yaptığı günlerde, aynı semtte, aynı evliyaya ait birden fazla mezar gördüklerinden ve kimsenin bunu yadırgamadığından bahsetmişti Ayşin. Ben de yadırgamamıştım.

Her ikisinin de birbirlerini tanıma taleplerine daha fazla dayanamayarak, Ayşin ile annemi buluşturma gafletinde bulunmam da o döneme rastladı. Akşam eve dönerken, o zamana değin benden dinlediği "baba" ile, gün boyu annemden dinlediği "ilk koca"yı özdeşleştiremeyen Ayşin, bu tür durumlarda hep yapıldığı gibi, birimizden birinin yalan söylediği ve bu yalanın özellikle kendisine karşı söylendiği sonucunu çıkarmıştı bile. Annemin iyi niyetinden şişirdiğini, benimse art niyetimden karaladığımı düşündüğü rahmetlinin gerçek kişiliğinin izini sürdüğü kısa bir akıl muhakemesinin ardından, yalan söyleyenin ben olduğuma ve bunu sırf "kendi durumum"u haklı çıkarmak için yaptığıma karar verdi.

Benim durumumdan kasıt, günbegün artış kaydeden içki tüketimimdi. Ayşin'in bilmediği, bilmekten de hoşlanmayacağı şey ise, evlenene kadar böyle bir sorunumun olmamasıydı. Onu suçlamıyorum, ne de evliliğimi. Bir başlangıç noktası tayin edemiyorum zaten. Tek bildiğim, bir zaman sonra, hayatım bir kinaye çemberi çizip başa döndü ve ben kendimi, vaktiyle babamın oturduğu sandalyede, olduğu halde buluverdim. Gene de mühim farklılıklar vardı arada. Anneme benzemiyordu Ayşin. Onun gibi sofralar donatmadı bana, ne de edilgen kaldı karşımda. İşi şakaya vurdu, küstü; tatlı dil döktü, küstü; anlayış gösterdi, küstü; sinirlendi, küstü; tehdit etti, küstü; küçümsedi, küstü, yanımda kaldı, küstü; çekti gitti, küstü; geri döndü, küstü... Bildiği her yolu denedi, sık sık küsmek suretiyle. Ben de onunla birlikte denedim, gönlünü kazanabilmek gayesiyle. Ona müteşekkir hissediyordum kendimi, bilhassa ilk başlarda. Mümkün olduğunca basit düşünmeye zorluyordum kendimi. Onun annem gibi kocasının tökezlediğini görmekten içten içe haz alan biri, evliliğimizin de ebeveynleriminki gibi olmadığının kanlı canlı deliliydi müdahaleleri. Bu hisle ve hevesle dört-beş ay her şey yolunda gitti. Artık adamakıllı azaltmıştım içkiyi. Ne var ki, bu takdire şayan ilerleme, çok geçmeden kendi kendimin baş rakibi haline getirdi beni. Giderek ne zaman dozu kaçırsam; derken, biraz fazla içsem ve sonunda, ne zaman içsem, daha evvel göstermiş olduğum başarıyı tekrarlayamadığım için hoyratça azarlanır, diken diken iğnelenir oldum. "Bundan daha iyisini yapabildiğini biliyoruz," diyordu Ayşin "biliyoruz değil mi?"

Tatlı tatlı emdiğiniz şekerin birdenbire kırılarak, içinde gizlediği peltemsi ve alabildiğine ekşi sıvının ağzınızın içinde dağılıvermesine benzer şu özne BİZ. Lav gibidir aynı zamanda. Tek ve mutlak bir kaynaktan fışkırdığı halde, sanki her yerden boy vermiş ve her yere aitmişçesine, pervasızca dört bir yana yayılan, yoluna çıkan her şeyi istisnasız, ayırımsız eteklerinin altına alan, kendi dışında bir varlık kalmayıncaya değin tüm bir yaşam alanını kaplayan, yakıcı, kavurucu, fetih tutkunu lav gibi. Tanrı böyle konuşur kutsal kitaplarda. Tüm yaratma, yok etme, cezalandırma, mükâfatlandırma eylemlerini anlatırken, BİZ diye hitap eder. Bir de anneler böyle konuşur çocuklarıyla. "Acıktık mı?" diye sorarlar mesela. "Bakmayın amcası böyle yaramazlık yaptığımıza, aslında biz çok usluyuzdur," derler ya da. Alınan karar, yapılan tercih tamamen onlara ait olduğu halde, ortada iki ayrı benlik ve bellek değil de, som ve sonsuz bir bütünlük varmışçasına katarlar berikinin varlığını kendi varlıklarının hudutlarına. Tanrı'nın Kuran'da, annelerin çocuklarına, Ayşin'in de içki konusunda bana hitap ederken kullandığı BİZ'in formülü, (Biz = Ben + Sen) değil, (Biz = Ben + Ben olmayan herşey)dir. Böyle bir BİZ'in dışında kalmak mümkün değildir.

Kalamadım ben de. Önceleri şevkle ve belki bir parça sükseyle, akabinde az buçuk tavsamış bir hevesle, derken örselenmiş bir gayretle ve sonlara doğru zaten başarayamayacağımı bile bile, defalarca üst üste bıraktım içkiyi. Her seferinde yeni takvimler hazırladık birlikte: günlerin senelerden daha önemli olduğu ama tek başına bir şey ifade etmediği, zamanın tutulamayan sözlerle ölçüldüğü, mühletleri semboller, işaretler ve yeminlerle yüklü takvimler. Bir cetvelle kâğıt üzerinde muntazam kareler hazırlayıp, aylık takvimler çiziyorduk kutu kutu. Plandan saptığım gün, onu bir leke gibi kâğıt üzerinde belirtmek yerine, sil baştan yenisini hazırlamaya güç bela da olsa ikna ediyordum Ayşin'i. Her kıytırık hadise, pek münasip bir vesile ya da her özel gün, kısmetli bir milad oldu takvimlerime. Ben böylece, doktoramı verdiğimde, yılbaşlarında, otuz üçüncü yaşgünümde, senenin ilk karı yağdığında, arabanın önünü haşat eden bir trafik kazasını sağ salim atlattığımızda, evlilik yıldönümümüzde, Ayşin'in otuz birinci yaşgününde, tez hocamın akciğer kanseri olduğunu öğrendiğimde, kız kardeşimle bağıra çağıra kavga edip birbirimize küstüğümüz günün gecesinde, üvey babamın ölüm haberini aldığımda, hayatın kıymetini bilmek gerektiğinin konuşulduğu envai çeşit ortamda, Ayşin ile İstanbul dışına yaptığımız kaçamaklarda, yollarda, evlerde, partilerde, otellerde, sahillerde... karımın gözlerinin içine baka baka bı-rak-tım-bı-rak-tım-bırak-tım içkiyi.

Başarılıydım ama yeterince değil. Bir dönem, içkiyi haftalarca tamamen kesmeyi başardığım için, ondan sonra içtiğim her kadeh, bir adım gerilemek demekti. Bana örnek gösterilen kendimdi; sabun gibi avuçlarımın arasından kayıp fırlayan, kovaladığım halde bir türlü yetişemediğim, paçasından yakalasam bile asla derdest edemediğim, başarısını yineleyemediğim kişi kendimdi. Böyle böyle işler sarpa sarmaya başladı. Bir süre sonra, artık neyin kâfi, ne kadarının fazla olduğunun ölçütünü Ayşin de karıştırmaya başladı. O noktadan itibaren, müdahalelerinin sebebi bulanıklaştı. Beni kendi kendimle yarışmaya zorlamasının sebebi, sağlığım için endişelenmesi değildi artık. Sözler ve eylemler birincil anlamlarını yitirdiler; her şey dolaylı yollardan bir başka şeyin göstergesi haline geldi. Takvimlerim birer barometreydi şimdi. İçmeden geçirdiğim günlerin sayısı aracılığıyla, onu ne kadar sevdiğimi ölçüyordu Ayşin. Oysa sevgi söz konusu olduğunda, sayılar ve oranlar sadece fesat çıkarmaya yarıyordu. Aciz bir sıfattı ÇOK, daha da fazlasının mümkün olduğuna inanıldığı her yerde. Çok seviyordum Ayşin'i. Ama bundan daha iyisini yapabileceğimi *ikimiz de biliyorduk.* Bir yerlerde bir yanlış anlama olmuş; içkiyi azaltmak değil tamamen bırakmam gerektiğine ve bu zor hedefe ancak sevgimizle ulaşabileceğime, bunu yapsam yapsam "onun hatırına" yapabileceğime inanmıştı bir kere. Sıkışmıştım. Başlangıçta salt kendi sağlığım için azaltmamı, derken ilişkimizin hatırına büsbütün bırakmamı istediği içki, nasıl olup bittiğini anlayamadan, benim meselem değil, onun meselesi olup çıkmıştı.

O günlerde, takvimimin üzerine kocaman, cart kırmızı bir çarpı işareti çektim. Tesadüfen ikinci ayın 22'sine denk düşen bu milad daha öncekilerden iki açıdan farklıydı: Birincisi, daha önce hep içki içmeyi açık açık bırakmışken, şimdi açık açık içki içmeyi bırakıyordum. İkincisi, diğer yeminlerimin aksine, buna sonuna kadar sadık kaldım. 22. 2. 2001'den mahkemenin bizi uğraştırmadan tek celsede boşadığı 28.2.2002'ye kadar Ayşin'in yanında tek yudum içki almadım ağzıma. O tarihten sonra da bir daha görüşmediğimize göre, sözüme hâlâ sadık kaldığım söylenebilir.

Ayşin, bir müddet hayrete bulanmış bir sevinçle izledi bendeki bu ani ve kati gelişmeyi. Ama kısa zamanda, sevincin yerini şüphe aldı. Gene de hiçbir zaman daha ileri gidip gerçeği ortaya çıkarmaya çalışmadı, hafiyelik etmeye kalkmadı. Gözlerinin önündeyken attığım her adımı takip ettiği halde, gündüzleri onun denetimi dışındaki arazide neler yaptığımı bir kez olsun kurcalamadı. O günlerde Ayşin'in, çift mezarlı evliyayı aklına getirip getirmediğini bilemiyorum ama işte kinayeli çemberim bir kez daha dönüp dolaşmış ve ben tıpkı babam gibi, günün iki ayrı yarısında iki ayrı kişiliğe bürünüvermiştim. Belirgin bir fark vardı yalnız arada. Babam gündüzleri sabreder, geceleri içerdi. Bende ise, şartlarım böyle gerektirdiğinden, tersine dönmüştü düzen: geceleri sabredip, gündüzleri içiyordum.

İnsan vücudu, sadece sağdan sola değil, soldan sağa da işleyebilen bir saat barındırır içinde. Mesele onu nasıl kurduğunuza bağlıdır. Ben, en fazla iki hafta içinde adamakıllı alışmıştım yeni sisteme. Üniversitedeki çalışma saatlerimin düzenli olmayışı bulunmaz bir nimetti. Gündüzleri karşıma çıkan fırsatları kaçırmıyor ve hep içkili dolaşıyor; akşam eve gider gitmez bir kova dolusu buzlu su yemişçesine ayılıyordum. Geceleri sabrediyor, sabah Ayşin işe gider gitmez, kahvaltıdan içmeye başlıyordum. Gündüz ya da gece o kadar da fark etmiyordu son tahlilde: birinden birini lâyıkıyla kotarabilmek için, berikini bozmaya ya da hiç olmazsa, bozabileceğimin güvencesine ihtiyacım vardı. Korktuğumun aksine ne mideme, ne de başıma ağır geldi bu nizam. Belki de daha iyisinin olmadığına inandığı müddetçe, her şeye alışabiliyor insan.

Ne var ki bu yeni düzeni kurarken ben, her şeyin kendine has bir tabiatı olduğunu gözardı etmiştim. Babamın bir bildiği vardı onca sene. Gündüz saatleri, ne gizlenmeye uygundu ne de giz biriktirmeye. Kuzuyu kurda çevirmek, yaz güneşinden serinlik beklemek ya da bir çocuğa öğrendiği küfürleri unutturmak kadar imkânsızdı gündüze gecenin sırlarını yüklemek. Gün boyu başkalarıyla haşır neşir ya da birilerinin başına tebelleş ve sürekli birtakım görevlerden sorumlu ya da göz önünde olduğumuz için değil sadece; başka, daha başka bir meymenetsizlik vardı gündüzlerde. Geceleri değil, gündüzleri uğultulu bir kara ormana dönüşüveriyordu şehir. Kimseye görünmeden bir ağaç kovuğuna birkaç sır kırıntısı koyuyor ve arkamı döner dönmez, nereden çıktıklarını, nereye kaçıştıklarını anlayamadığım birtakım sessiz ve sinsi orman yaratıklarına kaptırıveriyordum onları. Başımı ne yöne çevirirsem çevireyim, güneş ışınlarıyla kamaşan yüzlerce göz görüyordum etrafımı çevreleyen dalların arasında; kimin nereden nasıl bir nazarla bakmakta olduğunu anlamayı imkânsız kılan çiy bir ışık huzmesi cirit atıyordu dört bir yanda. O bunaltıcı aydınlıkta, gözlüğünü kaybetmiş ileri derece miyop biri gibi sarsak adımlar atıyor, sürekli birtakım fısıltılar duymakla birlikte konuşanların yüzlerini bir türlü seçemiyordum. İçki koktuğumun, zaman zaman dilimin sürçtüğünün ya da dikkatimin dağıldığının başkaları tarafından anlaşıldığını hissedebiliyor ama kimin, neyi ne kadar fark ettiğini kestiremiyordum.

İşte böyle bir zamanda, olanca ağırlığıyla geldi çöktü Ethel gündüzlerimin ortasına. İki senedir görmüyorduk birbirimizi. Neyzeni yitirdikten, Ayşin ile evlendiğimi görüp, uzun müddet idare edecek kadar zehir saçtıktan sonra Amerika'ya gitmişti; Pakistanlı parlak ve asabi bir beyin cerrahının ardından, oraya yerleşmek üzere. Gittiği gibi aniden ve habersiz dönüverdi; şans eseri ona, onun gibi birine en çok ihtiyaç duyduğum anda. Ethel'in şu hayattaki en büyük keyfinin, aynı okullarda okuduğu ve gençliğinin önemli bir kısmını birlikte geçirdiği Ayşin gibi kadınların pırıl pırıl salonlarındaki paha biçilmez halıların üzerinde çamurlu ayaklarıyla yürümek olduğunu unutmuştum. Ama o hatırlattı. İptilamı fark etmekte gecikmedi. Fark ettiğinde ise beni ne ayıplamaya ya da yargılamaya kalktı, ne de cevabı kendinden menkul sorularla bunalttı. Bedensiz gözler ve suretsiz sesler ormanında mümkün olduğunca az hasarla dolaşabilmem için, kaç senenin, nasıl bir ömrün tecrübesine dayanılarak çıkartıldığını bugün bile bilemediğim, ustaca hazırlanmış bir harita tutuşturdu elime. Fazlasıyla teknik bir haritaydı bu: çalışma saatlerime göre ayarlanmış kısa alkol molaları, şık termoslara gizlenmiş tek atımlık sert içkiler, hangi içkinin kokusunun neyle bastırılabileceğine dair minik tüyolar, zihnimi toparlayabilmem için takviye ilaçlar, antioksidanlar, vitaminler, mineraller, karaciğerimin gönlünü almak için enginar tabletleri... İmkânları kısıtlı, hayalleri hudutsuz genç bir atleti uluslararası yarışmalara hazırlayan güngörmüş bir antrenörün ciddiyeti ve azmiyle, mevcut şartlar altında olabilecek en sıkı programı hazırladı bana. Ve çok daha fazlasını yaptı. Bütün o zaman zarfında, her fırsatta benimle birlikte içti, bana eşlik etti.

Evli bir kadının başına gelebilecek en vahim talihsizliklerden biri, onun dayattığı yasakları, koyduğu kuralları çiğnemenin yollarını aradığı esnada, suçortağı olabilecek bir başka kadın çıkartmasıdır hayatın kocasının karşısına. Bir kez böyle bir tesadüf gerçekleştikten sonra, çarpuk çurpuk aynalarla dolu bir salonda buluverdim kendimi. Ethel'i olduğundan yakın, Ayşin'i olduğundan uzak gösteren yalan yanlış aynalar. Ama belki de sandığım kadar toraman olmadı tüm bunların sonucu. Ne de olsa, aylar sonra Ayşin boşanma davasını açtığında, sebep ne Ethel oldu, ne de bunca sorun çıkartan iptilam.

8 NUMARA: MAVİ METRES

Mavi Metres, süslemesi bozulmuş, yarısı yenmiş Çerkes tavuğundan ince ince sızan kırmızı yağ şeritlerinden gözlerini ayırmadan oturuyordu son yirmi dakikadır. Elinden gelen bir şey yoktu. Değil itiraz etmek ya da diklenmek, konuşmak dahi istemiyordu; hem zaten, söyleyecek bir şey de yoktu. Metresliğin en zayıf noktasından kıskıvrak yakalanmıştı: çocuklar!

Evli bir adamın metresi olmak, bilinmemesi gerekenleri fazlasıyla bilmek ve bu bilgi fazlasıyla ne yapacağını bilememek demektir. Metresler, daha önce hiç karşılaşmadıkları ve muhtemelen bundan sonra da hiç karşılaşmayacakları birtakım hemcinslerinin en gizli, en utanç verici sırlarına vakıftır. Eşler onlar hakkında hiçbir şey bilmezken, hatta çoğu kez yaşadıklarından dahi haberdar değilken; metresler, eşler hakkında envai çeşit malumatı çoktan dermiştir kucak kucak. Dikenli, havai, marazi ayrıntılar... Berikilerin geceleri yatmadan evvel suratlarını kremlerle sıvamak gibi bir alışkanlıkları varsa eğer, metresler bu kremlerin nasıl koktuğunu dahi bilir mesela. Keza, onların giyim zevklerini, makyaja düşkünlük derecelerini, ne tip bir anne olduklarını, ne tür takılar taktıklarını, evin içinde nasıl hareket ettiklerini, kaçta yatıp kaçta kalktıklarını, yeme alışkanlıklarını, daimi meraklarını, sakil takıntılarını, cinsel soğukluklarını, kimlerin yüzüne gülüp arkasından konuştuklarını, tekmil ikiyüzlülüklerini, deste deste komplekslerini, beden ölçülerini ve öğrendikleri takdirde muhtemel tepki biçimlerinin ne olabileceğini de bilirler; üstelik bu hususlardan bir tekini bile doğrudan doğruya dillendirip sormadıkları halde. Sormazlar çünkü metresler mahrem sırların ayağına gitmez, mahrem sırlar metreslerin ayağına gelir. Gelir çünkü **U**zun **Z**amandır **E**vliliğinden **Ş**ikâyetçi **O**lduğu **H**alde **E**vliliğini **B**itirmeyip de **E**lindekini **K**aybetmeden **B**aşkalaşmak **İ**steyen erkekler, nasıl bir cenderede yaşadıklarını metreslerine ispat edebilmek için, okurlarını galeyana getirmeye çalışırken kendi de galeyana gelmiş günlük bir gazete gibi birbirinden kışkırtıcı manşetlerle fırlarlar ortaya. Eşler buna asla inanmayacak olsa da, onlar hakkında ileri geri konuşup, kem laflar sarf edenler bizzat kendi kocalarıdır, kocalarının metresleri değil. Metresler iyi birer dinleyicidir sadece. Dinler ve daha fazlasını öğrenmek için en ufak bir çaba göstermedikleri gibi, kendi kudretlerinden emin, ayrıcalıklarından memnun oldukları müddetçe, kucaklarına yığılan bunca nahoş bilgiye ellerini dahi sürmezler. Evli adamların metresleri, dervişane bir yücegönüllülüğe ermiştir. Onları gözünü kırpmadan bir kaşık suda boğabilecek olan düşmanlarını tanır, bağışlar ve esirgerler.

Ama işte, Aşil'in bile bir topuğu vardır; sırma atlasların dahi kenarında köşesinde bir güve yeniği ve keza, metreslerin de tüm kudretini fos diye söndürüveren bir hava deliği. **U**zun **Z**amandır **E**vliliğinden **Ş**ikâyetçi **O**lduğu **H**alde **E**vliliğini **B**itirmeyip de **E**lindekini **K**aybetmeden **B**aşkalaşmak **İ**steyen erkekler, bir metresleri olduğu andan itibaren, daha önce hiç sevmedikleri kadar ve daha önce hiç sevmedikleri gibi sevmeye başlarlar çocuklarını. Samimi bir sevgidir bu; bir o kadar da marazi. Adem nasıl bir asma yaprağıyla örtüverdiyse çıplaklığını, UZEŞ üsttakımının, OHEB takımının, EKBİ alttakımından erkekler de çocuk sevgileriyle kapatıverirler olanca kusurlarını. Yıllar, yıllar içinde metreslerinin sayısı arttıkça, eni konu dallanıp budaklanır onların da çocuklarına olan düşkünlükleri. Ve Havva nasıl aynı asma yaprağından bir adet edinmek zorunda kaldıysa, metresler de saymak ve sevmek durumundadır, birlikte oldukları erkeklerin çocuklarına duyduğu bu giderek katlanan, katlandıkça hassaslaşan, hassaslaştıkça dokunulmazlık kazanan bağlılıklarını.

Mavi Metres, süslemesi bozulmuş, yarısı yenmiş Çerkes tavuğundan ince ince sızan kırmızı yağ şeritlerinden son yirmi dakikadır ayırmadığı gözlerini ağır ağır kaldırıp karşısındaki adama baktı kızgınlığa meyyal bir bıkkınlıkla. On iki yaşındaki kızı ateşlenip yatağa düşmüştü. Çocuğu ihmal ettiği için ona kızmaya kalktığında, fena halde terslenmişti adam karısı tarafından: "madem bu kadar seviyorsun kızını, metresine gitmeyiver bu akşam!" Şimdiye değin, yasak ilişkisini karısından saklamayı başardığını zanneden zeytinyağı tüccarı allak bullak olmuştu. Evde büyük kavga kopmuş ve hasta çocuk *her şeyi* duymuştu.

Mavi Metres sandalyesinden kalkıp, sıkıca sarıldı zeytinyağı tüccarına. Merak edecek bir şey olmadığını, her şeyin düzeleceğini, kızının yakında iyileşeceğini ve kırılan gönlünün de kolaylıkla tamir edilebileceğini çünkü onun da babasını çok sevdiğini söyledi zalimce yumuşak bir sesle. Tam tamına ne demesi bekleniyorsa, onu dedi; ne bir eksik, ne bir fazla. Zeytinyağı tüccarı kekremsi bir minnetle baktı metresine. Daha rahat görünüyordu şimdi. Tam tamına ne duymayı bekliyorsa, onu duymuştu.

Mavi Metres onu kapıya kadar geçirirken, saatlerdir ilk defa gülümsedi zeytinyağı tüccarı. Tam kapıdan çıkmak üzereyken, şefkatle kucakladı genç kızı. "Ellerine sağlık," dedi geride bıraktığı masayı gözleriyle işaret ederek.

"Ben yapmadım," dedi Mavi Metres, "Hepsini marketten almıştım." Kızgın olup olmadığı anlaşılmıyordu sesinden.

Bir an öylece bakakaldı zeytinyağı tüccarı. Şaşkın olup olmadığı anlaşılmıyordu gözlerinden.

2 NUMARA: SİDAR İLE GABA

Akşamdan beri 2 numaralı daireyi usulca kaplayıp, dışarıdaki dünyadan büsbütün kopartan som sessizliğin içinde, dört patisinin dördü de bir tarafta, horul horul uyuyordu Gaba. Sadece sessizliğin içinde değil, aynı zamanda ev arkadaşının üzerinde yatmakta olduğundan, o uyanana kadar Sidar'ın da kıpırdamasına imkân yoktu. Ama mutluydu Sidar, hem de çok mutluydu. Böyle hiçbir şey yapmadan, yapmaya çalışmadan, şu dünyadaki en sevdiği varlıkla sarmaş dolaş, sereserpe gevşemiş, pasaklı ve terelelli, alabildiğine gayesiz ve olabildiğince enerjisiz, öylece durmayı, sadece durmayı seviyordu. Gözlerini yumdu ve kendini ağır aksak seyreden bir rüyanın içinde buldu.

Kendinden geçerek seyredaldı, her tarafını otlar bürümüş, oymalı demir parmaklıklarla çevrelenmiş geniş bahçenin içinde, gümüşi tüllere bürünüp bir şezlonga sereserpe uzanmış, ablalarından birine şaşırtıcı ölçüde benzeyen ama ondan çok, çok daha güzel olan ve deminden beri kendisine el eden kehribar saçlı genç kızı. Gaba, giriş kapısında uyukluyordu. Tasmadan da, bir yerlere bağlanmaktan da nefret ettiğinden, uyandığında kızılca kıyamet koparacağı aşikârdı. Sidar onu burada yalnız bırakmaması gerektiğini bile bile, gözlerini kızdan bir an bile ayırmadan devasa bahçe kapısını iteledi ve açılan aralıktan içeri daldı. Bahçe dışarıdan göründüğünden daha yeşildi yeşil olmasına da, nedense kupkuruydu ortasındaki havuz. Yumruk kadar böcekler dolaşıyordu içinde. Kız gülümseyerek ayağa kalktı ve Sidar birden onun kendisinden çok, çok daha uzun boylu olduğunu gördü. Üstelik, sanki durmuyordu kızın boyu. Sürekli uzuyordu göğe doğru. Sidar telaşla onun ayaklarına baktı. Neredeyse yerden beş karış yükseklikte kalın topukları vardı ayakkabısının. Kız birden sendeledi ve dengesini bulmaya çalışırken, bir ayağını sertçe yere çarptı. "Tak" diye bir ses çıktı. "Yapma!" dedi Sidar. Ama bu söz, kışkırtıcı bir komut gibi tam ters etki yaratmış olmalıydı ki kızın üzerinde, deli gibi tepinerek olduğu yerde, bir o ayağını bir bu ayağını yere çarpmaya başladı vargücüyle: "Tak, tak, tak".

"Yapmasana. Manyak mısın, kes şunu," diye haykırdı Sidar, Gaba'nın uyanmasından endişe ederek. Dönüp kapıya baktı. Ama az önce aralık duran demir parmaklıklı devasa kapı şimdi hem kapalı, hem de çok uzaktaydı. "Tak, tak, tak" diye sıçramaya devam ederken kız, korktuğu başına geldi Sidar'ın. Kendini paralarcasına havlamaya başladı Gaba. Sidar kıza öfke dolu bir bakış fırlattıktan sonra, telaş içinde kapıya doğru koşmaya başladı. Ve aynı anda, kendini Bonbon Palas'ın 2 numaralı dairesinde, kapıya doğru sersem sepelek koşarken buldu. Kulaklara ziyan bir gürültü vardı ortada. Gaba havladıkça, kapı sarsılıyor; kapı sarsıldıkça, Gaba daha da beter havlıyordu.

Nihayet kapıyı açtığında, tekmelerini konuşturan Muhammet'i buldu karşısında. Çocuk, onu tepeden tırnağa şöyle bir süzüp, üstü peçeteyle örtülü bir tabak uzattı. "Madam Teyze bunu sana yolladı," dedi umursamaz bir tavırla.

Sidar, uyku mahmurluğunu çarçabuk üstünden atarak, pişkin pişkin gülümsedi. Arkadaşlarıyla hep esprisini yaptıkları şey gerçek olmuştu. Komşu teyzelerin yaptıkları, yapıp da kapı kapı dağıttıkları geleneksel helva, bir asit tribi sonrasının dayanılmaz tatlı krizine hızır gibi yetişmişti sonunda. "Geleneğin, gelenek dışına duhul etmesi," diyorlardı onlar buna kendi aralarında. Sevinçten dili dolaşarak teşekkür etti; tabağı kaptığı gibi kapıyı çocuğun suratına kapatıverdi. Gelen yiyeceğin kendisinden ziyade, eve yiyecek gelmesi ihtimalinin kokusunu almış bulunan Gaba da havlamayı kesmiş, ıslak burnunu havaya dikmiş bekliyordu. Ona muzipçe gözkırparak peçeteyi kaldırdı Sidar ve birden afalladı. Karşısında helva filan değil, iki adet un kurabiyesi duruyordu. Uçları hafifçe ezilmiş, üstlerindeki pudra şekerleri dökülmüş un kurabiyeleri. Sidar'ın yüzü döndü, rengi uçtu.

Hatırladı.

7 NUMARA: BEN

Akşam balkonda oturmuş demlenirken, "niye şunları durdurmak için bir çare düşünmüyorsun?" dedi Ethel, bugün kayısı kurusuna boyadığı tırnaklarını demirlerin üzerinden aşırarak. Bahçe duvarının kenarına çöplerini fırlatan kadını gördüm işaret ettiği yere bakınca.

Omuzlarımı silktim. Pencereleri açsam da kapasam da kâr etmiyor artık. Her geçen gün, sıcaklarla birlikte, çöp kokusu da arsızlaşıyor. İnsan böyle bir kokuya sokakta maruz kalsa adımlarını sıklaştırır, arabadaysa camları kapatır. Ama oturduğunuz ev böyle kokuyorsa, uyandığınız sabah, uykuya yattığınız gece, duvar kapı pencere, başınızı çevirdiğiniz her yön böyle kokuyorsa, kapana kısılmışsınız demektir. Kokunun menzilinden çıkamazsınız. Ne bir çare var, ne de çare bulunacağı. Her akşam eve dönerken, apartman duvarının kenarında yamru yumru bir çöp tepeciğiyle karşılaşıyorum. Civardaki marketlerin, bakkalların amblemlerini taşıyan, ağızları sımsıkı bağlanmış ama nedense dipleri hep delik, boy boy, tıka basa çöp torbalarından, rasgele fırlatılmış mukavva kutulardan, kimbilir vaktiyle hangi eve ait olan çoğu döküntü, tekeş tükeş eşyalardan ve sızan karpuz sularına, saçılan artıklara konup kalkan kapkara, vızıltılı, mide bulandırıcı sinek bulutlarından mürekkep yepyeni bir çöp tepeciği beni bekliyor her akşam. Bir de kediler... Gün boyu çöp torbalarının üstünde, içinde, altında, yanında uyuklayan, sayıları günbegün artan, sıska besili, gelip geçene ilgisiz, cenabet kokulu krallıklarında yatalak onlarca kedi...

Günün muhtelif saatlerinde balkonumdan kaygıyla seyrediyorum çöp tepesindeki gelişmeleri. Öğlene varmadan aşağısı dolmuş oluyor; çöp üstüne çöp ekleniyor akşama kadar. Havanın kararmasına yakın, biri genç diğeri yaşlı iki Çingene el arabalarıyla gelip, uzun uzun didikliyor torbaları. Çıkardıkları metal kutuları, gazeteleri ve cam şişeleri ayrı ayrı çuvallara doldurup, götürüyorlar. Biteviye tekrarlara dayalı, kemirgen bir hareketlilik var aşağıda: sineklerin göz diktiğini kediler deşiyor, kedilerin deştiğini Çingeneler didikliyor, Çingenelerden artakalanları her akşam tam iş çıkışı saatinde sokağa giren çöp kamyonu alıp götürüyor, çöp kamyonunun saçtıklarını gene sinekler, kediler ve martılar tırtıklıyor. Ve bunca alıcıya rağmen, bahçe duvarının dibindeki çöp yığını asla yok olmuyor. Olsa olsa geceleri eksiliyor biraz biraz; ama eksilenlerin yerlerini yenileri alıyor çarçabuk, çöpün başka hiçbir şeye benzemeyen o ekşimsi, geniz yakan, kesif kokusunu da beraberlerinde getirerek.

"Ne yapabilirim ki?" dedim. "Gidip duvarın önünde nöbet mi tutayım."

"Öyle bir şey yap ki, bir daha buraya çöp dökmek istemesinler. Hadi şeker. Beynini çalıştır. Bulursun sen bir şeyler," dedi rakısını gene benden önce bitirirken.

Arkama yaslanıp, bir sigara yaktım. Nedense karıncalar yok bu akşam. Soluduğum duman havaya karışırken, aniden, kendiliğinden, küçük, bit kadar küçücük bir fikir geldi aklıma.

2 NUMARA: SİDAR İLE GABA

Gaba'nın un kurabiyesinden arta kalanları pembe, pürtüklü diliyle yalamasını seyrederken, çocukluğuna, çocukluğunun İstanbul'undan kalma bir güne doğru hızla kayıverdi Sidar. Sokaktaydı, kar yağıyordu. Her cumartesi sabahı olduğu gibi gene ailecek, oturmaya gitmişlerdi anneannesine. Ama bu sefer ziyaretlerini her zamankinden kısa tutmuşlardı nedense. Yaşlı kadının evinden ayrıldıklarından beri, annesiyle babası kolkola girmiş, bir angarya savar gibi isteksiz adımlarla ilerliyor; seslerini yükseltmeden mırıl mırıl, kem kem bir şeyler tartışıyorlardı. Büyüdükçe nasıl da uzayıp zayıflayacağını o zamanlar kimsenin tahmin edemediği Sidar, tostoparlak bir lahana gibi kat kat örtünmüş; boynuzları birbirine dolanmış geyik motifli yün bir bereyi kulaklarına kadar çekmiş, aynı renkten bir atkıyı suratına dolamış vaziyette önden gidiyordu. Bir tek gözleri açıkta kalmıştı. Arayı giderek açarken, yoluna çıkan tüm çamur birikintilerine basıyordu inatla ve hırsla. Buna rağmen bir kez bile azar işitmeyişinden, arkadaki sessiz tartışmanın ne denli ciddi olduğunu kestirebiliyordu. Yetişkinlerin, başlarındaki uğursuzluğu çocuklarına açık açık duyurmadan sezdirmek istediklerinde tek yapmaları gereken, her zaman kızdıkları şeylere kızmamaktır zaten. Seziyordu Sidar da. Kötü bir şeyler olacağına dair meymenetsiz bir his didikliyordu içini. Şöyle büyükçe, pislik yuvası bir çamur birikintisi bulup içine dalarak, annesinden beter bir azar işitmeli, hatta babasından esaslı bir tokat yemeliydi ki, bugünün de tıpkı diğer günler gibi olduğuna inanabilsin.

Bir sonraki sokakta pat diye karşısına çıkıverdi aradığı. İleride, harap bir evin önünde, çemberimsi bir çukurun içinde, boz bulanık bir çamur gölü oluşmuştu. Kararlı adımlarla o tarafa yönelip, derinliğini kestiremediği çukurun içine sokuverdi botunu. Aynı anda, hırıltılı bir ses işitti. Gayriihtiyari geri çekilerek, kayıtsız gözlerle dönüp arkaya baktı. Ne var ki, hâlâ kendi aralarında hararetli hararetli konuşmaya devam ettiklerine bakılırsa, ses ne annesinden gelmişti, ne de babasından. Tekrar önüne dönüp, bu sefer vargücüyle indirdi ayağını çamurun içine. Boğuk bir inilti yükseldi. Sanki ayaklarının altından gelmişti ses... sanki canı yanmıştı çamurun... Belki de bir uyarıydı bu. Geri durması için ikaz ediyordu onu birileri. Belki de önünde durduğu çukur, hani şu belediyenin açıp da sonradan kapatmayı unuttuğu ölüm çukurlarındandı. Boz bulanık bir ölüm çukuru... Korktu, hem de çok. Ama ölüm korkusunun, o kadar da korkutucu bir şey olmadığını hissetti. Tereddütsüz öteki ayağını da soktu çukurun içine. İlerledi.

Deli gibi çarpmaya başladı yüreği. Ne kadar derindi acaba çukur, neredeydi dibi? Bir ya da iki adım sonra karanlık, daracık bir kanal boyunca hızla aşağı doğru çekilerek, denize doğru sürüklenmeye başlayacağını geçirdi aklından. Ve sonra olacakları... Çamur gölü, sivri dişli devasa bir ağız gibi kocaman açılıp onu yuttuktan sonra, geriye bir tek kırmızı geyikli beresinin kaldığını; annesiyle babasının hâlâ mırıl mırıl konuşmaya devam ederek, daha bir dakika önce oğullarının canını alan çukurun yanından geçip gittiklerini; nice sonra onun yokluğunun ayırdına varıp, geçtikleri tüm yolları geri döndüklerini, endişeden kahrolarak her yere, her taşın altına baktıklarını ve en nihayetinde, boz bulanık çamura batmış kırmızı geyiğin gözlerinden gerçeği öğrenip perişan olduklarını hayal etti. İçinde kalan, geçmişte canını yakan irili ufaklı tüm taşları bir bir silkeledi: gücendiği laflar, incindiği harazalar, maruz kaldığı haksızlıklar... Bunların her birinden ayrı ayrı sorumlu olan aile fertlerinin ve arkadaşlarının, onun öldüğünü öğrendikten sonra çekecekleri vicdan azabını kafasında tek tek, uzun uzun, acı acı kurarken keyiflendi.

Fakat daha hayallerinin ortasına bile gelemeden, çukurun sonuna varmıştı. Neredeyse diz kapağına ulaşan birikintiden gönülsüzce çıktı; ayaklarını yere sertçe çarpıp etrafa irikıyım çamur damlaları saça saça, sokağın köşesini döndü ve zınk diye durdu. Tam karşısında, kaldırımın kenarında, yavru bir köpek yatıyordu. Deminden beri o ürpertici sesleri çıkartan, belediyenin ölüm çukuru değil, bu sıska, kara gözlü köpekti. Kan yoktu tüylerinde; ne bir kesik, ne de yara görünürde. Daha az evvel hızla üzerinden geçen minibüsün tekerlerinin izi yoktu üzerinde. Sidar'ın yüzü gölgelendi. Birkaç saniye öncesine kadar tadını çıkararak hayalini kurduğu, hayalini kurmanın tadını çıkardığı ölümün, hem bu kadar yakınında hem de bu kadar dışında olduğunu görünce, kendini aptal ve zalim, değersiz ve sevgisiz hissetti. Kapıldığı tüm fikirler saçma, kurduğu tüm hayaller boşunaydı. Gerçek olan tek şey çamur gölünden paçalarında kalan ve daha şimdiden kurumaya başlayan çamurlardı; bir de şu yavru köpeğin çektiği acı. Gerisi tamamen anlamsızdı. Bir ailesi vardı ama yalnızdı; kimseyi sevmiyor ve hiç sevilmiyordu; sürekli küçümseniyor ve her şeyi küçümsüyordu; mutlu olmayı bilmiyor ve öğrenebileceğini de sanmıyordu; on bir yaşına basmıştı ama herkesin gözünde hâlâ çocuktu; fikrini soran yoktu ve olsa bile, galiba hiçbir konuda hiçbir fikri yoktu.

Geriye dönebilirdi şüphesiz; dönüp de anne babasını çağırabilir, yardım isteyebilirdi. Ya da ileriye doğru bir adım atabilirdi; atıp da köpeğin yanına gidebilir, yardım etmeye çalışabilirdi. Ama o hiçbir şey yapmadı. Yapmadığı gibi, sanki etrafına değmekten, değip de bir şeylere bulaşmaktan çekiniyormuşçasına, telaşla ellerini ceplerine soktu. Sol cebinde yumuşacık bir şeyi ezdiğini duyumsadı bir an ama ne olduğu umurunda bile değildi. Arkadan anne ve babasının kekremsi mutsuzluğu adım adım yaklaşıyordu: bu, yaşamdı. Önü sıra, acıdan kıpırdayamayan bir yavru köpek durduğu yerde hızla kayıp uzaklaşıyordu: bu, ölümdü. Sidar'a gelince, o dahil olmak istemiyordu ikisine de; kendini dışlayan ölümden de, kendinden dışladığı yaşamdan da mümkün olduğunca uzak durabilseydi keşke. Üzerindeki paltonun, eldivenlerin, berenin ve atkının altına saklanır gibi çekilebilmek isterdi gözkapaklarının ardına. Birden, sol cebinde ezip durduğu yumuşak şeyin ne olduğunu anladı. Anneannesinin un kurabiyesiydi bu.

"Kızlar benimle kalır," demişti anneannesi bu sabah. "Ama erkek çocuk, babasının yanında gerek."

Mutfağa girdiğinde, arkaları dönüktü iki kadının. Tezgâhın üzerine dizdikleri porselen tabaklara, fırından yeni çıkardıkları un kurabiyelerini taksim ediyorlardı. "Habersiz bırakmayın beni," demişti anneannesi. "Telefonunuz bağlanır bağlanmaz önce bir tatlıcıyı arayın ama." Annesi bir şeyler söyleyecek gibi olmuş, fakat tam o esnada arkalarında dikilen Sidar'ı fark edip, dirseğiyle dürtükleyerek uyarmıştı yaşlı kadını.

"Yeni eve yeni telefon bağlanınca, siftahını nasıl yaparsan gerisi de öyle gelir," diye Sidar'a dönerek temkinli bir açıklama yapmıştı anneannesi. Bu yüzden, yeni bir telefonu olunca insan, eşini dostunu aramadan evvel, rasgele bir tatlıcıyı aramalıydı: pastane, şekerci, dondurmacı, lokum imalathanesi... artık ne olursa. Aramalıydı ki, bundan sonra o telefonla yapacağı tüm konuşmaların ucu tatlıya bağlansın. Arzuya göre, tatlıcıyla konuştuktan sonra, ileride yapılacak telefon görüşmelerinin para getirmesi için bir banka, döviz bürosu ya da kuyumcu; ev getirmesi için bir emlâk bürosu veya araba getirmesi için bir otogaleri filan da aranabilirdi elbette. Ama para pul o kadar mühim değildi. Önemli olan insanın ağız tadıydı. Bu yüzden, diğerlerini aramak keyfe tabi iken, tatlıcıyı aramak farz sayılırdı.

Sonra hep beraber salona geçip, un kurabiyelerini yemişlerdi. Her cumartesi sabahı olduğu gibi sıkılmıştı Sidar. Neyse ki fazla oturmamışlardı bu sefer. Yetişkinler heyecandan sarsaklaştıkları, çocuklarsa bu cumartesi sabahının diğer cumartesi sabahlarından ne farkı olduğunu hâlâ kavrayamadıkları için, kimin kimi niçin öptüğünün anlaşılamadığı bitmez tükenmez vedalaşmaların akıntısıyla hepsi birden dış kapıya doğru sürüklenmiş ve ancak orada kızların anneanneleriyle kaldıkları anlaşılmıştı. Sidar'a göre hava hoştu. Haftasonunu ablalarının vıdı vıdısından uzak geçireceğini öğrenmekten o kadar hoşnuttu ki, şu kız beresini takması için annesinden gelen talimata bile itiraz etmemişti. Fakat o tam böyle örtünmüş sarınmış vaziyette kapıdan çıkmak üzereyken, anneannesi onu hızla kendine doğru çekip, göbeğine değen memelerine yapıştırmış; bu vaziyette sımsıkı tutmaya devam ederek, bir şeyler tıkıştırıvermişti cebine. "Yolda yersin," demişti pancar gibi kızarmış burnunu çekip, kastettiği yol gökyüzündeymiş gibi, tek koluyla havada bir yerleri işaret ederek. Ve daha kolunu indirmeye fırsat bulamadan beter mi beter bir ağlama nöbetine kapılıp sesi soluğu aniden kesiliverdiğinden, daldan şeftali koparmaya çalışırken taşlaşmış, sonra da bulunduğu şeftali bahçesinden nasıl olduysa buraya taşınmış irikıyım bir heykel gibi kalakalmıştı kapının eşiğinde. Anneannenin gövdesi kapıyı böyle tıkayınca, salonla dış kapının arasındaki daracık koridor boyunca, yan yana ve kaskatı kalakalmıştı tüm aile fertleri; çamaşır ipine mandallanıp, gecenin ayazında dışarıda unutulmuş çamaşırlar gibi.

Küçüklüğünden beri sevginin en taşkın halleri karşısında eli ayağına dolaşan Sidar, hafif ter, yoğun limon kolonyası ve belli belirsiz kabartma tozu kokan memelerin cenderesinden sıyrılmayı başarabildiğinde, telaşla dışarı atmıştı kendini. Çıkış o çıkış. O andan itibaren, o önde, anne babası arkada, yürüyorlardı sokaklarda.

* * *

Sidar'ın sol cebinden çıkardığı un kurabiyesini görünce, aniden inlemeyi kesti yavru köpek. Bir an, huzursuz ve sonsuz bir an, göz göze durdular. Nefret etti ondan Sidar. Az sonra ölecekti. Hatta şimdiden ölmeye başlamıştı bile, ama feri çoktan çekilmiş kara gözlerinde mecalsiz bir alev gibi titriyordu şu lanetolası un kurabiyesini yeme arzusu.

Birkaç dakika sonra annesiyle babası köşeyi döndüler. Döndüler ve oğullarının cançekişen yavru bir köpeğin karşısında alabildiğine kayıtsız, bir şeyler tıkınmakta olduğunu gördüler. Her iki yetişkinin de deminden beri konuştukları konunun etkisiyle iyiden iyiye gerilen sinirleri, böylesi bir duygusuzluk karşısında aniden boşalıverdi. Annesi ona bağırırken, babası da esaslı bir şamar indirdi.

Nihayet olmuştu istediği. Annesi de babası da her zamanki hallerine dönmüşlerdi işte. Dönmüşlerdi dönmesine de, sokaklar boyunca içini didikleyen o habis his, azalacağına büsbütün keskinleşmişti. Ağlamaya başladığında Sidar, ne o şamardı canının böyle yanmasına sebep, ne de işittiği azar. İstanbul'dan geriye kalan o son cumartesi sabahı, ev yapımı bir un kurabiyesinin üzerindeki toz beyaz pudra şekeri gibi, bir silkeleyişte dökülüp dağılmıştı hayatın her zaman nasılsa öyle devam edeceğine dair bunca zamandır duyduğu, duymaya alıştığı inanç.

Aynı günün akşamı, ömründe ilk defa uçağa bindi. Annesiyle babasının, pasaport kontrolünden geçmeden evvel neden o kadar heyecanlandıklarını da, Türkiye'den niçin böyle apar topar ayrıldıklarını da, zamanla idrak edebilecekti. Herkese durmadan gülümseyen zarif bir hostesin hareketlerini gözetleyerek geçen yolculuğun sonunda uçak alçalmaya başladığında, dingin bir karanlığa, parlak ama gölgesiz ışıklar serpiştirmiş bir şehir gördü altında. Dingin bir karanlığa, parlak ama gölgesiz ışıklar serpiştirmiş bir ülke: İsviçre!

İki ay sonra, siyasi mülteciler için ayrılan okul yatakhanesinden çıkıp da, Süryani bir aileyle paylaşacakları müstakil eve yerleşir yerleşmez, ilk işi telefona koşmak oldu annesinin. Heyecandan üst üste aynı cümleleri tekrarlaya tekrarlaya, ağlaya sızlaya konuştu kızlarıyla. Ne bir pastacı, ne marmelat dükkânı, ne de çikolata fabrikası... yeni telefonlarıyla ilk önce burayı aradıklarından belki de, takip eden uzun seneler boyunca, hep İstanbul'dan bir müjde umdular vakitli vakitsiz çalan her telefonda. Beş sene sonra anneanne ölüp, kızlar da İsviçre'ye geldiğinde bile değişmedi bu durum. Siftahı nasıl yapıldıysa, gerisi de öyle geldi yeni telefonun. Her seferinde, İstanbul'dan bir havadis, o da olmadı muhakkak bir bahis ve dikensi, daimi bir yeis oldu telefonla yaptıkları tüm konuşmalarda.

Oysa içlerinde bir tek Sidar dönecekti İstanbul'a, on bir buçuk sene sonra, tek başına.

4 NUMARA: ATEŞMİZACOĞULLARI

Zeliş Ateşmizacoğlu yaklaşık otuz dakikadır odasına kapanmış, halının kenarında yakalayıp öldürdüğü hamamböceğinin yanına bağdaş kurmuş; haksızlığa uğradığına inanan birinin, kendisine haksızlık ettiğine inandığı birine baktığı gibi bakıyordu el aynasındaki suratına. Yüzü, kendini bildi bileli, gece vakti hortlağa rastlamışçasına bembeyaz, küçük boy bir kolböreği tepsisi gibi yusyuvarlak ve yaklaşık beş aydır da, isilik olmuş gibi minik minik, pütür pütür kabarcıklarla doluydu. Annesiyle birlikte gittikleri çipil gözlü, gevrek gülüşlü cilt doktoru, bunların ne ergenlik sivilcesi, ne de alerjik olduğunu tespit ettikten sonra, *psikosomatik* teşhisi koymuştu. Aşırı evham ya da endişe hallerinde cilt, kırmızı puantiye bir masa örtüsüne dönüşebiliyordu. Kendi esprisine kendi gülerek yanından ayrılırken, sırtına okkalı bir şaplak indirmiş ve davudi sesiyle kükremişti doktor: "Daha bu yaşta böyle evhamlanırsan, evlenince kocanın burnundan getirirsin valla. Gevşe evladım, gevşe!"

Şu hayatta azalması gerektiğini öğrendiği an, inadına çoğalan, cabadan doğuran bir şey varsa, o da evhamdır. Korkunun bile bir son merhalesi, doyma noktası vardır. O safhaya vardığında insan, kendisini en çok korkutan şeyin içine boğazına kadar batmış bile olsa, korkmaz, korkamaz artık. Aşırı korku, kendini uyuşturur. Evhama gelince, o dipsiz bir kuyunun ağulu suyudur. Ne bir doz aşımı, ne de kendine özgü bir panzehiri vardır. Korkunun kaynağı ne kadar somut ve malum ise, bir o kadar soyut ve müphemdir evhamınki de. Bu yüzden insan, niçin korktuğunu zorlanmadan tespit edebildiği halde, tam olarak neden ötürü hep böyle evhamlı gezdiğini saptayamaz. Hal böyle iken, aşırı evhamlı birine daha fazla evhamlanması durumunda başına gelecek olumsuzlukları anlatmak, zaten nicedir cismani değil de kimyevi bir düşmanla cebelleşen bu savaş yorgununun kendine duyduğu, duyabileceği güveni büsbütün kaybederek daha da fazla evhamlanmasından başka bir sonuç vermez.

Zeliş Ateşmizacoğlu nasıl gevşeyeceğini bilmediği gibi, öğrenebileceğini de sanmıyordu. Pütürüklerinin, herhangi bir şeye alerjisi olmasından değil de, evhamlarından kaynaklandığını öğrenmek, derman olmak şöyle dursun, dert katmıştı derdine. Yeryüzündeki hiçbir sabun, krem ya da losyon iyi edemezdi onu. Evhamın kozmetiği yoktu. Eskiden sadece alnını ve çenesini basan pütürükler, doktordan sonra iki misli artarak, tüm yüzüne yayılmaya başlamıştı.

Birden, bir müzik çalındı kulağına hafiften. Aynayı bırakıp, dizlerinin üzerine çöktü. Yüzü hamamböceğinin cesedine dönük, yere yapıştırdı kulağını. Bir süredir günün değişik saatlerinde aşağıyı dinlemeyi huy edinmişti. Bodrum katında kalan sıska oğlanın salonunun tam üstüne denk düşüyordu odası. Zaman zaman sanki aşağıda rehin kalmış da yukarı çıkmaya çalışıyormuş gibi, tık tık vurduğunu duyuyordu. Çıkan sesler öyle tuhaftı ki, onun tavanlarda gezindiği hissine kapılıyordu. Ve her seferinde, şifreli bir mesaj alıyormuşçasına dikkat kesilip, anlam vermeye çalışıyordu seslere. Bir keresinde, köpek havlamalarına karışan iniltiler de duymuştu. Kızın neye benzediğini görebilmek için salon penceresinin önünden ayrılmamıştı bütün gün. Görmüştü de. Belinden düşecekmiş gibi duran bol, çuvalımsı bir pantolon giymiş; kısacık kestirdiği saçlarını dik dik kaldırtıp, bakır rengine boyatmış, ufak tefek bir kızdı. Çevik hareketlerle apartmandan çıkmış, iki adım atıp sokak ortasında bir sigara yakmıştı. Sivilcesiz, pütürüksüz, belli ki evhamsızdı.

"Her insan yeryüzündeki aynasını arar," demişti kimi âlimler, "onunla bir olmak, onda kendini bulmak için". Ama nasıl cennette Tuba ağacı, kökleri yukarıda, dalları toprağın altında ters dönmüş ise, kimi aynalar da alaşağı eder yansımaları. Zeliş Ateşmizacoğlu, Sidar'ın evine gelen kızda kendi ters dönmüş varlığını görmüştü. Ve elinden gelse, onunla bir olmak, onda kendini bulmak filan değil, kendini büsbütün ortadan kaldırarak, o olmak isterdi.

"N'apıyosun lan yerde?"

Zeliş Ateşmizacoğlu telaşla ayağa fırlayıp, kös kös baktı içeri dalan abisine. Bu akşam karısı ve çocuğuyla birlikte yemeğe gelmişti Zekeriya. Ona cevap vermeden çıktı odadan; ağır adımlarla, salona geçti. Herkes sofraya oturmuş, bir yandan çorbalarını kaşıklayıp, bir yandan da haberleri seyrediyordu. Masanın bir ucunda, 10 numaradaki yaşlı dulun gönderdiği üç dilim kadayıf duruyordu.

Kenardaki sandalyeye ilişirken, ekrana takıldı Zeliş'in gözleri. Üç günlük bebeğini bir poşetin içine koyup, süpermarketlerden birinin çöplüğüne bırakan 16 yaşındaki anne, kameralardan saklamaya çalışıyordu yüzünü. Talihsiz bebek bütün gün bir varilin içinde kalmış, akşama doğru viyak viyak ağlamaya başladığında çevreden geçenler tarafından fark edilip kurtarılmıştı. Karakola götürüp karnını doyuran polisler, Kader koymuşlardı çöpten çıkan bebeğin ismini.

Birden Kader belirdi ekranda. Kıpkırmızıydı suratı. Durmadan ağlıyor ve ağladıkça daha da beter kızarıyordu. Zeliş Ateşmizacoğlu'nu ter bastı. Kırmızının cenderesinden kurtarmaya çalıştığı bakışları ümitsizce dolaştı sofrada. Geç kalmıştı. Kader bir polisin kucağından bir başkasınınkine geçerken, hızla karardı tüm görüntüler. Ama karanlık zaten kırmızıydı.

Zeliş Ateşmizacoğlu bayılmıştı.

7 NUMARA: BEN

05:45'te alarmın feryadıyla uyandığımda, dün gece o kadar hoşuma giden fikir, sunturlu bir saçmalık gibi göründü gözüme. Vurup kafayı tekrar uyumaya çalıştım ama nafile. Kalkıp pencereden dışarı baktım. Hava ağarmamıştı henüz. Birden, denemek geldi içimden. Ethel'e anlatacak bir şeyler çıkar hiç olmazsa. Eğleniriz. Ethel kaltağı eğlenir en azından. Geceden hazırladığım poşeti alıp, ses çıkarmamaya gayret ederek indim katları. Apartman kapısını açar açmaz, serin sabah esintisi çarptı yüzüme ve hemen ardından, inceden inceye bir çöp kokusu. Şimdiden başlamış. Kimbilir, belki de işe yarar planım. Buraya çöp atanlardan bir tekini bile caydırmayı başarsam, sadece Bonbon Palas sakinlerine değil, tüm şehre hizmet etmiş sayacağım kendimi.

Bu kimsesiz haliyle, buralara taşındığımdan beri ilk defa güzel göründü yaşadığım sokak gözüme. Köşeden iki gürbüz sokak köpeği fırladı. Bir kaldırımdan diğerine zigzaglar çizerek, birbirlerinin önüne geçe geçe yaklaştılar; bahçe duvarına gelince yavaşlayıp, çöpleri gönülsüzce kokladıktan sonra, geldikleri gibi koşuşturarak geçip gittiler. Arkalarından bakarken, birilerinin de beni gözetlediğini sandım bir an. Başımı çevirdiğimde 9 numaralı daire hariç, tümden karanlıktaydı Bonbon Palas. En üst katın salon pencerelerinden bir gölge geçti hızla. Gölgenin hareket ettiği yöne doğru önce tek tek tüm odaların ışıkları yandı, sonra ne olduysa sırayla hepsi kapandı. Huzursuz oldum. Etrafı kolaçan ederken, yapmaya kalkıştığım işin saçmalığı canımı sıktı. Gene de vazgeçmek istemedim. Planım, abukluğun dik âlâsı ama belki de böylesi daha iyi. Nicedir zıvanadan çıkarak hükümsüzce süregiden bir saçmalığı, mantıklı kurallar, muteber doğrular ya da zorba yasaklarla değil, ancak bir o kadar mükellef bir saçmalıkla durdurabilirsiniz bazen.

Kaldırıma çıkıp, bahçe duvarına yüzümü dönmemle, bir çift nemrut gözle karşılaşmam bir oldu. Daha önce de görmüştüm bu kediyi. Nefretle bakıyor resmen. Rahatı kaçınca, gerinerek kalktı; hantal adımlarla duvarın üstünde yürüyerek, en uca kadar gitti ve oradan devam etti beni gözetlemeye. Kutuyu poşetten çıkarıp, güç bela açtım kapağı. Dün akşam boyayı satın alırken, yaptığım işin havasına uygun düşsün diye türbe yeşili istemiştim satıcıdan ama düpedüz fıstık yeşili çıktı kapağın altından. Uhreviliğe hayli sapa bir renk. Fakat asıl sorunu, elimde fırçayla, duvarın karşısına geçtikten sonra yaşadım. Ne yazacağımı biliyordum bilmesine de, nasıl yazarsam daha etkili olabileceğine kafa yormamıştım. Bir ekmek kamyoneti, sarsıla sarsıla geçti arkamdan. Karşıdaki bakkalın önüne bir kasa dolusu ekmek bırakıp gitti. Baktım ki elimi çabuk tutmalıyım, aklıma gelen en sade ifadeyi yazdım ben de; tek tek her harfin üzerinden ikişer kez geçerek. Ben çalışırken, duvarın üzerinden sarkıttığı katran karası kuyruğunu ağır ağır sallayarak, her hareketimi pürdikkat izledi mendebur kedi.

Bitirdiğimde, iki adım geri çekilip, alıcı gözle baktım. Fena olmamıştı. Gerçi fıstık yeşili eni konu sırıtıyordu; iyi ortalayamadığım için, son hecelerde hayli sıkışmıştı harfler ama gene de fena olmamıştı işte. Sokağın ortasından bile rahatlıkla seçilebilecek kadar büyük ve okunaklıydı. Kediye göz kırpıp, fırçayı, boyayı topladığım gibi döndüm Bonbon Palas'a.

Tam ben içeri girmek üzereyken, biri de dışarı çıkmaya hazırlanıyordu.

Sabahın bu kör saatinde dışarıda görmeyi umduğum en son insandı 10 numaradaki yaşlı kadın. Ama sanki o da en az benim kadar tedirgin oldu bu karşılaşmadan. Kendi elimdeki poşetin ağzını kapatmaya çalışırken, onun elindekilere takıldı gözüm. İçleri boş gibi görünen dört büyük çanta taşıyordu. Çantaları tüy gibi hafif, kendi tüy gibi hafif... Kapıyı tuttum. Silik tebessümünü nazik bir teşekkürle taçlandırarak, çıtı pıtı cüssesini kucaklayıp gitti.

Eve girer girmez, balkona çıktım. Bütün gün balkonda tünemek, yazdığım yazının etkisini gözlerimle görmek niyetindeydim. Ama yarım bıraktığım uyku, yapışkan bir alacaklı gibi geldi, yakaladı.

9 NUMARA: HİJYEN TİJEN VE HAMAMBÖCEĞİ

Mutfağı, salonu, holü ve arka odayı tek tek kontrol edip, ışıklarını kapattıktan sonra, takatsiz ve huzursuz yatağa uzandı Hijyen Tijen. Ağaran günün çizgi çizgi dilimlediği ölgün loşlukta, sanki ilk defa görüyormuşçasına dönüp merakla baktı yanındaki vücuda. Baktı bakmasına da bir vücuttan çok, onlarca küçük, küçücük parça oldu gördüğü. Uzunca bir süredir kronik düzeyde seyreden temizlik merakı, sinsi bir hastalık gibi, gözlerine vurmuştu belli bir aşamadan sonra. Artık gözleri, iki çalışkan kıyma makinesi gibi, gördükleri her şeyi ince ince çekiyor; bütünü parçalarına, parçaları ayrıntılarına, ayrıntıları da katrelerine ayırıyordu. Salondaki halıya baktığında mesela, halıyı değil de desenlerini ve o desenlerin içinde barınan lekeleri ve o lekelere tutunan pislik zerrelerini seçiyordu. Ayrıntılarda keskinleşen gözleri, gözle görülmeyen parazitlerin peşine düştüğünden beri, baktığı hiçbir şeyi bütünüyle kavrayamaz olmuştu. Bu yüzden, yatakta dönüp yanındaki vücuda baktığında, kocasını değil de, onun, ağzının kenarında kurumuş iki damla salyayı, gözlerinde biriken çapakları, dişlerinde tortulanan yemek artıklarını, parmak uçlarındaki sigara sarılığını ve üç gündür yıkanmamış saç diplerindeki kepekleri gördü. Daha fazla görmemek için başını çevirdi ama geç kalmıştı. İğrenme başlamıştı bile.

Dünya üzerindeki tüm canlılara sebil edilmiş bir nitelik değildir iğrenmek. Hayvanlara değil insanlara özgüdür ziyadesiyle. Erkeklerden çok kadınlar iğrenir ve kadınlar arasında da bazıları, bazılarından daha çok ve daha çok iğrenir. Hijyen Tijen ne zaman iğrense, ağzının kenarları eğilir, bacakları kaskatı kesilir ve tüm vücudu, önce hafiften gıdıklanır; derken giderek şiddetlenen bir kaşıntıya tutulurdu. Gene öyle oldu. Tortop büzülmüş, bir eliyle kendini sarmalamaya çalışırken; açıkta kalan tek eliyle de, ayak uçlarından başlayarak, yukarıya doğru dalga dalga yükselen ürpertiler eşliğinde, başladı hatur hutur kaşınmaya.

Şimdiye değin, envai çeşit sebepten ötürü sayısız kez iğrenmişti. Ama bu sefer, sadece ayak uçlarında değil, şakaklarında da bir karıncalanma hissetti. Karıncalanmalar birkaç saniye içinde katbekat çoğalarak kafasının her tarafını kapladı; köprüden geçer gibi sağlı sollu sıkışarak aktılar boynundan ve köprüyü geride bırakır bırakmaz ince muntazam şeritler halinde akın akın inmeye başladılar aşağıya. Bu beklenmedik orduyu seferber eden, Hijyen Tijen'in beyninden başkası değildi. Olabilecekleri ondan evvel kestirip, yaklaşan tehlikeyi sezdiği için, kendiliğinden teyakkuza geçmişti.

Çünkü zaman zaman beynimiz, yapmak üzere olduğumuz hareketin olası sonuçlarını bizden evvel kavrar ve gerekli gördüğü takdirde, bize sormadan, danışmadan, önlem almaya kalkar. Hijyen Tijen'in beyni de, bu seferki iğrenmenin diğerlerine benzemediğini; vaktiyle kendi anne babasına karşı çıkmayı göze alarak evlendiği adamdan iğrenmeye başladığında, meselenin salt iğrenmekle sınırlı kalmayıp, tüm bir yaşamın sorgulamasına dönüşebileceğini öngörebildiğinden, gidişata bizzat el koymaya karar vermişti. Takip eden birkaç dakika boyunca Hijyen Tijen'in midesine korkunç kramplar girdi. Zira, ayakuçlarından yukarıya doğru yükselen, kocadan soğuma/iğrenme yanlısı asiler ile kafasından aşağıya doğru ilerleyen, kocaya bağlılık/sadakat kuvvetleri, tam bu bölgede karşı karşıya geldiler. Zafer kati surette, kuzeyden gelenlerindi. Beyin, ayak uçlarından başlayan ayaklanmayı başarıyla bastırmıştı. Hijyen Tijen, birdenbire nükseden mide ağrısından, gene birdenbire kurtulmanın verdiği rahatlıkla derin derin içini çekti ve ayaklarını sürüye sürüye banyoya gitti. Işığı yaktı. Etraf bembeyazdı. Bir kâğıt havluya dört beş damla çamaşır suyu döküp, klozetin oturağını sildi güzelce. İşerken etrafı süzmeye devam etti. Beyazın hâkimiyetini delecek hiçbir şey yoktu görünürde.

"Her insanın etrafında bir renk hâlesi vardır" yazıyordu, California'da kurulan ve üyelerinin birbirlerine isimleriyle değil de renkleriyle seslendiği, elele tutuşup gösterişli suluboya setleri gibi renk skalaları oluşturduğu ancak bir zaman sonra, aralarında tonlara göre hizipleşmeler başlayınca, dağılmak durumunda kalan bir derneğin broşüründe. Tersi de doğru olabilir bunun. "Her rengin etrafında bir insan hâlesi vardır" belki de. Ve eğer böyleyse, hiç şüphesiz ev hanımlarından oluşacaktır beyazın etrafındaki hâle. Beyaz, ev hanımlarına gurur ve ayrıcalık verir. Hijyen Tijen'e ise sadece huzur veriyordu.

Sifonu çektikten sonra, bir kâğıt havluya birkaç damla çamaşır suyu damlatıp, oturağı sildi. Eli değmişken, klozetin kapağını, içini, etrafını; ardından, tuvalet kâğıdı ve havlu asacaklarını; hızını alamayıp, lavaboyu, küveti; derken, çamaşır makinesini çekip altını da şöyle bir temizleyiverdi. Çıkmadan evvel son bir kez dönüp, yarı bezgin, yarı hoşnut göz attı tüm banyoya. Kapıyı ardından kapattı. Ama yürüyüp gideceği yerde, öylece kalakaldı. Çünkü her zaman önden gitmez beyin; bazen de geriden gelir böyle. Hijyen Tijen'in beyni de, tüm banyoyu kaplayan beyazlığın içinde bir yerlerde salınan siyah, simsiyah bir şey görmüş olduğunu birkaç saniye gecikmeyle ayırt edebilmişti. Kapıyı tekrar açtı; yanılmamıştı. Beyaz fayansların üzerinde siyah ve iğrenç bir bacak hızla yol alıyordu. Üstelik yakayı ele verdiğini anlamış olmalıydı ki hareketleri telaşlı ve şaşkındı. Zigzaglar çizerek kayıyordu yerde. Hijyen Tijen, yüreği ağzında, temkinli, yanpiri adımlarla yaklaştı, yaklaştı ve ancak iyice yaklaştığında, deminden beri baktığı ama ayrıntılarını görmekten bütününü kavrayamadığı şeyin, siyah ve iğrenç bir bacak değil, siyah ve iğrenç bir hamamböceği olduğunu ayırt edebildi.

O çığlığı basıncaya kadar, çoktan bir oyuğa kapağı atıp gözden kaybolmayı başarmıştı siyah ve iğrenç bacağın siyah ve iğrenç sahibi.

I NUMARA: MUSA, MERYEM, MUHAMMET

Kapıcı Musa, gürültüler yüzünden her zamankinden erken uyandı bu sabah. Salona geçtiğinde, koltuklarla duvarın arasına bacaklarından sıkıştırılmış Muhammet'le göz göze geldi. Oğlunun yardım dileyen bakışlarını görmezden gelerek, kahvaltı masasına oturdu. Bezgin, kağşamış hareketlerle beyaz peynirden koparttığı irice bir parçayı ağzına atıp, uzun uzun çiğnerken, demliğe uzandı. Ne var ki doldurduğu bardağı eline almasıyla suratının buruşması bir oldu. Çay soğumuştu. Yana dönerek demliği karısına doğru uzattıysa da, bir ayağıyla koltukları itelerken, bir yandan da ortasından yarılmış bir yarım ekmeğin içine maydanoz yaprakları sıkıştırmakla meşgul olan Meryem, hiç oralı olmadı. Kendi başının çaresine bakması gerektiğini anlayan Musa'nın bakışları, tıpkı hareketleri gibi ağır ve bıkkın, döndü dolaştı; oğlunun umutsuzluk saçan ve giderek kendininkilere benzeyen bakışlarını teğet geçip, sıkış tıkış dizilmiş koltukları, sehpaları, sandalyeleri bir bir süzerek salonun içinde tam bir çember çizdi ve yeniden karısında sabitlendi. Meryem'in karnı bu sabah daha da büyümüş göründü gözüne.

Musa tabaktaki peynirin yarısını, üç dilim ekmeği ve kâsede kalan tüm zeytinleri ağzına tıkıştırıp, bir şey söylemeden çıktı evden. Ayaklarını sürüye sürüye karşı bakkala yöneldi. Her zaman dükkânın önünde hasır bir tabureye oturup, sokaktan geleni geçeni, Bonbon Palas'a gireni çıkanı inceleyen ve böyle otura otura kambur kalan bakkal, görünürde yoktu. İstanbul'un muhtelif bakkal dükkânları gibi, bunun da alâmet-ı farikası ismi ya da sattığı ürünler değil, bakkalın ta kendisiydi. Bu özdeşlik kambur bakkalın öylesine içine işlemişti ki, burada bulunmadığı saatlerde de dükkânın açık kalabileceğini kabullenmekte güçlük çekmişti uzun süre. Ama hem gün içinde çeşitli saatlerde dükkânı kapalı bulan müşterilerin ayaklarının kesildiğini tespit ettiğinden, hem de namaz vakitlerini kaçırmak istemediğinden, önceleri sadece camiye gittiğinde, zaman geçtikçe başka başka bahanelerle, çilli çırağına emanet etmeye başlamıştı dükkânı.

Çırak, kardeşinin oğluydu ama kambur bakkal, hısım akrabalık ile ekmek teknesinin zeytinyağı ile su gibi ayrı durması gerektiğine inandığından, dükkân sınırları içinde ona kardeşinin oğlu gibi değil, bir çırağa nasıl davranılması gerektiğini düşünüyorsa öyle davranırdı. Çocuğa gelince, o, haftanın altı günü kendisine habire emirler ve sulu sepken hakaretler yağdıran adamın, haftasonlarında ya da bayramlarda ailecek oturmaya geldiklerinde, dükkândayken zinhar koklatmadığı çikolatalardan hediye etmesine, şefkatle başını okşayıp sevgi göstermesine bir türlü alışamamıştı. Hele bu aile ziyaretlerinde amcası, sanki uzun zamandır ilk defa karşılaşıyorlarmış, sanki daha bu sabah dükkânda herkesin ortasında kalayladığı başkasıymış gibi, "söyle bakalım amcasının yeğeni. Neler yapıyosun okuldan arta kalan zamanda?" diye sorduğunda kaçacak delik arıyordu. Bir kurban bayramında tüm sülale bir araya gelerek büyükçe bir koç kesip, çaydı-badem ezmesiydi-kavurmaydı-cacıktı-keşkekti-ayrandımumbardı-kayısı kompostosuydu-etli pilavdı-çaydı-fıstıklı baklavaydı-ölülerin ruhuna irmik helvasıydı-üzümdü-karpuzdu-gene fıstıklı baklavaydı-kahveydi derken, bütün günü hep birlikte ve habire yiyerek geçirdikleri halde, gece mide fesadı geçirip ertesi gün beti benzi kül ve azıcık gecikerek dükkâna gittiği için işittiği azardan ve her çırağın erken yatıp erken kalkması gerektiğine dair dinlediği söylevden duyduğu kızgınlığı hâlâ atamamıştı üzerinden. Çilli çırak, her gün dükkânda gördüğü asabi bakkal ile aile meclislerinde karşısına çıkan babacan amcayı kafasında bir türlü bağdaştıramadığı için, en nihayetinde onları iki ayrı, apayrı insan olarak algılamakta bulmuştu çözümü. Bunun tek sakıncası, evde annesi ya da babası, ertesi gün dükkâna gittiğinde amcasına bir şey iletmesini istediklerinde, "olur" dediği halde, beyninin bir yerinin buna direnmesi ve istisnasız her seferinde, söylenen şeyi iletmeyi unutmasıydı.

Musa ayaklarını sürüye sürüye dükkâna yaklaşırken, çilli çırak da ayet kitabını tezgâhın üzerine koymuş, gözü kapıda, eli kuruyemiş dolabında, bir yandan tuzlu fıstık atıştırıp, bir yandan cüz ezberliyordu.

Bu kadar erken kalkmaya hiç de alışkın olmayan Musa, dükkâna girince baktı yapacak iş, konuşacak kimse yok, bu seferlik apartmanın ekmeğini kendisi dağıtmaya karar verdi. Camlı ekmek dolabına doğru birkaç adım attı ve zınk diye durdu. Bulunduğu açı, Bonbon Palas'ın bahçe duvarına bakıyordu. Gördüğü şeyi, çilli çırağa da gösterdi. İkisi yan yana durup, yazıyı okudular.

"Aman Meryem görmesin," dedi Musa. Çürük dişlerini açığa çıkartarak, kendi kendine güldü.

"Niye ki?" dedi çilli çırak, yukarıya fırlattığı tuzlu fıstığı havada kapmayı başaramayınca suratını ekşiterek.

"Niye olacak, inanır da ondan!"

10 NUMARA: MADAM TEYZE

Madam Teyze getirdiği poşetleri boşalttıktan sonra, çift kanatlı kapıyı açıp balkona çıktı. Karşıdaki apartmanların damları, hepsi de aynı yöne, aynı şeyi düşünüyormuşçasına bakan onlarca martıyla doluydu. Onları izlerken, elini boynuna götürdü dalgın dalgın. Birini hiç çıkarmadığı iki kolye vardı boynunda. Uzun olanın ucunda bir anahtar sallanırdı, kısa olanın ucundaysa Aziz Serafim'in sert çehresi.

Hamileliğinin son aylarında aşırı kilo alıp, bir sonraki günü dahi taşıyamaz olmuş bir kadına benziyordu İstanbul. Attığı her adımda, azametle büyümüş vaatkâr karnından su sesleri yükseliyordu dalga dalga. Sürekli yiyordu ya, yediklerinin ne kadarının kendine, ne kadarınınsa içinde günbegün büyüyen onca küçümen, kırılgan ve asla doymayan cana yaradığını artık kendi de bilmiyordu. Yapabilse, bir an evvel kurtulmak isterdi bu kantarlı külfetten. Yapamıyordu. Yıllar, yüzyıllar boyu şiştikçe şişmişti. Gemiler ve kayıklar, arabalar ve tırlar, titrek bacaklı hamallar ve kuyruğunu yollarda yitirmiş konvoylarla kasa kasa taşınıyordu yiyecekleri, içecekleri. Yiyordu o da; yiyor ve içiyordu patlayasıya. Eğer şu dinmeyen iştahıyla, daima aç gövdesine indirdiklerinden hiçbir şey çıkaramasaydı dışarıya, çoktan infilak etmiş olurdu şimdiye değin; kendiyle birlikte, karnındakileri de canlarından ederek. Çıkarıyordu neyse ki. Yaşadığı için ve yaşamak için, pis kokulu gazlar, mide bulandırıcı sıvılar, dışkılar, kusmuklar ve balgamlar çıkaran bir insan gibi ve bir insan kadar, arındırıyordu o da yorgun ve kindar gövdesini. Çöplere akıtıyordu cılk yaralarının cerahatlerini. Şehr-i şehir, açılan çukurlara gömülseler de tepe tepe biriken, kürek kürek yakılsalar da küllerinden yükselen, uzaklara götürülseler de bir türlü ortalıktan eksilmeyen ve içlerinde mıknatıs varmışçasına birbirlerini çeken çöplere borçluydu hâlâ hareket edebiliyor olmasını. İstanbul, yaşadığı için bu kadar çok çöp çıkarmakla kalmıyor; bu kadar çok çöp çıkarabildiği için yaşamını sürdürebiliyordu hâlâ.

Bir son değildi çöplük. Yaşam sona ermiyordu orada; biçim ve öz değiştiriyordu sadece. Şehrin görünmez duvarlarının dışına püskürtülenler, atıldıkları çöplüklerde parçalarına ayırılıyor, türlerine göre ayıklanıyor, yakılıyor, presleniyor, gömülüyor... ama asla yok olmuyorlardı büsbütün. Gittiği yerde hüsrana uğramış bir kaçak gibi, geri dönüyorlardı eninde sonunda. Ya topraktan, ya sudan, ya havadan sızıyorlardı İstanbul'a. Ya çöp toplayanlardan, ya lodosçulardan, ya martılardan...

Martılar da aynı fikirdeydi yaşlı kadınla. Et yemeleri gerekirken İstanbul'da yaşaya yaşaya çöp yemeye alışan bu penahsız kuşlar da zerre kadar yadırgamıyordu hayattan atık, atıklardan hayat üreten bu ebedi ve bir o kadar midevi çemberi.

Ve hemen her akşam ve hemen her sabah, Madam Teyze, cepheleri üstünkörü boyanmış kutu kutu, kötü kötü evlerin silme yığıldığı boz renkli bir tepeye az biraz yukarıdan bakan balkonunda oturur, bir martı sükûtperestliğiyle dinlerdi şehrin rüzgârla toplaşıp, rüzgârla dağılan uğultusunu. Ömrünün şu son demlerinde eğer biri çıkıp da ona, başka bir türden olmak kaydıyla, istediği yerde, istediği surette dünyaya tekrar gelebileceği vaadinde bulunsaydı eğer, gene İstanbul'da doğmak istediğini söylerdi ve madem ki insan olamıyor, o zaman bir martı kisvesinde...

7 NUMARA: BEN

Uyandığımda öğlene geliyordu. Ders notlarımı tuttuğum dosyayı ve Ece'nin satın almak yerine ikidir benden istediği Kierkegaard'ları çantaya koyduğum gibi fırladım. Ben kapıdan çıkarken, 8 numaradaki de içeri giriyordu. Ne zaman görsem telaş içinde. Saçlarına bir şeyler yapmış. Eski halini tercih ederdim ama böyle de hoş, çok hoş! Başıyla sessiz bir selam verip, gözlerini kaçırdı. Ama bakışını yakaladım. Göründüğü kadar ürkek değil. Ne de o kadar ilgisiz... Giriş katına geldiğimde, baktım 4 numaralı dairenin kapısı açık. O sevimsiz kadın, eşikte durmuş, Meryem'e bir şeyler aldırıyordu. Beni görünce sırnaşık bir tebessüm yayıldı suratına. "Duydunuz mu apartmanımızın başına gelenleri?" dedi. "Meğer evliya varmış bahçemizde de, haberimiz yokmuş."

Tamamen çıkmıştı aklımdan. "Neden olmasın?" dedim istifimi bozmadan. "İstanbul'un muhtelif köşelerinde Bizans'tan, Osmanlı'dan kalma sayısız mezar olduğunu biliyoruz," diye ekledim gözümü saatten ayırmadan. "Peki bu mezarların hepsinin, mevcut mezarlıkların sınırları içinde olduğunu iddia edebilir miyiz? Tabii ki hayır. Daha keşfedilmemiş binlerce mezar olmalı. Bunlardan bazılarının da halkın evliya gözüyle baktığı kimselere ait olması kadar tabii ne olabilir?"

Alay edip etmediğimi anlayabilmek için tepeden tırnağa süzdü beni. İki kaşının arasında, yaşından ziyade asabiyetini ele veren birkaç çizgi belirdi. "Biz sizinle meslektaşız," dedi. Ve bu lafla bütün konuşma onun lehine dönmüşçesine, kollarını göğsünde kavuşturup sustu. Ben de sustum.

Zeren Ateşmizacoğlu'nun dikenli bakışları yüzümü serbest bırakıp, Meryem'e yöneldi. Ben de baktım onunla beraber. Ağzından kazara bir laf çıkmasından endişe ediyormuşçasına dudaklarını birbirine raptetmiş, sır vermeyen bir ifadeyle konuşmalarımızı dinliyordu Meryem. Bir an gözlerinin içi gülüyor sandım. Ama hemen ardından, haşin bir ifadeyle başından savarcasına selamlayıp bizleri, sipariş listesini aldığı gibi önümsıra çıktı gitti.

"Peki ya yanlışlıkla üstüne basarsam," dedi 5,5-Yaşındaki.

"Basarsan ecinnili olursun. Ağzın burnun yamulur, çarpuk çurpuk kalırsın," diye atıldı 7,5-Yaşındaki.

"Senin de kafan kocaman!"

Hacı Hacı telaşla müdahale etti duruma: "Deme öyle abine. Büyüklerine saygısızlık edeni cinler de sevmez, Allah da."

5,5-Yaşındaki, pilili yavruağzı eteğini çekiştirerek, başını önüne eğdi. Bir müddet öyle kaldıktan sonra gözucuyla abisine baktığında, berikinin hâlâ kendisini süzmekte olduğunu gördü. Usulca kenara kayıp, dedesine yanaştı.

"Cinlerin bir padişahı vardır, adına Beelzebub derler. Zinhar onun sözünden çıkmazlar. Ama zaman zaman ondan habersiz türlü türlü dolaplar çevirdikleri görülmüştür. Cin taifesi çeşit çeşit. İyisi de var, kötüsü de. Cin dediğin insan gibi, mümini de var, kâfiri de. Üç tür cin var: bir kısmı yılan yahut böcek biçiminde. Öbür türü rüzgâr yahut su biçiminde. Üçüncü tür ise insan biçiminde. En tehlikelisi bunlar. Anlayamazsın hakikaten cin mi yoksa insan mı. Bunlar geceleri düğün yaparlar davullu zurnalı, sabaha kadar yer içer oynarlar. Geceleri cinlerin düğününe denk gelirseniz, hemen başınızı çevirin. Sakın bakmayın. Tuvalete filan kalkınca bismillah demeden adım atmayın. Eşiklere dikkat etmek lazım. En çok eşiklerde dururlar. Cinden uzak durmanın yolu bismillahsız iş yapmamak. Bismillahsız yaptınız mı, muhakkak gelir karışırlar bir yerinden."

Hacı Hacı, Osman yapmak için salonun ortasına yığdıkları yastıklardan birine ağrıyan sırtını yaslayıp, yanaşa yanaşa en nihayetinde böğrüne yapışan küçük kızı kucağına aldı.

"En kötüsü Al Karısı. Yeni doğum yapmış bir kadına dadandı mı, mazallah bir daha bırakmaz yakasını. Bütün gece ata biner gibi çöreklenir lohusanın boğazına. Sabaha kadar canına okur, gün ağardı mı zavallıyı ter içinde perperişan bırakır gider. Gece bi de bakmışsın tekrar gelmiş. Kundaktaki bebeği futbol topu gibi yuvarlayıp yuvarlayıp havalara fırlatır."

"Ben hatırlıyorum," dedi 7,5-Yaşındaki kardeşlerine dönerek. "Onlar doğduğunda gelmişti."

"Gelir elbet. Anneniz burnunun dikine gitmeyip, babaanneniz rahmetliyi çağırsaydı, böyle olmazdı. Rahmetli bilirdi Al Karısı'nı nasıl defedeceğini. Kadıncağız torunlarına doyamadan gitti."

5,5-Yaşındaki ile 6,5-Yaşındaki dedelerinin verdikleri cevaptan huylanmışlardı. Küçük kızın dudağı hafifçe aşağı doğru sarkarken, oğlan da eme eme incelttiği serçe parmağını ağzına götürdü.

"Bir de Kara Koncolos'a dikkat edeceksiniz. En zalimi o. Yaşlı kadın kılığına girip sokaklarda dolaşır. Köşe başlarını tutar. Köşeden geçmek isteyene sorular sorar: 'Nereden geliyorsun böyle?, Nereye gidiyorsun?' der. 'Kimlerdensin?' diye sorar. Kara Koncolos görünce muhakkak içinde Kara kelimesi geçen bir cevap vermek lazım gelir. Misal, karalardanım, karacasöğüttenim filan diyeceksin. O zaman rahat bırakır geçersin. Bazen de adres sorar. Eğer sorduğu adresi bilemezsen, vay haline. Çantasından sopasını çıkardığı gibi küt küt vurur adamın kafasına, bayıltıncaya kadar döver."

Telefonun sesiyle bölündü sözleri. 7,5-Yaşındaki ağır hareketlerle uzandı ahizeye. *Evet, kahvaltılarını bitirmişlerdi. Hayır, yaramazlık yapmıyorlardı. Evet, televizyon seyrediyorlardı. Hayır, dede masal anlatmıyordu. Hayır, gazı açmıyorlardı. Hayır, evi dağıtmıyorlardı. Hayır, balkondan sarkmıyorlardı. Hayır, ateşle oynamıyorlardı. Hayır, yatak odasına girmiyorlardı. Vallahi, masal anlatmıyordu.*

Telefonu kapatmadan önce emin olmak istedi annesi: "Dedeniz masal anlatıyorsa sen sadece 'hava soğuk' de, ben anlarım".

7,5-Yaşındaki durakladı. Yosun yeşili gözlerinden, gecenin şavkına öykünen bir parıltı kaydı aniden. Anlık bir sessizlik oldu. Parıltı kaybolduğunda, fikrini değiştirmişti. Sesini alçaltma gereği duymadan ve gözlerini dedesinin üzerinden ayırmadan, kayıtsız bir edayla cevap verdi: "Yok hayır anneciğim, hava soğuk değil. Ama dedem gene bize acayip acayip şeyler anlatıyor."

7 NUMARA: BEN

“Bugün pek keyiflisiniz hocam,” dedi ön sırada oturan Ece en cerbezeli sesiyle. Her zamanki gibi tepeden tırnağa simsiyah giyinmişti. Siyah ruj, siyah ojeler, siyah göz kalemiyle belirginleştirilmiş siyah gözler... *Ölümcül Hastalık Umutsuzluk*'u çantamdan çıkarıp, önüne koydum.

“Derse keyifli geldim de, dersten keyifli çıkmam size bağlı. Bakalım makaleler okunmuş mu?” dedim Perşembe günlerinin bermutad girizgâhlarından birini yaparak.

“Erasmus'un *Deliliğe Övgü*'sünde Fortuna'dan söz ettiği kısımlarla, Makyavelli'nin Fortuna'sını karşılaştırarak okuduk ve hatmettik,” dedi Ece.

“Ne menem bir şeymiş peki bu Fortuna?” dedim Ece'ye değil sınıfa hitap etmeye özen göstererek.

“Dişi olduğu kesin,” diye atıldı Ece, gösterdiğim özeni çiğnemekten aldığı keyifle. “Makyavelli'de de, Erasmus'da da Fortuna hem kişileştiriliyor, hem de dişileştiriliyor. Dişi olduğu için de tabii ki tekin bulmuyorlar onu. Keza Kilise babaları da böyle düşünüyor. Bizde de aynı şey. Kör Talih diyoruz ya da Kahpe Felek. Ya kör bir kadın oluyor. Eh körse, kime ne verdiğini göremez, dolayısıyla adil olması beklenemez. Ya da kahpe bir kadın oluyor. Kahpeyse zaten adil olamaz. Bazen bir tekerlek oluyor elinde. Bazen de kendisi bir çember oluşturuyor eteklerini döndürerek. Bu yüzden Çark-ı Felek diyoruz. Ne zaman, kimin için, nerede duracağı belli olmuyor. Makyavelli'ye göre hayatımızın yarısını Fortuna kontrol ediyor, yapabileceğimiz hiçbir şey yok. Ama kısmen de olsa Fortuna'ya söz geçirmek mümkün. Tekmil fikir babalarımız erkek olduğuna göre, bir şekilde kadınları dize getirmenin mümkün olduğunu düşünmek durumundalar.”

“Ha, bizim Kader miydi Fortuna diyip durduğunuz?” diyerek suratını buruşturdu makaleleleri okumadığını ayan ve beyan etmekte en ufak sakınca görmeyen Cem.

Takip eden on-on beş dakika boyunca *bizim Kader*'den bahsettiler birbirlerinin sözünü kese kese.

"Bence Machiavelli'yi feminist cenahtan yumurtaya tutmak ucuz bir yaklaşım," dedi Ece'den zerre kadar hoşlanmadığını bildiğim ama nedense hep onun arkasında oturan ve ismini sürekli karıştırdığım kıvırcık saçlı, gözlüklü kız. "Mesele, senin için önceden çizilmiş bir hayatı mı yaşadığını düşünüyorsun? Hayatın *a priori* mi tespit edilmiş? Soru bu. Kaderle uğraşırken, dinle hesaplaşıyor adam açık açık. Fortuna'dan kurtulmadan, ya da onu dize getirmeden, ne Aydınlanma mümkün olabilirdi, ne de ilerleme."

Ece sinirli sinirli gerinerek, bacak bacak üstüne attı. Bunu devamlı yapar. Bacaklarının güzel olduğunu bilir. Adı öğrencileriyle aşk meşk dedikodularına karışan meslektaşlarımın mesleki açıdan ciddi bir hasara uğradıklarına pek rastlamadım şimdiye değin. Eğer birinin üzerine bu sebepten ötürü gidiliyorsa, zaten üzerine gidilecek demektir. Ece'nin bana olan ilgisini takdis etmememin sebebi, meslektaşlarımın kulaklarına gitmesi endişesi değil zaten. Mesele akademisyenlerin değil, bizzat öğrencilerin ne düşündüğüdür böyle durumlarda. Ne düşündüklerinden ziyade, ne konuştukları. Çünkü muhakkak konuşurlar. Asla, katiyen, zinhar dillerini tutmazlar. Her birinin muhakkak bir yakın arkadaşı vardır ve sırdaşların en önemli özelliği onların da başka sırdaşları olmasıdır ve bu böyle zincirleme devam eder. Tam bir büyübozumu! Uzaktan uzağa merak edilen, saygı duyulan, sözü geçen bir hoca olmaktan çıkar; zaafları, cinnetleri, herzeleri, zilletleri, kompleksleri yakinen bilinen bir ölümlüye dönüşüverirsin. Genç bir kızla birlikte olmak, orta yaş civarında seyreden erkeklere latif bir itibar sağlayabilir sağlamasına da, her an geri alınabilir, sallantılı bir itibardır bu olsa olsa. İlk fiskede alabora olur kolaylıkla. Yazdığın mektuplar, yaptığın itiraflar, anlattığın sırlar cümleten başına bela olur sonradan. Cinsel performansın dilden dile dolaşır, çoluk çocuğun oyuncağı olursun. Buna değmez. Tanıdığım hiçbir kız öğrencimin buna değeceğini düşünmedim. Ece'nin bile.

"Aslında en iyisi hayatımızı kontrol edemediğimizi bir an evvel itiraf etmek. Yaptıklarımdan sorumlu tutulabilirim belki, ama yol açtıklarımdan sorumlu tutulamam," dedi Ece gözlerini gözlerime dikip, omuzlarını silkerek. "Doğuştan o adamın değil de bu adamın kızı olarak geliyorum dünyaya. Ne babamı seçebiliyorum, ne milletimi, ne dinimi, ne de dilimi... Fikrimi sorsalardı başka bir ortamda doğmayı tercih ederdim; yok eğer illa da böyle olacak deselerdi, o zaman doğmamayı tercih ederdim. Bu kadar basit aslında. Sen şimdi farklı bir yerde doğmuş olsaydın, kafanda türban değil, boynunda haç olacaktı," dedi arkaya dönüp. Ama hep yan yana oturan üç türbanlı öğrenciden hangisine hitap ettiği anlaşılamadı.

"Ben de kadere inanıyorum," dedi üçlünün ortasındaki Seda.

"Öyle değil ama," diye kestirip attı Ece zillisi. "Sen yüce bir adalete inanıyorsun. Bu şimdi böyle oluyor ama sonra bir bir hesabı tutulacak diyorsun. İşte ne biliyim kötüler cehennemde cezalandırılacak, iyiler cennette mükâfatlandırılacak filan. Yani bir adalet fikri var kafanda, olmak zorunda yoksa inancın sarsılır. Fortuna bunun tam tersi. Uhrevi bir şey değil, gayet dünyevi bir şey."

"Bu Fortuna'ya niye bu kadar takıldınız anlayamadım?" diye çemkirdi her an camdan dışarı çıkacakmış gibi sandalyesini duvara yaklaştıran Cem. "Mesele Fortuna falan değil, çember ile çizgi arasındaki fark. Bir çizgi üzerinde yürüdüğünü zannediyorsan, bir şeyleri geride bıraktığını, bir yerlere varabileceğini de sanırsın. Ama çembere göre anlıyorsan hayatı, ilerleme diye bir şey söz konusu olamaz. Tekerrürlerle barışık mısın değil misin, mesele bu. Makyavelli gibi bir adam tekerrürle barışık olamaz. Tekerrürleri hazmetmek ne demek? Şu anda yaşadığın hayatı gene yaşayacaksın demek. Yarın bugünden o kadar da farklı olmayacak. Nietzsche'nin Rousseau için sorduğu soruya geliyoruz. Yalnız ömrünün en yalnız saatinde şöyle mini minicik bir iblis inse cehennemden, geçse karşına ve dese ki 'korkma kardeşim, sana garanti veriyorum, ölüm diye bir şey yok. Tekerrür var sadece. Şu ana kadar yaşadığın her şeyi gene yaşayacaksın. Aynen yaşadığın gibi. Sonra gene, sonra gene. Bu böyle ebediyen devam edecek.' Ne hissedersin o zaman? Bu hayatı tekrar tekrar yaşamaya kaçımız tahammül edebilir? Fortuna'nın nazını çekebilenler asla cinnet geçirmezler. Bu kadar basit. Makyavelli gibi bir adam hayata tahammül edebilmek için çemberi bir yerinden kesip, çizgiye dönüştürmek zorunda. Ondan sonra ilerleme fikri de doğar, bireycilik de."

Saate baktım, ikinci dersin bitimine beş dakika kalmış. "Konudan uzaklaşmaktaki başarınıza bir kez daha hayran kaldım," dedim sigara paketimi çıkarıp, ara verirken. "Haftaya tüm okumaları tamamlayarak geliyorsunuz ve sadece okumalar üzerinden konuşacağız. Kimse desteksiz atmayacak."

Üçüncü ders yorum yapmadan dinlemekle yetindiler. Herkes not tutarken, Cem sıkıntıyla camdan dışarıyı seyretti; Ece de gözümün önünde yarım paket bademli çikolata yedi. Siyaha çalan bir çikolata parçası, muzip bir ben gibi yapıştı kaldı dudağının kenarında.

5 NUMARA: GELİN VE ÇOCUKLARI

"Anne biz niye seninle geliyoruz?" diye mızıldandı 5,5-Yaşındaki.

"Fena mı işte. Annenizin çalıştığı yeri görmek istemiyor musunuz?" dedi Gelin, ellerinden sıkıca tuttuğu iki çocuğu adımlarının hızına ayak uydurmaya zorlayarak. Gerçi ufaklıkları bütün gün bir sinema gişesinin içinde nasıl zaptedebileceğini bilemiyor, patronun da hışmından çekiniyordu ama bir gün evvel edindiği bilgilerden hareketle sabah sabah kayınpederiyle tartıştıktan sonra, mantıklı düşünemeyecek kadar asabiydi şu anda. Jurnal Sokak'ın köşesine yaklaşırken yavaşlayıp, arkaya baktı. 7,5-Yaşındaki iki metre geriden geliyordu. Yoldan gelip geçen kimilerinin yadırgayan bakışlarına maruz kalmasına rağmen, son derece hoşnut görünüyordu iki yıl sonra Bonbon Palas'ın dışına çıkabilmiş olmaktan. Büyük oğluna bakarken hissetmeye alışkın olduğu derli toplu elem, içindeki dağınık sıkıntıyı bastırdı kadının. Ömrü boyunca en az onunla vakit geçirebileceğini bildiği halde, çocukları arasında gene en çok ona bağlıydı. Doğuştan hastalıklı çocuklar, kardeşlerinin ve yaşıtlarının aksine, annelerine aittir yalnızca ve hep öyle kalırlar.

Köşeye varınca, hızlanması için işaret etti büyük oğluna. Aynı anda, kara kuru bir el usulca vurdu omuzuna.

"Evladım şu adrese nasıl giderim?" diyerek kırış kırış bir kâğıt parçası uzattı, lime lime olmuş nohudi bir pardesünün içinde iki büklüm kambur ihtiyar bir kadın.

Gelin, yüzlerinde beliren dehşetin farkına varmadan, ellerini bıraktı iki çocuğun. Kâğıdı aldı, okumaya çalıştı. Ama kargacık burgacık yazıyı çözemeyince, kafasını sallayarak adresi geri uzattı.

"Anne bilemediiin!" diye cırladı 5,5-Yaşındaki. Pıtır pıtır yaşlar süzüldü yanaklarından. 6,5-Yaşındaki'nin hali daha iyi değildi. Her iki elinin baş parmağını birden ağzına sokmuş emerken, bir yandan da aynı sözleri tekrarlıyordu durmadan: "bildin mi, bildin mi?"

"Bilemedi," dedi geriden yetişen 7,5-Yaşındaki, olayı kavramakta gecikmeden. Daha da beter ağlamaya ve tepinmeye başladı diğer iki çocuk bu söz üzerine.

"Neyi bilemedim?" dedi şaşkınlıktan dili dolanan Gelin, bir çocuklarına, bir ihtiyar kadına bakarak. Ama cevap yerine tek alabildiği birkaç hıçkırık ile emilen bir parmaktan çıkan congur congur sesler oldu.

7 NUMARA: BEN

Meyhanede yer bulmak zor oldu. Cuma akşamı kalabalığı. Ortalarda bir masa boşalınca oraya çöküp, önden bir duble söyledim. İkinciyi ağırdan aldım. Üçüncü dublede nihayet kapıda göründü kaltak, ağzı kulaklarında. Trafik sıkışmıştı. Ama bu bilgiyi, gecikmesinin gerekçesi olarak değil, bindiği taksi adım adım ilerlerken aynı takımı tuttuğu şoförle bir olup dinlediği maçın özetini verebilmek için gerekli bir ayrıntı olarak belirtti arada. İkinci yarıya 2-0 yenik başlamalarına rağmen, 3-2 kazanmışlardı. Elli dakika geciktiğini umursadığına dair en ufak bir belirti göremeyince yüzünde, bir şey demedim ben de. Doğrusu, Ethel'in, derinliği erbabınca defalarca test edilmiş futbol bilgisinden, taksi şoförleriyle bitmez tükenmez sohbetlerinden, gittiğimiz her lokantada bize hizmet eden tüm garsonların isimlerini, şecerelerini ve belli başlı gailelerini ilk on dakika içinde öğrenip, takip eden süre boyunca her siparişi bir muhabbet vesilesine çevirmesinden, her zaman, her ortamda ve her fırsatta insanın gözüne sokarcasına yaptığı kadınlık reddiyesinden hiç etkilenmediğimi söyleyemem. Başından beri böyleydi bu. Ayşin ile Ethel'in can ciğer kolej arkadaşlıkları, özünde bir tez-antitez ilişkisiydi ve bu cevval öz, olanca giriftliğiyle kendini ifşa etti ben aralarına girince. Ayşin futboldan hoşlanıyor, hatta laf olsun diye herhangi bir takımı tutuyor olsaydı, Ethel'in futbol sevdasının bu raddeye varacağından şüpheliyim.

"Bonbon Palas'ın çöp sorununa kökten çözüm buldum," dedim kadehini doldururken. Ve ona bahçe duvarına yazdığım yazıyı anlattım. Benden böyle bir saçmalık beklemiyor olmalı ki, önce bir afalladı ama hemen ardından, gevrek kahkahalar saçarak, tüm hikâyeyi silbaştan anlattırdı. Konuştukça, ben de komik bulmaya başladım anlattıklarımı. Sabahın köründe elimde fırça ve boyayla duvarın önündeki halimi tarif ettirirken, gülmekten kırıldı. Ya çok çabuk kafayı buldu bu akşam, ya da geldiğinde içkiliydi zaten. Bire doğru kalktık. Ethel tek tek bütün garsonlarla el sıkışıp vedalaştı. O ana kadar edindiği bilgiler doğrultusunda her birinin çoluğuna çocuğuna selam gönderip, dertleri tasalarıyla ilgili, teselli mahiyetinde ufak kapanış konuşmaları yapmayı ihmal etmeden. Sokağa çıkıp, gecenin meltemiyle az biraz ayıldığımızda, bu sefer de tutturdu şu yazıyı bana da göster diye.

Bir taksiye atladık. Ethel'in lokantada düşük dozda başlayan, yolda yürürken katlanarak hızlanan gülme krizi, taksiye binmemizle gemi azıya aldı adamakıllı. Bir yandan kıkırdıyor, bir yandan da elini zaptetmeye çalışan elimi aşıp, pantolonumun düğmelerini açmaya çalışıyordu. Karşı durmadım. O beni usul usul mıncıklarken, ehliyet alacak yaşta bile görünmeyen şoförü göz hapsine aldım ben de. Tüysüz suratı hiç renk vermediğinden, bir türlü emin olamadım bizi görüp görmediğinden. Bu arada Ethel emeline ulaşmış, üçüncü düğmeyi de çözüp, elini sokabilecek kadar bir aralık açmayı başarmıştı. Ceketimi kucağıma yerleştirip, paravan yapıyordum ki, can acısıyla gayriihtiyari boğuk bir ses fırladı ağzımdan. Oldum olası nefret etmişimdir tırnaklarının uzunluğundan. Aynı anda şoförün yüzünde beliren keskin tebessümden, olan bitenin farkında olduğunu anladım. Ethel'in elini sertçe kavrayıp, pençelerini uzaklaştırdım güç bela. Kızdı. Söylene söylene bir sigara yaktı. Aramızdaki her türlü çekim ve gerilimi yakından takip eden şoför, münasip bir zamanlamayla lafa karışarak, ne yöne gittiğimizi sordu. Ethel, yasemin ağızlığına oturttuğu sigaranın dumanını peşpeşe halkalar halinde taksinin tavanına üflerken, neşeyle cevapladı:

"Bonbon Dede'ye gidiyoruz. Tüm bağrı yanıkların, sevdiğinden ayrılmışların ve cümle tutunamayanların dedesi Bonbon Dede'ye!"

Sandığım kadar genç olmadığını, toy görüntüsünün de yaşından ziyade köseliğinden kaynaklandığını fark ettiğim şoför, dikiz aynasından bir beni, bir Ethel'i süzerek, durumun ne kadar vahimleşebileceğini tartıyordu ki, araya girip yolu tarif ettim. Ama Ethel adamı rahat bırakmadı. Bir sigara da ona ikram edip, aslen nereli olduğunu, evliyalara inanıp inanmadığını, evli olup olmadığını, ileride bir kızı olursa en son hangi aşamaya kadar okutmayı düşündüğünü, oğlunun eşcinsel olduğunu öğrendiği takdirde evlatlıktan red edip etmeyeceğini ve hangi takımı tuttuğunu sordu art arda. Aksi gibi, aynı takımı tutuyorlardı.

"Bir keresinde sizden manyak olmasın bir çift binmişti arabaya," dedi şoför, soru yağmurundan fırsat bulduğunda. Ethel, boğazına kılçık kaçmış gibi hırıltılı öksürükler eşliğinde, bir kahkaha daha saldı zincirleme.

"Gece çalışmaya daha yeni başlamışım, gece müşterisini tanımıyorum daha. Bunlar bir bindiler, hır gür kavga kıyamet. Kadın bağırıyor çağırıyor. Adam hiç alttan almıyor, o da ona veryansın ediyor. Bi de küfürlü konuşuyorlar ki sorma. Ama belli ki seviyorlar birbirlerini. Meğer adam çalışmak için yurtdışına gidiyormuş. Kadın inanmıyor döneceğine, gidersen dönmezsin diyor iki gözü iki çeşme; arada bir sinirlenip pata küte vuruyor adama. Zil zurna. Neyse, dedikleri adrese kadar böyle gittik. Kadını bırakıp, devam edeceğiz oradan. Gittik ama kadın inmiyor ki arabadan. Tutturdu hadi Telli Baba'ya gidelim diye. Şu ön koltuğa sarıldı sımsıkı, Telli Baba'yı görmeden inmem Allah inmem. Adamı da ikna etti. Telli Baba dedikleri dünyanın bir ucu, gece gece gider misin gitmem, arabayı teslim edicem daha. Zaten o zamanlar diyordum ki asla katiyen gece çalışmam. Sonra sonra fikrimiz de değişti ya neyse. İnip başka taksiye de binmiyorlar, üste bir de iki misli para teklif ediyorlar. Neyse, gider misin gitmez misin derken, biz böyle gece gece bastık gaza, doğru Telli Baba'ya. Kadın indi. Çantasını açtı, bir şeyler aradı. Karanlıkta kayboldu. Biz adamla bekliyoruz taksinin içinde. Aradan şöyle bir on dakika filan geçti, kadın geldi ağlaya ağlaya, herife dedi ki 'eğ kafanı!' Herif eğdi kafayı, kadın vargücüyle asılıp bir tutam saç koparmasın mı, aklınca bir tane kıl çekecek. Herif de bunun üstüne yürüdü can acısıyla, bi de o yüzden girdiler birbirlerine. Neyse kadın saçı alıp kayboldu gene, bir de çaput maput buldu bir yerlerden, gitti ağaca bağladı adamın saçını, okudu üfledi, oturdu kalktı, biz böyle bekliyoruz. Artık bıraktık ne yaparsa yapsın. Sonunda geldi, sakinleşmiş bi parça. 'Artık bir sonraki sefere telli duvağımla gelirim Telli Baba'ya' dedi. Baktım adam da yumuşadı. Sarıldılar. Benim de ismimi, telefonumu aldılar düğünlerine çağırmak için."

"Kesin evlenmiş, sonra da birbirlerini boğazlamışlardır," diye çemkirdi Ethel başını şoförün koltuğuna doğru uzatıp, boşta kalan sağ eliyle pantolonumun düğmelerine yeni bir saldırıda bulunurken.

"Yok abla, daha da kötüsü," dedi şoför bilgece başını sallayarak. "İki sene sonra, kıştı, nasıl kar tipi kıyamet, göz gözü görmüyor. Bu adam gene binmesin mi benim taksiye? Ama bu sefer yanında başka bir kadın. Artık karısı mıydı, sevgilisi miydi bilemiyorum. Belli ki birlikteler. Ben adamı hemen tanıdım. O da beni tanıdı. İkimiz de bi kötü olduk. O gözünü kaçırdı, ben gözümü kaçırdım. Yanındaki hiçbir şeyin farkında değil tabii. Habire bir şeyler anlatıyor. Anlatıyor ama adam hiç oralı değil. On metre gittik gitmedik, dayanamadı, durdurdu taksiyi, atladı aşağı. Kadın da şaşkın şaşkın seğirtti peşinden."

Ethel ellerini kucağında bitiştirip, kederle içini çekti. Kaltağın ne zaman, neden etkilendiğini bir anlayabilsem. Sıkıntıyla sustuk. Jurnal Sokak'ın köşesini dönünceye kadar kimse tek kelime etmedi. Ama Bonbon Palas'ın önünde durur durmaz, Ethel güdük kalan neşesini kucaklayarak, ok gibi fırladı arabadan. Onun ısrarı üzerine şoför de indi. Gecenin bir buçuğunda, üçümüz saygıduruşunda bulunur gibi yan yana dizilip, bahçe duvarının üzerindeki yazıya baktık sessizce.

**BU DUVARIN ALTINDA
YATIR VAR
ÇÖP DÖKMEYİN!**

"Nasıl olmuş?" dedim şoföre.

"İyi hoş da, kaydırmışsın be abi," dedi şaka yapıp yapmadığını anlayamadığım bir ifadeyle. "Rengini de tutmadım."

Ethel kusacakmış gibi iki büklüm olup, yeni bir gülme krizine yakalandı. Kendini büsbütün koyvererek, gözlerinden yaşlar gelinceye dek tepine tepine güldü. O kadar çok gürültü çıkardı ki, apartmandan bir iki evin ışığını yaktırmayı başardı. Şoför bir yandan, ben bir yandan ite kaka taksiye soktuk kaltağı. Yol boyunca giderek yavaşlayan kahkahaları, yerlerini giderek hızlanan hıçkırıklara bıraktı. Uzun zamandır hiç böyle dağıldığını görmemiştim. Evine vardığımızda, onunla kalmak gelmedi içimden. Yatağına yatırdım. Başını yastığa koyar koymaz sızdı zaten. Aşağıda bekledi taksi. Dönüşte öne oturdum. Baktım taksimetre iyice kabarmış. Boşandığımdan beri maaşımın yarısı kiraya gidiyor, yarısı da içki akşamlarına. Sigara tuttum şoföre, aldı. Önce benimkini, sonra da kendininkini yaktı. Arabadaki sarhoş kadın inince, dostane bir sessizlik çınladı geride bıraktığı boşlukta.

"Kusura bakma," dedim "senin de başını ağrıttık."

"Yok abi," dedi "keşke sade bunlarla ağrısa insanın başı."

Kavşakta kırmızı ışıkta beklerken, içime bir sıkıntı çöreklendi birden. Bir polis arabası hızla geçti yanımızdan. İleride, ağır ağır seyreden bir çöp kamyonunun arkasına tek elleriyle tutunmuş, açıkta kalan kalın eldivenli ellerini boşluğa sarkıtarak yüz yüze dönmüş uzun boylu iki çöpçüye takıldı gözüm. Bir sokak lambasının altından geçerken solgun yüzleri aydınlandı. Hiç konuşmadan birbirlerine bakarak gülümsüyorlardı sanki, ya da bana öyle geldi. Başka araç yoktu etrafta. Işık yeşile dönünce, sıkıntımla baş edemeyeceğimi anladım. Tam ters istikamete dönmesini söyledim şoföre. On dakika sonra Ayşin'in evinin önündeydik. Arabayı durdurdum. İnmedim aşağı. Perdeler çekilmiş, ışıklar kapalı. Ben eski evimi seyrederken, köse şoför tek kelime etmeden sabırla bekledi.

Dönüş yolunda radyoyu açtık. Çalan her şarkı hoşuma gitti. Nihayet taksimetreye yeni bir sıfır eklenirken varabildim Bonbon Palas'a. Farların ışığında, arabanın camlarından sağlı sollu kafalarımızı uzatıp, nedense bir kez daha bakma gereği duyduk duvardaki yazıya.

"Abi ya, sen şimdi bu yazıyı yazdın da, ya bir inanan çıkarsa?" dedi şoför para üstünü çıkarırken.

"Yok daha neler," dedim gülerek. "Hem daha iyi ya. Keşke inansalar. İnansınlar da dökmesinler çöplerini."

"Ya tamam da," dedi görünmeyen bıyıklarını çekiştiriyormuş gibi parmaklarını sinirli sinirli dudaklarının üzerinde gezdirip. "Bizim millet bir tuhaftır. Hele kadınlar, hepten tuhaf abi, görüyorsun işte. Yani demem o ki... Hani, ya biri çıkıp da hakikaten inanırsa."

1 NUMARA: MERYEM

İnanç, tıpkı bir tren tarifesi gibi, özünde bir zamanlama meselesidir. Gar duvarındaki dairevi, heybetli, fildişi saat, insan ömrünün çeşitli zamanlarında vurur. Aynı saatlerde kalkar tren. Öğleden önce tek bir sefer vardır, çocuk yaşta bir inancı benimseyenler buna biner. Öğleden sonra bir kez daha kalkar tren; ergenlik döneminin huzursuz yolcularını da alıp götürerek. Sonra ta akşama kadar başka bir sefer olmaz. Akşam geldiğinde, insan ömründe ilk derin pişmanlıkların baş gösterdiği, işlenen cürümlerin telafisinin mümkün olmadığının anlaşıldığı, en kavi yuvaların tepe taklak devrildiği, ilk ciddi sağlık sorunlarının belirdiği saatte, üçüncü kez kalkar tren. Yolcuları nedense hep son dakikada telaşla biner buna. Ve nihayet geceyarısına doğru, kritik ameliyatlardan sonra ya da ölüme ramak kala, peş peşe iki sefer daha vardır. En kalabalık trenler bunlardır. Hiçbir istasyonda durmadan, şefaat ekspresiyle dosdoğru Tanrı'ya giderler. Akşam yolcularının aksine, gece yolcuları, kaçırmamak için trenlerini, ne olur ne olmaz hep önceden alırlar gardaki yerlerini. Ve vakit geceyarısını vurduğunda, çember tamamlanıp akrep ile yelkovan başlangıç noktasına vardıklarında, garın o hıncahınç kalabalığından tek tük inançsız kalmıştır geriye.

Meryem günün ilk treninde yolculuk edenlerdendi. Bu yüzden, diğerlerine nazaran çok daha hesapsızdı inançları; hesapsız ve kitapsız. Evliya yazısının duvara yazıldığı esnada hamile olmasaydı ve hamilelik onu bir parça "tuhaf" kılmasaydı gene de aynı şeyi yapar mıydı bilinmez, ama bu sabah erkenden, nicedir aradığı "isimsiz evliya toprağı"nı almak üzere elinde boş bir kavanozla bahçeye çıktı. Burada gerçekten bir yatır olduğuna pek ihtimal vermiyordu ama üniversite hocası da söylemişti ya, İstanbul'un evlerinin kaldırımlarının taşlarının altı silme mezarken, nereden ne çıkacağı hiç belli olmazdı. Yazının aslı astarı yoksa eğer, bir kavanoz toprak aldığıyla kalırdı, o kadar. Ama eğer hakikaten bir evliya varsa Bonbon Palas'ın bahçesindeki gülibrişimin altında, o zaman ondan tek bir dileği vardı: Muhammet'e bir nebze de olsa cesaret aşılaması.

2 NUMARA: SİDAR İLE GABA

Kapı çalınca, Muhammet'in gene yiyecek bir şeyler getirmiş olabileceği ümidiyle koşturdu Sidar. Ama açtığında, Madam Teyze'nin küçük elçisini değil, saçları bakır rengi kaçık kızı buldu karşısında. Afalladı çünkü ya kız görüşmeyeli değişmişti, ya da daha farklı kalmıştı hatırında. Ama gözleri gene çok güzeldi. Buyur edilmeyi beklemeden, gülümseyerek daldı içeri. Yorgun adımlarla kanapeye yöneldi ve kıvrılıp yatmadan önce içecek bir şeyler istedi hâlâ şaşkın şaşkın dikilmekte olan ev sahibinden. Kafasını kaşıya kaşıya mutfağa gitti Sidar. Dolaptaki tek poşet kahveyi açıp, evdeki tek demlikte ısıttığı suyu, raftaki tek kupaya döktü.

"Sen içmiyor musun?" dedi kız.

"Sonra," dedi Sidar omuzlarını silkerek. "Zaten tek kupa var evde."

Sırt çantasından üç adet fındıklı gofret çıkarttı kız. Islak burnunu havaya dikip, şöyle bir kıpırdandı Gaba. Ama gene de ayrılmadı onu görür görmez sindiği köşeden.

"Köpeğin ismi neydi?"

"Gaba," dedi Sidar bunu geçen sefer konuşup konuşmadıklarını anımsamaya çalışarak.

"Ne demek?"

"Gaba, bir inhibitör sinir ileticisi olan gama-amino-bütirik asitin kısaltmasıdır. Beynin anksiyete merkeziyle ilgili bir şey. Antikonvülsanlar, antianksiyete ilaçları ve tabii ki alkol, Gaba alıcısını yavaşlatır. Yani daha az endişe duyarsın."

"Ne hoş ya, sen şimdi anadilin gibi Almanca konuşuyorsun ha? Kaç sene kalmıştın yurtdışında?" dedi kız kanepenin üzerinde sırt üstü uzanırken. Tavanı görünce hayretle kırpıştırdı gözlerini.

"Fransızca," diye düzeltti Sidar hırçın bir tavırla. Anlaşılan, geçen sefer anlattıklarından bir teki bile kalmamıştı kızın aklında. Öyleyse niye sormuştu o soruları? Ya şimdi ne demeye soruyordu aynılarını? Üstelik belli ki uykusu vardı. İkinci, bilemedin üçüncü cevabı dinlerken kapanacaktı gözkapakları. Yarım kalacağını bile bile, dar zamanda ne kadar parça toplarsa toplasın bütüne ulaşamayacağını göre göre, ne demeye soruyordu şimdi bunları. Bir insanı tanımayı arzulamak, kof bir vaattir ve büyük külfet! Günler, geceler, haftalar, seneler boyu dinlemeyi ve gözlemeyi, didiklemeyi ve hissetmeyi, deşmeyi ve dermeyi gerektirir; kabukları kaldırabilmeyi ve altlarından ince ince sızacak, belki de fışkıracak olan kanı görmeye tahammül edebilmeyi... Bunca zahmete katlanamayacak olduktan sonra, daha yolun başındayken dönüp, bu işe hiç kalkışmamak yeğdir.

Kapalı bir sandığın içinde günışığına çıkmayı bekleyen, kıymeti bilinmemiş bir define değilim ben. Hakkımda soracağın her sorunun cevabı üç aşağı beş yukarı sende saklı zaten. Beni keşfetmeye çalışmanı da, keşfettiğini sanmanı da istemem. Tanımak zorunda değiliz birbirimizi, daha bir arpa boyu tanıyamamışken kendimizi. Başkaları hakkında edinilen bilgiler, çöplükten gelişigüzel çıkarılan yiyeceklere benzer. Tadına varamayacak olduktan sonra, kokutmak zorunda değiliz beynimizde.

Kesik bir horultuyla bölündü düşünceleri. Ağzı açık uyuyakalmıştı kız. Öğlen sardığı sigaradan son bir nefes alıp, misafirinin yanına kıvrıldı Sidar. Deminden beri kenarda tedirgin başına gelecekleri bekleyen Gaba, kimsenin kendisiyle ilgilenmeye niyeti olmadığını anlayınca, duvardaki oyuktan başını uzatan tuğla rengi bir böcekle uğraşmayı bırakıp, temkinli adımlarla çıktı sindiği yerden. Ambalajlarını parçalayıp, bir solukta indirdi fındıklı gofretleri midesine. Sonra yalana yalana, geldi o da kıvrıldı kanapeye. Dışarıdan geçen arabaların farları, daracık pencerelerden süzülüp duvardaki oynak gölgeleri telaşlandırırken, üçü de üç ayrı koldan üç ayrı rüyanın içine yuvarlandılar.

8 NUMARA: MAVİ METRES VE BEN

Mavi Metres mutfakla salon arasında defalarca mekik dokuduktan sonra, heyecan içinde son bir kez göz attı masaya. Her şey tamamdı. Su dolu cam kâsede yüzen nilüfer şeklindeki mumu yaktı. Mavi tabakların yanına mavi peçeteler yerleştirdi. Akşam yedi diye sözleşmişlerdi. Yediye on kala çaldı kapı.

"Hoş geldin," dedi. Topuklu ayakkabı giymişti ama gene de gayriihtiyari parmaklarının ucunda yükselme gereği duydu bir an. "Hep böyle erkenci misindir?"

"Gecikmeye çalıştım. Ama benim dairemden seninkine üç buçuk adımda varılıyormuş," dedim gülümseyerek.

"Senin bacakların uzun tabii. Bizim dört adımımız eder," dedi. Dedi ama daha cümlesini bitirmeden, müstehcen bir imada bulunmuşçasına kıpkırmızı kesildi.

Birbirlerini uzun zamandır uzaktan uzağa arzulayarak izleyen ama arzularının umduklarından da kolay ve çabuk gerçekleşeceğini görünce şöyle bir duraklayan çiftlere has sersemlikle dikildik kapının ağzında. Şimdiye değin sadece kapılarda karşılaşıp ayaküstü havadan sudan konuşmuş olsak da, benden hayli hoşlandığının farkındaydım nicedir. Sır tutmasını bilmeyen bir suratı var. Gene de bu kadar çabuk olmasını beklemiyordum; böylesine zahmetsiz...

Yüzünü ellerimin arasına alıp masmavi, minnacık hızmasına dokundum önce. Geriye çekildiğinde, "Çerkes tavuğu yaptım," dedi, öpüştüğümüz yerden değil de, konuştuğumuz yerden devam etmeye çalışarak. "İnşallah seviyosundur."

İçeri girer girmez, masayı teğet geçip yatak odasına sürükledim onu. Rahattı. Rahattım. Ortak bir geleceklerinin olmadığını baştan teslim eden çiftler, daha az sakıngandır sevişirken. Ne var ki, gecenin geç bir vakti sofraya oturduğumuzda, ortak bir geçmişimiz olduğu zannına kapılıverdik sanki. Uzun zamandır beraber yaşıyor, aynı evi paylaşıyormuşuz gibi... Ve sanıyorum ikimiz de bu histen için için hoşlandık. Çünkü nereden bakarsanız bakın hadiseye, karısı tarafından terk edilmiş bir erkekle, başkasının kocasıyla mutsuz bir metresin fena halde ortak bir ihtiyaçları vardır: evlilikle ilgili hayal kırıklıklarının kendilerinden kaynaklanmadığını ve aslında, bir başkasıyla bu işi pekâlâ yürütebileceklerini görmek.

1 NUMARA: MUHAMMET

Okulun giriş kapısının merdivenlerinde on yedi basamak vardı ve Muhammet, yüksek sesle saya saya on altıncı basamağa vardığında, dönüp cılız bir umutla baktı arkasına. Beklediği mucize gerçekleşmedi ama. Hâlâ aynı yerde duruyordu annesi; şişkin karnı, olanca ağırlığıyla sürgülü bahçe kapısına yaslanmış vaziyette, kalkmak üzere olan gemideki sevdiğine limandan veda eden birinin dokunaklı efkârıyla bakıyordu peşi sıra. Muhammet'in de dönüp ona baktığını görünce, üçte bir oranında şefkat, rikkat ve kıvançla terkip edilmiş bir tebessümle aydınlandı yüzü ve gülünç bir jimnastik hareketini tekrar edercesine her iki kolunu birden havaya kaldırıp, hararetle sallamaya başladı. Onu gören de, mahşeri bir kalabalığın içinden oğlunun dikkatini çekmeye çalıştığını sanırdı. Oysa, 848 öğrencisi bulunan ilkokulda, ikinci dönemin son haftaları itibariyle sabahları çocuğunu okula getirip, zil çalıncaya değin kapıda beklemekte ısrar eden tek anne oydu. Muhammet'in okulu kırdığını haber alınca o da bu yola başvurmuştu. Apartmanın gazetesini, ekmeğini yirmi beş dakikalık bir gecikmeyle dağıtacaktı bundan böyle. Bu gecikmeden dolayı henüz hiçbir apartman sakininden herhangi bir laf işitmiş değildi ve işiteceğini de sanmıyordu. Madam Teyze kuş gibi yerdi zaten, ekmek aldığı filan yoktu. Hijyen Tijen desen, kendi sepetini sarkıtıp, el değmeden paketlenen dilim ekmeklerden alırdı. Mavi Metres şişmanlamamak için ekmek yemezdi; 7 numaradaki bekâr adamın da ne vakit girip, ne vakit çıkacağı belli olmadığından düzenli servis beklediği yoktu. Sidar parasızlıktan, kuafördekiler de kendi düzenlerini kurduklarından aldırmayacaklardı bu gecikmeye. Geriye topu topu iki daire kalıyordu. O iki daire için de, oğlunun eğitim hayatını tehlikeye atmayacaktı.

Muhammet, annesinin her el sallayışıyla, kafasına bir çekiç darbesi yemiş gibi küçüldü, küçüldü ve nihayet on yedinci basamağı da çıktığında, bir çivi başı kadar ufalmış olarak girdi okulun zifirsiyah kapısından içeri. Elindeki beslenme çantası ağır, sırtındaki çanta ondan da ağırdı. Sağına soluna bakınıp, tekme atacak bir şey aradı ama bulamadı. Zil sesi son kez koridorda yankılanırken, sınıfına girdi ve otuz iki öğrencinin arasında yerini alarak, sırasına oturdu.

Korktuğunun aksine, olaysız geçti ilk ders. Okula başladığından beri her gün en az iki sillesini yediği sıra arkadaşı sırtını dönmüş, tüm dikkatini tahtada yazılanlara vermişti. Muhammet neredeyse minnetle baktı kendininkinin iki katı olan bu sırta. Keşke hep böyle kalsalardı. Keşke bu çocuk azmanıyla değil de, sırtıyla sıra arkadaşlığı yapsaydı. Omuzlarını düşürüp, toraman sırtın arkasına sinerek bakındı etrafına: öğrenciler derslerde dışarıyı seyredemesin diye yarıya kadar griye boyanmış pencerelerin pul pul dökülmüş boyalarından göz kırpan semaya, tahtaya çıkan kızın saçlarındaki kabarık kurdelalara ve bağırdığında boyun damarları fırlayan öğretmenin pembeye boyalı sivri tırnaklarına baktı, nasıl olsa bulunduğu açıdan görülmeyeceğini bilmenin rahatlığıyla. Tahtadaki kız ile sınıf öğretmeninin birbirlerine yakıştıklarını düşündü. Kız sorulan soruyu bilemese, öğretmen uzun tırnaklarından birini onun kulağına geçirse bile sorun yoktu: kızların kulakları zaten delik oluyordu. Buna rağmen kulağı en fazla çekilen gene erkeklerdi. Şimdiye değin defalarca kez kulağı çekilmişti Muhammet'in ve her seferinde, canının acısına aldırmayıp, kulağı delinecek diye yiyip bitirmişti kendini. 0-6 yaş arasını kız gibi uzun saçlı yaşamışken, ömrünün hiç olmazsa bundan sonrasını kız gibi kulağı delik geçirmek istemiyordu. Korkularını göndere çekerken, farkında olmadan iyice sokuldu yanındaki sırta ve ne olduysa işte o zaman oldu. Sırt, birdenbire döndü; pancar kırmızısı, ablak ve somurtuk bir surata dönüştü. Muhammet'in böğrüne dirseğini indirip, pişkin pişkin sırıttı.

Okula başladığından beri istisnasız her gün kaçıp gitmeyi düşlemişti. Ama bugün, böğrüne yediği dirseğin acısıyla dişlerini sıkarken, buradan kurtulmayı değil de, hemen şimdi, tam da burada yok olmayı diledi. Bir felaket olsa şu anda, beter bir deprem olsa mesela, yer yarılsa, taş üstünde taş, omuz üstünde baş kalmasa, öğretmenin not defterindeki rakamlar, tahtadaki kızın aldığı yıldızlı iftiharlar, sıra arkadaşının tekmil dirsek, sille ve hakaretleri... her biri bir tarafa dağılsa, kimse kimseye kavuşamasa bir daha... Muhammet gözlerini yummuş, olabilecek en korkunç felaketin, olabilecek en korkunç biçimde tezahür etmesi için hayal kurarken, siren sesiyle yerinden sıçradı herkes. Dışarıda koridorda koşuşmalar oldu, kapılar çarpıldı. Öğretmen öğrencilere, öğrenciler öğretmene bakarak birkaç saniye ne olup bittiğini anlayamadan öylece kalakaldılar. Derken, hoyratça itelendi kapı ve kelebek gözlüklerinin ardından delici nazarlarla bakan çıtı pıtı bir kadın girdi içeri. Önce öğretmene, sonra da tüm sınıfa gülümseyerek, imbiklerden süzülmüş bir nezaketle müjde verircesine, "sayın hocam, sevgili öğrenciler," dedi mesut ve sevecen. "Bu bir deprem tatbikatıdır."

Çıtı pıtı kadın cümlesini bitirir bitirmez, üçü de birbirine şaşılacak ölçüde benzeyen üç tıknaz, sarkık bıyıklı adam daldı sınıfa. Kafalarına civciv sarısı kasklar takmış, üzerlerine "deprem değil, ihmal öldürür" yazılı tişörtler giymişlerdi. Son derece çevik hareketlerle, çantalarında getirdikleri alet edevatı birer birer çıkarıp, tahtadaki fişlerin üzerine boy boy afişler astılar. Perdeler çekildi, duvarda peşpeşe dialar yanıp sönmeye başladı. Muhammet soluğunu tutarak, heyecanla takip etti karanlığı yarıp geçen tozlu ışık huzmesinin peyderpey can verdiği resimleri.

Son dia da gösterilip perdeler açıldığında, çıtı pıtı kadın üç kere el çırparak, başladı tatbikatın nasıl gerçekleşeceğini anlatmaya. İki aşama vardı. Birinci aşamada, öğrenciler sıraların altına girip, dört bir yanlarının zangır zangır sarsıldığını farz ederek, başları kollarının arasında sakin ve metin bekleyeceklerdi. İkinci aşamada ise, bir binanın en kısa sürede nasıl boşaltılması gerektiği bizzat tatbik edilecekti. Siren çaldı, otuz iki öğrencinin otuz ikisi birden kıkırdayarak tahta sıraların altına girdi. O daracık yerde dertop olup, sıra arkadaşının kendisine reva gördüğü boşluk kırıntısına sıkışıverdi Muhammet. Beş dakika sonra o da diğerleriyle beraber sıra altından çıkıp, ikişerli ikişerli sınıfı boşaltmak üzere hizaya geçmeye teşebbüs etti. Ne var ki sıra arkadaşı elini tutmak için en ufak isteklilik göstermediğinden, bir türlü dahil olamadı bu çocuk zincirine. Çok geçmeden, ötekilerden ayrı kenarda dikilen iki çocuğun hali, çıtı pıtı kadının da dikkatini çekmiş olacak ki, "hah, siz de şöyle gelin. Bizim de iki cesur çocuğa ihtiyacımız vardı," dedi fıkır fıkır sevinç taşan bir sesle.

Arkadaşları sicim gibi pürnizam koridora akarken, Muhammet, kaygı dolu gözlerle baktı arkalarından. Sınıf tamamen boşaldığında çıtı pıtı kadınla öğretmenin de onlarla birlikte gitmiş olduklarını fark etti. Oyun dışı bırakılmış olmanın burukluğu ve sıra arkadaşıyla bir tutulmuş olmanın kızgınlığıyla tekme atacak bir yer arıyordu ki, üç bıyıklı adamın üçü de aynı anda harekete geçti. Biri yerden bir sedye aldı, biri uzunca bir halat çıkardı, öteki de katlanmış bir battaniyeyi açtı. Adamlar her iki çocuğu sedyenin üzerine yan yana yatırıp, battaniyeyle sarmaladıktan sonra halatlarla sımsıkı bağladılar. Dört ayrı halattan ikisi kancalara takılarak aşağıya sarkıtıldı pencereden; geri kalan ikisi de sınıfın kapısına bağlandı.

"Sakın korkmayın," dedi bıyıklılardan birisi. Ve sonra bir sır verir gibi sesini alçaltarak ekledi: "Şimdi sizi aşağıya sarkıtacağız."

Beş dakika sonra gözlerini açmaya cesaret edebildiğinde kendini bir sedyenin üzerinde, pis kokulu bir battaniyenin içinde, şu hayatta en az hazzettiği çocukla yan yana, kollarından bacaklarından sımsıkı bağlanmış vaziyette, yerden on altı metre yükseklikte buldu Muhammet. Tüm çocuklar bahçeye çıkmışlar, tezahürat yapıp hep bir ağızdan, onları seyrediyorlardı aşağıdan. Gökyüzü duru maviydi; topak topak bir bulut katmanı tembel tembel salınıyordu. Halatlar yukarıdan gevşetildikçe, sedye de sarsıla sarsıla aşağı iniyor ama ne kadar alçalırsa alçalsın bir türlü yere yaklaşamıyordu. "Senin şimdi ödün bokuna karışmıştır," dedi pancar suratlı tüm dişlerini göstererek. Suratı o kadar yakınındaydı ki, nefesinin kokusunu soluyordu Muhammet. Korkmadığını söylemek için ağzını açtı ama daha bir şey söylemeye fırsat bulamadan, şlap diye bir atımlık bir tükürüğün ağzının içine yuvarlandığını duyumsadı. Kahkahayı bastı pancar suratlı. Muhammet tükürükten kurtulmak için tiksintiyle kafasını oynatmaya çabalarken, yönünü şaşırdı ve yanlışlıkla, ağzında biriken tüm sıvıyı sağ tarafındaki boşluğa değil, sol tarafındaki düşmana fırlatıverdi.

Beriki bunu beklemiyordu. İlk şaşkınlığı üzerinden atar atmaz, tükürük tabancasının yerine otomatik tükürük tüfeği takarak karşı saldırıya geçti. Bu arada yere bir hayli yaklaşmış olmalarına rağmen, aşağıda öbekleşenlerden hiçbiri olan bitenin farkında görünmüyordu. Toprağa varmaya üç buçuk metre kala, "bak şimdi ne geliyo," diye cırladı pancar suratlı. "Suratında yeşil yeşil balgamla inecen oğlum herkesin içine!" Muhammet telaşla başını çevirdi ama geç kalmıştı. Alnının ortasına yapışan sıvının orada bir-iki saniye kıpırtısız kaldıktan sonra, yavaş yavaş aşağıya süzülerek burnuna doğru kaymaya başladığını hissetti. Midesi ağzına geldi. Sedye bir yarım metre daha indi aşağıya. Aşağıdakilerin yüz ifadeleri açık seçik görülüyordu artık. Gökyüzünden gönderilen kahramanlarına neşeyle tezahürat yapıyordu çocuklar. Ellerini kayışlardan kurtarabilmek için nafile debelenen Muhammet ağlamaklı oldu. Alnının ortasında duran sıvının balgam olmadığını, pancar suratlının blöf yaptığını düşünmek istediyse de, kendini buna inandırmayı başaramadı. Yarım metre daha kaydı sedye aşağıya, şöyle bir kımıldandı bulut topağı, dünyanın bir direği varsa eğer derhal yıkılıp, kıyametin kopmasını diledi Muhammet... ve o daha dileğini tamamlayamadan, her iki çocuk da yerlerinden fırlayacakmış gibi bir öne, bir arkaya, tekrar öne doğru hoyratça savruldu aniden. Aşağıdan çığlıklar yükseldi, Muhammet gözlerini yumdu, halatlardan sol taraftaki koptu ve tepetaklak olan sedye iki buçuk metre yükseklikten yere çakıldı. Pancar suratlıdan bir feryat koptu.

"Öldüler mi? Öldüler mi?" diye boyun damarlarını şişire şişire haykırdı pembe ojeli sınıf öğretmeni.

Deprem görevlileri yeme koşan tavuklar gibi kazazedelerin başına üşüşen öğrencileri dizginlemeye çalışırken, sarkık bıyıklılardan biri sarsmadan çevirdi sedyeyi ve biri acıdan, diğeri korkudan faltaşı gibi açılmış iki çift gözle karşılaştı.

"Amca, suratımda balgam var mı?" dedi Muhammet açıp kapadığı ağzından, çatal çatal da olsa, nihayet bir ses çıkarabilmeyi başardığında.

Beti benzi atmış görevli, boş boş baktı çocuğun yüzüne ve kafasını salladı donuk bir ifadeyle. O an içi ışıdı Muhammet'in. Blöftü işte. Halatları çözüp, üzerlerindeki battaniyeyi kaldırdıklarında, gururla doğruldu sedyeden. Ayağı kırılan pancar suratlı aynı sedyeyle hastaneye taşınırken, Muhammet hayatında ilk defa kendini cesur hissetmenin tadına varıyordu.

3 NUMARA: KUAFÖR CEMAL & CELAL

"Ya, şu duvara evliya yazısını yazan adamı çok merak ediyorum. Kafa mı buluyo bizimle, yoksa kendi mi kafayı yemiş anlayamadım ki? Valla merakla bekliyorum ne olacak. Benim bulgur da görünmedi dün akşam. Gözlerim yollarda kaldı. Öyle bir alışmışım ki her akşam gelip ağzımızın içine çöpünü dökmesine, bi gün daha gelmezse özleyeceğim kadını. Acaba diyorum ciddiye almış olabilir mi şu yazıyı. Alır alır valla. Burası Türkiye. Batılı ayda işini bitirdi, Mars'ı parselliyor, yakında insan kopyalayacak. Peki biz ne yapıyoruz bu arada? Bahçemizde evliya buluyoruz. Evliya değil çiçek mübarek, sulayınca bitiverdi yerin altından. Sonra da vay efendim, Avrupa Topluluğu bizi niye almıyor. Niye alsın? Avrupalıya evliya lazım olduğu gün, bizi de alır elbet."

Bir iki cılız kıkırdama yükseldi. Fakat Cemal, bu sınırlı katılımdan gocunmadı.

"Valla yakında, acil apartman toplantısı düzenlenirse hiç şaşırmam. Evliya özel gündem toplantısı yaparız artık yöneticimiz Hacı Bey'in evinde. Evladım biraz fıs fıs yapsana!" Geceden her tarafa bolca sıktıkları böcek ilacının keskin kokusu hâlâ dağılmamıştı. Sabah geldiklerinde, onlarca böcek ölüsü bulmuşlardı yerlerde. Müşteriler damlamadan hepsini faraşla toplayıp, saç kırpıklarının biriktiği çöp kutusuna boşaltmışlardı.

"Yöneticimiz Hacı Bey'in evinde, yuvarlak masanın etrafına dizilmişiz," dedi Cemal tezgâhın üzerinde duran hasır bigudi sepetini boşaltıp, ters çevirerek. "Hepimiz takım taklavat oradayız. Hatta ve hatta, Hijyen Tijen bile evinden dışarı çıkabilmiş. Rahatsız suratsız, bir sandalyenin kenarına ilişivermiş." Kenarları yaldızlı bir saç spreyini aldı, bigudi sepetinin bir ucuna yerleştirdi. "Bodrumdaki parasız öğrenci de gelmiş, yanında da köpek azmanı. Evliya filan umurlarında değil tabii. Onlar beleşe karın doyurmaya gelmişler."

İnce, uzun, sık dişli bir tarağı, sepetin deliklerinden geçirerek, ayağa dikti. Onun hemen yanına da kalın, turuncu, tırtıklı bir bigudi yerleştirdi Gaba'yı temsilen.

"Ay peki ne ikram ediliyor?" dedi haftada bir dip boyasını yaptırmaya gelen ve bu işi bu kadar sık yapmasına gerek olmadığına bir türlü ikna edilemeyen şehla sarışın. İçinden her an bir parmak çocuğun fırlayıp da, kendisini eğlendirmesini bekliyormuşçasına merakla bakıyordu hasır sepete.

"Aman sen de!" diye tersledi Cemal. "Güne gitmiyoruz herhalde. Apartman toplantısı bu."

"Ama madem bir hikâye yazıyorsun, ayrıntıları da duymak isteriz," dedi Mavi Metres oturduğu köşeden.

"Pekâlâ," dedi onun ilgisini çekebilmiş olmaktan duyduğu memnuniyeti saklamaya lüzum görmeyen Cemal. "Ispanaklı börek yapmış Hacı Bey'in gelini. Yanında da çay. Oldu mu?"

"Oldu, oldu," diye gülüştü kadınlar. Fakat aynı anda, "yok olmadı!" diye çatlak bir ses yükseldi semtin tartışmasız en malumatfuruş kadını olan ve belki de yıllar boyu sürdürdüğü mesleğinden ötürü insanların özel hayatlarının en sabıkalı ayrıntılarını kâğıtlara aktarmaya alışmış bulunan, Ceza Mahkemesi kâtibesi. Ayda bir saçlarını koyu kestaneye boyatıp, taratmaya gelirdi. Herkesin onu dinlediği görünce, arkasına yaslanıp kendinden gayet emin bir tavırla, elindeki verileri sıraladı: "Bir kere, gelin sabahtan akşama kadar sinema gişesinde çalışıyor. Hiç vakti yok öyle uzun uzun baklava börek açmaya. Hem vakti olsaydı bile, gene de yapmazdı. O kadın günahı kadar sevmez kayınpederini. Onun için serçe parmağını bile oynatmaz."

Cemal kaşlarını çatarak baktı çok bilmiş müşterisine. "Madem öyle, börek filan yok. Kuru kuruya çay var. Tamam mı? Devam edebilir miyim artık esas mevzuya?"

"Olmaz ki," dedi Cemal'in kendisine olan ilgisinin sınırlarını zorlamaya kararlı görünen Mavi Metres, en şuh tebessümüyle. "Hikâyede düşüklük var. Bodrumdaki öğrenciyle azman köpeğinin karınlarını doyurmak için geldiğini söylemiştin. O zaman onları çıkarman gerekecek apartman toplantısından."

Cemal, kaderleri hakkında karar veriyormuşçasına çatık kaşlarla süzdü tırtıklı, turuncu, tombul bigudiyle, ince, uzun, sık dişli tarağı. "Peki teslim oluyorum," dedi Mavi Metres'e göz kırparken. Bir koşu mutfağa gidip, sabah gelirken yoldan aldığı simidin yarısını bigudi sepetinin üzerine yerleştirdi. "Saygıdeğer yöneticimiz Hacı Bey, apartman toplantısı için pastaneye gidip bir kutu tatlı, bir kutu da tuzlu kuru pasta yaptırmış. Susamlı çubukları da dizmiş kayık tabaklara. Oldu mu? Şimdi herkes memnun mu?"

"Oldu, oldu," diye kıkırdadı kadınlar birbirlerine bakarak. Son bir onay için herkes dönüp Ceza Mahkemesi kâtibesine baktı.

"Gerçi o nekes herifin bu kadar masraf yapacağına hayatta inanmam ama, hadi olmuş farz edelim," dedi kadın incecik alınmış kaşlarından birini kaldırarak.

Aldığı icazetle, oynadığı oyuna kendini iyiden iyiye kaptıran Cemal, öteki komşuları da dizmeye girişti. Ekstra hacimli, besleyici B vitaminli, alkolsüz saç köpüğü, 7 numarada oturan üniversite hocasıydı; bigolu fön makinesi 10 numaradaki Madam Teyze; elektrikli saç maşası 6 numaradaki Rus ev hanımıydı; boya fırçası ile makas, karşıdaki karı koca Ateşmizacoğullarıydı, manikür törpüsü de küçük kızları. Biraz durakladıktan sonra, yöneticiye de kemik saplı fırça tarağı yakıştırdı. Son olarak, içinde parlak mavi jöle bulunan saydam, ışıltılı bir kutuyu aldı eline. "Bu da 8 numarada oturan zarif bayan," dedi. Mavi Metres iltifata gülümseyerek karşılık verirken, öteki kadınlar şöyle bir kıpırdandılar koltuklarında.

"Aa, unutmadan. Celal'le beni de yerleştirelim. Bizim aynı olmamız lazım tabii." Rafta duran saç bakım setinden, iki adet multi-vitaminli keratinli saç onarıcı aldı; yan yana koydu. "Evet işte aynen böyle dizilmişiz. Hacı Bey niçin toplandığımızı açıklıyor," dedi kemik saplı fırça tarağı ayağa dikip, sükûneti sağlamak amacıyla kısa kısa öksürerek. "Eğer hâlâ görmeyenleriniz varsa diye söylüyorum, bahçemizde evliya mezarı bulunmuştur. Bu durumda apartmanda acilen yeni düzenlemeler yapmamız lazım."

"Aman efendim, evliya dediğiniz böyle çiçek gibi yerden bitiverir mi?" diye atıldı multi-vitaminli keratinli saç onarıcılardan biri. Cemal müşterilerine dönerek, fısıltıyla dipnot koydu lafına: "Bu benim işte!"

"Anladık, anladık," dedi kadınlar hep bir ağızdan.

"Efendim siz inanıp inanmamakta serbestsiniz. Biz de sizi inandırmaya mecbur değiliz. Ama bu memlekette demokrasinin yaşamasını istiyorsanız, inançlarımıza saygı göstermek durumundasınız," dedi kemik saplı fırça tarak. "Şayet hepimiz bu hususta mutabıksak, derhal saptamamız gereken gündem maddeleri var. Birinci gündem maddemiz şu: bu evliya kimlerin evliyasıdır? Öyle evliya diyip işin içinden çıkmakla olmaz. Her evliyanın birilerine faydası dokunur. Kimi gemilerdeki denizcilerin evliyasıdır da, kimi karadaki askerleri korur kollar. Kimine gebe kalamayan kadınlar gider de, kimi de cüzzamlıları iyi eder. Herkes kendi derdine derman olacak evliyaya gitmeli. Evde kalmış bir kız, yanlışlıkla yatalakların evliyasına giderse, fazladan hoplayıp zıpladığıyla kalır herhalde."

"Birisi de tutanaklara geçirsin bunları," dedi Ceza Mahkemesi kâtibesi öteki kaşını da kaldırarak.

"Pekâlâ," dedi Cemal. Ve bu iş için manikür törpüsünü görevlendirdi. "Yaz kızım, birinci gündem maddesi: evliya hazretleri kimlerin babasıdır?"

"Nereden biliyoruz? Belki de kadındır," dedi Mavi Metres.

"Olmaz öyle şey!" diye gürledi kemik saplı fırça tarak.

"Neden? Kadından evliya olmaz mı?" diye diklendi Mavi Metres, kendisini temsil eden jöle kutusundan ayırmadan gözünü. Ve sazı eline almışken, hemen bırakmadı. "Bir sürü din büyüğü çıkmış kadınlardan. Hazreti Ayşe ile Fatma'yı baştan sayalım. Sonra Rabia var mesela. Tabii Kadıncık Ana da çok önemli, Karyağdı Hatun da öyle. Fatih Sultan Mehmet'in anası Hümâ Hatun var. Mevlana'nın anası Mümine Hatun. Bir de Yedi Kızlar var."

Aynanın önündeki kadınlar ve bigudi sepetinin başındaki kemik saplı fırça tarak şaşkınlıkla baktılar Mavi Metres'e. Bir metres için fazla bilgisi vardı bu tür hususlarda. En çok da Cemal etkilenmişe benziyordu. Binbir Gece Masalları'nda, Halife Harun Reşit'in huzurunda güzelliğiyle olduğu kadar engin bilgisiyle de herkesin aklını başından alan eşsiz cariye Canayakın, 2002 senesinin İstanbul'unda, Bonbon Palas'ta yeniden dünyaya gelmiş gibi hayranlıkla baktı ona.

"O zaman yaz kızım," dedi kemik saplı fırça tarak, manikür törpüsüne. "Birinci gündem maddemiz bu evliyanın kimlerin babası yahut anası olduğunu bulmaktır. Bunun için gerekli araştırmayı yapmak üzere, sayın üniversite hocamızın değerli yardımlarını bizlerden esirgemeyeceğini ümit etmekteyiz." Ekstra hacimli, besleyici B vitaminli, alkolsüz saç köpüğü şöyle bir kıpırdandı. Kendisine bahşedilen payeden memnun olmuşa benziyordu.

"Gelelim ikinci gündem maddesine. Efendim, madem bahçemizde bir evliya var, bundan böyle davranışlarımıza dikkat etmeliyiz. Bu sebepten ötürü bendeniz bir liste çıkarmış bulunuyorum. Katiyen yapılmayacaklar listesi. İzninizle okuyorum. Madde bir: geceleri evliyanın tarafına ayaklar uzatılmayacak. Ayak kısmı evliyaya bakan yataklar derhal ters çevrilecek. Madde iki: evlerde çıplak dolaşılmayacak. Madde üç: bundan böyle pencerelerden aşağı kilim falan çırpılmayacak ve hiçbir şey fırlatılmayacak."

"Ama nasıl olur?" dedi kenarları yaldızlı saç spreyi.

"Rica ederim lafımı kesmeyiniz," diye çıkıştı kemik saplı fırça tarak. "Madde dört: bundan böyle evlerin bahçeye bakan pencerelerine çamaşır asılmayacak. Madde beş: Artık bu apartmanın hudutları dahilinde saç kesilmeyecek."

"Aman efendim, insaf buyurunuz, eğer saç kesmezsek aç kalırız. Bu bizim ekmek paramız," dedi yan yana duran iki multi-vitaminli, keratinli saç onarıcısından biri. Cemal omuzunun üstünden müşterilerine göz kırparak, ikinci bir dipnot düştü fısıltıyla: "Bu Celal işte!"

"Anladık, anladık," diye gülüştü kadınlar.

"Katiyen olmaz. Unutmayın ki bu apartmanda evliya hazretlerinin mezarına en yakın daire sizinkidir. En çok siz dikkat etmelisiniz. Öyle pencereleri açıp evliyanın türbesine baka baka şarkı türkü söylemek, saç silkelemek, tırnak kesmek, ağda yapmak, kaş almak yok artık. Çok istiyorsanız gidin başka bir yerde açın kuaförünüzü. Madde altı: bundan böyle bu apartmana at, eşek ve benzeri hayvanların eti, kılı, tüyü, püsürü kesinlikle girmeyecek. Bu da demektir ki artık köpek de olmayacak burada."

İnce, uzun, sık dişli tarak, bigudi sepetinin üzerinden haykırdı: "Nedenmiş o?"

"Çünkü dinimizce köpek mekruhtur," dedi kemik saplı fırça tarak. Ama bu noktada Cemal iddiasını destekleyecek herhangi bir bilgiden yoksun olduğu için, yardım isteyen gözlerle Mavi Metres'e baktı. O da fırsatını bekliyormuş gibi atıldı hemen: "Bakınız Araf sûresi. *Üstüne varsan dilini sarkıtarak solur, kendi haline bıraksan dilini sarkıtarak solur.* Ayrıca unutmayalım ki, Mevlâna da nefsi köpeğe benzetir."

"Bunlar benim köpeğimi bağlamaz. Gaba Türk değil ki. İsviçreli o!" dedi ince, uzun, sık dişli tarak.

Aynanın önünde dizili kadınlar, tırtıklı, turuncu, kocaman biguldiye baktılar sempatiyle.

"Hacı Bey, malumunuz olduğu üzere cennette yedi uyurların da köpeği vardı," dedi insafa gelen Mavi Metres.

"Peki peki," diye kestirip attı kemik saplı fırça tarak. "Ama bundan böyle her gün yıkanacak o köpek. Bir tek pire dahi olmayacak üzerinde. Tabii bit de istemiyorum. Şu böceklerden de derhal kurtulmalı. Bütün daireler tepeden tırnağa ilaçlanacak bi güzel. Madde yedi: bundan böyle apartmana katiyen dilenci, seyyar satıcı, bohçacı, poğaçacı sokulmayacak."

"İsabet oldu efendim," dedi karı koca boya fırçası ile makas.

"Ve son olarak, madde sekiz: bundan böyle apartmanın çöpleri düzenli olarak toplanacak. Evliyanın civarında yarı çapı on beş metrelik bir çember çizilecek ve bu çemberin içinde bir tek çöp bile birikmeyecek. Apartmanın temizliğine azami dikkat edilecek, her taraf pırıl pırıl olacak. Bonbon Palas'ı saran şu iğrenç kokunun gitmesi için ne lazım geliyorsa yapılacak. Hadi bizim burnumuzun direği kırıldı bunca zaman. Evliya hazretlerininki kırılmasın bari."

Cemal bunları söylerken Meryem'i unutmuş olduğunu fark etti. Onu temsilen bir kirpik maşası yerleştirdi çarçabuk bigudi sepetinin yanına. Ancak tam kirpik maşasını konuşturmaya hazırlanırken, bir gürültü koptu arka taraftan. Deminden beri oynanan bu oyundan hiç hoşlanmayan Celal, sıkıntıyla kavradığı bigosuz fön makinesini düşürmüştü elinden. Aniden tüm gözlerin üzerine çevrildiğini görünce utancından kıpkırmızı kesildi. Makineyi yerden almadan, "ben çıkıyorum, biraz hava alayım," diye mırıldanarak kapıya yöneldi hızlı hızlı.

"Darılma ama Cemal," dedi şehla sarışın, kapı Celal'in ardından kapanınca. "Sizin kadar zıt mizaclı ikizler görülmemiştir herhalde. Yani ilaç için, bir tek ortak noktanız olsaydı bari."

Bir huzursuzluk çiseledi herkesin üzerine. Hasır sepetin etrafındaki oyuncular, cansız birer nesneye dönüşüverdiler.

7 NUMARA: BEN VE MAVİ METRES

Mavi Metres'i beklemiyordum bu akşam. Kapıları, pencereleri kapatıp her tarafa böcek ilacı sıkmış. Koku geçinceye kadar bende kalıp kalamayacağını sordu. Böceklere müteşekkir olduğumu söyledim. Güldü. Sofraya koyduğum kallavi peynir ve somon tabağını görünce, tüm suratını kapladı ateşin tebessümü.

"Paralanıyorum," dedim. "Meryem uğradı bu sabah. 9 numaradaki kadın onu elçi göndermiş. Kızına İngilizce dersi vermemi istiyor. Hiç oralı olmadım önce. En son kendi öğrenciliğimde böyle dersler verirdim. Ama kadın nedense hayli dolgun bir ücret teklif ediyor saat başına."

"Kızını apartman dışına göndermeyi sevmediği içindir," dedi Mavi Metres.

"İyi de ne fark eder ki? Dersi evlerinde yapacağız."

Omuzlarını silkti. "Belki hocanın da apartman içinden olmasını tercih etmiştir," dedi irice bir kaşar dilimini ağzına atarken. "Ya da belki, o da sana kesiktir. Benim gibi!"

Güldüğünde, sol yanağındaki yara izi belirginleşiyor. Hoşuma gidiyor bu ize dokunmak. Elinden çekip, içeriye sürükledim. Dilinin dilimde bıraktığı tadı seviyorum.

"Biliyor musun, beni dedem büyüttü," dedi yanağını okşayan parmaklarımı sıkıca kavrayıp, dudaklarına götürürken. Bir sigara yakıp arkama yaslandım. Kadınların yatak gevezeliklerini severim. Mavi Metres'in sayesinde, bunca zaman sonra yeniden yatmaya başladım benim için *fazla büyük* olan karyolada.

"Öyle nüktedan, çelebi bir adamdı ki. Annemle babam hiç geçinemezlerdi, evde devamlı hırgür. Ben 4 yaşındayken boşandılar. Bir sene içinde ikisi de tekrar evlendi. O zaman dedem anneme demiş ki, 'buncağıza biz bakalım. Sen kendi evini kur, isteyince de gel gör kızını.' Annem de kabul etmiş. İyi ki öyle olmuş. Çok severdim dedemi. Erkenden göçmeseydi, şimdi çok başka yerde olurdum. Dedem ölünce, nineyle kaldık başbaşa. Nine fena insan değildi, onu da severdim ama dedemi sevdiğim gibi değil. Annemin evine döndüm. İnanır mısın, şimdi herkes Tijen Hanım'la dalga geçiyor ya evinden dışarı çıkamıyor diye, ben o gencecik yaşta, iki sene boyunca evden neredeyse hiç dışarı çıkmadım. Öyle temizlik hastalığından filan değil. Doğrusunu istersen niye çıkamadım ben de bilmiyorum. Değil okula gitmek, sokağa adımımı atmak bile istemiyordum. Dışarıyı merak etmediğimden değil. Ediyordum etmesine de benim görmek istediğim yerler oralar değildi ki... İki çocuğu olmuştu annemin. Onlara baktım. Annem de, babalık da çok uğraştılar çıkıp gezeyim diye. Düşünebiliyor musun, gençler dışarı çıkmak ister ana babaları izin vermez. Bizde durum tam tersi. Neyse, böyle bir sabah kahvaltı masasında oturmuşuz, babalıkla annem konuşuyorlardı telefon faturasını ödemek lazım diye, birden nasıl oldu bilmem, 'verin bana ben öderim' dedim, giyindim, böyle hayretten faltaşı gibi oldu gözleri, aldım faturayı parayı, attım kendimi dışarı. Evden çıkmayalı o kadar uzun zaman olmuştu ki, yemin ederim böyle ilk başta sarhoş gibi yalpaladım. Girdim postaneye. Kuyruk vardı. Bekle bekle, neyse kuyruk ilerledi, önümde bir iki kişi kaldı. İşte o zaman onu gördüm. Faturaları o alıyordu. Camın arkasında oturmuş, ha babam fatura damgalayıp para üstü veriyor. Böyle bakakaldım. Senin gibi yakışıklı değildi. Boy pos desen hak getire. Ama gözleri kimseninkine benzemiyordu. İnsanın gözbebekleri eflatuna çalar mı hiç? Onunkiler öyleydi. Sonunda sıra bana geldi. Faturayı istedi, uzattım. O da paramın üstünü verdi, faturayı damgaladı, bir parçası da onda kaldı. Teşekkür ettim, şöyle başını kaldırdı dikkatlice baktı bana. Elim ayağım titredi. 'İyi günler' dedi. Heyecandan sesim çıkmadı. Eve döndüm. Sabah olunca, erkenden fırladım, doğruca postaneye. O saatte bile kuyruk vardı. Gene sıra bekledim. Sıra bana gelince, kalbim küt küt ata ata, ödediğim faturayı uzattım. Tuhaf tuhaf baktı bana. Ben de baktım gözbebekleri sahiden eflatun mu diye. Sahiden eflatundu. Arkadakiler homurdanmaya başladı. Halime güldü."

Ayşin'i düşündüm. Sırf gözbebekleri eflatuna çalıyor diye bir adama kapılıp gittiği olmamıştır ömrü hayatında. Ayşin'in aşkı bir bürokrasi çarkı gibidir. Yazışmalarını dosyalar, hesaplar yapar, defterler tutar, giderleri gelirlerden düşer ve mütemadiyen kaydeder. Devasa bir arşivi vardır. Hiçbir tartışmayı unutmaz, unutmadığı gibi unutturmaz da. Eğer evli olsaydık, Mavi Metres de onun gibi olur muydu diye düşündüm bir an. Sanmam. Olabildiğince yabani, alabildiğine hayvani bir yan var bu kızın yaşamla kurduğu ilişkide. Gerçi daha yirmi iki yaşında. Belki değişir; belki evlenir evlenmez o da sonsürat Ayşinleşir.

"Sonra?"

"Sonrası çürük. Birlikte gezdik tozduk. Annem kıyametleri kopardı ama dinleyen kim. Âşık mıydım bilemiyorum ama fena kapılmıştım işte. Hemen evlenmek istiyordu. Ben evlenmek filan istemiyordum ama bunu söyleyecek cesaretim yoktu herhalde. Zaten ufacık mahalle, dedikodu desen diz boyu. Kolaysa evlenme artık. Neyse nişanlandık. Nişandan sonra seninki değişmeye başladı. Başka biri oluverdi adeta. Mutsuzdu. Belki ben de mutsuzdum ama benim mutsuzluğum kendimeydi. Ama o mutsuz olunca, herkes mutsuz olsun istiyordu. Fesat değildi. Zaten mesele de bu ya. Hinlik filan bilmezdi ama öğrenmeye can atıyordu. Ağzından hiç iyi laf çıkmaz olmuştu. Devamlı şikâyet ediyordu, postaneden, faturalardan, müdürden. Fakat biz bu yüzden ayrılmadık." Sinirli sinirli güldü. "Bizim ayrılmamıza bir at sebep oldu, biliyor musun?" Şaşkınlığımı görünce bir daha güldü.

"Bir gün birlikte geziyoruz, baktım bir at arabası. Şimdi saçma gelecek sana. Benim dedem bambaşka bir adamdı; kimselere benzemezdi. 'Ölmeden evvel ölmeyi bilmedikten sonra, yaşam da ölüm de sırf zaruretten' derdi. Ne cennetin hurisini perisini arzular, ne cehennemin alevinden sakınırdı. Bir de böyle ne zaman yolda bir hayvan görse, muhakkak selam verirdi. 'Selâm vermezsem ayıp olur, belki eski bir ahbabımdır' derdi. Dedem derdi ki, 'ölünce ölmez insan, gene gelir dünyaya. Bazen insan olarak gelir, bazen de hayvan. Her gelişinde başka bir kisveye bürünür; artık eşekmiş, kuğuymuş, kelebekmiş, kurbağaymış şansına. Darılmaca yok.' Darılmaca olmasın diye, hafızamız ölürmüş bizim yerimize. Eskiden ne olduğumuzu hatırlamayalım; hatırlamayalım da üzülmeyelim başımızdan geçenlere diye. Küçüklüğümden hatırladığım en güzel şey ne biliyor musun? Biz dedemle sokaklarda elele dolaşıp, karşımıza çıkan her hayvana selam verirdik. Kedilere, köpeklere, serçelere, eşeklere, çekirgelere bağırırdık. 'Ooo, naber mirim?' diye bağırırdı dedem, ben de taklit ederdim: 'Ooo, n'aber mirim?' Çok hoşuma giderdi. Kırılırdım gülmekten."

Sıkı sıkı sarındığı çarşafın altına sakladığı göbeğinin yumuşacık yuvarlaklığını okşadım.

"Senin anlayacağın, sokakta bu atı görür görmez, gayriihtiyari selam verdim. Ben böyle atla konuşmaya kalkınca, Eflatun Prens başladı benimle dalga geçmeye. Küçümsüyordu beni. Öyle kötü laflar etti ki. Canımı yaktı işte. Uzattıkça uzattı. Sonraki günlerde de, ne zaman yolda bir eşek görse, 'hadi koş, öp dedenin elini!' diye dalga geçti. Sonunda kafama dank etti. Anladım ki ben bu Eflatun Prens'i sevmiyorum. Anladım ki benim içimi cız ettiren, ona vız geliyor. Demek ki dedim, bir ömür onunla geçiremem. Ayrılmaya karar verdim. Önce inanmadı, şakaya vurdu. 'Amma da alınganmışsın' dedi, geçer sandı. Sonra baktı ki ciddiyim, başladı zorbalık etmeye. Ne tehditler savurdu! Bir akşam evde yemek yiyoruz, bu kapıya dayandı, zil zurna. Babalık çıktı dışarı. Ona da hakaretler yağdırdı. Ben çıktım kapıya, kolumdan tuttu, çekti dışarı. Nasıl içki kokuyor, şişesine düşmüş. 'Bana bak, beni terk edersen suratını doğrarım' dedi 'dinime imanıma keserim suratını!' Aynen böyle dedi. 'Sen zahmet etme ben yaparım' dedim. Biliyorum inanmayacaksın. Ben de inanamıyorum kendime. Bilmiyorum niye öyle konuştum, nasıl yaptım. 17 yaşındaydım. Ama hâlâ olur bana böyle. Canım yanınca düşünmeden böyle şeyler yaparım bazen, zararım dokunur kendime. Kasıtlı değil. Yaptıktan sonra hayret ederim, yahu ben bunu nasıl yapmışım diye. Ama yaparken bir şey düşünmem. Anlıyor musun? Düşünsem yapamam herhalde, değil mi?"

Gülümsedim. Naifliğin bir ucu gaflete çıkar, bir ucu masumiyete. Gaflet kısmı şaibeli olabilir ama şu dünyada masumiyet kadar şehvetengiz az şey vardır herhalde.

"Annemle babalık kapının arkasında bizi dinliyorlar. Bir şey olursa müdahale edeceklerdi. Demek ki anlamadılar benim ne yaptığımı. Tabii bıçak mıçak yok bende. Yalnız böyle demir toka vardı saçımda, topuz için. Sipsivri bir şey. Saçlarım o kadar gürdü ki o zamanlar, başka toka zaptedemiyordu. Neyse işte, tokayı çıkardım. Ne yaptığımı da görmüyorum ya, tuttum rasgele bir çizik attım sol yanağıma. Elimle yokladım çiziği, bir tane de üstünden geçtim.

Ben kendimi görmüyorum ama Eflatun Prens'in yüzünü görüyorum. Yemin ediyorum, limon gibi sapsarı kesildi. Beni durdurmak için bağırmaya başladı. Annem patırtıya koştu, bir çığlık da o attı. O zaman anladım ki halim kötü. Fena kesmişim kendimi. Babalık yetişti, başladı Eflatun Prens'i tartaklamaya. O yaptı sandı. Eflatun Prens de demiyor ki ben yapmadım. Hâlâ şokta. Neyse babalık onu pataklarken, biz, annem, iki ufaklık bir de ben, atladık bir taksiye, doğru acile. Hayret ediyordum hiç canım yanmıyor diye. Meğer acı sonradan gelirmiş. Bu vaziyette daldık içeri. Babacan bir doktor vardı acilde, baktım dedemle aynı meşrepten o da. Tatlı tatlı konuştu benimle. Önce başkası yaptı sandı, ağzımdan laf almaya çalıştı. Sonra anladı ki başkası filan değil, ben yapmışım bizzat, kızdı köpürdü bana, ağzına geleni söyledi. Ama öyle tatlı dilliydi ki, azarlarını bile sevdim. Narkoz verdiler, uyandığımda yarayı dikmişti çoktan. Tam çıkarken geldi elimi tuttu. 'A benim manyak kızım, madem bir delilik ettin şu güzel suratını doğradın, sakın bundan sonra akıllanayım deme. Hayatta en kötüsü, suratını keserken deli olup da, dikişlerden sonra aklını başına toplamaktır. Bak işte o zaman çok acı çekersin, hem de beyhude bir acı. Hiç işe yaramaz. Sen sen ol, dikişlerden sonra da manyak kal, söz mü?' dedi. 'Söz!' dedim. El sıkıştık. Allah razı olsun, temiz iş yaptı. Başkasının eline düşsem, çuval diker gibi dikerdi valla. Gene de izi kaldı tabii. Geçmiyor..."

Ne söyleyeceğimi bilemedim. Beklediğim türden bir hikâye değildi dinlediğim. Bir insanı sevmek, gamhânesinde bir türlü huzura erememiş hikâyeleri tomar tomar çıkartıp, birer birer temize çekmek demektir. Aşk ise, o hikâyelerin peşi sıra dalıp sevdiğinin hayalhânesine, onun tasvir ettiğinden daha ötesi ve tezyin ettiğinden daha çirkiniyle karşılaştığın halde, çıkmayı istememektir oradan. Mavi Metres hakkında aceleci davranmışım. Mavi değil o. Ya da bu renge atfettiklerimde yanılmışım. Sandığım kadar gündüzcül değil maviliği. Kendime doğru çektim onu. Sokuldu, başını göğsüme iyice yerleştirinceye kadar bir iki kıpırdandı. Sonra usulca bıraktı kendini, ağırlığını çekinmeden verdi üzerime.

"Ben Eflatun Prens'i Eflatun Prens olduğu için sevmiştim ama o hep başka biriymiş gibi yaptı. Sen sakın bana yalan söyleme olur mu? Her şey neyse o!"

Başımla onayladım. Yalandan zerre kadar hazzetmediğini söyleyen biri, eğer bile isteye söylemiyorsa bu yalanı, eğer hakikaten inanıyorsa söylediklerine, tıpkı ayna kırmak gibi uğursuzluk getirir etrafındakilere. Filmlerde gösterilen tabancaların, er ya da geç kullanılmasına benzer bu durum. "Bana asla yalan söyleme," diyen biri fena halde aranıyor demektir. Gene de itiraz etmek istemedim ona. Çok geçmeden, pencereden sızan ışığın altında sessiz sedasız daldı uykuya. Çok güzel sayılmaz ama tuhaf bir tılsımı var yüzünün. Onu seyretmeyi seviyorum. Kalktım. Üzerime geçirecek bir şey bulamayınca yatağın yakınlarında, lambayı yaktım. Mavi Metres'in üzerindeki çarşaf sıyrılmış, sağ bacağı açığa çıkmıştı. Hep karanlıkta ya da yarı giyinik seviştiğimizin, şimdiye değin onu bütünüyle çıplak görmediğimin farkına vardım birden.

Bacağının üst kısımları kesik kesik, kırmızı kırmızı çizgilerle doluydu. Hapishanede geçen-geçmeyen günleri saymak için kullanıldığını zannetmeyi sevdiğimiz beşli çizgi öbekleri gibi diklemesine yan yana sıralanmışlardı. Yaklaşıp yakından baktım. Çoğu pek derin sayılmazdı, sanki aceleyle hızlı hızlı açılmışlardı. Ama içlerinde bir tanesi oldukça derin görünüyordu ve galiba, çok daha yakın zamanda açılmış, henüz kapanmaya fırsat bulamamıştı.

* * *

Saate baktım: 02:22. Kesik bir iniltiyle yüzüstü döndü. Üzerini örtüp, ışığı kapattım. Biraz rakı iyi gelir şimdi. Mutfağın ışığını yakar yakmaz yedi sekiz hamamböceği koştura koştura gözden kayboldu. Anlaşılan ben de ilaçlatmak zorunda kalacağım bu evi. Bolca peynir, bolca kavun doğradım. Peynirin üzerine Mavi Metres'in getirdiği zeytinyağından da döktüm ve kekik... bolca kekik. Zeytinyağı tüccarı küçük metresine taşıdığı şişeleri bir başka erkeğin tükettiğini bilmek istemezdi herhalde.

Balkona çıktım. Ölü bir karafatmanın hantal gövdesini hep beraber omuzlamış, yuvalarına götüren bir küme azim küpü karıncayı ezmeden, demirlere yaklaştırdım sandalyemi. Sigara yaktım. Daha kaç kesik var acaba vücudunda? Bu yaraları neyin açtığını bilemiyorum. Jilet mi, yoksa bir bıçak mı bunları yapan? Ya da bir saç tokası... Aşağıda, bahçe duvarının dibinde biriken çöp torbalarına takıldı gözüm. Değişen bir şey yok. Gene ekşi ekşi çöp kokuyor ortalık.

10 NUMARA: MADAM TEYZE

Denizin kıyısında saatlerdir sabırla bekliyordu Madam Teyze, kendi gibi lodosçularla birlikte. Parçalanmış yelkenler, kırılmış kürekler, ibresi bozulmuş pusulalar, rotasını yitirmiş dümenler, tekne isimlerinden dökülmüş harfler, çoktan yerlerine ulaşmış yolculardan ve asla o asude cennete varamamış yolculuklardan artakalan nesneler getiriyordu dalgalar lodosun her celallenişinde.

Tatilde dalgalara kaptırdığınız deniz yatakları ya da plastik toplarla; rüzgârın kaçırdığı hasırlar veya şapkalarla oynamaktan hevesini alınca, hepsini birer birer teslim eder deniz, getirip başka başka kıyılara...

Denizin getirdiklerini topluyordu Madam Teyze, kendi gibi lodosçularla birlikte.

3 NUMARA: KUAFÖR CELAL

Celal kuaför salonundan çıkar çıkmaz, hızlı adımlarla kayarcasına geçip ara sokaklardan, dosdoğru ana caddeye çıktı. Kalabalığın içinde yönünü bilemeden yaklaşık bir on beş dakika yürüdükten sonra, hepsi de birbirine benzeyen beş birahanenin yan yana dizildiği bir sokağa girdi. Hiç âdeti olmadığı halde, bir bira çekti canı. Birahanelerden rasgele birini seçip, içeri daldı. Kalabalıktı. Kapıya en yakın masayı seçti. Yabancısı olduğu bir mekâna girdiğinde, kapıya mümkün olduğunca yakın durmaya çalışırdı. İşini zerre kadar sevmediği ve aklının çok başka yerlerde gezindiği her halinden belli olan avurtları çökmüş, kavruk suratlı garsona bir bira söyledi, bir de patates kızartması. Beklerken, çaprazdaki masada yığılmış, gözlerinin altında morun üç ayrı tonundan üç ayrı torba birikmiş, karayağız bir adama takıldı gözü. Adam sabit gözlerle önündeki rakıya bakıyordu. Tek bir yudum bile almıyordu bardağından, ama zaten yeterince içtiği aşikârdı. Önündeki tepeleme hamsi tavaya da elini sürmemişti.

"Ne-ba-kı-yo-sun-hem-şe-rim," dedi aniden başını kaldıran adam, bütün heceleri eritip, birbirine kaynaştırarak. Celal ne cevap vereceğini bilemeden olduğu yerde büzülürken, garson bitiverdi yanıbaşında. "İdare et abi," dedi birahanenin önünden gelen geçene kaptırdığı gözlerini bir an bile müşterisine odaklamadan, "bi zararı dokunmaz. Bugün canı sıkkın biraz."

Bira yeterince soğuktu. Patatesler ise berbat. Üzerlerine fiyonk fiyonk mayonez ile ketçap sıkılmıştı. Mayoneze bir itirazı yoktu ama ketçaptan nefret ederdi Celal. Garsonu baştan uyarmadığı için kendine kızdı. Oturuşunu değiştirdi, çaprazındaki masayı değil de, hemen sağındakini görecek şekilde yan döndü.

Yan masadaki kelle kulak yerinde dört erkekten biri, oturduğu yerden otostop çekmeye çalışıyormuşçasına sağ elinin baş parmağını havaya kaldırmış, öylece duruyordu. Çam yarması gibi, kemerli burunlu, ürkütücü görünüşlü bir adamdı bu. Durmadan, sonu *"değil mi?"* ile biten cümleler kuruyordu. Birasından kocaman bir yudum alıp, bıyıklarında biriken köpüğü elinin tersiyle sildikten sonra, "Ne o? Niye sustunuz? Bize kaçmak yakışır mı? Yakışmaz, değil mi?" dedi sitemle. Önünde duran, sosis sosuna bulanmış kör bıçağı çat diye masanın ortasına koydu. "Bahis dediniz. E buyrun. Ben böyle bahse girerim arkadaş. Çocuk muyuz da, iki miskete, üç gazoz kapağına bahse girelim. Ben kaybedersem, şu parmağımı şu masada bırakır giderim. Yok eğer siz kaybederseniz, sizin parmağınızda çizikler açmak icap eder, değil mi? Kapiş?" Biraz önce koyduğu bıçağı gözü tutmamış olacak ki, cebinden çıkardığı çakıyı fiyakalı bir hızla açıp, onun yanına koydu. Sonra gene havaya kaldırıp baş parmağını, put gibi durdu. Ötekiler sıkıntıyla bakarken gözlerine gözlerine sokulan küt parmağa, buz gibi bir hava esti masalarında.

Başka zaman olsa hır gürden korkar, çekip giderdi Celal. Ama içmek istiyordu bugün canı. Karşı masada oturan sarhoşun sataşmalarına, patateslerin ketçapına, yan masada terör estiren parmağa rağmen oturmaya devam etti ve içti.

İkinci biranın yarısına varmadan, kan çanağına döndü içkiye alışkın olmayan gözleri. Bakışlarını delik deşik masa örtüsünün lekelerine sabitlerken, kaygıyla içini çekti. Neden bu kadar uzaktı ikizi? Hiç mi hiç ortak noktaları yoktu. Niçin bir nebze olsun benzemiyorlardı birbirlerine? Ve madem bu kadar ayrı gayrıydı halleri, neden hâlâ beraber çalışıyorlardı ki? Üçüncü biranın sonuna vardığında, Cemal'e artık yolların ayırmanın zamanı geldiğini söylemeye karar verdi.

9 NUMARA: SU VE MADAM TEYZE

Su bu akşam ilk İngilizce dersini alacaktı. Saat 19:00 diye kararlaştırılmıştı. Babasının yaşgününde armağan ettiği fosforlu saate baktı: 16:35. Daha çok vardı. Her tarafı beyaza kesen evin içinde sıkıntıyla dolandı. Annesi gene bütün geceyi ayakta geçirdiği için, bir saat kadar önce yenik düşmüştü uykuya.

Pencereleri açıp, sokakta oynayan çocukları seyretti bir müddet. İlgiyle izledi onları ama aralarına karışabilecek olsa bile, bunu yapmak istediğini sanmıyordu. Okul dışında arkadaşı, evde kafadarı olmayan, istendiği gibi terbiyeli, istenmediği kadar cici bir evlat olmanın atlasını karış karış hatmetmiş ve şimdi aynı atlasta bir güve yeniği arayan tekmil tek çocuklar gibi o da, saklı bir hiddetle hor görüyordu yaşıtlarının oynadığı sokak oyunlarını. Sıkıntıyla kapattı pencereleri. Ses çıkarmamaya özen göstererek evin içinde pıtır pıtır dolaştıktan sonra hiç düşünmeden araladı dış kapıyı. Bitlendiği gün saçlarını kestirirken, yaşlı kadınla aralarında filiz veren yakınlığı unutmamıştı. Okula gidip gelmek müstesna, Bonbon Palas'ın dışına çıkmaması gerektiğini gayet iyi biliyordu bilmesine de, "dışarısı" sayılmazdı karşı daire.

Böylece, daha önce hiç yapmadığı bir şeyi yapıp, karşı dairenin zilini çaldı. Hiç ses gelmedi içeriden. Biraz bekledikten sonra, bu sefer çok daha uzun bastı zile ama bunu yapmasıyla pişmanlık duyması bir oldu. Geri dönmek üzereydi ki, usulca aralandı 10 numaralı dairenin kapısı.

3 NUMARA: KUAFÖR CEMAL

Celal'in dönmemesine içerleyen Cemal, son müşterisini uğurlar uğurlamaz, salonu kapatma faslını çıraklarına devrettiği gibi, sıkıntıyla sokağa attı kendini. İyi geldi akşamın esintisi. Hızlı adımlarla kayarcasına geçip ara sokaklardan, dosdoğru ana caddeye çıktı. Kalabalığın içinde yönünü bilemeden yaklaşık bir on beş dakika yürüdükten sonra, hepsi de birbirine benzeyen beş birahanenin yan yana dizildiği bir sokağa girdi. Hiç âdeti olmadığı halde, bir bira çekti canı. Birahanelerden rasgele birini seçip, içeri daldı. İçerisi hayli kalabalıktı. Kapıya en yakın masayı seçti. Yabancısı olduğu bir mekâna girdiğinde, kapıya mümkün olduğunca yakın durmaya çalışırdı. İşini zerre kadar sevmediği ve aklının çok başka yerlerde gezindiği her halinden belli olan avurtları çökmüş, kavruk suratlı garsona bir bira söyledi, bir de patates kızartması. Beklerken, çaprazında oturan, gözlerinin altında morun üç ayrı tonundan üç ayrı torba birikmiş, karayağız bir adamın dikkatle kendisini süzmekte olduğunu fark etti. Beriki gözlerini bir saniye bile Cemal'in üzerinden ayırmadan, garsonu çağırdı ve buram buram içki kokan nefesini, garsonun kulağına üfleyerek, "sor-ba-ka-lım-ni-çin-dön-müş-bi-le-lim," dedi. Ve anlaşılmadığını görünce sinirlenerek açıklık getirdi sözlerine: "Sor-ba-ka-lım-ni-ye-git-miş-ni-ye-gel-miş-ma-dem-gi-de-cek-ti-ni-ye-dön-müş-dö-ne-cek-se-ni-ye-git-miş-ki-ma-dem..."

Karşıdaki adamın kendisi hakkında konuştuğunu anlayan ama ne söylediğini ve niyetini kavrayamayan Cemal, gayet tedirgin sandalyesinde büzülürken, garson bitiverdi yanı başında: "İdare et abi. Devamlı müşterimizdir. Bugün canı biraz sıkkın, her gördüğüne sataşıyor. Ama bir ayıbı olmaz katiyen," dedi bıkkın bir sesle.

Bira yeterince soğuktu. Patatesler ise berbat. Üzerlerine fiyonk fiyonk mayonez ile ketçap sıkılmıştı. Ketçapa bir itirazı yoktu ama mayonezden nefret ederdi. Garsonu baştan uyarmadığı için kendine kızdı. Oturuşunu değiştirdi, çaprazındaki masayı değil de, hemen sağındakini görecek şekilde yan döndü.

Masada oturan kelle kulak yerinde dört erkekten biri, sargı beziyle sarılmış, tırnak çevresinde kurumuş bir kan topağı kalmış baş parmağını havaya dikmiş, put gibi oturuyordu. Ötekilerden biri hafifçe mırıldandı: "Abi gitsene sen evine ya, böyle sargılı dikişli niye oturuyorsun hâlâ?" Yanındaki de ona destek çıktı: "Zaten biz buraya niye döndük anlayamadım. Acilden sonra birahaneye dönen bir biz varız herhalde."

"Olmaaaz!" dedi kemerli burunlu, çam yarması gibi adam başını hararetli hararetli iki yana sallayarak. "Bahse girdik, değil mi? Madem kaybettim, cezamı da çekerim. Üç dikişe pabuç teslim edecek olsam, yalın ayak gezmem icap ederdi, değil mi? Madem içmeye geldik, içeceğiz. Hem de elimin şerefine içeceğiz. Çünkü ben dürüst bir adam olmasam, sözümde durmasam, şimdi bu parmak sapasağlam olurdu, değil mi? Ama ben ne yaptım, sözümde durdum. Demek ki bu bıçak yarası dürüstlüğümün ispatıdır, değil mi? O zaman parmağımın şerefine içerken, dürüstlüğün şerefine içmiş oluruz, değil mi?" Ötekiler isteksiz isteksiz kaldırırken kadehlerini, donduracu bir hava esti masalarında.

Başka zaman olsa hır gürden korkar, çekip giderdi Cemal. Ama içmek istiyordu bugün canı. Karşı masada oturan adamın sataşmalarına, patateslerin mayonezine, yan masada terör estiren kanlı, sargılı parmağa rağmen oturmayı sürdürdü ve içti.

İkinci biranın yarısına varmadan, kan çanağına döndü içkiye alışkın olmayan gözleri. Bakışlarını delik deşik masa örtüsünün lekelerine sabitlerken, kaygıyla içini çekti. Neden bu kadar uzaktı ikizi? Hiç mi hiç ortak noktaları yoktu. Niçin hiç benzemiyorlardı birbirlerine? Ve madem bu kadar ayrı gayrıydı her halleri, neden hâlâ beraber çalışıyorlardı? Üçüncü biranın sonuna vardığında, Celal'e artık yollarını ayırmanın zamanı geldiğini söylemeye karar verdi.

10 NUMARA: MADAM TEYZE VE SU

Zil çaldığında, sokaktan getirdiği torbaları boşaltmakla meşguldü Madam Teyze. İrkildi. Sabahları ekmek dağıtmaya çıkan, ayda bir de aidat toplayan Meryem dışında kimse çalmazdı kapısını. Aşağıdan yanlışlıkla basıldığına hükmetti önce. Ama beş on saniye sonra yeniden, üstelik uzun uzun çalınca zil, telaştan eli ayağına dolaştı. Boşalttıklarını tekrar torbalara doldurup, küçük odaya taşıdı. Nefes nefeseydi döndüğünde. Evin geri kalanını salondan ayıran buzlu camlı beyaz kapıyı kapattı ve ne olur ne olmaz, iki kez kilitledi. Güvez rengi kadife bir kurdelanın ucundan sallanan anahtarı, kilidinden çıkarttı ve nereye koyarsa koysun, nereye koyduğunu unutacağını gayet iyi bildiğinden, boynuna astı. Son bir kez salonu kolaçan ettikten sonra, tedirgin adımlarla yöneldi dış kapıya.

"Sen miydin Su?" dedi rahatlayarak. "Nasıl kısa saçla rahat ettin mi?"

Ayağındaki spor ayakkabılarıyla boyu Madam Teyze'ninkini üç buçuk santim geçen Su, ağzı kulaklarında sırıtarak başını salladı. Bir kez daha çocuğun taşkın neşesinden tedirgin oldu yaşlı kadın. Ama onun içeri buyur edilmeyi beklediğini fark edince, eni konu bir telaş aldı tedirginliğinin yerini. Dönüp omuzunun üstünden salona baktı. Yıllar var ki bu eve tek bir ziyaretçi bile adım atmamıştı. Bunca sevdiği ağabeyini dahi sokmazdı evine. Birbirlerini özlediklerinde, vitraylarla bezenmiş, yaşıyla namdar bir pastanede buluşur ve her seferinde, şaşmaz bir biçimde, birer dilim elmalı pasta yiyip, iki fincan kapuçino içerlerdi tarçın ve krema kokuları arasında. Yaşlı kadın, gönlünü kırmadan çocuğu uzaklaştıracak bir bahane düşünürken, Su'nun, olduğu gibi annesinden aldığı iri, kara gözlerinin diplerine çekildi birden. Suratına raptedilmiş gibi duran şu cıvık tebessüme rağmen, ne kadar mutsuzdu bu çocuk. Onu geri çevirmeye elvermedi yüreği. Hem tedbirini aldıktan sonra, ne sakıncası olabilirdi ki?

"Gel birer sütlü kahve içelim karşılıklı," dedi çocuğun geçmesi için yana çekilerek.

"Süt sevmem," dedi Su.

"Süt seven çocuk görmedim," dedi Madam Teyze. "Ama sen artık beşinci sınıfa geçecek kadar büyüdüğüne göre, süt de içersin diye düşünmüştüm."

İtiraz edemeyeceği bir mantık karşısında olduğunu anlayan Su, ses etmeden çıkardı ayakkabılarını ve aradığı sepeti girişte göremeyince, bu evde çoraplarıyla dolaşabileceğini anladı.

"Bizim evimizden daha kötü kokuyormuş burası," dedi salona adımını atar atmaz. Ve bu tespiti yapmış olmaktan kıvanç duymuşçasına taşkın bir gülümsemeyle, sabah okul servisinde dinlediği bir şarkıyı mırıldanarak etrafı incelemeye koyuldu.

2 NUMARA: SİDAR İLE GABA

Sidar, kızın sırt çantasından tek tek çıkarttığı nesnelere sıkıntıyla baktı: turkuaz bir diş fırçası (böylece evdeki diş fırçalarının sayısı iki ediyordu), üzerinde kimi açık, kimi kapalı onlarca göz olan rahatsız edici bir kupa (böylece evdeki kupaların sayısı iki ediyordu), bir adet sık yıkanan saçlar için jojobalı şampuan (böylece evdeki şampuanların sayısı iki ediyordu), bir paket tampon (bundan yoktu evde), bir tane havlu (böylece evdeki havluların sayısı iki ediyordu), bir sürü kitap ve CD (böylece evdeki kitap ve CD'lerin sayısı bir sürü ediyordu).

Kızın burada kalma arzusuna onay verirken, kastettiği bu değildi oysa. Ara sıra kalabileceğini söylemişti ona, yerleşebileceğini değil. Eğer bu güzel gözlü, bakır saçlı kız, Gaba'yı fındıklı gofretlere gark etmek, kendisiyle sevişmek ve şu kanapenin üzerinde yatıp tavanı seyretmek istiyorsa, bunlara bir itirazı yoktu. Tek Sidar, tek Gaba, tek kız oldukları müddetçe, varlığında hiçbir sakınca görmüyordu. Gelirken yanında getirdiklerindeydi mesele. Herkes birilerinin hayatına sızarken, illa ki bir şeyler taşıyordu beraberinde.

Çünkü Sidar ne vakit, asit nâm boz atların yahut esrar nâm kahverengi atların çektiği faytona binip, dört nala dalıverse kendi beyninin kıvrımlarına, hep aynı melun sorunun eşiğinde tökezleyip yere çakılırdı: *"hangisi?"* Önünde iki adet kupa varsa hangi biriyle içeceğine bir türlü karar veremez, iki havludan hangisine yüzünü sileceğini bilemez, iki kitaptan hangisini okuyacağını kestiremez, iki CD arasında kataklanıp kalır, velhasıl iki olan hiçbir şeyle başa çıkamazdı. Sayıları birden fazla olduğu müddetçe hangi çatalı, bardağı, tabağı, tencereyi, cezveyi kullanacağı sorusu içinden çıkılmaz bir ahiret sualiydi. Bir elinde susamlı, öteki elinde kaymaklı bisküvi ile dikilip kaldığı çok olmuştu. Sonra saate baktığında en aşağı kırk dakikadır aynı vaziyette kıpırdamadan durmakta olduğunu fark ediyordu. Bu cendereden çıkmak için debelendikçe, daha da beter saplanıyor; iki nesneden hangi birini seçse, aklı ötekinde kalıyordu. Anneleri hâlâ dönmemiş arsız yavru kuşlar gibi küçümen ağızlarını kocaman açıp, aynı anda bağırmaya başlıyordu nesneler: "Beni seç Sidar! Ne olur beni seç!"

Tercihte bulunmak istemiyordu ki. İsviçre ile Türkiye arasında bir seçim yaptığını zannediyordu herkes. Bu doğru değildi. Seçim filan yapmamış, *sadece* gelmişti. Belki yarın bir gün, *sadece* gidecekti. Keza son zamanlarda giderek daha sık düşünür olduğu intihar da, iki seçenekten birini tercih etmek değildi herkesin sandığı gibi. Tıpkı Gaba gibi tek ve biricikti intihar. *Sadece* edecekti.

Ama iş intihar etme biçimlerine gelince, durum değişiyordu. Zira o zaman, hazırlop seçenekler yığılıyordu önüne. Envai çeşit yolu vardı intihar etmenin. Ve Sidar ne vakit, asit nâm boz atların yahut esrar nâm kahverengi atların çektiği faytona binip, dört nala geliverse intiharın eşiğine, gene o çetrefil soruya takılıp kalıyordu. Mutfaktaki gaz ocağı, salonun ortasından geçen borudan sallayabileceği ip, şişelerdeki haplar, banyodaki jiletler ve fil ayaklarıyla Boğaz Köprüsü, hep bir ağızdan haykırmaya başlıyordu: "Beni seç Sidar! Ne olur beni seç!"

"Burada kalamazsın," dedi gözlerini kızın gözlerinden kaçırarak.

"Ama sana sormuştum. Karşı çıkmamıştın."

"Biliyorum," dedi Sidar tavandan sarkan örümceğe bakıp, sıkıntıyla yutkunurken. "Tercihimi değiştirdim."

3 NUMARA: KUAFÖR CEMAL & CELAL

Cemal birahaneden çıktığında, ya düz yürümeyi beceremediğinden, ya da ikiziyle yollarını ayırma kararının, aynı zamanda ortak işyerlerine de veda etmek anlamına geldiğini öngördüğünden, doğruca eve gitmeye niyetlendiği halde, Bonbon Palas'ın önünde buluverdi kendini. Kaldırımda ekşi ekşi pinekleyen çöp torbalarına değmemeye dikkat ederek, bahçe duvarında fıstık yeşili gülümseyen yazının üzerinden uzattı kafasını ve kederli gözlerle baktı kuaför salonuna. Fakat gördüğü şey, kederini filan unutup eni konu telaşlanmasına sebep oldu. İçeride, pısırık bir mum alevi titreşiyordu. Çırakların saatler evvel kapıyı kilitleyip gittiklerinden şüphesi yoktu. Kaşlarını çatarak bakakaldı dairenin alçak balkonuna. Hırsız, oradan girmiş olmalıydı.

Cesaret timsali değildi Cemal ama üç büyük birayı devirdikten sonra, kendi gözünü karartabileceği gibi başkalarınınkini de morartabileceğinden hiç şüphesi yoktu. Çöp torbalarının arasına, kimbilir kimin attığı kırık elbise askısını sapından kavradığı gibi bahçeye daldı; gülibrişimin yanından geçip, bir sıçrayışta balkona atladı. Tahmin ettiği gibi hafif aralıktı kapı. Hızla içeri dalıp, mumun başında duran adama doğru iki adım attı... ve anında geri çekti kolunu.

Bu arada beriki, aniden içeri dalıveren saldırgan tavırlı karaltıyı görünce, sir ağda makinesini kaptığı gibi ayağa fırlamıştı. Cesaret timsali değildi Celal. Başka zaman olsa ödü patlardı ama işte o da buraya varmadan evvel, üç boş büyük bira bardağı bırakmıştı ardında. Ne var ki ikizine nazaran, ya alkol karşısında daha zayıf, ya da refleksler bakımından daha yavaş olduğu için, yaklaşan karaltının kim olduğunu son anda fark etmesine rağmen, vargücüyle kaldırdığı kolunu zamanında durdurmayı başaramadı. Celal'in sağ kolu, beyninden gelen "geri çekil!" komutunu idrak edebildiğinde, iş işten geçmişti bile. İki saniye içinde sir ağda makinesi hızla indi Cemal'in omuzuna ve ısı ayarı düğmesini orada bıraktı.

* * *

Babaları, yıllar, yıllar evvel gittiği Avustralya'dan onları almak üzere köye döndüğü zaman, on yaşındaydı ikizler. Hayranlıkla dinlemişlerdi hayran oldukları adamın anlattıklarını. Çok çalışmış, çok para kazanmış ve işte şimdi de ailesini alıp götürmeye gelmişti. Bahçesinde araba lastiğinden salıncağı olan, mısır gibi sapsarı bir ev vardı orada onları bekleyen. İkizler babalarının dizinin dibinden ayrılmadan anlattıklarını dinlerken, anneleri de bavulları hazırlamış, götüremeyecekleri eşyaları eşe dosta dağıtmış ve teker teker, uzun uzun tüm komşularıyla vedalaşmıştı.

Yola çıkmalarına bir gün kala, Cemal ile Celal heyecandan uyuyamadan yer yataklarında bir o yana bir bu yana dönerken, babaları süzülmüştü odalarına. Başlarını okşayıp, bir fotoğraf çıkarmıştı koynundan. Hakikaten de sapsarı, kocaman bir ev görünüyordu fotoğrafta. Küçük bir bahçesi vardı tıpkı anlattığı gibi. Salıncak da vardı bahçede. Ve o salıncağın üzerinde de, yüzünde güller açmış topluca bir kadın. Ensesinden bir tutam saç kıvrılan, kalın örgülü, gevşekçe tutturulmuş bir topuz yapmıştı kızıl saçlarını. "Nasıl? Güzel, değil mi?" diye sormuştu babaları. İkizler, başlarını sallayarak tasdik etmişlerdi mahcubane. Şimdiye değin gördükleri kadınlara benzemiyordu; hele annelerine hiç. Fotoğrafı ceketinin cebine sokarken, tekrar başlarını okşamıştı babaları. "Biz yarın üçümüz yola çıkalım," demişti. "Anneniz şimdilik burada kalsın. Biz gidelim, hele bir yerleşelim. Sonra gelir alırız onu da."

Yaşları küçük, babalarına besledikleri hayranlık büyük olsa bile, çocukların ikisi de bunun bir yalan olduğunu daha o an anlamıştı. Odada baş başa kaldıklarında, bu meseleyi hiç tartışmamışlardı aralarında. Duymamış gibi yapmıştı ikisi de; duymamış ve olacakları anlamamış gibi. O gece nihayet uyumayı başardıklarında, kızıl saçlı kadını çağırmışlardı rüyalarına. Gelip gelmediğinden emin olamamışlardı sabah uyandıklarında.

"O vakit babamın anlattıkları o kadar hoşuma gitmişti ki..." dedi Cemal, dizlerinin üstüne çökmüş, ısı ayar düğmesine bakınan ikizine.

"O kocaman ülke, o güzel kadın..." diye mırıldandı Cemal dalgın dalgın. "Annemi sattım ben bunlar için. Böyle aşağılık bi herifim işte. Beni doğuran, emziren, büyüten anacığımı bunlara değiştim. Ulan hadi insan büyüyünce maddiyatçı olur da, dersin ki hayat böyle yaptı. Ama parmak kadar çocukken de maddiyatçı olunur mu be!"

Ertesi gün bir bahaneyle evden göndermişlerdi annelerini. Yeterince uzaklaştığına kani olunca, üçü üç koldan bagaja yüklemişlerdi bavullarını.

"Ama sen ne yaptın? Sen anamızı bunlara değişmedin!" dedi Cemal, kardeşinin bir döner koltuğun altına girerek, ısı ayar düğmesini çıkarışını izlerken. "Sen satmadın ruhunu. Satmadın insanlığını. Sikmişim zenginliğini, bolluğunu dedin. Atladın arabadan. Annem için geri döndün. Beni de döndürmek istedin. Nasıl da koşuyordun arkamızdan. Yıllarca gözümün önünden gitmedi. Nasıl da bağırıyordun. Ta köyün çıkışına kadar koştun peşimizden."

Cemal cebinden çıkardığı mendili ikiye, dörde, sekize, on altıya katlayıp, her bir katına uzun uzun sümkürürken, elektrikler geldi. Celal bir koşu su getirdi mutfaktan. Bardağı uzatmadan önce, beş damla limon kolonyası damlattı içine.

"Sağol," dedi Cemal.

"Ayakkabım çıkmıştı," dedi Celal.

Cemal, hâlâ yanıyor olmasının beyhudeliğine üzülmüşçesine, fersiz gözlerle bakarken mumun alevine, bir yandan da anlamlı bir sonuç çıkarmaya çalıştı işittiklerinden.

"Ayakkabım çıkmıştı," dedi Celal. Aslında susmayı yeğlerdi şu anda. Ama ona danışmadan, kendiliğinden konuşuyordu ağzı. Bari o üçüncü birayı içmeseydi. "Tam arabaya binerken ayakkabımın teki ayağımdan çıktı, fırladı gitti. Onun için indim arabadan. Ayakkabımı giymek için geri dönmüştüm. Ama daha ayağımı ayakkabıya geçirmeden, baktım annem yolun başında göründü. Onu görür görmez babam arabayı çalıştırdı. Tek ayakkabıyla koştum yanınıza, ama ben yetişemeden siz hareket ettiniz. Arkanızdan avaz avaz bağırdım. Ta köyün çıkışına kadar koştum peşinizden."

Ömrü boyunca babasının terk ettiği çocuk olmanın ezikliğini duymuş Celal ile ömrü boyunca annesini terk eden çocuk olmanın ezikliğini duymuş Cemal, yarı şaşkın, yarı mahzun bakakaldılar birbirlerinin aynasında tersyüz edilmiş benliklerine. Ve her ne gördülerse o sırlı yüzeyde, kendi durumunun daha vahim olduğu sonucunu çıkardı ikisi de.

"Bilmen gereken bir şey daha var," dedi Celal. "Annem cahil bir kadındı. Siz gidince soldu, kahroldu üzüntüden. Meşhur bir hocayı salık verdiler. Beni de aldı yanına. Gittik. Hoca dedikleri gençten bir adam, gözleri cam gibi. Körmüş meğer. Annemin haline çok acıdı. 'Ben kem büyü yapmamışım şimdiye değin' dedi, 'yapmam da zinhar, ama bu adama müstehak, sana yardım edeceğim. Bunların yoluna taş koyacağız, arabasını tepetaklak edeceğiz, gerekirse gemilerini batıracağız, varamayacaklar oralara. Bunu yapalım ister misin? De bakalım bu mudur istediğin?' dedi. Anacığım durdu şöyle. Ağladı sızladı, sonunda dayanamadı, 'evet budur' dedi."

Cemal ikizinin söylediklerini on on beş saniye gecikmeyle kavrayabildiğinden, güneşe naz yapan bir buz saçağı gibi ağır ağır çözülerek geliyordu geriden. Araya karışıp bir şeyler söylemek isterdi aslında. Ama ne söyleyeceğini bilemediği gibi, çenesini hareket ettirmek bile yorucu geliyordu şu anda. Bari o üçüncü birayı içmeseydi.

"Annem yazık, öyle dermansızdı ki, söylenenleri anlayacak halde bile değildi. Hoca bana anlattı büyünün nasıl yapılacağını. Mısır püskülü verdi, okunmuş su doldurdu şişeye, bi de bir kâğıda artık kimbilir neler yazdı. 'Mısır püskülleri iki tutam yap, sıkıca bağla. Kâğıdın içine koyup, sigara gibi uzunlamasına sar. Sonra da hepsini yak' dedi. 'İşte o vakit bir ses duyacaksın. Ateşin içinden bir ses çıkacak. O sesi duyunca anla ki doğru yapıyorsun. Hiç durma. Ateşi sakın elleme. Kendi bildiği gibi yansın. Ateş tamamen sönünce, küllerini okunmuş suyun içine at, sonra da suyu kırmızı bir gül ağacının dibine boşalt. Gerisi kendiliğinden geliverir' dedi."

Tekrar kesildi elektrikler. Cılız mum alevi, karanlığın kıymetşinaslığıyla aşka gelip canlandı.

"Eve gider gitmez, 'hadi' dedi annem, 'hoca efendinin dediklerini aynen yap şimdi!' Mısır püsküllerini bağladım iki demet yaptım, birini küçük demet yaptım birini büyük. Kâğıdın içine koyup sardım güzelce, sonra da tutuşturdum. Annemi görsen, böyle kocaman açmış gözlerini. Allahım o gözlerdeki umut, öyle medet umuyor benden. Kâğıt alev aldı iyice, kendi kendime 'birşeycik olmaz' diyorum, inanmıyorum, ama birden bir ses duydum aynen hocanın dediği gibi. Sanki birisi çığlık atıyor. Sonra bir başka feryat daha. Sanki senin sesini duydum. Elim ayağıma dolaştı, okunmuş suyu aldım boşaltıverdim yanan ateşin üzerine, cosss diye söndü. Öyle ferahladım ki birden. Söylemedim anneme. Okunmuş suyu, külleri, gül ağacının dibine boşalttık. Gece yattık. Sabaha karşı bir sesle uyandım. Yataktan kalktım, bir de baktım ki, annem bahçeye çıkmış, yere çökmüş ağlıyor. 'Celal ben ne yaptım, ben nasıl kıyarım yavruma' dedi 'inşallah bi şey olmamıştır onlara' dedi. 'İkisine de mi?' dedim. 'İkisine de' dedi. Baktım elleri çizik çizik. Büyü bozulsun diye, gülü tutmuş kökünden sökmüş. 'Bi şey olmayacak değil mi Celal?' dedi. 'Olmayacak' dedim. 'Yoksa tastamam yapmadın mı hocanın dediklerini?' dedi. 'Tastamam yapmadım' dedim. Öyle sevindi ki. 'Aferin benim akıllı oğlum' dedi. Sonra öyle minnetle sarıldı ki bana, işte o vakit anladım. Anladım ki seni benden çok severmiş. Meğer giden oğlu, en sevdiği oğluymuş..."

Cemal baştan ayağa ürperdiğini hissetti birden. Balkon kapısını kapatmak için doğruldu ama başının döndüğünü fark edince, tekrar çöktü olduğu yere.

"Evliya hacı hoca dendi mi, o gün bugündür korkarım Cemal. İnandığımdan filan değil. Fikrimi sorarsan hiçbirine inanmam. Doğrusunu istersen şimdi artık o mısır püsküllerinin ses çıkardığından da şüpheliyim. Herhalde o kadar korkmuştum ki, ses duyduğumu sandım. Ama işte hep bir şüphe durur içimde. O şüphe olmasa, anacığım mezarında ters döner. Öyle gelir bana."

İki dakika sürdü sessizlik. Tam ortasında gelince elektrikler, dakikalardan biri karanlıkta kaldı biri aydınlıkta.

"Demek bu yüzden kızdın, evliya mevliya diye dalga geçmeme. Ama sana söz! Bi daha ağzımı açarsam iki olsun."

İçini çekti Celal. Mizacının ibresini ya ifrata ya tefrite ayarlayan ikizine cevap vermedi.

"İstersen kapatalım bu salonu. Yani şimdi sen evliyaya karşı saç kesmekten rahatsızsan... Başka yerde salon tutarız," diye atıldı Cemal, daha evvel hor gördüğü bir meseleyi birdenbire hoş görmeye karar veren insanlara has bir gönül bonkörlüğüyle.

"Yok daha neler!" dedi Celal gülerek. "Sen beni fırça tarakla karıştırdın galiba."

9 NUMARA: SU

"Şişko türbanlılara! Şişko türbanlılara!" diye bağırdı Su, zembereği kurulmuş bir çalar saat kuşu gibi kafasını pencereden dışarı uzatıp, aynı hızla içeri sokarken. Öğrencileri birer ikişer evlerine bırakarak ilerleyen servis minibüsünün en arkasına, cam kenarına kurulmuş, sürekli yeni hedefler tayin ediyordu. Önündeki iki erkek çocuk ellerinde leblebi tabancalarıyla hazır bekliyor; dönüşümlü olarak, cam kenarındaki koltuğa geçerek, gösterdiği hedeflere nişan alıyorlardı.

Su'nun gözüne kestirdiği türbanlı kadınlar, iki şeritli bir yolun ortasında takılmış, tüm dikkatlerini gelen arabalara vermiş, karşıya geçmeye çabalıyorlardı o esnada. Tam arkalarından kulaklara ziyan bir gırgır şamatayla geçen okul servisine dönüp bakmadıkları gibi, sağlarından sollarından vınlayarak uçan leblebileri de fark etmediler. Iskalayan oğlan beş karış suratla arkadaşına devrederken mevzisini, Su yeni hedefi belirlemişti bile: "Köpekli herife! Köpekli herife!"

Leblebilerden biri, spor giyimli, bronz tenli adamın kapişonunun içine girdi. Ama Terrier cinsi köpeği onun kadar şanslı değildi. Kafasına kuyruğuna patır patır yağan cisimlerin nereden geldiğini anlayıncaya kadar birkaç kez kendi etrafında dönüp, alakasız yerlere havlaması gerekti. Bir tasma boyu kovalayabildi minibüsü. Sonra ezik bir iniltiyle durup, sahibinin kendisine yetişmesini bekledi. Leblebilerden biri gözüne isabet etmiş olmalıydı ki, durmadan göz kırpıyordu arkalarından bakarken. "Vaaaaav!" dedi nişancı oğlan kendi kendini takdir ederek. Artık "vay canına" yerine "vaaaaav" diyorlardı.

Hep ön tarafta oturup, kırk yıllık ahbaplarıymış gibi davrandıkları şoföre yanlarında taşıdıkları pop kasetlerini döne döne çaldırtan atkuyruklu üç kız, aynı anda dönerek ayıplayan gözlerle baktılar olayın faillerine. Hiç oralı olmadı Su. Bitlendiği duyulur duyulmaz anında sürgüne gönderildiği ve zaten öteden beri merkezine dahil olmakta güçlük çektiği kızlar dünyasını, büsbütün terk etmişti saçlarını kısacık kestirdiği gün. Bir tek beden derslerinden önce ve sonra, soyunma odalarında düşüyorlardı yan yana. Yoklarmış gibi davranıyordu onlara. Karşılığında tek istediği, yokmuş gibi davranılmasıydı kendisine. Oysa onlar tam tersine, on koldan deodoranta boğarak leş gibi çiçek kokuttukları daracık soyunma odasının banklarına yan yana dizildiklerinde, bir yandan külotlu çoraplarını giyerken, bir yandan da aralarında anlamlı anlamlı bakışıp, şifreli konuşmak suretiyle, sevilmediğini illa ki hissettirmek istiyorlardı Su'ya. Oğlanlar böyle değildi ama. Bit de, bitlenmek de, vaka-ı adiyeden sayılıyordu oğlanlar arasında.

Camdan yarı beline kadar çıkıp, nanik yaptı geride kalan Terrier'e. Fakat tam yerine oturacakken, iki üç metre ileride çöp varilini kurcalayan, saçı sakalı birbirine karışmış bir adama takıldı gözü. Beriki, çevik hareketlerle varilin içindeki torbalardan çıkardığı teneke kutuları, omuzundan sarkıttığı heybelere dolduruyor; arada durup, sanki varilin içinden bir ses, cevabı müşkül sorular yöneltiyormuşçasına kendisine, kafasını kaşıyarak düşünceli düşünceli eğiliyordu çöplerin üzerine. Lime lime dökülen petrol yeşili bir tulum giymiş; başına da vişneçürüğü bir bere geçirmişti. Tulumun diz kısmındaki yırtıklardan, kir içindeki dizkapakları seçilebiliyordu.

"Serseriye! Serseriye!" diye bağırdı Su.

Pencere kenarındaki nöbeti devralan oğlan, leblebileri yerleştirip, vargücüyle üfledi kâğıt ruloya. Fakat aynı anda hedef tahtasındaki adam, yaptığı işi bırakıp, yabani bir sezgiyle önüne döndü ve kurşunlanmadan önce katillerinin yüzüne gülen kurbanlar gibi ağzını kocaman açarak, üzerine doğru uçmakta olan leblebiyi havada kapmasıyla, çiğnemeden yutması bir oldu. Teşekkür edercesine elini kalbinin üzerine bastırıp, hafifçe kırdı boynunu ve minibüs tam önünden geçerken, ikinci kurşun için yeniden açtı ağzını. Sararmış dişlerini sabırsızlıkla takırdattı leblebisinin geciktiğini görünce. Cam kenarındaki oğlan dehşetle geri çekilip saklarken tabancasını, pencereye yapışan Su da, hayretten büyümüş gözlerle bakakaldı şimdiye değin gördüğü, tanıdığı insanlara hiç mi hiç benzemeyen bu serapa acayip adama.

2 NUMARA: SİDAR İLE GABA

Kız kapıyı çarpıp gidince, kendini bombok hissetti Sidar. Belki affedip geri döner diye bir umutla bekledi akşama kadar. Sonunda baktı ki boş yere beklemekte, Gaba'nın tasmasını taktığı gibi, sokaklara attı kendini.

Yirmi beş dakikalık yürüme mesafesindeydi Ermeni Katolik Mezarlığı. Bu şehirdeki mezarlıklar içinde en çok orayı seviyordu. Arkasında ne denli aydınlık bir mekân gizlediğine dair en ufak bir ipucu dahi vermeyen, devasa büyüklükteki oymalı kapıyı, Gaba'nın rahatça geçebilmesi için sonuna kadar iteledi. Suratı beş karış bekçi her zamanki gibi şöyle bir homurdandı onu görünce. Ama buraya ilk gelişlerinde her hareketinden şüphelenmesine rağmen, zamanla kanıksayıp, kendi halinde zararsız bir kaçık olduğuna karar verdiği bu sıska ve hırpani delikanlının ne içeri girmesine laf etti, ne de heyula köpeğini gene kendisine emanet etmesine.

Mezarlıktaki bütün patikaları diklemesine kesen üç metre enindeki taşlık yolun başında belirdiğinde, sıra sıra banklardan birinde tek başına oturan yaşlı bir adam el salladı Sidar'a. Daha evvel birkaç kez karşılaşmış, her seferinde selamlaşmış ama hiç konuşmamışlardı.

"Gene gelmişsin," dedi yaşlı adam, yanına oturması için pat pat bankın üzerine vurarak. "Çok da gençsin halbuki. Aceleye lüzum mu gördün?"

Bankın diğer ucuna sessizce ilişiverdi Sidar. Cevap vermeden önce, dönüp dikkatlice baktı yaşlı adama. En az yetmiş beşinde olmalıydı. Belki seksen. Boncuk gibi gözleri vardı; küçücük, yuvarlak ve lacivert-gri.

"Ama burada bir sürü çocuk mezarı gördüm," diye diklendi Sidar.

"Ölmek için gençsin demedim, ölümü düşünmek için gençsin dedim," dedi yaşlı adam.

Gaba'nın havlaması duyuldu uzaktan. Kulak kabarttı Sidar. Meraklanacak bir şey yoktu muhtemelen. Yabancı biri ona yiyecek bir şeyler veriyor olmalıydı şu anda. Ancak yabancı birinden yiyecek almak üzereyken böyle havlardı. *Simit için teşekkürler, çok naziksiniz!* havlayışı.

"Bugün ben de ölümü düşünüyorum," dedi konuşmaya hayli hevesli görünen yaşlı adam. "Ablam aradı bu sabah. Dün gece fena bir rüya görmüş. Çocukmuşuz. Süt şişeleri varmış ellerimizde. Yalnız bu süt bir tuhafmış; akacağı yerde, böyle löp löp dökülüyormuş. Serçe parmağım kadar, beyaz beyaz fareler çıkmış içinden. Annem elimizden tutup, uzaklaştırmış ikimizi de. Ama ablam geri dönmüş. Pis olduğunu bile bile, gene de içmiş sütten. Annem durumu fark edince, çok kızmış. 'Niye yaptın? Çok büyük günah işledin!' diye bağırmış. Ama ablam ağlamaya başlayınca, kıyamamış. Kucağına almış, teselli etmiş. 'Üzülme,' demiş, 'üzülme, Tanrı seni bağışlar elbet.' Ben de ağlıyormuşum."

Gaba tekrar havlamaya başladı. Şu anda yabancı birileri onu sevmeye kalkmış olmalıydı. Yaşlı adam da, Sidar da, bulundukları açıdan bir şey göremeyeceklerini bildikleri halde, gayriihtiyari dönüp, mezarlığın giriş kapısına baktılar aynı anda. Sorun yoktu muhtemelen. *Bir simit daha verirseniz, beni sevmenize müsaade edebilirim!* havlayışı.

"Ben yıllar var ki rüya görmem, görsem bile hatırlamam. Ama ablam hatırlar. Hep de çıkar rüyaları. Kültürlü kadındır. Hele genç kızlığında bi görsen... kimseleri beğenmezdi. Varsa yoksa kitaplar! Annem yazık üzülürdü, burnu kanıyor diye yasak etmişti fazla okumasını. Ama ablam gizli gizli okurdu gene de. Roman okurdu en çok. Fransızca aslından okurdu. Küçüklüğümden hep gözümün önündedir, ablam böyle eğilmiş bir kitabın üzerine, dalmış gitmiş, biliyorum birazdan kanayacak burnu. Abla desem, ikaz etsem... ama neden bilmem, okurken hiç ilişemezdim ona. Böyle ses çıkarmadan seyrederdim, beklerdim pıt diye düşsün kan damlası. O vakitler okuduğu romanların sayfalarında çok vardı böyle kırmızı kırmızı lekeler. Silsen silinmez, yırtsan yırtılmaz, n'apacaksın, kalırdı öyle. Günlükleri de vardı, bizimle konuşmaz, günlükleriyle konuşurdu. Sonra ablamla bir gün okuldan döndük ki romanlar da yok, günlükler de. 'Hepsini attım!' dedi annem. Ablamın beti benzi kül gibi oldu. Severdi annemi, severdi amma sanırsam hiç affetmedi."

Gaba'nın havlamaları katlanarak hızlandı, hızlandıkça hırçınlaştı. Canını sıkan bir şeyler oluyordu muhtemelen. *Başka simit vermeyecekseniz eğer, lütfen gider misiniz başımdan!* havlayışı.

"Kimseleri beğenmediğinden, çok geç evlendi. Kocası göz doktoru idi, Şişli'de muayenehanesi vardı. Pek sevişirlerdi. Çocukları olmamıştı. Sonra adamcağız pat diye ölüverdi, karşıdan karşıya geçiyormuş, basireti mi bağlandı nedir, bakmadan atmış kendini yola. Güpegündüz çarpmış kaçmış araba. Üzüntüden saçı beyazlayanları filan çok gördüm bu yaşıma kadar, ama üzüntüden küçülen bir ablamı gördüm. Ufaldı, ufacık kaldı. Yemeden içmeden kesildi. Kocasının fotoğraflarını evin her yerine astı. Genç kızken nasıl günlükleriyle konuştuysa, başladı fotoğraflarla konuşmaya. Ben bir hata ettim o zaman. Zannettim ki eniştemin eşyalarını gözünün önünden kaldırırsam daha kolay unutur. Bir gün gizlice topladım fotoğrafları, her bir şeyi, dağıttım eşe dosta. Annemi nasıl affetmediyse, beni de affetmedi. Evinden de çıktı. Ben zannetmiştim ki eniştemin hatırası her yerde olunca evinde oturamaz. Oysa hatıraları gidince oturamadı ablam. Gitti, başka yere taşındı. O zamandan bu zamana kaç sene oldu, hâlâ evine almaz beni. Bir daha da evlenmedi. Hep böyle tek başına. Biz birbirimizi göreceğimiz vakit, pastanede buluşuruz senelerdir. Onun rüyaları hep çıkar. Hepsinin de tabirini bilir."

"Peki bu rüyayı nasıl tabir etmiş?" dedi Sidar.

"Dedi ki vaktinin dolmasını beklemeden ölecekmiş belki de. O yüzden böyle kızmış annem ona."

"İntihar mı yani?" dedi Sidar heyecanla.

Ama yaşlı adam daha önce böyle bir kelimeyi hiç düşünmemiş, düşünmek bir yana anlamına bile yabancıymış gibi, boncuk gözlerini kırpıştırarak boş boş baktı suratına.

Artık çok daha asabi çıkıyordu Gaba'nın sesi. *Madem başımdan gitmiyorsunuz, ben gidiyorum o zaman!* havlayışı. Sidar, telaşla ayağa fırladı. Oysa sormak istediği sorular vardı daha. Mezarlığın giriş kapısına yaklaştığında, aynen tahmin ettiği gibi, bir grup meraklının sevgi ve ilgi çemberinin tam ortasında sıkıntıyla havlarken buldu Gaba'yı. Köpeğinin yanına koşmadan önce bir an durup, arkaya baktı. Yaşlı adama el sallayacaktı. Ama o, bankta yalnız kaldığının farkına varmamış gibi, öbür tarafa dönük, mırıl mırıl bir şeyler anlatıyordu hâlâ.

9 NUMARA: HİJYEN TİJEN VE SU VE BEN

18:54: Su, kaşıya kaşıya yaraya çevirdiği sivrisinek ısırıklarıyla dolu çöp bacaklarını koltuktan sarkıtmış, ellerini şortunun ceplerine sokmuş; böyle yaptığı takdirde zamanın hızlanmasını sağlayabilecekmiş gibi, duvardaki saatin ağırkanlı yelkovanından bir an bile gözlerini ayırmadan bekliyordu. Hep tam vaktinde geliyordu öğretmeni. Beş dakika bile geciktiği olmamıştı şimdiye değin. Ama işte bir ceremesi vardı bunca dakikliğin. Hep tam zamanında bitiriyordu dersi. Beş dakika bile fazladan kaldığı da olmamıştı. Derse başlar başlamaz, deri kayışlı kol saatini masanın üzerine, ikisinin arasına koyuyor ve ders boyunca hiç de sıkılmış gibi görünmemesine rağmen, bir saat dolar dolmaz ayaklanıyordu.

18:57: Zil sesiyle fırladı. Üç dakika erken!

Hijyen Tijen o sırada mutfak lavabosunun başında, çay demliğinin dibinde kalan kireci sökmekteydi. Saatlerdir sıcak suyun içinde kalmaktan, parmak uçları pütür pütür kabarmış ellerini karbeyaz önlüğüne kurulayarak kapıya yöneldi. Şöyle bir tepeden tırnağa süzdü kızının öğretmenini; hoş görünüyordu her zamanki gibi, hoş ve temiz. Adam eşikte ayakkabılarını çıkartıp, plastik sepetten seçtiği bir çift galoşu bej çoraplı ayaklarına geçirirken, anne kız bir kenara çekilip saygılı bir nezaketle izlediler onu. Sonra üçü birden haşur huşur sesler çıkartarak salona geçtiler. Her zaman olduğu gibi, dikdörtgen yemek masasının bir ucu ders için hazırlanmıştı önceden: beyaz örtünün üzerinde iki beyaz porselen tabağa aynı kalınlıkta hindistancevizli kek dilimleri dizilmiş, beyaz peçeteler serilmiş, zambaklı defter açılmış, kurşunkalemlerin uçları itinayla sivriltilmiş, kültablası hazır edilmiş... Sigara içilebiliyordu bu evde. Hijyen Tijen'in "pislik" tanımının hudutları dahilinde değildi duman ya da kül.

"Siz burada çalışırken, biz de içeride temizliğimize devam etsek ayıp etmiş olmayız değil mi?"

Her ders öncesi hep aynı şeyi soruyordu. Bermutad cevabımı yineledim: "Rica ederim Tijen Hanım. Lütfen işinize bakın."

Bir elinde köpüklü suyla dolu bir kova, bir elinde saçakları birbirine girmiş bir paspasla banyodan çıkan yeni gündelikçi göründü o esnada. Peşinden de sivri karnıyla Meryem belirdi; boks antrenörü ya da hamam tellağı gibi, karbeyaz, uzunca bir havlu sarkıtmıştı bir omuzundan. Her iki kadın da, iri cüsselerinin ağırlığını galoşlu ayaklarına vermenin rahatsızlığı içinde paytak paytak yürüyorlardı.

"Sen hâlâ iş mi yapıyorsun?"

"Hayır, hayır," diye atıldı Hijyen Tijen. "Meryem işi geçen hafta bıraktı. Ama o gidince ben çok zor durumda kaldım. Biz de böyle bir çare bulduk. Şimdi Meryem neyin nasıl yapılacağını söylüyor. Sağolsun Esma Hanım da yapıyor."

İsminin geçtiğini işiten ve bu iş bölümünden hiç de memnun görünmeyen Esma Hanım, bezgin bakışlı yumuk gözlerini devirerek, gönülsüzce selam verdi. Sonra üç kadının üçü de, haşur huşur dağılarak evin farklı yönlerine, yalnız bıraktılar öğretmenle öğrencisini.

19.00: Su sandalyesini masaya yaklaştırırken, sıkıntıyla baktı ait olduğu bilekten çıkıp, aralarına giren deri kayışlı kol saatine.

7 NUMARA: BEN VE MAVİ METRES

Dersten sonra eve döndüğümde, Mavi Metres hâlâ gitmemişti. Gitmediği gibi, baktım, buraya taşındığım günden beri açılmayı bekleyen kolilerden birkaçını yerleştirip, ortalığa çekidüzen vermiş. Evine gidip, zeytinyağı tüccarı için yemek hazırlayacaktı oysa. Kurcalamadım. Son zamanlarda aralarının iyi olmadığının farkındayım.

"Söyle bakalım, ne yemek istersin?"

"Makarna," dedim. Önce karşı çıkar gibi oldu. Ama sonra onun da kolayına geldi bu fikir. Ben makarnaları haşlarken, o da evdeki kısıtlı malzemeyle kekikli-domatesli bir sos hazırlamaya koyuldu. Bence beni bu yüzden seviyor. Hayatına giren diğer erkeklerin aksine ben, verebileceğinden çok daha azını talep ediyorum ondan. İstediğimden çok daha fazlasını alıyorum karşılığında.

Tam masaya oturmuştuk ki, kapı çaldı. Ne kadar tuhaf bir çocuk şu Su. Elinde kitabı, hafta sonu için ödev vermeyi unuttuğumu söyledi. Onu da sofraya davet etti Mavi Metres. Gelmek istemedi. Seviyesinin epey üstünde dört beş alıştırma seçtim onlar konuşurken. Madem hafta sonu sıkıntısı arıyor kendine, tam olsun bari.

"Demek gülcemalinize abayı yakan tek komşunuz ben değilmişim beyfendi," dedi Mavi Metres tekrar yemeğe oturabildiğimizde.

"Saçmalama, o daha çocuk."

"Ne olmuş yani? Çocuklar âşık olamaz mı? Valla ben o yaşlarda sırılsıklam âşık olduğumu biliyorum. Yoksa sen çocukken kimseye âşık olmamış mıydın?"

Birden tuhafıma gitti. Mavi Metres, ırak bir geçmişten söz edermişçesine konuşsa da, o dediği yıllardan bu yana, topu topu on on iki sene yaşamıştı. Su ile Mavi Metres arasında sadece on bir yaş fark vardı.

"Hani cevap? Âşık oldun mu olmadın mı?" dedi sessizliğimden hoşlanmayarak.

Olmuştum olmasına da, kayda değer bir hatıra olarak kalmamış aklımda. Okula birlikte gidip geldiğimiz çilli, pabuç dilli, havai bir kız vardı. Ondan etkilendiğimi hatırlıyorum. Hırsızlığa böylesine doğuştan meyyal birini tanımadım bugüne değin. Başkasına ait olduğu müddetçe çalmaktan keyif almayacağı hiçbir şey yoktu. Komşu bahçelerinden meyva aşırır, kapı önlerinden terlik yürütür, sınıf arkadaşlarının silgilerini kalemlerini iç edip, benimle paylaşırdı. Okula giderken her gün önünden geçtiğimiz bali müptelası, surat yoksulu ayakkabı tamircisinin keskin kokulu dükkânına dalar; ben adamı lafa tutarken, o da avuç avuç pençe ve çivi doldururdu ceplerine. Ne akla hizmetse, önümüze çıkan tüm çitlerin, kalasların, sıraların, kasaların, elalemin kapılarının üzerine gizlice çakardık bu pençeleri. Sonra kız durup dururken pislik edip, bizimkilere ispiyonlamıştı beni. Babam üzerinde durmamış; onun papara payını da üstlenen annem ise bunu bir mesele haline getirip, küplere binmişti resmen. On gün içinde babam ölmüş; benim ilk hırsızlık sabıkam da kendiliğinden düşmüştü annemin gündeminden.

"İsmi neydi?" dedi Mavi Metres, elindeki tuzluğu, dibini bulmaya ahdetmişçesine kaçıncı seferdir tabağının üzerinde sallarken.

Hatırlayamadım. Çocukluk arkadaşlarımdan hemen hemen hiçbirinin ismini hatırlamam zaten. Oldum olası isim öğrenmekte güçlük çektiğimi, öğrenebildiklerimin çoğunu da çarçabuk unuttuğumu itiraf ettim. Bu huyumun Ayşin'i nasıl ifrit ettiğini anlatmadım ama. Zaten evliliğim hakkında hiç soru sormuyor Mavi Metres. Belki zeytinyağı tüccarının evliliğini dinlemekten usandığı içindir. Belki de insanları yakın geçmişlerinden değil, geçmemiş çocukluklarından soranlardan olduğu için. İsimlere nazaran lakaplarla aramın çok daha iyi olduğunu söyledim. Lakapları kolay kolay unutmam.

"Öyleyse bana da bir lakap bul," dedi sallanmaktan başı dönen tuzluğu nihayet masaya bırakabildiğinde.

"Var zaten," dedim. "Sen Mavi Metressin."

Bir şey söylemedi. Söylemedi ama hoşuna gittiğini hissettim.

* * *

Uyandığımda onu bulamadım yanımda. Saate baktım: 03:33. Balkondaydı. Solgun görünüyordu. Beter bir karabasanın tam ortasında uyanıp, bir daha uyumaya cesaret edememiş gibiydi. Yanındaki sandalyeye çöküp, bir sigara yaktım. Düştüğü yerde çürümeye başlamış bir kavun dilimini tavaf eden onlarca karınca vardı aramızdaki sehpanın altında. Onlar harıl harıl çalışırken, biz de kıpırtısız oturup, bomboş sokağı seyrettik.

"Bence o kız seni ispiyonlamamıştır," dedi dalgın dalgın. "Muhtemelen başka yoldan gitmiştir annenlerin kulağına. Niye ispiyonlasın ki? Siz suç ortağıydınız."

İçeri gidip, birer duble rakı hazırladım ikimize. Gülümseyerek aldı, ama dudaklarını şöyle bir dokundurmakla yetindi. İçki sevmiyor. Oysa hep sünger gibi erkeklere çattığından, bunu belli etmek istemiyor. Yüzüne baktım. Belki de yanılıyorum. Başkalarını kandırmak ona göre değil. İçmeyi sevmediğini henüz kendi de bilmiyor muhtemelen.

"Belki de tam tersi," dedim. Kendiminkini bitirince onun rakısını da içerim. Yeter ki ruj yapmasın bardağın kenarını. "Suç ortaklığı insanları birbirine mecbur kılar ama bu geçici bir durum olabilir ancak. Aslında biriyle birlikte suç işlediysen, ilk fırsatta ondan kurtulmaya çalışırsın. Ya sen gideceksin, ya o. İnsan, suç işlediği yere dönermiş muhakkak ama suç ortağına döneceğini sanmam."

"Oo maşallah, ağzınız iyi laf yapıyor öğretmenim." deminden beri elinde evirip çevirdiği kadehi sehpanın üzerine koydu. İyi, ruj lekesi yok. "Öğrencilerin seni dinlemeyi sever mi?"

"Bir gün benimle sınıfıma gel, öğrencilerin arasında otur. Kendin karar ver."

"Ya bu kim diye soran olursa? Ne diyeceksin?"

"Dışarıdan dersi dinlemeye gelen bir öğrenci olursun. Yaşın o kadar küçük ki," dedim yüzünü okşarken. Bu loş ışıkta hiç belli olmuyordu yanağındaki iz. "Ama istersen, arkadaşım olduğunu söylerim."

"Yalan söylemiş olursun!" dedi aniden hırçınlaşarak. "Hiç senin arkadaşın olabilir miyim ben? İki dakika konuşsalar benimle, kabak gibi ortaya çıkar yalanın. Ben sizin konuştuğunuz şeyleri bilmiyorum. Üniversite okumadım. Bu saatten sonra da okumayacağım besbelli!"

Hangi saat? Bazen kendi yaşının farkında olmadığına inanasım geliyor. Karşı çıkmaya hazırlandığımı görünce, çabuk çabuk sürdürdü konuşmayı: "Arkadaşlık denklik işi. İnsan dengi olmayan birine pekâlâ âşık olabilir de, dengi olmayanla arkadaşlık edemez. Bir kere sen konuşunca, öteki şıp diye anlayacak. Aynı kültür seviyesinden olmanız lazım. Biz seninle hayatta arkadaş olamayız. Evli de olamayız, sevgili de. Komşu olalım dedik, onun da cılkını çıkardık."

"Niye sevgili olamıyormuşuz?"

Ama rujsuz, huzursuz, küçük sevgilim soruma cevap vermek yerine, sehpanın üzerinde terk ettiğini sandığım kadehten büyükçe bir yudum aldı. Suratı buruştu anında. Niye zorluyor ki kendini? Sevmiyor işte.

"Bence biz olsak olsak, suç ortağı oluruz," diye mırıldandı, ağzındaki tattan kurtulabilmek için bayatlamış kuruyemişlere uzanırken.

Teybin sesini sonuna kadar açmış, camları siyah, kendi beyaz bir araba geçti sokaktan. Mavi Metres demirlerin üzerinden kafasını uzatıp, ağız dolusu küfretti. Hafifçe kendime doğru çekip, öptüm onu. Arabadan yayılan cırlak müzik, her saniye bir kat daha alçalarak en nihayetinde tamamen işitilmez oldu. O sessizlikte, aceleci bir sivrisinek, vınlayarak pike yaptı sinsice. Rüzgâr durdu; ekşi çöp kokusu genzimizi doldurdu. Mavi Metres, tek bir Şam fıstığı bile bulamadı kâsede. Ben kendi kadehimi bitirip, onunkine geçtim. Sivrisineğin bir dahaki saldırısında, boşlukta çınladı alkışım. Ellerimi açıp baktım. Yakalayamamışım.

10 NUMARA: MADAM TEYZE

"Senin canın mı sıkkın Su?"

"İyiyim ben," diye diklendi Su. İngilizce kitabından yaptığı kalın ruloyu sıkıyordu habire.

"Şöyle güzel bir sütlükahve yapayım da, içimiz ısınsın. Sen de camekânlı dolaptan iki fincan çıkar bakalım," dedi davetsiz misafirinin üstüne düşmemenin daha iyi olacağını düşünen Madam Teyze. Aslında, ayağını bu evden kesmek için, bir dahaki gelişinde, onu münasip bir bahaneyle kapıdan çevirme kararı almıştı kendi kendine. Ama yapamamıştı gene.

Su, mutfağa yönelen yaşlı kadının arkasından içini çekti. Bu sıcakta en son içmek istediği şey sütlükahveydi. Ama ne fark ederdi ki. Bu aralar en sık kullandığı kelime "boktanpüsür"dü. Boktanpüsür bir kola da içse, boktanpüsür bir sütlükahve de, ne fark edecekti ki. Çöp bacaklarını kaşıya kaşıya kalktı koltuktan. Salonun bir ucundaki camekânlı dolabı açtı, gözlerini kırpıştırarak içine baktı. Amma da çok şey vardı burada. Ters çevrilmiş porselen fincanlar, likör kadehleri, şampanya kadehleri, billur sürahiler, işlemeli çerçeveler, gümüş kaşıklar ve ne işe yaradığını tam olarak kavrayamadığı envai çeşit minicik minicik oymalı kutu, sıra sıra diziliydi cam raflarda. Şöyle bir göz attıktan sonra, sapları sarmaşık dalı, iki erguvan fincan beğendi. Fincanlardan evvel, hemen arkalarında duran yuvarlak, vernikli, resimli tepsiye uzandı eli. Üzerindeki resim hoşuna gitmişti. Kalpaklı, bıyıklı, asık suratlı bir adam, elbisesi topuğuna kadar uzanan bir kadını kucağına almış, tahta bir merdivenden indiriyordu. Tüller içindeki kadın başını adamın omuzuna yaslamış; her an düşebilecekleri bir merdivenin üzerinde değil de, manzarası muhteşem bir tepede durmuş, etrafı seyrediyorcasına, hülyalı hülyalı uzaklara dikmişti gözlerini. Ait oldukları masaldan kaçıyorlardı sanki. Geride tek tük ev ve onların da ardında yarı filizî, yarı neftî bir orman seçiliyordu. Su, bu vakur çiftin başlarına sonra neler geldiğini orada görebilecekmiş gibi, merakla arkasını çevirdi tepsinin. Ama başka resim yoktu arkada; sadece, fiyakalı harflerle *Vishniakov* yazıyordu bir kenarda.

Erguvan fincanları tepsiye yerleştirip, ayağıyla örttü dolabın kapağını. Tam geri dönmek üzereydi ki, az ötede bir noktaya takılıverdi bakışları. Salonun koridora açılan kapısı yarıya kadar açıktı ve içerisi... içerisi bir tuhaftı.

Usulca yaklaşıp, ardına kadar açtı kapıyı. Açtı ve gördüğü şey karşısında, ne hissedeceğini bilemeden öylece kalakaldı. Tepsiyi elinden bırakmayı akıl edemeden, adım adım ilerlemeye başladı Madam Teyze'nin evinin koridorunda. Şaşkınlığıyla beraber, duyduğu ürperti de büyüdü attığı her adımda.

"Kaç şeker atayım?" diye seslendi yaşlı kadın mutfaktan. İkinci soruşunda da bir cevap alamayınca aynı soruya, sütün altını kısıp, misafirinin yanına döndü. Salonu boş bulunca, çocuğun gittiğini sandı önce. Ama birden, ardına kadar açık koridor kapısını fark etti. Gayriihtiyari boynuna götürdü elini. Yoktu. Kaygıyla salonu tarayan lacivert-gri boncuk gözleri, kenardaki sehpanın üzerinden suçlu suçlu bakan kadife kurdelalı anahtara takıldı. Benzi sarardı. Yüreği ağzında, atabildiği kadar çabuk adımlarla o tarafa seğirtti ve çocuğun ardından koridora girdi.

5 NUMARA: HACI HACI VE GELİNİ, TORUNLARI

"Yürüyün," diye bağırdı Gelin. "Yürüyün yoksa kırarım bacaklarınızı!"

Ellerinden tutup çekiştirdiği iki çocuk, daha da beter ağlamaya başladı bu lafları işitince. 7,5-Yaşındaki sakin sakin geriden geliyordu. O eğlenmişti eğlenmesine de, annesi için oldukça tatsız bir gün sayılırdı bu. Muhtemelen diğer gişe memuresinin şikâyeti üzerine, kırk yılda bir yüzünü gösteren büyük patron, öğlene doğru baskın yapmıştı sinemaya. "Kreş mi sandınız burayı?" diye gürlerken, filmin tanıtımı için tavandan sallandırılmış 1x2 m karton halının üzerinde, yakışıklı Aladdin ile beraber bağdaş kurmuş göbekli cinden gözlerini alamayan 5,5-Yaşındaki ile 6,5-Yaşındaki'ne dönüp bakmıştı sert sert. O dakikadan itibaren hiç susmadan ağlıyordu ikisi de.

"Birkaç gün daha idare etseniz, o zamana kadar bir çare bulurum," demişti Gelin süklüm püklüm. Ama o da biliyordu bunun doğru olmadığını.

Bonbon Palas'a yaklaşırken yavaş yavaş ağlamaları kesilmeye başladı ufaklıkların. Merdivenlerde belli belirsiz bir vızıltıya dönüştü sesleri. Fakat 5 numaralı dairenin kapısından içeri dalar dalmaz, ikisi de zembereklerinden boşanmış gibi çığlık çığlığa koştular dedelerinin kucağına. Hacı Hacı o esnada, yıllardır sayısı hiç artmayan dört kitabından üçüncüsü olan *Yusuf ile Züleyha* elinden kaymış vaziyette, şekerleme yapmaktaydı divanın üzerinde. Aniden maruz kaldığı bu feryat figan sevgi seli karşısında, neye uğradığını şaşırdı. Belini tutarak doğrulmaya çalışırken, bir yandan da durmadan gözlerini kırpıştırıyordu.

"Baba çocuklar sana emanet," dedi Gelin, kayınbabasıyla göz göze gelmemeye çalışarak. "Benim işe dönmem lazım."

Hacı Hacı, küçük kızla oğlanın başlarını sakallarına bastırırken, ufaklıklar da ondan aldıkları cesaretle son bir tur daha ağlamaya başladı. Gelin, beş on saniye kadar sessizce dikilip, acı acı seyrettikten sonra bu tabloyu, kendi söylediklerine kendi de inanmadan mırıldandı:

"Yalnız çok rica ediyorum, artık biraz insaf buyurun da, masallarınızla zehirlemeyin şu gencecik beyinleri."

Kapı kapandı. Üç küçük çocuk ile yaşlı adam, baş başa kaldı. Ufaklıklar onca gözyaşından bitap derin derin iç geçirip, dedeleri de dökülen sakallarını toplarken, iğreti bir sessizlik çöktü ortalarına. Şimdi ne yapmaları gerektiğini bilemiyor gibiydiler. Çok geçmeden, kocaman kafasını geriye atarak, yosun yeşili gözleri çakmak çakmak gülümsedi 7,5-Yaşındaki. Doğrusu eve dönmek onun da hoşuna gitmişti. Dışarıya çıkmaktan keyif almıştı almasına da, her hareketini acıyarak seyreden onca insan içinde bit kadar küçük ve bir o kadar yabancı hissetmişti kendini. Evdeyse, kendi küçük krallığının tek sahibi, kelebek ömrünün tartışmasız tek hâkimiydi.

"Hadi dede," dedi. "Çekinmene gerek yok, artık rahat rahat anlatabilirsin!"

10 NUMARA: MADAM TEYZE VE SU

"Ne kadar çok eşyanız var Madam Teyze?" diye bağırdı Su hayretler içinde başını bir o tarafa, bir bu tarafa çevirerek.

Yaşlı kadın ona yetişebildiğinde, çocuk koridorun sonuna varmıştı bile. Varmış ve üçü de koridora açılan odaların içini görmüştü çoktan.

"Hepsi benim değil."

"Peki kimin öyleyse?"

"Başka başka insanların. Emaneten bakıyorum," dedi Madam Teyze gözlerini, erguvan fincanları taşıyan tepsiden ayırmadan. Korkuyordu kırılmalarından. Ama bu beklenmedik hadiseyle öyle alt üst olmuştu ki, herhangi bir hamlede bile bulunamıyordu çocuğun elinden kapmak için boyarla âşığını.

Oysa esas büyük şaşkınlığı Su yaşamaktaydı şu anda. Hâkim rengi beyaz olan ve durmadan silinip parlatılan, süpürülüp arıtılan, gene de asla yeterince pak olamayan bir evde büyüyen çocuk, yeryüzünde var olabileceğini aklının ucundan dahi geçirmediği efsunlu bir bahçeye düşmüş gibiydi şimdi. Beyaz dışında her renkten bolca vardı burada. Üst üste istiflenmiş, iç içe girmiş, tüm boşluklara sızarak her üç odayı da tavana kadar hıncahınç doldurmuştu eşyalar. Hangilerinin kıymetli, hangilerinin fuzuli olduğunu anlamanın imkânı yoktu. Her şey birbirine karışmıştı. Su, burasının kendi evlerinden katbekat geniş olduğu hissine kapıldı birden. Bu apartmandaki diğer evlerden, hatta şimdiye değin gördüğü bütün evlerden çok daha büyüktü Madam Teyze'nin evi. 10 numaralı daire bir ev değil; yüzlerce parçası, binlerce düğmesi olan, alabildiğine karmaşık bir aygıtı adeta; tek bir parçayı bile çekince aradan, bozulup işlemez hale gelecekti makine.

Tükenmiş kalemler vardı her tarafta. Ve yanmış ampuller, bitmiş piller, yırtık tüller, patlak balonlar, tarihi geçmiş ilaçlar, kullanılmış kıyafetler, hiçbiri hiçbirine benzemeyen düğmeler, yapışkanlığı kalmamış çıkartmalar, boşalmış kartujlar, gazı bitmiş çakmaklar, camı kırık gözlükler, boy boy kavanoz kapakları, tedavülden kalkmış paralar, yırtık pırtık kumaşlar, çatlamış biblolar, sararmış fotoğraflar, çerçevesi kalmamış tablolar, kopmuş ponponlar, parçalanmış peruklar, anahtarlıklarını yitirmiş anahtarlar, anahtarlarını yitirmiş anahtarlıklar, sapı kırık kupalar, emziği düşmüş biberonlar, eprimiş abajurlar, hırpalanmış kitaplar, boy boy karton ve plastik ve tahta ve sedef ve mika kutular, boş süt şişeleri, elma şekeri sapları, dondurma sapları, yiyecek kapları, kiminin kafası, kiminin kolu bacağı olmayan oyuncak bebekler, telleri çıkmış şemsiyeler, kararmış süzgeçler, hangi kapıları çaldırdıklarını artık kendileri bile hatırlamayan ziller, kaçıkları ojeyle durdurulmuş kadın çorapları, ambalaj kâğıtları, kapı kolları, bozuk ev aletleri, dolmuş defterler, sararmış dergiler, bitmiş parfümler, tekeş tükeş ayakkabılar, uzaktan kumandalar, paslanmış metaller, bayatlamış şekerler, taşı düşmüş yüzükler, makrome çiçeklikler, ayakkabı dilleri, paket lastikleri, kuş kafesleri, kimi harfleri basmayan klavyeler, teneke kutularının içinde küflenmiş çaylar, tütün paketleri, rengârenk bilezikler, birbirinden güzel saç tokaları, dürbün camları... vardı. Su şaşkınlık içinde bakınırken etrafına, az ötede, bir nesneler öbeğinin üzerinden sarkan büyükçe bir ağa takıldı.

"Deniz getirdi onu," dedi Madam Teyze. Sesi kıvanç doluydu sanki.

"Deniz mi getirdi?"

"Lodos çıktığı vakit, deniz cömert olur. Bir sürü şey bırakır kıyıya. Top oynayan çocuklar gibi, dalgalar da bunlarla oynar. Birbirlerine ata ata kıyıya kadar getirirler. Bırakıp giderler sonra. Dalgalar da insanlar gibi. Çabuk bıkarlar. Sade ben durmam orada. Denizin meraklısı çok."

Fakat Su onu dinlemiyordu artık. Mor kadifeden bir çocuk şapkasına bakıyordu. Çok güzeldi şapka ve yepyeni duruyordu.

"Bunu nereden aldınız Madam Teyze?" dedi tepsiyi ev sahibesinin eline tutuşturup, şapkanın yumuşacık yüzeyine dokunmak için atılırken.

Yaşlı kadın bir an tereddüt etti. Ama zaten olan olmuştu. Artık neyi ne kadar saklayabilirdi ki, haddini çoktan aşmış küçük arkadaşından.

"Çöpteydi," diye mırıldandı. "Böyle güzel bir şapkayı niye atmışlar bilmem."

Su dalgın dalgın okşadı şapkayı. Kurşunlarına korkusuzca göğüs geren serseri, çöplerden çıkarttığı bir torba dolusu leblebiyi sallayarak pis pis güldü uzaktan. Sararmış dişleri açığa çıktı.

"Peki ama ya bunlar. Bunları niye aldınız ki?"

"Kötü mü onlar?" dedi yaşlı kadın, çocuğun işaret ettiği boş ilaç şişelerine hızlıca göz atıp. "Şişe her zaman lazım olur insana. Atmak doğru değil."

Yaşlı kadının dişlerine baktı Su. Beyaz ve temizdiler. Annesininkiler gibi.

"Sevdiysen al o şapkayı. Tam sana göre."

"Sahi mi?" İri gözleri menevişlendi mor kadife şapkanın ışıltısı yüzüne vurunca. Duvar dibine yığılmış konserve kutularının arasında gördüğü aynaya uzandı hevesle. Bakar bakmaz kahkahayı bastı. Dev aynası çıkmıştı.

"Eyvah, sütü unuttuk," diye haykırdı aynı anda Madam Teyze. "Koş, koş. Zehirleneceğiz."

Su önde, yaşlı kadın arkada, erguvan fincanları zangırdata zangırdata koşturdular mutfağa. Cezvedeki süt çoktan taşmış; gaz ocağının her tarafına köpük köpük yayılırken, ateşi de söndürmüştü.

Ocağı temizleyip, tekrar salona geçtiklerinde, hâlâ açık duran koridor kapısından içeri bir kez daha göz atıp, "vay canına!" diyerek bilmiş bilmiş kafasını salladı Su. Artık "vaaaaav" yerine "vay canına" diyorlardı. En yakın koltuğa oturup, çöp bacaklarını hızlı hızlı salladı. "Çöp şatosu burası. Oğlanlar görse bayılır!"

"Ama oğlanlar burayı bilmemeli Su. Kimse bilmemeli..." diye itiraz etti yaşlı kadın sütlükahvesini çocuğa uzatırken. Sehpanın üzerinde duran kristal şekerlikten beyaz çikolata ikram etti ardından. Hiç düşünmeden bir tane ağzına attı Su. Fakat aynı anda tedirgin oldu. Ya bu çikolata da çöpten çıktıysa? Cevabı karşısındaki kadının alnında yazılıymış gibi bir müddet endişeyle baktı ona. Ne var ki, daha ağzının içinde dağılıp erirken çikolata, bir başka soru takıldı zihninin ağına.

"Madam Teyze," diye seslendi sesini alçaltarak. "Yoksa bu yüzden mi böyle kötü kokuyor apartman?"

3 NUMARA: KUAFÖR CEMAL & CELAL

"Yahu n'oldu sana. Hiç sesin soluğun çıkmıyor bugün. Dilini mi yuttun yoksa?" dedi haftada bir saç boyasını yaptırmaya gelen ve bu işi bu kadar sık yapmasına gerek olmadığına bir türlü ikna edilemeyen şehla sarışın.

Hiç oralı olmadan, röfle tutamlarını ayırmaya devam etti Cemal. Müşterisine cevap yetiştirmemekte kararlıydı kararlı olmasına da, sabahtan beri dışarı çıkartamadığı her bir kelimenin basıncı ağzında birikirken, dönüp sudan bir bahaneyle zehir püskürdü sivilceli çırağa. Ömrünün bu hassas safhasını kadın kuaföründe çalışarak geçirme talihsizliğine uğramış çırak, bunca kadının önünde çocuk gibi azarlanınca kulaklarına kadar kızardı. Azap içinde yalpalayan bakışları Mavi Metres'inkilerle buluşur buluşmaz, bir kat daha kızardı. Zemin bu kadar koyu bir kırmızıya dönüşünce, bir an için de olsa, belirginliğini yitiriverdi sivilceleri.

"Nesi var?" diye fısıldadı Mavi Metres, burnunun dibinde duran manikürcü kıza. Daha önce hiç manikür yaptırmamıştı. Ama bu akşam uzun zamandan sonra ilk defa buluşacaktı zeytinyağı tüccarıyla. Bu öğleden sonra ondan mesaj gelmişti cep telefonuna. Akşama uğrayıp, dertleşmek istediğini yazmıştı. Gerçi adamın manikürlü ellere özel bir düşkünlüğü olmadığı gibi, aradaki farkı anlayacağı bile şüpheliydi. Ama işte gene de, bir eli köpüklü ılık suyun içinde tatlı tatlı uyuşurken, manikür istemekle iyi bir şey yaptığını düşünüyordu Mavi Metres. Yaptıkları hazırlığın farkına bile varmayacak bir erkek için hazırlık yaptıklarının farkına bile varmamak, kadınlara has bir muammadır.

Manikürcü kız, dilini hafifçe dışarı çıkartıp, tüm dikkatini bir şeytan tırnağına vermişti o sırada. Gözünü yaptığı işten ayırmadan, kısık sesle cevap verdi: "Valla biz de anlayamadık ne olduğunu. Sabahtan beri barut fıçısı gibi. Müşteriyle tek kelime etmiyor, bize de ikide bir basıyor zılgıtı. Hani sanki kırk yıllık tiryaki de, birdenbire sigarayı bırakmış bugün. Öyle asabi. Zannedersin ki muayyen gününde."

Cemal, yanı başında fısıldaşarak kıkırdayan Mavi Metres ile manikürcü kıza sert sert baktı. Yeni bir azar işitmekten korkan sivilceli çırak, dört tane alüminyum folyo birden uzattı. "Oğlum tek tek versene şunları," diye gürledi beriki, çatmak için aradığı bahanenin ayağına yuvarlandığını görünce. Aynı anda bir el hissetti omuzunda.

"Az biraz mutfağa gelsene," dedi Celal, sesini müşterilere duyurmamaya çalışarak.

Mutfakta, durmadan kaynayan semaveri aralarına alarak, ayakta durdular. Celal, giydiği haki renkli gömleğin içinde kaskatı duran ve ikizinden ziyade kendine benzeyen adama sevgiyle baktı.

"Ben vazgeçtim," dedi gülümseyerek. "Allah aşkına bildiğin gibi yap. Eskiden nasılsan öyle ol. Meğer ne çekilmez oluyormuşsun ciddileşince."

Cemal'in bozulur gibi olduğunu görünce, elini omuzuna koyup, sıkıverdi pederane. "Tabii kuaför salonu da çekilmez oluyor, sen konuşup güldürmeyince milleti."

Birkaç dakika sonra iki kardeş, küçük mutfağı salondan ayıran perdeyi iki ucundan tutup, açtılar. Aynı anda, leopar desenli muşamba örtülerini hışırdatarak onlara doğru çevrildi içerideki bütün başlar. Celal, sahneye çıkmaktan korkan bir oyuncuyu yüreklendirir gibi sırtını sıvazlayarak, perdenin önüne doğru nazikçe itekledi kardeşini. Ardından, gülümseyerek göz kırptı sivilcesiz çırağa: "oğlum hadi hepimize şöyle güzel bi kahve yap da, evliyaya nazır höpürdetelim!"

Cemal arkasına dönüp şaşkın şaşkın süzdü ikizini. Ve yavaş yavaş gevşeyerek, sabahtan beri herkesten esirgediği gülücüğü salıverdi.

7 NUMARA: BEN VE SU

Yalan söylediğini düşündüm önce. Çocuklar sürekli bir şeyler uydurur. Saatime baktım. Ders biteli on beş dakika olmuş. On beş dakikadır fısıldaşıyoruz. Tam kalkmak üzereyken, "size bir şey anlatacağım," dedi. Esma Hanım, Meryem ve Hijyen Tijen içerideki küçük odaya doluşmuş, yeni yıkadıkları perdeleri takıyorlardı. Konuşmalarından, Esma Hanım'ın yüksekçe bir yere, muhtemelen bir merdivenin üstüne çıktığı, Hijyen Tijen'in de aşağıdan onu tuttuğu anlaşılıyordu. Talimatlar Meryem'den geliyordu. Bizse onlara duyurmamak için sesimizi, fısıltıyla konuşuyorduk salonda.

"Vallahi doğru söylüyorum," dedi Su, şüphelerimin farkına varıp.

İnanmış göründüm. Ama bu sefer de o şüphe etmeye başladı benden. Her ne olursa olsun, bana anlattıklarından hiç kimseye bahsetmeyeceğime dair söz vermemi istedi. Yetmedi. Üstüne defalarca koca koca yeminler ettirdi; önce şerefim, sonra da tek tek, isim isim, sevdiklerimin üzerine. Sırf iri, kara gözlerindeki endişe dinsin diye, itiraz etmeden her isteğini yerine getirdim. Oysa verdiğim her söz, içini rahatlatmak şöyle dursun, huzursuzluğunu bir kat daha artırdı sanki. Bir ara, ben sandalyede sıkıntıyla otururken, o galoşlu ayaklarını hışırdatarak içeri gitti. Döndüğünde bir de baktım, elinde minnacık, kabı yeşil bir Kuran; hani şu el çantalarında, cüzdanlarda taşınanlardan. Sırf gönlü olsun diye, Kuran'ı avucumda tutarak, bir de bu vaziyette yemin ettim. Lafımı bitirdiğimde, yapacak bir şey kalmadığını, artık bana güvenmek zorunda olduğunu anlayıp, son bir kaygıyla içini çekti. Kızamıyordum da. Aşk herkesi zavallılaştırabiliyor, bir çocuğu bile.

"Hadi ama... Kapatalım artık bu konuyu," dedim. "Merak etme. Ağzımı mühürledim. Hiç kimseye söylemeyeceğim."

Yarım yamalak bir tebessümle kıvrıldı dudakları. Hali hoşuma gitti. "Eğer anlatırsam, eşek olayım," dedim.

"Eşek olmaz, eşek olmaz!" diye itiraz etti en şımarık sesiyle.

"Peki ne olayım o zaman?"

Bir silkinişte endişelerinden sıyrılmış, gene o ürkütücü neşesine kavuşmuştu. Şimdi bilgiç bilgiç konuşarak etrafımda dolaşıyor, bildiği tüm nahoş canlıları bir bir sıralayarak şu yeryüzündeki en kötü yaratığın ne olduğunu bulmaya çalışıyordu. Baykuşlar uğursuzdu ama yeterince melun değil, sıçanlar pisti ama yeterince iğrenç değil. Hamamböcekleri mide bulandırıcı, örümcekler ürkütücüydü; timsahlar çirkin, deniz anaları sevimsizdi; akrepler zehirli, eşek arıları tehlikeliydi. Domuzlar pislik içinde eşinir, akbabalar leşle beslenir, ayılar kendi yavrularını yiyebilir, yarasalar da kan emerdi. Deniz kestanesi ayağımıza batar, kurbağalar elimizde siğil yapar, kırkayaklar kulağımıza kaçardı. Yağmurdan sonra topraktan çıkan solucan, salatanın içinde kıvranan tırtıl, tarlaları talan eden çekirge, kuyruğunu bırakıp kaçan kertenkele, sofrada rahat vermeyen sinek, kan emen sivrisinek... hepsinde sevimsiz bir yan vardı ama hiçbiri yeterince habis değildi. Hatta hepsinden daha da iğrenç görünen sülüğün bile, insanoğluna faydası dokunabiliyordu. Onun aradığı, bunlardan çok daha kötüsüydü. Ne kendine ne başkalarına hayrı dokunan, iyilik ile zinhar bağdaşmayan, aslında niçin varolduğu bile anlaşılmayan ve Tanrı'nın, sırf elindeki hamur arttı diye yarattığı envai çeşit lüzumsuz ama bir o kadar zararsız mahlûkla kıyaslanamayacak kadar kötü. Yeminimden döndüğüm takdirde işte böyle bir yaratığa dönüştürülmekle korkutacaktı gözümü.

"En kötü yaratığı arıyorsan, gözlere dikkat etmelisin. Gözlerine bakabildiklerin, gözlerinin içini göremediklerin kadar kötü değildir."

Pek beğendi bu öneriyi. Derhal zambaklı defterinden bir sayfa koparıp, gözlerini göremediği yaratıkların listesini çıkarmaya başladı. Yaptığı işi o kadar ciddiye alıyordu ki, ne konu değiştirmek mümkündü artık, ne de kalkıp gitmek. O, olası ihanetim için cezalardan ceza beğenirken, ben de elimden geldiğince yardımcı olmaya çalışıyordum.

"Çıngıraklı yılan olayım," dedim dilimi dişlerimin arasına sıkıştırıp tıslayarak.

"Olmaaaz!"

"Pirana olayım," dedim ağzını kocaman açıp, dişlerimi gürültüyle birbirine çarparak.

"Yaaa olmaaaz!"

"Sana da bi şey beğendiremiyorum," dedim sahte bir küskünlükle. O ana kadar eğleniyordum. Ama aniden bir sıkıntı çöktü içime. Saatimi taktım. Bu saçmasapan oyun gereğinden fazla uzamış ve neden bilmem, artık beni tedirgin etmeye başlamıştı. Kalkmak için davrandım. Fakat aynı anda, "buldum, buldum," diye atıldı coşkuyla. "O kadar aramaya gerek yokmuş ki!"

"Şimdi benim söylediklerimi tekrar edeceksin, tamam mı?" dedi siz'li biz'li kasılmaktan anında çark edip, sen'li ben'li konuşmaya geçerek. Tam bir teslimiyetle başımı salladım. Karşıma geçti, gözlerini gözlerime dikti.

"Ben kocaman adamım..."

"Ben kocaman adamım..."

"Ama eğer sırrımızı başkasına söylersem..."

"Ama eğer sırrımızı başkasına söylersem..." dedim gözlerimi kısıp, sesime esrarengiz bir hava vermeye çalışarak. Oysa o artık gülmüyordu. Gözlerinin karanlığında incecik, simsiyah iki su yılanı gümüşî ışıltılar saçarak kıvrıla kıvrıla kaydı.

"... Allah da beni bit yapsın! En kocamanından!" dedi Su kelimelerin üstüne basa basa.

"... Allah da beni bit yapsın!" dedim kelimelerin üstüne basa basa. "En kocamanından!"

Yerimden fırladım. Gözlerimi şaşılaştırıp, üst dişlerimi vampir gibi alt dudağıma bastırarak; çenemi ileri doğru çıkartıp, saçlarımı diken diken, alnımı kırış kırış yaparak; burun deliklerimi kocaman açıp, kaşlarımı bir aşağı bir yukarı oynatarak, suratıma olabildiğince korkunç bir ifade takındım. Daha önce hiç bit taklidi yapmaya kalkmamıştım. Meğer ne zormuş! Bitlerin suratlarının neye benzediğini tahmin edemiyordum. Aslında bitlerin suratları olup olmadığını bile bilmiyordum. Bitler hakkındaki tek tük fikirlerimden biri, sadece uzaktan ve hep uzaktan seçildikleri, yakından neye benzediklerinin pek bilinmediğiydi. Bir şey daha: bitlerin gözle seçilemeyecek kadar küçük, gözlerini göstermeyecek kadar kötü olduklarını da biliyordum.

Düşündükçe başka tespitler de yaptık beraber. Belki de bir biti böylesine kötü kılan, kurbanlarıyla bir olma konusundaki eşsiz kabiliyetiydi. Bit, insanı dışından vurmak için fırsat kollayan bir düşman değil, içinden çaktırmadan kemiren bir illetti. Sivrisinek de kanımızı emerdi ama bir kez işini bitirip alacağını aldıktan sonra çekip gider, kurbanını rahat bırakırdı. Damarımızı bulduğu anda bile bir sivrisinek bize, yani içimize değil, dışarıya ait olmayı sürdürürdü. Hatta, insan daha az evvel kanını emen sivrisineği yakalayıp ezdiğinde bile, onunla kendisi arasında bir bağ olabileceğini düşünmez ve ellerine bulaşan kanı, kendi kanı olarak değil, sivrisineğin kanı olarak algılayıp tiksinirdi. Oysa bir bit için durum bunun tam tersiydi. Bit denilen mahlûk, dışarıya değil, içeriye aitti; bizzat bize dair.

Zambaklı defterden bir sayfa da ben kopardım ve başladım resmetmeye. Madem bir bitin suratı olup olmadığını, varsa bile neye benzediğini kestiremiyorduk ve madem kötülerin kötüsüydü bitten anladığımız, yeryüzündeki her kötü mahlûktan bir parça ödünç almak suretiyle bir ucube yaratabilir; sonra da meydana getirdiğimiz bu hayali vücudu, pekâlâ giydirebilirdik bir bite. Bitirdiğimde, tam bir hilkat garibesi çıkmıştı ortaya. Her bir uzvunu bir başka yaratıktan aldığı için, aynı anda hem birçok canlıyı andırıyor, hem de hiçbir şeye benzemiyordu. Birini kurbağadan, diğerini baykuştan ödünç aldığım gözleri yan yana o kadar tuhaf görünüyordu ki, kafasına balyoz yemiş de sersemlemiş gibi bir hali vardı. Sayfanın altına küçücük harflerle "Ayyaş Bit" yazdım.

Su resme bakar bakmaz, kıkırdadı. "Harika! İşte aynen böyle. Eğer dilini tutmazsan, Allah da seni aynen böyle yapacak!" Ürkmüş gibi yapmak istedim ama dayanamadım, güldüm. Gücenmiş gibi yapmak istedi, ama dayanamadı, güldü.

Sonra aniden, görünmeyen biri tarafından azarlanmışçasına, susuverdi sıkıntıyla. Geri alamayacağı sözler söylediğini fark eden birinin aczi kapladı yüzünü. İşte o zaman, bir tek o zaman, bana anlattıklarının doğru olabileceği geçti aklımdan.

6 NUMARA: METİN ÇETİN İLE KARISI NADYA

"Sana Tanrı'dan ümidini kesmemeni söylemiştim Loretta. Artık hafızana kavuştuğuna göre, mutlu olmalısın kızım. Mutlu olmayı o kadar çok hak ediyorsun ki," dedi sütanne, taburcu edileceği müjdesini alan genç kadına.

"Ne tuhaf," diyerek gülümsedi beriki, batman batman filizî farla belirginleştirdiği yeşil gözlerini iri iri açarak. "Eskiden tek istediğim geçmişimi hatırlayabilmekti. Ama şimdi geçmişten kurtulmak istiyorum. Artık yeni bir hayata başlayacağım sütanne. Sizleri hiç terk etmeyeceğim bundan böyle."

"Bak gördün mü, Loretta bizi hiç terk etmeyecekmiş bundan böyle," dedi Karısı Nadya elinde çevirip durduğu kavanozun içinde debelenen böceğe. "Ama sen *Blattella Germanica*, sen bizi terk edersin, değil mi?"

Geçtiğimiz yüzyılın sonlarında, puslu, kasvetli bir günde, çamurlu, pis bir sokağın orta yerinde, *Blatella Germanica* olarak adlandırılan bu hamamböceği türünün kitle halinde göçlerine tanık olan bir bilimadamı, heyecanla rapor etmişti gördüklerini. Sürünün neredeyse tamamına yakını dişiydi ve Dr. Howard onlara rastladığı esnada, karşıdan karşıya geçmeye hazırlanarak, yaşadıkları lokantayı terk etmektelerdi. Yaklaşık üç saat sürmüştü böceklerin göçü. Üç saat sonra, belirledikleri yeni mekâna varmış ve çarçabuk yerleşmişlerdi. Dr. Howard, dişi hamamböceklerinin lokantayı niçin terk etmiş olabileceklerini sorgulamaya başladığında, pek de tatminkâr bir cevap bulamamıştı. Görüldüğü kadarıyla, olağandışı hiçbir şey olmamıştı o gün lokantada. Keza, büyük çapta bir temizlik ya da ilaçlama filan da yapılmamıştı. Geriye tek bir etken kalıyordu: kalabalık! Mizacları ve ihtiyaçları gereği, kalabalık halinde yaşamaktan hazzetmeyen bu böcekler, başlarına bir felaket gelmemesine rağmen, hem erkeklerini, hem de evlerini terk etmeyi göze aldıklarına göre, bir hayli kalabalık olmalıydılar o lokantada. Yüzlercesi yollara düştüğüne göre, daha binlercesi kalmış olmalıydı geride.

Karısı Nadya cam kavanozu burnunun dibine yaklaştırarak, şaşı şaşı baktı içindekine. Bunca *Blatella Germanica*, aydınlığı günahları kadar sevmedikleri halde gündüz gündüz pat diye bitiverdiklerine göre patates lambalarını sakladığı gardrobun zemininde, bir yerlerden göç etmişlerdi belki de? Ve eğer öyleyse, bunlardan daha yüzlerce, belki binlerce olabilirdi yakınlarda bir yerde.

7 NUMARA: BEN VE MAVİ METRES

Akşam mutfakta, bir gün önceden kalma makarnayı ısıtırken, paralanırcasına çaldı kapının zili. Açtım. Onu hiç böyle görmemiştim.

"Belamı buldum," diye inledi. Gözaltlarında, çiğ et kırmızısına çalan şişkin torbalar toplanmış; gözlerinin feri ve cildinin canlılığıyla beraber, genç yüzünün ışıltısı da kaybolmuştu. Burnunun kenarları siline siline tahriş olmuş, pul pul soyuluyordu. Başka bir yüzdü bu. Ve Mavi Metres, tüm benliğiyle yüzünde ve yüzüyle var olduğu için, o da başka biri olmuştu. Makarnanın ısınmasını beklerken ufak ufak takıldığım kadehi uzattım. Tiksintiyle buruşturdu suratını. Kendi tek yudum bile içmedi rakımdan ama konuşmaya başlamadan önce, bardağı yarılamamamı bekledi.

"Akşam gelecekti," dedi çabuk çabuk. "Haber göndermişti cep telefonuyla. Patlıcan ezmesi yaptım. Çerkes tavuğu yapacaktım esas ama içimden gelmedi. Kırgındım bir parça. On gündür uğramıyordu. O yüzden patlıcan ezmesi yaptım. Onu da sever. Çerkes tavuğu kadar değil ama sever gene de. Bütün gün patlıcan közledim."

Hayretle baktım yüzüne. Ama o sözlerini yadırgadığımı görmedi bile. Her an birileri çıkıp da konuşma süresinin dolduğunu söyleyecekmiş gibi aceleyle, birbirinden manasız onlarca ayrıntıyı didikleye didikleye önüme yığdı tepeleme. Müdahale etmedim.

"Kalp krizi geçirmiş. Yolda gelirken kalp krizi geçirmiş," dedi sofra ayrıntıları anlatmaya son verebildiğinde. "Hastaneden aradılar. Cep telefonunda görünen en son numara benimki diye, karısı zannetmişlerdir herhalde."

"Üzüldüm..."

Epeydir ümitle beklenen bir kararın menfi olduğunu açıklamışım gibi katıla katıla ağlamaya başladı ben böyle deyince. Belki de yeterince içten söylemediğimi düşündü. Haksız sayılmaz. Hiç yüz yüze gelmediğim, topu topu iki kez uzaktan görmekle notunu verdiğim zeytinyağı tüccarı, grotesk bir tiplemeden ibaret benim için; göbeği pantolonunun üzerinden sarkan, yağlı ve kıllı bir rakip müsveddesi. Ama küçük sevgilimin haline üzüldüm. Şaşırdım da. O kaba saba herife böylesine bağlı olabileceğine ihtimal vermemiştim bunca zaman. Benimle birlikteyken adamı çekiştirmeye bayılması, onun hakkında ileri geri söylenmeme ses çıkarmayıp, hakaretamiz laflarımı duymaktan zevk alması, neyi değiştirir ki? O adama bağlı. Ve sandığımdan çok daha bağımlı. Saçlarını okşadım. Sertçe itti elimi.

"Anlamıyorsun," dedi hırçın bir sesle. "Benim suçum. Zavallı sabaha çıkmazsa eğer, bil ki benim yüzümden." Boğazında bir türlü kurtulamadığı bir kılçık takılıymış gibi zorla yutkundu. "Ben evliyaya gittim."

"N'aptın, n'aptın?"

"Gitmek denmez aslında. Meryem soktu aklıma. Evde birkaç şişe muz likörü kalmıştı. Ona verdim geçenlerde. Ben içmiyorum likörleri, o da çok seviyor. Bebek için zararlı olur mu diye konuşuyorduk. Muhammet'in hamileliği kadar zor geçmiyormuş neyse ki. Muhammet'ten önce üç erkek bebek kaybetmiş Meryem. İkisi ölü doğmuş, birini de 6 aylıkken kaybetmiş. Muhammet doğunca, kız gibi uzatmışlar saçlarını. Bizim oralarda da vardı bu âdet. Okula başlayıncaya kadar hep kız gibi dolaşmış çocuk..."

Merak ediyorum, kadınların meramlarını dosdoğru anlatmalarına mâni olan bir mekanizma filan mı var beyinlerinde. Bu kadar ayrıntı, bunca girizgâh, iç içe geçmiş çemberler halinde giderek daralan ve bir türlü sadede varamayan bunca hikâye... Rakımı tazeledim. Kocaman buzdolabımın boş raflarına baktım. Soda kalmamış. Çıkıp alabilirim.

"Dedi ki Meryem, okulda devamlı hırpalanıyormuş Muhammet. Ama son zamanlarda öyle bi değişmiş ki. O pısırık oğlan gitmiş, bambaşka biri gelmiş yerine. Artık dayak yemiyormuş arkadaşlarından. Mucize gibi."

Karşıdaki dinci bakkal henüz kapatmamış olmalı. Cin satmaz, tonik satar. Likör satmaz, likörlü çikolata satar. Rakı da satmaz haliyle. Ama soda satar.

"Bu çocuk nasıl bu kadar değişti diye konuşuyorduk. Durdu durdu, 'ben evliyaya adakta bulunmuştum,' dedi Meryem. 'Hangi evliyaya?' diye sordum. 'Karıştırma orasını,' dedi. 'Senin de bir dileğin varsa, sen de dile. Eğer tutarsa, o zaman söylerim hangisi olduğunu.' Temiz bir eşarp istedi benden. İçine de dileğimi yazdım. Hıdrellez mektubu gibi katladım, verdim."

Vazgeçtim. Bu hikâye bittiğinde dinci bakkal dükkânı çoktan kapatmış, yedinci uykusuna dalmış olur. Suyla idare edeceğiz mecburen.

"Dedi ki 'dileğin çıkarsa ne âlâ. Benden sana armağan olur. Bunca muz likörü verdin. Yok eğer çıkmazsa, kimsenin ruhu duymaz. Astığımızla kalırız.' Böyle dedi işte. Ya da o böyle demedi de, ben böyle düşündüm galiba. Hatırlamıyorum ki şimdi."

Bi şeye benzemedi. Sodadan sonra suyla hoş olmuyor bu meret.

"Hıdrellez kâğıdı gibi büktüm katladım. 'Şu durumdan kurtulayım' diye yazdım. Yoksa 'şu adamdan kurtulayım' diye mi yazdım, bir hatırlasam. Her şey birbirine karıştı. Ben ne dedim, evliya ne anladı? Adam gidiyor benim yüzümden."

Duyduklarım o kadar saçmaydı ki, bunlara sahiden inanıyor olabileceğine ihtimal vermedim. Yok eğer inanıyorsa, bundan dolayı çekebileceği acıyı da, doğrusu fazlaca önemsemedim. Böyledir çünkü. Bir insanın acısını yürekten paylaşabilmemiz için, bizimle aynı hakikati paylaşıyor olması gerekir öncelikle. Eften püften oyuncağının zımbırtısı kırıldı diye ağlayan çocuğu pışpışlarken, kadidi çıktığı halde kendini hâlâ kilolu sandığı için bunalıma giren anoreksi hastasına yemin billah şişko olmadığını söylerken, epi topu iki haftadır beraber olduğu beş para etmez bir kadın tarafından aldatıldığı için hayata küsen can ciğer dostumuzun hezeyanlarını sineye çekerken, bir sabah açık duran penceresinden başını uzatan bir güvercin ruhunu çaldı diye meydandaki tüm güvercinleri tek tek yakalayıp ağızlarından içeri bakmaya kalkan akıl hastasını doktoru gelinceye kadar oyalarken... yanıbaşlarında dikilir ama acılarına fersah fersah öteden bakarız. Böyle basit bir şey için gözyaşı döken çocuk, hakikatten bu kadar uzakta kamp kuran anoreksik, *öyle biri için üzülmeye değmeyeceğini* göremeyen bedbaht dost, zavallı güvercinlerin soyut ruhlara değil, somut buğday tanelerine üşüştüklerini idrak etmekten aciz deli... ilgi ya da merhamet, teselli ya da dayanışma bekleyebilirler bizden. Alırlar da muhtemelen. İtiraz etmeksizin yapabiliriz bunları. Acı çektikleri için saçmalayıp, saçmaladıklarından ötürü nasıl acı çektiklerini gördükçe, içten bir yakınlık duyabiliriz onlara. Sevgi dahi bekleyebilirler bizden. Yeter ki, acılarını paylaşmamızı beklemesinler.

10 NUMARA: MADAM TEYZE

27 derece oda sıcaklığı ve % 65 nem oranında ev sinekleri, 1-2 günü yumurta, 8-10 günü larva, 9-10 günü de pupa aşamasında geçirir. Benzer şartlarda yapılan bir laboratuvar araştırmasında, erkek sinek nüfusunun %50'sinin ilk 14 gün, dişi sinek nüfusunun %50'sinin ise ilk 24 gün içinde öldüğü gözlenmiştir.

27 derece oda sıcaklığı ve % 36-40 arası nem oranında hamamböcekleri, sineklerden çok daha dirençlidir. Böylesi ortamlarda, hiçbir şey yemeden ve içmeden 20 gün dayanabilirler. Sadece su içerek 35 gün hayatta kalabilirler. Aynı nem ve sıcaklık şartlarında bırakılan yumurtalar 27-30 gün arasında açılır. Çıkan yavrular 5-10 defa deri değiştirdikten sonra ergin olurlar. Erginler, yaklaşık olarak 6-12 ay yaşayabilirler. Sonra, onlar da ölür. Çürür ve ayrışır, parçalanır ve dağılır, kendileri olmaktan çıkar ve başka başka şeylere karışırlar.

Besinlerin de, tıpkı sinekler ve hamamböcekleri gibi bir ömrü vardır. Kuru ve serin yerde pastörize süt 1 sene, fıstıklı tahin helva 2 sene, tarçınlı diyet bisküvi 2 sene, granül kahve 2 sene, frambuazlı sakız 10-12 ay, patlamış pirinçli sütlü çikolata 1 sene, ton balığı konservesi 4 sene, kutu kola 6 ay, peynir aromalı mısır çerezi 6 ay yaşar. Buzdolabına konduğu takdirde, dilimlenmiş mezgit bir buçuk hafta, kutuda ayran 7 gün, mozzarella bir buçuk ay, paketlenmiş tavuk ise 12-14 gün hayatta kalır. Bu sürenin sonunda, onlar da başlar ölmeye. Çürür ve ayrışır, parçalanır ve dağılır, kendileri olmaktan çıkar ve başka başka şeylere karışırlar. Çay ya da tütün, buğday veya peynir, bir kez miadlarını doldurunca, böcek, bit veya kurtçuk üretmeye başlarlar bekletildikleri kapların kovuğunda. Elbiseler güvelenir, mobilyalar kurtlanır, tahıllar kınkanatlıların istilasına uğrar. Hamamböcekleri de gelir böyle yerlere. Onlar zaten her yerdedir.

Nesnelerin de, tıpkı sinekler ve hamamböcekleri ve besinler gibi bir yaşam çemberi vardır. Ortalamaya vurduğumuzda bebekken giyilen tulum 1-2 ay, çocukken edinilen pilli tren 1 saat-1 yıl, ergenlikte tutulan günlükler 30-60 gün, zevksiz bir akrabanın hediye ettiği kazak 10 saniye, sigarayı bırakma hevesiyle satın alınıp, temizlemesinin ne denli zahmetli olduğu sonradan anlaşılan bir pipo 2-6 içim, bir yazıcı kartuşu 15 gün-3 ay, bir tren bileti 1-20 saat, sarhoş kafayla severek edinilip, ayılınca göze o kadar da sevimli görünmeyen cicili bicili süs eşyası 1 uzun gece yaşar. Derken, onlar da ölür. Ölür ve atılırlar: ya bir kenara, ya da çöpe.

Uyandığı andan, uyuduğu ana kadar sürekli bir şeyler atarak geçirir gününü şehirde yaşayanlar. Haftalara, aylara, yıllara vurduğumuzda, hatırı sayılır bir çöp tepesi yükselir her birinin arkasında. Ve tıpkı sinekler ve hamamböcekleri ve besinler ve nesneler gibi, insanların da bir miadı vardır. Ortalama yaşam süresi erkekler için 65, kadınlar için 70'tir. Sonra, malum son gelir ve onlar da ölür. Çürür ve ayrışır, parçalanır ve dağılır, kendileri olmaktan çıkar ve başka başka şeylere karışırlar. Ama eğer ölmeye ramak kala, hatıralarımız yerine, şimdiye değin attıklarımız olsaydı bir film şeridi gibi geçip giden gözümüzün önünden, fazladan uzatabilirdik ömrümüzü.

* * *

Madam Teyze, bundan yirmi beş sene evvel kocasını bir kazada yitirip, Bonbon Palas'ın 10 numaralı dairesine tek başına yerleştiğinde, başkalarına ait eşyalarla karşılaşmıştı burada. Sahiplerini yitirmiş, son kullanma tarihlerini geçirmiş, yüz seksen bir adet eşya... Fransa'daki evsahibesinden gelen mektup bu eşyalardan dilediği gibi ve istediği şekilde kurtulabileceğini söylediği halde bir tekini bile atmak ya da elinden çıkarmak gelmemişti içinden. Kızmamıştı mektubu okuduğunda. Daha önce kızmıştı oysa... ve çok daha önce... Genç kızlığında annesi romanlarını, günlüklerini attığında ve yıllar sonra, aniden yitirdiği eşinin fotoğrafları kardeşi tarafından eşe dosta dağıtıldığında uğradığı haksızlığı hatırlamıştı; uğradığı haksızlığı ve kapıldığı kızgınlığı. Kızmıyordu artık. Belki geçmişte kendi eşyalarına sahip çıkamamıştı ama bundan böyle sebatkâr bir emanetçi gibi göz kulak olacaktı başkalarının eşyalarına. Çünkü artık, ne vaktiyle istemeden yitirdiği eşyaların aslında kendisine ait olduğuna inanıyordu, ne de şimdi istemeden edindiklerinin aslında başkasına ait olduğuna.

... kaldırıp atmak da, mülk edinmeye çalışmak da, kendilerini eşyalarının sahibi zannedenlere mahsustur. Oysa sahipleri değil, sadece hikâyeleri vardır eşyaların. Ve zaman zaman bu hikâyeler, onlara bulaşan insanlara sahip olur...

7 NUMARA: BEN

Dersten sonra Ethel bal rengi bir Cherokee ile beni almaya geldi. Arabamı fakültenin park yerinde bırakıp, yeni oyuncağı ile devam ettik yola. Konuşası yok gibiydi. Ama trafik kilitlenince çözüldü dili. Önüne bakmasını tercih ederdim. Gün geçtikçe kötüleşiyor sürücülüğü. Üniversite projesinde geldikleri son aşamayı anlatırken, ilk başlardaki heyecanını yitirdiğini fark ettim. Ya bu iş büsbütün yatmış, ya da Ethel aradan çekilmeye karar vermiş olmalı. Sormadım. Bugün değilse yarın, her şeyi olduğu gibi anlatır nasıl olsa.

"Ee, söyle bakalım. Kaçıklar apartmanında hayat nasıl gidiyor?" dedi elli dakika trafikte debelendikten sonra, önceden ayırılmış masaya nihayet kurulduğumuzda. Tam istediğim gibi. En dipte, cam kenarı. Ben sırtımı dönerek oturdum lokantaya, Ethel de yüzünü. Geleni gideni görmek istiyor belli. Görsün bakalım.

"Sorma. Her tarafı böcek bastı."

"Hadi ya, böcekler de eğlenceye geliyor demek ki. Ne şanslı adamsın! Amma matrak yere düştün. Apartman değil, tımarhane."

"Abartma," dedim. "Belki bundan önce oturduğum apartman da buradan farksızdı ama ruhum bile duymadı Allah bilir. Şimdi tek farkı Bonbon Palas'taki insanlara karşı ilgisiz olmamam."

"Ya evet. Özellikle içlerinden biriyle çok ilgilisin," dedi gecenin ilk sigarasını yasemin ağızlığına takıp, peş peşe üç duman halkasını bana doğru gönderirken.

Duymazdan geldim. Bu akşam Ethel'le dalaşmaya niyetim yok. Ama sağırlığım daha beter kışkırttı onu.

"Sen o kadınla yapamazsın şeker. Neden biliyor musun? Ahlaki bir sebepten ötürü değil. Vitrin yüzünden. Şimdi sorun yok. Eve kapanıp yiyişiyorsunuz, keyifler gıcır. Ama sonra ne olacak? Başkalarının içine çıkabilecek misin onunla? Yirmi iki yaşında, lise birden terk, inançlı imanlı ama bir o kadar da ahlaksız, kararsız, ne yardan ne serden geçerim küçük sevgilini koluna takıp dolaştırabilecek misin? Senin kadar kafası net bir adam, onun kadar kafası karışık bir küçük hanımla yapabilir mi sanıyorsun?"

Cevap yetiştirmedim. Ne dediyse gülüp geçtim. Bir süre sonra sıkıldı benimle uğraşmaktan. İkimizin de pek tadı yok bu akşam. Karışık meyva tabağını beklerken, yan masalarda oturanlar hakkında tahminler yaparak, birbirimize verebileceğimiz zararları asgari düzeyde tuttuk. Ama anlaşılan Ethel esas sürprizini sona saklamıştı.

"Bak şeker, bunu benden duymanı istemezdim. Gerçi, belki de benden duyman daha iyi. Zehirini bana akıtmayacaksın da kime akıtacaksın? Her neyse, soyut yorumları sona saklayalım. Önce somut veriler! Bomba haber şu: Ayşin evleniyor!"

Deminden beri masamıza üvey evlat muamelesi yapan ablak çehreli albino garsonun hatası, olabilecek en yanlış zamanlamayla henüz bitmemiş tabağımı değiştirmeye kalkması oldu. Bu tür yerlerde habire sorun çıkarıp, ona buna çatan tiplerden değilim. Ama tabağımın ben söylemedikçe değiştirilmesinden nefret ederim. Garsonlar buna ihtimal bile vermek istemeseler de, yediklerinin artıklarıyla oynamayı seven birtakım insanlar da yaşıyor bu şehirde. Utanılacak bir şey yapmışım gibi bitirdiğim balığın kılçığının derhal önümden kaldırılmasına dayanamıyorum. Bana kalsa, masadan kalkana kadar kopmam tabağımdan. Başlangıçların çöplerini ara sıcaklarınkilerle karıştırıp, tüm bir akşam bunları tırtıklayabilirim. Sıcakları yediğim tabağın yağına, sosuna, tuzuna, baharatına meyva dilimlerimin bulanmasından en ufak bir rahatsızlık duymadığım gibi, oturup bunlarla tatlı ekşi kompozisyonlar yaparım bazen. Hoşuma giderse yerim, gitmezse piç ederim bu nihai karışımı. Ethel bilir bu huyumu. Karışmaz. Garsonlar bilmez. Karışırlar.

"Kusura bakmayın. Karısından yeni boşandı da," dedi Ethel, niçin terslendiğini anlayamadan, üstü çiziklerle dolu beyaz bir tabakla omuzumun üstünde dikilen garsona. Adam bu sözdeki alaycılığı sezip, gülümsemek için iki yana yaydı solgun dudaklarını. Ama aynı anda, ne olur ne olmaz temkinli olma gereği hissettiğinden, dudak hareketlerini bastırarak, yarısı gülen yarısı ağlayan bir maske gibi asılı kaldı tepemde.

"Buyrun, benim tabağımı değiştirebilirsiniz. Ben normalim," diye sırıttı Ethel. Artık bu kadar sırdaşlık teklifine yenik düşen garson da onunla birlikte sırıttı kirli tabağı önünden alırken.

"Bana sorarsan herif kazmanın teki," diyerek omuzlarını silkti Ethel tekrar başbaşa kaldığımızda. Garsondan bahsettiğini sandım bir an. Oysa o kaldığı yerden devam ediyordu. "Gayet iyi niyetli, hatta saftirik bir kazma. Ama kazma işte son tahlilde. Uysal, evcil ve tabii, evcimen. Sınırları o kadar belli ki. Dört köşe hudut boyu. İki adım atsan, tak duvara tosluyorsun. Herifte gıdım hayat parıltısı bulmak için, şöyle geçmişe doğru yedi kat kazman gerekiyor. Hani çocukluğunda filan, onun da bir coşkusu vardı herhalde. O zaman da petrol metrol arama, iki damla tutku ya çıkar ya çıkmaz dibinden. Tipini merak edersin sen şimdi!" dedi elimi tutarak. "Şöyle tarif edeyim: senin yanında yaşlı bir porsuk gibi kalır."

Ayşin yaşlı bir porsukla evlenecek demek. Tarator sosu yayılmış tabağımın kenarına bir dilim kavun aldım.

"Dişlek olan köstebek miydi, porsuk mu?" dedi Ethel. Elini çekti. Parıltılı çivit mavisine boyadığı tırnaklarının izi çıktı bileğime. "Porsuğu morsuğu bilmem ama bu adamcağız sahiden çirkin. Ayşin deneme yanılma yöntemini kullanıyor senin anlayacağın. Bir kez ağzı yandı ya, yakışıklı jönlerden uzak duruyor artık."

Çıkışta daha bir güvenle oturdum yanına. Ayık haline kıyasla, içkiliyken daha dikkatli kullanır arabayı. Kazasız belasız Bonbon Palas'a kadar getirdi beni. Karanlık sokakta bal rengi ışıyarak bastı gitti.

* * *

Üçüncü kata geldiğimde, karşı dairenin kapısını dinledim. Hiç ses gelmiyordu içerden. Apartmana girerken onu görmeyi aklımdan geçirmediğim halde, zili çaldım düşünmeden. Haber vermeden gelmemi yasaklamıştı. Ama yasağı çiğneyebilirim bu gece. Zeytinyağı tüccarı kalp krizi geçirdiği günün ertesinde, burada gecelemeye kalkmamıştır herhalde.

Ayak sesleri duyuldu önce. Göz deliğinden sızan sarı ışık karardı. Belki bir uzun dakika öylece durduk; kapının iki ayrı tarafında.

Nihayet arkadaki sürgünün çekildiğini duydum. Sevimsiz bir yavaşlıkla açıldı kapı. Mavi Metres karşımdaydı. Kestane gözleri fersiz, hissiz, sevgisiz baktı yüzüme. İyi ya da kötü tek kelime etmeden arkasını döndü, ayaklarını sürüye sürüye salona gitti. Aldırmadım. Davranışları ne kadar tuhafsa, o kadar iyiydi benim kafam da. Televizyonu açtım. Hiç konuşmadan seyretmeye başladık. Taşlı pırıltılı şarabi kostümünden açıkta kalan yerlerini yaldızlara bulamış bir sanat müziği şarkıcısı, yaşadıklarını anlatıyordu mikrofona. Kayak tatilinde ayağını kırmış ama konser biletlerinin iptal edilmesine gönlü razı olmadığı için, alçılı ayağıyla çıkmıştı hayranlarının karşısına. Yanında duran doktoru zaman zaman söze karışıp, onun adına cevap veriyordu gazetecilerin kuliste sorduğu sorulara.

"Ölmüş," dedi Mavi Metres.

Boş boş baktım yüzüne. Kimden bahsettiğini kavrayamadım hemen. Kendiliğinden ekrana kaydı bakışlarım. Şimdi gözüme daha bir solgun görünen şarkıcı, parmak uçlarına kondurduğu öpücüğü, üfleyerek kameraya gönderdi. Televizyonu kapattım. Ne diyeceğimi bilemeden, Mavi Metres'in yanına oturdum. Elini tuttum. Elimi tutmadı. Yatmaya gitti. Çok sakindi. Fazla sakindi.

Salonda birkaç dakika tek başıma oturup, kafamı toplamaya çalıştım. Bu akşam fazla içmediğimi sanıyordum. Ama içmişim işte. Hantal bir uyuşukluk çökmüş hareketlerimin üzerine. Hızlı düşünemiyor, çabuk davranamıyordum. Küçük sevgilimi nasıl teselli edeceğimi bilemediğim gibi, ne üzüntü, ne şaşkınlık, herhangi bir şey hissetmiyordum. Tek istediğim evime gidip sızmaktı ve yapmam gereken her şeyi, bir uyku boyu sonrasına bırakmak.

Gene de ayağa kalkmayı başardığımda, kapıya değil, yatak odasına yöneldim. Karanlıkta, uyuyup uyumadığını anlayabilmek için tüm seslere kulak kabartarak yanına uzandım. Uyanıktı. "Atlatamamış krizi," dedi fısıltıyla. "Sabaha karşı üçte ölmüş." Yanaklarına dokundum: kuru. Ağlamıyordu. Yanına sokuldum. Ne itti, ne de karşılık verdi. Boş bir çuval gibi yatmayı sürdürdü. Ilıktı yatak. Sarıldık. Uyumuşum.

Gece susuzluktan yanarak uyandım. Salondaki masanın üzerinde duran pet şişeyi yarılayıp, banyoya gittim uyku sersemi. Çamaşır makinesinin üzerinde, cam bir ayaklık içinde duran kokulu sabunları, küvetin kenarında dizili papaya şampuanlarını, aynanın önünde ışıldayan nazenin parfüm şişelerini, turkuaz banyo süngerlerini, vücut losyonlarını, ıcığına cıcığına teferruatlandırılmış makyaj malzemelerini seyrettim işerken. Sifonu çektim. Deminden beri tüm bu ıvır zıvırın ortasından, beni dikkatle süzen jiletlere takıldım bir an. Biri yere düşmüştü, diğeri de lavabonun içine.

Ayıldım. Hızla döndüm yatak odasına. Işığı yaktım, çarşafı üzerinden çektim. Daldığı uykudan doğrulmaya çalışırken, dizlerine kadar uzanan camgöbeği geceliğini sıyırdım yukarı. Sol bacağında bir şey yoktu. Yeni bir şey yoktu. Ama sağ bacağının üstü kiremit kızılı yayvan lekelerle kaplı bir havluyla sarılmıştı. Bu iğreti sargı o kadar kabarık duruyordu ki, daha önce nasıl fark edemediğimi anlayamadım. İnce, uzun havluyu açarken, bana karşı koymadı.

Nefesim kesildi. Her biri neredeyse bir karış uzunluğunda beş kızıl kesik çıktı havlunun altından. Üçü o kadar derin görünmüyordu. Çekinerek ya da kazayla açılmışlardı sanki. Bunların üzerinde, diğer ikisinin provası yapılmış gibiydi. Çünkü diğer ikisi feciydi. İçim kalktı. Tekrar banyoya koştum. Dolaplarda bir şey bulamayınca, kendi evime gittim. Oksijenli su ve gazlı bezle, Bonbon Palas'ın üçüncü katının bir ucundan bir ucuna koştururken, akşam aldığım alkolün bütün tesiri uçtu üzerimden.

Yaralarını temizleyip sararken, ses çıkarmadan beni seyretti. Sonra yarı mahcup, yarı umarsız teşekkür edip, nasıl olduysa bu zaman zarfında hiç lekelenmemiş camgöbeği geceliğini üzerine çekerek, tortop oldu yeniden. Işığı söndürdüm. Ağlasın diye, anlatsın diye, konuşsun diye, sokulsun diye, sığınsın diye bekledim.

Karanlıkta, kendi içine kıvrılıp, beni yanında yalnız bıraktığında, onu hiç tanımadığımı kabullenmek zorunda kaldım. Seviştiğimiz kadınların vajinalarını aralamakla vücutlarının her noktasını görebildiğimizi ve içlerine girdiğimizde, derinlerine ulaşabildiğimizi sanmak ne bağışlanmaz saflık...

10 NUMARA: MADAM TEYZE VE ÇÖPLER

İstanbul'da ilk çöp arabaları ve çöpçü teşkilatı 1868'de başladı çalışmaya. Onlardan evvel, Çöplük subaşısının denetiminde çalışan *Arayıcı Esnafı* sorumluydu aynı işten. Eski zamanların arayıcıları, tıpkı yeni zamanların çöpçüleri gibi, sakinlerinin büsbütün kurtulmak istediklerinden, kısmen de olsa kurtarmakla yükümlüydü şehr-i şehiri. Ama işte bunu nasıl yaptıklarına gelince mesele, bileylenmiş bir fark vardı onlarla selefleri arasında. Arayıcı esnafının, atılacakları toplamalarındaki esas gaye, atılmayacakları bulmaktı topladıklarının içinde. Sokaklardan topladıkları çeri çöpü, süprüntüyü pisliği mezbelelere atmadan evvel, zembilleriyle deniz kıyısına taşır ve orada, boşaltıp karıştırmak, didikleyip yıkamak suretiyle, defalarca elden geçirirlerdi. Bakır levhalar, demir çubuklar, bükülmemiş çiviler, eprimemiş kumaşlar, kararmamış gümüşler, kıymeti bilinmemiş hediyeler ve hatta şansları yaver gittiği zamanlarda, yükte hafif, pahada ağır mücevherler dahi buldukları olurdu.

Yangın yerlerine de giderlerdi sıklıkla. Yangınlar şehri İstanbul'da ne vakit bir ev kül olsa, arayıcı esnafı kaldırırdı molozları belli bir müddet sonunda. Tıpkı çöplerden olduğu gibi, küllerden çıkanları da onlar toplardı. Toplar ve ayıklardı arayıcılar. Çöpçüler ise toplar ve atar. Atılan çöplerin toplanması gerektiğinin idrakıyla değil, toplanan çöplerin atılması gerektiğinin idrakıyla başladı şehir modernleşmeye.

Madam Teyze'ye gelince, o, Arayıcılar'dandı. Atılmayacakları arıyordu çöplerde. Bulamadığı olmamıştı şimdiye değin.

8 NUMARA: MAVİ METRES VE BEN

Bölük pörçük uykuya rağmen, erken kalktım bu sabah. Alnına yapışmış saçları çekerken, hafifçe kıpırdandı Mavi Metres. Bıraktım uyusun. Bir sigara yakıp, mutfağa geçtim. Her zamanki gibi tıka basa yiyecekle doldurmuş buzdolabını. Hepsi de zeytinyağı tüccarının seveceği türden. Kahvaltı hazırlamaya koyuldum. Ayşin'le iyi günlerimizde adamakıllı alışmıştım haftasonları geç kalkıp, uzadıkça uzayan miskin kahvaltılar etmeye. Şimdi herhalde o yaşlı porsuğu da alıştırıyordur kendi temposuna. Adam Ethel'in dediği gibiyse eğer, onunla muhakkak karşılaşmalıyım. Bir şey olmasını umduğumdan değil. Ama gene de beni görsün isterim. İçindeki aşağılık kompleksinin fitilini tutuşturabilirim tipimle. Hatta mini minnacık bir şüphe biti düşürmeyi bile başarabilirim zihnine. Evleneceği kadının bir gün tekrar eski kocasına dönebileceği ihtimalinin sirkelerini kafasından ayıklamakla uğraşsın dursun sonra.

Baktım şangırtılarıma uyanmış Mavi Metres. Ebruli şalına sarınarak dikilirken mutfak kapısında, benzi hâlâ sarı, gözaltları gene öyle torba torba olsa da, daha iyi görünüyordu düne nazaran.

"Umarım hâlâ kendini suçlamıyorsundur," dedim çayını doldururken.

Suçluyor. Ben de onu suçluyorum. Onu ve kendi bodur kâinatlarının tanrılığına soyunan herkesi. Birinin kötülüğünü tüm benlikleriyle isteyip de, bunun için hiçbir şey yapmadıkları ve yapamayacakları besbelli olduğu halde, hasbelkader dileklerinin gerçekleştiğini görünce, bu durumdan, tesadüflere değil de, kendilerine pay çıkarmalarına akıl sır erdiremiyorum. İçinden çıkamadıkları, dişlerini geçiremedikleri, değiştirmek için parmaklarını dahi oynatmadıkları, çoktan kangren olmuş meselelerini ve uğradıkları tekmil haksızlıkları, bir yandan, her türlü kötülükten arındırdıkları yekpare bir uhreviliğe havale edip, bir yandan da aynı uhrevilikten dilim dilim, kötü kötü nasiplenmeye kalkmalarına tahammül edemiyorum. Çocukluğunda hiç geçinemediği küçük kardeşinin ölmesini isteyip de, bir sabah aniden bu saklı ve yasaklı arzusunun gerçekleştiğini görünce, ömür boyu vicdan azabından kurtulamayan birine, kendini yücelttiği için değil, kötülüğü bu kadar basit sandığı için kızıyorum. Alttan alta kıskandıkları, uzaktan diş biledikleri ya da açık açık yüzüne karşı beddua okudukları insanlar eskaza habis bir akıbete uğrayınca, bu durumdan, tesadüfleri değil de, zihinlerinden geçenleri mesul tutanlarla dolu dünya. Mavi Metres'in de onların arasına katılmasını istemiyorum. Kaybetmek istemiyorum onu. Kaybetmek değil, esirgemek istiyorum, "ol!" demekle kâinatı olduran tanrısının, "öl!" demekle düşmanlarını öldürdüğünü zanneden bu naif kulunu.

"Şu evliya hikâyesini çıkar aklından. Aslı astarı yok," dedim nicedir yaptığım en başarılı omletin yarısını tavadan tabağına kaydırırken. "Meryem'in sana sözünü ettiği evliya, bahçe duvarındaki yazıdan türedi muhtemelen. Ama o yazıyı ben yazmıştım."

Şu anda ne düşündüğünü bir anlayabilsem. Bütün bu açıklamaları yapmakla iyi ettiğimden bir emin olabilsem.

"Bak zeytinyağı tüccarı için üzgünüm. Ona zeytinyağı tüccarı deyip durduğum için de kızma." Kaşları çatıldı. Bir şey söyleyecek gibi oldu ama hemen vazgeçti. "Umarım farkındasındır. Bahçe duvarının altında kemikleri un ufak olmuş bir evliya yatıyor olsaydı bile sonuç değişmeyecekti. Çün-kü-kü-çü-ğüm-sen-on-dan-kur-tulmak-is-te-di-ğin-i-çin-de-ğil-kalp-ten-git-ti-a-dam," dedim kelimeleri sündüre sündüre.

İşte başladı. Bakışları gölgeleniyor. Hayatımda bir kez daha, beni sevmesine, bana sevgiyle bakmasına alıştığım bir kadında nefret uyandırmaya başladığım o kızılca ana tanık oluyorum.

"Yani sevgilim, kendini suçlayıp, girdiğin her bunalımda vücudunu doğramaya devam edeceksen, sana mâni olamam. Ama bu huyundan vazgeçmeye niyetin varsa, sana yardım etmek için elimden geleni yaparım. Şimdi eğer beni düşmanın gibi değil de dostun gibi görmeyi kabul edersen, beraber oturup, bundan sonrasını konuşalım. Çünkü bundan böyle eskisi gibi olamayacak hayatın. Ama belki daha güzel olacak."

"Niye yalan söyledin?" dedi kurmaya çalıştığım köprülerin üzerinden aşırarak kefaret arzusuyla yanıp tutuşan bakışlarını.

"Evliya meselesini kastediyorsan, yalan söylemiş saymıyorum kendimi. Tek istediğim apartmanı şu berbat kokudan kurtarmaktı. Çöp atanları tedirgin etmek istedim o kadar. Herhangi birinin çıkıp da, öyle bir yazıyı ciddiye alabileceği aklımın ucundan bile geçmedi."

Yüzü bulutlandı. Gene gömülüyor o dikenli sessizliğine. Son bir hamlede bulundum onu tekrar kazanabilmek için.

"Gene de eğer koku sandığımız gibi dışarıdan geliyor olsaydı, belki işe yarardı yazdığım yazı. Ama çöpleri yanlış yerde aramışız bunca zaman. Meğer koku buradan geliyormuş, apartmanın içinden."

İşe yaradı. Daha az nefret, daha büyük bir ilgiyle bakıyor şimdi. Deminden beri elini sürmediği kahvaltı tabağını önüne iteledim. Çatalı eline alması su serpti içime. Toy bir sevinç duydum birden. Yaptığım omletin tadına bakacak. Benimle gene sevişecek.

"Çöpçübaşımızı açıklıyorum. Sıkı dur!" dedim. Sesimden saçılan sevinç kulağımı tırmaladı bir an. Umursamadım. "10 numara. Saygıdeğer dul komşumuz."

"Madam Teyze mi?" diye fısıldadı Mavi Metres. "Hayatta inanmam. Yanlışın var. Yapmaz öyle şey."

"Yapmış güzelim. Evini ağzına kadar çöp doldurmuş."

"Nerden biliyorsun?" dedi kestane gözlerini kısarak.

"Boş ver nerden bildiğimi. Doğru söylüyorum. Allah bilir evini böcek basmasının sebebi de odur." Bunu daha önce düşünmemiştim. Ama birdenbire, bölük pörçük hadiseler birbirine bağlandı zihnimde.

"Sana inanmıyorum. Artık söylediğin hiçbir şeye inanmam," dedi çatalını bırakıp.

"Öyle mi?" dedim bozulduğumu saklamaya lüzum görmeden. "Peki ya sana ispatlarsam."

6 NUMARA: NADYA

"Büyük bir parti verelim sütanne. Herkesi çağıralım. Düşmanlarımızı bile," diye haykırdı Loretta, kliniğin kapısında pıtır pıtır sevinç gözyaşları döken vefakâr ihtiyarın kollarından sıyrıldığında. Uzun zamandır onu tedavi etmek için çabalayan ve artık nihayet kim olduğunu hatırlayabildiği genç kocası da yanıbaşındaydı. İkisi birlikte onları bekleyen arabaya binmeden evvel, dönüp aynı anda el salladılar durmadan ağlayan sütanne ile durmadan gülümseyen klinik personeline.

Pis kokulu kehribar çantanın içini son kez gözden geçirip, fermuarını çekti. Televizyonu kapattı. Çantanın içini boşaltırken çıkardığı Karagöz kuklaları sitemle baktılar atıldıkları köşeden. Başka bir bavul alabilirdi gerçi; ama nedense bunu istemişti. Gidiyordu. *Dormanz* sona ermişti.

Tıpkı böcekler gibi, insanların da birer ekolojik potenzleri vardır: yani *dayanabilirlik sınırları.* Bu sınırlar içinde karşılaştıkları kötü çevre koşullarına yaşam işlevlerini sınırlamak suretiyle tepki gösterirler. Böylece, vücutlarındaki mekanizmaları her zamankinden az ya da farklı çalıştırır ve bu sayede, metabolizmalarını maruz kaldıkları yeni duruma göre ayarlarlar. Böylesi bir *konsekutiv dormanz* hali, belli bir yaşam çemberi içinde herhangi bir zamanda ve herhangi bir evrede ortaya çıkabileceği gibi, defalarca kez tekrarlanabilir de. Örneğin, bazı böcek türleri kış mevsimini, yumurta halinde değişik larva evrelerinde geçirerek atlatırlar. Soğuk havaları savıncaya kadar, değişimlerini durdurmak yahut yavaşlatmak suretiyle, madde değişimlerini sıfıra indirirler. Ne var ki, uzun vadede gelişmenin devam edebilmesi için bu durgunluk evresinin çok geç olmadan sona ermesi gereklidir. Zira, çevre koşullarının uygun olmama durumu haddinden fazla uzun sürerse, böceklerin metabolizmalarında geri dönüşü olmayan zararlar ortaya çıkabilir.

Bildiğimiz şeyleri bilebilmek için illa ki bir alamet bekleriz bazen ya da bizi omuzlarımızdan tutup dut ağacı silkeler gibi sarsacak bir elçi, mümkünse uzaklardan gelen. Ama işte her zaman, istediğimiz suret ve ebatlarda olmayabilir gönderilen. Alametin biçiminde yahut elçinin kisvesinde değil, anlamı çözebilmektedir mesele. Nadya Onissimovna da patates lambaları dolabını basan böceklere bakarken, bunca zamandır sürdürdüğü *Karısı Nadya* halinin bir *konsekutiv dormanz* olduğu fikrine kapılmıştı aniden. Nicedir yaşam işlevlerini sınırlamış, kapasitesinin altına inivermiş, madde değişimini dondurmuştu. Ve eğer bir an önce bu sığ safhadan sıyrılmaz ise, onun da benliğinde kalıcı hasarlar ortaya çıkacaktı.

Geri dönüyordu. Ayağına kadar gelip de ona, aynılıkların içinde farklılık arayan bir şaşkın/ bulunduğu şehire bir türlü ayak uyduramayan bir yabancı/ göz göre göre aldatılmış bir eş/ aşurenin kıvamını bir türlü tutturamayacak kadar maharetsiz bir ev hanımı/ Bilge Leon'un üzümlerinin bile baş edemeyeceği bir meyhorun sık sık nükseden şiddetine maruz kalan bir dayak kurbanı/ yemek kazanlarının fokurtusunda tanrının sesini duyan bir sofu kadınla yeknesak mektuplaşmalarından medet umacak raddede bedbin/ her günü bir öncekine benzeyen bir bezgin/ patates lambalarının ışığıyla aydınlanmaya çalışacak kadar kör/ ve çok yalnız ve çok mutsuz olmanın dışında ve ötesinde, bir zamanlar ve aslında hâlâ, böceklerin âlemini insanlarınkinden çok daha fazla seven bir bilimkadını olduğunu hatırlatan *Blatella Germanica*'yı da yanında götürüyordu.

88 NUMARA: BONBON PALAS

1 Mayıs 2002 Çarşamba günü saat 14:04'te, bir tarafında sivri dişli devasa bir fare, öbür tarafında kocaman, simsiyah, serapa kıllı bir örümcek resmi bulunan, önü arkası sağı solu her tarafı irili ufaklı yazılarla dolu kirli beyaz bir kamyonet Bonbon Palas'ın önünde durdu. Kamyonetin turuncu saçlı, yelken kulaklı, komik suratlı, yaşını hiç göstermeyen sürücüsü başını uzattı camdan. İsmi Haksızlık Öztürk'tü. Yaklaşık otuz üç senedir böcek ilaçlıyordu ve hiç bugünkü kadar nefret etmemişti işinden. Kaldırıma yanaşıp, az biraz kendine gelebildiğinde, apartmanın girişinde dikilen on beş yirmi kişilik topluluğu şüpheyle süzdü. Toplanma sebeplerini anlayamasa da, zararsız bir güruh olduklarına kanaat getirdiğinde, her zaman gereğinden fazla konuşan sekreterinin sabah eline tutuşturduğu adresi kontrol etti: *"Jurnal Sokak, 88 numara (Bonbon Palas)."* Geveze sekreter bir de küçük not düşmüştü kâğıdın altına: *"Bahçesinde gülibrişim ağacı olan apartman."* Haksızlık Öztürk alnında boncuk boncuk biriken terleri silerken, dikkatlice baktı önünde durduğu apartmanın bahçesindeki bazı dalları morumsu, bazı dalları pembemsi çiçekli ağaca. Herhalde gülibrişim dedikleri buydu.

Gene de tez zamanda yerine yenisini almayı düşündüğü sekreterine zerre kadar güvenmediğinden, kapının üzerinde ne yazdığını ileri derece miyop gözleriyle bizzat görmek istedi. Apartmanın önünde toplaşmış şu insanlara da sorabilirdi gerçi. Ama yıllardır her işini kendisi kotarmaya ve kimseye güvenmemeye fena halde alıştığından bunu akıl edemedi. Kamyoneti iğreti bir biçimde sokağın ortasında bırakıp, aşağı atladı. Daha bir adım atmıştı ki, az ötedeki kalabalığın içinde duran üç küçük çocuktan kız olanı ciyak ciyak bağırdı: "aa, şuna bakın! Cin gelmiş! Dedeee, dede bak cin gelmiş!" Ufaklığın pantolonundan çekiştirdiği değirmi, kırçıl sakallı, geniş alınlı, kafası takkeli, yaşlıca bir adam dönüp, hoşnutsuz bir nazarla önce sokağın ortasındaki kamyoneti, sonra da kamyonet sürücüsünü süzdü. Gördüklerinden memnun kalmamış olacak ki, suratını daha da beter ekşiterek, çocukların üçünü birden kendine doğru çekti.

Haksızlık Öztürk aldırmamaya çalışarak, kararlı adımlarla daldı kalabalığın arasına. İnsanları iteleye iteleye apartmana yaklaşıp tabelayı okumayı başardığında, doğru adrese gelmiş olduğunu gördü. Kapının kenarında, üst üste dizili zillerin arasına sıkıştırılmış bir kartviziti çıkartıp, yerine kendininkilerden birini koyduktan sonra, şoför koltuğuna atlayıp, geri vitese taktı kamyonetini. Aynı anda bir kafa uzandı içeri.

"Bir tek bununla mı geldiniz? Yetmez ki," dedi boynundan aşağısına leopar desenli muşamba bir önlük bağlanmış sarışın bir kadın şaşı şaşı bakarak. "İki kamyon göndereceklerdi hani. İki kamyon bile zor alır bunca çöpü."

Haksızlık Öztürk bir yandan kadının ne dediğini çözmeye çalışıp, bir yandan da iki ayrı uçtan sokağa dalan kamyonların arasında manevra yapayım derken, direksiyon hâkimiyetini yitiriverdi.

* * *

O gün Bonbon Palas'ın önüne, Haksızlık Öztürk'ün kamyonetinden başka, iki kırmızı kamyon ve bir özel televizyon kanalının arabası geldi peş peşe. Günün sonunda kamyonlar tıka basa çöple, televizyon kanalının aracı da yaptıkları çekimlerle ayrıldılar Bonbon Palas'tan. Hayretlerini dillendirmeye hevesli görünen komşulardan ziyade, çöp evde oturan kadını görüntüleyip konuşturmak istemişti televizyoncular. Ama o, bir kez evi boşaltılıp ilaçlandıktan sonra, tüm ısrarlara rağmen kimselere açmadı 10 numaralı dairenin kapısını.

4 NUMARA: ATEŞMİZACOĞULLARI

Zeliş Ateşmizacoğlu soluk soluğa odasına kapanıp, elindeki küçük bavulu yatağın üzerine fırlattı. Yatağın ucuna tutunarak dengesini sağlamaya çalışırken, kalp atışlarının normale dönmesini bekledi. Evden kaçmak için yanlış bir gün seçmişti. Sokağa adımını atar atmaz kendini cinnetaver bir hercümercin içinde bulmuş, iki yandan yaklaşan iki kırmızı kamyonun ortasında beti benzi atmış vaziyette katılıp kalmıştı. Dayanamayacağı kadar kırmızıydı dışarısı. Sokaklar, bütün renkler içinde en çok kırmızıya yakındı.

Ne demeye üzülüyorum ki, nasıl olsa hiçbir zaman çıkamayacağım buradan.

Eline aynayı alıp, yüzüne baktı. Her yerini kaplamıştı pütürükler. Pütürükler de kırmızıydı. Önce usul usul, derken uğuna uğuna ağlamaya başladı. Işıltılı bir ses işitti birden. Biri ona cevap veriyordu içeriden. Hâlâ başı döndüğü, gözleri karardığı halde, sarsak adımlarla ilerledi sesi takip ede ede. Salon penceresinin önündeki kafesinde cıvıl cıvıl şakıyordu kanarya.

Ne demeye seviniyorsun ki, nasıl olsa hiçbir zaman çıkamayacaksın buradan.

7 NUMARA: BEN

O gün konuştuğumuz her şeyi sık sık düşünüyor, kelimesi kelimesine hatırlıyorum. Sonrasında olanlara gelince, onları aklımdan tamamen çıkartabilmeyi tercih ederdim, ya da hiç olmazsa nadiren hatırlamayı. Ama Su'nun bedduası kısmen de olsa tutmuş olmalı. Zaman geçtikçe, vücudum değilse bile, hafızam bir bite dönüşüyor. Hafızam, besili bir bit gibi sımsıkı kenetlenmiş kafama, düşüncelerimin arasında geziniyor. Ben hep aynı dehşetengiz ihtimalle boğuşurken, o sürekli biraz daha güç kazanıp, günbegün semiriyor. Hafızamın bıcır bıcır sesler çıkartarak kafamın kâh üzerinde, kâh içinde yürüdüğünü ve bulduğu her kuytuya yumurtalarını bıraktığını kuruyorum. Binlerce küçük, lanetli, arsız mahlûk, bana rağmen benimle besleniyor. Sayılarıyla birlikte iştahları da katlanarak artıyor. Gün içinde değişik saatlerde acıkıp acıkıp etime dişlerini geçirdiklerinde, başım, binlerce toplu iğne batırılmış gibi sızlaya sızlaya uyuşuyor. Bundan kimseye bahsetmiyorum. Başkalarının yanındayken olduğum insana katlanamadığım için, mümkün olduğunca yalnız kalmaya çalışıyor ve hep aynı çıkmaz sorulara cevap arıyorum.

Eğer duvara o saçmasapan yazıyı yazmamış, dilimi tutmuş olsaydım, eğer bunca güvendiğim zekâmı kendi hayrıma attığım bir adımın başka bir insana ne kadar zarar verebileceğini görmek için de kullansaydım, gene de bunlar olur muydu? Eğer Bonbon Palas'a hiç gelmemiş ve bu insanlara bulaşmamış ya da sırlarını öğrenmemiş olsaydım eğer ömrümde bir kez olsun, her zamanki ben değil de farklı biri olmayı başarsaydım, gene de aynı dönemeçlerden döne döne akar mıydı bu hikâye aynı melun sona doğru? İki farklı cevabım var. Birini aklım, diğerini yüreğim fısıldıyor. "Merak etme! Sen olmasan da yaşanırdı bu felaket, er ya da geç," diyor aklım. "Zannettiğin kadar önemli değilsin, ne de korktuğun kadar fesat. Zaten ha senin yüzünden olmuş, ha başka bir sebepten... sonuç aynı olduktan sonra ne fark eder? İçini rahatlatacaksa, Fortuna da diyebilirsin buna. Hem Fortuna'dan başka neyle açıklanabilir ki, her sırrın, eninde sonunda onu gammazlayacak olanın eline geçmesi?"

Avunuyorum. Çarçabuk ve büsbütün inanmak istiyorum aklımın haklılığına. Ondan yana olduğumu bilmenin rahatlığıyla devam ediyor konuşmaya: "Mesele ne bitmez tükenmez zaafların, ne de delik deşik iraden. Hoşuna gitse de gitmese de, sen değilsin olmazı olur eden." Hakaretamiz bir teselli var aklımın söylediklerinde. "İnsan denilen mahlûk, alabildiğine basit ve acizdir bir yanıyla. Sebep olduğu sonuçlardan ziyade, tesadüfler damgasını vurur hayatına," diyor. "Böylesine çaresizken benî beşer, yaptıklarından dolayı nereye kadar suçlanabilir?" Alçaldıkça aklanıyorum.

Derhal itiraz ediyor yüreğim. "Fortuna diye bir şey gerçekten varsa bile, hani şüpheliydi kaltaklığı? Hani bütün zaferleri kendimize mal edip, başımıza gelen tüm kötülükleri de, doğaüstü bir kadınsı kudretin kahpeliklerinden bilmeyi âdet edinmiştik? Hani insan kof bir batıl inanca sarılmak yerine, kendi hayatının biricik faili olduğunu peşinen kabul etmeliydi?" Övgü dolu bir itham var yüreğimin söylediklerinde. "İnsan denilen mahlûk, alabildiğine karmaşık ve kabiliyetlidir bir yanıyla. Tesadüf sandıklarımız, bizzat sebep olduğumuz sonuçlara mim koyar yalnızca," diyor. "Böylesine muktedirken eşrefi mahlûkat, yaptıklarından dolayı nereye kadar mazur görülebilir?" Yüceldikçe karalanıyorum.

Eskisinden daha çok içmiyorum. Ama eskisinden daha çok uyuyorum bu aralar. Huzursuzluğum arttıkça uykuya sığınıyor; sonlarını hatırlayamadığım rüyalardan daha da huzursuz uyanıyorum. Gitsem de kalsam da fark etmiyor artık. Ne kadar uzaklaşsam da, 10 numaralı daireden yayılan kokunun menzilinden çıkamayacağım. Her uyanışımda, biraz daha palazlanmış oluyor, daha da ekşimiş. Hayatta hiçbir koku bunun kadar ağulu olamaz, çöplerinki bile.

Komşuların konuşmalarını dinliyorum. Kapısını kıracaklar. Kapısını kırdıklarında burada olmak istemiyorum.

BOYAR İLE ÂŞIĞI

Duvara dayalı tahta merdivenin üzerinde yüzyıldır dikilmekte olan boyar ile âşığı endişeyle sokuldular birbirlerine. Öyle korkunç kokuyordu ki ev, öylesine buram buram ölüm, nefes almaya cesaret edemiyorlardı artık. Gözlerini birbirlerinden kaçırarak, ileride fütursuzca uzanan, yarısı filizî, yarısı neftî, gölgeli ormana baktılar.

Kapı kırıldığında, yüzleri maskeli, tepeden tırnağa beyazlara bürünmüş üç adam girdi içeri. Yanlarında getirdikleri sedyeye yatırdılar, günlerdir yemek yemeyi-su içmeyi-şeker ilaçlarını almayı reddederek, sessiz ve umarsız bir yoldan kendini ölüme yolcu eden yaşlı dulun çöplerden beter kokan cesedini. Susuzluğa ve yemeksizliğe hamamböcekleri kadar dayanıklı çıkmamıştı Madam Teyze.

Adamlar gider gitmez bir kez daha ilaçlandı 10 numaralı daire. Tıpkı böcekler gibi, çöplerden geriye kalan yüz seksen bir adet eşya da, havaya püskürtülen ilaç zerrelerinin sağanağı altında kaldılar. Boyar ile âşığına bir şey olmadı ama. Onlar kaçmayı başardılar son anda. Yüzyıl sonra tahta merdivenden inerek, yuvarlak, vernikli, latif tepsiden çıktılar.

Yarısı filizî, yarısı neftî, gölgeli bir orman kaldı tepsinin üzerinde. Orman, ölüm değil, çöp de değil, tarçın ve krema kokuyordu sadece.

2 NUMARA: SİDAR İLE GABA

Eve girmesiyle kendini kanapeye sırt üstü atarak derin bir soluk alması bir oldu. Bunca zamandır intiharın ne menem bir şey olduğunu yılmadan düşünüp, habire konuşuyordu ama işte o yaşlı kadın bunu muhtemelen onun kadar tasarlamadığı, belki de son ana kadar aklından dahi geçirmediği halde, çok daha çabuk yapmıştı. Tekrar ayağa kalktığında, bugün tanık olduklarından sonra yaptığı dokuz tespiti küçük küçük kâğıtlara yazarak, tavanda bulabildiği boşluklara yapıştırdı. Dokuzuncu kâğıda da bir yer bulduğunda, bir daha bu konuları zihninde evirip çevirmemeye, artık intiharı dillendirmemeye kesinkes karar vermişti. Çünkü:

1. Tıpkı medeniyetler gibi, intiharların da bir Doğusu ve Batısı vardır.

2. Yaşamını illa ki akılcılıkla anlamlandırmaya, geçen her gününü bir öncekinden daha öte kılmaya odaklanmış ilerlemeci zihniyet, intiharını da muhakkak ince ince tartarak, sistematik inkârla temellendirme gereği duyar. Böyleleri, nerede yaşıyor olurlarsa olsunlar, Batı'da intihar eder.

3. Erken-orta, orta ve geç-orta yaştakilerin intiharları ekseriya bu coğrafyaya denk düşer.

4. Batı'da intihar edenlerin yakınları, onların niçin böyle bir şey yaptıklarına dair tatminkâr bir açıklama bulmadan huzura eremeyeceklerinden, aynı mantığı tersten izleyerek sebep-sonuç analizi yapmaya gerek duyarlar.

5. Bir de, önceden ayrıntılandırılmadan, kıyasıya anlamlandırılmadan, en son anda, olmadık zamanda intihar edenler de vardır. Böyleleri, nerede yaşıyor olurlarsa olsunlar, Doğu'da intihar eder.

6. Yaşlılar ve çocuklar, ekseriya Doğu'da intihar eder.

7. *Zaten-ölüme-bunca-yakın* olan yaşlılar ile *oysa-ölüme-bunca-uzak* olan çocukların intiharları kadar kafa karıştırıcı bir şey yoktur.

8. Doğu'daki intiharlar, Batı'daki intiharların aksine, bir esrardır özünde.

9. Esrar, anlamlandırılmamalıdır.

7 NUMARA: BEN

Önceleri küçük daireler çiziyordum Bonbon Palas'ın etrafında; bir yere varmayan kısa yürüyüşler. Sonra giderek genişlemeye başladı çemberler. Daha önce uğramadığım semtlere sapmaya başladım zamanla; çoğu kez yaya, bazen de arabayla. Yazıları arıyordum. Bir kez aramaya başlayınca, bulamadığım olmadı hiç.

Benimle gelmek istediğini söylediğinde, karşı çıkmadım Ethel'e. Ben yazıları numaralandırıp, bulunduğumuz yeri kaydederken, o da dijital fotoğraf makinesiyle görüntülüyordu birer birer. Bal rengi Cherokee ile tarrakası gani, huzuru kıt yoksul semtlerin engebeli sokaklarında kıvrılıyor; geceleri ışıkları yandığında, elden kaçmış eski fırsatların hırsıyla gözleri parlayan kakavan bir çehreyi andıran orta sınıf mahallelerinde cirit atıyor; konakların etrafını turluyor, arsalara dalıyor, yokuşları tırmanıyorduk. Meydanlarda, avlularda, duvar diplerinde, köşe başlarında, tarihi binalarda, kaba inşaatlarda, metrukhanelerde, ibadethanelerde... her yerdeydi yazılar. Çoğu boyayla yazılmıştı duvarlara ama tebeşir, kalem, kömür, kiremit kullanarak kapılara, kâğıtlara, kartonlara, tabelalara yazılanlar olduğu gibi, bilgisayar çıktıları da vardı aralarında. Tıpkı çöpler gibi, her yere saçılmıştı çöplerin yazıları da.

Gittiğimiz her yerde dikkatleri çekiyorduk hemen. Çocuklar takılıyordu peşimize. Şüpheli gözlerle her hareketimizi süzüyordu kadınlar pencere diplerinden, kapı önlerinden. Yoldan geçen ya da esnaftan meraklı erkekler etrafımızı sarıp, soru yağmuruna tutuyordu her seferinde. Bunun okul projemiz olduğunu söylüyorduk illa ki bir açıklama sunmaya mecbur kaldığımızda. Yaptığımız işin saçmalığına sırnaşık bir tebessümle yaklaşmalarına rağmen, okul lafını duyar duymaz anlayışla sallıyorlardı başlarını. Ethel'in de benim de, öğrenci olamayacak kadar kart olmamız bile batmıyordu gözlerine. Talimatı öğretmenlerden geldiği müddetçe, her türlü abukluğun mubah sayıldığı bir yer okul ebeveynlerin nezdinde.

Yazıları toplamak kadar kolay olmuyordu yazanları bulmak. Anonimdi yazıların çoğu. Failleri kayıptı. Balat'ta yıkık, is grisi bir evin duvarındaki yazıyı kimin yazdığını öğrenebildim ama. Çatısı çökmüş, içindeki iki oda olduğu gibi açığa çıkmıştı. *"Azımı Bozzmasın çöp atana kötü laf ederim. Buraya Alçıpan atan gelsin alsın atmasa azımı bozmasın"* yazıyordu duvarında.

Sokağın çocukları tanıyordu yazıyı yazan adamı. İsmini hatırlayan çıkmasa da, mesleğini biliyorlardı. Bir üniversitede hademeymiş, yatalak karısı ve kaynanasıyla beraber burada otururmuş geçen sonbahara kadar. Yandaki apartmanların inşaatı sürerken, işçilerin ikide bir gelip evinin önüne alçıpan atmalarına sinirlendiği için çıkıp kendi yazmış yazıyı. Sonbaharda ölmüş adam, inşaat da bitmiş ardından; yazıysa duvarda kalmış bunca zaman.

"Yeterince dikkat çekiyoruz zaten, doğru dürüst giyinsen olmuyor mu?" dedim Ethel'e hademenin semtinden uzaklaştığımızda.

"Uğraşma benimle. Konumuz ben değil sensin" diye çıkıştı vites atlarken. "Bu senin BUKVAP'ın, benim değil". İleride yolun daraldığını göre göre gaza yüklendi. "**B**eyfendinin **U**marsızca **K**aşarlanmış **V**icdanını **A**klama **P**rojesi için düştük yollara! Ömrün boyunca etrafındaki herkesten hem farklı, hem de üstün gördün kendini. Ama baktın ki bombok ettin, vicdan azabından kurtulmak için, herkes gibi olduğunu ispatlamak istiyorsun şimdi de. Ne kadar çok çöp yazısı toplarsak, o kadar masum sayılacağını zannediyorsun. *Tanrım! Ellerimde yaşlı bir kadının kanı değilse bile ahı var. İnsanları hafife almanın bedelini ağır ödedim. Sonunda iblisi gördüm; hem de kendi gözlerimle. Gördüm ama tek sana iman ettim tanrım. Herkes gibiyim ben de. Bak öteki kulların da bir sürü yazı yazmışlar duvarlarına. Meğer son derece sıradan bir şeymiş yaptığım. Meğer sandığım kadar sıradışı bir adam değilmişim. Şükürler olsun sıradanlığıma! Eğer onları seviyorsan, beni de bağışlayabilirsin....* Bağışlarsın di mi tanrım? Kendine gel artık! Böyle boş ümitlerle bir yere varamazsın. Anlamıyor musun şeker? Kim çöplüklerde arınmış ki sen arınabilesin..."

* * *

Bir müddet sonra yazıları türlerine göre ayırmaya başladık. Ethel çektiği fotoğrafları aynı gün içinde bilgisayarına aktarıp, ayrı dosyalarda biriktiriyordu. En kalabalık kategori, hakaret ya da küfür içerenlerdi. *"Buraya çöp döken eşektir"* yazısıydı en revaçta olan. Nal kadar harflerle, *"Çöp atanın anası"* yazıyordu Galata'da Eski Banka Sokağı'nda. Cümlenin geri kalanı özenle karalanmıştı. Fatih'te Usturumcu Sokak'ın tam köşesinde sıvaları dökülen bir evin her iki cephesi de, öğretmen ceza verince bir cümleyi yüz kere yazmak zorunda kalan birinin elinden çıkmışçasına aynı yazıyla doluydu silme: *"Çöp atan orospudur"*. Gene aynı semtte Kırıktulumba Sokağı'nda *"Buraya çöp döken eşşekoğlu eşşektir"* yazısı okunuyordu. Çöp yazılarında küfür yaygın olsa da, küfür çeşitleri sınırlıydı. *"Buraya çöp döken kadınsa orospu, erkekse pezevenk"* yazıyordu Dolapdere'de bir dut ağacına iple bağlanmış tahta tabelanın üzerinde. Bir metre ötede, bu kez bir evin ön cephesinde başka bir yazı dikkat çekiyordu: *"Buraya Çöp Atanın Her türlü küfre laiktir"* Örnektepe'de yıkık bir duvarın üzerinde siyah-beyaz boyalarla üst üste yazılmıştı onlarcası. Yazılar, kaçak kat çıkarcasına birbirlerinin üzerine iğreti bir vaziyette eklenmiş ve her gelen, bir öncekini silmişti. Hepsinin üstünde çivit mavisi bir boyayla yeni yazılmışa benziyordu bir tanesi: *"Buraya Çöp Atan Orospu Çocuğu İnsan Olan Anlar"* Ama küfür-hakaret dosyasında en ileri giden çöp yazısı Dolapdere, Keresteci Recep Sokak'taydı: *"Buraya çöp atanın anasını avradını bacısını gelmişini geçmişini sülalesini..."*

Küfürlü yazılar kadar yaygındı insan-hayvan ayırımı üzerine kurulanlar. Galata'da Camekân Sokak'ta *"İnsansan çöp atma, ayıysan at"* yazıyordu bir tabelada. Küçük Hendek Sokağı'nda bir bankanın yan duvarına kömürle *"İnsan olmayan buraya çöp atsın"*; Dolapdere'de boydan boya bir apartmanın girişine tebeşirle *"Buraya İnsan Çöp Atmaz"* yazılmıştı. Süryani Kilise'sinin her iki duvarını da kaplamıştı yazılar: *"Çöp dökme İnsan Ol"*, *"Buraya Çöp Döken Çöp Kadar Adi"*...

Üçüncü kategoride, vatandaşlık bilinci aşılamaya çalışan yazılar toplanıyordu. *"Çevreyi kirletmeyi Huy Edinenin Aklı Var Ama Şuuru Yoktur"* yazıyordu Kuştepe'de. *"Çevreye Çöp Bırakıp İnsanlara*

Saygısızlık Etmeyelim" yazıyordu gene aynı semtte, dört yol ağzına çakılmış teneke bir levhanın üzerinde. Öteki çöp yazılarının aksine, inci gibi harflerle özene bezene yazılmıştı harfleri. Ve Balat'ta çarşının tam ortasındaki kadim kuyunun etrafında *"Çöp döken şerefsizdir. Burası Hepimizin"* yazıyordu; Örnektepe'de en ufak zelzelede tarumar olacağı aşikâr bir evin duvarında ise *"Buraya Çöp Döken komşularına Haksızlık Yapar"*. Fener Patrikhanesi'nin ziyaretçilerini gene bir çöp yazısı karşılıyordu uzaktan: *"Buraya Çöp Döken Şerefsiz insan olur"*.

Yazıların önemli bir kısmı yarım bırakılmıştı. Kimi zamanla aşınmış gibiydi, kimiyse ta baştan noksan yazılmış. *Buraya Çöp* yazıyordu envai çeşit köşede; gerisi gelmiyordu. Harbiye'de Papa Roncalli Sokağı'nda, ilkokulun karşısındaki duvardan dökülmüştü harfler: *"Burya çöp Döken Eşee Olu."*

Düpedüz tehdit içeren yazıların sayısı da hayli kabarıktı. *"Buraya Çöp döken belasını bulur"* ibaresi en sık tekrarlananıdı içlerinde. Fatih'te Üçbaş Camii'nin yanındaki tarihi çeşmenin iki yanı da tehdit yüklü çöp yazılarıyla doluydu: *"Çöp Dökme Buraya / Başın Girer Belaya."* Ancak tehditler, beddualar içeren yazılar içinde en şomu, bir kartona keçeli kalemle yazılarak semtin işlek sokaklarından birinde duvara asılandı: *"Buraya Çöp Atanın Çocuğu Ölsün."*

Tehdit ya da hakaret içerenlerle beraber, alabildiğine nazik bir üslupla yazılmış olanlar da vardı: *"Lütfen çöp dökmeyiniz"* ya da *"Buraya çöp dökülmemesi rica olunur."* Kaptanpaşa İlkokulu'nun girişinde sırtları birbirine dönük iki tabela vardı; biri içerideki öğrencilere hitaben yazılmıştı, diğeriyse yoldan gelip geçenlere: *"Lütfen dışarıdan Okulumuz Bahçesine Çöp Atmayınız."* Asmalımescit Sokağı'nın girişindeki inşaatı çevreleyen tahtaların üzerinde vardı bir benzeri: *"Çöp dökmek yasaktır Please!"* Ya da Meymenet Sokağı'nda: *"Allahını Seven Buraya Çöp Dökmesin Rica Olunur."*

Çöp yazıları içinde en sık görülen kelimeydi yasak. Ulah Sarayı'nı çevreleyen duvarlarda irikıyım harflerle kazınmıştı *"Çöp Atmak yasaktır."* Keza Harbiye'de meşhur bir terzinin yan cephesindeydi gayet kısa ve öz: *"Buraya Çöp Yasak."* Bir o kadar yaygındı kesinlikle! kelimesi de. *"Çöp atmak kesinlikle yasaktır"* yazıyordu SSK Okmeydanı

Eğitim Hastanesi Poliklinikleri'nin devasa duvarında, yoldan rahatlıkla görülebilecek şekilde. Ve hemen ileride: *"Çöp moloz dökmek yasak kesinlikle."*

Hemen hemen hiçbir zaman isim ya da merci olmuyordu yazıların altında. Gene de kimi istisnalar yok değildi. Yazıları herhangi bir otoriteyle perçinleme gereği duyulduğu aşikâr bu tür durumlarda, muhtarın ismine rastlanıyordu en fazla. *"Çöp dökülmemesi rica olunur. Tespit edildiği takdirde ceza uygulanacaktır. Muhtar"* yazıyordu Mesnevihane Sokağı'nda. Belediyeler de karışıyordu işe, *"buraya çöp dökenler hakkında belediye cezai işlem yapacaktır"* türü yazılarda. Bazen de mahalle sakinleri sahipleniyordu yazıyı, Zeyrek'te görüldüğü gibi: *"Buraya Çöp Dökenin ve Araba Park Edenin Allah Belasını Versin / Mahalle Sakinleri."*

Din ve imanla ilgili yazılar geliyordu ardından. Moldovya prensi Dimitri Kantemir'in 1688-1710 arasında yeniden inşa ettirdiği ve şimdi sadece kalıntıları kalan sarayının etrafında *"Allah İçin Çöp Atmayın"* yazıyordu. Özel Fener Rum lisesinin duvarları gibi, çeşitli camiilerin etrafları da benzer yazılarla doluydu silme. *"Dini ve İmanı Olan Buraya Çöp Atmaz"* yazıyordu, bilgisayar çıktısıyla, Kâğıthane, Dumanlı Sokak'ta ve *"Çöp atan çarpılsınlar"* yüz metre ileride. *"Buraya çöp dökenin Allah belasını verir"* yazıyordu Kadıköy meydanına açılan ara sokaklardan birinde. *"Çöp Atmayın Lütfen. Beddua ediyorlar"* yazıyordu Fatih'te üzeri muhtarlık seçimlerinin afişleriyle kaplı bir bahçe duvarında. Aynı bölgede, iki apartman arasında kıstırılmış kadim bir mezarlık da nasibini almıştı çöp yazılarından. Mezarlığa bakan apartmanın bir cephesi boydan boya "ALLAH İÇİN ÇÖP ATMAYIN" yazısıyla kaplıydı. Ve Cihangir'de, tarihi bir çeşmenin üzerinde tanıdık bir yazı çıktı karşımıza: *"Burada yatır var. Çöp Dökmeyin."*

Beklenmedik bir dönemeçte, cinlerin meşveret yeri tenha bir yokuşta, sarnıcı çatlak, tebessümü buruk bir tarihi binada, taravetini çoktan yitirip, bir konak koçanından ibaret kalmış kâgir damaltlarında, ağzı var dili yok çıkmaz sokaklarda, pislikten geçilmeyen pazar meydanlarında, yıkık evlerin, kanlı canlı apartmanların, kara kuru resmi dairelerin, görünüşü insanı hasta eden hastanelerin, soğuk nevale okulların, tanrının sararmış haritasında ismi bile geçmeyen ibadethanelerin cephelerinde, yeni ile eskinin iç içe geçtiği, İstanbul'un kokusunun ulaştığı her yerde karşımıza çıkıyordu yazılar. On binlerceydiler şimdiden ve geceden sabaha çoğalıyorlardı durmadan. Katlanarak artıyordu benim de elimdeki fotoğraflar.

Çok geçmeden sıkıldı Ethel. Kayarcasına uzaklaştı çöplerden ve benden. Tamamlanmadan bitmiş bir proje olarak kaldım, her biri tamamlanmadan bitmiş bir proje olarak kalan sevgililer ambarında.

7 & 8 NUMARA: BEN VE MAVİ METRES

"Ne yapacaksın bu kadar fotoğrafı," diye çıkıştı Mavi Metres evden çok bir depo görünümü almaya başlayan dairemi hoşnutsuzlukla süzerek. "Ne işine yarayacaklar?"

"İşe yarasınlar diye biriktirmiyorum."

"Peki ne demeye yapıyorsun bunu?"

Bir şey yapmıyorum aslında. Yapıyor gibi hissetmiyorum kendimi. Galiba yapmaktan ziyade, yapmamak belirliyor son tahlilde tüm hareketlerimi. Eylemden ziyade eylemsizlik... Aramaktan kendimi alıkoyamıyorum; arayınca buluyor, bulduklarımı topluyor, topladıklarımı biriktiriyor ve birikenleri atmaya kıyamıyorum.

"Ya sonra ne olacak?" dedi Mavi Metres ısrarla.

Ya sonra...

Her jeolojik devir bir hayvan grubuyla simgelenmiştir. Yaşadığımız devir de böcek devridir ve böcekler diğer hayvan gruplarına belirli olarak üstünlük kurmuşlardır.

Prof. Dr. Ali Demirsoy,
Yaşamın Temel Kuralları - Entomoloji, Cilt II

"YA SONRA NE OLMUŞ?" dedi hücre arkadaşım ısrarla.

"Sonrası yok. Adam, hiçbir zaman hiçbir işe yaramayacak çöp yazıları biriktirmeye başlıyor işte."

Saçma bulduğunu söyledi. Gocunmadım. "Hayal gücün geniş!" demenin şimdiye kadar icat edilmiş en kaba yoludur bu. Haklı olabilir. Endişelenmeye başladığımda, nerde ne zaman ne söylemem gerektiğini karıştırdığımda, insanların bakışlarından korktuğumda, insanların bakışlarından korktuğumu belli etmemeye çalıştığımda, tanımak istediğim birine kendimi tanıtmak istediğimde, aslında kendimi ne kadar az tanıdığımı bilmezden geldiğimde, geçmiş canımı yaktığında, geleceğin de daha âlâ olmayacağını kabullenemediğimde, ne bulunduğum yerde, ne de göründüğüm insan olmayı içime sindirebildiğimde... saçmalarım. Hakikatten ne kadar uzaksa, yalandan da o kadar uzaktır saçmalık. Yalan, hakikati tersyüz eder. Saçmalık ise, yalanla hakikati ayırt edilemeyecek biçimde birbirine lehimler. Karışık gibi görünüyor ama aslında çok basit. Tek bir çizgiyle ifade edilebilecek kadar basit.

Yatay bir çizgidir hakikat. Bir otel koridoru, hastane koğuşu veya rehabilitasyon merkezi olabilir burası, ya da bir tren kompartımanı. Onlar da yataydır. Bu tür yerlerde tüm komşularınız sizinle yatay bir düzlem üzerinde yan yana durur. Kök salamazsınız buralarda. Zira yatay, geçiciliğin penahıdır. Ben de yatay bir çizgi üzerinde yaşıyorum tam tamına 66 gündür. Uzunca bir koridor üzerine yan yana sıralanmış on ayrı hücreden yedincisinde.

Dikey bir çizgidir yalan. Bir gökdelen olabilir burası. Ya da dikey bir çizgi boyunca, üst üste inşa edilmiş evlerden müteşekkil, altı iki kat mezarlık üstü yedi kat gökyüzü bir apartman. Dilediğiniz gibi kök salıp, dal budak verebilirsiniz buralarda. Zira dikey, kalıcılığın kovuğudur; ölümsüzlüğe nazire.

Bonbon Palas mezarlıklar üzerine inşa edilmiş bir apartman. Kat kat çıkan dikey bir çizgi. O benim yalanım. Çünkü ben aslında tüm bunları oradan değil, hapishaneden anlatıyorum.

1 Mayıs 2002 tarihinde polis barikatını yarma kararı alan küçük grubun içindeydim. Derdest edilip yaka paça polis otobüsüne bindirildiğimde, turuncu saçlı, yelken kulaklı, komik suratlı, yaşını hiç göstermeyen bir adamla yan yana düştüm. Korkudan faltaşı gibi açılmış gözleri, kendi korkumu unutmamı sağladığı için ona müteşekkirim. Emniyete götürülürken, siyasetle hiç alakası olmadığını, böcek ilaçlamaktan başka bir şey yapmadığını geveledi durdu. Doğru söylüyordu. Gerçekten bir böcek ilaçlamacısıydı ve muhtemelen 33 senedir hiç bugünkü kadar nefret etmemişti işinden. İsmi Haksızlık değildi, onu ben uydurdum. Büsbütün uydurmaca sayılmaz ama; çünkü epeyce haksızlık görmüş gibiydi ömrü hayatında. Soyadı da doğru ayrıca. Tutuklanmadığını söylerken de yalan söylemiş saymıyorum kendimi. O günün akşamında serbest bırakıldı nasıl olsa. Onu saldılar, ama ben tutuklandım.

Buraya geldiğimden beri Haksızlık Öztürk'ü düşünmeden bir tek günüm geçmedi. Hep bu böcekler yüzünden. Oldum olası rahatsız olmuşumdur böceklerden. Haşarattan korkan bir devrimciyim ben. Ve maalesef burada bir sürü böcek var; bilhassa hamamböcekleri. Tuvaletlerde, havalandırma kapaklarında, duvardaki oyuklarda, duyduğum çıtırtılarda... mütemadiyen geziniyor ve karanlıktan cesaret alarak çoğalıyorlar. Ama inanın bana bit en beteri.

Tabii tüm bunları gözlemleyebilmeniz için ziyaretime gelip, burada bir miktar vakit geçirmeniz gerekir. Eğer vaktiniz yoksa, hikâyeyi benim ağzımdan dinlemiş olmakla yetinmelisiniz. Yalnız, ben de kendi sesimden konuşurum sonuçta: olup bitenlere kendimi fazladan katarak değil; yani tam olarak böyle değil. Daha ziyade, hakikatin yatay çizgisini, yalanın dikey çizgisine lehimleyip, bulunduğum yerin bezdirici durağanlığından mümkün mertebe uzaklaşmaya çalışarak. Çünkü sıkılıyorum. Yarın bir gün hayatımın daha az sıkıcı olacağını bir muştulayan olsa bana, daha az sıkıntı duyardım belki. Oysa yarın, tıpkı bugün gibi olacak ve aynen daha ertesi günler gibi. Ama sadece benim hayatım değil ısrarla kendini tekrar eden. Farklı görünmekle birlikte, aslında dikey de, en az yatay kadar sadıktır sürekliliklerine. Çemberlere değil, çizgilere mahsustur ebedi tekerrür denilen.

Böcek fobimi yenebilmek için bu hikâyeyi kurdum zihnimde. Yatay çizgi üzerinde yan yana sıralandığımız hücrelerden birinde, gizliden gizliye çöp biriktiren yaşlı bir dulun yaşadığını düşünüp düşleyerek. Tastamam yalan söylemiş sayılmam bu yüzden. Yalanla hakikati lehimlemekle itham edilebilirim ancak. Sona varacağım yerde, başa dönmekle...

Ben mi? Pek fazla kalmayacağım burada. 1 sene 2 ay bana biçtikleri ceza. Bunun 66 günü tamamlandı bile. Bu 66 günün ilk bir haftası yerimi yadırgamak ve böceklerden korkmakla geçti. Geri kalanı da okuduklarınızı uydurmak suretiyle korkumu unutmakla. Şimdi dönüp dolaşıp durduğuna göre yuvarlak, grimtırak, teneke kapak, geri kalan 360 günü nasıl geçireceğimi bilmiyorum burada.

Ama çıkınca ilk iş Haksızlık Öztürk'ü görmek isterim. Devrimcilikten gözaltına alınan ilk böcek ilaçlamacısını. Hayat saçma... "kime, ne zaman, ne olacak?" oyununun olası cevaplarıyla oyalanamayacak kadar bıkkın Fortuna.

EK

Biyografi
Söyleşi
Görüşler

Biyografi

Strasbourg doğumlu **Elif Şafak,** çocukluğunu ve gençliğini Ankara, Madrid, Amman, Köln, İstanbul, Boston, Michigan ve Arizona'da geçirdi. ODTÜ Uluslararası İlişkiler Bölümü'nü bitirdi, yüksek lisansını aynı üniversitede Kadın Çalışmaları Bölümü'nde, doktorasını ise siyasetbilimi alanında tamamladı. İlk romanı *Pinhan*'la 1998 Mevlâna Büyük Ödülü'nü aldı. Bunu *Şehrin Aynaları* (1999) ve Türkiye Yazarlar Birliği Ödülü'nü kazandığı *Mahrem* izledi (2000). Ardından her ikisi de çok satan ve geniş bir okur kitlesine ulaşan *Bit Palas* (2002) ve İngilizce kaleme aldığı *Araf* (2004) yayımlandı. *Med-Cezir*'de (2005) kadınlık, kimlik, kültürel bölünme, dil ve edebiyat konulu yazılarını topladı. 2006'da senenin en çok okunan kitabı olan *Baba ve Piç* yayımlandı. Ardından aylarca satış listelerinden inmeyen ilk otobiyografik kitabı *Siyah Süt*'ü yazdı. Doğan Kitap tarafından 2009 Martı'nda yayımlanan *Aşk* Türk yayıncılık dünyasında önemli bir rekora imza atarak, en kısa sürede en çok satan roman oldu. Tüm eserlerinden seçkiler niteliğinde olan *Kâğıt Helva* (2009), gazete yazılarından derlediği *Firarperest* (2010), yeni romanı *İskender* (2011) ve yine gazete yazılarından derlediği *Şemspare* 2012 yılında Doğan Kitap tarafından yayımlandı.

2010 yılında Fransa'nın Sanat ve Edebiyat Şövalyesi nişanına layık görülen ve eserleri otuz dile çevrilen Elif Şafak'ın romanları, Viking, Penguin, Rizzoli ve Phebus gibi dünyanın en önemli yayınevleri tarafından yayımlanmaktadır.

www.elifsafak.com.tr

***Bit Palas*'a kadar gelen romanlarınızda kahramanlar sık sık yer değiştiriyordu. *Bit Palas*'ta ise romanın kahramanları bir apartmanın sakinleri. Bu romanla İstanbul'da mı karar kıldınız? Zira İstanbul'un sizin imgeleminizde önemli bir yeri vardı. *Bit Palas* için bir İstanbul romanı denebilir mi?**

İstanbul'un her zaman önemli bir yeri oldu benim için. Hem gönlümde bu böyle hem kalemimde. Ama özellikle bu kitap için bir İstanbul romanı diyebilirim. Bu romanı yazarken hayatın içindeki küçük ve basit şeylerden ilham aldım. Bit kadar minicik şeylerden. Bir eşya, bir apartman resmi, bir çöp yazısı... gündelik hayatı irdeledim. Severek ve üzerine titreyerek. Bu şehir muhteşem bir sentezler şehri. Burada her şey ve herkes birbirine temas ediyor. Kimse yalıtılmış değil. Hikâyelerimiz ha bire birbirine karışıyor. Ben de bu karışımları takip ve hayal ederek yazdım.

İstanbul'da bir mezarlık üzerine kurulmuş, sürgün bir ailenin yaptırdığı çöp kokan bir apartman… Sanki gelip geçicilik, fanilik romanın yüzdüğü deniz gibi. Romanın ana temalarından biri mi bu? Böylesi kaygan bir dünyada fetiş nesnelerine, çöplere, alışkanlıklara, anılara, anlatılara tutunan insanlar…

Evet, gelip geçicilik ve akışkanlık bu romanın ana damarlarından. Kaygan bir dünya bu. Her şeyin sürekli değiştiği, hiçbir şeyin sabit ya da aynı kalmadığı bir ortam. Ama aynı zamanda böylesine değişken bir dünyada ufacık nesnelere şefkatle bağlı kalan ve anılarına tutunan insanlar var. Onları da anlamaya ve anlatmaya çalıştım. Eşya ve insan ilişkisine yakından baktım. Belki de insanlar ikiye ayrılıyor bu hususta: koleksiyoncular ve tüketiciler. Biriktirenler atamıyor, atanlar ise biriktiremiyor.

Bu karmaşada sizin sözcünüz "7 numara"daki anlatıcı gibi. Yalanı gerçekle birleştiriyor ya da bu karmaşaya ya da büyük şehrin, dönemin, çok kültürlülüğün yol açtığı kakofoniye kendince bir düzen getiriyor -ironiden yardım alarak... Bu yaklaşım sizin yazın anlayışınıza da ışık tutuyor mu?

Aslında romanın hiçbir karakteri benim sözcüm ya da aynam değil. Ben romanlarımda çoğul ve çeşitli karakterler kurmayı seviyorum. Ondan sonrası tamamen okura kalmış. Hangi karakteri kendine yakın göreceğine, hangi karakteri daha yürekten hissedeceğine okur kendisi karar veriyor. Ben ise hangi karakteri yazarsam yazayım, onu öncelikle "insan" olarak ele alıyorum, yani "kahraman" olarak değil. Kahramanlara inanmıyorum. O yüzden benim romanlarımda mutlak iyiler ya da mutlak kötüler yok. İnsanları çelişkileri ve katmanlarıyla anlatmayı tercih ediyorum. Arızaları, arzuları, hevesleri ve hüsranlarıyla insanı olduğu gibi anlatmayı seviyorum.

Böylesi birbirinden farklı kahramanı bir araya getirme ve aynı çatı altında toplama fikri nasıl doğdu? Bonbon Palas sakinlerinin temsili bir yanı var mı?

Bonbon Palas sakinlerinin temsili bir yanı yok. Anlattığım her karakteri başlı başına bir birey olarak görüyorum. Yani mesela solcu birini solcuları temsilen ya da köylü birini köylüleri temsilen romana yerleştirmiyorum. Bu bana uymayan bir roman tekniği. Anlattığım karakterleri önceden kafamda tasarlayıp bir kuklacının kuklalarını tepeden oynatması gibi oynatmıyorum. Tam tersine, hikâye şekillenirken aslında her karakter kendini yaratıyor, bazen beni de şaşırtıyor.

Tüm romanlarınız için bir arayışın romanı denebilir belki. Burada ise bir arayıştan çok "telafi arayışı" var denebilir mi?

Belki de bu romanı en yerleşik döneminizde yazdınız... Göçebeliğin sizin imgeleminizde önemli bir yeri vardı ama belki de tek yerleşik romanınız bu... Sonraki romanlarınızda yine kendilerini yollara vuran, yer değiştiren kahramanlar var zira. Sizin dünyanızda ya da evriminizde *Bit Palas* nasıl bir yer tutuyor?

Evet, haklısınız. Bit Palas belki de tek yerleşik romanım. Aslında yan yana koyup baktığımda her romanımın farklı bir dokuya sahip olduğunu görüyorum. Çünkü her biri benim ömrü hayatımın farklı bir dönemecinde yazıldı. Bununla beraber Bit Palas'ta göçebelikten ziyade yerleşiklik arzusu ağır basıyor. Bu romanı yazmaya nasıl başladım biliyor musunuz? Bir gün Taksim civarında yürürken tarihi bir çeşmenin üzerinde beyaz boyayla yazılmış bir yazı gördüm: BURAYA ÇÖP DÖKMEYİN, EVLİYA VAR ÇARPILIRSINIZ. Belki bir on-on beş dakika orada öylece durdum. Bu yazının nasıl yazıldığını merak ettim, hayal ettim. Roman böyle başladı içimde.

Romanlarınızda konu kadar dile de önem veriyorsunuz. Hem Türkçe hem İngilizce roman yazan biri olarak *Bit Palas*'taki dilinizi nasıl buluyorsunuz?

Dil benim için daimi bir sevda. Çocukluğumdan beri harflerin yerini değiştirerek sonsuz anlamlar elde etmeyi mucize gibi görüyorum. Bit Palas'ı yazarken İstanbul'u adım adım dolaşıp notlar aldım. Şehrin içinde yaşayan kelimeleri, sokak isimlerini, evliya türbelerinin yanında yazılı levhaları... hepsini dikkatle gözlemledim. Ben hepimizin elinin altında bir Osmanlıca sözlük olması gerektiğine inanıyorum. Okurlar da, yazarlar da dil konusunda tembel olmamalı. Türkçeye muazzam bir dil ve ona derin bir gönül borcumuz var. Bu dili iyi konuşmakla ve iyi yazmakla yükümlüyüz. Keza kelime hazinemizin zengin olması bu borcun bir parçası.

Görüşler

"Bitlenen Bonbonlar"

Bazı romanlar bittiklerinde başa dönüp ilk sayfaları tekrar okumak istersiniz. Romanı birkaç günde okusanız bile, sanki ilk sayfaları okuyalı aylar, hatta yıllar geçmiş gibi, nasıl ve nerede başladığını anımsamakta zorlanırsınız. İşte Elif Şafak'ın *Bit Palas* romanını bitirdikten sonra bunları hissettim ve tekrar başladım okumaya...

Tam da romanın başında –ve tekrar sonunda– yazarın söylediği gibi dairesel bir biçeme sahip *Bit Palas.* Yazar bu çembere saçmalık adını veriyor ama hiçbir masalın saçma olmadığı inancıyla ayrılıyoruz kitaptan. Gördüğümüz tüm rüyalar gibi, masalların da anlamlarını çözmek isteyen yanımız devreye giriyor. Bu anlamlar masalların içinde mi gizli, yoksa bizim onlara yüklediğimiz, her masaldan aldığımız anlamlarda mı, düşünmeye başlıyoruz.

Bit Palas'ın çok sayıda kahramanla ve aşırı masalla yüklü olması, romanı ortaladığımızda bütün bu kopuk öykülerin asla toparlanamayacağı korkusunun doğmasına neden oluyor, fakat kopuk kopuk görünen öykülerin romanın sonunda bir araya gelip bir tek öykü halini aldığını görüyoruz. Elif Şafak büyük bir beceriyle öykülerde ortak imgeler kullanarak kopuk görünen masalları birbirlerine bağlayıp roman boyunca bir tutarlılık sağlıyor. Gri çöp tenekelerinin kapaklarında bakılan fallardan, gri gözlü ölü bebeklere ve oradan da romanın kahramanlarından biri olan gri dış boyasıyla Bonbon Palas apartmanına uzanan kül rengi kurdele, romandaki tek bağlayıcı unsur da değil üstelik. Romanın başında mezarlıkta tabut içlerinde ve çöpler arasında tanıştığımız böcekler de roman boyunca ölüm kokusu yayarak çoğalıyorlar âdeta.

Romanın kahramanları, 1966 yılında yapılan Bonbon Palas adında bir apartmanda oturan ve burada çalışan insanlar. Kuaför, kapıcı, on numaralı dairenin kiracısı ve diğer ev sahipleri. Okur onları tanımadan çok önce apartmanın, mahallenin ve şehrin kokularıyla ve renkleriyle tanışıyor. Dünyanın birçok köşesinden getirdikleri geçmişleriyle apartmanda oturanları da sanki geçmişleri birbirlerine bağlıyor. İki numarada oturan Sidar ile üç numaradaki ikiz kuaförlerin göçmen yaşamları, yurtdışına çocuk yaşta ve istemeden götürülüşleri, ülke ve ailelerinden kopuş öyküleri benzerlikler taşıyor. Aynı şekilde güvenilmez erkeklerle ilişki içinde olan Mavi Metres ve Metin Çetin'in karısı Nadya sonunda bir çeşit arzuladıkları özgürlüklerine kavuşuyorlar. Fakat bu apartman daireleri arası benzerlikler, aynı zamanda dış dünyaya kapalı, her biri kendi içine gömülmüş dünyalarda yaşayan insan toplulukları olarak da görülebiliyor: Bir numaradaki kapıcının ailesinin Musa, Meryem ve Muhammet adını taşıması (ve Meryem'in, sevgilisi İsa yerine Musa'yı seçmesi) bir ölçüde bu aileyi kendi içine kapatan, diğerlerinden ayıran bir unsur oluyor. Dört numaralı dairede oturan Ateşmizacoğlu ailesi fertlerinin de her birinin Z ile başlayan bir ad taşıması ya da beş numarada oturan Hacı Hacı'nın torunlarının 5.5, 6.5 ve 7.5 yaşında olmaları, her aileyi kendi içinde, kopmaz bir bütün olarak görmemizi sağlıyor. Kardeşlerin benzerlikleri, aynı korkularla donatılmış olmaları, aynı kül rengi gözlerle bakmaları hep bu kendi içine kapanan dünyaları simgeliyor.

Roman boyunca okurun hissettiği bir başka olgu da, yaşamların bitmemişlik duygusu vermesi. Roman kahramanlarının çoğunun buçuklu yaşlarda olması ve anlatılan zamanın yarımlarla gösterilmesi, tam da romanın başında anlatılan çemberin bir noktalarında olduğumuz duygusunu güçlendiriyor. Bitmişlik duygusunu yarım rakamlar hep engelliyor sanki; her roman kahramanında bir eksiklik duygusu hissetmemizi sağlıyor, henüz tamamlanmamış yılların ve öykülerin kahramanları olarak çıkıyorlar karşımıza. Bu yüzden de romandan tam bir son beklemekten çok erken vazgeçiyoruz. Çemberin bir yerinde bizi üstünden atacağına inanarak sürdürüyoruz okumayı.

Bit Palas roman içinde sürekli göndermeler yaparak, hem geleceğe hem de geçmişe bağlar kuruyor. Bazı tamamlanmamış (hatta yaşanmamış) hayatlar, örneğin Agripina Fyodorovna Antipova'nın yaşamı, İstanbul'a gelen bir başka Rus, Nadya'nın yaşamı aracılığıyla 80 yıl sonra tamamlanıyor. Bunlar hep kitap içinde yapılan göndermeler, bir de yazarın kitap dışına yaptığı göndermeler var. Bunlardan en ilginci, Sidar karakterinin dokuz maddede intiharı dillendirmesi gibi, intihar düşüncesiyle geçen yaşamında maddelerle dolu felsefe kitapları yazan düşünür Ludwig Wittgenstein arasındaki benzerlik. Sidar'ın dokuzuncu "Esrar, anlamlandırılmamalıdır" maddesi ile Wittgenstein'in *Tractatus Logico-Philosophicus* (çev.: Oruç Aruoba, BFS Yayınları, 1985) kitabının yedinci maddesi "Üzerine konuşulamayan konusunda susmalı" aynı ölümü düşünerek geçen yaşamların izini veriyor. Romandaki bitmemişlik duygusu da işte tam bu noktada devreye giriyor, yazar bilinçli olarak karanlıkta bırakmak istediklerini böylesi bir suskunlukla romanın dışında bırakabiliyor.

Ancak romanın 131. sayfasında tanımaya başladığımız roman kahramanı "Ben", bizim romanın başından beri bildiğimiz gerçeklere de gözleri kapalı kalabiliyor. Rasgele "Bu duvarın altında yatır var, çöp dökmeyin" yazdığı yerde gerçekten bir yatır –ama boş bir yatır– olduğunu okurun bilmesine rağmen, romanı onun ağzından dinlediğimiz "Ben" bilmiyor.

Bit Palas tüm bu gizemli ve masalsı yönleriyle çok iyi yazılmış bir roman. Yer yer aşırı detaylı karakter tasvirleriyle okuması zorlaşsa da, her karakter hakkında anlatılan en ufak detayların bile romanın bütününe gerekli olduğunu görmek bu detaycı yanı kolaylıkla affettiriyor. Yazarın entomoloji, dilbilgisi (Osmanlıca sözcük ve deyimleri kullanması çok eleştirildi Şafak'ın, fakat böylesi bir dil, romanın sihirli gerçekçi dokusuyla bütünlük taşıyor) ve anatomi bilgisine hayran olmamak elde değil.

Asuman Kafaoğlu Büke,
Cumhuriyet Kitap

DK'da yayımlanmış diğer kitapları

Pinhan

"Nicedir adını bekler dururdu. Velhasıl adı da onu. İşte bugün kavuştular birbirlerine. Adı Pinhan olsun bundan böyle" dedi.

Yazarın ilk romanı olan *Pinhan* 1998'de "Mevlâna Büyük Ödülü"nü aldı.

Şehrin Aynaları

Aynalar şehrine geldim çünkü benim hikâyemin önünü, benden evvel kaleme alınmış bir başka hikâye tıkıyor. Aynalar şehrindeyim çünkü bir kez şu bendi yıkabilsem sular çatlayacak, deli deli akacak; hissediyorum. Aynalar şehrindeyim çünkü ben bir korkağım; ve ne olduğunu bilen her korkak gibi, bu sırrı kendime saklıyorum.

Mahrem

Öyle güzel ki uçmak... Öyle güzel ki tüyden hafif, uçurtmadan serseri, buhardan oynak, toz zerresinden kıvrak, kar tanesinden savruk olabilmek gökkubbede. Niyetim daha, daha da yükseklere çıkmak. (...)

Mahrem 2000 yılında Türkiye Yazarlar Birliği Ödülü'nü aldı.

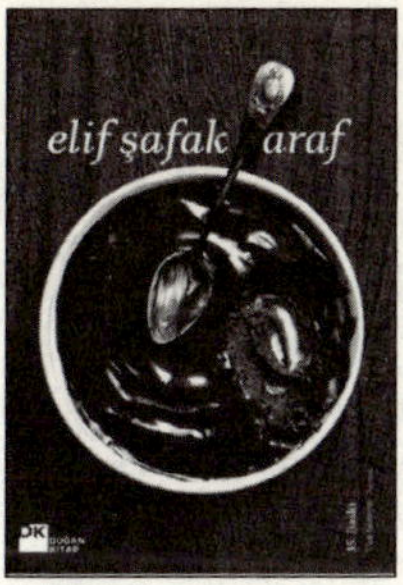

Araf

İyi de bir insana neden ömür boyu geçerli olacak şekilde tek bir isim veriliyordu başka bir isim de verilebilecekken, hatta isminin harfleri karıştırılıp aynı isimden yenileri türetilebilecekken? Kendimiz de dahil etrafımızdaki her şeyi yeniden adlandırma şansı ne zaman alınmıştı elimizden?

Med-Cezir

"Elif Şafak'ı yalnız romanlarından tanıyanlara, kafalarındaki fotoğrafın eksik karelerini tamamlamak için *Med-Cezir*'deki yazıları okumalarını salık veririm. Burada kanlı canlı, öfkesiyle, inadıyla, kırılganlığıyla, tutkularıyla velhasıl renginin bütün tonlarıyla Elif Şafak var."

Ali Çolak

Baba ve Piç

"Son derece güzel kurgulanmış… Bu canlı ve eğlenceli roman hem bir aile hikâyesi hem de kolektif bir tarihe uzanıyor. Aile hikâyesine güçlü ve nevi şahsına münhasır kahramanlar yön veriyor. Şafak'ın karakterlerine can veren güçlü dili, zihninizin kulaklarıyla duyabiliyorsunuz."

Alan Cheuse, *Chicago Tribune*

Siyah Süt

Bu kitap okunur okunmaz unutulmak için yazıldı. Suya yazı yazar gibi...
Siyah Süt kadınlığın, kadınların hayatının kasvetli ve karanlık ama son tahlilde geçici bir dönemiyle ilgili. Birdenbire gelen ve geldiği gibi hızla dalgalar halinde çekile çekile giden bir haletiruhiye burada incelenen. Bu kitap bir nevi tanıklık. Otobiyografik bir roman.

Aşk

"Cümlelerin güzelliği, dili inanılmaz bir yaratıcılıkla kullanıyor olması ve bunu şimdiye kadar yazdığı her şeyden üstün bir şekilde becermiş olması, bu romanı tek kelimeyle olağanüstü yapıyor. Yazarın kişiliğini en saf biçimiyle görebileceğimiz bir yapıt çıkarmış ortaya."

Taha Akyol, *Milliyet*

Kâğıt Helva

(...) Derken o yolculukta bir an geliyor, durup geriye bakma gereği duyuyorum. Geçtiğim yolları, uğradığım durakları, güzergâh boyu karşılaştıklarımı anımsıyorum. Bu kitap dünden bugüne yazdıklarımdan ufacık bir seçkidir. Bir alıntılar kitabı. Karın doyursun diye değil, tadımlık niyetine.

Firarperest

İnsan ki eşrefi mahlukattır, içindeki semavi özü keşfetmekle yükümlüdür. Çıkacaksın yollara, kendine doğru git gidebildiğin kadar.
Keşif boynumuzun borcudur. Kendimizi keşfetmek, aşkı keşfetmek, dünyayı keşfetmek, ötekini keşfetmek...

İskender

Aşkı aramadan evvel düşün bir, ya benden nasıl bir âşık olur? İnsanın sevdası karakterinin yansımasıdır. Sen kavgacı isen, ha bire öfkeli, aşkı da bir cenk gibi yaşarsın. Gönlü pak olanın sevgisi de saf olur.
Şu hayatta insan en çok sevdiklerini acıtır. En derin yaralar ailede açılır. Kabuk tutsa bile kanar hikâye içten içe...

Şemspare

Kararır gökyüzü bazen; kasvetli bulutlar kaplar semayı. Hayatın ritmi durağanlaşır, sohbetler bildikleşir, içimizde birikir yalnızlık hissi. Nasıl özleriz güneşi o zaman, griler içinde aradığımız bir tutam renk demeti. Peri tozu gibi, inceden.
Gönülden yazılmış her roman, her hikâye, her kelime bir şemsparedir... Güneş parçası...

http://www.facebook.com/elifshafak
http://www.twitter.com/Elif_Safak